Wilhelm Langewiesche
Das Unerkannte
auf seinem Weg durch die Jahrtausende

SEVERUS Verlag

Langewiesche, Wilhelm: Das Unerkannte auf seinem Weg durch die Jahrtausende. 2017
Neuauflage der Ausgabe von 1922
ISBN: 978-3-95801-733-7

Umschlaggestaltung: Annelie Lamers, SEVERUS Verlag
Umschlagmotiv: www.pixabay.com

Bibliografische Information der Deutschen Nationalbibliothek: Die Deutsche Nationalbibliothek verzeichnet diese Publikation in der Deutschen Nationalbibliografie; detaillierte bibliografische Daten sind im Internet über https://dnb.de abrufbar.

Der SEVERUS Verlag ist ein Imprint der Bedey & Thoms Media GmbH, Hermannstal 119k, 22119 Hamburg

SEVERUS Verlag, 2017
http://www.severus-verlag.de
Gedruckt in Deutschland
Der SEVERUS Verlag übernimmt keine juristische Verantwortung oder irgendeine Haftung für evtl. fehlerhafte Angaben und deren Folgen.

Wilhelm Langewiesche

Das Unerkannte
auf seinem Weg durch die Jahrtausende

MIX
Papier aus verantwortungsvollen Quellen
Paper from responsible sources
FSC® C105338

Dieses Buch ist wie eines jener figurenreichen und überreichen Gemälde, um die unter den verdämmernden Spitzbogen mit ihren Engelsgesichtern und Teufelsfratzen die weltferne Stille des gotischen Domes träumt und der magische Schein bunter Fenster spielt, indessen im Hintergrunde, immer schwach aber immer wach, das ewige Licht Tag und Nacht weiterbrennt. Wie eines jener Gemälde, auf denen die Hand des alten Meisters nicht müde wurde, bevor unter der himmlisch thronenden, von lobsingenden Engeln umschwebten Heiligen Dreieinigkeit in buntestem Über- und Neben- und Hintereinander Scheiterhaufen flammten, Bauern Karten spielten, Kinder den Ringelreihen tanzten, Ritter einander mit Lanzen berannten, Verliebte in Rosenlauben kosten, Wallfahrer einem fernen weißen Kirchlein zustrebten und beschwänzte Teufel den Höllenofen schürten.

Man muss nicht alles glauben, was die Leute sagen, man muss aber auch nicht glauben, dass sie es ohne Grund sagen.

Kant

Unter Verzicht auf Urteil und Deutung sollen hier, und zwar nach Möglichkeit in Wortlaut der ersten Berichte, solche Fälle aus dem weiten Gebiet des Übersinnlichen in zeitlicher Folge dargeboten werden, die im guten Glauben an ihre Wirklichkeit überliefert worden sind. Es kommt also nicht im Geringsten darauf an, ob der Herausgeber an die Wirklichkeit jedes einzelnen Falles »glaubt«, auch soll der Leser zu solchem »Glauben« keineswegs überredet werden. In dieser Beschränkung, Ordnung und enthaltsamen Absicht scheint das Buch ohne Vorgänger zu sein und nicht nur seinen besonderen Zweck, sondern auch einen gewissen Wert erblicken zu dürfen.

Dass ein Meer nicht mit einer Muschel ausgeschöpft werden kann und dass bei jeder Auswahl der persönliche Geschmack, über den sich nicht streiten lässt, eine entscheidende Rolle spielt, daran sei der freundliche Leser gleich an der Pforte des Buches erinnert. Aber Eintönigkeit wird er so wenig wie Aufdringlichkeit zu tadeln haben und neben dem Eigentlichen, dem Übersinnlichen, allenthalber die bunteste Fülle von Zuständen und Begebenheiten, von Gedanken und Empfindungen bemerken, die ihm das eigene Wesen und Leben mit dem Ganzen der Menschheit verbinden. Denn immer wieder blitzt in diesem Buche der breite Strom der Geschichte, blitzen mit ihren Hoffnungen und Freuden, Sorgen und Nöten die Tausende von menschlichen Lebensläufen auf, die in ihm sich zu verlieren eilen. So wird der Leser sich, auch vom Eigentlichen abgesehen, oft bereichert, oft ergriffen, oft erheitert, immer aber angeregt und unterhalten fühlen. Und wenn dem großen Unbekannten gegenüber die Eindrücke sich öfter in

Gefühle der Ehrfurcht und der Demut, als in solche des Grausens umsetzen, so wird kein Verständiger hierin einen Mangel des Buches erblicken.

Die biblischen Wunder nur mit Zurückhaltung zu betrachten, die Wunder Jesu ganz außer Betracht zu lassen, hielt der Herausgeber für ein Gebot des religiösen Taktes.

Die Hexe von Endor. Die Bibel erzählt im ersten Buch Samuelis aus dem zwölften Jahrhundert vor Christus: Und es begab sich zu der selbigen Zeit, dass die Philister ihr Heer versammelten, in den Streit zu ziehen wider Israel. Da aber der König Saul sahe das Philister Heer, fürchtete er sich, und sein Herz verzagte sehr. – Und er ratfragte den Herrn, aber der Herr antwortete ihm nicht, weder durch Träume, noch durchs Licht, noch durch Propheten. Samuel aber, der Seher und Freund Gottes, war gestorben, und ganz Israel hatte Leid um ihn getragen und ihn begraben in seiner Stadt Rama. Und Saul hatte aus dem Lande vertrieben die Wahrsager und Zeichendeuter.

Da sprach Saul zu seinen Knechten: »Sucht mir ein Weib, die einen Wahrsagergeist hat, dass ich zu ihr gehe und sie frage.« Seine Knechte sprachen zu ihm: »Siehe zu Endor, ist ein Weib, die hat einen Wahrsagergeist.«

Und Saul wechselte seine Kleider und zog andere an, und ging hin, und zwei Männer mit ihm, und kamen bei der Nacht zu dem Weibe, und er sprach: »Liebe, weissage mir doch durch den Wahrsagergeist und bringe mir herauf, den ich dir sage.« Das Weib sprach zu ihm: »Siehe, du weißt wohl, was Saul getan hat, wie er die Wahrsager und Zeichendeuter ausgerottet hat vom Lande, warum willst du denn meine Seele in das Netz führen, dass ich ertötet werde?« Saul aber schwur ihr bei dem Herrn und sprach: »So wahr der Herr lebt, es soll dir dies nicht zur Missetat geraten.«

Da sprach das Weib: »Wen soll ich dir denn heraufbringen?« Er sprach: »Bringe mir Samuel herauf.« Da nun das Weib Saul ansah, schrie sie laut und sprach: »Warum hast du mich betrogen? Du bist Saul!« Und der König sprach zu ihr: »Fürchte dich nicht! – Was siehst du?« – Das Weib sprach zu Saul: »Ich sehe Götter heraufsteigen aus der Erde.« Er sprach: »Wie sind sie gestaltet?« Sie sprach: »Es kommt ein alter Mann heraus und ist bekleidet mit einem Priesterrock.« – Da vernahm Saul, dass es Samuel war und neigte sich mit seinem Antlitz zur Erde. Samuel aber sprach zu Saul: »Warum hast du mich unruhig gemacht, dass du mich heraufbringen lässt?« Saul sprach: »Ich bin sehr geängstigt: die Philister streiten wider mich und Gott ist von mir gewichen und antwortet mir nicht, weder durch Propheten noch durch Träume. Darum hab' ich dich lassen rufen, dass du mir weisest, was ich tun soll.« Samuel sprach: »Was willst du mich fragen, weil der Herr von dir gewichen und dein Feind worden ist? Der Herr wird dir tun, wie er durch mich geredet hat und wird das Reich von deiner Hand reißen und David geben, darum, weil du der Stimme des Herrn nicht gehorcht und den Grimm seines Zornes nicht ausgerichtet hast wider Amalek, darum hat dir der Herr solches jetzt getan. Dazu wird der Herr mit dir auch Israel geben in der Philister Hände. Morgen werden du und deine Söhne bei mir sein.« – Da fiel Saul zur Erde, so lang er war und erschrak sehr vor den Worten Samuels, dass keine Kraft mehr in ihm war, denn er hatte nichts gegessen, den ganzen Tag und die ganze Nacht.

Und das Weib ging hinein zu Saul und sah, dass er sehr erschrocken war und sprach zu ihm: »Siehe, deine Magd hat deiner Stimme gehorcht, so gehorche auch nun du deiner Magd Stimme. Ich will dir einen Bissen Brotes vorsetzen, dass du essest, dass du zu Kräften kommest und deine Straße gehest.« Er aber weigerte sich und sprach: »Ich will nicht essen!« Da nötigten ihn seine Knechte und das Weib, dass er ihrer Stimme gehorchte. Und er stand auf von der Erde und setzte sich aufs Bette. Das Weib aber hatte daheim ein gemästet Kalb; da eilte sie und schlachtete es und nahm Mehl und knetete es und buk es ungesäuert. Und brachte es herzu vor Saul und vor seine Knechte. Und da sie gegessen hatten, standen sie auf und gingen in die Nacht hinaus.

Asmodi. Die Bibel erzählt im Buche Tobias aus dem neunten Jahrhundert vor Christus: Es begab sich, dass Sara, die Tochter Raguels, in der Weber Stadt Ekbatana, übel geschmäht und gescholten ward von einer Magd ihres Vaters. Man hatte ihr nämlich sieben Männer nacheinander gegeben und ein böser Geist, Asmodi genannt, hatte sie alle getötet, alsbald wenn sie sich zu ihr tun wollten. Da nun Sara die Magd wegen einer Verschuldung schalt, antwortete diese und sprach: »Gott gebe, dass wir nimmer einen Sohn oder Tochter von dir sehen auf Erden, du Männermörderin! Willst du mich auch töten, wie du die sieben Männer getötet hast?« Auf solche Worte ging Sara in eine Kammer oben im Haus, und aß noch trank nicht drei Tage und drei Nächte, und hielt an mit Beten und Weinen, und bat Gott, dass er sie von der Schmach erlösen wolle, und sprach: »Du weißt, Herr, dass ich keinen Mann begehrt habe, einen Mann aber zu nehmen habe ich eingewilligt in deiner Furcht und nicht aus Vorwitz. Und entweder bin ich ihrer oder sie sind meiner nicht wert gewesen und du hast mich vielleicht einem anderen Manne vorbehalten, denn dein Rat stehet nicht in der Menschen Gewalt…«

Es war aber ein Mann mit Namen Tobias aus dem Stamm Naphthali, aus Thisbe, einer Stadt in Ober-Galiläa… Da er nun erwachsen war, nahm er ein Weib auch aus dem Stamm Naphthali, mit Namen Hanna und zeugte mit ihr einen Sohn, welchen er auch Tobias nannte. Und als er mit seinem ganzen Stamm, mit seinem Weib und Sohne unter den Gefangenen weggeführt ward in die Stadt Ninive, gab ihm Gott Gnade vor Salmanasser, dem Könige zu Assyrien...

Da aber Tobias gedachte, dass er sterben würde, rief er seinen Sohn zu sich und sprach zu ihm: »Du sollst wissen, dass ich zehn Pfund Silbers, da du noch ein Kind warst, geliehen habe, dem Gabael in der Stadt Rages in Medien; und seine Handschrift habe ich bei mir. Darum gedenke, wie du zu ihm kommest und wenn du ihm seine Handschrift weisen wirst, so wird er dir alsbald das Geld geben. Gehe nun hin und suche dir einen treuen Gesellen, der um Lohn mit dir ziehe.« – Da ging der junge Tobias hinaus und fand einen feinen jungen Gesellen, der hatte sich bereitet zu wandern. Und der junge Tobias wusste nicht, dass es ein Engel Gottes war und grüßte ihn und sprach: »Weißt du den Weg ins Land Medien?« Er antwortete: »Ich weiß ihn wohl und bin ihn oft gezogen und bin zur Herberge gelegen bei unserem Bruder Gabael, welcher wohnet in der Stadt Rages in Medien«... Da schickte sich Tobias mit allem, was er mit wollte nehmen und gesegnete Vater und Mutter, und zog mit seinem Gesellen dahin und sein Hündlein lief mit ihm. Und die erste Tagereise blieb er bei dem Wasser Tigris. Und ging hin, dass er seine Füße wüsche und siehe, ein großer Fisch fuhr heraus, ihn zu verschlingen. Und der Engel sprach zu ihm: »Ergreif ihn bei den Flossfedern und zieh ihn heraus.« Und er zog ihn ans Land, da zappelte er vor seinen Füßen. Da sprach der Engel: »Haue den Fisch voneinander; das Herz, die Galle und die Leber behalte dir, denn sie sind sehr gut zur Arznei.« – Und Tobias tat, wie ihm der Engel gesagt hatte; den Fisch aber brieten und aßen sie. Und sie reisten weiter miteinander, bis sie kamen nahe an Ekbatana... Und Tobias sprach: »Wo wollen wir denn einkehren?« Und der Engel antwortete und sprach: »Es ist hier ein Mann mit Namen Raguel, dein Verwandter, von deinem Stamme, der hat nur eine einzige Tochter, die heißt Sara. Dir sind alle seine Güter bescheret, du wirst die Tochter nehmen. Darum wirb um sie bei ihrem Vater, so wird er sie dir geben zum Weibe.« – Da sprach Tobias: »Ich habe gehört, dass sie bereits sieben Männern zuvor vertrauet war, die sind alle tot. Und dazu sagt man, ein böser Geist habe sie getötet. Darum fürchte ich mich, dass mir's nicht auch, also möchte gehen, so würden dann meine Eltern vor Leide sterben, weil ich ihr einziger Sohn bin.« Da sprach der Engel zu ihm: »Höre mich, Bruder, denn dein Weib wird sie werden und um den bösen Geist kümmere dich nicht, denn in dieser Nacht wird dir diese zum Weibe gegeben werden. Und wenn du in die Kammer kommst, sollst du glühende Kohlen nehmen und von dem Herzen und der Leber des Fisches darauf legen und räuchern, so wird der böse Geist es riechen und fliehen und in alle Ewigkeit nicht wiederkommen. Wenn du aber zu ihr nahest, so stehet beide auf und rufet zu dem barmherzigen Gott, so wird er euch erretten und sich erbarmen. Fürchte dich nicht, denn dir war sie bestimmt von Ewigkeit und du wirst sie erretten, und sie wird mit dir ziehen; und ich achte, du werdest von ihr Kinder haben.« Und als Tobias das hörte, gewann er sie lieb und seine Seele hing sehr an ihr. – Und sie kehrten bei Raguel ein und Raguel empfing sie mit Freuden... Und als er sie bat, dass sie sich wollten zu Tisch setzen, sprach Tobias: »Ich will heute nicht essen noch trinken, du gewährest mir denn eine Bitte und sagest zu, mir Sara, deine Tochter, zu geben.« Da das Raguel hörte, erschrak er, denn er gedachte, was den sieben Männern widerfahren war und fürchtete, es möchte diesem auch also ergehen. Und da er nicht antworten wollte, sprach der Engel zu ihm: »Scheue dich nicht, ihm die Jungfrau zu geben; deine Tochter ist ihm bescheret zum Weibe, weil er Gott fürchtet, darum hat deine Tochter keinem anderen werden können.« Da sprach Raguel: »Ich zweifle nicht, dass Gott meine Gebete erhöret habe«, und nahm die Hand der Tochter und schlug sie Tobias in die Hand. Und sie nahmen einen Brief und schrieben die Ehestiftung. Und nach dem Abendmahl führten sie den jungen Tobias zu der Jungfrau in die Kammer. Und Tobias dachte an die Rede des Engels und langte aus seinem Säcklein ein Stücklein von dem Herzen und der Leber des Fisches und legte es auf die glühenden Kohlen. Und der Engel Raphael nahm den Geist gefangen und bannte ihn in die Wüste, ferne in Ägypten. Danach vermahnte Tobias die Jungfrau und sprach: »Schwester, stehe auf und lass uns beten.« Und sie standen auf und beteten beide fleißig. – Und um Mitternacht rief Raguel seinen Dienern und ging mit ihnen, dass sie ein Grab machten. Denn er sprach: »Es möchte ihm vielleicht auch ergangen sein wie den sieben anderen, welche mit ihr vertrauet gewesen sind.« Und als sie das Grab gemacht hatten, kam Raguel zu seinem Weibe und sprach: »Schicke hinein eine Magd und lass sehen, ob er auch tot sei, dass wir ihn vor Tage begraben.« Und die Magd schlich in die Kammer, fand sie beide gesund und frisch und schlafend beieinander.

Eliphas. Die Bibel erzählt im Buche Hiob: Da aber die drei Freunde Hiobs hörten all das Unglück, das über ihn kommen war, kamen sie, ein jeglicher aus seinem Ort, Eliphas von Theman, Bildad von Suah und Zophar von Naema ... Da sprach Eliphas zu Hiob: »Du hast's vielleicht nicht gerne, so man versucht mit dir zu reden; aber wer kann sich's enthalten? Denn siehe, du hast viele unterwiesen und lasse Hände gestärkt. Deine Rede hat die Gefallenen aufgerichtet. Nun es aber an dich kommt, wirst du weich. Ist nicht deine Gottesfurcht dein Trost? Gedenke doch, wo ist denn je ein Unschuldiger umkommen?... Und zu mir drang ein heimliches Wort, mein Ohr vernahm dessen einen flüsternden Laut, beim Spiel der Gedanken und Gesichte, in der Nacht, da Schlaf auf die Leute herabsank. Da kam Furcht und Zittern mich an und alle meine Gebeine erschraken. Und da der Geist an mir vorüberging, stunden mir die Haare zu Berge. Und ich erkannte seine Gestalt nicht. Und es war sehr stille. Da hörte ich eine flüsternde Stimme, die sprach: »Wie mag ein Mensch gerecht sein vor Gott?«...

Das Gastmahl des Belsazer. Im Buch des Propheten Daniel wird aus dem sechsten Jahrhundert vor Christus erzählt: Der Babylonierkönig Belsazer machte ein herrlich Mahl seinen tausend Gewaltigen und soff sich voll mit ihnen. Und da er trunken war, ließ er die goldenen und silbernen Gefäße herbringen, die sein Vater Nebukadnezar aus dem Tempel zu Jerusalem weggenommen hatte, dass der König mit seinen Gewaltigen, mit seinen Weibern und mit seinen Kebsweibern, daraus tranken. Und da sie so soffen, lobten sie die goldenen, silbernen, ehernen, eisernen, hölzernen und steinernen Götter. Eben zur selbigen Stunde gingen hervor Finger als einer Menschenhand; die schrieben, gegenüber dem Leuchter, auf die getünchte Wand in dem königlichen Saal; und der König ward gewahr der Hand, die da schrieb. Da entfärbte sich der König und seine Gedanken erschreckten ihn, dass ihm die Lenden schütterten und die Beine zitterten. Und der König rief überlaut, dass man die Weisen, Chaldäer und Wahrsager hereinbringen sollte; und ließ den Weisen zu Babel sagen: »Welcher Mensch diese Schrift liest und sagen kann, was sie bedeute, der soll mit Purpur gekleidet werden und eine goldene Kette am Halse tragen und der dritte Herr sein in meinem Königreiche.« Da wurden alle Weisen des Königs hereingebracht, aber sie konnten weder die Schrift lesen, noch die Deutung dem Könige anzeigen. Des erschrak der König Belsazer noch härter und verlor ganz seine Farbe und seinen Gewaltigen ward bange.

Da ging die Königin um solcher Sache willen des Königs und seiner Gewaltigen hinein in den Saal und sprach: »Der König lebe ewiglich! Lass dich deine Gedanken nicht so erschrecken und entfärbe dich nicht also! Es ist ein Mann in deinem Königreich, der den Geist der heiligen Götter hat. Denn zu deines Vaters Zeit ward bei ihm Erleuchtung gefunden, Klugheit und Weisheit, wie der Götter Weisheit ist. Und dein Vater, König Nebukadnezar, setzte ihn über die Sternseher, Weisen, Chaldäer und Wahrsager, darum, dass ein hoher Geist bei ihm gefunden ward, dazu Verstand und Klugheit, Träume zu deuten, dunkle Sprüche zu erraten und verborgene Sachen zu offenbaren: nämlich Daniel. So rufe man nun Daniel, der wird sagen, was es bedeutet.« Da ward Daniel hinein vor den König gebracht. Und der König sprach zu Daniel: »Bist du Daniel, der Gefangenen einer aus Juda, die der König, mein Vater, aus Juda hergebracht hat? Ich habe von dir hören sagen, dass du den Geist der Götter habest und Erleuchtung, Verstand und hohe Weisheit bei dir gefunden sei. Nun hab' ich vor mich fordern lassen die Klugen und Weisen, dass sie mir diese Schrift lesen und anzeigen sollen, was sie bedeutet; und sie können mir nicht sagen, was solches bedeutet. Von dir aber höre ich, dass du könntest Deutungen geben und das Verborgene offenbaren. Kannst du nun die Schrift lesen und mir anzeigen, was sie bedeutet, so sollst du mit Purpur gekleidet werden und eine goldene Kette an deinem Halse tragen und der dritte Herr sein, in meinem Königreiche.«

Da fing Daniel an und redete vor dem Könige: »Behalte deine Gaben selber und gib dein Geschenk einem anderen; ich will dennoch die Schrift dem Könige lesen und anzeigen, was sie bedeutet. Herr König, Gott der Höchste hat deinem Vater Nebukadnezar Königreich, Macht, Ehre und Herrlichkeit gegeben. Und vor solcher Macht, die ihm gegeben war, fürchteten und scheuten sich vor ihm alle Völker, Leute und Zungen. Er tötete, wen er wollte. Er ließ leben, wen er wollte. Er erhörte, wen er wollte. Er demütigte, wen er wollte. Da sich aber sein Herz erhub und er stolz und hochmütig ward, ward er vom königlichen Stuhl gestoßen und verlor seine Ehre; und ward verstoßen von den Leuten hinweg, und sein Herz ward gleich den Tieren, und er musste bei dem Wild laufen, und fraß Gras wie Ochsen, und sein Leib lag unter dem Tau des Himmels und ward nass, bis dass er lernte, dass Gott der Höchste Gewalt hat über der Menschen Königreiche und gibt sie, wem er will. Und du, Belsazer, sein Sohn, hast dein Herz nicht gedemütigt, ob du wohl solches alles weißt, sondern hast dich wider den Herrn des Himmels erhoben, und die Gefäße seines Hauses hat man vor dich bringen müssen, und du, deine Gewaltigen, deine Weiber und deine Kebsweiber habt daraus getrunken; dazu die goldenen, silbernen, ehernen, eisernen, hölzernen, steinernen Götter gelobet, die weder sehen noch hören noch fühlen; den Gott aber, der deinen Odem und alle deine Wege in seiner Hand hat, hast du nicht geehrt. Darum ist von ihm gesandt diese Hand und diese Schrift, die da verzeichnet steht. Das ist aber die Schrift allda verzeichnen Mene, mene, tekel, u-pharsin. Und sie bedeutet dieses: Mene, das ist: Gott hat dein Königreich gezählt und vollendet. Tekel, das ist: man hat dich in einer Waage gewogen und zu leicht befunden. Peves, das ist: dein Königreich ist zerteilt und den Medern und Persern gegeben.« – Da befahl Belsazer, dass man

Daniel mit Purpur kleiden sollte und eine goldene Kette an den Hals geben, und ließ von ihm verkündigen, dass er der dritte Herr sei im Königreich.

Aber in derselben Nacht ward der Chaldäer König Belsazer getötet. Und Darius aus Medien nahm das Reich ein, da er zweiundsechzig Jahre alt war.

Krösus. Als Kroisos, der durch seine unermesslichen Reichtümer sprichwörtlich gewordene letzte König von Lydien im Jahre 542 vor Christi Geburt die Notwendigkeit zu erkennen glaubte, der unter Cyrus herandrohenden Macht der Perser durch einen Angriffskrieg zu begegnen, wünschte er über die Aussichten eines so gefährlichen Unternehmens die berühmtesten Orakel zu befragen. Zuvor aber wollte er ihre Zuverlässigkeit prüfen. Er sandte daher gleichzeitig Boten nach Delphi, Abai, Dodona, Theben und Milet, die sämtlich am hundertsten Tage nach ihrer Abreise von Sardes die Orakel fragen sollten, womit Kroisos, des Alyattes Sohn, der Lyder König, eben jetzt beschäftig sei.

Herodot, der älteste griechische Geschichtsschreiber, »der Vater der Geschichte«, der um die gleiche Zeit lebte, erzählt: Was nun die anderen Göttersprüche betrifft, so weiß niemand etwas darüber. In Delphi aber antwortete die Pythia also: »Sieh, ich zähle den Sand, die Entfernungen kenn' ich des Meeres, höre den Stummen sogar und den Schweigenden selber vernehm' ich. Jetzt dringt ein Geruch in die Sinne mir, wie wenn soeben Lamm- und Schildkrötenfleisch gemeinsam in Erze gekocht wird. Erz ist das untere Gefäß und Erz ist der obere Deckel.« Diesen Spruch der Pythia brachten die Boten von Delphi, sorgfältig aufgeschrieben, mit nach Sardes. Als aber auch die anderen Boten mit ihren Aufzeichnungen heimgekommen waren, öffnete und las Kroisos in aller Gegenwart die sämtlichen Aufzeichnungen. Deren keine machte Eindruck auf ihn, sobald er aber den Spruch von Delphi vernommen hatte, anerkannte er ihn in der Überzeugung, dass allein das Orakel zu Delphi wirklich ein solches sei, weil es herausgefunden, was er an jenem hundertsten Tage getan hatte. Denn er hatte ins Werk gesetzt, was unmöglich zu erfinden und auszuklügeln sein sollte: er hatte ein Lamm und eine Schildkröte geschlachtet und beider Fleisch zusammen in einem erzenen Kessel mit erzenem Deckel gekocht, und eben dies nun hatte ihm das Orakel von Delphi bestätigt.

Soweit Herodot. Kroisos bemüht sich nun zunächst, den Gott in Delphi, den er so misstrauisch auf die Probe zu stellen gewagt hatte, durch großartige Opfer und Weihgeschenke zu versöhnen. Herodot erzählt weiter: Den Boten aber, die diese Gaben in das Heiligtum bringen sollten, trug Kroisos auf, das Orakel zu befragen, ob er gegen die Perser zu Felde ziehen und ob er dafür noch irgendeinen Bundesgenossen zu gewinnen suchen solle. In Delphi angekommen, bauten die Lyder ihre Weihgeschenke auf und stellten ihre Frage: »Kroisos, der Lyder und anderer Völker König, in dem Glauben, dass dieses das einzige wahre Orakel auf Erden sei, hat euch [den Priestern] würdige Geschenke gesandt für eure Enthüllungen und lässt euch jetzt fragen, ob er gegen die Perser zu Felde ziehen und ob er dazu noch ein verbündetes Heer zu gewinnen suchen soll?« So fragten sie, die Antwort aber lautete dahin, dass Kroisos, wenn er gegen die Perser zu Felde ziehe, ein großes Reich zerstören werde. Dazu rieten sie ihm, die mächtigsten der Hellenen ausfindig zu machen und zu Freunden zu gewinnen.

So bei Herodot. Der römische Schriftsteller Cicero, der rund vier Jahrhunderte später lebte, hat den Orakelspruch in metrischer Form überliefert: Wenn Kroisos über den Halys geht, so wird ein großes Reich zerstört. Der Halys war der Grenzfluss zwischen Lydien und Persien. Kroisos entnahm dieser Antwort die Gewissheit, dass er des Cyrus Reich zerstören werde. Er beschenkte das Orakel, die Priester und alle Tempeldiener reichlich und richtete nun die dritte Frage an den Gott, [Nach Herodot:] ob seine Herrschaft von langer Dauer sein werde. Die Pythia aber weissagte ihm also: »Wird dem Meder dereinst als König gebieten ein Maultier, dann, leichtfüßiger Lyder, entflieh zu dem steinigen Hermos! Zögere nicht, noch fürchte die Schmach feigherziger Eile!«

Über diesen Spruch freute Kroisos sich am meisten, denn dass je ein Maultier König der Meder sein könne, erschien ihm ganz unmöglich, und so vertraute er, dass seine und seiner Nachkommen Herrschaft ewig sein werde. – Als aber Kroisos gegen die Perser den Grenzfluss Halys überschreitend sein eigenes großes Reich zerstört hatte und in die Gefangenschaft des Cyrus geraten war, deuteten die Priester zu Delphi ihren Spruch dahin, dass Cyrus das Maultier sei, indem sein Vater ein Perser, seine Mutter aber eine Mederin gewesen. – Noch vor der Gefangennahme des Kroisos aber war ein anderes Orakel in Erfüllung gegangen. Er hatte vor Zeiten den Gott gefragt, ob sein stummer Sohn niemals der Sprache teilhaftig werden solle. Der Gott hatte geantwortet: »Lyder, wiewohl ein gewaltiger Fürst, doch törichten Herzens, sehne dich nicht zu vernehmen in deinem Palast die erflehte Stimme des sprechenden Sohns. Das wird taun besser dir frommen, denn er redet zuerst am unglückseligsten Tage.« Als nun Sardes erobert ward, drang ein Perser auf den Lyderkönig ein, um ihn niederzumachen. Da löste die Angst um den Vater des Sohnes Zunge, und er rief: »Mensch, töte den Kroisos nicht!« Das war das erste Wort, das er sprach, hinfort aber konnte er reden sein Leben lang.

Simonides und die Dioskuren. Der römische Staatsmann und Schriftsteller Marcus Tullius Cicero, der im letzten Jahrhundert vor Christus lebte, erzählt von dem griechischen Dichter Simonides aus dem fünften Jahrhundert: Simonides speiste einst zu Kranon in Thessalien bei Skopas, einem begüterten und vornehmen Manne. Bei dieser Gelegenheit sang er ein von ihm auf Skopas gedichtetes Lied, das er nach Art der Dichter durch Einstreuungen geschmückt hatte, und zwar bezogen solche sich auf die Tugenden und Taten der Dioskuren, Kastor und Pollux. Skopas, vom Geize besessen, erklärte, für dieses Lied könne er ihm nur die Hälfte des vereinbarten Ehrensoldes auszahlen, die andere Hälfte möge er sich von den Dioskuren bezahlen lassen, deren Lob er so begeistert gesungen habe. Unmittelbar danach wurde dem Simonides gemeldet, er möchte hinaustreten: vor der Tür ständen zwei junge Männer, die ihn dringend zu sprechen begehrten. Er erhob sich und ging hinaus, doch sah er niemanden. Unterdessen aber stürzte das Zimmer, in dem man tafelte, ein und Skopas und seine anderen Gäste wurden unter den Trümmern begraben. Als nun die Angehörigen die Toten bestatten wollten, aber die Zerschmetterten nicht zu unterscheiden vermochten, da konnte Simonides, dem die dankbaren Dioskuren das Leben gerettet hatten, jedem zeigen, wen er zu bestatten habe, weil er sich genau des Platzes erinnerte, den jeder beim Gastmahl innegehabt hatte.

Simonides und der dankbare Tote. Cicero erzählt: Als der Dichter Simonides den Leichnam irgendeines Unbekannten unbeachtet am Straßenrande hatte liegen sehen und für seine anständige Bestattung gesorgt hatte, da wurde er, im Begriff zu Schiffe zu steigen, von dem dankbaren Toten im Traume gewarnt: wenn er führe, würde er durch Schiffbruch umkommen. Er fuhr nicht, und alle, die fuhren, kamen um.

D ie Wanderer nach Megara. Cicero erzählt: Als zwei befreundete Arkadier zusammen eine Reise machten und nach Megara [heute Station der Eisenbahn Athen–Korinth] gelangten, kehrte der eine bei einem Gastwirt ein, der andere bei einem Gastfreunde. Als sie nach dem Abendessen sich zu Ruhe begeben hatten, kam es dem, der bei seinem Gastfreunde eingekehrt war, so vor, als ob der andere ihn bäte, ihm zu Hilfe zu kommen, da der Wirt ihn mit dem Tode bedrohe. Anfangs erschreckt und aufgestanden, dann aber dieser Traumerscheinung doch keine Bedeutung beimessend, legte er sich wieder nieder. Da aber erschien ihm im Schlafe jener aufs neue und bat: er möchte doch, weil er ihm im Leben nicht zu Hilfe gekommen sei, wenigstens seinen Tod nicht ungerächt lassen: er sei ermordet und von dem Wirt aus einen Wagen geworfen und mit Mist überdeckt worden. Er bitte ihn daher, frühmorgens am Tore zu sein, bevor der Wagen aus der Stadt fahre. – Durch diesen Traum erschüttert, fand der Freund sich rechtzeitig am Tore ein. Als der Wagen kam, fragte er den Knecht, was darauf sei. Der erschrak und floh, der Tote wurde hervorgezogen und der Wirt bestraft.

P ausanias und Kleonike. In seiner Lebensbeschreibung des Kimon erzählt der griechische Schriftsteller Plutarch, der im ersten Jahrhundert nach Christus lebte, von dem Spartaner Pausanias, der 479 vor Christus das Heer der verbündeten Griechen in der Schlacht gegen die Perser bei Platää zum Siege führte: Zu Byzantion ließ Pausanias eine Jungfrau von vornehmer Familie, mit Namen Kleonike, in schändlicher Absicht zu sich rufen, welche ihm endlich von ihren Eltern aus Furcht und Zwang auch preisgegeben werden musste. Schamhaft bat die Jungfrau die Wächter, die vor dem Schlafzimmer standen, das Licht wegzunehmen, ging dann im Finstern leise auf das Bett zu, indessen Pausanias schon schlief, stieß aber dabei aus Versehen einen Leuchter um. Bei dem Geräusch fuhr Pausanias erschrocken auf, zückte, weil er sich von einem Feind überfallen wähnte, den neben ihm liegenden Dolch und stieß die Jungfrau nieder, die an der empfangenen Wunde starb. Nach ihrem Tode ließ sie dem Pausanias keine Ruhe mehr, sondern erschien ihm nächtlicherweile als Gespenst, mit drohender Gebärde den Vers sprechend: Komm vor Gericht! Die Lust bringt Männern Verderben und Unglück. Durch diesen Vorfall wurden nun die Bundesgenossen vollends so sehr aufgebracht, dass sie unter Kimons Anführung den Pausanias förmlich belagerten. Er machte sich also aus Byzantion fort und weil er von dem Gespenst noch immer beunruhigt wurde, nahm er seine Zuflucht zu dem Totenorakel in Herakleia, ließ die Seele der Kleonike heraufrufen und suchte ihren Zorn zu besänftigen. Sie erschien ihm auch endlich und sagte, er werde bald nach seiner Ankunft in Sparta von dieser Plage befreit werden, womit sie vermutlich auf sein bevorstehendes Ende anspielen wollte. [In Sparta des Hochverrats beschuldigt, flüchtete Pausanias in den Tempel der Athene, wo man ihm mit Gewalt nichts anhaben durfte. Aber man vermauerte die Tür und ließ ihn verhungern.]

Vom Dämon des Sokrates. Als Sohn eines Bildhauers im Jahre 470 vor Christus zu Athen geboren, hat Sokrates seine Vaterstadt, die während seiner Lebensjahre ihre höchste kulturelle Blüte sah und die ersten Schritte ihres politischen Niedergangs tat, nur viermal verlassen: einmal um an den Isthmischen Spielen, dreimal um mit großer persönlicher Tapferkeit am Kriege teilzunehmen. Den Staatsgeschäften hat er sich nach Möglichkeit ferngehalten, auch keinem Beruf im äußeren Sinne sich hingegeben, vielmehr als »Freund der Weisheit« (Philosoph) in Dürftigkeit sein Leben gefristet und in den Werkstätten der Handwerker, auf den Übungsplätzen der jungen Vornehmen und auf Markt und Straßen Menschen gesucht, um ihre Seele zu beeinflussen. Durch ein Innenleben von unerhörter und vor Christus beispielloser Ursprünglichkeit und Tiefe ausgezeichnet, hat er mehr als den menschlichen Gesetzen der göttlichen Stimme im eigenen Herzen gehorcht, seinem »Daimonion«, das er durchaus als ein übernatürliches und persönliches Wesen empfand. – Er erklärte, nur zu wissen, dass er nichts wisse und dass Tugend Wissen sei. Ob der Tod ein Übel sei, das wisse er nicht, aber dass das Unrechttun ein Übel sei, das wisse er. Er hoffe aber auf ein höheres Leben jenseits des Todes. – Nachdem die aristokratische Regierung von einer demokratischen beseitigt war, fiel Sokrates als sittlicher Erneuerer den Machthabern lästig. Man stellte ihn unter Anklage: er glaube nicht an die Götter, suche neue Götter einzuführen (eben das »Daimonion«) und verderbe die Jugend. – Er hätte sich retten können, aber er zog den Tod sowohl der Flucht wie dem Widerruf vor und leerte im Jahr 399 vor Christus im Gefängnis den Giftbecher, wozu er verurteilt worden war. – Wie Christus, so hat auch Sokrates nur durch Leben und mündliche Lehre zu wirken gesucht, aber nichts Schriftliches hinterlassen. Von seinen Schülern war Plato, vierzig Jahre jünger als er, der bedeutendste. Ihm hauptsächlich verdanken wir, was wir von und über Sokrates wissen. Plato erzählt in seiner »Apologie des Sokrates« – der Verteidigungsrede des Sokrates, nach dessen Tode von Plato niedergeschrieben – Sokrates habe so zu seinen Richtern gesprochen: »... Denn wenn ihr jetzt mich tötet, so werdet ihr schwerlich einen anderen finden, der geradezu, mag's auch lächerlich klingen, der Stadt von dem Gotte beigegeben worden ist, wie einem starken und edlen Rosse, das, ein wenig stumpf geworden, der Aufmunterung durch den Sporn bedarf. So scheint mir der Gott mich der Stadt beigegeben zu haben, damit ich nicht aufhöre, euch, und zwar jeden einzelnen, zu wecken und zu mahnen und auch zu schelten, den ganzen Tag und überall damit euch zusetzend. Solch ein Mann wird euch nicht leicht wieder zuteilwerden, darum, wenn ihr mir folgen wollt, schonet meiner. Ihr freilich möchtet wohl wie die Schlummernden, wenn sie geweckt werden, ärgerlich auffahren, und wie Anytos [der erste seiner Ankläger] mich leichthin töten und dann den Rest eures Lebens in ungestörtem Schlaf verbringen können, wenn euch nicht der Gott, der für euch sorgt, einen andern schicken sollte. Dass ich aber wirklich ein Mann bin, wie er nur von dem Gotte der Stadt gegeben sein kann, mögt ihr hieraus merken: es ist doch sonst wahrlich nicht Menschenart, dass ich alle meine eigenen Angelegenheiten vernachlässigt habe und nun schon so viele Jahre meinen Vorteil versäume, und stets nur um das Eure mich kümmere, an jeden Einzelnen herantrete, wie ein Vater oder älterer Bruder ihn mahnend, auf die Tugend bedacht zu sein. Und wenn ich nun davon noch etwas hätte und für meine Lehren Lohn empfinge, dann sähe man doch: warum. Jetzt aber seht ihr, dass selbst meine Ankläger bei all ihrer Schamlosigkeit diese Behauptung doch nicht haben wagen dürfen, dass ich von irgendwem Lohn gefordert oder erbeten hätte. Gegen solche Anklage könnte ich ja auch als ausreichenden Zeugen meine Armut aufstellen... Vielleicht könnte es ungereimt erscheinen, dass ich nur unter der Hand und von einem zum anderen laufend meinen Rat vielgeschäftig an den Mann bringe, dagegen nicht wage, öffentlich vor die Versammlung des Volkes zu treten, um der Stadt mit meinem Rate zu dienen. Davon die Ursache aber ist die, die ihr mich schon oft habt angeben hören, dass mir eine göttliche oder übernatürliche Stimme zuteilwird, was ja auch Meletos [der zweite seiner Ankläger] in seiner Anklageschrift unter Spottreden vorgebracht hat. Es ist dies, eine seit den Knabenjahren von Zeit zu Zeit in mir laut werdende Stimme, die, so oft ich sie vernehme, stets mich zurückhält von dem, was ich gerade tun will, niemals aber mich antreibt. Das ist es, was nun auch meiner politischen Betätigung in den Weg tritt. Und aus gutem Grunde scheint es mir ihr in den Weg zu treten. Denn ihr wisst es wohl: wenn ich vor Zeiten angefangen hätte, mich politisch zu betätigen, dann wäre ich längst umgekommen und hätte weder euch fördern können, noch mich selber. Und seid mir nicht böse, dass ich die Wahrheit sage: kein Mensch kann am Leben bleiben, weder bei euch, noch sonst in irgendeiner Demokratie, der durch freimütiges Entgegentreten die vielen Ungerechtigkeiten und Gesetzwidrigkeiten zu verhindern sucht, die im politischen Leben vorkommen. Sondern, wer in Wahrheit für die Gerechtigkeit streiten will, der muss, wenn er dabei auch nur kurze Zeit sein Leben behalten will, als Privatmann leben und nicht als Politiker... Aber warum haben denn so manche ihre Freude daran, mit mir lange zu verkehren? Ihr habt's gehört, o Männer von Athen, ich sagte euch die ganze Wahrheit: sie hören gerne zu, wenn Leute, die sich einbilden weise zu sein und sind es nicht, geprüft und aufs Glatteis geführt werden, denn das ist eine vergnügliche Sache. Mir aber ist dieses zu tun aufgetragen worden von dem Gotte und von Orakeln und Träumen und auf jede Weise, auf die sonst noch göttliche Bestimmung einem Menschen etwas zu tun auferlegen mag... « Nach der Verkündigung des Todesurteils sagte Sokrates zu der Minderzahl seiner Richter, die für Freisprechung gestimmt hatte. »... Mit euch aber, die mich freigesprochen haben, möchte ich gern noch reden über das, was jetzt geschehen ist... Darum bleibet noch so lange bei mir, denn nichts hindert uns, weiter zu plaudern, solange es noch gestattet ist. Denn als Freunden will ich euch nun zeigen, was das bedeutet, was mir jetzt widerfahren ist. Es ist mir nämlich, o meine Richter, – denn euch darf ich mit Recht Richter nennen – es ist mir jetzt wundersam ergangen. Denn die mir gewohnte, weissagende, warnende Stimme der Gottheit ließ in der Vergangenheit häufig sich hören und trat auch bei ganz unbedeutenden Gelegenheiten mir entgegen, so oft ich im Begriff war, etwas Verkehrtes zu tun. Jetzt aber widerfuhr mir, was ihr selber miterlebt habt und was man doch gewiss für das äußerste Übel halten könnte. Mir aber ist weder als ich heute früh mein Haus verließ, noch als ich hier vor das Gericht trat, noch irgendwo in meiner Rede, wenn ich irgendetwas zu sagen im Begriff war, die Warnung des Gottes in den Weg getreten. Sonst, bei andern Gelegenheiten, hat er mich oft mitten im Wort unterbrochen, hier, im ganzen Verlauf dieser Angelegenheit, ist er bei keinem Schritt und bei keinem Wort mir entgegengetreten. Was soll ich als Ursache hiervon annehmen? Ich will es euch sagen: es muss doch wohl, was mir jetzt begegnet ist, etwas Gutes sein, und unmöglich können wir recht haben mit der gewöhnlichen Ansicht, das Totsein sei ein Übel. Hierfür ist mir jetzt ein schlagender Beweis geworden, denn es kann gar nicht anders sein: das Zeichen des Gottes, die Warnung meines Daimonions wäre mir auf diesem Wege entgegengetreten, wenn er nicht zu meinem Glücke führte... auch hat mein Schicksal sich jetzt nicht von selbst also vollendet, sondern mir ist das klar, dass jetzt der Tod und die Erlösung von aller irdischen Trübsal das Beste für mich ist. Deshalb hat auch nirgends jenes Zeichen mir abgewinkt, und so kann ich meinen Anklägern und Verurteilern nicht zürnen...«

Xenophon erzählt: ...Wenn aber jemand meinen sollte, Sokrates sei dadurch, dass er wegen seiner Behauptung, das Daimonion zeige ihm an, was er nicht tun solle, von den Richtern zum Tode verurteilt worden, der Unzuverlässigkeit seines Daimonions überführt worden, der soll bedenken, dass Sokrates damals im Alter schon so weit vorgeschritten war, dass er, wenn nicht alsbald, so doch nicht allzu viel später ohnehin hätte sterben müssen... Ich will aber auch sagen, was ich von Hermogenes, dem Sohne des Hypponikos, über Sokrates gehört habe. Hermogenes erzählte nämlich, er habe, als schon Meletos seine Anklage wider Sokrates eingereicht hätte, diesen über alles andere mehr als über seinen Prozess reden hören, und ihm deshalb gesagt, es sei doch nun Zeit, an seine Verteidigung zu denken. Da habe Sokrates zuerst geantwortet: »Glaubst du denn nicht, dass ich mein ganzes Leben hindurch dafür mich vorbereitet habe?« Als er ihn dann aber gefragt habe: »Wieso?«, habe jener geantwortet, dass er sein Leben lang nichts anderes getan habe, als Recht und Unrecht zu untersuchen, das Rechte zu tun und des Unrechts sich zu enthalten, und das halte er allerdings für die beste Vorbereitung der Verteidigung. Da habe er, Hermogenes, ihm erwidert: »Ja, siehst du denn nicht, o Sokrates, dass unsere Richter in Athen schon oft, durch die Prozessreden irregeführt, Unschuldige zum Tode verurteilt und Schuldige freigesprochen haben?« – »Ja, beim Zeus!«, habe Sokrates erwidert, »aber so oft ich versuchte, an meine Verteidigung vor den Richtern zu denken, trat mir stets das Daimonion in den

Weg.« – »Wunderlich!«, habe er, Hermogenes erwidert. Und jener: »Wunderst du dich, wenn es dein Gott besser zu sein scheint, dass ich mein Leben nunmehr beende?« ...

Dion von Syrakus. Plutarch erzählt aus dem vierten Jahrhundert vor Christus: Während die Verschwörung angelegt wurde, begegnete Dion eine außerordentliche und schreckliche Erscheinung. Er saß gegen Abend ganz allein und in Gedanken versunken in der Vorhalle seines Hauses. Bei einem plötzlichen Geräusch blickte er nach dem anderen Ende der Halle, wo es noch etwas hell war, und sah eine große Frau, die sich nach Gestalt und Kleidung von einer tragischen Furie nicht unterschied, aber mit einem Besen den Fußboden fegte. Bestürzt und voll Furcht ließ Dion seine Freunde kommen und erzählte ihnen von der Erscheinung, bat sie auch, die Nacht über bei ihm zu bleiben, weil er vor Schrecken ganz außer sich war, auch befürchtete, dass ihm, wenn er allein bliebe, die Erscheinung von neuem vor die Augen kommen würde. Das Gespenst ließ sich nun freilich nicht wieder sehen, aber einige Tage danach stürzte sich Dions dem Jünglingsalter schon naher Sohn aus Zorn und Verdruss, die durch einen unbedeutenden Scherz verursacht worden waren, vom Dach des väterlichen Hauses herab und gab den Geist auf.

Calanus. Cicero erzählt: Als der Inder Calanus [Freund Alexanders des Großen, ein sogenannter Gymnosophist d.i. Fakir, 323 vor Christus] zum freiwilligen Tode schreitend den Scheiterhaufen bestieg, sagte er: »O du herrliches Scheiden vom Leben, wenn die Seele nach Verbrennung der sterblichen Hülle in der keinen Flamme zum Lichte emporsteigt!« Und als Alexander ihn bat, es ihm zu sagen, wenn er noch einen Wunsch habe, da antwortete er: »Seht wohl, in den nächsten Tagen werde ich dich wiedersehen.« Dieses nun traf so ein: einige Tage danach starb Alexander zu Babylon.

V or und nach Cäsars Ermordung. Plutarch erzählt: Das Verhängnis scheint nicht sowohl etwas Unerwartetes wie etwas Unvermeidliches zu sein, denn auch diesmal [bei Cäsars Ermordung am 15. März 44 vor Christus] haben sich seltsame Zeichen und Erscheinungen ereignet. Die Feuer am Himmel, das nächtlicherweile an vielen Orten umgehende Getöse und die einsamen Vögel, die auf den Marktplatz herabflogen, verdienen vielleicht nicht, bei einer so wichtigen Begebenheit erwähnt zu werden. Dagegen meldet der Philosoph Strabo, man habe viele ganz feurige Menschen aufeinander losgehen sehen, dem Bedienten eines Soldaten sei eine Flamme aus der Hand gefahren, und er habe anscheinend hell gebrannt, soll aber, als das Feuer verlosch, ganz unverletzt gewesen sein. Cäsar selbst soll, als er opferte, kein Herz in dem Opfertier gefunden haben, und dies wurde für ein sehr schlimmes Vorzeichen gehalten, weil der Natur nach ein Tier ohne Herz nicht bestehen kann. Auch hört man von vielen erzählen, dass ein Wahrsager ihn gewarnt habe, er sollte sich an dem Tage des Monats März, den die Römer Idus nennen [15.], vor einer großen Gefahr in acht nehmen. Als dieser Tag dann erschienen war, begrüßte Cäsar auf dem Wege zum Rathause den Wahrsager und sagte scherzend zu ihm: »Nun, die Iden des März sind da!« [Die Iden hießen der 13. und der 15.]. Jener aber antwortete ihm leise: »Ja, sie sind da, aber sie sind noch nicht vorüber.«

Den Tag vorher speiste Cäsar abends bei Marcus Lepidus und unterschrieb dabei nach seiner Gewohnheit einige

Briefe. Als unterdessen die anderen darauf zu sprechen kamen, welcher Tod wohl der beste wäre, rief er als erster mit lauter Stimme: »Der unerwartete!« Bald danach ging er zu Bett und schlief wie gewöhnlich bei seiner Gemahlin. Auf einmal sprangen alle Türen und Fenster des Schlafzimmers auf, und da er, über das Geräusch sowohl wie über den hereinfallenden hellen Mondschein erschrocken, auffuhr, bemerkte er, dass Calpurnia zwar in tiefem Schlafe lag, aber viele unverständliche Wörter und Seufzer ausstieß. Es träumte ihr nämlich, sie halte ihren ermordeten Gemahl in den Armen und weine über ihn. Nach anderen aber war dies nicht der Traum, den Calpurnia in jener Stunde hatte, sondern dass das spitzige Dach [Giebeldach, sonst den Tempeln vorbehalten], welches gemäß einer Ratsverordnung, wie Livius meldet, zur Zierde und zum Zeichen der Würde auf Cäsars Haus gesetzt worden war, wieder herabgerissen werde, und darüber weinte und jammerte sie im Schlafe. Des Morgens früh aber beschwor sie Cäsar, wenn es irgend möglich wäre, heute nicht auszugehen, sondern die Sitzung des Senates zu verschieben; wolle er jedoch auf ihre Träume keine Rücksicht nehmen, so möge er durch andere Mittel der Wahrsagekunst und durch Opfer sich über die Zukunft Rats erholen. Dieses erregte denn auch, wie es schien, bei ihm Argwohn und Besorgnis, weil er bei Calpurnia noch nie den weiblichen Hang zum Aberglauben bemerkt hatte, und sie doch jetzt so sehr gerührt und geängstigt sah. Da nun auch die Wahrsager nach vielen Opfern erklärten, dass sie lauter ungünstige Vorzeichen fänden, so beschloss er, die Sitzung des Senats durch Antonius absagen zu lassen ...

[Schließlich lässt sich Cäsar aber doch von Brutus, einem der gegen ihn Verschworenen, der ihm Wahrsager und Träume lächerlich macht, verleiten, an der Senatssitzung teilzunehmen, wobei er ermordet wird.] Jedoch sein großer Schutzgeist, der ihn im Leben geleitete, folgte ihm auch nach seinem Tode als Rächer des Mordes und spürte in allen Ländern und Meeren die Mörder auf, bis alle, die auf irgendeine Weise mit Hand ans Werk gelegt oder durch Rat dazu beigetragen hatten, zur Strafe gezogen worden waren.

Unter den menschlichen Ereignissen ist das wunderbarste das Schicksal des Cassius, der nach der Niederlage bei Philippi sich mit eben dem Dolche erstach, den er gegen Cäsar gebraucht hatte; unter den göttlichen aber der große Komet, der sieben Nächte hindurch nach Cäsars Ermordung sich zeigte und dann verschwand, und außerdem die Verdunkelung des Sonnenlichtes. In diesem Jahre nämlich ging die Sonne immer bleich und ohne Strahlenglanz auf, gab auch nur eine schwache und unwirksame Wärme von sich, sodass die Luft immer düster und schwer war und die Früchte wegen der Kälte vor ihrer Reife verwelkten und abfielen.

Allein mehr als alles andere verriet das dem Brutus erschienene Gespenst, dass Cäsars Ermordung den Göttern missfällig war. Damit nun verhielt es sich also: Als Brutus im Begriff war, seine Armee von Abydos [an der asiatischen Küste des Hellespontes] nach Europa überzusetzen, ruhte er die Nacht vorher in seinem Zelte, seiner Gewohnheit gemäß ohne zu schlafen, und dachte über die Zukunft nach, wie man denn sagt, dass dieser Mann unter allen Feldherren dem Schlafe am wenigsten ergeben gewesen sei. Hier glaubte er nun, an der Tür ein Geräusch zu vernehmen, und da er bei dem schwachen Scheine der dem Verlöschen nahen Lampe hinsah, erblickte er die fürchterliche Gestalt eines Mannes von ungeheurer Größe und schrecklichem Aussehen. Anfangs entsetzte er sich, als er aber sah, dass der Mann nichts weder tat noch sagte, sondern stillschweigend neben dem Bette stehenblieb, da fragte er ihn, wer er wäre? Das Gespenst antwortete: »Ich bin dein böser Genius, Brutus, bei Philippi wirst du mich wiedersehen.« Darauf versetzte Brutus unerschrocken: »Gut, ich werde dich wiedersehen.« Und damit verschwand ihm die Erscheinung aus den Augen. In der Folge stellte er sich bei Philippi dem Antonius und dem Oktavian entgegen, trieb in der ersten Schlacht die Feinde in die Flucht und verfolgte sie so hitzig, dass er sogar des Oktavian Lager eroberte. Als er nun im Begriff stand, ihnen die zweite Schlacht zu liefern, erschien ihm in der Nacht das Gespenst wieder, ohne ihn anzureden. Brutus aber erriet daraus sein Verhängnis und stürzte sich blindlings in die Gefahr. Doch fiel er nicht im Kampfe selber, sondern nach der Niederlage der Seinigen floh er auf eine steile Anhöhe, stemmte die Brust gegen sein Schwert und starb so, indem noch ein Freund, wie man sagt, den Druck vermehrte. [Deutsch von Dr. Hanns Floerke.]

Die hellseherische Sklavin zu Philippi. In der Apostelgeschichte des Neuen Testamentes wird berichtet: Es geschah aber, da wir zu dem Gebet gingen, dass eine Magd uns begegnete, die hatte einen Wahrsagergeist und trug ihren Herren viel Gewinnst zu mit Wahrsagen. Dieselbige folgte allenthalben Paulus und uns nach, schrie und sprach: »Diese Menschen sind Knechte Gottes, des Allerhöchsten, die euch den Weg der Seligkeit verkündigen.« Solches tat sie manchen Tag. Paulus aber tat das wehe, und wandte sich um und sprach zu dem Geiste: »Ich gebiete dir im Namen Jesu Christi, dass du von ihr ausfahrest!« Und er fuhr aus zu der selbigen Stunde. Da aber ihre Herren sahen, dass die Hoffnung ihres Gewinnes war ausgefahren, nahmen sie Paulus und Silas, zogen sie auf den Markt vor die Obersten und führten sie zu den Hauptleuten und sprachen: »Diese Menschen machen unsere Stadt irre, sie sind Juden und verkündigen eine Weise, welche uns nicht ziemet anzunehmen noch zu tun, weil wir Römer sind.« Und das Volk ward erregt wider sie; und die Hauptleute ließen ihnen die Kleider abreißen und hießen sie stäupen.

Vision. In der Apostelgeschichte wird berichtet: Und Paulus erschien ein Gesicht bei der Nacht; das war ein Mann aus Mazedonien, der stand und bat ihn und sprach: »Komm herüber nach Mazedonien und hilf uns!« Als er aber das Gesicht gesehen hatte, da trachteten wir also bald, zu reisen gen Mazedonien, gewiss, dass uns der Herr dahin berufen hätte, ihnen das Evangelium zu predigen.

Vom Zauberer Simon: Simon Magus.

1. In der Apostelgeschichte wird berichtet: Philippus aber kam hinab in eine Stadt in Samarien und predigte ihnen von Christo. Das Volk aber hörte einmütiglich und fleißig zu, was Philippus sagte, und sahen die Zeichen, die er tat. Denn die unsauberen Geister fuhren aus vielen Besessenen mit großem Geschrei, auch viele Gichtbrüchige und Lahme wurden gesund gemacht. Und ward eine große Freude in der selbigen Stadt.

Es war aber ein Mann, mit Namen Simon, der zuvor in derselbigen Stadt Zauberei trieb, und bezauberte das samaritische Volk, und gab vor, er wäre etwas Großes. Und sie sahen alle auf ihn, beide, klein und groß, und sprachen: »Der ist die Kraft Gottes, die da groß ist.« Sie sahen aber darum auf ihn, dass er sie lange Zeit mit seiner Zauberei bezaubert hatte. – Da sie aber des Philippus Predigten glaubten von dem Reich Gottes und von dem Namen Jesu Christi, ließen sich taufen beide, Männer und Frauen. Da ward auch der Simon gläubig und ließ sich taufen und hielt sich zu Philippus. Und als er sah die Zeichen und Taten, die da geschahen, verwunderte er sich. Da aber die Apostel hörten zu Jerusalem, dass Samarien das Wort Gottes angenommen hatte, sandten sie ihnen Petrus und Johannes, welche, da sie hinabkamen, beteten sie über sie, dass sie den heiligen Geist empfingen. (Denn er war noch auf keinen gefallen, sondern sie waren allein getauft auf den Namen Jesu Christi.) Da legten sie die Hände auf sie, und sie empfingen den heiligen Geist. Da aber Simon sah, dass der Heilige Geist gegeben ward, wenn die Apostel die Hände auflegten, bot er ihnen Geld an und sprach: »Gebt mir auch die Macht, dass, so ich jemand die Hände auflege, der selbige den Heiligen Geist empfahl.« Petrus aber sprach zu ihm: »Dass du verdammt werdest mit deinem Gelde, da du meinst, Gottes Gabe werde durch Geld erlanget! Du wirst weder Teil noch Anfall haben an diesem Wort, denn dein Herz ist nicht rechtschaffen vor Gott. Darum tu Buße für diese deine Bosheit und bitte Gott, ob dir vergeben werden möchte die Tücke deines Herzens. Denn ich sehe, dass du bist voll bittrer Galle und verknüpft mit Ungerechtigkeit.« Da antwortete Simon und sprach: »Bittet ihr den Herrn für mich, dass der keines über mich komme, davon ihr gesagt habt.« Sie aber, da sie bezeugt und geredet hatten das Wort des Herrn, wandten sie wieder um gen Jerusalem und predigten das Evangelium vielen samaritischen Flecken.

II. In den im zweiten Jahrhundert niedergeschriebenen »Petrusakten« der neutestamentlichen »Apokryphen« wird berichtet: Nach wenigen Tagen entstand mitten in der Gemeinde eine große Unruhe, da einige sagten, sie hätten wunderbare Dinge durch einen Menschen, der Simon hieße, gesehen, und er sei in Aricia. Sie fügten hinzu, dass er sage, er sei »die große Kraft Gottes«, und ohne Gott tue er nichts. Ist er denn Christus? Aber wir glauben an den, den uns Paulus verkündigt hat… Vielleicht aber ist er schon nach Rom gekommen. Denn am gestrigen Tage wurde er mit lauten Zurufen darum gebeten, indem man ihm sagte: »Du bist in Italien Gott, du der Heiland der Römer, eile so schnell wie möglich nach Rom.« Jener aber redete das Volk an und sagte mit dünner Stimme: »Ihr werdet mich am morgigen Tage um die siebente Stunde über das Tor der Stadt fliegen sehen, in demselben Gewande, in dem ihr mich jetzt mit euch sprechen sehet.« Darum, ihr Brüder, wenn es euch recht ist, wollen wir gehen und mit allem Fleiß den Ausgang der Sache erwarten. Daraufhin liefen sie und gelangten an das Tor. Als es aber sieben Uhr wurde, siehe da erschien plötzlich eine Staubwolke am Himmel in der Ferne, wie ein mit Feuerschein von weitem aufleuchtender Rauch. Und nachdem sie an das Tor gekommen, verschwand sie plötzlich. Und darauf erschien sie mitten im Volk stehend, und sie staunten sie insgesamt an und erkannten, dass er es wäre, den sie tags zuvor gesehen hätten. – Und außerordentlich wurden die Brüder untereinander verstört, zumal da Paulus nicht in Rom war, und auch nicht Timotheus und Barnabas, da sie von Paulus nach Mazedonien geschickt worden waren, und da keiner vorhanden war, der uns stärken konnte, zumal diejenigen, die erst kürzlich im Glauben unterwiesen worden waren. Und während Simons Ansehen sich immer mehr hob bei denen er wirkte, und einige von ihnen in ihren täglichen Gesprächen den Paulus einen Zauberer nannten, andere einen Gaukler, da wurden von der so großen Menge, die im Glauben gegründet war, alle abspenstig gemacht, außer dem Presbyter Narcissus und zwei Frauen im Hospiz der Bithynier und vier anderen, welche das Haus nicht mehr verlassen konnten; und sie lagen, eingeschlossen, Tag und Nacht dem Gebet ob und baten den Herrn, es möchte Paulus so schnell wie möglich zurückkehren oder irgendein anderer kommen, der seine Knechte besuche, da der Teufel sie durch seine Schlechtigkeit abspenstig gemacht hätte.

Während sie aber trauerten und fasteten, unterwies schon Gott für die Zukunft den Petrus in Jerusalem. Nachdem die zwölf Jahre, die ihm der Herr vorgeschrieben hatte, erfüllt waren, zeigte ihm Christus folgendes Gesicht, indem er zu ihm sagte: »Petrus, Simon, den du aus Judäa vertrieben hast, nachdem du ihn als Magier erwiesen, ist euch wiederum zuvorgekommen und in Rom. Und in Kürze sollst du wissen: alle, nämlich welche an mich glaubten, hat durch seine Schlauheit und Tatkraft Satanas abspenstig gemacht. Aber verziehe nicht. Reise am morgigen Tage nach Cäsarea, und dort wirst du ein Schiff bereitfinden, das nach Italien fährt. Und innerhalb weniger Tage will ich dir meine Gnade zeigen, die dich vor allen auszeichnen soll.« Petrus aber erzählte, durch dieses Gesicht gemahnt, es ohne Verzug den Brüdern und sagte: »Ich muss nach Rom gehen, um den Feind und Gegner des Herrn und unserer Brüder niederzukämpfen.« ...

Und Petrus [kam nach Rom und] ermahnte die Brüder insgesamt, sie möchten den Herrn mit allen Kräften verstehen, und er begann mit Marcellus und mit den anderen Brüdern den Jungfrauen des Herrn zu dienen und zu ruhen bis zum Morgen. Zu ihnen sagte Marcellus: »Ihr heiligen, unverletzten Jungfrauen des Herrn, höret: ihr wisst, wo ihr bleiben könnt. Denn was mein genannt wird, wem gehört es, wenn nicht euch; denn an dem Sabbat, der morgen anbrechen wird, hat Simon mit Petrus, dem Heiligen des Herrn, einen Kampf. Wie der Herr nämlich immer mit ihm gewesen ist, so möge auch jetzt der Herr Christus für ihn als für seinen Apostel einstehen, denn Petrus hat beharrlich nichts gegessen, sondern streng gefastet, um den schlimmen Feind und Verfolger der Wahrheit des Herrn zu besiegen. Siehe nämlich, es sind meine Diener gekommen und haben mir berichtet, sie hätten gesehen, wie auf dem Forum Pulte aufgeschlagen wurden und die Menge sagen hören: Hier haben morgen bei Tagesanbruch zwei Juden zu streiten über die Unterredung Gottes. – Darum wollen wir jetzt bis morgen früh wachen und unsern Herrn Jesus Christus flehentlich bitten, er möge unsere Gebete für Petrus erhören.« Marcellus aber sank für kurze Zeit in Schlaf, wachte auf und sagte zu Petrus: »O Petrus, Apostel Christi, wir wollen kühn an die Ausführung unseres Vorsatzes gehen. Denn als ich jetzt kurze Zeit in Schlaf gesunken war, sah ich dich auf einem hohen Platz sitzen und vor dir eine große Menschenmenge, und ein sehr hässliches Weib, ihrem Ansehen nach eine Äthiopierin, keine Ägypterin, sondern ganz schwarz, in schmutzige Lumpen gehüllt, um den Hals aber eine eiserne Kette und an Händen und Füßen eine Kette; sie tanzte. Als du sie sahst, sprachst du mit lauter Stimme zu mir: Marcellus, das ist die ganze Kraft Simons und seines Gottes, die da tanzt; enthaupte sie. Und ich sagte zu dir: Bruder Petrus, ich bin ein Senator aus vornehmem Geschlecht und habe niemals meine Hände befleckt, nicht einmal einen Sperling habe ich jemals getötet. Und als du das gehört hattest, singest du viel mehr an zu schreien: Komm, unser wahres Schwert, Jesu Christ, und schlage dem Dämon nicht nur das Haupt ab, sondern zerschlage auch alle seine Glieder, vor diesen allen, welche ich in deinem Kriegsdienst erprobt habe! – Und sofort kam ein dir, Petrus, ähnlicher Mann mit dem Schwert in der Hand und schlug sie ganz zusammen...« Sobald Petrus dies gehört hatte, wurde er noch mehr mit Mut erfüllt... Darum erhob er sich voll Freude, um nach dem Forum zu gehen. Es kamen aber die Brüder und alle, die in Rom waren, zusammen und nahmen jeder seinen Platz ein. Es kamen aber auch die Senatoren und Präfekten und die Beamten zusammen. Als aber Petrus ankam, stellte er sich in die Mitte. Alle insgesamt riefen aus: »Zeige uns, o Petrus, wer dein Gott sei oder was das für eine Majestät ist, die dir Vertrauen gegeben hat. Sei den Römern nicht missgünstig; sie sind Liebhaber der Götter. Wir haben aber die Proben Simons, wir wollen auch die deinen haben; beweiset uns darum beide, wem wir in Wahrheit glauben müssen.« Und als sie dieses sagten, kam auch Simon dazu. Bestürzt trat er an die Seite des Petrus und schaute besonders auf ihn. – Nach langem Schweigen sagte Petrus: »Ihr römischen Männer, ihr sollt uns wahre Richter sein. Ich sage nämlich, dass ich an den lebendigen Gott glaube, von dem ich auch die Proben, die mir schon bekannt sind, zu zeigen verspreche, wie auch unter euch schon viele dafür Zeugnis ablegen können. Ihr seht nämlich, dass dieser eben schweigt, weil er widerlegt worden ist und ich ihn aus Judäa vertrieben habe... Und er kam hierher in dem Glauben, er könne unter euch verborgen bleiben. Und siehe, da steht er nun mir von Angesicht zu Angesicht gegenüber. Sage, Simon, bist du nicht in Jerusalem mir und Paulus zu Füßen gefallen, als du die Heilwunder sahst, die durch unsere Hände geschahen, und sagtest: Ich bitte euch, nehmet Geld von mir so viel ihr wollt, damit auch ich die Hand auflegen und solche Taten tun kann. Als wir aber das von dir gehört hatten, haben wir dir geflucht: glaubst du, dass wir den Versuch machen wollen, Geld zu besitzen. Und jetzt fürchtest du nichts? Mein Name ist Petrus, weil der Herr Christus die Gnade gehabt hat, mich zu nennen: ›bereit zu sein zu jeder Sache.‹ Denn ich glaube an den lebendigen Gott, durch den ich deine Zauberkünste zerstören werde... Jetzt möge er die wunderbaren Dinge, die er verrichtete, auch in eurer Gegenwart verrichten. Und was ich euch soeben über ihn gesagt habe, wollt ihr es mir nicht glauben?« – Simon aber sagte: »Du hast die Frechheit, von dem Nazarener Jesus zu sprechen, der der Sohn eines Zimmermanns und selbst ein Zimmermann gewesen ist, dessen Geschlecht aus Judäa stammt. Höre, Petrus, die

Römer haben Verstand; sie sind keine Toren.« – Und er wandte sich zu dem Volke und sprach: »Ihr Männer von Rom, wird ein Gott geboren? Wird er gekreuzigt? Wer einen Herrn hat, ist kein Gott.« – Als er aber dieses sagte, sprachen viele: »Du sagst recht, Simon!«

Petrus aber sagte: »Verflucht seien deine Worte gegen Christus!… O ihr Männer von Rom, wenn ihr die prophetischen Schriften kenntet, würde ich euch alles erklären… Aber dies wird euch nachher eröffnet werden. Jetzt wende ich mich zu dir, Simon: wodurch du sie vorher verführtest, tue irgendeines von jenen Zeichen, und ich will es durch meinen Herrn Jesus Christus zunichtemachen.« – Simon fasste sich Mut und sagte: »Wenn der Präfekt es erlaubt.«

Der Präfekt aber wollte beiden seine Langmut zeigen, damit es nicht scheine, als handele er ungerecht. Er ließ aber einen seiner Haussklaven herbeikommen und sagte so zu Simon: »Nimm diesen und töte ihn.« Zu Petrus sagte er: »Du aber wecke ihn auf.« Und zum Volk sagte er: »Euch liegt es jetzt ob, darüber zu urteilen, wer von ihnen Gott angenehm ist, derjenige, der tötet, oder derjenige, der lebendig macht.« – Und sofort sprach Simon dem Knaben ins Ohr, und ohne laut zu sprechen brachte er es dahin, dass der Knabe schwieg und starb. Als aber im Volk ein Gemurmel zu entstehen begann, da rief eine von den Witwen, die bei Marcellus verpflegt wurde, aus – sie stand aber hinten im Volkshaufen: »Petrus, Knecht Gottes, mein Sohn ist gestorben, der einzige, den ich hatte.« Das Volk aber machte ihr Platz, und sie führten sie zu Petrus. Sie aber warf sich zu seinen Füßen nieder und sagte: »Ich hatte einen einzigen Sohn; er verschaffte mir durch seiner Hände Arbeit den Lebensunterhalt, er hob mich auf, er trug mich. Nun er tot ist, wer wird mir die Hand reichen?« Zu ihr sagte Petrus: »Vor diesen Zeugen gehe und bringe deinen Sohn hierher, damit diese es sehen und glauben können, dass er durch Gottes Kraft auferstanden ist, jener aber es sehe und verderbe.« – Petrus aber sagte zu den Jünglingen: »Hier sind Jünglinge nötig, zumal solche, die gläubig werden wollen.« Und sofort erhoben sich dreißig Jünglinge, bereit, die Witwe zu tragen und ihren toten Sohn herbeizubringen. Sie aber war kaum ihrer Sinne wieder mächtig geworden, da hoben die Jünglinge sie auf und trugen sie fort... Aber jene, angesichts ihres toten Sohnes, schrie und sprach: »O mein Sohn, der Diener Christi hat zu dir geschickt!«, und raufte sich das Haar und zerkratzte sich das Gesicht. – Die Jünglinge aber betrachteten die Nase des Sohnes, ob er wirklich gestorben wäre. Als sie aber sahen, dass er tot war, trösteten sie die Witwe und sagten: »Wenn du wirklich glaubst an den Gott des Petrus, so heben wir ihn auf und bringen ihn zu Petrus, damit er ihn erwecke und dir zurückgebe.«

Währenddessen schaute der Präfekt auf dem Forum Petrus an und sprach: »Was sagst du, Petrus? Siehe, der junge Sklave liegt tot da; ihn hatte auch der Kaiser gern, und ich habe ihn nicht geschont. Ich hatte ja gewiss noch andere und viele Knaben, aber ich vertraute an dich und deinen Herrn, den du verkündest: darum wollte ich, dass dieser stürbe.« – Petrus aber sagte: »Gott wird nicht versucht und herabgesetzt. Aber der Geliebteste und von ganzem Herzen zu verehrende wird die erhören, die würdig sind. Doch da jetzt unter euch mein Gott und Herr, Jesus Christus, versucht wird, obgleich er so viele Zeichen und Wunder durch mich tat, um euch von euren Sünden zu belehren, darum erwecke du jetzt vor aller Augen den, den Simon durch seine Berührung getötet hat, durch meine Stimme in deiner Kraft!« – Und Petrus sprach zu dem Herrn des Knaben: »Gehe, nimm ihn an der rechten Hand, und du wirst ihn lebendig haben, und er wird mit dir wandeln.« Der Präfekt Agrippa aber lief hin und kam zu dem Knaben und ergriff seine Hand und weckte ihn auf. – Als aber das die Volkshaufen sahen, schrien sie: »Es ist ein Gott, Einer, der Gott des Petrus!«

Unterdessen wird der Sohn der Witwe auf einer Tragbahre von den Jünglingen herangetragen; das Volk machte ihnen Platz, und sie brachten ihn zu Petrus. Petrus aber erhob seine Augen zum Himmel, streckte seine Hände aus und sprach so: »Heiliger Vater deines Sohnes Jesu Christi, der du uns deine Kraft verliehen hast, dass wir durch dich bitten und erlangen, und alles, was in dieser Welt ist, verachten, und dir allein folgen, der du in Wenigen gesehen wirst und in Vielen erkannt werden willst: umstrahle, o Herr, erleuchte, erscheine, erwecke den Sohn der greifen Witwe, die sich ohne ihren Sohn nicht helfen kann. Und ich nehme das Wort meines Herrn Christus und sage dir: ›Jüngling, stehe auf und wandele‹ mit deiner Mutter, solange du ihr nützen kannst. Nachher aber wirst du mir einen höheren Dienst leisten und als Bischof und Diakon dienen.« Und sofort erhob sich der Tote, und es sahen es die Volkshaufen und verwunderten sich, und das Volk rief: »Du, Gott Heiland, du, Gott des Petrus, unsichtbarer Gott und Heiland!« Und sie sprachen untereinander und bewunderten die Kraft eines Menschen, der mit seinem Worte seinen Herrn anrief, und nahmen das Geschehnis auf zu ihrer Heiligung.

Als aber das Gerücht davon die ganze Stadt durchflog, da kam auch die Mutter eines Senators dazu, brach sich Bahn mitten durch den Volkshaufen, fiel zu den Füßen Petri nieder und sagte: »Ich habe von den Meinen erfahren, dass du der Diener des barmherzigen Gottes seist und seine Gnade allen mitteilst, die dieses Licht begehren. Teile darum auch meinem Sohne das Licht mit, da ich ja erfahren habe, dass du keinem missgünstig bist: da eine Matrone dich bittet, so wende dich nicht ab.« Petrus sprach zu ihr: »Wirst du an meinen Gott glauben, durch den dein Sohn auferstehen wird?« Die Mutter aber erwiderte mit lauter Stimme unter Tränen: »Ich glaube, Petrus, ich glaube!« Das gesamte Volk schrie: »Schenke der Mutter ihren Sohn!« Petrus aber sagte: »Er möge hierher gebracht werden, vor die Augen aller Anwesenden.« ... Es war aber Nikostratus, der gestorben war, sehr edel und im Senate sehr beliebt. Sie brachten ihn und stellten ihn vor Petrus nieder. Petrus aber bat um Schweigen und sagte mit sehr lauter Stimme: »Ihr Männer von Rom, jetzt möge ein gerechtes Gericht zwischen mir und Simon stattfinden und urteilt, wer von uns an den lebendigen Gott glaubt, dieser oder ich. Den Leichnam aber, der hierher gestellt ist, möge dieser auferwecken, dann glaubt ihm wie einem Engel Gottes. Wenn er es aber nicht vermag, will ich meinen Gott anrufen: ich will den Sohn lebend seiner Mutter geben, und dann glaubet, dass dieser, der bei euch Gastfreundschaft genießt, ein Zauberer ist und ein Verführer.« – Als sie das hörten, schien es ihnen recht, was Petrus gesagt hätte. Sie munterten den Simon auf und sagten: »Zeige jetzt öffentlich, ob etwas an dir ist: entweder überführe du den Petrus oder du wirst überführt werden. Was stehst du da? Auf, beginne!« Als aber Simon sah, dass alle ihn drängten, stand er schweigend da. Nachdem er aber gesehen hatte, dass das Volk ruhig geworden war und auf ihn blickte, rief Simon und sprach: »Ihr Männer von Rom, wenn ihr sehen werdet, dass dieser Tote auferstanden ist, werft ihr dann den Petrus zur Stadt hinaus?« Und das ganze Volk sagte: »Wir werfen ihn nicht nur hinaus, sondern wir werden ihn zur Stunde mit Feuer verbrennen.« Da trat Simon an das Haupt des Toten und neigte sich, sprach dreimal »Richte dich auf!« und zeigte dem Volke, dass der Tote das Haupt erhoben habe und bewege, und die Augen öffne und sich leicht Simon zuneige. – Sogleich begannen sie, Holz und Scheiter zu suchen, um

Petrus mit Feuer zu verbrennen. – Petrus aber empfing die Kraft Christi und erhob feine Stimme und sagte zu denen, die gegen ihn schrien: »Jetzt sehe ich, dass ihr, Volk von Rom, – was ich nicht sagen dürfte – närrisch und töricht seid, solange eure Augen und eure Ohren und euer Verstand verblendet ist. Soweit ist euer Sinn verdunkelt, ihr seht nicht, dass ihr verzaubert seid, weil ihr ja anscheinend glaubt, dass ein Toter auferstanden ist, der sich nicht erhoben hat. Es könnte mir, ihr Männer von Rom, genügen, zu schweigen und im Schweigen zu sterben und euch in den Trugbildern dieser Welt zurückzulassen. Aber ich habe die Strafe des unauslöschlichen Feuers vor Augen. Wenn es euch also gut scheint, so möge der Tote doch sprechen, er möge doch aufstehen; wenn er lebt, möge er sich mit seinen Händen die Binde vom Kinn lösen, er möge seine Mutter rufen und zu euch Schreiern sagen: was schreit ihr? Mit seiner Hand möge er euch zuwinken. – Wollt ihr aber sehen, dass er tot ist und ihr gebunden seid, so möge dieser [Simon] von der Tragbahre zurücktreten, der euch geraten hat, von Christus zurückzutreten, und ihr werdet den Toten so sehen, wie ihr ihn auch herangebracht gesehen habt.« – Der Präfekt Agrippa aber hielt nicht mehr an sich, sondern erhob sich, und mit eigener Hand trieb er Simon hinweg. Und so lag der Tote von neuem so da wie vorher. – Das Volk aber geriet in Wut und begann, von der Zauberkunst Simons bekehrt, zu schreien: »Höre, o Cäsar, wenn nun der Tote nicht aufersteht, so möge Simon statt Petrus brennen, da er uns in Wirklichkeit verblendet hat.« Petrus aber streckte seine Hand aus und sprach: »O ihr Männer von Rom, habt nur noch Geduld. Ich sage euch nicht, dass Simon, wenn der Tote auferweckt ist, brennen solle, wenn ich's nämlich sagte, würdet ihr's tun.« Da schrie das Volk: »Auch wenn du es nicht willst, Petrus, werden wir's tun.« Da sprach Petrus: »Wenn ihr dabei beharret, wird der

Tote nicht auferstehen. Denn wir kennen es nicht, Böses mit Bösem zu vergelten... Wenn auch dieser Buße tun kann, ist es besser...« Und Petrus berührte die Seite des Toten und sprach: »Stehe auf!« Da erhob sich Nikostratus, nahm seine Kleider auf, setzte sich und band sich das Kinn los und bat um andere Kleider, stieg von der Tragbahre und sagte zu Petrus: »Ich bitte dich, Mensch, wir wollen zu unserm Herrn Christus gehen, den ich mit dir habe sprechen hören...« Von dieser Stunde an verehrten sie Petrus wie einen Gott, zu seinen Füßen hingestreckt, und die Kranken, die sie zu Hause hatten, brachten sie zu ihm, dass er sie heile...

Nach Verlauf weniger Tage aber versprach Simon, der Magier, dem Volke, den Petrus zu überführen, dass er nicht an den wahrhaftigen Gott glaube, sondern an einen trügerischem. Da er nun viele Gaukeleien tat, verlachten ihn die nunmehr Beständigen der Brüder. In den Speisezimmern ließ er nämlich einige Geister zu ihnen hereinkommen, die nur ein Scheinleben hatten, aber nicht in Wirklichkeit lebten. Und was soll ich noch weiter sagen? Nachdem er mit vielen Worten über die Zauberkunst geredet hatte, da ließ er auch Lahme gesund erscheinen auf kurze Zeit und Blinde in gleicher Weise, und Tote, so schien es, machte er einmal viele lebendig und ließ sie sich bewegen. In all diesem aber folgte ihm Petrus und widerlegte ihn bei denen, die es sahen. Und als er nun immer eine schlechte Figur spielte und von dem Volk der Römer verlacht wurde, und man ihm kein Vertrauen schenkte, deswegen, weil er etwas zu tun versprach und es nicht tun konnte, kam es so weit, dass er zu ihnen also sagte: »Ihr Männer von Rom, ihr glaubt jetzt, dass Petrus mir überlegen sei, und ihr wendet ihm mehr als mir eure Aufmerksamkeit zu. Ihr irrt euch! Denn morgen werde ich euch Gottlose und Frevelhafte verlassen und werde droben bei Gott meine Zuflucht nehmen, dessen Kraft ich bin, wenn auch schwach geworden. Und ich gehe empor zum Vater und werde zu ihm sagen: Auch mich, deinen stehenden Sohn, haben sie zu Falle bringen wollen, aber ich habe mich mit ihnen nicht eingelassen, sondern bin zu mir selbst zurückgekehrt.«

Und schon am folgenden Tage lief ein größerer Volkshaufe auf der *Via sacra* zusammen, um ihn fliegen zu sehen. Um aber das Schauspiel zu sehen, kam auch Petrus an diesen Ort, damit er ihn auch darin widerlege. Denn schon als Simon nach Rom gekommen war, hatte er durch einen Flug das Volk verwirrt, denn damals weilte Petrus noch nicht in Rom, konnte ihn also nicht widerlegen; so kam es, dass einige durch Simon um ihren Verstand gebracht wurden. Jetzt stand Simon an einem hohen Ort, erblickte Petrus und begann zu reden: »Petrus, jetzt zumal, wo ich emporsteige vor allen diesen, die es sehen, sage ich dir: wenn dein Gott mächtig ist, den die Juden getötet haben, die auch euch, die von ihm Auserwählten, mit Steinen warfen, so möge er sich an diesem Vorkommnis offenbaren. Denn ich steige empor und will mich diesem ganzen Volke zeigen, wer ich bin.« Und siehe, er wurde in die Höhe erhoben, und alle sahen ihn, über ganz Rom und seine Tempel und Hügel erhoben. Die Gläubigen aber blickten auf Petrus. Und Petrus sah das wundersame Schauspiel und schrie zu dem Herrn Jesus Christus: »Wenn du diesen ausführen lässt, was er unternommen hat, so werden jetzt alle, die an dich gläubig geworden sind, geärgert werden, und es werden die Zeichen und Wunder, die du ihnen durch mich gegeben hast, unglaubwürdig sein. Erzeige, o Herr, schnell deine Gnade und mach, dass er von oben herabfällt, erschlafft bleibe und nicht sterbe, sondern unschädlich gemacht werde und den Schenkel an drei Stellen breche!« – Und Simon fiel von oben herab und brach den Schenkel an drei Stellen. Da warfen sie Steine auf ihn und gingen jeder nach

Hause, dem Petrus im Übrigen alle Glauben schenkend ... Simon aber, also ins Unglück gekommen, fand einige, die ihn in der Nacht auf einer Tragbahre von Rom nach Aricia brachten. – Und dort blieb er bei einem Manne mit Namen Kastor, der wegen seiner Zauberei aus Rom nach Terracina vertrieben worden war. Dort fand das Ende seines Lebens der Engel des Teufels: Simon. [Nach Hennecke, Neutestamentliche Apokryphen.]

Caligula. Der römische Schriftsteller Sueton, der um das Jahr 70 nach Christus geboren wurde, erzählt: Als man übereingekommen war, den [römischen Kaiser] Caligula zur Zeit der Palatinischen Spiele, mittags, wenn er aus dem Theater gegangen, anzufallen, erbat sich Cassius Chaerea, der Tribun der Leibwache, die Rolle des ersten Angreifers. Des Caligula bevorstehende Ermordung aber ward durch viele Wahrzeichen verkündet. Zu Olympia ließ das Jupiterstandbild, das er auseinanderzunehmen und nach Rom bringen zu lassen beschlossen hatte, plötzlich ein solches Gelächter erschallen, dass die Arbeiter von den wankenden Gerüsten flohen. Und unmittelbar danach kam ein gewisser Cassius und versicherte, es sei ihm durch einen Traum der Befehl erteilt worden, dem Jupiter einen Stier zu opfern. – Zu Capua ward das Kapitol an den Iden des März vom Blitz getroffen, desgleichen zu Rom die Wohnung des Aufsehers über den Vorhof des Kaiserpalastes, und es fehlte nicht an solchen, welche das eine Vorzeichen dahin deuteten: es stehe wieder die Ermordung einer erhabenen Person bevor, wie sie einst an jenem Tage stattgefunden [Caius Julius Caesar], und das andere: dem Kaiser drohe Gefahr von seinen eigenen Wächtern. Als Caligula sich nun von dem Astrologen Sulla die Nativität stellen ließ, versicherte ihm dieser aufs Bestimmteste, dass ihm ein gewaltsamer Tod nahe. Auch das Orakel von Antium erteilte ihm die Warnung: er möge sich vor Cassius hüten. Aus diesem Grunde gab Caligula Befehl, den Cassius Longinus, der damals Prokonsul von Asien war, hinzurichten, – ohne zu bedenken, dass auch Chaerea den Namen Cassius führte. [In der Tat hat dann, als die Verschworenen den Caligula anfielen, Cassius Chaerea ihm den ersten Schwerthieb ins Genick versetzt]

Antillus und Nikander. Plutarch erzählt: Wir alle sind dessen Zeuge gewesen, was dem Antillus begegnet ist. Er erkrankte und starb. Ins Leben zurückgekehrt, behauptete er, wirklich tot gewesen zu sein, doch habe man ihn wieder auf die Erde geschickt. Die, welche ihn abgeholt hätten, seien mit Strenge getadelt worden, da sie doch zu Nikander geschickt worden wären und nun stattdessen irrtümlich ihn, Antillus, mitgenommen hätten. – Dieser Nikander war ein Schuhmacher und den meisten von denen bekannt, die die Ringkämpfe zu besuchen pflegen. Als diese das Geschehene erfuhren, neckten sie ihn, die Diener des Jenseits bestochen zu haben, dass sie statt seiner einen andern holten. Nikander war es nicht angenehm, dass man ihm dergleichen sagte. Aber das Fieber ergriff ihn, und er starb am dritten Tage. Der ins Leben zurückgekehrte Antillus jedoch ist bis auf diesen Tag einer unserer liebenswürdigsten Mitbürger.

Vor der Zerstörung Jerusalems. Der römische Schriftsteller Tacitus, geboren um 55 nach Christus, erzählt von der Belagerung Jerusalems durch Titus, 70 nach Christus: Es trugen sich Wunder zu, die jenes abergläubische aber nicht religiöse Volk der Juden zu beachten versäumte, während es Gebete und Opfer verrichtete. Man sah am Himmel streitende Heere und blitzende Waffen. Der ganze Tempel erglänzte von zuckenden Blitzen, seine Tore öffneten sich unversehens, und eine übermenschliche Stimme rief: »Die Götter schreiten heraus!« Gleichzeitig vernahm man laut und deutlich ein Lärmen, als ob sie wirklich herausschritten.

Apollonius von Thyana in Kappadozien, ein neupythagoreischer Philosoph, hat, wie die römischen Schriftsteller Sueton und Dio Cassius bestätigen, auf übersinnlichem Wege die Ermordung des Kaisers Domitian, 96 nach Christus, in derselben Stunde zu Ephesus gesehen, in der sie zu Rom stattfand. Sein Biograph Philostratus, der im dritten Jahrhundert lebte, lässt einen Zeitgenossen und Landsmann des Apollonius hierüber berichten: Indem Apollonius hier in den Hainen am Xystus zur Mittagszeit einen Vortrag hielt, ließ er erstlich die Stimme sinken, wie wenn er etwas fürchte. Dann sprach er ohne Zusammenhang, so wie einer, der während des Redens die Aufmerksamkeit auf etwas anderes richtet. Endlich schwieg er ganz, blickte furchtbar zur Erde und, drei oder vier Schritte vortretend, rief er aus: »Stoß ihn nieder, den Tyrannen! Stoß ihn nieder!« nicht wie einer, der dem Spiegel ein Schattenbild der Wahrheit entnimmt, sondern wie einer, der das, was wirklich geschieht, erblickt. Als nun ganz Cphesus hierüber bestürzt war, denn die ganze Stadt war bei seinem Vortrag anwesend, hielt er inne, als ob er den Ausgang einer zweifelhaften Sache abwarte. Dann sagte er: »Seid getrost, der Tyrann ist heute getötet worden. Aber was sage ich «heute»? Jetzt, bei Pallas Athene, jetzt, zu eben der Zeit, da ich im Reden innehielt.« Als nun die Epheser dieses für Wahnsinn hielten, sprach er: »Ich wundere mich nicht, wenn manche einer Nachricht keinen Glauben schenken, die noch nicht einmal ganz Rom weiß. Aber siehe: Rom weiß sie, sie verbreitet sich. Tausende glauben sie schon, und Tausende tanzen vor Lust.« – Gleichwohl misstraute man der Sache, bis die Eilboten mit der frohen Nachricht eintrafen, welche die Einsicht des Apollonius bestätigte. Denn die Ermordung des Tyrannen, der Tag, die Stunde, die Mörder, die er durch seinen Zuruf ermuntert hatte, alles war richtig und so, wie es ihm die Götter während seines Vortrags gezeigt hatten.

Einst hatte, wie derselbe Biograph erzählt, Domitian den Apollonius vor sein Gericht gezogen. Aber nachdem der Philosoph dem Kaiser den Vers der Jliade zugerufen: »Nicht wirst töten mich du, dieweil nicht so mir bestimmt ist!«, ward er vor aller Augen plötzlich entrückt. »Als er sich aber aus dem Gerichtssaal auf eine so dämonische und nicht leicht zu beschreibende Weise entfernte, benahm der Tyrann sich nicht so, wie viele geglaubt hatten. Sie glaubten nämlich, er werde gewaltig darüber aufbegehren und eine Verfolgung des Mannes veranstalten. Aber er tat nichts der Art, gleichsam aus Widerspruch gegen die Meinung der Menschen, oder weil er begriff, dass er nichts gegen ihn ausrichten könne.«

»Als Apollonius von Thyana einst zu Athen einen Besessenen heilte, hieß er den Dämon ein Zeichen dafür geben, dass er jenen auch wirklich verlassen habe. Da antwortete der Dämon: »Ich will das Standbild dort umwerfen.« Und wirklich wankte dieses und fiel um, worüber alle Anwesenden ein Staunen ankam.«

Ein Brief des Plinius. Der römische Schriftsteller E. Plinius Cäcilius Secundus, geboren 62 nach Christus, an einen Freund: Die Muße gibt uns Gelegenheit, mir, von

Dir zu lernen, und Dir, mein Lehrer zu sein. Ich wünschte nämlich gar sehr zu wissen, ob Du an Gespenster, an ihre eigentümliche Gestalt und höheren Einfluss glaubst oder ob Du sie für leere und wesenlose Gebilde, Ausgeburten unserer Furcht, hältst. Was mich veranlasst an sie zu glauben, ist namentlich der Fall, der dem Curtius Rufus begegnet sein soll. Als dieser noch in äußerst bescheidenen Verhältnissen und gar nicht bekannt war, befand er sich im Gefolge des Statthalters von Afrika.

Einst ging er, als der Tag sich neigte, in einer Säulenhalle spazieren; da trat ihm eine weibliche Gestalt von übermenschlicher Größe und Schönheit entgegen und redete den Erschreckten also an: »Ich bin Afrika und weissage dir dein künftiges Schicksal. Du wirst nach Rom gehen, Ehrenämter bekleiden, sodann als oberster Befehlshaber in diese Provinz zurückkehren und hier sterben.« Alles traf ein. Überdies soll ihm, als er in Karthago landete, beim Aussteigen aus dem Schiff dieselbe Figur wieder erschienen sein. So viel ist gewiss, dass er in eine Krankheit verfiel, und da er aus der Vergangenheit auf die Zukunft, aus dem Glück auf das Unglück schloss, gab er alle Hoffnung, wieder gesund zu werden, auf, während keines der Seinigen ohne Hoffnung für ihn war. – Und folgendes Begebnis: ist es nicht noch schauerlicher und ebenso wunderbar? Ich will es erzählen, wie ich es gehört habe. In Athen war ein großes und geräumiges, aber verrufenes, unheilbringendes Haus. In der Stille der Nacht hörte man Eisenklirren und, wenn man genauer aufhorchte, Kettengerassel, anfangs wie aus der Ferne, dann aber ganz in der Nähe. Bald darauf pflegte dann das Gespenst zu erscheinen, ein abgehärmter, abgemagerter Greis mit langem Barte und struppigem Haupthaar, der Fesseln an den Füßen, Ketten an den Händen trug und sie schüttelte. Die Hausbewohner durchwachten daher aus Furcht traurige und schreckliche Nächte. Das viele Wachen führte Krankheiten und die stets wachsende Furcht den Tod herbei. Denn auch bei Tage, obgleich das Gespenst da nicht sichtbar war, schwebte ihnen die Erscheinung in der Einbildung vor Augen, und die Furcht währte länger als ihre Ursache. Nunmehr wurde das Haus verlassen und zur Einöde verdammt und ganz jenem Ungetüm preisgegeben. Dennoch ward es öffentlich ausgeboten, ob es nicht doch vielleicht jemand, dem sein großer Übelstand unbekannt wäre, kaufen oder mieten wollte. Der Philosoph Athenodoros kam nach Athen, las den Anschlag und vernahm den Preis. Die Wohlfeilheit war ihm verdächtig; er forschte nach allem, ließ sich über alles Auskunft geben, und dennoch, oder vielmehr nur umso eher, nahm er das Haus in Miete. Als es Abend zu werden beginnt, lässt er sich sein Lager im vordersten Zimmer herrichten, fordert Schreibtafel, Griffel, Licht, entlässt alle seine Leute ins Innere. Er selbst richtet Geist, Augen, Hand eifrig aufs Schreiben, damit nicht der unbeschäftigte Geist sich Erscheinungen und Schrecknisse schaffe. Anfänglich herrscht, wie überall, die Stille der Nacht. Bald aber klirrt Eisen, rasseln Ketten. Er wendet kein Auge, legt den Griffel nicht nieder, zeigt aber einen starken Geist und verwahrt sich gegen das, was er hört. Jetzt nimmt das Getöse zu und kommt immer näher. Bald ist es, als höre man es auf der Schwelle, bald im Innern des Zimmers. Er blickt auf und sieht und erkennt die ihm beschriebene Gestalt. Sie bleibt stehen und winkt mit dem Finger, als ob sie ihn rufen wollte. Auch er seinerseits gibt ein Zeichen mit der Hand, ein wenig zu warten, und fährt dann wieder fort, zu schreiben. Da rasselt die Gestalt mit den Ketten über dem Haupte des Schreibenden. Er schaut auf und winkt wie zuvor. Aber nicht lange zögert er, dann nimmt er das Licht und folgt ihr. Langsam geht jene voran, als drücke sie die Last ihrer Fesseln. Als sie aber den Vorhof des Hauses erreicht, verschwindet sie plötzlich und lässt ihn allein. Da rafft er Gras und Blätter zusammen und legt sie als Merkmal an die Stelle. Tags darauf begibt er sich zur Obrigkeit und beantragt, an der Stelle nachgraben zu lassen. Da fand man dann von Ketten umwundene Gebeine, die ein in der Erde verwester Körper nackt und kahl zurückgelassen hatte. Diese wurden auf Befehl der Behörde gesammelt und begraben und, nachdem sie also gehörig bestattet waren, blieb das Haus hinfort unbehelligt. Dies ist es, was ich auf den Bericht anderer hin glaube. Das Folgende aber kann ich selbst verbürgen. Ich habe einen Freigelassenen, namens Marcus, der nicht ohne wissenschaftliche Kenntnisse ist. Bei diesem im gleichen Bett schlief sein jüngerer Bruder. Diesem kam es vor, als sehe er jemand sich auf das Bett setzen, eine Schere seinem Kopfe nähern und ihm ohne weiteres die Haare vom Scheitel schneiden. Bei Tagesanbruch fand man ihn wirklich am Scheitel geschoren und die Haare umherliegen. Bald nachher bestätigte ein ähnlicher Vorfall den früheren. Einer meiner jungen Sklaven schlief mit mehreren anderen in der Knabenstube. Da kamen, so erzählte er, zwei Weißgewandete zu den Fenstern herein, schoren ihn, während er schlafend dalag, und gingen auf demselben Wege, wie sie gekommen, wieder zurück: Auch diesen fand man bei Tagesanbruch geschoren und die Haare umherliegen. Es folgte nichts Bemerkenswertes, außer etwa, dass ich nicht angeklagt wurde, was sicher geschehen wäre, wenn Domitian, unter dem sich dieses zutrug, länger gelebt hätte. Denn in seinem Schreibtisch fand sich eine wider mich eingereichte Anklageschrift. Weil nun die Angeklagten ihre Haare wachsen zu lassen pflegen, so lässt sich daraus schließen, dass die abgeschnittenen Haare meiner Leute ein Zeichen waren, dass die mir drohende Gefahr abgewendet sei. – Demnach bitte ich Dich, Deine ganze Gelehrsamkeit aufzubieten. Diese Fragen sind einer langen und reiflichen

Überlegung wert, und ich verdiene auch wohl, dass Du mir Deine Einsicht nicht vorenthältst. Magst Du auch, Deiner Gewohnheit nach, Für und Wider gleichmäßig erwägen, so neige Dich doch endlich mit Entschiedenheit einer Seite zu, um mich nicht in Unruhe und Ungewissheit zu lassen, da ich mir Dein Gutachten eben deshalb erbeten habe, um endlich einmal meine Zweifel loszuwerden.

Das Schlachtfeld von Marathon. Der griechische Schriftsteller Pausanias erzählt im zweiten Jahrhundert nach Christus: Marathon ist gleichweit von der Stadt der Athener wie von Karystos ins Euboia entfernt. Hier landeten [490 vor Christus] die Barbaren und wurden in der Schlacht besiegt, verloren auch bei der Abfahrt einige Schiffe. Das Grab der Athener ist in der Ebene, auf ihm stehen Denksäulen, welche die Namen der Gefallenen enthalten. Abgesondert steht ein Denkmal des Miltiades, der jedoch erst später starb, nachdem ihm ein Feldzug gegen Paros misslungen und er deshalb von den Athenern vor Gericht gestellt worden war. Hier nun kann man allnächtlich wiehernde Pferde und kämpfende Männer hören. Wer sich aber absichtlich und um es genauer zu vernehmen hingestellt hat, dem ist es nicht gut bekommen, wer es jedoch unbewusst und nur so zufällig tut, hat den Zorn der Dämonen nicht zu fürchten.

Plotin. Von Plotinos, geboren 204 nach Christus in Ägypten, Lehrer der Philosophie in Rom, gestorben 270 in Campanien, dem Begründer der philosophischen Schule der Neuplatoniker, deren System, die letzte großartige Zusammenfassung der griechischen Gedankenbildung, auf die christliche Philosophie von tiefem Einfluss gewesen ist, erzählt sein Schüler Porphyrius: Seine Charakterkenntnis war so groß, dass er jegliches Menschen Sitte sofort erkannte und das Verborgene ausfand. Da einst der Chione, einer würdigen Witwe, welche mit ihren Kindern in seinem Hause wohnte, ein kostbares Halsband gestohlen worden war und alle Hausgenossen dem Plotin vor die Augen geführt wurden, blickte er jeden scharf an, zeigte dann auf einen und sagte: »Das ist der Dieb!« Diesen geißelte man, er leugnete anfangs, dann gestand er, holte das Gestohlene und gab es zurück.

Der Eber. Als der römische Kaiser Diokletian [245 nach Christus zu Dioklea in Dalmatien als Sohn eines Freigelassenen geboren] als Offizier niederen Grades über die Kosten seiner Lebensführung mit seiner Hauswirtin einen Streit hatte, warf diese ihm Geiz vor. Diokletian erwiderte, freigebig würde er sein, wenn er Kaiser wäre, worauf die Frau sagte: »Scherze nicht, du wirst Kaiser werden, wenn du einen Eber erlegt haben wirst.« Seitdem war Diokletian, der wusste, dass die Frau hellseherisch veranlagt war, nicht ohne Hoffnung Kaiser zu werden, wenn er dies auch verheimlichte. Er ging fleißig auf die Jagd und erlegte manchen Eber mit eigner Hand. Aber in raschem Wechsel folgte ein Kaiser dem andern und Diokletian meinte: »Ich töte den Eber, aber ein anderer hält das Mahl.« Da begab es sich im Jahr 284, dass der Kaiser Numerian von Arrius Aper in seiner Sänfte erdolcht ward. Und als das Volk nach dem Mörder schrie, rief Diokletian »Hier ist er!« wobei er sein Schwert dem Arrius Aper in die Brust stieß. Nun wurde Diokletian von den Offizieren als Kaiser ausgerufen. »So habe ich denn endlich«, sagte er, »den rechten Eber [aper] gefällt!«

Tischrücken. Der römische Geschichtsschreiber Ammianus Marcellinus, der im vierten Jahrhundert nach Christus lebte und in einunddreißig Büchern eine Fortsetzung zu dem nur bis zum Jahre 96 reichenden Geschichtswerke des Tacitus schrieb, erzählt von zwei »Okkultisten« namens Hilarius und Patricius, die der oströmische Kaiser Valens (der 376 bei Adrianopel gegen die Gothen gefallene Bruder des weströmischen Kaisers Valentinianus I.) verhaften ließ, weil sie auf übersinnlichem Wege zu ermitteln versucht hatten, wann er sterben und wer sein Nachfolger werden würde. Gefoltert, habe Hilarius gestanden: Zuerst fertigten wir aus dem Holz eines Lorbeerbaumes dieses geheimnisvolle Tischlein an, das ihr hier seht und das eine Nachbildung des Dreifußes der Pythia vom Delphischen Orakel ist. Nachdem wir es durch geheime Beschwörungen feierlich geweiht hatten, setzten wir das Tischchen in Bewegung, um es nach verborgenen Dingen zu befragen. Und zwar verfuhren wir dabei auf folgende Weise: Ein runder Kessel, in dessen Rand ringsum die Buchstaben des Alphabetes eingraviert waren, wurde mitten im Hause aufgestellt, nachdem die Luft durch arabisches Räucherwerk gereinigt worden war, und in den Kessel wurde das Tischlein gestellt. Von uns befragt, berührte es die Buchstaben in der Reihenfolge wie die Antwort lauten sollte. – Auch ließen wir einen ganz in Leinwand gekleideten Mann einen Ring, der mit einem sehr feinen Faden an einem glückbringenden Zweig befestigt war, über die Mitte des Kessels halten. Und nachdem wir die Götter angerufen, begann der Ring in sanften Schwingungen bald an diesen bald an jenen der Buchstaben zu schlagen und die heroischen Verse, die sich auf solche Weise ergaben, stellten Antworten wie die des delphischen Orakels. Als wir nun die Frage aufwarfen, wer dem erhabenen Valens in der Herrschaft folgen würde, nachdem wir schon gehört hatten, dass der Würdigste hierzu ausersehen sei, da schlug der Ring an die Buchstaben THE-O. Kaum war der letzte dieser Buchstaben angeschlagen, als von den Anwesenden einer ausrief, es sei Theodorus, worauf wir, überzeugt, dass dieser es sei und dass er dessen würdig sei, die Fragen einstellten. – Auf dieses Geständnis hin ließ Valens nicht nur die beiden Neugierigen, sondern auch den an seinem Hofe lebenden Theodorus hinrichten; dass aber Theodosius der Große, indem er sein Nachfolger wurde, die Voraussagung erfüllte, konnte er nicht verhüten.

Martin von Tours, geboren 316 in Niederungarn, erwarb sich große Verdienste um die Ausbreitung des Christentums in Gallien. Sein zeitgenössischer Biograph, Sulpicius Severus, erzählt: Aus irgendeinem Grunde besuchten wir Chartres. Dort kam uns eine sehr große Schar Volkes entgegen, die ganz aus Heiden bestand, denn niemand wusste dort etwas von Christus. Aber durch den großen Ruf des Mannes hatten sich die Fluren mit einer Masse Herausströmender bedeckt. Martinus fühlte, dass hier etwas geschehen müsse und schauerte in Wirkung des heiligen Geistes ganz zusammen und predigte den Heiden das nicht irdisch tönende Wort Gottes, indem er des Öfteren darüber seufzte, dass eine so große Volksmasse den Heiland nicht kenne. Da kam eine Frau, deren Sohn kurz vorher gestorben war, und legte den entseelten Körper mit ausgestreckten Armen vor den heiligen Mann und sagte: »Wir wissen, dass du ein Freund der Götter bist, gib mir meinen Sohn wieder, weil er mein einziger ist!« Die Menge unterstützte durch ihr Bitten das der Mutter. Da nahm Martinus in dem Bewusstsein, wie er uns später sagte, dass zum Heile der Erwartungsvollen Wunderkraft ihn überkomme, den Leichnam in seine Arme, kniete angesichts aller nieder, und gab nach Verrichtung seines Gebetes den Knaben lebendig der Mutter zurück. Da fing die Menge an, zum Himmel zu rufen und dem Heiligen zu Füßen zu fallen, begehrend, er solle sie zu Christen machen.

Derselbe Biograph legt einem Jünger des heiligen Martin die folgende Erzählung in den Mund: »Was ich jetzt sagen will, Sulpicius, führe ich unter deiner Zeugenschaft an. Eines Abends wachten wir beide hier vor Martinus Tür. Wir hatten schon einige Stunden schweigend gesessen. Er hatte die Türe verschlossen und wusste nicht, dass wir davorsaßen. Da hörten wir das Gemurmel eines Zwiegespräches und wurden von Schauer und Staunen erfüllt, denn wir erkannten, dass hier Gott weiß welches Überirdische sich ereigne. Nach etwa zwei Stunden trat Martinus zu uns heraus, da begannst du, Sulpicius, der du am vertrautesten mit ihm standest, er möge auf unsere fromme Frage doch sagen, mit wem er in der Zelle sich unterhalten habe. Denn wir hätten leise und kaum vernehmbare Töne einer Unterredung gehört. Er zögerte lange, endlich aber – ich muss ziemlich schwer Glaubhaftes sagen, aber ich nehme Christum zum Zeugen, dass ich nicht lüge – endlich sprach er: Ich will es euch kundtun, aber ich bitte euch, es niemand zu sagen: Agnes, Thekla und Maria sind bei mir gewesen« Aber nicht nur damals, bekannte er, sondern des Öfteren schon habe er ihren Besuch erhalten, auch die Apostel Petrus und Paulus sehe er zuweilen.«

In einem Briefe an den Diakon Aurelius schreibt Severus: »Ich lag gegen Morgen in jenem leichten Schlummer, darin man das Gefühl hat, halb zu schlafen und halb wach zu sein. Da glaubte ich auf einmal den Bischof Martinus zu sehen: sein Gewand war weiß und verbrämt, sein Angesicht leuchtete wie Feuer, seine Augen funkelten wie

Sterne, sein Haar war purpurfarben. Und er erschien mir in der vertrauten Gestalt und Haltung, aber, wie soll ich sagen, man konnte ihn wohl erkennen, aber lange ansehen konnte man ihn nicht. Und eine kleine Weile mich freundlich anlächelnd, zeigte er mir in seiner Rechten mein Büchlein über sein Leben. Ich umfing seine heiligen Knie und bat, wie so oft, um seinen Segen. Da fühlte ich, wie er mir die Hand aufs Haupt legte, ganz leise nur mich berührend. Meine Augen waren auf ihn gerichtet, als er plötzlich, zu den Höhen emporgetragen, mir entrissen ward, um, den unermesslichen Luftraum durchfahrend, in den offenen Himmel aufgenommen zu werden. Ich in meiner Dreistigkeit wünsche ihm zu folgen und erwache an meinen Bemühungen, mich aufzuschwingen. Erwacht, preise ich mich ob solcher Vision glücklich, als ein Diener eintritt, trauriger als je, aussehend wie einer, der reden und zugleich weinen will. »Was«, frage ich, »begehrst du in deiner betrübten Stimmung zu sagen?« Er aber sprach: »Soeben sind zwei Mönche von Tours hier gewesen, sie meldeten den Tod des Herrn Martinus.« Ich brach zusammen...«

Paulus und Palladia. Aurelius Augustinus, »der Heilige Augustin«, geboren 354 zu Tagasie in Nordafrika, war in seiner Jugend mehr auf den Spuren seines heidnischen Vaters Patricius als auf denen seiner christlichen Mutter Monica gewandelt, übrigens einer erlesenen Geistesbildung teilhaftig geworden, als er Mitte der achtziger Jahre des vierten Jahrhunderts in Mailand durch den Bischof Ambrosius zum lebendigen Christentum bekehrt wurde. In der Osternacht 387 zusammen mit seinem Sohn Adeodat getauft, verkaufte er seine Güter zum Besten der Armen. 391 trat er in den geistlichen Stand, 395 wurde er Bischof von Hippo in Numidien, wo er 430 starb. In seinem Buche »Vom Gottesstaate« [Deutsch von Dr. Alfred Schröder, 1916 bei Kösel in Kempten] erzählt er: Ein einziges Wunder hat sich bei uns zugetragen, das, obwohl nicht größer als die erwähnten, doch so bekannt und offenbar geworden ist, dass ich glaube, es gibt niemand in Hippo, der es nicht gesehen oder davon erfahren hätte, niemand, der es irgend vergessen haben könnte. Zehn Geschwister aus Cäsarea in Kappadozien, sieben Brüder und drei Schwestern, in ihrer Heimat Leute von Ansehen, wurden auf den Fluch ihrer kurz vorher verwitweten Mutter hin, die sehr erbittert war über eine Unbill, die sie ihr zugefügt hatten, von Gott mit der Strafe gezüchtigt, dass sie sämtlich von einem fürchterlichen Gliederzittern befallen wurden; in solch widerlichem Zustand wollten sie sich nicht länger dem Anblick ihrer Mitbürger aussetzen: sie zerstreuten sich nach allen Himmelsrichtungen, dahin und dorthin, und kamen fast im ganzen römischen Reiche herum. Zwei davon gelangten auch zu uns, ein Bruder und eine Schwester, Paulus und Palladia, nachdem sie infolge ihres jammervollen Zustandes an vielen anderen Orten schon bekannt geworden waren. Es war etwa vierzehn Tage vor Ostern, als sie ankamen, und sie besuchten täglich die Kirche und die Gedächtnisstätte des glorreichen Stephanus in ihr und beteten, dass ihnen Gott nun wieder gnädig sein und die frühere Gesundheit zurückgeben möge. Auch hier und überhaupt, wo sie gingen und standen, lenkten sie die Blicke der Stadt auf sich. Manche hatten sie schon anderwärts gesehen und die Ursache ihres Zitterns erfahren, und diese beeilten sich, nach Möglichkeit andern davon Mitteilung zu machen. So kam Ostern heran. Da, am Ostersonntag früh, als schon viel Volk anwesend war, und der junge Mann die Schranken der heiligen Stätte, an der sich die Reliquie befand, betend festhielt, sank er plötzlich um und lag da, gerade wie im Schlaf, jedoch nicht zitternd, während sie sonst auch im Schlafe zitterten. Die Anwesenden waren höchlichst überrascht, die einen entsetzten sich, andere hatten Mitleid; schon wollten ihn einige aufrichten, aber andere wieder verwehrten es und meinten, man solle lieber das Weitere abwarten. Und siehe, er stand selbst auf und zitterte nicht mehr, weil er geheilt war; gesund stand er da und schaute die Leute an, und diese schauten ihn an. Wer hätte sich da zurückhalten können vom Preise Gottes? Bis in die letzten Winkel der Kirche pflanzten sich die Freudenrufe und die Beglückwünschungen fort. Nun eilt man zu mir an den Platz, wo ich saß, eben im Begriffe, in die Kirche einzuziehen; einer nach dem andern drängt sich herein, jeder meldet als etwas Neues, was andere schon vorher gesagt haben; und während ich in der Freude meines Herzens Gott im Stillen danke, kommt Paulus selbst, begleitet von einer größeren Schar, wirft sich mir zu Füßen, und ich richte ihn auf, ihn zu küssen. Darauf begeben wir uns zum Volk, die ganze Kirche war gesteckt voll, und sie widerhallte von Freudenrufen: »Gott sei Dank! Gott sei Lob!« Von allen Seiten ertönten die Rufe, und keiner war da, der sich nicht beteiligt hätte. Ich begrüßte das Volk, und neuerdings noch lauter erschallten die Rufe. Endlich trat Stille ein, die Festabschnitte aus der Heiligen Schrift wurden verlesen. Als es dann so weit war, dass ich meine Predigt einlegen sollte, machte ich es kurz, anknüpfend an den Festtag und den Freudenjubel. Ich wollte die Anwesenden mehr sozusagen Gottes Beredsamkeit an dem Werke Gottes nicht so sehr vernehmen als vielmehr betrachten lassen. Der junge Mann speiste dann bei uns und erzählte uns genau seine ganze Leidensgeschichte und die seiner Geschwister und seiner Mutter. Am folgenden Tag nach der Predigt kündigte ich an, dass die Auszeichnung der Erzählung nächsten Tags dem Volke verlesen werden solle. Als dies am dritten Osterfeiertag geschah, hieß ich die beiden Geschwister während der Verlesung auf den Stufen der Chornische stehen, in der ich von erhöhtem Platze aus sprach. Das ganze Volk beiderlei Geschlechtes sah sie stehen, den einen ohne die entstellende Bewegung, die andere an allen Gliedern zitternd. Und wer nicht mit eigenen Augen beobachtet hatte, was an Paulus durch Gottes Erbarmen geschehen war, der konnte es an Palladia wahrnehmen. Man sah ja, wozu man den einen zu beglückwünschen, warum man für die andere zu beten hatte. Unterdessen war die Verlesung der Auszeichnung beendet, ich hieß die beiden sich vor dem Volke zurückziehen und hatte eben angefangen, über den ganzen Vorfall etwas eingehender zu sprechen, als sich plötzlich während meiner Rede andere Stimmen erneuter Beglückwünschung von der Gedächtnisstätte des Märtyrers her vernehmen ließen. Dahin wandten sich nun meine Zuhörer, und es bildete sich ein Auflauf. Palladia hatte sich nämlich von den Stufen weg, auf denen sie gestanden, zu dem heiligen Märtyrer begeben, um dort zu beten; aber sowie sie die Schranken berührte, sank sie ebenfalls in einen Scheinschlaf und erhob sich dann gesund. Während wir uns also erkundigten, was geschehen sei, woher der freudige Lärm komme, traten sie mit ihr in die Basilika ein, in der wir uns befanden, und führten sie von der Gedächtnisstätte des Märtyrers gesund herbei. Nun aber erhob sich von Seiten beider Geschlechter ein solcher Sturm von Verwunderungsrufen, mit denen sich bald auch Tränen mischten, dass man an kein Ende glauben mochte. Man führte sie bis an die Stelle, wo sie kurz vorher zitternd gestanden hatte. Man jubelte, dass sie nun dem Bruder ähnlich geworden, wie man vorher bedauert hatte, dass sie ihm unähnlich geblieben war; man überzeugte sich, dass die noch nicht verrichteten Gebete für sie, vielmehr der nur erst vorhandene Wille dazu so schnell erhört worden sei. Man jubelte zum Lobe Gottes nur mit der Stimme, ohne Worte, aber mit einer Macht, dass es unsere Ohren kaum aushalten konnten. Der Glaube, für den das Blut des heiligen Stephanus geflossen ist, der Glaube an Christus war es, der ihre Herzen so aufjubeln ließ.

Curma und Curma. Der Heilige Augustin erzählt: Ein gewisser Curma, der in einem Dorfe Tullis wohnte, das im Gebiet von Ippona in Afrika liegt, wurde von einer schweren Krankheit heimgesucht und verfiel in einen solchen Zustand von Schwäche, dass man ihn für tot hielt. Er würde begraben worden sein, wenn seine Eltern nicht vermeint hätten, noch einen leisen Hauch der Atmung wahrzunehmen. Aber auch das hörte ganz auf, und jetzt zweifelte keiner mehr an seinem Tode. Da schlug Curma plötzlich die Augen auf und befahl, dass jemand sich unverzüglich zu seinem Nachbar, dem Goldschmied Curma begeben solle, um sich nach dessen Befinden zu erkundigen. Man kam bald zurück und überbrachte ihm die Nachricht, dass jener Curma gestorben sei. Hierauf behauptete der Auferstandene, als ob ihm dies schon bekannt und keineswegs verwunderlich sei, dass, als er vor den höchsten Richter geführt worden, dieser den Geistern, die ihn abgeholt, lebhafte Vorwürfe gemacht habe, da der Goldschmied Curma gemeint gewesen sei, nicht aber dessen Namensvetter. Er fügte hinzu, dass solches die tatsächliche Ursache seiner Rückkehr ins Leben gewesen sei, und berichtete viele Dinge aus jenen Welten, die er durcheilt hatte, sowie auch, dass ihm ausgetragen worden sei, sich nach Ippona zu begeben, damit der Bischof Augustin die ihm schon früher in einer Vision zuteilgewordene Taufe nun tatsächlich an ihm vollziehe.

Benedikt von Nursia. Papst Gregor der Große (geboren 540, gestorben 604) erzählt in seinem Buche Dialogorum de vita et miraculis patrum ltalicorum libri IV von dem Heiligen Benedikt, dem Stifter des Benediktinerordens und Gründer des Klosters auf Monte-Eassino (529): Als einst der ehrwürdige Vater zur Abendstunde Nahrung zu sich nahm, war es einer seiner Mönche, eines vornehmen Mannes Sohn, der ihm bei Tisch das Licht hielt. In diesem Mönche regte sich der Geist des Stolzes, und er dachte bei sich: Wer ist dieser, dem ich das Licht halte und beim Essen aufwarte? Wer bin ich, dass ich ihm dienen soll?

Da wandte sich der Mann Gottes plötzlich um und sagte heftig: »Bezeichne dein Herz mit dem Kreuze, Bruder! Was sagst du? Bezeichne dein Herz!« Sogleich rief er die Brüder, ließ ihm das Licht abnehmen und befahl ihm, den Dienst einem andern abzutreten. Von den Brüdern befragt, erzählte der Gedemütigte, was er im Herzen gehabt, welcher Geist des Stolzes ihn ausgereizt und welche Worte er in Gedanken gegen den Mann Gottes gesprochen habe.

Ein Landmann kam zum Kloster, sein totes Söhnlein auf den Armen, und suchte den Vater Benedikt. Als er ihn erblickte, schrie er: »Gib mir meinen Sohn wieder! Gib mir meinen Sohn wieder!« Der Mann Gottes sprach: »Habe ich dir etwa deinen Sohn genommen?« Jener erwiderte: »Er ist gestorben. Erwecke ihn!« Da wurde der Diener Gottes betrübt und sprach: „Gehet, Brüder, gehet! Das ist nicht eine Sache für uns, sondern für heilige Apostel. Warum wollt ihr uns Lasten auferlegen, die wir nicht tragen können?« Jener aber, den der heftigste Schmerz bezwang, schwur, er werde nicht gehen, bevor er seinen Sohn erweckt habe. Da beugte der Mann Gottes die Knie, legte sich über die kleine Leiche und erhob, sich aufrichtend, die Hände zum Himmel mit den Worten: »Herr, sieh nicht aus meine Sünden, sondern auf den Glauben dieses Mannes, der bittet, dass sein Sohn auferweckt werde, und gib diesem kleinen Leichnam die Seele zurück, die du hinweggenommen hast« Kaum hatte er sein Gebet vollendet, da erbebte die Leiche durch die Rückkehr der Seele derart, dass alle Anwesenden die Erschütterung sahen. Sogleich ergriff Benedikt den Knaben bei der Hand und gab ihn seinem Vater, lebendig und gesund.

Kaedmons Berufung. Der 1899 von Leo XIII. heiliggesprochene Kirchenhistoriker Beda, genannt Venerabilis, d. i. der Ehrwürdige, geboren 674 in Northumberland, gestorben, wie er selber vorausgesagt hatte, am Himmelfahrtstage 735, erzählt von Kaedmon, dem ältesten christlichen Dichter der Angelsachsen: Der Kuhhirt Kaedmon, der ganz ohne Unterricht geblieben und einfältigen Herzens war, nahm einst an einem Gelage teil. Man kam überein, dass der Reihe nach ein jeder singen sollte. Als die Zither, die Runde machend, ihm nahte, erhob Kaedmon sich eilend und begab sich in den Stall, seiner Tiere zu pflegen. Da hörte er eine Stimme, die sprach zu ihm: »Kaedmon, singe mir!« Er antwortete: »Ich kann ja nicht« »Und doch hast du, Kaedmon, was du singen kannst«, sagte die Stimme. Kaedmon erwiderte: »Was hätte ich zu singen?« »Singe«, sprach die Stimme, »vom Ursprung der Dinge!« Auf dieses Wort hin hub Kaedmon zu singen an. Er sang, wovon er noch nie gehört hatte, von der Schöpfung der Welt und dem Leiden und Sterben des Herrn, und sang und sang und wurde der größte Sänger seines Volkes. In dem benachbarten Kloster der Äbtissin Hilda aber schrieb man die Hymnen auf, die er sang. Später trat er selber in das Kloster ein, wo er um 680 entschlafen ist.

Wunder und Seuchen. Der gelehrte »Ober-Amts-Physicus zu Vayhingen an der Enz«, Dr. Friedrich Schnurrer, erzählt in seiner »Chronik der Seuchen« (Tübingen 1823) nach alten Quellen: ... In diesem Jahr, nämlich 744, erschien auch ein großer Komet in Syrien; vom Jordan aus verbreitete sich am 18. Januar 745 über ganz Syrien ein Erdbeben, durch welches viele Tausende zugrunde gingen. In demselben Jahre fiel vom 10. bis 15. August zu Konstantinopel ein Aschenregen unter einer fünf Tage dauernden Verdunkelung, und, wie nach der Erzählung des Cedrenus anzunehmen ist, erschienen gleich darauf jene wunderbaren Züge und Zeichen wie Ölflecken an den Kleidern der Menschen, besonders wenn viele beisammen waren, z. B. in Kirchen...

Im Jahre 746 brach in Kalabrien und Sizilien eine Seuche aus, welche sich über die Inseln und in dem nächsten Jahr bis Konstantinopel verbreitete. Es war die eigentliche Bubonen-Pest, wenigstens in Konstantinopel, wo sie im Frühling anfing und im Verlauf des Sommers zu ihrer stärksten Heftigkeit gelangte, wobei ihr Verlauf so kurz war, dass der, welcher morgens eine Leiche zu Grabe geleitet hatte, oft Abends selbst noch hinausgetragen wurde. Wegen der ungeheuren Verheerungen der Krankheit, an welcher ganze Häuser schnell ausstarben, sah man sich in großer Verlegenheit, wie man nur die Leichname wegschaffen sollte, und die Stadt wurde so verödet, dass sie durch Fremde wieder bevölkert werden musste. Die Dauer der Epidemie betrug nach den Versicherungen des Nicephorus ein volles Jahr. Während dieser Zeit war auch der Sinn der Menschen höchst befangen und zuweilen auch krankhaft exaltiert: Viele sahen sich von fremden Gestalten, zum Teil von fremdartigen und missgebildeten Menschen auf der Straße begegnet und begleitet, so dass sie ein wirkliches Gespräch mit ihnen führten. In diesen Gesprächen, die sie zuweilen sogleich bei ihrer Rückkunft aufzeichneten, erfuhren sie Dinge, namentlich den Tod anderer, die das Schicksal gleich nachher bestätigte. Andere sahen solche Gestalten in die Häuser ihrer Bekannten gehen und dort die, deren Untergang das Schicksal beschlossen hatte, scheinbar erdrosseln oder erstechen.

Von Karl dem Großen. Einhard, von späteren Jahrhunderten Eginhard genannt, um 770 im Maingau geboren, unter Bonifazius im Kloster Fulda gebildet, in jungen Jahren schon dem Kaiser als Freund und Berater (besonders in Bausachen) nahestehend und später zwar nicht sein Schwiegersohn (wie eine Überlieferung berichtet) wohl aber sein Biograph geworden, erzählt in seinem Buche »Kaiser Karls Leben« [nach der Ausgabe in den Monumente Germaniae, verdeutscht von Otto Abel]:

»Verschiedene Vorzeichen hatten auf das Herannahen seines [Karls des Großen] Todes [der 814 erfolgte] hingewiesen, so dass nicht bloß andere, sondern auch er selber ihn kommen fühlte. In den letzten drei Jahren seines Lebens gab es sehr viele Sonnen- und Mondfinsternisse, und an der Sonne bemerkte man sieben Tage lang einen schwarzen Flecken. Der Säulengang, den er zwischen der Kirche und dem Schlosse mit großer Mühe hatte aufführen lassen, stürzte am Himmelfahrtstage plötzlich bis auf den Grund zusammen. Die Rheinbrücke in Mainz, sein herrliches Werk, die er in einem Zeitraum von zehn Jahren mit unendlicher Mühe so fest aus Holz gebaut hatte, dass man glaubte, sie müsste für die Ewigkeit stehen, wurde durch eine zufällig entstandene Feuersbrunst in drei Stunden so vollständig verzehrt, dass außer dem, was vom Wasser bedeckt war, kein Span übrig blieb. Er selbst sah auf dem letzten sächsischen Heereszug, den er gegen Godofrid, den Dänenkönig, unternahm, eines Tags, als er vor Sonnenaufgang das Lager verlassen und den Marsch angetreten hatte, mit einem Male eine Fackel vom Himmel herabfallen und in hellem Glanze von der rechten auf die linke Seite durch die heitere Luft fliegen. Wie alle verwundert waren, was wohl dieses Zeichen zu bedeuten habe, stürzte plötzlich das Ross, das er ritt, und warf ihn, indem es den Kopf zwischen die Beine nahm, so heftig zur Erde, dass die Spange seines Mantels brach, sein Schwertgurt zerriss und er, von der hinzueilenden Dienerschaft seiner Waffen entledigt, nicht ohne fremden Beistand aufstehen konnte. Der Wurfspieß, den er gerade in der Hand gehalten hatte, wurde dabei zwanzig oder noch mehr Fuß weit fortgeschleudert. Zu diesem Unfall kam noch eine häufige Erschütterung seines Palastes zu Aachen und ein beständiges Krachen des Gebälkes in den Häusern, die er bewohnte. Auch wurde die Kirche, in der er nachmals begraben ward [Aachener Dom] vom Blitz getroffen und dabei der goldene Apfel, der die Spitze des Daches schmückte, heruntergerissen und auf das an die Kirche stoßende Pfarrgebäude geschleudert. Auf dem Reif des Kranzes, der zwischen dem oberen und unteren Bogen im Innern dieser Kirche herumging, war eine Inschrift in roter Farbe, die besagte, wer der Gründer des Gotteshauses sei und in deren letzter Reihe die Wörter standen Carolus princeps. In seinem Sterbejahr, wenige Monate vor seinem Tode, wurde, wie das etliche bemerkt haben, das Wort princeps ganz und gar verlöscht. – Aber auf alle diese Vorzeichen gab er, entweder nur scheinbar oder aus wirklicher Verachtung, nichts, als ständen sie in gar keinem Bezug zu ihm.

Aus Einhards Jahrbüchern. [Nach der Ausgabe der Monumenta Germaniae, übersetzt von Otto Abel.]

Anno 825. Im Gebiet von Tull lebte in dem Dorfe Eommerciacum ein Mädchen von ungefähr zwölf Jahren, das nach dem Genuss des heiligen Abendmahls, das sie an Ostern aus den Händen des Priesters empfangen hatte, zuerst des Brotes, dann auch aller andern Speise und Getränke sich enthielt und es so weit im Fasten brachte, dass sie gar keine körperliche Nahrung mehr genoss und ohne das geringste Verlangen nach Speise fast drei volle Jahre zubrachte. Sie fing im Jahre 823 zu fasten an und begann in diesem Jahre 825 zu Anfang des Monats November wieder Nahrung zu sich zu nehmen und wie die übrigen Menschenkinder von Speise zu leben.

Teufelsspuk. Aus »Der Mönch von Sankt Gallen über die Taten Karls des Großen«. [Nach der Ausgabe der Monumenta Germaniae, übersetzt von Wilhelm Wattenbach.]

Es lebte auch in dem Franken, das man das alte nennt, jemand, der über alles Maß vom Geize besessen war. Als nun einmal ungewöhnliche Unfruchtbarkeit aller Feldfrüchte den ganzen Erdkreis heimsuchte, da freute sich jener geizige Kaufmann über die äußerste Not aller Sterblichen, ja fast schon Sterbenden, und befahl, seine Vorräte zu öffnen, um sie zu den höchsten Preisen zu verkaufen. Damals hatte ein Spukgeist oder Gespenst, der sich mit lustigen Streichen und Necken der Menschen abgab, die Gewohnheit, in das Haus eines Schmiedes zu kommen und nächtlicherweile mit den Hämmern und Ambossen zu spielen; und da jener Hausvater sich und sein Eigentum mit dem Zeichen des heilbringenden Kreuzes schützen wollte, antwortete ihm der haarige Wicht: »Gevatter, wenn du mich nicht hindern willst, in deiner Werkstatt mein Wesen zu treiben, so setz dein Fläschchen her, und du wirst es täglich gefüllt finden.« Der Arme, welcher mehr die leibliche Not fürchtete als das ewige Verderben der Seele, tat nach dem Rate des Widersachers. Dieser nahm eine sehr große Flasche, brach in den Keller jenes Bromius oder Pluto ein und ließ, nachdem er seinen Raub vollbracht, den Rest auf den Boden fließen. Als nun schon mehrere Fässer auf diese Weise ausgelaufen waren, da merkte jener, dass sie ihm durch Geisterspuk umkamen, besprengte den Keller mit Weihwasser und schützte ihn durch das Zeichen des siegreichen Kreuzes. In der Nacht kam der Listige mit seiner Flasche, und da er die Weinfässer wegen der Bezeichnung mit dem heiligen Kreuze nicht anzurühren wagte, und doch nicht weichen durfte, wurde er in menschlicher Gestalt gefunden und von dem Wächter des Hauses gebunden als Dieb vors Volk geführt. Hier wurde er am Schandpfahl gepeitscht und rief unter den Streichen nur: „Wehe mir, wehe mir, dass ich die Flasche meines Gevatters verloren habe!« – Dieses habe ich, obgleich die Geschichte wahr ist, nur deshalb angeführt, damit man erkenne, wem solche verleugnete und in den Tagen der Not verborgene Vorräte zugutekommen, und ferner, wie große Macht die Anrufung des göttlichen Namens habe, selbst wenn böse Menschen sie anwenden.

Von Ludwig dem Frommen. Aus der von einem geistlichen Zeitgenossen des Kaisers geschriebenen Biographie »Das größere Leben Ludwigs des Frommen«. Nach der Ausgabe der Monumente Germauiae, übersetzt von Julius von Jasmund.

…Während des Osterfestes aber erschien ein furchtbares und trauriges Wunderzeichen, nämlich ein Komet im Sternbild der Jungfrau, in dem Teile des Zeichens, wo man unterhalb des Gewandes zugleich den Schwanz der Wasserschlange und den Raben verbindet. Dieses Gestirn, das nicht wie die sieben Morgensterne nach Morgen sich bewegte, durchschritt in fünfundzwanzig Tagen, was wunderbar zu berichten, die Zeichen des Löwen, des Krebses und der Zwillinge und legte endlich am Kopf des Stieres unter den Füßen des Fuhrmanns den feurigen Leib mit dem langen Schweif nieder, den es nach allen Seiten hinstreckte. Als der Kaiser, der sich viel mit diesen Dingen beschäftigte, dieses Gestirn, da es zuerst erschien, gesehen hatte, erkundigte er sich, bevor er sich zur Ruhe begab, bei einem, den er holen ließ – eben dieser war ich, der ich dies geschrieben habe und von dem man glaubte, dass er sich auf diese Wissenschaft verstehe – was ich davon dächte. Und da ich den Kaiser um Zeit bat, die Gestalt des Gestirns zu betrachten und dadurch die Wahrheit zu ergründen und am andern Morgen, was ich gefunden hätte, ihm berichten wollte, sagte der Kaiser, der merkte, ich wolle nur Aufschub haben – wie es auch sich verhielt – um nicht etwas Trauriges antworten zu müssen: »Gehe in das Haus daneben und melde uns, was du beobachtet hast. Denn ich weiß, dass ich diesen Stern an keinem Abend bisher gesehen habe noch du ihn mir gezeigt hast; aber ich denke, dass dies der Komet sei, von dem wir an den vorhergehenden Tagen gesprochen haben.« Und als ich nach einigen Worten der Erwiderung schwieg, fuhr er fort: »Eines übergehst du mit Schweigen; es heißt ja, dass solch ein Zeichen auf Veränderung des Reichs und Tod des Fürsten deutet.« Da ich ihm hierauf das Zeugnis des Propheten [Ieremias 10,2] anführte, der sagt: Ihr sollt euch nicht fürchten vor den Zeichen des Himmels, wie sich die Heiden fürchten, entgegnete er in einziger Erhabenheit des Geistes und Weisheit: »Wir wollen keinen andern fürchten außer dem, der uns und dieses Gestirn geschaffen hat. Aber wir können die Güte dessen nicht genug bewundern und loben, der uns aus unserer Trägheit, da wir Sünder und ohne Reue sind, durch solche Zeichen zu reißen sucht.« ... Als aber der Augenblick des Verscheidens nahte, winkte der Kaiser seinen Bruder, den Bischof Drogo, zu sich, den Daumen mit den andern Fingern zusammendrückend, wie er zu tun pflegte, wenn er seinem Bruder durch Zeichen sich verständlich machte; und ihm sowie den übrigen Priestern, da sie zu ihm traten, empfahl er sich so gut er konnte, durch Worte und Zeichen, bat um den Segen und verlangte, dass geschähe, was beim Heimgang eines Menschen üblich ist. Während sie damit beschäftigt waren, wandte er das Gesicht nach der linken Seite und rief zornig, mit Anstrengung aller Kraft, zweimal: »Hutz! Hutz!«, das heißt: Hinaus! Es ist aber klar, dass er einen bösen Geist sah, dessen Gesellschaft er weder im Leben noch im Tode dulden wollte. Dann richtete er seine Augen gen Himmel, und je finsterer er dorthin geblickt hatte, desto heiterer schaute er hierhin, so dass auf seinem Antlitz wie ein Lächeln schwebte. So erreichte er das Ende des irdischen Lebens [im Jahre 840] und ging, wie wir glauben, glücklich zur Ruhe ein...

Macbeth. Der schottische Geschichtsschreiber Hector Bosthius erzählt in seiner 1575 zu Paris erschienenen »scotorum historia«: ...Nicht lange nachher [um 1040] begab sich ein neues und bewunderungswürdiges Ereignis, welches die Ruhe des Reiches störte. Denn als Maccabaeus und Banquho nach Forres (wo damals der König sich aufhielt) reisten und dabei des Vergnügens wegen durch Feld und Wald umherstreiften, begegneten ihnen drei Weiber von ungewöhnlicher Gestalt und Kleidung. Und da sie solche aufmerksam betrachteten und bewunderten, sagte die erste: „Heil dir, Maccabaeus, Than von Glamis!« (welche Würde er kurz vorher durch den Tod seines Vaters erhalten hatte). Die zweite sagte: „Heil dir, Maccabaeus, Than von Ealdar!« Die dritte aber sagte: „Heil dir, Maccabaeus, einst Schottlands König!« — Darauf begann Banquho: »Ihr, wer ihr auch seid, scheint mir nicht freundlich gesinnt, da ihr diesem außer den höchsten Würden auch noch das Reich gebt, mir aber nichts!« – Hierauf erwiderte die erste: »Weit größere Dinge als diesem verkündigen wir dir: denn dieser wird zwar regieren, aber mit unglücklichem Ende, und wird keinen seiner Nachkommen, mit Recht unter die Könige zu zählen, hinterlassen; du aber wirst zwar nicht regieren, aber von dir wird eine lange Reihe Enkel entspringen, Schottlands Reich zu beherrschen.« – Dem Maccabaeus und Banquho wollte dieses eitel erscheinen, und nur scherzend begrüßte Banquho den Maccabaeus als König, Maccabaeus wiederum den Banquho als Stammvater vieler Könige. Aber kurz nachher wurde zu Forres der Than von Ealdar wegen eines Majestätsverbrechens vor Gericht gestellt und zum Tode verdammt, und sein Land und seine Würde wurden aus königlicher Gnade dem Maccabaeus gegeben. Woraus Banquho, als sie beim Mahle scherzten, sagte: »Jetzt hast du erlangt, Maccabaeus, was zwei jener Schwestern dir verkündeten. Nun bleibt dir übrig zu vollenden, was dir die dritte geweissagt hat.« Als Maccabaeus die Sache bei sich überlegte, begann er mit Ernst an das Reich zu denken; aber die Gelegenheit musste abgewartet werden und die, wie er glaubte, von den höheren Mächten festgesetzte Zeit. Und es dauerte nicht lange, bis ihm gleichsam eine Gelegenheit vom König Duncan selber gegeben wurde. Der hatte nämlich einem seiner Söhne, die er mit der Tochter des Grafen von Northumberland gezeugt hatte,

Cumberland geschenkt, gleichsam zum Zeichen, dass ihm das Reich zufallen solle. Dieses nun empfand Maccabaeus übel, indem er glaubte, dass der König sein Geschick aufzuhalten unternehme (denn nach alter Gewohnheit hatte, wenn ein königlicher Sohn wegen Minderjährigkeit zur Regierung nicht geschickt war, der nächste durch Klugheit ausgezeichnete Verwandte die Regierung zu übernehmen). Und vermeinend, eine gerechte Ursache des Hasses zu haben, begann Maccabaeus zu erwägen, wie er sich des Reiches bemächtigen könne. Auch trieb ihn seine Frau, des königlichen Titels gelüstig und ob des Verzuges ungeduldig, wie denn der Weiber Geschlecht geneigt ist, eine Sache rasch zu beschließen und die beschlossene mit großem Eifer zu verfolgen. Des Öfteren reizte sie daher ihren übrigens nicht trägen und in seinem Gemüte durch die letzte vom Könige ihm zugefügte Beleidigung schon erhitzten Mann, durch die bittersten Worte an, indem sie ihn faul und furchtsam schalt, der eine so herrliche und rühmliche Sache trotz Weissagung und glücklichem Vorzeichen nicht zu unternehmen wage, die andere Männer, allein durch des Titels Größe angezogen, begonnen hätten. Er teilte also seine Absicht den nächsten Freunden und vorzüglich dem Banquho mit, und als diese alles versprochen hatten, ermordete er den im siebenten Jahre regierenden König Duncan zu Enuernes und andere, durch Geld Gewonnene zu sich nehmend und der Menge seiner Begleiter vertrauend machte er sich selbst zum König.

[Nach sechzehnjähriger Regierung wird Maccabaeus in einem Zweikampf getötet. Boöthius erzählt dann weiter, wie sich nach Jahrhunderten die dritte Weissagung erfüllt habe, indem Robert Stuart, in direkter Linie von Banquho abstammend, als Robert II. den schottischen Königsthron bestiegen habe, den dessen Nachkommen alsdann behalten hätten.]

Bernhard von Clairvaux, geboren 1091, gestorben 1153.

Einst, als Bernhard, erfüllt von dem Verlangen, das Weltleben mit dem Mönchstum zu vertauschen, allein hinging, seine Brüder in dem Lager des burgundischen Heeres vor dem Schlosse Grancey zu besuchen, trat ihm das Bild seiner Mutter besonders lebhaft vor die Seele. Da begab er sich in eine Kirche am Wege und betete zu Gott, dass er ihn in seinem heiligen Vorsatz befestigen möge. Mit dem ihm eigenen Feuer eilte er jetzt, nicht allein selbst seinen Vorsatz auszuführen, sondern auch Freunde und Verwandte, soviel er konnte, für solchen Entschluss zu gewinnen. Seine Überredung riss viele mit fort. Ein begüterter und ruhmvoller Krieger, Bernhards Oheim, war der erste, seine erwachsenen Brüder, Gerhard ausgenommen, folgten. Dieser, ein tapferer Ritter, geliebt und geachtet wegen seiner Herzensgüte und Klugheit, nannte seiner Brüder schnellen Entschlusses Leichtsinn und wies alle Vorstellungen zurück. Hier schon zeigte Bernhard die ihm eigentümliche feurige Zuversicht, durch die er nachher so viel wirkte. »Ich weiß es,« sagte er zu seinem Bruder Gerhard, »nur Leiden werden dich zur Besinnung bringen und – seine Hand an des Bruders Seite legend – es wird nun bald die Zeit kommen, dass eine Lanze, in diese Seite gestoßen, dein Herz dem Rate des Heils, den du jetzt verschmähst, öffnen wird.« Nachher wurde Gerhard, durch eine Lanze verwundet, gefangengenommen, und als er die Freiheit wieder erhielt, war er entschlossen, wie seine Brüder Mönch zu werden ...

Der König Ludwig VI. von Frankreich hatte den Erzbischof Stephan von Paris und die mit ihm verbundenen Geistlichen eines Teiles ihrer kirchlichen Güter beraubt. Bernhard ergriff ihre Partei und benutzte das nähere Verhältnis, in welchem der König zu seinem Orden [der Eistercienser] stand, um in dessen Namen ihm Vorstellungen zu machen. Er drohte, sich beim Papst für den Erzbischof zu verwenden, erbot sich aber auch zur Friedensvermittlung. Viele Bischöfe fielen in seiner Gegenwart dem Könige zu Füßen, aber der blieb unerbittlich. Am andern Tage machte ihm Bernhard heftige Vorwürfe, dass er die Priester Gottes verachtet habe, und schloss mit der Drohung: »Diese Hartnäckigkeit wird durch den Tod Eures Erstgeborenen, Philipps, bestraft werden; denn ich habe in einem Traum der letzten Nacht Euch mit Eurem jüngeren Sohne Ludwig den Bischöfen, die Ihr gestern verachtet, zu Füßen fallen sehen – und daraus schloss ich gleich, dass Eures Philipps Tod nahe sei, und Euch nötigen werde, die Kirche, die Ihr jetzt unterdrückt, zu bitten, dass sie Euren Ludwig an dessen Stelle setzen möge.« Etwa drei Jahre später (1130) starb der Prinz Philipp, vom Pferde gestürzt, und der König ließ den jüngeren Ludwig zu seinem Nachfolger weihen...

Von allen Seiten wurden ihm Kranke der verschiedensten Art, Gemütskranke, Nervenkranke, Gelähmte, Taube und Blinde zugeführt, dass er sie heile. Er betete für sie, legte seine Hand auf sie, machte das Zeichen des Kreuzes über sie – und viele verdankten ihm ihre Heilung. Wir haben über einzelne dieser Tatsachen sehr genaue und anschauliche Berichte von Augenzeugen, die das Gepräge der Wahrheit tragen. In der Stadt Metz war ihm wie gewöhnlich das Volk ehrfürchtig entgegengezogen, an der Spitze der Bischof und die angesehensten Männer. Von diesen dazu aufgefordert, benutzte Bernhard die Gelegenheit, einen der Anwesenden, den Grafen Heinrich von Salm, zu bitten, dass er von seinem feindlichen Verfahren gegen Stadt und Volk abstehen und Frieden bewilligen möchte. Aber der blieb unbeugsam. Da wurde ein Tauber hinzugebracht, um Heilung bei Bernhard zu suchen. Der aber wandte sich jetzt mit dem ihm eigenen Blick voll drohender Zuversicht an den Grafen und sprach: »Ihr wollt mich nicht hören, und vor Euch wird sogleich dieser Taube mich hören.« Und da, was Bernhard sagte, erfolgte, warf der Graf erschrocken sich zu seinen Füßen nieder und bewilligte alles, was er verlangt hatte...

Ein Krieg zwischen den Bürgern von Metz und den benachbarten Großen hatte die Gegend in großes Elend versetzt, und noch größeres war zu befürchten, wenn die Wut der kriegerischen Ritter nicht besänftigt wurde. Da eilte der Erzbischof Hillin von Trier, bekümmert um das Wohl der seiner geistlichen Fürsorge Anvertrauten, zu dem schon ganz entkräfteten Bernhard und bat ihn, als Friedensvermittler aufzutreten. Bernhard raffte sich schnell auf von seinem Krankenlager, vergaß seiner Krankheit und eilte hin. Am Ufer der Mosel kamen die Gesandten von beiden Parteien zusammen, und er suchte sie zu versöhnen. Aber die übermütigen Ritter, stolz auf den Sieg, wollten auf keine Bedingungen eingehen. Um sich von dem Abt Bernhard nicht überreden zu lassen, verließen sie ihn schnell, ohne ihn auch nur zu grüßen. Schon rüstete man von beiden Seiten wieder zum Kampfe, als Bernhard, seines Erfolges sicher, zu den ihn begleitenden Mönchen sagte: »Seid nur ruhig, der erwünschte Friede wird schon kommen. Das wurde mir in dieser Nacht durch einen Traum angedeutet: Mir war, als ob ich Messe hielte; plötzlich fiel mir ein, dass ich das Lied der Engel »Ehre sei Gott in der Höhe« übergangen hatte. Ich stimmte es daher mit euch an, und wir sangen es zu Ende.« Nachmittags erhielt er Botschaft von der Reue der Großen, bei denen seine Rede doch im Stillen nachgewirkt hatte. »Seht,« sagte er da zu seinen Freunden, »das ist die Vorbereitung zu dem Liede, das wir noch zu singen haben: Ehre sei Gott in der Höhe und Friede unter den Menschen« Darauf wurden die Abgeordneten der Parteien noch einmal zusammengerufen und die Unterhandlungen durch mehrere Tage fortgesetzt. Aber es strömte eine so ungeheure Menschenmenge herbei, Bernhard zu sehen und Kranke zu ihm zu bringen, dass die Verhandlungen dadurch behindert wurden. Man sah sich genötigt, auf dem Fluss eine Insel zu suchen, wo man ungestört verhandeln konnte. Das Ergebnis war der Friede. »Wir müssen auf den Mann hören, den, wie wir selber sehen, Gott liebt und erhört; wir müssen vieles tun um des Mannes willen, für den Gott vor unsern Augen so große Dinge tut«, sagten die Ritter, und Bernhard darauf: »Er tut es nicht um meiner-, sondern um euretwillen!« – Dann kehrte er nach Elairvaur zurück, wo die durch die Kraft des Geistes gewaltsam unterdrückte Krankheit ihn nun desto heftiger angriff und ihn dem Tode desto rascher entgegenführte. (August Neander, Der heilige Bernhard und sein Zeitalter.)

Weltuntergangsstimmung. Der Mönch Gervasius von Canterbury in England erwähnt in seiner 1199 niedergeschriebenen Chronik beim Jahre 1186, dass am 5. April eine Mondfinsternis, am 1. Mai eine Sonnenfinsternis »von feuriger Farbe« eingetreten sei. Für dieses Jahr seien durch die Astrologen von Toledo auch Stürme vorausgesagt. Der Erzbischof Balduin von Canterbury habe deshalb für seine Kirchenprovinz ein dreitägiges Fasten angeordnet. Aber der Überfluss an Früchten, der Reichtum an andern Dingen und die Reinheit der Luft habe solche Prophetie als Torheit erwiesen, und so habe man 1186 in England eine anderen Stürme erlebt, als die, welche der Erzbischof Balduin in seiner Kirche zu Canterbury durch sein Gedonner heraufbeschworen.

In Deutschland hatte während der letzten Lebensjahre Friedrich Barbarossas ein Gefühl größerer Sicherheit und gesteigerten Selbstbewusstseins geherrscht, auch seinem Kreuzzug sah man zunächst mit froher Zuversicht entgegen. Aber auf den Tod des mächtigen Kaisers folgten seit dem Sommer 1190 schwere Enttäuschungen. Schon vor dem Tode Heinrichs VI. im September 1197 hatte sich das Gerücht verbreitet, er sei gestorben. Die kölnische Königschronik, die das berichtet, meldet auch ein anderes Gerücht, wonach der in Apulien Weilende auf Anstiften seiner Gemahlin, der Kaiserin Konstanze, des Öfteren in Lebensgefahr gebracht worden sei. Dann weiß sie von Teuerung und Hungersnot am Rhein, und dass an der Mosel mehrere Menschen von Wölfen aufgefressen worden seien. Und gleichfalls an der Mosel sei 1197 einigen Reisenden ein phantastisches Wesen von Menschengestalt in übernatürlicher Größe und auf einem ungeheuren schwarzen Pferde reitend erschienen. Das habe sich den Erschrockenen als Dietrich von Bern zu erkennen gegeben und erklärt, der Grund seines Erscheinens werde bald im ganzen Reiche bekannt sein.

Die Jahre 1196 und 1197 waren in der Tat für Deutschland und Frankreich verhängnisvoll durch schwere Heimsuchungen. Hungersnot und verheerende Krankheiten quälten die Menschen. Der Feder eines Ehronisten entringt sich die Klage, er wage die Not kaum zu beschreiben, da er ähnliches noch nicht erlebt habe. Haufenweise starben die Armen vor Hunger. Tierkadaver galten als Nahrungsmittel. Überschwemmungen vermehrten das Elend. In Paris fürchtete man, eine neue Sintflut sei im Anzuge. Man veranstaltete Bittprozessionen und Fasten, und der König Philipp August beteiligte sich wie ein Mann aus dem Volke mit Tränen und Seufzen an diesen öffentlichen Bußübungen. Zum Jahre 1198 bemerkt der Ehronist Rigord von

St. Denys, im Volke habe sich das Gerücht verbreitet, in Babylon sei der Antichrist geboren, und das Ende der Welt stehe unmittelbar bevor. [Nach Hermann Grauen, Meister Johann von Toledo.]

Der Kinderkreuzzug von 1212. Im Juni des Jahres 1212 trat in Eloies bei Vendome ein Hirtenknabe namens Stephan auf, der sich für einen Gesandten Gottes ausgab und erklärte, als Führer voranzuschreiten, um den Christen das gelobte Land zu erobern; das Meer würde vor dem Heere der Seinen austrocknen. Er durchzog das ganze Land, indem er den alten Heerruf der Kreuzfahrer: »Herr Gott, erhöhe die Christenheit! Herr Gott, gib uns das wahre Kreuz wieder!« französisch variierte. Seine begeisternden Reden, noch mehr aber die Wunder, die er nach den Berichten seiner Zeitgenossen zu St. Denys vor Tausenden getan hat, rissen alles fort. Bald tauchten überall in Frankreich Knaben als Kreuzprediger auf und führten, mit Fahnen und Kreuzen ausgerüstet, in wohlgeordneten Zügen und unter feierlichen Gesängen dem Stephan ihre Scharen zu. Vergeblich waren die Bitten und Vorstellungen der Eltern und Priester, ja das Volk schalt diese, weil sie das Wehen des heiligen Geistes in den Kindern nicht verstünden, die durch ihre Sündlosigkeit berufen schienen, das durch Sünden verlorene heilige Grab zurückzugewinnen. Ebenso vergeblich erwiesen sich Gewaltmittel. Da ließ der König selber den Knaben befehlen, zu ihren Eltern zurückzukehren. Viele folgten, aber die meisten achteten nicht darauf, und es ist charakteristisch für die Zeit, dass selbst ein so nüchterner Mann wie Innozenz III. über jenen wunderlichen Zug sich geäußert haben soll: »Die Kinder beschämen uns, während wir schlafen, ziehen sie fröhlich aus, das Heilige Land zu erobern.« Bald wurden auch

Erwachsene in das phantastische Unternehmen hineingezogen, Priester, Handwerker, Bauern schlossen sich an und manche Subjekte, die zu Hause nichts zu verlieren, in der Ferne aber möglicherweise viel zu gewinnen hatten, zuletzt auch Frauen und Mädchen. So zog das Heer der Streiter Christi, von Ort zu Ort lawinenartig wachsend, nach Marseille: an der Spitze auf reichgeschmücktem Wagen der Wunderknabe Stephan, umgeben von einer Leibwache, und hinter ihn an 30 000 Pilger und Pilgerinnen. Zwei Seelenverkäufer Hugo Ferreus und Guilelmus Porcus, erklärten sich bereit, die Kreuzfahrer nach Syrien zu überführen und segelten mit sieben Schiffen ab, von denen zwei in der Nähe von Sardinien bei der kleinen Insel San Pietro scheiterten. Die übrigen fünf Schiffe aber führten die Seelenverkäufer nach Bugia und Alexandria, wo sie ihren Inhalt auf dem Sklavenmarkt zum Verkauf stellten. Tausende kamen auf solche Weise als Sklaven an den Hof des Ehalifen, darunter auch an die 400 Priester.

Kläglich wie der Kreuzzug der französischen, verlief auch der der deutschen Knaben. An ihrer Spitze stand ein zehnjähriger Kölner, namens Nikolaus, der ein Kreuz in der Form eines T trug und alle Knaben mit magischer Gewalt hinter sich herzog. Betrüger und Schwärmer streuten vor ihm das Gerücht aus, er werde trockenen Fußes das Meer durchschreiten und in Jerusalem ein Reich des ewigen Friedens aufrichten. 20 000 Knaben und Mädchen, denen viel liederliches Volk sich anschloss, zogen mit ihm über die Alpen. Tausende kamen unterwegs um und traten, durch die Beschwerden ernüchtert, die Heimkehr an, aber Tausende erreichten am 25. August Genua. Der Podestà, hinter dem phantastischen Zuge eine deutsche Kriegslist und Gefahr witternd, befahl ihnen, sofort das Stadtgebiet wieder zu verlassen. So zogen sie nach Brindisi. Aber der dortige Bischof war verständig und energisch genug, ihnen die Seefahrt zu verwehren. So blieb ihnen schließlich nichts übrig als heimzukehren. Hunderte erlagen auf dieser Heimfahrt dem Hunger und den Strapazen, und wochenlang blieben zuweilen die Leichen der Unglücklichen auf den Landstraßen liegen. Ein Teil hatte sich nach Rom gewandt, um von Innozenz die Lossprechung vom Kreuzgelübde zu erflehen. Allein der Papst verlängerte ihnen nur den Termin für den Antritt einer neuen Kreuzfahrt bis in ihre Mannesjahre. Nur klägliche Reste des Zuges erreichten, verspottet und verdorben, die deutsche Heimat. Befragt, was sie eigentlich gewollt hätten, erklärten manche, wie aus einer Betäubung erwachend, sie wüssten es nicht... [Nach Reinhold Röhricht, Der Kinderkreuzzug von 1212 in Sybels »Historischer Zeitschrift« von 1876. Häser in seinem Lehrbuch der Geschichte der Medizin hält den Kinderkreuzzug für das Werk schlauer Sklavenhändler.]

Franz von Assisi, 1182 als Sohn eines reichen Kaufmanns in Assisi in Umbrien geboren, hieß ursprünglich Giovanni Berradone, wurde wegen seiner Fertigkeit im Gebrauch des Französischen von seinem Vater Francesco genannt, führte als Jüngling ein ausgelassenes Leben, geriet 1201 auf einem Zuge gegen Perugia in Kriegsgefangenschaft, fiel ein Jahr später, nach Hause zurückgekehrt, in eine schwere Krankheit und begann dann ein ganz neues, unter restloser Entäußerung aller Habe den Kranken und Armen gewidmetes Leben. Er wurde der Stifter des Franziskanerordens. Er starb 1226 und wurde 1228 heiliggesprochen. Henry Thode urteilt: »Also erkannten sie gewiss, dass dieses ein göttliches Feuer war und kein irdisches, das Gott wunderbarlich hatte erscheinen lassen, um die Flammen göttlicher Liebe darzustellen und zu offenbaren.« War und ist solche Erkenntnis nur jenen verliehen, die selbst der Liebe bedürftig sind, so muss es deren doch viele in unsern Tagen geben, denn St. Franciscus ist ein von aller Welt Verehrter geworden, ein Heiliger der Protestanten so gut wie der Katholiken: versöhnend erhebt sich über dem Widerstreit der Konfessionen sein Bild als die strahlende Gewissheit einer christlichen Gemeinschaft, welche aller Verschiedenheit religiöser Lehrmeinungen und Kultusformen zum Trotz besteht... In dem Armen von Assisi preisen wir den Spender höchster Kulturgüter, in ihm, der sich zum Knechte aller seiner Menschenbrüder machte, deren geistigen Befreier, in dem Verkündiger alter geheiligter Lehre den Herold einer neuen jungen Welt... Als er in der unbedingten Hingebung seines Wesens an den Christus der Evangelien dem Gesetz die Liebe gegenüberstellte, erfüllte er das unklare Verlangen seiner Zeit. Nicht als ein Kämpfer gegen die Kirche, nicht als ein zerstörender Aufwiegler, sondern als ein Bekenner, dessen rein bejahende Natur das Abgestorbene mit dem ewig Alten, ewig Neuen belebte... [Blütenkranz des Heiligen Franciscus von Assisi. Jena 1905, Verlag Eugen Diederichs.]

Paul Sabatier erzählt: Die Vision des Gekreuzigten erfüllte sein ganzes Sinnen, um so ausschließlicher, je näher das Fest der Kreuzerhöhung, der 14. September [1224], heranrückte, ein Fest, das heute in den Hintergrund getreten ist, im dreizehnten Jahrhundert aber mit der vollen Glut der Begeisterung begangen wurde, besaß es doch gleichsam die Bedeutung eines Jahresfestes der Kreuzzüge. – Franciscus verdoppelte seine Fasten und seine Gebete »in Liebesglut, im Mitgefühl ganz in Jesu aufgehend«, sagt eine der Legenden. So brachte er die Nacht vor dem Feste in einsamem Gebet nicht fern von der Einsiedelei zu. Am Morgen hatte er eine Vision. Als die Strahlen der aufgehenden Sonne seinem halberstarrten

Körper neues Leben einhauchten, unterschied er plötzlich in ihrem Licht eine seltsame Gestalt: ein Seraph mit ausgebreiteten Flügeln flog vom Horizont her auf den Betenden zu, den ein unbeschreibliches Wonnegefühl durchströmte. Im Mittelpunkt der Erscheinung erblickte Franz ein Kreuz, an welches der Seraph genagelt war. Als ihm die Vision entschwunden, fühlte er, wie sich in das Entzücken die ersten Schmerzen mischten. Bis ins Innerste seines Wesens erschüttert, suchte er ängstlich nach der Bedeutung des soeben Erlebten, und siehe da: sein Körper zeigte die Stigmen [Wundmale] des Gekreuzigten. [Aus: Paul Sabatier, Leben des Heiligen Franz von Assisi. Zürich 1919. Max Rascher.]

Meister Johann von Toledo oder Der Weiße Kardinal. Zu den Prälaten, die, auf der genuesischen Flotte nach Rom unterwegs, am 3. Mai 1241 in der Nähe der Insel Elba von den Mannschaften der aus sizilianischen und pisanischen Schiffen bestehenden kaiserlichen Flotte gefangengenommen wurden, gehörte auch der »Meister Johann von Toledo«. Barbarossas Enkel, Friedrich II., der letzte große, freilich mehr italienisch und morgenländisch als deutsch empfindende Hohenstaufe, gab den Gefangenen nach zwei Jahren frei, der, den Guelfen die Treue haltend und bald zum Kardinal ernannt, fortfuhr ihn zu bekämpfen. Von Geburt Engländer, als Kleriker dem Orden der Eistercienser angehörig, dessen weißes Kleid er auch als Kardinal nicht ablegte, hatte dieser Kirchenfürst, der nichts weniger als Priester und nichts mehr als Politiker war, in Toledo bei arabischen und jüdischen Meistern Natur- und Arzneiwissenschaft, Astrologie und Nekromantik getrieben und das große Magisterium, die höchste Kunst der Alchimisten erworben: unedle Metalle in edle zu verwandeln. Er gehörte zu den vielseitigsten Persönlichkeiten der mittelalterlichen Gelehrtenwelt und zu denen, deren Vielseitigkeit von der Phantasie der Zeitgenossen und der späteren Geschlechter noch gesteigert und mit übernatürlichen Kräften ausgestattet ward. Aber wenn ihm auch die Verfasserschaft des sogenannten Toledobriefes, der zum ersten Mal um 1186 und dann in veränderten Gestalten jahrhundertelang immer wieder mit seinen krausen und niemals wirklich erfüllten Prophezeiungen die Gemüter der Christenheit beunruhigt hat, fälschlich zugeschrieben worden ist – ein aqua gloriosa benedicta et laudabjlis genanntes Universalmittel gegen Ohrensausen und Unfruchtbarkeit tränende Augen und Aussatz hat er doch erfunden und auch als Propheten des Öfteren sich erwiesen. So als während des großen Interregnums, »der kaiserlosen, der schrecklichen Zeit«, 1260, nach der Schlacht von Montaperti, Florenz dem Sieger, den Ghibellinen [Kaiserpartei] die Tore öffnen musste, indessen die Guelfen [Papstpartei] die Stadt verlassen mussten. Da erklärte der Weiße Kardinal, dem erst ein ausdrücklicher Befehl des Papstes die Zunge lösen musste – denn er hielt es seiner Würde für unangemessen, die Zukunft vorauszusagen – : »Die Besiegten werden glorreich siegen und in Ewigkeit nicht mehr besiegt werden.« Welche überraschende Prophezeiung sich wenig Jahre später durch die Schlacht bei Benevent zu erfüllen begann, in der die Guelfen siegten, die dann für immer die Herrschaft in Florenz behielten. [Nach Hermann Grauert, Meister Johann von Toledo.]

Ferdinand der Geladene. Als König Ferdinand IV. von Eastilien im Jahr 1312 die beiden Brüder Grafen Carvajal, die eines Meuchelmordes beschuldigt waren, ohne Gericht und Urteil von den Stadtmauern zu Martos hinabzustoßen befahl, forderten sie ihn auf, ihnen nach dreißig Tagen vor Gottes Richterstuhl zu folgen. Am dreißigsten Tage nach dem Vollzug seines grausamen Befehls starb der König Ferdinand IV. Er erhielt den Beinamen »der Geladene«.

Ein Brief des Petrarca. Am 26. November 1343 schrieb der Dichter und Gelehrte Francesco Petrarca, Gesandter des Papstes Clemens VI. bei der Königin Johanna I. von Neapel, an den Kardinal Giovanni Eolonna zu Rom: Der gestrige Sturm wird mir reichen Stoff zu dichterischer Arbeit liefern. Niemals habe ich etwas so Schreckliches und Furchtbares durch gemacht. Wunderbar aber ist, dass ein Gerücht die bevorstehende Heimsuchung schon vorher angekündigt hatte. Ein Bischof auf einer nahen Insel hat, mit den Sternen sich beschäftigend, die Gefahr vorausgesagt. Daher waren die Menschen von Furcht erfüllt, und die meisten ließen, wie wenn ihnen der Tod vor der Tür stände, alle Hantierung liegen und besserten ihr Leben. Andere freilich machten sich darüber lustig. Ich selber überließ mich weder ganz der Hoffnung, noch ganz der Furcht, neigte aber mehr zu dieser als zu jener, denn im menschlichen Leben begibt es sich öfter, dass die Furcht, als dass die Hoffnung sich verwirklicht. Auch hatte ich drohende Zeichen des Himmels in diesen Tagen sowohl gesehen wie gehört, die mir als ungewöhnlich erschienen. Das alles hatte mir ein geheimnisvolles Grausen eingeflößt.

Endlich war die Nacht vor dem gefürchteten Tage gekommen. Eine Schar von Frauen, von Angst überwältigt, schien mehr der Gefahr als der Scham eingedenk. Ihre Kleinen an die Brust gedrückt, liefen sie auf den Straßen und Plätzen umher, hilfeflehend, mit Tränen in den Augen, drängten sie sich an den Schwellen der Kirchen. – Von diesem allgemeinen Schrecken bestimmt, war ich am frühen

Abend in mein Haus zurückgekehrt. Am Himmel herrschte eine ungewöhnliche Stille. Auf diese vertrauend zogen sich meine Gefährten sehr früh in ihre Gemächer zurück. Ich aber wollte warten und sehen, wie der Mond unterginge, der, wenn ich nicht irre, in seinem siebenten Tage war. Ich stand also am Fenster, bis ich ihn, von einem Nimbus umgeben, kurz vor Mitternacht ganz sich verhüllen und hinter dem nahen Berge verschwinden sah. Danach ging ich in mein Zimmer und legte mich zu Bett. Kaum war ich eingeschlafen, als plötzlich nicht nur die Fenster, sondern auch von ihren Fundamenten herauf alle Mauern und die aus festesten Steinen gewölbte Decke erzitterten und erschüttert wurden. Das Nachtlicht erlosch. Wir sprangen aus den Betten. An die Stelle des Schlummers trat die Furcht vor dem unmittelbar bevorstehenden Tode. Während wir im Finstern umhertappend einer den andern suchten und beim schrecklichen Leuchten der Blitze uns sahen und gegenseitig mit zitternder Stimme ermahnten, zogen die Ordensleute, in deren Haus wir wohnten, heran mit ihrem Prior David, den ich zu seiner Ehre nenne, denn er ist wie ein Heiliger. Nach ihrer Sitte hatten sie sich erhoben, um die Notturnen zu Ehren Christi zu singen. Von dem plötzlichen Unwetter erschreckt, pflanzten sie Kreuze und Reliquien auf, riefen mit lauter Stimme die Barmherzigkeit Gottes an und stürmten, brennende Fackeln in den Händen, in mein Zimmer. Dann gingen wir alle miteinander in die Kirche, wo wir, auf dem Boden liegend, unter tausend Seufzern die Nacht zubrachten. Alle Augenblicke glaubten wir, das Ende stehe unmittelbar bevor, und dass alles um uns herum in Trümmer sinken werde. Man käme nicht zu Ende, wollte man in Worten alle Schrecken dieser höllischen Nacht schildern. Wie selten würde man mit dem Worte die Wahrheit erreichen, und doch würde schon das unzulängliche Wort unglaublich erscheinen. Welcher Regen, welcher Wind und wie viele Blitze! O Krachen des Himmels, o Erschütterung der Erde, o Brüllen des Meeres, o Wehklagen der Menschen! Wie durch magischen Zauber schien diese Nacht doppelt so lang zu werden als sie war. Endlich war der Tag gekommen. Da traten die Priester in ihren heiligen Gewändern an die Altäre und brachten das Messopfer; wir aber blieben ausgestreckt auf dem feuchten Boden liegen und ich wagte noch nicht, den Blick zum Himmel zu erheben. Als der Tag weiter vorgerückt, die Finsternis aber kaum geringer war als in der Nacht, hörte plötzlich das Schreien der Leute von der oberen Seite der Stadt auf; umso lauter aber und umso häufiger ließ es sich jetzt vom Meeresufer her vernehmen. Fragen ergaben keine befriedigende Antwort. So bestiegen wir die Pferde und ritten zum Hafen hinunter, entschlossen, dort das Leben zu lassen. Großer Gott, welch schrecklicher Anblick! Die ältesten Seeleute erklärten, so etwas sei noch nicht dagewesen. Mitten im Hafen scheiterten die Schiffe; die Insassen stürzten ins Meer: dem Ufer nahe, suchten sie sich daran festzuhalten, aber die Fluten schleuderten sie gegen die Felsen, und ihre verstümmelten und zuckenden Glieder erfüllten den Lido. Diesem quoll das Gehirn, jenem das Gedärm aus dem Körper. Dazu das Schreien der Männer, das Wehklagen der Frauen, das in das Brausen der Luft und des Meeres sich mischte. Auf dem Lande stürzten Gebäude zusammen, die von der Gewalt der die Ufer überspülenden Fluten unterwühlt waren. Auch die hohe Mole mit ihren seitlichen Vorbauten, von Menschenhand errichtet, um den Hafen zu schützen, wurde überflutet. Wo man vorher trockenen Fußes hatte gehen können, musste man jetzt nicht ohne Gefahr zu Schiff voranzukommen suchen. Mehr als tausend Männer vom neapolitanischen Adel waren dort zusammengeströmt, gleichsam um den Untergang des Vaterlandes zu betrauern. Ich mischte mich unter sie, bereit zu sterben. Da erhebt sich plötzlich ein neues

Geschrei: der Boden, auf dem wir stehen, ist von den Fluten unterwaschen und beginnt zu sinken. Wir flüchten an einen höhergelegenen Ort. – Zwischen Neapel und Eapri türmen sich die Wellen bergeshoch. Nicht blau und auch nicht schwarz sehen sie aus, wie das sonst wohl bei starken Stürmen sein mag, sondern von grässlichem Schaum sind sie weißgrau. – Die junge Königin verlässt das Schloss auf bloßen Füßen und in aufgelöstem Haar: mit einer großen Schar von Frauen begibt sie sich zur Kirche der Gottesmutter, um Rettung zu erflehen in dieser äußersten Gefahr...

In diesem furchtbaren Sturm fasst Petrarca den Entschluss, sich nie wieder, weder vom Papste, noch von seinem Gönner, dem Kardinal Eolonna, noch selbst von seinem Vater, wenn er von den Toten auferstehen sollte, zu einer Seereise verleiten zu lassen: die Luft den Vögeln, das Meer den Fischen.

Zwanzig Jahre später, am 7. September 1863, schrieb Petrarca von Venedig aus an Giovanni Boccaccio einen Brief, worin er die Heimsuchungen beklagt, welche die Pest seit sechzehn Jahren über Italien gebracht habe. Bei dieser Gelegenheit fasst er, der Humanist, seiner Zeit vorauseilend, sein Urteil über die Astrologen, die der Seuche eine noch dreijährige Dauer vorausgesagt hatten, in folgende Worte zusammen: »Solange sie sich darauf beschränken, von den Bewegungen der Himmelskörper, von Winden und Regengüssen, von Hitze und Kälte, von heiterem Himmel und Stürmen zu sprechen und Mond- und Sonnenfinsternisse anzukündigen, könne es zuweilen nützlich, immer aber ergötzlich sein, ihnen Gehör zu schenken. Wenn sie sich aber daran machen, die Geschicke der Menschen voraus zu verkündigen, welche allein Gott vorausschaut, sind sie nichts als gemeine Lügenschmiede. Nicht nur die Gelehrten, sondern alle guten Menschen müssen sich da mit Abscheu von ihnen abwenden.

[Nach Hermann Grauert, Meister Johann von Toledo. München 1901.]

Feuerprobe. In Regkmanns Lübeckischer Chronika (Heidelberg 1619) wird erzählt: Anno 1349 war zu Wittenberg im Lande zu Meckelnburg ein Mann beschuldigt, er solle etliche Häuser angesteckt haben. Er verneinte solches und vermaß sich auf seine Unschuld, dass er ein glühend Eisen tragen wolle. Es ward ihm in die Hand getan, und er trug es ohne Schreyung. Da er so zu dem Male kam an dem Kirchhof, warf er es aus der Hand und es verschwand, dass niemand wusste, wo es hinkommen. Ein Jahr danach, da Einer grabete und rackete in dem Sand, fand er das Eisen und verbrannt die Hand daran. Die dabei waren, verwunderten sich dessen und sagten es dem Vogt; der ward eingedenk der vorigen Geschichte und ließ den Kerl antasten. Der bekannte, dass er die Häuser angesteckt, und ward aufs Rad gesetzt.

Tanzwut. Die Limburger Chronik erzählt: Anno 1374 zu mitten im Sommer, da erhub sich ein wunderlich Ding auf Erdreich, und sonderlich in Teutschen Landen, auf dem Rhein und auf der Mosel, also dass Leute anhuben zu tanzen und zu rasen, und stunden je zwei gegen ein, und tanzten auf einer Stätte einen halben Tag, und in dem Tanz da fielen sie etwas oft nieder und ließen sich mit Füßen treten auf ihren Leib. Davon nahmen sie sich an, dass sie genesen wären. Und liefen von einer Stadt zu der anderen und von einer Kirchen zu der andern, und huben Geld auf von den Leuten, wo es ihnen mocht werden. Und wurd des Dings also viel, dass man zu Cölln in der Stadt mehr denn 500 Tänzer fand. Und man fand, dass es eine Ketzerei war...

Die Meister von der heiligen Schrift, die beschworen der Tänzer ein Teil, die meinten dass sie besessen wären von dem bösen Geist. Also nahm es ein betrogen End, und währte wohl sechzehn Wochen in diesen Landen...

Tanzwut. Dr. med. Friedrich Schnurrer erzählt in seiner »Chronik der Seuchen« (Tübingen 1823) nach alten Quellen: ...Es wurde schon unter dem Jahre 1354 einer epidemischen Tollheit in England erwähnt. Diese Erscheinung wiederholte sich dort im Jahr 1375 besonders unter den niederen Volksklassen und teilte sich Jahrs darauf in den Sommermonaten über Brabant und Niederdeutschland fast dem ganzen übrigen Europa mit. Die Zufälle werden verschieden erzählt; nach einigen wären die von dem Übel befallenen Männer und Weiber, Jünglinge und Mädchen zuerst schäumend und bewusstlos zu Boden gestürzt, und wenn sie sich wieder bewegen konnten, hätten sie bis zur Ohnmacht tanzen müssen. Es scheint aber nicht bei einem einzelnen Anfall sein Bewenden gehabt zu haben, sondern solche einmal Ergriffene hatten eine wahre Manie zu tanzen, sie liefen den Ihrigen davon, gesellten sich zu ihresgleichen, liefen fast nackend, nur mit Blumen bekränzt und einen Gürtel um den Leib, einander an den Händen haltend, durch die Straßen und tanzten, besonders in der Nähe von Kirchen und Wallfahrtsorten, bis sie niedersanken und ihnen der Leib auflief, so dass man ihn umbinden musste. Wer ihnen aufmerksam zuschaute, der lief Gefahr, von demselben unwiderstehlichen Drang zu tanzen, befallen zu werden, häufig scheint es aber auch vorgekommen zu sein, dass solche Verzückte von Hinzukommenden durch Tritte und Schläge aufgerüttelt wurden. Denn es gab viele, besonders in den folgenden Jahren, die eben an Wallfahrtsorten oder sonst an Stellen, wo sie mit einer andächtigen Menge zusammenzutreffen hoffen durften, von Verzückungen befallen sich anstellten und durch die Heftigkeit ihrer Bewegungen andere zu Ähnlichem hinrissen ...

Im Anfang nannte man diese Erscheinung Johannis-Tanz, und erst später wurde die Benennung St. Veits-Tanz allgemeiner. Diese Namen erhielt die Krankheit nicht, weil man diesen Heiligen einen besonderen Bezug zu der Krankheit andichtete, sondern weil der Ausbruch der Krankheit am häufigsten in die Jahreszeit fiel, in welcher die Wallfahrten ihre Richtung zu den Kapellen dieser Heiligen, deren Namensfeste begangen wurden, nahmen. Es sah aber auch Felix Platter in seinen Knabenjahren, etwa 1520, noch zu Basel eine solche Kranke mit welcher die Obrigkeit so lange eigens bezahlte rotgekleidete Leute tanzen ließ, bis sie endlich vor Entkräftung vom Tanzen ablassen musste, was jedoch erst nach einem ganzen Monat endlich erreicht wurde. Und Horst kannte noch zu Ende desselben Jahrhunderts Weibspersonen, die alljährlich gegen den St. Veits-Tag hin von einer solchen Tanzlust befallen wurden, dass sie jedes Mal zu einer bei Ulm befindlichen Kapelle eilten, und dort bis zur Erschöpfung tanzten, worauf sie das ganze Jahr wieder gesund und unangefochten blieben, eine Erscheinung, die schon Willis mit der des Tarantel-Tanzes verglich. Dagegen scheint es bei dem Bischof von Naumburg, welcher 1351 zwischen zwei Damen tanzend tot niederstürzte, nicht gerade eine ähnliche Krankheit, sondern mehr Leichtfertigkeit gewesen zu sein, denn der Berichterstatter bemerkt ausdrücklich »salaojose vixerat«...

Ein Brief der Catharina von Siena. Dem Färber Benincasa zu Siena wurde am 25. März 1347 eine Tochter geboren, die als Siebzehnjährige in den Dritten Orden des heiligen Dominicus eintrat. Ihre übermäßigen Kasteiungen hatten visionäre Zustände zur Folge, in denen Christus sich mit ihr verlobte, ihr sein Blut zu trinken gab und seine Wundenmale ihr aufprägte. Am 15. Februar 1380, wenige Monate vor ihrem Tode, schrieb sie an ihren Beichtvater: Vater, mein süßester Vater und Sohn, wunderbare Mysterien hat Gott seit dem Tage der Beschneidung bis auf den heutigen erzeigt, so dass die Sprache nicht hinreicht, sie zu sagen. Doch reden wir nicht über diese ganze Zeit und kommen wir gleich auf den Sonntag Seragesimae, an welchem Sonntag sich zutrugen, wie ich in Kürze Euch berichte, jene Mysterien, die Ihr vernehmen werdet; und nie glaubte ich etwas ähnliches zu ertragen. Denn so groß war das Wehe des Herzens, das die Tunika mir zerriss, soviel ich davon in Händen hielt, als ich mich zur Kapelle zurückwandte wie ein Aufgeschreckter. Wenn einer mich gehalten hätte, so wäre ich wirklich gestorben. Als dann der Montagabend kam, drängte es mich, an den Stellvertreter Christi zu schreiben und an drei Kardinäle, wobei ich mir helfen lassen musste. Und ich ging in das Arbeitszimmer. Und als ich an den Stellvertreter Christi geschrieben hatte, war ich zu schreiben nicht mehr imstande. So groß waren die Schmerzen, die da in meinem Körper anwuchsen. Und kurz darauf begannen die Schrecken der Dämonen in solcher Weise, dass ich ganz betäubt davon war. Sie wüteten gegen mich, als sei ich, Armselige, die Ursache, dass ihren Händen entrissen sei, was sie lange in der heiligen Kirche besaßen. Und so groß waren die Angst und der körperliche Schmerz, dass ich aus dem Arbeitszimmer fliehen und in die Kapelle gehen wollte, wie wenn das Zimmer die Ursache meiner Schmerzen gewesen wäre. So erhob ich mich denn, und da ich nicht gehen konnte, stützte ich mich auf meinen Sohn Barduccio. Allein alsbald stürzte ich zu Boden, und es war, als sei die Seele aus dem Körper geschieden und sähe ihn an wie etwas Fremdes; aber nicht wie damals, als sie von ihm schied, weil da die Seele genoss das Glück der Unsterblichen, mit ihnen teilhaftig werdend jenes höchsten Gutes; jetzt aber schien es wie etwas ganz Besonderes, denn in meinem Körper schien ich nicht zu sein, sondern ich sah meinen Körper, als sei ich ein anderer. Und als meine Seele erschaute das Leiden jenes Körpers, wollte sie wissen, ob ich nichts in ihm zu tun hätte, um ihm zu sagen: mein Sohn, fürchte nichts! Allein ich sah, dass weder die Zunge noch ein anderes Glied sich bewegen konnte, und dass er wie ein Körper war, der vom Leben geschieden ist. So ließ ich ihn denn, wie er war, und mein Geist versenkte sich im Abgrund der Dreieinigkeit. Das Gedächtnis war ganz erfüllt von der Not der heiligen Kirche und der ganzen Christenheit; und mein Herz schrie auf vor Gottes Angesicht, und mit Zuversicht bat ich um seinen Beistand, ihm darbringend alle Wünsche und ihn bestürmend mit dem Hinweis auf das Blut des Lammes und die Leiden, die es ertragen hatte; und so dringend bat ich da, dass mir schien, er würde meine Bitte nicht verschmähen. Dann bat ich für Euch und die andern, dass sein Wille und meine Wünsche sich an Euch erfüllen. Dann bat ich ihn um Rettung von der ewigen Verdammnis. Und indes ich so verharrte in schrecklicher Furcht, beweinten mich die Meinen als tot; doch war jetzt aller Schreck vor den Dämonen von mir gewichen. Dann sah ich meine Seele in Gegenwart des Lammes, welches sprach: »Zweifle nicht, denn ich werde deine Wünsche erfüllen und die meiner andern Diener. Ich will dir zeigen, dass ich ein guter Meister bin, der den Töpfer macht und die Töpfe zusammenfügt und wieder zerschlägt, wie es ihm gefällt. Diese meine Gefäße weiß ich zu zerschlagen und wieder zusammenzufügen und darum nehme ich die Schale deines Körpers und bilde sie wieder im Garten der heiligen

Kirche auf andere Weise als bisher.« Und indem auf mich eindrang jene Wahrheit mit anziehenden Worten und Weisen, die ich übergehe, fing mein Körper leise an zu atmen und zeigte, dass die Seele zurückgekehrt war in ihre Schale. Ich war von Staunen erfüllt, und es war mir im Herzen ein so großer Schmerz geblieben, dass ich ihn noch empfinde. Jede Freude, jede Kühlung und jede Speise war mir jetzt verwehrt. Und als sie mich dann hinauftrugen in das obere Gemach, schien es von Dämonen erfüllt; und nun begannen sie einen neuen Angriff auf mich, der schrecklicher war als je einer zuvor, und wollten mich glauben machen, dass ich nicht die sei, die in diesem Körper war, sondern wie ein unreiner Geist. Ich rief da um die Hilfe Gottes mit zärtlichem Flehen, und ziemlich mühsam, aber vernehmlich sagte ich: O Gott, höre meinen Hilferuf; Herr, eile, mir zu helfen! Du ließest zu, dass ich allein sei in diesem Kampfe, ohne den Trost des geistlichen Vaters meiner Seele, dessen ich beraubt bin zur Strafe meines Undanks. [Übersetzung von Annette Kolb.]

Die früheste Voraussagung der großen französischen Revolution.

Der französische Philosoph und Theologe Peter d'Ailly, der 1414 als Kardinal auf dem Konzil zu Konstanz für dessen Selbständigkeit gegenüber dem Papst eintrat (übrigens auch für die Verbrennung des böhmischen Reformators Johannes Huß), hinterließ 1420 eine Schrift De conoordia astronomiae cum theologia (Über die Übereinstimmung der Sternenkunde mit der Gottesgelehrtheit). Darin sagt er im Blick auf die Konjunktion des Saturns, die im Jahre 1789 eintreten werde: Wenn die Welt bis zu jenen Zeiten dauert, was allein Gott weiß, so wird es dann viele Veränderungen und Umwälzungen geben, am meisten in Hinsicht der Gesetze. [Alexander von Humboldt fragt gelegentlich, ob diese Voraussage des in der Geschichte der Menschheit so wichtigen Ereignisses wohl denen bekannt sei, die über alles Dunkle und Geheimnisvolle spotten.]

Jeanne d'Arc.
Es war im Jahre 1428. Im Bündnis mit der Königin Isabeau und dem Herzog von Burgund hatten die Engländer mehr als die Hälfte von Frankreich erobert. Im Süden behauptete sich noch der schwache Dauphin, der nachmalige König Karl VII., durch die englische Belagerung von Orleans in bedrängter Lage. Da erhielt ein siebzehnjähriges Bauernmädchen im Dorfe Domremy, Jeanne d'Arc, durch Geisterstimmen, auf die zu hören sie seit Jahren gewöhnt war, den Auftrag, Orleans zu befreien und Karl, den Dauphin, der sich zwar zum König erklärt hatte, aber mit Spott »der König von Bourges« genannt wurde, nach Reims, das die Engländer besetzt hatten, zur Krönung zu führen. Sie verließ heimlich ihr Elternhaus und ließ sich von Soldaten nach Vaucouleurs mitnehmen, dessen Befehlshaber Baudricourt sie in männlicher Tracht und Rüstung zum Dauphin nach Chinon weitersandte, wo sie am 6. März eintraf. Man schwankte, ob es der Majestät gezieme, ein abenteuerndes Mädchen zu empfangen. Aber die Sache des ungekrönten Königs stand so verzweifelt, dass nur noch auf Hilfe von oben zu hoffen war. Nach vielfacher Beratung und Prüfung wurde Jeanne am Abend des dritten Tages im Schloss zu Chinon eingeführt. Die große Halle war durch Fackeln erleuchtet, dreihundert Ritter und Herren waren zugegen. Der König, den sie noch nie gesehen, hatte sich abseits gestellt, um den prophetischen Geist des Mädchens zu erproben. Sie schritt durch die Menge, kniete vor ihm nieder und sprach: »Gott verleihe Euch langes Leben,

edler Dauphin!« Karl wies auf einen der Herren: »Das ist der König!« »Bei meinem Gott«, antwortete sie, »Ihr seid es und kein anderer!« Der König nahm sie beiseite und sprach leise mit ihr. Sie hat darüber nur geäußert, dass sie dem König ein sicheres Zeichen ihrer Sendung gegeben habe. Er selbst aber hat erzählt, dass sie ihm besondere Dinge gesagt, über die sie nur von Gott unterrichtet gewesen sein könnte. In der Chronik der Jungfrau, die 1500 auf Befehl Ludwigs XII. verfasst wurde, wird erzählt, sie habe dem König drei Gebete, die er getan, gesagt. Das erste: »Dass, wenn Ihr nicht der wahre Erbe von Frankreich wäret, so möge Euch Gott den Mut nehmen, um dieses Königreich zu kämpfen, auf dass Ihr nicht länger des Krieges Ursache seiet.« Das zweite: »Dass, wenn die schwere Trübsal, welche das Volk von Frankreich erdulde, allein von Eurer Sünde herrühre, Gott Euch allein die Buße auferlege, sei es durch den Tod, sei es durch andere Strafe.« Das dritte: »Dass, wenn die Sünde des Volkes die Ursache sei, es Gott gefallen möge, die Strafe zu enden.«

Nun erkannten Universität und Parlament zu Poitiers nach Prüfung der Herkunft und des Wandels der Jungfrau ihre göttliche Sendung an. Sie erhielt ein Gefolge wie ein Kriegsoberst und einen entscheidenden Einfluss auf die Kriegsleitung. Am 29. April gelang ihr der Einzug in das belagerte Orleans. Durch Ausfälle, bei deren einem sie, wie sie vorausgesagt, durch einen Pfeil verwundet wurde, zwang sie die Engländer zur Aufgabe der Belagerung. Dann schlug sie sie bei Patay in offener Feldschlacht und führte den Dauphin nach Reims, das sie einnahm, zur Krönung. Jetzt wollte Jeanne, und zwar unter wachsendem Widerstande einer höfischen, zum Frieden geneigten Partei schließlich gegen den Willen des Königs selber, ganz Frankreich von den Engländern säubern. Aber der Erfolg war nicht mehr immer auf ihrer Seite. Nach einem fruchtlosen Angriff auf Paris, wobei sie am Schenkel schwer verwundet worden war, zog sich das Heer gegen ihren Willen nach der Loire zurück. In der Osterwoche, auf den Wällen von Melun, das sie vor den Engländern rettete, sagten ihr die Heiligen, sie werde noch vor dem Johannisfeste gefangen werden. Sie flehte um ihre Fürbitte: viel lieber den Tod als die Gefangenschaft! Aber die Heiligen antworteten, sie solle sich allem unterwerfen, es müsse also geschehen, und Gott werde ihr helfen.

Am 23. Mai 1430, bei einem Ausfall aus dem belagerten Eompiegne, wurden die Ihrigen zurückgeschlagen. Sie hatte mit den Letzten den Rückzug gedeckt, wurde abgeschnitten, vom Pferde gerissen und dem Ritter Johann von Ligny übergeben, der sie im Oktober gegen eine hohe Summe an den Herzog Philipp von Burgund auslieferte. Im Dezember übergab dieser sie den Engländern. Sie wurde nach Rouen gebracht und als Zauberin und Ketzerin dem geistlichen Gericht übergeben. Nach den Prozessakten von 1431 seien hier einige Aussagen der Jeanne d'Arc vor ihren Richtern zu Rouen mitgeteilt: »...Während ich noch im Hause meiner Eltern war, sagte mir meine Mutter mehrere Male, meinem Vater habe geträumt, seine Tochter Jeanne werde mit Kriegsleuten auf- und davongehen... Wie ich von meiner Mutter erfuhr, sagte mein Vater zu meinen Brüdern: »Wenn ich glaubte, dass das einträte, was mir von ihr geträumt hat, so wollte ich, ihr ertränktet sie, und tätet ihr es nicht, so ertränkte ich sie selbst« ...«

»...Als ich dreizehn Jahre alt war, hatte ich eine Stimme von Gott. Und das erste Mal hatte ich große Furcht. Es kam aber jene Stimme um die Mittagsstunde zur Sommerzeit im Garten meines Vaters. Am vorhergehenden Tage hatte ich gefastet. Ich vernahm die Stimme von der rechten Seite her. Selten vernahm ich sie, ohne einen hellen Glanz zu sehen ...«

»… Die Stimme hieß mich hingehen, und ich konnte nicht mehr bleiben. Sie sagte mir, ich müsse das belagerte Orleans entsetzen. Sie gebot mir auch, mich zu Robert von Baudricourt nach Vaucouleurs zu begeben. Dieser Kommandant der Stadt würde mir Leute stellen, die mit mir ziehen würden. Ich war ja nur ein armes Mädchen und konnte weder reiten noch Krieg führen…«

»… Die Stimme hatte mir versprochen, nachdem ich möglichst rasch zum Könige gelangt wäre, würde er mich empfangen. Die Leute von meiner Partei erkannten wohl, dass die Stimme mir von Gott gesendet war. Sie spürten und merkten die Stimme, das weiß ich wohl. Der König und mehrere andere hörten und erkannten die Stimmen, die zu mir kamen. Zugegen waren Karl von Bourbon und mehrere andere…«

»… Es vergeht noch kein Tag, an dem ich die Stimme nicht höre, und ich bedarf ihrer wohl. Niemals habe ich von ihr einen andern Endlohn verlangt als das Heil meiner Seele…«

»… Es war der heilige Michael, den ich vor meinen Augen gesehen habe. Er war nicht allein, sondern mit zahlreichen Engeln vom Himmel. Ich habe sie mit meinen leiblichen Augen gesehen, gerade so, wie ich euch sehe, und da sie von mir gingen, weinte ich und hätte gerne gewollt, dass sie mich mit sich genommen hätten…«

In einem sehr umständlichen und schwankenden Prozess erreichten die Engländer ihre Absicht, die Jungfrau, deren Edelsinn, Unerschrockenheit, Klugheit und Vaterlandsliebe viele der Richter immer wieder für sie einnahm, als Dirne und Hexe und Ketzerin durch ihre eigenen Landsleute zum Tode verurteilen zu lassen. Am 30. Mai 1431 wurde Jeanne d'Arc zu Rouen verbrannt. Auf Betreiben ihrer, bei seiner Krönung in den Adelstand erhobenen, Familie ließ Karl VII. 1450 den Prozess revidieren,

1455 wurde die Anklage für unbegründet, die Jungfrau für unschuldig erklärt. 1755 erschien Voltaires frivole Persiflage »Da Pucelle d'Orleans«, 1802 Schillers Trauerspiel »Die Jungfrau von Orleans«. 1894 wurde Jeanne d'Arc von Leo XIII. selig gesprochen. [Im Wesentlichen von oder nach Zurbonsen, Die Prozessaussagen der Jungfrau von Orleans. Düsseldorf 1910.]

Jakob Londin. Der schottische Historiker George Buchanan (1506—1582) erzählt in seiner »Rerum scotjearum historia«: »Am Tage bevor König Jakob I. von Schottland [durch adelige Verschworene am 20. Februar 1437 in einem Kloster bei Perth] auf gewaltsame Weise sein Leben verlor, sah ein gewisser Jakob Londin, ein angesehener Schotte von Geburt, der gerade am Fieber krank darniederlag, im Zweiten Gesicht die Todesgefahr des Königs. Er begann um die Mittagsstunde plötzlich ganz erbärmlich zu schreien und rief den Seinigen zu: »Auf! Auf! Eilt dem König zu Hilfe! Die Mörder umringen ihn«. Dann hub er bitterlich zu weinen an und sagte: »Ach, es ist zu spät! Es ist zu spät! Der gute Herr ist tot!« Von Stund an verschlimmerte sich sein Zustand, und nach wenigen Tagen gab er selber den Geist auf.«

Hans Schwarzwälder. Die Zimmerische Chronik berichtet: Um das Jahr 1445 ungefähr begab sich eine erschreckliche Handlung zu Marchdorf mit zwei Handwerksgesellen, darunter der eine von der Neuenstadt auf'm Schwarzwald soll gebürtig gewesen sein und geheißen haben Hans Schwarzwälder. Der hat einen Mitwandergesellen gehabt, der ein sonderliches Vertrauen zu ihm gefasst. Einstmals, als sie beide unter einem Meister gearbeitet, hat sich begeben, dass des Schwarzwälders Gesell unversehens krank worden und gestorben. Vor seinem Absterben aber hat er seinem Gesell auf vielfältiges Begehren zugesagt und hoch beteuert, ihm, wenn er gestorben und es möglich sei, wiederum zu erscheinen und ihm anzuzeigen, wie es dort in jener Welt um ihn bestellt sei. Also in wenigen Tagen hernach, da ist ihm der Geist, zuzeiten Tags, zuzeiten in der Nacht, in einer feurigen und grauslichen Gestalt, zuweilen auch in seinem vorigen Aussehen erschienen und hat ihm dabei gesagt, er sei ewiglich verloren. Dieser Abenteuer hat er so viel getrieben und eine solche unaufhörliche Unruhe gemacht, dass er den jungen Mann beinahe von Sinnen gebracht. Da hat kein Beten, keine Beiwohnung geistlicher Leute geholfen, bis man zuletzt einen alten Mönch von Sankt Gallen hat kommen lassen. Der hat den Geist mit großer Mühe von ihm abtreiben können. Man sagt aber, dass er noch lange Zeit hernach seine Sinne nie recht wiederum hab erlangen mögen. Hernach aber, erst in seinem gestandenen Alter, da hat er einen Sohn bekommen, welcher auch Hans Schwarzwälder geheißen, der ist zu Meßkirch sesshaft geworden und hat viele Jahre das Bürgermeisteramt daselbst versehen.

Die Folleti. Der italienische Mathematiker, Mediziner und Philosoph Hieronymus Cardanus, einer alten Mailänder Patrizierfamilie angehörig, geboren 1501 zu Pavia, gestorben 1576 zu Rom (wie man behauptete, eines freiwilligen Hungertodes, lediglich um das von ihm vorausgesagte Todesjahr nicht zu überleben), lässt in seinem Werke De rerum varietate (Basel 1557), welches für das sechzehnte Jahrhundert eine ähnliche Bedeutung hatte wie Humboldts Kosmos für das neunzehnte, seinen durch »mediumistische« Veranlagung berühmten Vater Facius

Eardanus aus der Zeit, da dieser, zu Pavia Medizin und die Rechte studierend, im Hause des Patriziers Johannes Resta gewohnt und dessen beiden jungen Söhnen Unterricht im Lateinischen gegeben hatte, das Folgende erzählen: Als einer der Söhne erkrankt war, wurde ich zu ihm gerufen. Da die Krankheit gefährlich war, beschloss ich, so lange bei ihm zu bleiben, bis ihre Macht gebrochen sei. Die Brüder bewohnten ein an einen Turm gebautes Nebenhaus. Im unteren Zimmer lag der Kranke, während ich mit seinem Bruder Isidor die Nacht im oberen zubrachte. Als wir nun zu Bett lagen, hörte ich aus der inneren Wand ein beständiges Klopfen. Es klang, wie wenn ein Zirkel herabfällt und im Boden steckenbleibt. Ich fragte: »Was ist das!« Darauf erwiderte der junge Resta: „Fürchte dich nicht! Es ist unser Familiendämon aus der Klasse der Folleti. Er ist ganz unschädlich und wird nur selten, wie eben jetzt, lästig. Ich weiß nicht, was er vorhat.« Darauf schlief der junge Mann wieder ein, während ich, voller Verwunderung, mit aller Kraft mich wach erhielt. Nach einer halbstündigen Stille fühlte ich, wie sich ein eiskalter Daumen auf meinen Scheitel legte. Während ich aufmerksam des Weitern gewärtig war, folgten Zeige- und Mittelfinger und endlich die andern, und zwar so, dass der kleine Finger fast auf meine Stirn zu liegen kam. Die Hand war etwa so groß wie die eines zehnjährigen Knaben und wie aus Baumwolle, dabei aber so kalt, dass sie mir große Beschwerden verursachte. Ich aber freute mich über die Gelegenheit, etwas so Wunderbares beobachten zu können, und lauschte. Allmählich bewegte sich diese, wie ich aus ihrer Lage schloss, linke Hand mit vorausgehendem Ringfinger nach meinem Gesicht zu, glitt über die Nase weg und wollte in meinen Mund schlüpfen. Schon befanden sich die vorderen Glieder der beiden ersten Finger darin, als mich die Furcht ankam, vielleicht wolle etwas Böses in mich fahren, und ich die Hand mit meiner Rechten abwehrte. Es blieb still, und ich wachte weiter, weil ich dem Gespenst durchaus nicht traute. Ich hatte jedoch kaum eine halbe Stunde auf dem Rücken gelegen, als es von neuem ganz leise wie vorhin anfing, so leise, dass ich der Bewegung der Hand nur dank ihrer großen Kälte gewahr wurde. Als die Hand wieder bis an meinen Mund gekommen war, entfernte ich sie abermals mit aller Gewalt, weil ich ernstlich befürchtete, sie möchte in meinen Körper eindringen. Höchst merkwürdig war, dass meine Zähne die Kälte der Finger fühlten, obwohl meine Lippen fest geschlossen waren; ich ersah hieraus, dass ich es mit einem Luftkörper zu tun hatte. Ich stand also auf, weil ich glaubte, dass es die Seele des Kranken sei, die gleich nach ihrem Abscheiden zu mir gekommen sei. Als ich nach der Tür schritt, ging vor mir an der Wand entlang ein Klopfen; als ich an der Tür war, klopfte es draußen, und als ich die Tür öffnete, klopfte es im Turm. Da der Mond hell schien, schritt ich weiter, um der Sache auf den Grund zu kommen. Es klopfte jetzt im andern Stockwerk des Turms, und als ich dorthin folgte, im dritten, wo es mich eine Zeitlang neckte. Ich ging nun zum Kranken, den ich zwar lebend, aber sehr leidend antraf – er starb in der folgenden Nacht. – Während ich nun mit den bei ihm Anwesenden sprach, hörten wir ein fürchterliches Getöse, wie wenn das ganze Haus zusammenstürzte. Als ich aber nach meinem Schlafkameraden sah, fand ich ihn halbtot vor Schrecken. Und er erzählte von einer eiskalten Hand, die seinen Rücken berührt und dass er zuerst gemeint habe, ich sei es, der ihn wecken und zu seinem Bruder bringen wolle. Nachdem er jedoch meinen Platz im Bett leer befunden, seien ihm die Folleti eingefallen, wobei ihn eine wahre Todesangst gepackt habe.

O Michael! Der um die deutsche Burgenkunde hochverdiente Dr. phil. h. o. et jur. Otto Pieper erzählt in seinem Buche Der Spuk [Köln 1917 bei I. P. Bachem]: Caesar Baronius berichtet in seinen »Annales« 1622: Die miteinander befreundeten Marcinius Ficinus und Michele Merratus, berühmte Gelehrte des 15. Jahrhunderts, kamen nach einer Unterredung über die Natur der Seele dahin überein, dass, wenn das möglich sei, der von ihnen zuerst Sterbende dem Überlebenden erscheinen und ihm auf diese Weise die fortdauernde Existenz der menschlichen Seele unwiderleglich dartun solle. Einige Zeit später war Mercatus an einem frühen Morgen mit dem Studium der Philosophie beschäftigt, als er den Trott eines Pferdes hörte, welches vor seinem Hause anhielt, und die Stimme des Ficinus, welcher rief: »O Michael, vera sunt illa.« [Jene (Dinge) sind wahr, jene Welt ist wirklich.] Erschreckt eilte Mercatus an das Fenster und erblickte seinen Freund, der in weißem Anzug auf einem Schimmel reitend, ihm den Rücken zukehrte. Er rief ihn an und folgte ihm mit den Augen bis er verschwand. Bald erhielt er die Nachricht, dass Ficinus zu eben der Zeit im fernen Florenz gestorben sei.

Savonarola.

In sein leichtlebiges Florenz hatte Lorenzo de Medici, »Il Magnifico«, 1489 aus Bologna den siebenunddreißigjährigen wortgewaltigen Dominikanermönch Fra Girolamo (Savonarola) gezogen, der zwei Jahre später Prior des Klosters San Marco wurde und sowohl durch seine hinreißenden, von Prophezeiungen durchsetzten Predigten, wie auch durch die Strenge des eigenen Wandels rasch einen größeren Einfluss auf die Florentiner gewann, als Herrn Lorenzo erwünscht und seinem Hause nützlich war. Nach Lorenzos Tode (1492) beteiligte sich Fra Girolamo immer eifriger an den Staatsgeschäften: 1494 wurde Lorenzos Sohn Pietro verjagt, und bald sah Savonarola sich an der Spitze einer Mehrheit, die eine theokratische Volksregierung erstrebte. Mit der politischen Neuordnung aber sollte sich eine religiös sittliche verbinden, und in der Tat wandelte die heitere sich rasch in eine ernste und strenge Stadt: »Das ganze Volk von Florenz schien aus Liebe zu Christo närrisch geworden zu sein«, urteilt ein Zeitgenosse. – Aber Savonarolas Feuereifer wollte mehr: ganz Italien sollte reformiert und besonders der päpstliche Hof gesäubert werden. Mit Schärfe sprach er gegen den lasterhaften Lebenswandel des Heiligen Vaters, Alexanders VI., der, die Tiara erkaufend, nach seinem eigenen Wort, um der Nachfolge Christi willen seine Habe nicht nur den Armen, sondern auch den Reichen gegeben hatte. – Der Papst versuchte zunächst, den lästigen Mahner durch das Angebot der Kardinalwürde zum Schweigen zu bringen, aber Savonarola erklärte: »Da sei Gott vor, dass ich dem Auftrage meines Herrn untreu würde! Ich begehre keinen andern roten Hut als den des Märtyrertums, mit meinem eigenen Blute gefärbt.«

Auch ein Versuch, den Unbotmäßigen nach Rom zur Verantwortung zu ziehen, misslang. Nun wurde er exkommuniziert. In dem leichtbeweglichen Volk der Florentiner wuchsen die Zahl und der Hass seiner politischen Gegner. Ein Mordanschlag freilich missglückte, und zu Anfang des Jahres 1498 auch ein Versuch Pietros de Medici, durch einen Handstreich die Herrschaft an sich zu reißen. Aber Savonarolas allzu große Strenge und der schwindende politische Einfluss der Franzosen auf die italienischen Verhältnisse beschleunigten seinen Untergang. Ein zu seinen Gunsten von einem seiner Anhänger beantragtes Gottesurteil – er und ein ihn bekämpfender Franziskaner sollten durch die Flammen gehen – kam nicht zustande. Nun trat ein geistliches Gericht zusammen, von zwei päpstlichen Abgeordneten geleitet, denen Alexander eingeschärft hatte: »Und wenn er ein Johannes der Täufer wäre, er muss sterben!« Mit Hilfe der Folter erzielte man das Bekenntnis, dass er seine Prophezeiungen nicht göttlicher Offenbarung; sondern dem eigenen ehrgeizigen Verstande entnommen habe. Am 23. Mai 1498 wurde Savonarola zuerst stranguliert und dann verbrannt. – Sogleich nach seiner Hinrichtung berichtete der Dominikanergeneral dem Papste: Der Mönch habe sich einst vermessen, wenn er lüge, möge Gott bewirken, dass er durch den Strick endige und sein Leib, zu Asche verbrannt, in Wind und Regen verstreut werde. Dieses alles habe man also vollbracht, damit seiner Weissagung nichts abzugehen scheine. – Fra Bartolomeo aber, der Maler, ging vom Richtplatz in seine Werkstätte und legte einen goldenen Schein um das Haupt seines Freundes, das er der Verehrung der Nachwelt im Bilde festgehalten hatte.

Eine Sammlung der Prophezeiungen des Savonarola erschien 1495 in Florenz unter dem Titel: »Compendium revelationum inutjljs servi Jesu Christi Hieronymi Savonarolae. Zur Sicherung gegen entstellende Berichte hält er darin fest, was er geweissagt habe. Auch spricht er darin von seiner Gesandtschaft an den König von Frankreich, von seiner Teilnahme an der Umwandlung des florentinischen Staatswesens und von der Art seiner prophetischen Gabe. Da Zufälliges und von dem freien Willen anderer Abhängiges Vorwissen der göttlichen Weisheit vorbehalten sei, könne der Prophet solches nur durch ein göttliches Licht erfahren, das ihm Gott eingieße, ihn darin teilnehmen lassend an seiner Ewigkeit. Dem Geiste werde entweder unmittelbar Zukünftiges eröffnet, oder als Vision durch die Einprägung von Bildern in die

Phantasie, oder durch äußerliche bildliche Erscheinung. Savonarola versichert, alle drei Arten der Offenbarung empfangen zu haben...

Machiavelli, der Staatssekretär von Florenz, der mit klugen Augen neben ihm stand, urteilt: »Das Volk von Florenz scheint nicht unwissend noch roh zu sein, nichtsdestoweniger war es von Fra Girolamo überzeugt, dass er mit Gott rede. Ich will nicht entscheiden, ob es wahr gewesen ist oder nicht, denn von einem so großen Menschen ziemt es sich mit Ehrfurcht zu sprechen. Aber Unzählige glaubten es.« Und nun seien einige seiner Prophezeiungen wiedergegeben: Als einst, von Lorenzo veranlasst, etliche angesehene Bürger den Prior von San Marco wie aus sich selber ermahnten, er solle doch um des öffentlichen Friedens und um des Klosters willen nicht so rücksichtslos predigen, antwortete er ihnen: »Nicht um des Staates, nicht um des Klosters willen seid ihr gekommen, Lorenzo hat euch entsendet. Sagt ihm, dass er Buße tue und dass Gott ihn und die Seinen strafen will.« Man warnte ihn, dass Lorenzo, der ihn hergezogen, ihn des Landes verweisen werde. Er entgegnete: »Ich sorge mich darum nicht, euer Land ist wie ein Linsenkorn gegen die übrige Erde. Aber auch das mag Lorenzo wissen: Er ist Bürger und der Erste des Staates, ich bin ein Fremdling, ein armer Mönch, doch ich werde bleiben, und er wird davongehen müssen.«

Im Jahre 1493 in einer Predigt: »Ich sage euch, es wird kommen ein Sturm, ähnlich der Gestalt des Elias, und der Sturm wird die Berge erschüttern. Über die Alpen wird Einer einherziehen gegen Italien, ähnlich dem Cyrus, von welchem Jesaias schreibt.« – Im August 1494 zog Karl VIII. von Frankreich mit einem großen Heer nach Italien, Erbansprüche auf das Königreich Neapel geltend zu machen. Es war der Anfang einer Erschütterung aller italienischen Staatenverhältnisse. Savonarola ließ sich von der Signoria als

Gesandten abordnen und wusste den französischen König seinen innerpolitischen Absichten geneigt zu machen.

Im Anfang des Jahres 1498 wollte der vertriebene Pietro de Mediri mit einem dafür geworbenen Reitertrupp Florenz durch einen raschen nächtlichen Handstreich zurückgewinnen. Er wurde durch einen Platzregen unterwegs aufgehalten, indessen die Kunde von seinem Vorhaben die Signoria erreichte. Die erschrak und schickte zum Prior von San Marco: was zu tun sei. Savonarola sah vom Lesen auf und sagte gelassen: »Ihr Kleingläubigen, mit euch ist Gott, Merkt auf: Pietro wird bis ans Tor kommen und dann umkehren.« Und so geschah es. Als jener das Tor verschlossen fand und merkte, dass in der Stadt nichts sich rührte, sein Vorhaben zu unterstützen, zog er mit seinen Reitern unverrichteter Dinge wieder ab.

Einst hatte Savonarola dem Grafen Galeotto Pico geschrieben, wenig vom Leben sei ihm noch übrig, der sichere Tod stehe ihm nahe bevor, und seinem Hause schweres Unheil. Er möge sich um das sorgen, was das andere Leben angehe, wenn er dem ewigen Tode entgehen wolle. Der Graf, zu jener Zeit erst fünfundfünfzig Jahre alt und von solcher Leibesbeschaffenheit, dass er Aussicht auf das höchste Alter zu haben schien, hat tatsächlich nur noch zwei Jahre gelebt, und dann hat ein schwerer Bruderkrieg sein Haus und Land verwüstet. Sein Sohn, der solches bezeugt, erzählt auch, Fra Girolamo habe des Öfteren seine Mönche ermahnt, sie möchten den Widerreden und Verfolgungen nimmer weichen, und wenn sie auch sähen, dass die Glocke von San Marco auf den Berg gebracht würde. Dessen hätten die Mönche sich erinnert, als während der mancherlei Verfolgungen, die nach des Priors Tode über ihr Kloster hereinbrachen, auch dessen Glocke wie eine Trophäe den Franziskanern übergeben und zu ihrem hochgelegenen Kloster gebracht wurde.

Der Traum des Kolumbus. Auf der Rückkehr von seiner vierten und letzten Reise schrieb Christoph Kolumbus [geboren 1446 als Sohn eines Tuchmachers zu Genua, gestorben 1506 zu Valladolid in Spanien] von Jamaika aus am 7. Juli 1503 einen Brief an die »katholischen Monarchen«, König Ferdinand von Aragonien und Königin Isabella von Kastilien [die sich 1469 geheiratet und ihre Reiche vereinigt hatten]. Darin berichtet er von einem Traum, den er gehabt hatte, als er angesichts der Küste von Veragua vor Anker lag, nachdem eine von seinem Bruder geleitete Ansiedlung durch Überschwemmung verheert und durch ausständische Eingeborene vollends zugrunde gerichtet worden war. Obwohl dieser schon 1505 zu Venedig gedruckte Brief als Lettera rarissima bekannt war, ist er doch lange wenig beachtet worden. Die mitgeteilten Stellen sind dem Buche «Kritische Untersuchungen über die historische Entwickelung der geographischen Kenntnisse von der Neuen Welt« von Alexander von Humboldt entnommen, welches, von Julius Ludwig Ideler aus dem Französischen übersetzt, 1852 in der Nicolaischen Buchhandlung zu Berlin erschienen ist. Streng genommen gehört nur die erste der beiden Briefstellen hierher, doch wird durch die zweite nicht nur das Verständnis der ersten erleichtert, sondern auch die gesamte Lage verständlicher.

... Mein Bruder lag schwerverwundet ferne von mir. Allein, vom Fieber geschwächt, an einer Küste ohne Zufluchtsort den größten Gefahren ausgesetzt, hatte ich alle Hoffnung auf seine Befreiung aufgegeben. Ich vergoss viele Tränen, und mit Mühe den höchsten Punkt meines Schiffes erklimmend, rief ich mit klagender Stimme nach allen vier Winden die Kriegskapitäne Eurer Hoheiten zu Hilfe. Niemand antwortete auf meine Klagen. Von Müdigkeit überwältigt, schlief ich schluchzend ein. Alsbald traf eine Stimme voll Mitgefühls mein Ohr und sagte: »Kleinmütiger, was zögerst du, auf deinen Gott zu vertrauen? Was hat er Größeres zu Gunsten seiner Diener Moses und David getan? Seit deiner Geburt hat er Sorge für dich getragen. Als er dich zu dem Alter gelangt sah, da du ihm gefallen konntest, ließ er in wunderbarer Weise deinen Namen über den Erdkreis erschallen: Indien, [erster Sammelname der von Kolumbus entdeckten Westindischen Inseln und mittelamerikanischen Küsten] jenen so reichen Teil der Welt, hat er in deine Hände gegeben. Du hast es verteilt nach deinem Belieben, denn er hatte dir die Obergewalt übertragen [die Kolumbus statt an Aragon-Kastilien auch an Portugal oder Frankreich hätte weitergeben können]. Zu den starken Banden des Ozeans, zu den wuchtigen Ketten, die ihn gefesselt hielten wie unter einem ehernen Verschluss, hat Gott dir den Schlüssel gegeben und du sahest deinen Willen vollzogen in ungeheuren Ländermassen, während deines Namens ehrenvoller Ruhm dir in der Christenheit verblieb. Kaum so viel getan hat Gott für das Volk Israel, als er es aus Ägypten erlöste, oder für David, als dieser aus einem einfachen Schäfer zum mächtigen König von Iuda ward. Geh in dich und erkenne deinen Irrtum. Die Barmherzigkeit des Herrn ist ohne Maß und Grenze. Dein Alter selbst wird dich nicht jener großen Dinge berauben, welche du zu erfüllen berufen bist. Noch hält der Herr für dich in seinen Händen ein großes Erbe von Jahren. Abraham hatte schon sein hundertstes Jahr erreicht, als er Isaak erzeugte. Nun aber erflehst du von Menschen eine ungewisse und trügerische Hilfe. Sprich, woher sind deine Kümmernisse auf Erden gekommen? Von droben sind sie dir nicht gekommen, denn Gott bricht keines seiner Versprechen. Er quält nicht, um seine Macht zu entfalten.« – Trotz meiner grenzenlosen Abspannung erfasste ich jedes Wort. Aber zu antworten vermochte ich nicht. – Da fügte der, welcher zu mir sprach (sein geheimnisvolles Wesen mochte sein was es wollte) noch diese tröstenden Worte hinzu: »Fürchte dich nicht und fasse Vertrauen: die großen Schmerzen bleiben in Marmor eingegraben, und die deinen werden nicht vergeblich eingegraben sein!« – Ich erhob mich, vergoss Tränen über meine Fehler, und das Meer ward Stille...

...Sieben Jahre habe ich an Eurem Königlichen Hofe gelebt, sieben Jahre sagte man mir, dass mein Unternehmen eine Torheit sei. Jetzt tragen alle, die Schneider sogar, Verlangen, neue Länder zu entdecken. Verfolgt, vergessen, wie ich bin, gedenke ich niemals an Hispaniola und Paria, die Perlenküste, ohne dass sich meine Augen mit Tränen füllen. Die Gunstbezeugungen und der Gewinn sollten demjenigen zuteilwerden, der feinen Körper den Gefahren aussetzte. Es ist nicht billig, dass nur diejenigen, welche meine Pläne stets durchkreuzten, den Nutzen davon haben; dass diejenigen, welche sich feige den Mühseligkeiten Indiens entzogen und heimkehrten, um mich zu verleumden, die einträglichsten Stellen davontragen. Als es mir durch den Willen des Himmels gelungen war, unermessliche Länder unter Eure königlichen Zepter zu bringen, als ich hoffte, vor Euren Augen erscheinen zu können, an Siegen reich, Schätze verheißend, Zufriedenheit in der Seele, da sah ich mich und meine beiden Brüder mit Fesseln beschwert in ein Schiff geworfen, ohne die nötige Kleidung und mit Härte behandelt. Man ließ mich leiden, ohne mich eines Verbrechens überführt oder auch nur vor den Richterstuhl gestellt zu haben. Konnte man wirklich glauben, dass ich, ein armer Fremdling, die Fahne der Empörung zu erheben vermocht hätte, ohne Ursache, allein, ohne Hilfe anderer Fürsten, umgeben nur von Vasallen Eurer Hoheiten und teilnahmslosen Eingeborenen, zu einer Zeit, da meine beiden Söhne an Eurem Hofe lebten? – Ich begann Euch zu dienen im Alter von achtundzwanzig Jahren und es ist nicht ein Haar auf meinem Haupte, welches nicht in Eurem Dienste gebleicht wäre. Das Wenige, was wir, meine Brüder und ich, besaßen, alles, selbst mein alter Überrock musste schmachvoller Weise verkauft werden. Ich muss annehmen, dass das, was uns begegnet ist, nicht den Befehlen Eurer Hoheiten gemäß war. Mich in meine Rechte wieder einsetzen, meine Ehre und meine Güter mir wiedergeben, meine Widersacher züchtigen, zumal diejenigen, welche mir meine Perlen geraubt und meine Rechte als Admiral beeinträchtigt haben, dieses allein kann Euch den ehrenvollen Ruf gerechter und von Undank freier Fürsten sichern. Das gemessene und ehrenhafte Benehmen, das ich in Eurem königlichen Dienst immer bewies, und der unverdiente Schimpf, den ich erlitten habe, gestatten mir nicht zu schweigen. Ich flehe Eure Hoheiten an, meinem Schmerze solche Offenheit zu verzeihen: bisher haben nur meine Freunde meine Tränen gesehen. Alleinstehend, krank, mit jedem Tage dem Tode entgegengehend, sehe ich mich auf dieser Insel von Wilden, Feinden des Christentums, umgeben, so gänzlich der heiligen Sakramente der Kirche beraubt, dass meine Seele sich von meinem Körper trennen wird, ohne dass man meiner im Gebete gedenkt. «Möge man mich doch endlich aus dieser Abgeschiedenheit herausziehen, damit ich mich nach Rom begeben oder eine andere Pilgerfahrt unternehmen könne. Möge der Himmel Mitleid mit mir haben, und mögen alle diejenigen, welche auf dieser Erde Barmherzigkeit, Wahrheit und Gerechtigkeit üben, mir ihre Tränen nicht versagen...

Das Bahrrecht. In Anshelms Berner Chronik, herausgegeben von Stierlin und Wyß, Bern 1827, wird erzählt: »Dieses Jahr, (1503) im Heumonat, hat Hans Spieß, ein Krieger, Hurer, Spieler, Prasser, im Luzerner Gebiet, im Ettiswyler Kirchspiel auf einem Hof gesessen, seine fromme Hausfrau Margret im Bett erstickt und sie, als sie gestorben, wie gewohnt früh verlassen. Doch man hegte so großen Argwohn gegen ihn, dass er gefangen zu Willisau streng gefoltert wurde; doch gestand er trotz aller Marter nichts. Aber der Größe des Verdachtes wegen ward mit Recht erkannt, dass man das Weib, das zwanzig Tage zu Ettiswyl im Kirchhof gelegen hatte, auf eine Bahre legen und ihn beschoren und nackend dazu führen; sodann sollte er seine rechte Hand auf sie legen und einen gelehrten Eid bei Gott und allen Heiligen schwören, dass er an diesem Tode keine Schuld habe. Und also, da dieses elende, grausame Ansehen zugerichtet war, dass er sie mochte sehen, je näher er hinzuging, je mehr warf sie wie würgend einen Schaum aus, und da er gar hinzukam und sollte schwören, da entfärbte sie sich und fing an zu bluten, dass es durch die Bahre niederrann. Da fiel er nieder auf seine Knie, bekannte öffentlich seinen Mord und begehrte Gnade.«

Der Koch Marzell. Die Zimmerische Chronik berichtet: Im Jahr 1518, bei dem großen Sterben in allen deutschen Landen, hat sich der fromme Graf Bernhard mit feinem Gemahl, der Gräfin von Sonnenberg, auf Schloss Eberstein [bei Baden-Baden] aufgehalten. Er hat einen Koch gehabt, der Marzell geheißen, der ist eines Nachts bei Vollmond aufgestanden und hat zum Fenster hinausgesehen, nach der Stadt Gerspach [Gernsbach] zu. Da hat er gesehen viele Personen, Weib und Mann, die einander bei den Händen hielten und den Weg vom Wachtelbronnen nach dem Schloss zu einen Reigen getanzt haben, aber ohne alle Musik. Als sie zum Schloss herauskommen, hat er etliche unter der Kumpanei erkannt, insonderheit aber hat er sich selbst in seiner Kleidung gesehen, dessen er sich höchlich verwundert. Desselbigen Jahrs sind alle die, so der Koch tanzen gesehen, gestorben, wie dann ihm, dem Koch, auch geschehen.

Der letzte Schmeller. Die Zimmerische Chronik berichtet: Vom Vater der Abtissin, dem letzten Schmeller, erzählt man eine wunderbarliche und fürwahr einer Tragödie vergleichbare Historie, welche keineswegs der Nachwelt zu verschweigen ist. Bemeldeter Schmeller hat einen Sitz und Heimwesen auf der Alb und in dem Schloss zu Ringingen gehabt und ist bei seinen Lebzeiten ein harter und herber Mann gegen seine Untertanen gewesen. Als er auf sein Alter gekommen, ist er gestorben und hat seine Hausfrau und drei Töchter nachgelassen. Hernach ist ein solches unheimeliges Leben in dem Schloss zu Ringingen gewesen, dass davon gar nicht zu sagen. Desgleichen ist er, der Schmeller, in der Gestalt und auf dem Ross, wie bei seinen Lebzeiten oftmals, den Bauern im Wald und auf dem Feld, so sie zu Acker gingen, helles Tags begegnet, die er ganz tugendlich gegrüßt, allerlei mit ihnen gesprochen hat und ohne einigen Nachteil wieder von ihnen geschieden ist. Des Nachts ist er im Schloss zu Ringingen umherterminiert, da hat er die Frau, auch seine eigenen Töchter, auch das ganze Hausgesinde heftig geplagt und beunruhigt, dabei ihnen angezeigt, womit ihm zu helfen sei. Aber sein Begehren hat nicht gefruchtet, sondern ihr Genießen des Tages hat seinen Wunsch und Willen hintangehalten. Zuletzt ist aber der Abenteuer so viel worden, dass die Witfrau samt ihren Töchtern das Schloss verlassen und es haben leerstehen lassen und sind auf eine Zeitlang gen Rottenburg am Neckar gezogen. Da ist ihnen der Schmeller nachgefolgt und hat sie nicht weniger als vormals auf dem Schloss beunruhigt.

Mittlerweil, wie sie zu Rottenburg gewohnet, auch das Schloss öde gestanden, haben etliche Bauernknecht und Jungvolk zu Ringingen im Wirtshaus hinterm Wein sich versprochen, eine Nacht auf dem Schloss zu fein, und, was doch der Geist für ein Abenteuer treib, zu erkundigen, der halben sie helles Tags in das Schloss gegangen, Essen und Trinken, auch Lichter für eine Nacht mit sich genommen. Derweil es aber Winterszeit und sehr kalt, haben sie die Stuben zuvor wohl gewärmt und sind nachgehend ganz fröhlich gewesen. Nach dem Nachtessen haben sie einen ruhigen Schlaf getan und nichts gehört, sondern alles ist ganz still gewesen. Um Mitternacht aber hat die Hitze in der Stube nachgelassen, denn das Feuer im Ofen ist schier gar ausgegangen gewesen. Als sie nun erwacht und ganz kalt in der Stuben, hat keiner vor die Tür mögen, das Feuer zu schüren, sondern einer den andern hierzu ermahnt. Wie sie eine gute Weil einander darum angeredet, ist zuletzt der Geist die Stiegen heraufgegangen, dass sie ihn wohl gehört haben. Er hat das Feuer geschürt und die Stuben in Kürze also erhitzt, dass sie ersticken zu müssen vermeint und sich keinen Rat gewusst, als die Köpf zum Fenster hinaus zu strecken, und haben also des Tags und der Gelegenheit zu entrinnen, erwartet. Wie sie nun in großer Not, hat der Geist die Stubentür, ungesehen, dass die gar wohl verriegelt gewesen, unversehens aufgetan, ist in der Stubentür gestanden in menschlicher Gestalt, wie sie alle ihn früher vielmals gesehen und gekannt gehabt, und hat sie gefragt, ob es nun warm genug sei. Und als ihm hierauf niemand hat Antwort geben mögen, sondern alle so erschrocken gewesen sind, dass sie mehr den Toten als den Lebenden glichen, da hat er die Stubentür wieder zugetan, ist davongezogen und hat ihnen weiteres keinen Nachtheil zugefügt. Morgens, als es heller Tag worden und die Sonn wohl aufgegangen, haben sie's gewagt und sind mit großer Furcht und Erschrecken wiederum aus dem Schloss in das Dorf gegangen, und hiernach hat sie nicht mehr gelüstet, in diesem unheimlichen Schloss über Nacht zu sein oder um einen solchen fürsorglichen Ofenheizer sich zu bewerben.

Der König aller Geheimnisse wurde von seinen Anhängern Aureolus Philippus Theophrastus Bombast von Hohenheim, Paracelsus, genannt, ein Schwabe, der, 1493 geboren, mit sechzehn Jahren in Basel Medizin zu studieren begann und nach einem überaus unsteten Leben mit achtundvierzig Jahren in Salzburg auf Anstiften dortiger Ärzte ermordet wurde. Er war ein Schüler des Agrippa von Nettesheim und des Abtes Trittheim von Würzburg, der ihn in alle geheimen Wissenschaften einweihte, aber auf seinen ausgedehnten Reisen suchte er auch von Alchimisten und weisen Frauen, Juden und Zigeunern, Badern und Scharfrichtern zu lernen. Dieser berühmteste Arzt und Theosoph seiner Zeit urteilt: Die unseligen Spuk- und Poltergeister äffen an dem Orte, wo sie im Leben ihr Unwesen getrieben haben, dasselbe auch nach dem Tode noch nach, in der Nacht, in armseligen Dunstgestalten, und suchen darin Linderung ihrer Qualen; sie sehnen sich nach dem, woran im Leben ihr Herz hing, sie irren um den Ort ihres Verbrechens, um es zu sühnen oder seine Spuren zu tilgen. Sie erscheinen nicht immer auf gleiche Weise, denn nicht immer kommen sie in leiblicher Gestalt, oft wird nur ein Schall oder Ton, ein Geräusch, eine Stimme von den Lebenden vernommen, auch Klopfen, Pochen, Zischen, Heulen, Seufzen, Wehklagen, welches alles geschieht, damit die Menschen aufmerken und sie fragen.

Einige der zahlreichen astrologischen Voraussagungen des Auftretens Luthers und des Bauernkrieges.

I. Aus: Eine Weissagung Meister Antoni Torquatten, der Freien Künste und Arznei Dr. und Sternsehers, von zukünftigem, unglücklichem Krieg und Verderben des ganzen Europas. Zugeschrieben dem teuren Fürsten Matthias, König zu Hungarn. Nach der Geburt Christi 1480.

... Zu diesen Zeiten, Anno 1524 und 1525 werden viel und groß Aufruhr in deutschen Landen erwachsen. Die Bauern werden sich wider den Adel setzen...

II. Aus: Practica, das künftig ist und geschehen soll das hat gepracticirt und gemachet Jacob Pflaum von Ulm im Jahr 1500. Und der Anfang dieser Praktik soll anheben 1520.

... Also wird es sich erheben und die Wurzel und Anfang wird werden anno 1520, da wird Einer aufstehen, der aus wird lassen gehen im Druck, deutsch und lateinisch, dass allen Menschen offenbar wird wider unsern Heiligen Vater, den Papst und seine Cardinäle und wider die Priesterschaft und die Christliche Kirche, ihr unbillig und unordentlich Wesen, das sie führen, das dann in dem oben bestimmten Druck als wohl und ordentlich gestimmt wird, dadurch die gemeinen Laien Neid und Hass werden tragen gegen den Papst und die Christliche Kirche, dadurch sich erheben wird ein Aufruhr in aller Christenheit wider die Geistlichen ...

III. Aus: Practica, deutsch. Über die neue erschreckliche, vorher nie gesehene conjunction des Planeten anno 1524. Zu Ehren dem Großmächtigsten, unüberwindlichen Herrn der Welt, deren göttlichen Kaiser und Röm. König etc. Karl V. Und auch etlicher Kurfürsten, nämlich dem Durchlauchtigsten Fürsten und H. H. Ludwig, Pfalzgraf und Churfürst etc. etc. Unter welcher Beschirmung der Werkmeister dieser Practica, nämlich Meister Joh. Virdung von Haßfurt, Mathematicus, ernährt wird. Gedruckt zu Oppenheim 1521. Aus Gnade des Allergroßmächtigsten Röm. Kaisers Karl V. bei Pön 10 Mark Golds innerhalb 6 Jahren nicht nachzudrucken.

... Anno 1524 werden gesehen werden fliegende Feuer, feurige Drachen, fallende Sterne, ein grausamer Comet, zum Zeichen vieler wunderbarer, erschrecklicher Dinge. Und es werden aufstehen Menschen in der Welt, sich vornehmen zu verändern die alten Gesetze und machen neue. Und die geringen Menschen schnödes Geschlechts werden sich erhöhen wider die Könige und Großmächtigen, sie unterstehen zu vertreiben aus ihrer Gewalt und jammerlich verfolgen...

Der Traum des Myconius. Der Pfarrer und Superintendent Friedrich Myconius zu Gotha, geboren 1491 zu Lichtenfels am Main, gestorben 1546, Luthers Freund und Mitarbeiter am Werke der Reformation, war am 14. Juli 1510, an der Welt verzweifelnd, in das Franziskanerkloster zu Lichtenfels eingetreten: »um Gott zu gefallen und ihm zu dienen. So tappte ich damals im Finstern«. In der ersten Nacht dort hatte er einen Traum, den er einem Freunde brieflich mitgeteilt hat: »Da ich nun eingeschlafen war oder besser: schlafend recht wachte, erblickte ich mich in einer wüsten Einöde. Nichts gewahrte mein Auge als eine unabsehbare Ode voll scharfer Felsklippen, etwa wie sie um die Burg Stolpen bei Meißen zu sehen sind. Die ganze Welt war eine unermessliche, felsige Wüste. Ich kletterte angstvoll auf und ab, glitt ab, fiel bald vorwärts, bald rückwärts, und konnte endlich vor Ermattung und unglaublicher Traurigkeit nicht weiter. Von deren Gedanken erfüllt, ich sei geschaffen, um ewig zu leben, müsse aber hier elend untergehen, setzte ich mich nieder und befahl meine Seele

Gott. Da hörte ich Schritte, und als ich aufsah, nahete mir ein Mann von mittlerer Gestalt, mit heiterer, obschon ein wenig von Haaren entblößter Stirn. Über sein grünes Unterkleid hatte er einen roten Mantel geworfen, und über seine linke Schulter hing ein Netz. Ich erkannte in ihm den Apostel Paulus, wie ich ihn gewöhnlich abgebildet gesehen hatte. Er ergriff mich beider Hand und sprach: »Stehe auf, folge mir, es soll besser mit dir werden« Ich folgte ihm wankend, da eröffnete sich uns ein anmutiges Tal voll Blumen und Wohlgeruch. Ich wünschte, mich hier ein wenig auszuruhen, aber mein Führer trieb mich weiter. Wir gelangten nun zu einem kristallhellen Bach, aus dem ich freudig trinken wollte, da ich vor Durst fast verschmachtete. Aber mein Führer ließ es nicht zu. »Denn«, sagte er, »du sollst aus der Quelle selber trinken«. Ungern gehorchte ich, da gelangten wir nach einer Weile zu einem Marmorbecken, in welchem sich eine runde Öffnung befand aus der das Wasser mit Macht hervorquoll. Hier hieß mich mein Führer trinken. Ich ließ mich auf die Knie nieder, als ich aber in den Brunnen hineinsah, erblickte ich auf seinem Grunde das Bild Christi. Der Gekreuzigte schien aber zu leben, und das Holz, an dem er hing, war an den vier Enden fest mit dem Marmor der Einfassung verbunden. Das Wasser aber stand über dem Kreuze in einer Höhe von drei bis vier Fuß. Zugleich gewahrte ich, wie die ganze unübersehbare Wassermasse, denn die Vertiefung war unergründlich, aus den Wunden des Gekreuzigten quoll, und zwar zuerst so glänzend rot, dass Rubinen dunkel dagegen sind; dann aber änderte es plötzlich die Farbe und wurde hell und klar wie Kristall. Dieser Anblick flößte mir eine solche Scheu ein, dass ich nicht zu trinken wagte. Da erfasste mich mein Begleiter und stürzte mich in den Brunnen. Herr, mein Gott, was ging in mir vor! Mein Haupt ruhte auf der Brust Christi, und sein Kreuz hielt mich, dass ich nicht versank.

Ich aber trank mit dem Munde und mit dem Herzen, ja mit allen Gliedern unaussprechliche Erquickung. Indessen zog mein Führer mich aus dem Heilsbrunnen herauf und sagte: »Nun weißt du, dass du aus der Quelle, ja aus dem Urheber der Quelle getrunken hast« Wir ruhten nun ein wenig, dann gebot er mir wieder, ihm zu folgen. Neubelebt tat ich es. Da kamen wir an ein großes Ährenfeld. »Hier«, sprach mein Führer, »sollst du mühen.« Als wir näher kamen, stand bereits ein Schnitter da in rüstiger Arbeit, der mich erfreut als Mitarbeiter begrüßte und mir zeigte, wie ich das Werk anzugreifen habe. Als ich nun unter dem Schneiden des Getreides einen nicht gar hohen Hügel erreichte und mich umschaute – großer Gott, welch eine grenzenlose Ernte! Die ganze Welt schien wiederum ein einziges Ährenfeld zu sein. Doch siehe! Ich erblickte aus der Ferne auch andere, hier einen, dort zwei an der Schnitterarbeit. Dennoch schienen es mir allzu wenige für die ungeheure Ernte. Indessen schnitt ich beharrlich mit meinem Mitarbeiter fort, und es war mir dabei so wohl, als wäre ich schon im Himmel. Endlich verminderten sich doch meine Kräfte von der beständigen Arbeit, doch tat ich, was ich vermochte. Da ward ich ohne zu wissen wie oder von wem aufs Lager gebracht und war ganz erschöpft und krank. Als ich meinen Körper betrachtete, war er so abgefallen, dass nichts mehr davon übrig war als unter der Haut jämmerlich zusammenhängende Knochen. Dennoch war ich getrost und nur bekümmert, wie es mit der Ernte stehe. Da gewahrte ich meinem Bette gegenüber wiederum das Bild des Gekreuzigten, diesmal aber in ganz veränderter Gestalt. In der Quelle war der ganze Leib hell und glänzend gewesen, hier aber so abgezehrt, dass man jeden Knochen einzeln hätte zählen können, und war sein ganzes Ansehen trauererweckend. Zugleich stand Paulus wieder bei mir, klopfte mir mit dem Finger der einen Hand auf meine Brust, während er mit der andern auf Christus zeigte, und sprach: »Diesem musst du ähnlich werden!« Davon erwachte ich, und das Traumgesicht war verschwunden.«

Friedrichs des Weisen Traum. Friedrich der Weise, Luthers mächtiger Beschützer, war von Haus aus streng papistisch und anfangs über des Reformators Auftreten wider den Ablass angehalten. Auf die Wandlung seiner Gesinnung hatte ein Traum Einfluss. Ein Zeitgenosse berichtet darüber [mitgeteilt z.B. in Keysers Reformations-Almanach 1817]: »Der ehrwürdige Herr Georg Spalatinus hat mir, Antonio Musae, glaubwürdig erzählt einen Traum, welchen Herzog Friedrich, Kurfürst von Sachsen, gehabt hat zu Schweinitz die Nacht vor Allerheiligen [517], ehe Doktor Martinus seine ersten Theses wider den Papst und Bruder Tetzels Predigten in Wittenberg hat angeschlagen, welchen Traum auch kurfürstliche Gnaden bald frühe Morgens zum Gedächtnis aufgezeichnet und Ihrem Herrn Bruder berichtet: »Es träumte mir, wie der allmächtige Gott einen Mönch zu mir schickte, der Sankt Pauli natürlicher Sohn war. Der hatte bei sich zu Gefährten alle lieben Heiligen, die sollten ihm Zeugnis geben, dass kein Betrug mit ihm wäre, und lasse mir Gott gebieten, ich solle dem Mönch gestatten, dass er etwas an meine Schlosskapelle in Wittenberg schreiben dürfe. Darauf fängt der Mönch an zu schreiben und macht so grobe Schrift, dass ich sie hier in Schweinitz lesen konnte. Er führte auch so lange Feder, dass sie bis Rom reichte und einem Löwen, der zu Rom lag, mit dem Störz in ein Ohr stach, dass der Störz zum andern Ohr hinausging, und streckte sich die Feder ferner bis an die päpstliche, dreifache, heilige Krone, dass sie begann zu wackeln. Wie sie nun im Fallen ist, däuchte mich, ich und Euer Liebden stünden nicht weit davon und streckte ich meine Hand aus und wollte die Krone helfen halten. In demselben geschwinden Zugreifen erwachte ich und hielt meinen Arm in die Höhe, war ganz erschrocken und zornig auf den Mönch, dass er seine Feder im Schreiben nicht bescheiden geführt. Als ich mich aber recht besann, da war es ein Traum.«

Charitas Pirkheimer. »Der hochberühmten Eharitas Pirkheimer, Äbtissin von S. Elara zu Nürnberg, Denkwürdigkeiten aus dem Reformationszeitalter« [aus den Originalhandschriften zum ersten Male herausgegeben von Dr. E. Höfler, Bamberg 1853] beginnen [unserer Schreibweise angenähert]: Zu wissen, dass lange Zeit hindurch prognostiziert ist worden auf die Zeit, wenn man zählen wird anno Domjni 1524 sollt eine große Sündflut kommen, durch die alles, das auf Erden ist, verändert und verkehrt sollt werden, und wiewohl solches gemeiniglich auf eine Wassersündflut verstanden ist worden, hat es sich doch in der Erfahrung erfunden, dass die Gestirn nicht sowohl Wasser angezeigt haben, als viel Trübsal, Angst und Not und nachfolgend groß Blutvergießen. Denn in dem vorgemeldeten Jahr hat es sich begeben, dass durch die neue Lehr der Lutherei gar viel Dinge verändert sind worden und viele Zwiespaltungen in dem christlichen Glauben sich erhoben haben, auch die Zeremonien der Kirche viel abgetan sind worden, und namentlich der Stand der Geistlichen an vielen Orten schier ganz zu Grund gegangen, denn man prediget die christliche Freiheit, dass die Gesetze der Kirche und auch die Gelübde der Geistlichen nichts gelten sollten und niemand schuldig wäre, sie zu halten. Aus demselben entsprang, dass viel Nonnen und Mönche, die sich solcher Freiheit gebrauchten, aus den Klöstern liefen, ihren Orden und Habit hinwarfen, etliche sich verheirateten und taten, was sie wollten.

Aus solchen Ursachen kommen uns viel Widerwärtigkeit und Anfechtung, denn viel Leute unter den Gewaltigen und Schlechten kommen täglich zu ihren Gefreundeten, die sie bei uns im Kloster hatten, denen predigten und sagten sie von der neuen Lehre und disputierten unaufhörlich, wie der Klosterstand so verdammlich und verführerisch, und wie es nicht möglich wäre, dass man darinnen selig werden könnt, denn wir wären all des Teufels…

Wilibald Pirkheimer, Bruder der Eharitas und vertrauter Freund Albrecht Dürers, einer der wenigen deutschen Humanisten, die ihren Namen weder gräzisierten noch latinisierten, nürnbergischer Staatsmann, Feldherr und Ratsherr, schreibt in einem lateinischen Briefe an den Kanonikus Adelmann von Adelmannsfelden über sich selbst und sein Leben auf dem Gute seines Schwagers: »Hier, entfernt von städtischen und Staatsgeschäften, lebt er ganz den Studien und der Natur, liest vormittags im Plato, sieht nach Tisch von hoher Burg herunter, da ihn das Podagra am Gehen hindert, dem Treiben der Landleute auf den Feldern, der Fischer und Jäger im Tal und auf den Hügeln zu, empfängt und bewirtet Besuche aus der Nachbarschaft oder auch die eigenen Meier und Bauern mit Weib und Kind; der Abend gehört wieder den Studien, besonders geschichtlicher Werke und solcher, welche von den Sitten der Menschen und der Herrlichkeit der Natur handeln; dabei wacht er tief in die Nacht, und ist der Himmel hell, so beobachtet er noch mit Instrumenten den Lauf und die Stellung der Wandelsterne, in denen er die Ereignisse der Zukunft, die Schicksale der Fürsten und Nationen zu lesen glaubt.« Und nicht lange vor seinem Tode (1530): »Es sind nun schon zehn Jahre her, dass ich jene schrecklichen Kriege, welche Italien zerrütten, vorausgesagt habe. Wer mich zu jener Zeit verlachte, sieht nun doch, welche großen Dinge Gott durch die Gestirne ausrichtet. Auch den Ruin des Papstes, die Veränderungen der Gesetze, die Gefangenschaft des Königs Franz [I. von Frankreich 1525], den Bauernkrieg habe ich vorausgesagt, und zwar nicht aufs ungefähr, sondern gestützt auf astrologische Grundsätze«

Ein grausamer Komet. Aus des Basler Professors Conrad Wolfhard Lycosthenes 1557 erschienenem Werke Prodigiorum ac ostentorum chronica nach der 1774 erschienenen Übersetzung »Die Wunder Gottes in der Natur bei Erscheinung des Cometens«.

Anno 1527 ließ sich des 11. Weinmonats früh morgens um 4 Uhr meist durch ganz Europa ein gewaltiger Besen-Stern sehen, welcher allezeit 5 Viertelstunden gleichsam brannte, und eine erstaunliche Länge und blutige Farbe hatte, so wie Saftrot aussah, sein Oberteil war wie ein gekrümmter Arm, welcher ein großes Schwerdt in der Faust hatte, solchergestalt, als wollte er sogleich damit zuhauen, auf der Spitze des Schwertes und auf jeder Schärfe waren drei große Sterne, worunter der auf der Spitze der größte und glänzendste war. Aus diesen sah man dunkele Strahlen, in Form eines vollhärigen Schwantzes herausgehen und auf die Seiten sahen die Strahlen sowohl oben als unten wie Spieße; kleine Schwerter, Säbel und Dolge wurden gleichfalls bemerkt, unter welchen viele Menschen-Häupter mit Bärte und Haare erschienen, es war in einander blutfarbig und glühend, worüber viele erschrocken und krank wurden. Hieraus nun erfolgte viel Jammer, der Türcke brach ein, und Rom wurde von Burbon gestürmt, der Papst erhielt sich kaum in der Engelsburg, 40,000 Dukaten aber machten ihn frei, und er wurde wieder von dem Kaiser eingesetzt.

Luther erzählt: Als ich Anno 1521 auf dem Schlosse Wartburg in Patmo saß, [wie der die »Offenbarung« schreibende verbannte Evangelist Johannes in seiner Höhle auf der Felseninsel Patmos im Ikarischen Meere], da war ich ferne von Leuten in einer Stube, und konnte niemand zu mir kommen als zwei Edelknaben, so mir täglich zweimal zu essen und zu trinken brachten. Nun hatten sie mir einen Sack Haselnüsse gekauft, die ich zu Zeiten aß, und hatte denselben in meinem Kasten verschlusen. Eines Abends zog ich mich in der Stube aus, ging in die Kammer und legte mich zu Bett. Da kommt mir's über die Haselnüsse, hebet an und knicket eine nach der andern an die Balken mächtig hart, tumpelt mir am Bette, aber ich frage nichts darnach. Wie ich nun ein wenig einschlief, da hebt's an der Treppen ein solches Gepolter an, als würfe es ein Schock Fässer hinunter. Ich stehe auf, gehe auf die Treppe zu und spreche: »Bist du es, so sei es!« befahl mich darauf dem Herrn, wie geschrieben steht: «Alles hast du unter seine Füße getan«, und legte mich wieder zu Bette. Denn das ist die beste Kunst, ihn zu vertreiben, wenn man ihn verachtet und Christum anruft. Das kann er nicht leiden.

Melanchthon erzählt: Als ich eben mit D. Jonas auf einem Konvent war, erhielt ich einen Brief, worin mir seiner ältesten Tochter Tod kundgetan wurde. Ich wusste nicht, wie ich ihm das beibringen sollte und kam auf den Gedanken, ihn beiläufig zu fragen, was ihm wohl die letzte Nacht geträumt habe. D. Jonas sagte: Es träumte mir, ich kam nach Hause, und alle die Meinigen bewillkommneten mich freudig, nur meine älteste Tochter fehlte und war nirgends zu finden. Da sagte ich: »Der Traum ist wahr! Eure Tochter wird Euch nirgendwo empfangen als im ewigen Leben, denn sie ist geschieden von dieser Welt.«

Valerius Herbergerus in seiner „Hertz-Postilla«: ' Ich will eine schöne Historiam erzählen: Zu Wittenberg hatte sich ein elendes Weib, Elsa, welche weiland des Herrn Lutheri Kindermagd gewesen, dem Teufel mit Leib und Seele ergeben. Da sie nun darüber in groß Herzeleid fällt, gehet der Herr Lutherus zu ihr und fraget, warum sie also betrübet sei. Da spricht sie: Ach, lieber Herr, wie soll ich nicht betrübt sein, ich habe mich von Gott gewendet und dem Teufel ergeben. Der Herr Lutherus spricht: „gib dich zufrieden, die Sünde ist nichts, hast du keine größere Sünde getan?« Da saget sie: Ach, Herr Doctor, wie könnte ich größere Sünde begehen? Der Herr Lutherus spricht: »Ich sage es noch einmal, die Sünde ist nichts, wo du nicht hast was ärgerst getan. Ich weiß viel größere Sünder. Das wäre die größte Sünde, wenn du in der Torheit wolltest verharren und verzweifeln. Höre doch, liebe Elsa, kannst du auch Magister Fröscheln sein Geld, Buch oder Rock weg geben?« Da spricht sie: »Traun nein, denn es ist nicht meins« Da spricht Lutherus: «wohlan, so kannst du dich selber auch nicht weg geben, denn du bist nicht dein, du hast dich nicht erlöset, der Herr Jesus hat dich erlöset, du bist auf seinen Namen getauft, du bist sein Eigentum, du hast ihm bei der Taufe geschworen, du kannst nicht eines Fingers breit von dir weggeben. Du bist dein nicht mächtig. Sage dem Teufel den Kauf wieder ab, sprich: Höre, du verlogener Geist, gehe hin zu meinem Herren Christo, willst du was haben, so magst du es von ihm erlangen. Er wird dir das höllische Feuer auf den »Kopf geben, Genes, 3. l. Joh. Z.«

Ignatius von Loyola, eigentlich Inigo Lopez de Recalde, der 1622 heiliggesprochene Stifter des Jesuitenordens, erzählt in seinen »Lebenserinnerungen« [deutsch von Alfred Feder, Regensburg 1922], die der portugiesische Jesuit Gonzales um 1555 nach dem Diktat des Ignatius niederschrieb: [Aus dem Jahre 1522 und dem spanischen Städtchen Manresa]...

Während er nun in dem Hospital daselbst weilte, geschah es ihm oft am hellen Tage, dass er neben sich in der Luft ein Etwas bemerkte, das ihm großen Trost gewährte; denn es war außerordentlich schön. Er konnte nicht erkennen, von welchem Gegenstande die Erscheinung herrühre, doch kam es ihm einigermaßen vor, als ob sie die Gestalt einer Schlange habe und als ob sie viele Stellen aufweise, die wie Augen; glänzten, obschon es keine waren. Beim Anblick dieser Erscheinung war er von großer Freude und von Trost erfüllt, und je öfter er sie ansah, desto größer wurde der Trost; wenn jenes Etwas ihm aber entschwand, so betrübte er sich darüber...

Außerhalb seiner sieben Stunden Gebetes beschäftigte er sich damit, einigen Seelen, die ihn dort aufsuchen kamen, im geistlichen Leben zu helfen; den ganzen übrigen Rest des Tages, der ihm frei blieb, widmete er dem Nachdenken über göttliche Dinge im Anschluss an das, was er am betreffenden Tage betrachtet oder gelesen hatte. Wenn er sich indes zur Ruhe begab, kamen ihm oftmals großartige Erleuchtungen, ungewöhnliche geistliche Tröstungen, und zwar derart, dass sie ihm viel von der Zeit fortnahmen, die er für den Schlaf bestimmt hatte – und die war ohnehin nicht reichlich. Wie er nun einige Male darüber nachsann, dachte er schließlich bei sich, er habe doch schon so viel Zeit für den Verkehr mit Gott festgesetzt, und dann stehe ihm doch auch noch der ganze Rest des Tages dafür zur Verfügung. Deshalb begann er zu zweifeln, ob jene Erleuchtungen vom guten Geiste kämen, und er gelangte bei sich zu dem Schluss, es sei besser, die Erleuchtungen fahren zu lassen und die festgesetzte Zeit dem Schlafe zu widmen und so machte er es denn auch...

Wie er nun eines Tages auf der Treppe des genannten Klosters [der Dominikaner] die Tagzeiten U. L. Frau betete, da fing sein Geist an, sich zu erheben, indem er die heiligste Dreifaltigkeit in Gestalt dreier Orgeltasten schaute; diese Erscheinung war von so vielen Tränen und Seufzern begleitet, dass er sich nicht mehr zu halten vermochte...
Ein andermal wurde seinem Geiste unter großer geistlicher Freude die Art und Weise vorgestellt, wie Gott die Welt erschaffen hat. Es schien ihm, als sehe er etwas Weißes, von dem gewisse Strahlen ausgingen, und als schaffe Gott daraus Licht. Doch wusste er diese Dinge nicht auszudrücken, auch behielt er die geistlichen Erleuchtungen, die Gott ihm in jener Zeit gleichsam in die Seele prägte, durchaus nicht gut in der Erinnerung ...

Oftmals und lange Zeit hindurch sah er beim Gebete mit den Augen des Geistes die Menschheit Christi. Die Gestalt, die ihm erschien, war wie ein weißer Körper, nicht sehr groß, aber auch nicht besonders klein; doch konnte er keine Glieder unterscheiden. Dieses Gesicht hatte er in Manresa viele Male: würde er sagen: »zwanzigmal« oder »vierzigmal«, so würde er nicht wagen, zu behaupten, es sei eine Lüge. – Ein andermal sah er das Gesicht wieder, als er in Jerusalem weilte, und dann noch einmal auf der Reise in der Nähe von Padua. Auch U. L. Frau hat er in ähnlicher Gestalt geschaut, ohne die einzelnen Glieder unterscheiden zu können.

Diese Erscheinungen bestärkten ihn damals sehr, und sie gaben ihm für immer eine solche Festigkeit des Glaubens, dass er oftmals bei sich dachte, wenn es keine Schrift gäbe, die uns über jene Glaubensgeheimnisse unterrichtet, so wäre er doch entschlossen, für sie zu sterben, einzig wegen der Gesichte, die er geschaut.

Eines Tages ging er, um seiner Andacht zu genügen, zu einer Kirche, die nur wenig mehr als eine Meile von Manresa entfernt ist – ich glaube, sie heißt St. Paul. Als er hier, in seine frommen Gedanken versunken, ein Stück Weges gegangen war, setzte er sich ein wenig nieder, das Gesicht dem Flusse zugekehrt, der in der Tiefe dahinfloss. Wie er nun dort saß, begannen die Augen seines Geistes sich zu öffnen, nicht zwar in dem Sinn, dass er ein Gesicht geschaut hätte, sondern indem er viele Fragen erfasste und erkannte, sowohl solche, die das geistliche Leben, als solche, die den Glauben und die Wissenschaft betrafen; und dies war mit einer so großen Erleuchtung verbunden, dass ihm alles neu schien.

Doch ist es unmöglich, das, was er damals begriff, im Einzelnen näher anzugeben, obschon es sehr viel war. Nur das lässt sich sagen, dass sein Geist von einer großen Klarheit erfüllt wurde, und zwar in solchem Maße, dass ihm dünkte, wenn er alle Gnadenhilfe, die er während seines ganzen Lebenslaufes bis zum verflossenen 62. Lebensjahr von Gott erhalten, und alles, was er an Wissen besessen, zusammenfasse und gleichsam alles in eines zusammenlege, so hätte er doch nicht so viel empfangen, wie damals dieses einzige Mal. Infolge dieses Erlebnisses blieb sein Geist so erleuchtet, dass ihm schien, er sei ein anderer Mensch geworden und er habe einen andern Verstand erhalten, als er vorher hatte. Als die Erleuchtung eine gute Weile gedauert hatte, ging er hin und kniete nieder vor einem Kreuz, das dort in der Nähe stand, um Gott Dank zu sagen. Da erschien ihm wieder jenes Gesicht, das ihm schon vielmals vorgeschwebt war, und das er niemals verstanden hatte, nämlich jenes obenerwähnte Etwas mit den vielen Augen, das ihm so schön dünkte. Aber jetzt vor dem Kreuze sah ers deutlich, dass das Ding nicht mehr wie gewöhnlich so farbenprächtig sei; und es ging ihm unter kräftiger Zustimmung des Willens die ganz klare Erkenntnis auf, dass es der böse Geist sei. Nachher pflegte es lange Zeit hindurch sich noch oft ihm zu zeigen; er aber vertrieb es, um ihm seine Verachtung zu bezeigen, mit dem Pilgerstab, den er gewöhnlich in der Hand trug...

Der heilige Xaver in Japan. Franz Xaverius, geboren 1506 in Navarra; studierte zu Paris (wo er mit Loyola den Plan zur Stiftung des Jesuitenordens entwarf) und wurde Missionar in Brasilien, Ostindien und Japan. In Orlandini, Historie societatjs Jesu, Köln 1685, wird von ihm erzählt: Einem reichen und angesehenen Heiden zu Kangosima in Japan war seine einzige Tochter gestorben. Seine Freunde, die ihn fast sinnlos vor Schmerz sahen, rieten ihm, sich an Xaverius zu wenden. Er eilte hin und flehte ihn inbrünstig um Hilfe an. Xaverius, der Verlassenheit des Mannes sich erbarmend, begab sich mit Johannes Fernandus ins Gebet, und kam bald darauf frohen Angesichtes wieder zum Vorschein, dem Manne verkündend, seine Tochter lebe und sei gesund. Dieser aber, Xaverius nicht begreifend, argwohnte, jener verschmähe sein Haus oder glaube ihm nicht, und ging zornigen Herzens von ihm. Auf dem Wege aber begegnete ihm sein junger Diener mit der Botschaft, die Tochter lebe und sei gesund. Von ihr selber erfuhr er, dass ihre Seele, als sie den Körper verließ, von einigen hässlichen Begleitern zu schrecklichen Feuern gebracht, alsbald aber von zwei Männern befreit und dem Körper zurückgegeben worden sei. Eilends begaben sich nun Vater und Tochter zu Xaverius, und diese, ihn und seinen Gefährten erblickend, rief: »O Vater, sieh, das sind die beiden Männer, die meine Seele aus der Unterwelt zurückgeführt haben!« Und beide fielen unter Tränen dem heiligen Diener Gottes zu Füßen.

Philipp Neri. Goethe erzählt in seiner Italienischen Reise: Er [Philipp Neri, geboren 1515 zu Florenz] habe, sagen seine Zeitgenossen, Kenntnisse und Bildung mehr von Natur als durch Unterricht und Erziehung erhalten; alles, was andere mühsam erwerben sei ihm gleichsam eingegossen gewesen... Auch ward ihm eine entschiedene Anziehungsgabe, welche auszudrücken die Italiener sich des schönen Wortes attrattiva bedienen, kräftig verliehen, die sich nicht allein auf Menschen erstreckt, sondern auch auf Tiere. Als Beispiel wird erzählt, dass der Hund eines Freundes sich ihm angeschlossen und durchaus gefolgt sei, auch bei dem ersten Besitzer, der ihn lebhaft zurückgewünscht und durch mancherlei Mittel ihn wiederzugewinnen getrachtet, auf keine Weise verbleiben wollen, sondern sich immer zu dem anziehenden Manne zurückbegeben, sich niemals von ihm getrennt, vielmehr zuletzt nach mehreren Jahren in dem Schlafzimmer seines erwählten Herrn das Leben geendet habe... Dem Heiligen Vater war angekündigt, in einem Kloster auf dem Lande tue sich eine wunderwirkende Nonne hervor. Unser Mann erhält den Auftrag, eine für die Kirche so wichtige Angelegenheit näher zu untersuchen. Er setzt sich auf sein Maultier das Befohlene zu verrichten, kommt aber schneller zurück, als der Heilige Vater es erwartet. Der Verwunderung seines geistlichen Gebieters begegnet Neri mit folgenden Worten: Heiligster Vater, diese tut kein Wunder, denn es fehlt ihr an der ersten christlichen Tugend, der Demut. Ich komme, durch schlimmen Weg und Wetter übel zugerichtet, im Kloster an; ich lasse sie in Eurem Namen vor mich

fordern: sie erscheint, und ich reiche ihr statt des Grußes den Stiefel hin, mit der Andeutung, sie solle mir ihn ausziehen. Entsetzt fährt sie zurück, und mit Schelten und Zorn erwidert sie mein Ansinnen; für was ich sie halte! ruft sie aus; die Magd des Herrn sei sie, aber nicht eines jeden, der daherkomme, um knechtische Dienste von ihr zu verlangen. Ich erhob mich gelassen, setzte mich wieder auf mein Tier, stehe wieder vor Euch, und ich bin überzeugt, Ihr werdet keine weitere Prüfung nötig finden. –Lächelnd beließ es auch der Papst dabei, und wahrscheinlich ward ihr das fernere Wundertun untersagt...
Als Beichtiger machte er sich furchtbar und daher des größten Zutrauens würdig; er entdeckte seinen Beichtkindern Sünden, die sie verschwiegen, Mängel, die sie nicht beachtet hatten. Sein brünstiges, ekstatisches Gebet setzte seine Umgebungen als übernatürlich in Erstaunen, in einen Zustand, in welchem die Menschen wohl auch ihre Sinne zu erfahren glauben, was ihnen die Einbildungskraft, angeregt durchs Gefühl, vorbilden mochte. Hierher gehört, dass man ihn nicht nur verschiedentlich während des Messopfers vor dem Altare wollte emporgehoben gesehen haben, sondern dass sich auch Zeugnisse fanden, man habe ihn, kniend um das Leben einer gefährlich Kranken betend, dergestalt von der Erde emporgehoben erblickt, dass er mit dem Haupte beinahe die Decke des Zimmers berührt. – Bei einem solchen durchaus dem Gefühl und der Einbildungskraft gewidmeten Zustande war es ganz natürlich, dass die Einmischung auch widerwärtiger Dämonen nicht ganz auszubleiben schien. Oben zwischen dem verfallenen Gemäuer der Antoninischen Bäder sieht wohl einmal der fromme Mann in äffischer Ungestalt ein widerwärtiges Wesen herumhupfen, das aber auf sein Geheiß also gleich zwischen Trümmern und Spalten verschwindet. Bedeutender jedoch als diese Einzelheit ist, wie

er gegen seine Schüler verfährt, die ihn von seligen Erscheinungen, womit sie von der Mutter Gottes und andern Heiligen beglückt werden, mit Entzücken benachrichtigen. Er, wohl wissend, dass aus dergleichen Einbildungen ein geistlicher Dünkel, der schlimmste und hartnäckigste von allen, gewöhnlich entspringe, versichert sie deshalb, dass hinter dieser himmlischen Klarheit und Schönheit gewiss eine teuflische, hässliche Finsternis verborgen liege. Dieses zu erproben, gebietet er ihnen, bei der Wiederkehr einer so holdseligen Jungfrau ihr gerade ins Gesicht zu speien; sie gehorchen, und der Erfolg bewährt sich, indem auf der Stelle eine Teufelslarve hervortritt.

Beim Ausfahren. Bartholomäus Sastrow, Bürgermeister von Stralsund [gestorben 1603], erzählt in seiner Autobiographie: »Im Jahre 1529 ging meine Mutter schweren Fußes und wollte vor der Entbindung noch scheuern und waschen lassen, wie es die Frauen im Brauch haben. Nun hatten meine Eltern diesmal eine Magd, die vom bösen Geist besessen war. Sie hatte sich bis dahin nicht hervorgetan, aber jetzt, als sie das große Wandgerät zu scheuern hatte, Kessel und Tiegel herunterzunehmen, warf sie diese herab auf den Boden sehr greulich und rief mit lauter Stimme: »Ich will heraus!« Als man nun den Grund merkte, nahm ihre Mutter, die in der Patinenmacherstraße wohnte, die Magd zu sich, und sie wurde etliche Male in die Kirche zu St. Nikolaus in einem rigaischen Schlitten geführt. Wenn die Predigt geendigt war, wurde der Geist beschworen, und ergab sich aus seinem Bekenntnis, dass ihre Mutter einen frischen, sauren Käse gekauft und in den Schrank eingesetzt hatte; die Magd war in Abwesenheit ihrer Mutter an den Schrank gekommen und hatte vom Käse gegessen. Als nun die Mutter gesehen, dass jemand beim Käse gewesen war, hatte sie dem den bösen Geist in den Leib geflucht, seitdem hatte er in der Magd hausgehalten. Als er darauf gefragt wurde, wie er denn bei und in der Magd hätte bleiben können, da sie doch in der Zeit zum Sakrament gegangen war, gab er die Antwort: »Es liegt wohl ein Schelm unter der Brücke und lässt einen frommen Mann über sich hingehen« – er hätte mittlerweile ihr unter der Zunge gesessen. Er wurde aber nicht allein gebannt und beschworen, sondern es ward auch von männiglich, so in der Kirche dabei- und umherstand, auf den Knien fleißig und andächtig gebetet. Mit dem Exorcismo trieb er sein lautes Gespött; denn als der Prediger ihn beschwor, dass er ausfahren sollte, sagte er: ja, er wollte weichen, er müsste ja wohl das Feld räumen, aber er forderte allerlei, was man ihm mitzunehmen erlauben sollte, wenn ihm das eine Geforderte abgeschlagen würde, so stünde ihm das Bleiben frei. Es stand einer unter den Anwesenden, welcher den Hut aufbehielt, als diese beteten. Da begehrte er von den Predigern, ihm zu erlauben, dass er dem den Hut vom Kopf nehmen dürfte, den Hut wolle er mit sich nehmen und weichen. Ich trage Sorge, wäre es ihm von Gott gestattet worden, Haut und Haar hätten mit dem Hute gehen müssen. Zuletzt, als er wusste, dass seine Zeit, die Magd zu plagen, verflossen war, und vermerkte, dass unser Herrgott das gläubige Gebet der gegenwärtigen Leute gnädiglich erhörte, forderte er gar spöttisch eine Tafel Glas aus dem Fenster über der Turmuhr, und als ihm eine Raute daraus erlaubt wurde, hat selbige zusehends sich mit einem Klange abgelöst und ist davongeflogen. Nach der Zeit hat man nichts Böses bei der Magd vermerkt. Sie hat auf dem Dorfe einen Mann bekommen und von ihm Kinder erhalten«

Eine Geisterbeschwörung. Der Goldschmied und Bildhauer Benvenuto Cellini, zu Florenz 1500 geboren, 1571 gestorben, erzählt in seiner – auch von Goethe übersetzten – Lebensbeschreibung: »Wir [der Erzähler, sein Freund Vincenzio Romoli, sein zwölfjähriger Lehrbursche, ein sizilianischer Priester, der nebenbei Zauberer war, und »ein gewisser« Agnolino Gaddi] gingen wieder an denselben Ort [ins Kolosseum, zu Rom, 1533, bei Nacht]. Der Zauberer traf seine Vorbereitungen mit derselben oder noch größeren Umständlichkeit und führte uns dann in den [von ihm auf den Boden gezeichneten] Zirkel, für den er diesmal noch kunstvollere und noch seltsamere Zeremonien bereitet hatte. Dann trug er meinem Vincenzio und dem Agnolino Gaddi auf, für das Feuer und das Räucherwerk zu sorgen, gab mir den Fünfstern in die Hand und befahl mir, diesen so zu halten, wie er mir angeben würde; unter dem Fünfstern stand mein kleiner Lehrjunge. Nun begann der Schwarzkünstler die schrecklichsten Beschwörungen anzustellen: er rief die Teufel, die alle jene Legionen anführten, bei ihren Namen und rief sie im Namen und bei der Macht des unerschaffenen, lebendigen und ewigen Gottes, in hebräischen, auch griechischen und lateinischen Worten an. Da erfüllte sich binnen kurzer Zeit das ganze Kolosseum mit noch hundertmal so vielen Teufeln als das erste Mal dagewesen waren. Vincenzio unterhielt zusammen mit Agnolino das Feuer und verbrannte große Mengen köstlichen Räucherwerkes. Ich aber verlangte auf Befehl des Zauberers abermals, mit Angelica [eine junge Sizilianerin, in die Benvenuto sich verliebt und die ihre Mutter eben deswegen von Rom nach Neapel in Sicherheit gebracht hatte] zusammen sein zu können. Da wandte sich der Zauberer zu mir und sprach: »Hörst du, was sie gesagt haben? In einem Monat wirst du mit ihr zusammen sein.« Hieran bat er mich abermals, ich möchte getreulich zu ihm halten, denn es seien so viele Legionen von Teufeln mehr erschienen als er gerufen habe, und es seien Teufel von der gefährlichsten Art; nachdem sie meine Bitte bewilligt hätten, müssten wir freundlich mit ihnen umgehen und in aller Geduld sie entlassen. – Der Knabe, der unter dem Fünfstern stand, rief in entsetzlicher Angst, es wären eine Million grimmiger Männer da, die uns alle bedrohten; außerdem wären ihm vier ungeheure bewaffnete Riesen erschienen, die zu uns eindringen wollten. Unterdessen bemühte sich der Schwarzkünstler, vor Furcht zitternd, mit sanften und freundlichen Worten nach besten Kräften, die Teufel fortzuschicken. Bincenzio Romoli zitterte wie ein Espenlaub und räucherte unaufhörlich. Ich hatte ebenso viel Angst wie die andern, bemühte mich aber, keine Furcht zu zeigen, und stärkte dadurch ihnen allen den Mut; als ich aber die Angst des Schwarzkünstlers sah, da wäre ich beinahe gestorben. – Der Knabe hatte seinen Kopf zwischen die Knie genommen und sagte: »So will ich sterben. Wir sind des Todes.« Da sagte ich zum Knaben: »Diese Geschöpfe sind alle unter uns in der Hölle, und was du siehst, ist nur Rauch und Schatten; hebe nur die Augen auf!« Er tat es und sagte von neuem: »Das ganze Kolosseum brennt, und das Feuer kommt auf uns zu!« Er schlug die Hände vors Gesicht und rief wieder, er sei des Todes und wolle nichts mehr sehen. Der Schwarzkünstler nahm seine Zuflucht zu mir; er bat mich, standhaft zu bleiben und mit Zaffetica zu räuchern. Ich wandte mich zu Vincenzio Nomoli und befahl ihm, schnell Zaffetica aufzustreuen. Während ich dies sagte, sah ich Agnolino Gaddi an; er hatte solche Angst, dass ihm die Augen quer im Kopfe standen, und dass er mehr als halbtot war. Ich sagte zu ihm: »Agnolino, hier darf man keine Furcht haben, sondern muss sich rühren und einander beistehen. Streue schnell Zaffetica auf!« – Als nun Agnolino sich ein wenig erholt hatte von seiner Furcht, sagte er, die Teufel begännen bereits in großer Eile sich zu entfernen. So blieben wir bis zum Morgenläuten. Da sagte der Junge, es seien nur noch wenige da, und diese ständen ganz in der Ferne. – Dann verließen wir alle miteinander den Kreis, in dem wir uns eng zusammendrückten. Der Knabe, der sich in die Mitte gestellt hatte, hielt den Zauberer am Wams und mich am Mantel fest. Während wir nach Hause gingen, sagte er immer wieder, zwei von den Teufeln, die er im Kolosseum gesehen hätte, sprangen vor uns her und liefen bald über die Dächer, bald über die Straße. [Kurz darauf kommt Benvenuto auf einer Flucht nach Neapel und findet dort seine Angelica wieder und bei ihr die denkbar liebevollste Aufnahme], da fiel mir plötzlich ein, dass gerade an diesem Tage der Monat zu Ende ging, den ich nach dem Versprechen der Teufel warten sollte. So bedenke nun ein jeder, der sich mit den Teufeln einlässt, welche übermenschlichen Gefahren ich zu bestehen hatte.«

Girolamo Cardano und sein Sohn Gianbattista.

Girolamo Cardano (Cardanus), einem alten Mailänder Geschlecht zugehörig, wurde 1501 zu Pavia als Sohn eines Rechtsgelehrten geboren und starb 1576 zu Rom, nachdem er als Arzt und Mathematiker, Astronom und Moralphilosoph sich einen großen Namen in der internationalen Gelehrtenwelt seines Jahrhunderts gemacht hatte. In „Des Girolamo Cardano von Mailand, Bürgers von Bologna Eigene Lebensbeschreibung« [Deutsche Ausgabe von Hermann Hefele, Verlag von Eugen Diederichs, Jena] wird erzählt: Ich wohnte vor Jahren froh und heiter im Städtchen Sacco, ledig allen Übels, und lebte, ein Sterblicher, wie im seligen Hause der Unsterblichen...da sah ich mich eines Nachts im Traume an einem freundlichen, überaus herrlichen Garten...keine Phantasie könnte sich ersinnen, was dieser Herrlichkeit ähnlich wäre! Ich stand am Eingange des Gartens, die Tür stand offen. Da sah ich ein Mädchen, in ein weißes Gewand gehüllt, ich trete zu ihr, umarme sie, küsse sie. Doch gleich nach meinem ersten Kusse kam der Gärtner und schloss die Türe. Inständig bat ich ihn, er möge sie doch offen lassen; umsonst. So sah ich mich, traurig und noch immer am Halse des Mädchens hangend, aus dem Paradiesesgarten ausgeschlossen.

Wenige Tage darauf brach in einem Hause des Städtchens Feuer aus. Ich wurde mitten in der Nacht aufgeweckt, eilte hinaus und sah nun, welches Haus brannte. Es gehörte einem Aldobello Bandarini, der Kommandant einer venezianischen Söldnertruppe im Bezirk von Padua war...Und dann wieder nach wenigen Tagen sah ich die Tochter dieses Mannes, ein Mädchen, an Gesicht und Kleidung auf ein Haar dem ähnlich, das ich in jener Nacht im Traume gesehen hatte. ...Doch von diesem Tage begann ich, sie nicht bloß zu lieben, sondern in Liebesglut zu ihr zu entbrennen. Ich sah ein, dass dieses Band mich nicht allzu sehr beengen werde, und so nahm ich freudig die freudig Willige zur Frau. Auch ihre Eltern baten mich darum und boten gerne Unterstützung an, sie waren nämlich durchaus nicht unvermögend. Die Verwirklichung jenes Traumes aber war mit dieser Heirat nicht abgeschlossen ...Fünfzehn Jahre lang hat diese Frau mit mir gelebt. Jener unselige Traum aber ist die Ursache aller der Übel geworden, die in meinem ganzen ferneren Leben über mich hereinbrachen... Zuerst hatte meine Frau zweimal eine Fehlgeburt...endlich [1534] brachte sie das erste Kind zur Welt, einen Knaben ...Dieser Sohn [Gianbattista] lebte bis zu seinem dreiundzwanzigsten Jahre ganz ruhig, dann verliebte er sich, gerade als er sich das Laureat erworben hatte, in Brandonia Seroni und heiratete das Mädchen ohne jede Mitgift [1557]... Mein Sohn hatte schon früher viel Trübes zu erdulden gehabt... Nun aber ward er angeklagt, seine Frau vergiftet zu haben, da sie im Wochenbett lag; am 17. Februar [1560] wurde er gefangen gesetzt und am 7. April im Kerker durch das Schwert enthauptet...

Ich wohnte und dozierte zu Pavia. Da betrachte ich eines Tages ganz zufällig meine Hände und sehe plötzlich an der Wurzel des rechten Ringfingers die blutrote Figur eines Schwertes. Ich erschrak heftig. Was weiter? Am selben Abend kommt ein laufender Bote mit einem Briefe meines Schwiegersohns, ich solle sofort nach Mailand kommen, mein Sohn sei verhaftet. Vom folgenden Tage an begann jenes blutige Zeichen dreiundfünfzig Tage lang zu wachsen und immer größer zu werden, bis es schließlich am letzten Tage bis zur Fingerspitze reichte und wie flammendrotes Blut leuchtete... Um Mitternacht ward er mit dem Schwert hingerichtet; am andern Morgen in der Frühe war das blutige Mal fast ganz erloschen, und einen Tag später war es spurlos verschwunden.

Ungefähr zwanzig Tage vor dieser Katastrophe, als mein Sohn noch in Haft lag, arbeitete ich in meiner Bibliothek [in Mailand], als ich plötzlich Stimmen höre, als beichtete einer, und andere sprächen das „Misereatur«, und kurz darauf war es wieder ganz still... Eine fürchterliche Angst packte mich, und ich stürze hinaus in den Hof. Dort waren gerade einige von den Palavieini, denen ich das Haus vermietet hatte. Und ich schrie ganz laut, obschon ich wohl wusste, wieviel ich damit der Sache meines Sohnes schaden musste, wenn er tatsächlich das Verbrechen nicht eingestanden hätte oder ganz unschuldig daran gewesen wäre: »Ach, er wusste um den Tod seiner Frau, und jetzt hat er gestanden und wird zum Tode verurteilt und wird mit dem

Schwerte hingerichtet werden!« Und ich greife sofort nach dem Mantel und laufe zum Marktplatz. Doch auf halbem Wege begegne ich meinem Schwiegersohn, der mich traurig fragt: „Wohin gehst du?« – »Ich habe Angst,« antworte ich, »dass mein Sohn um das Verbrechen wusste und jetzt alles gestanden hat.« Und er sagte: »Ja, das hat er; soeben hat er gestanden.« Und dann kam der Späher, den ich angestellt hatte, und erzählte die ganze Sache der Reihe nach. –

Im Mai hatte ich im Schmerz über den Tod meines Sohnes allmählich jeden Schlaf verloren... Da flehte ich zum Herrn, dass er sich meiner erbarme. Denn schließlich mussten mich die ewigen schlaflosen Nächte so weit bringen, dass mir nichts andres mehr übrig blieb, als zu sterben oder wahnsinnig zu werden oder doch zum wenigsten mein Lehramt aufzugeben... So bat ich also Gott, dass er mir den Tod schenken wolle... Und dann ging ich zu Bett... Sofort befiel mich der Schlaf, und plötzlich glaubte ich, eine Stimme zu hören, die immer näher kam. Von wem sie kam und wer dieses sei, konnte ich der Dunkelheit wegen nicht unterscheiden. Und diese Stimme sagte: »Was klagst du?« oder »Warum weinst du?« Und ohne an Antwort zu warten, fuhr sie fort: »Um deinen toten Sohn?« »Wie kannst du fragen?« erwiderte ich. Da sagte die Stimme: »Nimm den Stein, den du um den Hals trägst, in den Mund. Solange du ihn im Munde hast, wirst du deines Sohnes nicht mehr gedenken.« Und alsbald verließ mich der Schlaf. Was soll der Smaragd mit dem Vergessen? dachte ich bei mir selbst. Aber als mir schließlich gar kein anderes Mittel mehr blieb, den Qualen der Erinnerung zu entgehen, erinnerte ich mich jenes Wortes: »Er hat geglaubt an die Hoffnung wider alle Hoffnung, und darum ward es ihm angerechnet zur Gerechtigkeit«, wie es von Abraham heißt. [Röm. 4. 18 und 22.] Und ich nahm den Stein in den Mund, und siehe, was ganz und gar unglaublich ist, sofort entschwand mir alles aus dem Gedächtnis, was mich an meinen Sohn erinnern konnte. So namentlich immer dann, wenn ich mich wieder zum Schlafen legte, und fast anderthalb Jahre lang ununterbrochen, damals als ich das Buch «Theognoston» beziehungsweise das zweite der „Hyperboraea« schrieb. Nur wenn ich aß oder meine Vorlesungen hielt und deshalb die Wohltat des Smaragds im Munde nicht genießen konnte, quälten mich die früheren Gedanken bis aus den Todesschweiß. Mit Hilfe des Steines aber, scheint mir, habe ich den Schlaf und meine ruhige geistige Gesundheit völlig zurückgewonnen ...

Ein Wundertäter. Die „Zeitung aus Straßburg« vom 14. Dezember 1538 meldet: Neue Zeitungen sein all hier von glaubhaften Personen aus Straßburg ankommen, dass ein neuer Herrgott in der Gegend hinter Wimpelgarten aufgestanden ist, der zeucht hin und wieder im Land um, und ist jetzt nicht mehr denn achtzehn Meilen von Straßburg. Von demselben Gott schreibt man, dass er allda für und für viel und mancherlei großer Wunderzeichen tue, sei eine lange Person und hab einen langen Bart, hab auch kein Schuch an, dazu nichts auf, mache Tote lebendig und die Blinden sehend, er gehe durch die Wasser und werde nicht nass. Er halt auch alle Tag Meß und Predigt, und es folgen ihm stets nach bei vierhundert Menschen. Alsbald er auch einen Menschen ansieht, sagt er ihm, was er sein Lebtag getan hat. Und zu besserer Zeugnis: das alles seien Leute zu Straßburg, die ihn gesehen haben.

George Wishart. Der preußische Generalmajor Karl Gustav von Rudloff [gestorben 1873] erzählt in seiner »Geschichte der Reformation in Schottland« von dem

Reformator George Wishart: Hier in Ayr erfuhr er, dass die Stadt Dundee, bald nachdem er sie verlassen, von der Pest heimgesucht worden, und sofort eilte er mit ebenso großem Eifer auf dieses Erntefeld des Todes wie andere von ihm flohen ... Mit großer Freude ward er von den bedrängten Einwohnern empfangen; schon für den nächsten Tag ward eine Predigt angesetzt, und da die Seuche noch immer am Orte wütete, so nahm er seinen Stand auf einem der Stadttore, indem die Angesteckten auf der äußern, die noch Gesunden jedoch auf der inneren Seite sich aufstellten. Seine Predigt aber ergriff aller Herzen so, dass sie den Tod nicht scheuten, sondern diejenigen für glücklicher erachteten, die abscheiden dürften, als die, welche zurückbleiben sollten... Eines Tages, als er nach der Predigt von seinem Tore herabstieg, bemerkte er einen am Fuße der Treppe stehenden Mann, und, wie durch höhere Eingebung dessen Absicht erkennend, ergriff er den Arm des Unbekannten und nahm ihm den Dolch ab, den er im Gewande versteckt hielt. Und jener war so bestürzt, dass er auf der Stelle bekannte, er sei ein Priester, vom Kardinal Beaton bestochen, Wishart hier im Gedränge zu ermorden... Nachdem die Pest in Dundee aufgehört hatte, begab Wishart sich nach Montrose, wo er predigte und das Abendmahl in beiden Gestalten austeilte. Hier erhielt er einen Brief, angeblich im Auftrage eines ihm sehr befreundeten Mannes geschrieben, der plötzlich krank geworden sei und sehnlich verlange, vor feinem Tode ihn noch zu sehen. Wishart reiste sofort ab, in Gesellschaft einiger Freunde, die aus Liebe ihn eine Strecke weit begleiten wollten. Nachdem sie noch nicht über eine Viertelstunde geritten waren, hielt er plötzlich still und sagte: »Gott verbietet mir, diese Reise fortzusetzen. Wollen nicht einige von euch mir den Gefallen tun, nach dem Hügel dort zu reiten, um zu sehen, was sie daselbst finden werden!« Die Freunde ritten hin und entdeckten hinter dem Hügel an die sechzig Reiter, bereit, Wishart aufzuheben. Und es stellte sich heraus, dass jener Brief vom Kardinal Beaton veranlasst worden war. Wishart aber sagte: »Ich weiß, dass ich mein Leben in den Händen des Kardinals endigen werde, aber auf diese Weise wird es nicht geschehen!« ...Wishart begab sich darauf nach Haddington, wo der schon früher durch feine Predigten zur Erkenntnis der evangelischen Wahrheit gekommene John Knor, zu jener Zeit Hauslehrer in der Familie Douglas, sich ihm anschloss, und zwar, wie er selbst berichtet, zur Verteidigung seines geliebten Freundes, des sanften und widerstandlosen Wishart, mit einem Schwerte bewaffnet... In seiner letzten Predigt zu Haddington strafte Wishart die Gleichgültigkeit der Einwohner gegen das Evangelium und verkündete ihnen, »dass schwere Trübsal ihrer harre, dass Feuer und Schwert sie treffen, Fremde ihre Wohnungen einnehmen und sie daraus vertreiben würden« – eine Voraussagung, die zwei Jahre später erfüllt ward, als 1548 die Engländer die Stadt besetzten und Franzosen und Schotten sie belagerten. Nach dieser Predigt, in der er auch von seinem nahen Tode gesprochen hatte, sagte Wishart seinen Bekannten Lebewohl, in einer Weise, die andeutete, dass es für immer sein solle. Dann ging er nach Ormiston. Während er dort im Hause seines Gastfreundes, eines Lairds (Gutsbesitzers) eine Abendandacht über den einundfünfzigsten Psalm hielt, besetzte ein Reitertrupp unter Anführung des jungen Grafen von Bothwell – der später einen so verderblichen Einfluss auf das Schicksal der Königin Maria Stuart haben sollte – das Gehöft, so dass niemand entkommen konnte. Der Graf ließ den Laird rufen und verlangte die Auslieferung Wisharts. Er gab ihm sein Ehrenwort, dass diesem kein Leid geschehen solle, indem er ihn nach seinem eigenen Schlosse bringen und sobald es ohne Gefahr geschehen könne, nach Ormiston zurückführen werde, denn jetzt sei Kardinal Beaton im Anzug. Gleichwohl überlieferte er ihn später dem Kardinal Beaton. Dieser versicherte sich der Zustimmung des Regenten und stellte den Ketzer am 27. Februar 1546 in der Abteikirche zu St. Andrews vor ein geistliches Gericht, das ihn zum Feuertode verurteilte. Als Wishart dies Urteil vernahm, fiel er auf die Knie und betete laut für die Ausbreitung des göttlichen Wortes in Schottland und die Wiedergeburt der schottischen Kirche – in einer Weise, die selbst von seinen geistlichen Richtern manchen erschütterte. Am gleichen Tage erhielt der Kardinal Beaton ein Schreiben des Regenten Grafen Arran: er werde, bevor die Angelegenheit nicht völlig untersucht sei, in die Hinrichtung Wisharts nicht einwilligen. Aber der Kardinal achtete hierauf nicht. In Rücksicht auf die Volkstümlichkeit Wisharts ließ er die Kanonen des erzbischöflichen Schlosses vorsorglich auf den Platz und seine Zugänge richten, der für den Scheiterhaufen ausersehen war. Dann ließ er die Fenster eines Schlossturmes mit Kissen und Teppichen belegen, um mit feinem Prälaten in aller Gemächlichkeit das Schauspiel einer Ketzerverbrennung genießen zu können... Als Wishart den Scheiterhaufen bestiegen hatte, erklärte er, im Herzen nichts als Freude zu fühlen. Darauf kniete er nieder und betete für seine Widersacher und Richter. Als das Pulver auf dem Scheiterhaufen explodierte, rief ihm der Schlosshauptmann zu, gutes Mutes zu sein. Wishart erwiderte: »Diese Flamme hat meinen Leib versengt, aber meinen Geist nicht erschreckt. Aber jener dort, der mit solchem Stolz von seinem hohen Platze aus hierher schaut, um sich an meinen Qualen zu weiden, der wird binnen kurzem an diesem seinem selben Platz in so schmachvoller Gestalt zu sehen sein, wie man ihn jetzt dort prunken sieht«... Dies geschah am 1. März 1546. Nichts konnte unwahrscheinlicher sein, als die Erfüllung dieser Vorhersagung. Der Kardinal selber auch achtete ihrer nicht. Er wohnte in seinem festen Schloss, das Volk von St. Andrews gehorchte ihm, und im ganzen Lande hatte er mächtige Freunde. Während die papistische Partei den Eifer dessen pries, der auf die eigene Autorität hin den Ketzer vernichtet hatte, war die große Mehrzahl des Volkes voll Unwillen über die Ermordung des Märtyrers und zornig auf den, der sie veranlasst und der schon so manches unschuldige Blut vergossen hatte. Einige Männer von Einfluss und hoher Geburt begannen öffentlich sich über die Notwendigkeit auszusprechen, der blutigen Laufbahn des Kardinals ein Ende zu bereiten. Die angesehensten von ihnen waren John und Norman Leslie, William Kircaldy, Peter Earmichael und Jakob Melville. Mit ihnen vereinigten sich andere von geringerem Ansehen aber gleicher Entschlossenheit. Im Ganzen waren es zwölf, die den Kardinal zu töten beschlossen. Am Abend des 27. Mai trafen sie einzeln und unauffällig in St. Andrews ein. Am andern morgen früh, bevor die am Ausbau der Schlossbefestigungen beschäftigten Arbeiter ihr Tagewerk begonnen, bemächtigten sie sich des Schlosses und drangen in Beatons Schlafgemach ein. Der sprang aus dem Bett und schrie: »Ich bin ein Priester! Ich bin ein Priester! Ihr werdet mich doch nicht ermorden wollen!«. John Leslie und Peter Earmichael wollten ihn sofort umbringen, aber Jakob Melville drängte sie zur Seite und rief: »Dieses Werk ist ein Gericht Gottes und muss mit Würde getan werden!« Und indem er die Spitze seines Schwertes auf die Brust des Kardinals setzte, sprach er: »Bereue dein gottloses Leben, aber insonderheit, dass du das Blut des ehrwürdigen Werkzeuges Gottes, George Wisharts, vergossen hast, welches, obschon die Flammen, vor Menschenaugen verborgen, es verzehrt haben, doch nach der Rache wider dich schreit, die an dir zu vollstrecken wir von Gott gesandt sind. Denn hier vor meinem Gott bezeuge ich, dass weder Hass gegen deine Person, noch Liebe zu deinen Reichtümern, noch Furcht vor irgendeinem Leid, dass du besonders mir zufügen könntest, mich bewog oder bewegt, dich zu töten, sondern ganz allein das eine, dass du ein hartnäckiger Feind Jesu Christi und Seines heiligen Evangeliums warst und bist.« Mit diesen Worten stieß er fein Schwert mehrmals in den Körper des elenden zitternden Mannes, der ohne ein Zeichen der Reue oder ein Wort des Gebetes sein Leben unter dem wiederholten Rufe: »Ich bin ein Priester! Bedenkt es doch! Alles ist aus!« verhauchte... Kaum war der Kardinal tot, als, durch seine entflohene Dienerschaft veranlasst, ein Auflauf vor dem Schlosse entstand. Das Volk verlangte den Kardinal zu sehen oder doch zu wissen, was aus ihm geworden sei. Da stellten die Verschworenen die Leiche an demselben Turmfenster zur Schau, von dem aus der Kardinal der Hinrichtung Georg Wisharts zugesehen hatte.

Hexenflug. Sandoval, Bischof von Pampelona, erzählt in seiner Geschichte Karls des Fünften bei Gelegenheit eines Hexenprozesses, der vor dem Kaiserlichen Staatsrat in Navarra geführt wurde, folgendes als Tatsache: Er habe sich über den Grund der vorgekommenen Umstände durch eigenen Augenschein überzeugen wollen und daher einer alten Hexe aus der Mitte der andern Gnade versprochen, wenn sie in seiner Gegenwart ihr Zauberwerk üben wolle. Die Alte habe den Vorschlag angenommen und ihre Salbenschachtel verlangt, die man ihr weggenommen; und sei nun in Gesellschaft des Kommissärs und vieler anderer Personen auf einen Turm hinaufgestiegen. Sie habe sich nun dort an ein Fenster gestellt und mit der Salbe die flache Hand, die Lende, die Gelenke des Ellenbogens, die untere Seite des Arms, die Schulter und die linke Seite eingerieben. Dann habe sie mit starker Stimme gerufen: »Bist du zur Stelle?« Alle Anwesenden hätten darauf in der Luft eine Stimme gehört, die geantwortet: »Ja, da bin ich!« Die Zauberin habe nun angefangen, am Türme herabzusteigen, den Kopf nach abwärts und ihrer Hände und Füße nach Art der Eidechsen sich bedienend. Als sie in die Mitte der Höhe also gelangt. habe sie ihren Flug in die Luft genommen; und die Augen der Anwesenden folgten ihr, bis der Horizont die Fliegende verbarg. Alle blieben voll Erstaunens über das Geschehene zurück, und der Kommissär ließ bekannt machen: der solle eine bedeutende Geldsumme erhalten, der die Entflohene wieder einliefern werde. – Nach zwei Tagen brachten Hirten die Gefundene ein. Der Kommissär fragte sie, warum sie nicht weiter weggeflogen, um den Nachforschungen der sie Suchenden sich zu entziehen? Sie erwiderte: ihr Meister habe sich nur dazu verstanden, sie durch drei Wegstunden fortzuführen, und sie dann auf dem Felde zurückgelassen, wo die Hirten sie gefunden. Llorente erzählt in seiner Geschichte der Inquisition den Verlauf dieses Handels, der mit Peitschenstrafe und mehrjährigem Gefängnis der darin verwickelten hundertfünfzig Teilnehmer endete.

Entrückung. Der »Privatgelehrte« Eberhard Werner Happel – Happeljus – geboren 1647 als Sohn eines Pfarrers zu Kirchhayn in Hessen, gestorben 1690 zu Hamburg, erzählt in seinem fünfbändigen, in Wochenlieferungen erschienenen, »Die größten Denkwürdigkeiten dieser Welt« enthaltenden Werke Relationes curiosae: Als Anno 1550 siebzig Kinder im Waisenhause zu Amsterdam der Besessenheit anheimfielen, begab es sich, dass ihrer etliche von der Straße weg in den Glockenstuhl einer Kirche entrückt wurden, all wo sie sangen: »Wir wollen von hinnen nicht weggehen, es sei denn, dass wir zuvor Bametje im Feuer sitzen sehen.« Diese Bametje, eine lataleptische Weibsperson, wurde nebst einer andern Starrsüchtigen namens Meins Cornelis als der Hexerei verdächtig gefangen gesetzt, und letztgenannte bekannte, die Weiber, die ihr auf übernatürlichem Wege erschienen, hätten sie des Öftern aus dem Haus auf die Gasse geworfen und sie so übel zugerichtet, dass ihr Ehemann daraufhin von ihr weg und in den Krieg gelaufen sei.

Nostradamus.

René, Herzog der Provence und Titularkönig von Neapel, der, ganz den schönen Künsten hingegeben, an seinem Hofe zu Aix die Zeiten der altprovenzalischen Troubadours erneuert hatte, schlief schon fast ein Vierteljahrhundert unter dem goldenen Dichterlorbeer seines Sarges, als seinem ehemaligen Leibärzte Pierre de Nostradame zu Saint-Remy am 14. Dezember 1503 ein Sohn, Michael, geboren wurde. Die Familie war semitischen Ursprungs, aber nicht mehr jüdischen Glaubens. Nach dem Tode des Vaters übernahm der Großvater mütterlicherseits, der ehemalige Leibarzt des Herzogs von Kalabrien, Johann de Saint-Remy, die Erziehung des Knaben. Nach dessen Tode besuchte der junge Michael die Hohen Schulen zu Avignon und Montpellier, bis er sich um 1530 zu Agen in der Provence als Arzt niederließ. Dort hatte sich wenige Jahre vor ihm der 1484 zu Riva am Gardasee geborene große Philologe und Humanist Julius Cäsar Scaliger angesiedelt, mit dem Nostradamus bald eine nahe Freundschaft verband. Auch gewann er daselbst ein adeliges Fräulein zur Ehe. Aber schon nach wenigen Jahren gab er, durch den Tod seiner Frau und seiner zwei Kinder vereinsamt, die ärztliche Praxis auf und begab sich auf Reisen. Um 1544 ward er in Salon in der Provence wieder sesshaft, wo er sich alsbald mit der Tochter eines Patriziers vermählte. 1546 bekämpfte er die Pest so erfolgreich, dass die Stadt ihm einen jährlichen Ehrensold zuerkannte und dass im folgenden Jahr Lyon ihn gegen die Pest zu Hilfe rief. Dessen ungeachtet ward er, nach Salon zurückgekehrt, der kalvinistischen Ketzerei verdächtigt. Da er sich ohnehin je länger desto mehr von einer starken hellseherischen Begabung innerlich in Anspruch genommen fühlte, beschloss er, der ärztlichen Tätigkeit zu entsagen und sich ganz den Geheimwissenschaften hinzugeben. Er trieb kabbalistische und astrologische Studien und ergänzte ihre Ergebnisse durch hellseherische Offenbarungen, die ihm sehr reichlich zuteilwurden. In seinen Trancezuständen verloren Zeit und Raum für ihn jede Bedeutung: ersah Ereignisse einer nahen wie der fernsten Zukunft voraus. Was er sah, schrieb er in einer bewusst dunklen Prosa nieder, die er dann später in noch dunklere gereimte Vierzeiler umgoss. Diese »Quatrains« stellte er hundertweise unter absichtlicher Vermeidung einer chronologischen Reihenfolge zu »Centuries« zusammen. Denn sein Ehrgeiz zielte nicht dahin, die Menschen zu erschrecken oder von den Zeitgenossen angestaunt zu werden. Er wollte, dass die kommenden Geschlechter seine erfüllten oder sich erfüllenden Voraussagungen in ehrfürchtiger Bewunderung der ihm reicher als je einem Sterblichen verliehenen und von ihm mit unerhörter Hingabe entwickelten übernatürlichen Kräfte bestätigen sollten. Im Jahre 1555 entschloss er sich, sieben »Centuries« herauszugeben, nach drei Jahren ließ er drei weitere »Centuries« folgen. Nachdrucke und Fälschungen blieben nicht aus.

Mit Spott und Hohn, aber, nachdem einige wenige Voraussagungen sich alsbald offensichtlich erfüllten, auch mit Ehren und Schätzen, besonders seitens der Catharina von Medici, die ihn auch nach Paris an den Königshof einlud, überschüttet, fuhr Nostradamus fort, seine Weissagungen – nach seinen eigenen Worten – »nach dem Laufe des Himmels zu berechnen in Verbindung mit einer zu gewissen Stunden einzusetzenden Anregung, einem Erbteil seiner Urväter« und »seinen natürlichen Instinkt in Zusammenhang und Einklang zu bringen mit einer langen, fortlaufenden Berechnung, indem er Seele, Geist und Gemüt von aller Sorge, Kümmernis und Aufregung freimacht durch Ruhe und Stille des Innern«.

Er starb am 1. Juli 1566. In seinem Nachlass fanden sich eine große Menge noch nicht in Vierzeiler umgegossene Prophezeiungen, die auch herausgegeben worden, aber verlorengegangen sind. Die »Centuries« find immer wieder gedruckt, gedeutet, ergänzt und gefälscht worden. Noch 1781 wurden sie »auf den Inder gesetzt«, von der katholischen Kirche verboten, weil in einem »Quatrain« der Untergang des Papsttums vorausgesagt wird.

Von den vielen »Quatrains«, deren Voraussagungen sich bis zu dem von Nostradamus astrologisch errechneten Ablauf der Lebenszeit dieser Erde, weit in das vierte Jahrtausend nach Christus hinein erstrecken sollen, sind naturgemäß erst wenige Hunderte als erfüllt nachgewiesen worden. Von diesen erfüllten sollen einige hier wiedergegeben werden, und zwar in der genauen Fassung der ursprünglichen Ausgabe, deren Sprache ein mit lateinischen und altprovenzalischen Wortbildungen durchsetztes veraltetes Französisch ist. Was die Richtigkeit der Verdeutschung betrifft, so muss den Männern der vergleichenden Sprachwissenschaft Verantwortung wie Nachprüfung überlassen bleiben.

Le lys Dauffois portera dans Nanci
Jusques en Flandres electeur- de l'Empire.
Neusve obturée au grand Montmorency,
Hors lieux prouvés delivré à clere peyne.

Die Lilie des Dauphin wird nach Nancy kommen und in Flandern einen Kurfürsten des Reiches unterstützen. Neues Gefängnis dem großen Montmorency. Außerhalb des dafür bestimmten Platzes wird er einer berühmten Strafe überliefert werden.

Die Lilie ist das Wappen des französischen Königshauses der Bourbonen. »Dauphin« (Delphin) war ursprünglich der Titel der souveränen Grafen der Dauphine, des südlichsten Teiles von Burgund, die einen Delphin im Wappen führten. Später wurde Dauphin der Titel desjenigen Prinzen des königlichen Hauses von Frankreich, der diese Landschaft als Apanage erhielt. Ludwig XIII. war der erste, der unabhängig hiervon den Titel »Dauphin« im Sinne von Kronprinz geführt hatte, welcher Sinn bis zur Julirevolution von 1830 dann mit dem Worte verbunden blieb.

Der obige »Quatrain« entstand und wurde veröffentlicht rund ein halbes Jahrhundert vor der Geburt Ludwigs XIII., der im Alter von rund dreißig Jahren, gestützt auf seinen klugen Kanzler, den Kardinal Richelieu, für Frankreichs Größe und die absolute Monarchie langwierige Kämpfe gegen die eigene Mutter (die spanisch orientierte Königin-Witwe, Maria von Medici), gegen die zu ihr haltenden französischen Großen und gegen Spanien führte. 1632 ließ er Heinrich II. von Montmorency, den letzten Spross des ältesten und mächtigsten französischen Adelsgeschlechtes, enthaupten, wobei es sich begab, dass dieser seinen kurzen letzten Gang von dem soeben neuerbauten Gefängnis des Rathauses zu Toulouse aus anzutreten hatte, und dass aus besonderer königlicher Gnade die Enthauptung nicht, wie sonst üblich, durch den Henker auf dem Stadtplatz vor dem Rathaus, sondern durch einen Soldaten auf dem Innenhof des Rathauses vollzogen ward. Gewiss wäre diese Hinrichtung an sich schon eine »clere peyne", was aber soll man dazu sagen, dass jener Soldat Clerepeyne hieß? 1633 eroberte Ludwig XIII. Nancy, die Hauptstadt des Herzogtums Lothringen, und als 1635 die habsburgisch-spanischen Kaiserlichen Trier besetzten und den dortigen Kurfürsten, der sich unter französischen Schutz gestellt hatte, als Gefangenen nach Brüssel verschleppten, da erklärte Ludwig XIII. Spanien den Krieg und griff es in seinem vlämischniederländischen Besitz an. So hat die Geschichte tatsächlich jede Einzelheit des Vierzeilers bestätigt...

Le part soluz mary sera mitré
Retour: conflict passera sur le thuille
Par cing cens: un tralyr sera tiltré
Narbon et Saulce par coutaux avous d'huille.

Zurückgekehrt wird der Gatte einsam und betrübt mit der Mitra gekrönt [»infuliert«] werden. Durch Fünfhundert wird ein Angriff auf den Ziegelstein geschehen. Narbon, der hochbetitelte, wird ein Verräter sein und Saulce, dessen Ahnen Hüter des Öles sind.

Am 20. Juni 1792, ein Jahr nach seiner Rückkehr von der missglückten Flucht, musste Ludwig XVI., von den demonstrierenden Jakobinern beschimpft und hart bedrängt, im Saale „Oeil de Boeuf« die rote Jakobinermütze aussetzen, während seine Gemahlin Maria Antoinette gleichzeitig im Beratungssaal ähnliche Kränkungen erlitt. In der Nacht vom 9. zum 10. August 1792 wurden die Tuilerien, die ihren Namen den einst an dieser Stelle befindlichen Ziegeleien verdanken – mit dem Bau des ältesten Teiles dieses Pariser Königsschlosses, das erst 1789 an Stelle von Versailles zur eigentlichen Residenz wurde, war erst kurz vor dem Tode des Nostradamus begonnen worden – durch die sogenannten Fünfhundert, den Abschaum des Revolutionspöbels, gestürmt. Unter dem hochbetitelten Verräter Narbon ist vom durchaus royalistischen Standpunkt des Nostradamus aus der jugendliche Kriegsminister Graf Louis Narbonne-Lara zu verstehen, den Ludwig XVI. am 10. März 1792 ungnädig entlassen hatte, weil jener über den Parteien stehen und der Revolution wie dem Königtum gleichermaßen gerecht werden wollte. Saulce ist die ältere Form für Sauce, zu Deutsch Brühe oder Tunke. Sauce hieß der Krämer und Gastwirt zu Varennes, der den fliehenden Ludwig XVI. erkannte und anhalten ließ. Man hat festgestellt, dass vor ihm sein Vater und Großvater denselben Kramladen besessen hatten, in dem Marie Antoinette zwischen Fässern, Kisten und Säcken von Madame Sauce ausgefragt wurde, so dass also seine Ahnen wie er »Hüter des Öls«, in dem Sinne etwa von »Heringsbändiger« gewesen sind...

> *Feu couleur d´or du ciel en terre veu.*
> *Trappé du haut nay. Faict cas merveilleux.*
> *Grand meurte humain. Prins du grand le nepveu.*
> *Morts d´espactacles éschappé l'orgueilleux.*

Man sieht Feuer von der Farbe des Goldes vom Himmel bis zur Erde. Geschlagen vom Hochgeborenen. Wunderbares Ereignis. Großes Menschenmorden. Gefangen der Neffe des Großen. Der Hochmütige entgleitet einem effektvollen Tode.

Am 2. September 1870. Sedan nach der Beschießung in Flammen. Napoleon III. von Wilhelm I., der Emporkömmling vom Hochgeborenen, Ahnenreichen geschlagen. Die Gefangennahme einer so großen Armee war noch niemals vorgekommen, also ein wunderbares Ereignis. Die Kämpfe um Sedan waren außerordentlich blutig, besonders in Bazeilles, wo die Einwohner schwer dafür büßen mussten, dass sie von den Fenstern aus sich daran beteiligt hatten. Der Neffe des großen Korsen ist mitgefangen. Der einst so

Hochmütige hat vergeblich sich den Heldentod gewünscht, der seinem Leben und missglückten Kriegsunternehmen den theatermäßig wirksamen Abschluss gegeben hätte, wie er ja auch an Wilhelm I. geschrieben hat, da es ihm nicht vergönnt gewesen sei, an der Spitze seiner Truppen zu sterben, lege er seinen Degen in die Hände des Königs...

Der Reiterzug. Slavata erzählt in seiner Geschichte Böhmens: In der Nacht des 20. Juli 1571 sahen viele Einwohner einen gewaltigen Reiterzug durch die Prager Neustadt ziehen, der nach einem plötzlich ausgetretenen furchtbaren Sturm erschien und dann in einem Augenblick verschwand. Viele Bürger, die diese schauerliche Erscheinung sahen, fielen in Krankheit, manche starben.

Pius V. Grente, der französische Biograph des 1712 heiliggesprochenen Papstes Pius V. erzählt: Es war am 7. Oktober 1571 gegen fünf Uhr abends, als die Seeschlacht bei Lepanto [am Golf von Korinth] sich dem Ende zuneigte. Um dieselbe Stunde war Pius V., der seit der Abfahrt der christlichen Schiffe [italienisch-spanische Flotte unter Don Juan d'Austria gegen die Türken] seine Gebete und Kasteiungen verdoppelt hatte, in Gegenwart mehrerer Prälaten damit beschäftigt, die Rechnungen seines Schatzmeisters Busotti nachzuprüfen. Plötzlich, wie von einer unwiderstehlichen Macht getrieben, steht er auf, tritt an ein Fenster, öffnet es, blickt nach Osten und verharrt so in tiefem Sinnen. Dann, sich seiner Umgebung wieder zuwendend, sagt er mit verzückt glänzenden Augen: «Lassen wir die Geschäfte und danken wir Gott! Die christliche Flotte erringt den Sieg.» Er verabschiedet die Prälaten und begibt sich alsbald in sein Oratorium, wo ein Kardinal, der auf die Mitteilung dieses Vorgangs herbeieilt, ihn vor Freude weinend antrifft. Busotti und seine Kollegen aber, überrascht von der plötzlichen und feierlichen Enthüllung, schreiben sich Tag und Stunde genau auf... Aber vierzehn Tage vergingen, ohne dass eine Bestätigung eintraf, und sie bereuten schon, durch Weitererzählung des Vorfalls Anlass gegeben zu haben, dass man sich etwa über den Papst lustig mache... Denn Don Juan hatte zwar sogleich nach dem glücklichen Ausgang der Schlacht an den Papst einen Kurier entsendet, aber der ward durch widrige Winde aufgehalten, und erst auf dem Umweg über Venedig, und zwar durch den Dogen Mocenigo, erhielt der Papst die Siegesnachricht. [Durch diesen Sieg wurde die türkische Übermacht zur See völlig vernichtet.]

Wierus.

Johannes Wier (auch Weher, Weier genannt), geboren 1515 zu Grave in Nordbrabant (welche Landschaft zu jener Zeit zum deutschen Reiche gehörte) als Sohn eines protestantischen Kaufmanns, besuchte die Lateinschulen zu Herzogenbruch und Löwen, wurde 1532/33 zu Bonn von dem grundgelehrten, aber für alle Fragen und Widersprüche seiner Zeit empfänglichen Philologen und Philosophen, Theologen und Magier Cornelius Agrippa von Nettesheim (geboren 1487 zu Köln) weitergebildet und stark beeinflusst, studierte in Paris und Orleans Medizin, wurde Stadtarzt zu Arnheim und 1550 Leibarzt des Herzogs Wilhelms III. von Eleve und Jülich, zog sich 1578 auf sein Landgut bei Cleoe zurück und starb 1588 während eines Besuches auf dem gräflichen Schloss zu Tecklenburg.

Wier, der sich stets als Deutscher und Protestant gefühlt hat, gehört zu den zu Unrecht Vergessenen. Er war einer der hervorragendsten Ärzte seiner Zeit. Er hat eine Reihe bedeutender medizinischer Werke geschrieben. Er hat in einer Schrift De Irae morbo Liber [Das Buch von der Krankheit des Zornes] gegen die Grausamkeiten der zeitgenössischen Kriegführung Stellung genommen. Aber sein Hauptverdienst ist, als Erster rund ein halbes Jahrhundert vor dem edlen Jesuiten und Dichter Grafen Friedrich von Spee den Kampf gegen den barbarischen Unfug des Hexenbrennens aufgenommen und zwanzig Jahre mit Mut, Klarheit und Kraft durchgeführt zu haben, obwohl er als Kind seiner Zeit von der Wirklichkeit der Hexerei an sich und von ihrer Herkunft aus dem unmittelbaren Eingreifen des Teufels durchaus überzeugt war. Sein 1562 erschienenes Buch De praestigiis daemonum [Über die Blendwerke der Dämonen] wurde oft neu aufgelegt. Es hatte auch in der Tat die Wirkung, dass in einigen deutschen Ländern das Hexenbrennen eingestellt wurde. Aber die Macht der Finsternis war noch zu groß. Von dem belgisch-spanischen Jesuiten Delrio, dem französischen Juristen Bodin und manchen anderen Zeitgenossen angefochten, wurde Wiers Arbeit in Antwerpen, Madrid, München, Rom und Lissabon auf den Inder der kirchlich verbotenen Bücher gesetzt, obwohl er, konfessionelle Fragen geflissentlich vermeidend, sich überall zu dem Glauben an Christus bekennt; ja, der Verfasser musste noch erleben, dass sogar in seiner Heimat Jülich-Eleve die Scheiterhaufen wieder entbrannten.

Auf den folgenden Seiten wird einiges aus dem obengenannten sehr, umfangreichen Buche mitgeteilt, und zwar in der Sprache der Übersetzung von 1565, wobei nur die Schreibweise und Interpunktion der leichteren Lesbarkeit wegen unserer heutigen angenähert, der Wortlaut aber unverändert gelassen ist.

Aus der »Vorred« des Übersetzers. Dieweil denn der hoch- und wohlgelehrt Herr Doctor Wier (ohn Ohrjucken geredt, denn das Werk lobt oder schilt den Werkmeister) vom Teufel, des Herrn Christi und seiner geliebten Gespons, der christlichen Kirchen Erbfeind, seinem Ursprung, erstem Stand, nachfolgendem Abfall, auch allen Früchten, so hieraus für ihn und das menschliche Geschlecht erwachsen sind, nämlich der Abgötterei, lasterhaftigem Leben, Orakeln, Zauberwerk, Hexenwerk, von Vergiftungen etc., ein herrlich und desgleichen vorher noch nicht an das Licht gekommenes Werk, jedoch in lateinischen Zungen, ausgehen hat lassen, hat mich auf Rat, ja Drängen des hochgelehrten und um Christi des Herrn willen wohl beschuldeten Herrn D. Simon Sultzers, meines geliebten Praeceptoris und der Kirchen zu Basel Vorsteher und Bischof, für gut und nützlich angesehen, nach bestem Vermögen und möglichem Fleiß solch Buch in deutsche Zungen, unserm lieben Vaterland und ganzer gemeiner deutscher Nation zu gefallen, zu verdolmetschen. Und das vornehmlich aus dem Grund und Ursach, dass der deutschen alt und weit berühmter Nation Fürsten, Herren, Vorsteher und Oberkeiten, beide geistliche und auch weltliche, auch beide hoch und niederen Standes im verkehrten Urteil des Verzauberns und Hexengümpelmarkts so gar verblendet sind (verzeihe mir, wen es antrifft), also dass man mit der Wahrheit sprechen mag: Dat veniam corvis, vexat censura columbas. Das ist: Die Raben han ein gute Sach, der Tauben Hals lässt manchen Krach. – Und wie Anacharfis ein wohlgereimt Ebenbild gab: Die kleinen Mücklein bleiben in der Spinnweben, die großen Hornissen aber fahren hindurch. So doch solches von den uralt Deutschen gar weit entfernt gewesen ist. Welche, wie wir es bei Q. Curtio lesen, als sie vom großen Kaiser Alexander beschickt und: »wovor ihnen doch grauste?« befragt wurden, ihm mit unerschrockenem Herzen geantwortet haben: »Wir Deutschen fürchten auf der ganzen Erde nichts, denn dass der Himmel herabfalle!« Aber lieber Meiner, wohin ist es zu unsern Zeiten kommen! Dahin, dass man auch die alten, arbeitsseligen, kümmerlich kriechenden Vetteln, ja ihre Besen, Häfen und alten Krachpeltz (ich hätte schier etwas anderes gesagt) fürchtet. Pfu dich! Pfu dich! Pfu dich! der blutigen Schand! Dass aber die Sach also und nicht anders sei, bezeuget leider die tägliche Erfahrnis, nicht allein unter den Nachteulen, sondern auch unter denen, die, alle Augenspiegel hingeworfen, sich selber für Luchs und Adler halten. Wohin aber solches angezogen? Dahin: die Zauberer, Giftküppler etc., so mit vorbedachtem Rat des Teufels Bundgenossen sind, lässt man passieren, die elenden alten Vetteln aber, Hexen genannt, so in der Phantasie geäffet, müssen ein Scheiterbeigen für ein Totenbaum haben...

Aus der »Vorred« des Verfassers... So ist doch sicher gewiss und durch von Jahren her währende, erschrockenliche und hochverständigen Leuten leidige Erfahrnis genugsam an Tag gebracht, dass aus solcher Teufels-Arglist niemals halb so großer grausamer, mordlicher Jammer entsteht, als wenn der tausendlistige Satan bei den Potentaten, Oberkeiten, Räten, Richtern, auch bei dem vielköpfigen Tier, dem gemeinen Pöfel nämlich, die Sach dahin bringt, dass man tausend Eid schwört, es vermöchten ja die alten Weiber, so man gemeinlich Hexen oder Unholden nennt, soviel zu Wege zu bringen, und das ohne alles Vergiften, dass beide, Leut und Viehe, an ihrer Seel, Leib und Gut härtlichig angerennt und beschädigt werden... Derhalben hat mich bedunkt, ich werde nicht ein unnütz Werk ausrichten und vorbringen, dieweil zu solcher gottlosen, unmenschlichen, grausamen Henkers- ja Teufelsmetzg der Mehrteil der Theologie schweigen und durch die Finger sehen. Die witzverkehrte Meinung von der Verzauberung in Krankheiten, auch gottloser, abergläubischer Ableinung derselben, die Medici leiden und gestatten, auch über das, die Erfahrenen der Rechte angesehen, dass es ein alt Herkommen und derhalben ein ausgesprochene Sache ist, vorüber passieren lassen: Und zu dem allen niemand, der dieser Sau die Schellen anhenken wolle...

Ein »Carmen« aus der »Vorred« des Verfassers. [Die Vorrede enthält als Einschiebungen etliche Carmina, teils vom Autor des Buches gedichtet, teils ihm von Freunden für diesen Zweck gestiftet »zum Teil an Leser, zum Teil aber an Autoren selbst gestellt«. Das folgende ist von Johann Bracheln, beider Rechten Lizentiaten.]

Erstlich als Gott d' Schöpfer wert,
Den Himmel schuf und auch die Erd,
Den Himmel mit den Sternen musst,
Die Erd mit Laub und Gras ausbutzt,
Hat er ihm auch Engel g'formirt,
Dieselben dahin dirigirt,
Dass sie in seinem Dienst und Fron
Sich allzeit sollten finden lon:
Zu verrichten mit Behendigkeit,
Was ihn' von Gott würd aufgeleit.
Aus ihnen einer, wohlverschuldt,
Entfallen ist der Gotteshuld,
Verstoßen aus dem Himmelreich
In schwefelischen höllschen Teich,
Da er denn jetzt und ewig sitzt,
Zur Straf seiner Sünden ziemlich schwitzt.
Und ob er gleich hart g'bunden ist,
So lugt er doch zu aller Frist,
Wenn es ihm anderst mag gelingen,
Dass er was Bös' mög z'wegen bringen.
Willst du nun vor ihm sicher sein,
So wäre dies der Rate mein:
Du käuftest dies Buch um 'ringes Geld,
Welch's Doktor Wier hat hergestellt.

Aus zuviel Liebe. Es mag auch kühnlich hieher gezählt werden ein Mägdlein, mir selber wohl bekannt, welches bei einer edlen Jungfrauen in einem Kloster diente: Diesem hat etwan ein Bauersmann die Ehe verheißen, darnach aber ein andere liebgewonnen. Als die gut Tochter solches vernommen hat, ist sie sehr traurig worden. Und wie sie, eben zur selben Zeit, auf eine halbe Meile Wegs von dem Kloster etwas Geschäft auszurichten hingesendet ward, ist ihr der bös Geist in eines hübschen Jünglings Gestalt entgegen kommen, hat sich in ein freundlich Gespräch mit ihr eingelassen, auch alle Heimlichkeiten des Bauern und alle Gespräch, die er mit der andern gehabt, vor ihr ausgedeckt. Als sie hiermit zu einem engen Steg kamen, hat er ihr das Öl, so sie an der Hand getragen, damit sie desto bass hinüber kommen möchte, abgenommen und ihr hinübergeholfen, auch gebeten, dass sie mit ihm ein wenig neben sich an einen bekannten Ort gehen möchte. Darauf sie ihm geantwortet, was sie daselbst, dieweil es ein mosechtig, pfützechtig Ort sei, tun sollte. Also ist er in einem Augenblick verschwunden, sie aber übel erschrocken und in eine Ohnmacht gefallen. Derohalben sie auf Befehl ihrer Frauen, so mir wohl bekannt, wiederum in das Kloster geführt ward. Da sie dann, als ob sie von Sinnen kommen wäre, seltsame fliegende Tauben hatte, auch bekannte, dass sie noch von dem Geist gepeinigt würde. Er vermäße sich auch zuweilen, sie zum Fenster hinaus hinwegzuführen. Nun ist zwar dieses erschröcklichen Zufalls keine andere Ursache gewesen, sondern das Sinnen, Trachten und herzliches Trauern aus zu viel Liebe entstanden, welchen Anlass der Satan, die gute Tochter zu vexieren und zu verderben, alsbald ergriffen bat. Aber als sie nachmalen zu dem Bauern in die Ehe gekommen, ist es aller Dingen wohl um sie gestanden.

Historie von einem Besessenen. Einer vom Adel, mit Namen Meinerus Elatsius, aus dem Schloss Bontenbroich im Herzogtum Gülch [Jülich] gelegen, sesshaft, hatte einen Diener, so Wilhelm genannt; dieser, als er ungefähr vor vierzehn Jahren von einem bösen Geist geplagt war, ward er erstlich für krank gehalten. Deshalben er aus Anstiftung des Geistes begehrt hat, dass man ihm einen Beichtvater schicke, nämlich den Seelenhirten zu Gerad, Herrn Bartholomaeum Panen, welcher denn jederzeit die, so vom Satan veruntreuet, wiederum zurecht zu bringen, seinen möglichen Fleiß anwendet. Dieweil er denn auch nun zu diesem Teufelsspiel berufen, hat er nicht, wie eine stumme Person, zu der Sache zu reden unterlassen können...

Als nun diesem Besessenen der Hals zu schwellen anfing, dermaßen, dass ihm auch das Angesicht davon kohlschwarz ward, und man sich besorgen musste, es möchte ihn solche Geschwulst ersticken, hat Frau Judith, Junker Elatsii eheliches Gemahl, sogar ein gottfürchtiges Matron, dass vom ganzen Hausgesind ernstlich gebetet werde, in die Hand genommen. Darauf dann erfolgt, dass neben übrigem Geschmetter aus Wilhelms Mund Kißlingstein und Stücklein derselbigen, Jungfrauenhaar, Fadenknäul, Nadeln, ein Stück Futtertuch, aus eines Kinds Röcklein gerissen, item ein Pfauenfeder, so er selbst vor acht Tagen, frisch, gesund und wohl bei ihm selber, einem Pfauen ausgerissen, gezogen wurden. Und da er befragt, was er doch vermeine, dass dieses Jammers Ursache sei, hat er geantwortet, ihm sei nicht weit von Eamphusen ein Weib, ihm nicht bekannt, begegnet, welche ihm unter das Angesicht getaucht habe. Daher ihm denn dieser Jammer, wie sie gesehen, erwachsen sei...

Es hat ihn aber mittlerweile der böse Geist oft angestiftet, er solle der Frauen und anderen, so viel von Gott mit ihm laferten, nicht Ohren geben, weil von diesem Gott, dieweil er selbst gestorben, wie er doch oft in der Predigt gehört, ihm nicht könnte geholfen werden. – Als er in dieser Zeit eine Küchenmagd grob und unverschämt angriff und darob, mit seinem Namen genannt, hart gescholten ward, hat er darauf geantwortet, er hieße nicht Wilhelm, sondern Beelzebub. Da hat die Frau gesprochen: »Meinst du denn, dass wir dich fürchten werden? Dieweil doch der, auf welchen wir unser Vertrauen und alle Zuversicht gesetzt haben, dich so weit übertrifft.« Deshalben auch Junker Elatsius selbst, in Eifer entzündet, das 2. Kapitel Lucae, in welchem des stummen Teufels, so durch des Herrn Christi Wort ausgetrieben, item Beelzebubs, des Fürsten der Teufel, Meldung geschieht, in Gegenwart seines ganzen Hausgesinds mit großem Ernst gelesen und in dem Namen des Herrn Christi den Satan weichen geheißen hat...

Zuletzt ist der mühselige, vielgepeinigt Mensch schier wie in ein Ohnmacht gesunken und also still bis morgens früh in Ruhe gelegen, alsdann aber wohl erquickt, frisch und gesund, nachdem er dem Junkern und der Frauen aufs höchst gedankt und ihnen von wegen erlittener Kosten und Schadens, auch Müh' und Arbeit, reiche Wiedervergeltung von Gott gewünscht hat, wiederum heim zu seinen Eltern geführt worden. Auf der Straße ist einmal der Karten, auf einer Ebene, umgefallen, sonst hat er kein Leid noch Widerdrieß vom Teufel nimmermehr erlitten. Günstiger Zeit hat er zu der Ehe gegriffen, ein Kind gezeugt, und ist noch heutiges Tags bei Leben.

„Gang mir noch!« [Geb mir nach!] Ich will eine Historie, die sich nicht übel hierher reimet, aus den Praeceptis connubialibus des Plutarch hier anführen. Es buhlet der gewaltige König der Mazedonier, Philippus, des großen und in aller Welt bekannten Alexanders Vater, eine geringe Magd. Dieweil sie nun ihres Standes von beiden Seiten einander so ganz ungleich, war es kein Wunder, dass sie ihm nach seinem Wohlgefallen willfahrte. Da aber Olympias, seine Ehefrau, solches erfuhr, hat sie es, wie wohl zu begreifen, gar für übel ausgenommen, besonders weil ein Gerede ging, die Magd hätte es dem König Philippus zu essen gegeben, dass er ihrer nicht könnte entraten. Derhalben die Königin Olympias, von Zorn erregt, ernstlich befahl, dass man die Magd mit Gewalt aus dem Haus, darin sie sich aufhielt, risse und ohne Verzug vor sie brächte, der Meinung, sie entweder einzusperren oder aber in ferne Länder übers Meer zu verschicken. Nachdem sie ihr nun unter die Augen gestellt und sie ihre schöne, liebliche, ausbündige, allerwegen vollkommene Gestalt und ihren sinnreichen Verstand sah und vermerkte, sprach sie: »Du brauchst keinem Mannsbild, Gang mir nach! zu essen zu geben, dieweil du davon mehr als genug an dir und in dir hast« Hat auch in der Folge keinen großen Zorn mehr weder an die gute Dirne, noch an ihren Mann, den König Philippum, nimmermehr gewendet.

»Eckerken.« Bei dem Dorf Elten, so eine halbe Meile von Embric [Emmerich] in dem Herzogtum Eleve gelegen, hat sich an der rechten Landstraß ein wunderbare Sache zugetragen. Denn ein böser Geist plagt' und vexierte die, so dieselbige Straße zogen, auf viel und mancherlei Weis. Etliche schlug er, etliche warf er vom Pferd herunter, etlichen kehrte er die Karten und Wagen underobsich [das unterste zu oberst]. Man mocht auch mit Augen anders nicht denn ein Gestalt einer Menschenhand ersehen. Der gemein Pöfel nennt solches Gespenst gewöhnlich »Eckerken«. Nun die ringsweis herum wohnenden Landleute, so meistenteils ungläubig und deshalb dies Teufelsgespött und -Fatzwerk zu erklären zu unverständig sind, haben solchen Handel kurzerhand einer Hexen zugemessen. Deshalb einem Weib mit Namen Sybilla Duiskops, so dem Grafen von Monten leibeigen, Hand angelegt. Und sobald diese im Rauch gen Himmel geschickt war, hat die langwierige Vexation des bösen Geistes nachgelassen. Aber zwar nicht aus der Ursache, dass sie daran Schuld getragen habe, wie wohl sie das, entweder von wegen der Marter oder weil sie vom Teufel in ihrer Phantasie verwirrt, bekannt hat. Sondern der Teufel ist freiwillig von weiterer Vexation abgestanden, damit er die Ungläubigen noch tiefer in ihren Unglauben versenke, und daneben die Richter zu einem blutdürstigen Urteil veranlasse, wie er denn von Anfang her ein Totschläger ist. Und zwar mir zweifelt nicht: sollt man zu diesen Stunden, da sich die Hand hat sehen lassen, acht darauf gehabt haben, so würde man besagte Sybillam entweder daheim schlafend oder sonst etwas schaffend gefunden haben. So aber jemand sprechen wollt: warum hat sie es denn bekannt? antworte ich: Solches ist entweder von der großen Pein wegen geschehen oder weil ihr vom bösen Feind die Phantasie gefälscht.

Eine Teufelsvexation. Hierher gehören auch die grausamen vielfältigen convulsiones, von dem Teufel erweckt an etlichen edle und sonst andern Jungfrauen in dem Kloster Rentrop. Diesen ging aus ihrem Munde ein teuflischer wüster Atem, wenn sie ihre Wehe hatten. Sie hatten es aber gewöhnlich zum Tag einmal, wiewohl unterweilen öfter, während auch zu Zeiten etliche Stunden lang. Etliche aber aus ihnen, wenn sie die Wehe anstieß, waren sie nichts desto minder bei guter Vernunft, hörten zu, was man redete, und nachdem es nachgelassen, zeigten sie an, sie hätten alle Umstehenden und Zuseher wohl gekannt, denn wenn es anging, konnten sie propter spiritualium partium et linguae convulsiones nicht wohl reden. Sie waren nicht gleichlich gepeinigt, sondern die eine etwas milder als die andere. Doch das war ihnen gemein, dass, wenn ihrer eine die Wehe ankam, auch die übrigen all, ob sie gleich in ihren verschlossenen Zellen waren und nicht mehr denn das Getöse hörten, gleicher Gestalt zu toben und zu wüten anhuben. Damit aber dieses Jammers Ursprung und grausamer Ausgang, auf welchen der alte Totschläger insonderheit gesehen hat, offenbar werde, und man nun hinführe desto weislicher solchen bösen Praktiken des Teufels in den seltsamen grausamen Vexationen entgegengehen könne, will ich kurz und mit guter Treue erzählen, was ich selbst von einer, so älter und herzhafter als die andern und zum Allerersten von dem bösen Geist geängstigt worden ist, gehöret hab. Diese, so mit Namen Anna Lemgow genannt, als ihr anfangs sub sinistro hypochondrio anfing wehe zu werden, und man vermeinet, dass sie den fallenden Siechtag hätte, ist sie der Religion halber gen Nonhertic in das Kloster abgefertigt worden, da sie dann aus Sanct Cornels Hauptschädel getrunken und, wie die Nonnen logen, wiederum davon gesund geworden ist. Danach, als diese samt andern Jungfrauen noch härtiglicher angegriffen ward, ist man, ihnen zu helfen, zugefahren und hat einen Wahrsager ob der Sachen Rats gefragt. Der hat ihnen einen Argwohn auf die Köchin, mit Namen Elsa, eingestoßen, gleich als ob dieselbige ihnen diese Plag angetan hätte. Woraus der Teufel einen Anlass bekommen und die Klosterweiblein nicht nur grausam härtiglich geplagt, sondern sie auch angereizt und getrieben, dass sie sich untereinander und auch gleicher Gestalt fremde Leute bissen, schlugen. Item: wenn sie sich in die Luft erhoben und wiederum, doch ohne alle Leibesverletzung, herabgefallen waren, dächten sie sich selbst wie ein Federlein zu sein, woran sie verwertten, nicht bei sich selbst und ihrer mächtig zu sein. Und wenn man ihnen, dass sie sich nicht selber schlügen oder sonst schädigten, wehren wollt, wurden sie um das Herz fast schwach, so man sie aber nach ihrem Gefallen handeln ließ, ob sie sich gleich selbst schlugen, verletzten, bissen, empfanden sie doch keinen Schmerzen, gerad als ob es müsste sein, dass sie gegen ihren eigenen Leib so grausamlich wüteten und tobten. Wenn unterweilen die Anna im Paroxysmo redete, ging es nicht anderst ab, denn als ob ihr's jemand anders einbliese...Wenn unterweilen ein frommer gottergebener Mensch ihr zusprach, ward sie von dem Teufel härtiglich gepeinigt, aber wenn etwa die übrigen Weiblein von törichten, lächerlichen Sachen mit ihr Sprache hielten, ward sie über die Maßen davon erfreuet und belustiget...Aus den jüngeren aber, so nicht wohl bei Sinnen, redet der Teufel allermeist, welchen er denn auch oftmals vorgeschwebt in der Gestalt einer schwarzen Katzen oder der vorgemeldeten Elsa ihrer Mutter, ihres Bruders etc., damit fälschlich geglaubt würde, dass sie von ihr so grausam gepeinigt wären...

Aus diesem allen folgt, dass diese vom bösen Geist besessenen und gepeinigten Klosterweiblein ihre Plag nicht dem Willen Gottes und dem Satan, seinem Instrument, sondern Elsa, der Köchin des Klosters, zuschrieben. Dieweil ihnen aber vorab, wie vorhin angezeigt, auch der ratsgefragte Wahrsager dieselbige angegeben hat. – Als die Elsa nun aber deshalben gefangen und peinlich davon befragt ward, hat sie zuerst bekannt und verraten, sie habe diesen Jammer angerichtet, und das mit etwas Gift, so sie gemischt, zuwege gebracht. Da sie aber jetzunder in den Tod gehen sollte, hat sie sich hören lassen, sie habe ihr Leben lang nie jemand etwas Vergiftetes gegeben, sondern das scheußliche Spektakel allein mit dem Gemüt und Verfluchen angestiftet. Ob aber solches möglich gewesen sei, das werden wir hiernach erklären...

Nachdem sie aber samt ihrer Mutter verbrannt worden ist, hat der Teufel, weil ihm dies so wohl gelungen und diese Praktik so fertig von statten gegangen, sich ein Herz gefasst und etliche Bürger, in einem Städtlein, nicht weit von dannen gelegen, mit viel und mancherlei seltsamen Plagen angegriffen, von welchen der Kirchendiener Carolus Gallus fünf in sein Haus berufen hat, willens, sie wider des Teufels Gespött und Fatzwerk aus der Heiligen Göttlichen Schrift zu unterweisen und (also zu reden) zu wappnen. Und nachdem sie die zehn Gebote, die Artikel des Glaubens und das Vaterunser gesprochen, haben sie, je einer den andern, wie er doch heiße, gefragt und seltsame, lächerliche Namen sich selbst gegeben. Einer aus ihnen lachte des Predigers und ließ diese Wort aus seinem Mund laufen: »Was wollen wir nun anfangen, der Prädikant untersteht sich, uns auszutreiben?« Darauf der andere geantwortet, er wolle auf einem schwarzen Bock reiten zu einer Frau, nicht weit von dannen wohnhaft, welche er auch mit ihrem Namen nennt, und anzeigt, er werde bei ihr ein werter Gast sein – womit er sie des Hexenwerks verdächtig machte. Da sprach jener wiederum, er wäre gleiches Vorhabens, denn er wollte auch aus eben demselbigen Pferd zu einer andern, welche er aus gleicher Ursache auch nennt, traben. Als sie nun beide, wie die Narren, rittlings auf dem Stuhl saßen, bedenkt sie, wie man es an ihren Worten, Wesen und Gebärden abnehmen konnte, als ob sie zu vergemeldeten Weibern ritten, so sie doch nicht von der Stelle kamen. Der Dritte kugelt sich in sich selbst zusammen und bortzlet gegen die Kammertür, welche aber verschlossen war, und als sie sich nun versehentlich einmal auftat, wälzte er sich unverletzt die Stiegen hinab...

Weiße Raben. Wie sich etliche Fürsten und Herren in der Erforschung des Hexenwerks so weislich gehalten haben. Damit aber alle Regenten und Oberkeiten desto minder an diesen Stock anfahren, hab ich für gut angesehen, das Urteil des Durchleuchtigen Fürsten und Herrn Wilhelm Herzogen zu Eleue und Gülch [Eleve und Jülich] meines gnädigsten Herrn, ob diesem Handel einzuführen. Es hat sich anno 1563 zugetragen, dass ein Bauer, aus der March [Mark, Teil der heutigen Provinz Westfalen] bürtig, welcher viel Viehes hat, vermerkt, dass seine Kühe nicht mehr so reichlich als vorhin Milch gaben. Deshalb er sich zu einem Wahrsager verfügt und, was doch die Ursache sein möchte, erforscht. Daraus der ihm denn, wie dass es des Hexenwerks Schuld wär, geantwortet und hieneben, wie dass er ihm die Schuldige zeigen wolle, versprochen. Auf solches mit ihm heimgereist und des Meyers Tochter, die er noch von seiner ersten Frauen hat, so noch in ihrem jungfräulichen Stand, der Sache geziehen. Als sie nun, wie andere auch, in ihrer Phantasie vom Teufel gefatzt, hat sie es gleich als ob sie es getan, bekennet, jedoch sich hören lassen, wie dass sie allein der Sache viel zu kleinfügig gewest sei, sondern es haben ihr noch sechzehn Weiber, welche sie dann genannt, so in der Kunst besser unterrichtet, dazu geholfen. Als nun solches dem hochgemeldeten Fürsten von einem seiner Hofleute vorgebracht und Se. Gnaden diese Weiber greifen zu lassen vermahnt ward, hat er es keineswegs gestatten wollen, sondern die gute junge Tochter in christlicher Religion gründlich unterrichten lassen und hierdurch von des Teufels Narrenseil entledigt. Den übrigen sechzehn Weibern aber ist sein Strafe widerfahren. Darauf dann also bald vorgemeldeten Kühen ihre Milch wiederum wie vorher kommen ist. – Aber es ist fürwahr hoch zu bedauern, dass oftmals der Fürsten Rat, auch andere Vorgesetzte und Amtsleute so ungeschickte Schlingel sein (die es nicht antrifft verzeihen mir's!), dass sie weder in dieser noch in etlichen andern zweifelhaften Sachen ein recht satt Urteil fällen können, und der halben nirgends anders wohin, denn dass es Blut koste, sehen und sich richten können.

Unter andern Regenten aber, so an dieser Sache (die Unholden belangend) ganz weislich fahren, ist der Durchleuchtige hoch- und wohlgeborene Fürst und Herr Friedrich, vom Gottes Genaden Pfalzgraf bei Rhein nicht der geringst, ja wohl der fürnehmst, welch Gnaden Cancellarius

D. Christopherus Probus, beider Rechten Doktor, in letztgehaltener Versammlung der Fürsten zu Dingen, als dieses meines Werkes Erwähnung geschehen, seine Meinung von Zauber- und Hexenwerk lauter und klar an Tag getan hat.

Hierher gehört auch billig Herr Hermann Graf zu Nieuwenar [Neuenahr], welcher kürzlich ein Weib, so des Hexenwerks verdächtig und im Gefängnis viel Stemponeien (die ihr allein in der Phantasie vorgeschwebt waren) bekannt, nicht härter gestraft, denn dass er sie von Stadt und Land verschickt hat: dieweil er wohl wissen mocht, dass ihre Nachbaren, so der Sache nicht wohl unterrichtet, mit ihr keine Genade haben würden.

In summma, damit wir's beschließen: Es soll billig von allen Regenten, Oberkeiten, Vorgesetzten, Amtsleuten, Richtern und Räten dieser Spruch allerwegen zu vorderst erst betrachtet werden: Es ist besser, zehn Schuldige kommen ledig davon, denn dass ein Unschuldiger gestraft werde.

Bodinus. Zu denjenigen, die mit Gelehrsamkeit und Scharfsinn den alten Hexenglauben gegen Wier verteidigten, gehörte in erster Linie der französische Rechtsgelehrte Jean Bodin. In der Tat hat er, an dessen Wahrheitsliebe ein Zweifel nicht erlaubt ist, seltsame Erlebnisse gehabt. So erzählt er z.B. in seinem Buche »Da magorum daemonomania. Vom ausgelassenen wütigen Teufelsheer, allerhand Zauberern, Hexen und Hexenmeistern. Wie sie vermöge der Recht erkannt, eingeschrieben, gehindert u.s.w. sollen werden. Aus französischer Sprache in deutsche gebracht durch J. Fischart Straßburg 1586«: Ich habe im Jahr 1546, als ich zu Nantes war, ein merkwürdiges Stück von sieben Zauberern vernommen, welche sich im Beisein vieler Leute äußerten, sie wollten innerhalb einer Stunde Nachricht von all dem bringen, was in einem Umkreis von zehn

Meilen geschehe. Sie fielen danach in Ohnmacht nieder und blieben dergestalt drei Stunden liegen. Nach diesem standen sie wieder auf und sagten, was sie in Nantes und Umgebung gesehen hätten, wobei sie sehr eingehend die Umstände, Orte, Vorgänge und Personen schilderten. Bei den angestellten Nachforschungen zeigte es sich, dass ihre Aussagen richtig waren.

Ein anderer Vorfall ereignete sich während der heftigen Hexenverfolgung des Jahres 1571 zu Bordeaux und ist mir derselbe wohl erinnerlich. Es war eine alte Zauberin daselbst, welche vor den Richtern bekannte, dass sie mit ihren Genossen alle Wochen an gewisse Orte geführt und getragen würde. Als nun einer der obersten Richter, Monsieur Belot, die Probe machen wollte, sagte sie, dass sie nicht könne, wenn sie nicht ihrer Bande entledigt würde. Hierauf befahl er, sie zu entledigen. Darauf schmierte sie sich ganz nackend mit einer Salbe und fiel fühllos wie tot nieder. Als sie nach fünf Stunden wieder zu sich kam, erzählte sie Vorgänge, welche sich an fremden Orten ereignet hatten, was man dann in Wahrheit also befand. Diese Geschichte erzählte mir ein noch lebender Graf und Ordensritter, welcher dem Vorgang beigewohnt hatte.

D elrio. Der belgisch-spanische Jesuit Martinus Delrio erzählt in seinem zuerst 1599 erschienenen Werke Disquisitionum magicarum libri VI: ...In Spanien gibt es eine Art Menschen, die man Zahuri nennt. Als ich mich 1575 in Madrid aufhielt, sah ich daselbst einen solchen Knaben. Es sollen diese Menschen erkennen, was im Schoße der Erde verborgen ist: die unterirdischen Gewässer, Metalle, Schätze und Leichen. Die Sache ist allgemein bekannt, und an ihre Wirklichkeit glauben nicht nur Dichter, sondern auch Philosophen...

... Ich befand mich 1587 in Calais, als Erzherzog Johann die Stadt genommen hatte. An der Brücke nach Boulogne hin, wo die Feinde sich aufhielten, standen die wallonischen Vorposten. Zwei von ihnen sahen am Abend bei hellem Himmel eine schwärzliche Wolke heranziehen und hörten aus ihr verworrene Stimmen, ohne dass man etwas unterscheiden konnte. Da sie der Sache misstrauten, schoss der eine seine Arkebuse ab. Und siehe, da fiel aus der Wolke zu ihren Füßen nieder, ein nacktes, ziemlich wohlbeleibtes, trunkenes Weib mittleren Alters und verwundet. Sie stellte sich aber töricht und brachte nichts hervor als: »Sind Feinde oder Verbündete hier umher?«...

Remigius. Aus: Daemonolatria »Das ist von Unholden und Zauber-Geistern, des Edlen Ehrenfesten und hochgelehrten Herrn Nicolai Remigii, des durchlauchtigsten Herzogen in Lotheringen peinlichen Sachen cognitoris publici – von welchen wunderbarlichen Historien, so sich mit den Hexen, deren über 800 in gedachtem Herzogtum Lotharingen verbrännet, zugetragen, sehr nützlich, lieblich und notwendig zu lesen, aus dem Latein in Hochdeutsch übersetzt durch Teucridem Annaeum Privatum. Mit Kais. Maj. Privileg. Frankfurt 1598.«... Ein nach Italien gereister französischer Kaufmann wollte von einem Zauberer Nachricht aus der Heimat einholen. Dieser ließ ihn eine Stunde in einem anderen Zimmer warten und erzählte ihm dann, sein junger Bruder sei gestorben, seine Frau von Zwillingen entbunden, und die Magd habe einen Geldsack entwendet, was alles sich als richtig erwies...

Katharina von Medici, geboren 1519 zu Florenz, die Gemahlin Heinrichs II. von Frankreich, war die Urheberin der Bartholomäusnacht; gestorben ist sie 1589. Ihre Tochter Margarete von Valois, die 1615 als letzter Spross des Hauses Valois und geschiedene Gemahlin Heinrichs IV. von Frankreich starb, erzählt in ihren 1658 zu Paris erschienenen Memoires: Meine Mutter, die Königin, lag in Metz gefährlich am Fieber danieder. Um ihr Bett saßen mein Bruder König Karl [IX. seit 1560], meine Schwester, mein anderer Bruder und der Herzog von Lothringen sowie mehrere Staatsräte und angesehene Damen, die, alle Hoffnung für sie aufgebend, sie jetzt nicht verlassen wollten. In ihren Phantasien rief sie, als sähe sie die Schlacht von Jarnac: »Seht nur, wie sie fliehen! Mein Sohn hat den Sieg! Ach, mein Gott, hebt meinen Sohn auf; er liegt auf der Erde. Seht ihr an dieser Hecke da den Prinzen Condé tot?« – Alle Anwesenden glaubten, sie träume. Als aber in der folgenden Nacht Herr von Losses ihr die Nachricht von der Schlacht überbrachte, sagte sie: »Ich wusste es wohl! Habe ich es nicht gestern gesehen?« Da erkannte man, dass es kein Fiebertraum gewesen war, sondern eine Mitteilung, wie sie Gott erhabenen Personen macht. [In der Schlacht bei Jarnae an der Charente wurden 1569 am 13. März die Hugenotten von den königlichen Truppen geschlagen. Prinz Ludwig I. von Conde fiel.]

Der französische Staatsmann und Schriftsteller Theodor Agrippa d'Aubigné, geboren 1552, gestorben 1630, erzählt in seiner Histoire universelle 1550–1601, dediée a la postérité, die 1616 erschien und auf Beschluss des Parlaments vom Henker öffentlich verbrannt wurde: Als Heinrich IV. [geboren 1553, König von Navarra 1572, König von Frankreich 1589, zum Katholizismus übergetreten 1593, ermordet 1610], sich im Jahre 1574 nebst der Königin Katharina [von Medici, seiner Schwiegermutter] zu Avignon befand, begab sich die Königin am Abend des 23. Dezember etwas früher, als sonst ihre Gewohnheit war, zur Ruhe. Unmittelbar vor ihrem Weggang befanden sich in ihrer Umgebung der König [Heinrich IV.], der Erzbischof von Lyon und andere Herren sowie die Hofdamen de Rets, de Lignerales und de Sauves, welche die Königin in ihr Schlafzimmer begleiteten. Aber kaum hatte sie sich niedergelegt, als sie mit einem lauten Schrei die Hand vors Gesicht hielt und den Umstehenden zurief, sie möchten ihr zu Hilfe kommen, denn der Kardinal von Lothringen, der eben damals todkrank daniederlag, stände zu Füßen ihres Bettes, wolle näherkommen und strecke die Hände nach ihr aus. Sie schrie des öfteren in größter Angst: »Monsieur le Cardinal, je n' que faire de vous!« Der König wurde auf der Stelle von diesem seltsamen Vorfall unterrichtet und schickte zur Stunde einen Edelmann aus seinem Gefolge nach der Wohnung des Kardinals, der mit der Nachricht zurückkam, der Kardinal sei soeben verschieden.

Nach der Pariser Bluthochzeit. Von den Guisen [herzogliche Nebenlinie des Hauses Lothringen] fanatisiert, hatte die katholische Partei unter persönlicher Beteiligung des jungen Königs Karls IX. in der Nacht des 24. August 1572 die Hugenotten [Protestanten] in ihren Häusern überfallen und mehr als zweitausend von ihnen ermordet, darunter den edlen Admiral Coligny. Leopold von Nanke erzählt: »Es mochte acht Tage nach dem Blutbade sein, als Karl IX. in der Nacht seinen Schwager Heinrich rufen ließ. Der fand ihn aus dem Bett ausgesprungen, weil ihm ein wildes Getöse verwirrter Stimmen den Schlaf raube. Auch Heinrich glaubte diese Stimmen zu vernehmen, wie wenn es in der Ferne schreie und heule, tobe, fluche und seufze wie in der Nacht des Massacre. Man schickte in die Stadt zu fragen, ob eine neue Unordnung ausgebrochen sei. Die Antwort war, in der Stadt sei alles ruhig, die Verwirrung sei in der Luft. Heinrich hat dieser Geschichte nicht gedenken können, ohne dass sich ihm die Haare sträubten.«

John Knox. Karl Gustav von Rudloff erzählt in seiner »Geschichte der Reformation in Schottland« aus der letzten Lebenszeit des schottischen Kirchenreformators John Knor: Als am Sonntage, dem 24. Januar 1570, dem Tage nach der Ermordung des Grafen von Murray, Knox auf die Kanzel gestiegen war, fand er dort einen Zettel mit den Worten: »Lasst Euch doch heute auch über den Tod jenes Mannes vernehmen, den Ihr als einen zweiten Gott betrachtet habt.« Nachdem Knox ihn gelesen, steckte er den Zettel ein, ohne eine Miene zu verziehen. Nach der Predigt beklagte er den Verlust, den sowohl die Kirche wie auch der Staat durch den Tod jenes würdigen Edelmannes erlitten, indem er bemerkte, dass Gott in seinem Zorne den Völkern bisweilen gute und weise Führer nehme, um sie zur Buße zu leiten; und dann schloss er mit den Worten: »Es ist hier einer anwesend, für den jener schreckliche Mord, über den alle guten Menschen trauern, Anlass zu Hohn und Freude ist. Aber ich verkündige ihm, wer er auch sein mag, dass er nicht unbestraft bleiben, sondern fern von hier in fremdem Lande sterben wird, ohne einen Freund in seiner Nähe zu haben, sein Haupt zu stützen und ihn zu beklagen.« Der Verfasser jener Zeilen war Thomas Maitland, ein jüngerer Bruder des ehemaligen Staatssekretärs; er gestand dies nach dem Gottesdienste seiner Schwester, der Lady Trabrown, indem er hinzufügte, Knox sei verrückt, da er von der künftigen Todesart eines Menschen rede, den er nicht einmal kenne. Sie aber erwiderte unter Tränen, dass keine von Knox's Drohungen unerfüllt bleibe. – Maitland musste späterhin ins Ausland gehen und starb in Italien, auf dem Wege nach Rom, ohne irgendeines Menschen Beistand.

Als die um Knox's Sterbelager versammelten Mitglieder des Kirchenvorstandes mit weinenden Augen sich entfernten, bat er Lindsay, noch zu verweilen und sagte dann: »Ich danke Gott, dass auch Ihr, mein Bruder, gekommen seid, denn mich hat den ganzen Tag nach Euch verlangt, um Euch zu jenem Mann ins Schloss zu senden (Kircaldy von Grange, der das Edinburgher Schloss für die katholische Partei der Königin behauptete), den, wie Ihr wisst, ich innig liebe.

Geht, ich bitte Euch, und sagt ihm von meinetwegen und im Namen Gottes, dass, wenn er nicht den bösen Weg verlasse, den er betreten, weder jener Felsen [an dem das Schloss steht] ihm irgend helfen werde, noch die fleischliche Weisheit jenes Mannes, dessen Einfluss er sich ganz hingegeben hat (des ehemaligen Staatssekretärs Maitland, der mit im Schloss war), sondern, dass er aus jenem Neste mit Schanden herausgetrieben und sein Leichnam im Angesicht der Sonne aufgehängt werden wird; denn so hat es Gott mir verkündet.« Lindsay ging und brachte Knor die Antwort, dass Kircaldy zuerst von seiner Botschaft sehr bewegt gewesen sei, dann aber, nachdem er sich mit Maitland besprochen, ihn unfreundlich zurückgewiesen habe. Knox erwiderte: »Nun, ich habe dieses Mannes wegen ernstlich zu Gott gefleht, und wenn ich auch traurig darüber bin, was seinem Leibe widerfahren wird, so gibt mir der Herr doch die Gewissheit, dass seine Seele Gnade finden soll. Aber was den andern (Maitland) betrifft, so habe ich keine Versicherung, dass es der seinigen wohlergehen werde.« – Die Wahrheit dieser Verkündigung ergab sich bald darauf: Maitland, um der öffentlichen Bestrafung zu entgehen, vergiftete sich. Kircaldy aber ward am dritten August des folgenden Jahres (1573) zu Edinburgh öffentlich gehenkt. Kurz vor seiner Hinrichtung bad er Lindsay (nach dessen mündlicher Mitteilung an Jakob Melville in dessen Autobiographie), der ihn zum Nichtplatz begleitete, ihm Knox's Worte zu wiederholen, wodurch er sehr getröstet ward. »Ich hoffe,« sagte er zu Lindsay, »dass, wenn die Leute glauben, es sei aus mit mir, es mir möglich sein wird, noch ein Zeichen dafür zu geben, dass Gott meiner Seele gnädig ist, wie es jener Mann Gottes vorausgesagt hat.« – Und so geschah es auch. Als er gehenkt war und alle ihn schon tot glaubten, hob er plötzlich seine zusammengebundenen Hände empor, als wolle er Gott für die ihm widerfahrene Gnade preisen.

Eine Auferweckung vom Tode.

Als der schottische Prediger John Welch, Schwiegersohn von Knor, während seiner Verbannung in Frankreich in der Stadt St. Jean d'Angely lebte, befand sich bei ihm der junge Lord Chastleward zum Zweck der Erziehung. Dieser junge Mann, den er sehr liebte, ward krank und starb, wie alle Anwesenden überzeugt waren. Welch konnte sich indes von der Leiche nicht trennen, und als man in ihn drang, sie zu beerdigen, deutete er an, der Jüngling werde wohl wieder erwachen. Um ihn von dessen tatsächlichem Tode zu überzeugen, holten seine Freunde Ärzte herbei, welche nach allen möglichen Untersuchungen erklärten, dass an dem wirklich erfolgten Tode des jungen Mannes kein Zweifel sein könne. Dennoch konnte sich Welch zur Beerdigung nicht entschließen, sondern bat die Freunde, ihn mit der Leiche allein zu lassen. Nun kniete er neben dieser nieder und betete aufs Inbrünstigste etwa eine Stunde lang. – Und siehe, der Jüngling schlug die Augen auf, erhob sich und war völlig gesund. [Aus Rudloff, Geschichte der Reformation in Schottland.]

Caspar Peucer. Karl Rudolf Hagenbach erzählt: Auch in Sachsen, dem Vaterlande des eigentlichen Luthertums, trat der Streit über das Abendmahl zu den bisherigen Streitigkeiten über Gesetz und gute Werke, über Gnade und freien Willen. Die Anhänger Melanchthons wurden als geheime Calvinisten verdächtigt, und dieser krypto-calvinistische Streit gab zu den grausamsten Verfolgungen Anlass. Das Haupt der gemäßigten Partei in Wittenberg war der Schwiegersohn Melanchthons, Caspar Peucer, ein Mediziner, der aber ebenso eifrig die Theologie betrieb wie die Theologen von Beruf. Von dem Kurfürsten August von Sachsen, dessen Leibarzt er war, wurde er mit besonderer Auszeichnung behandelt, und allmählich gewann er einen großen Einfluss auf die Schule zu Wittenberg. Kühn gemacht durch das Vertrauen, das er genoss, traten er und seine Anhänger erst versteckt und dann immer offener mit ihren, dem calvinistischen Lehrbegriff zugewandten Meinungen hervor. Es gelang ihnen in der Tat, die strengen lutherischen Zeloten zu vertreiben, wobei sie jedoch immer den Kurfürsten in der Meinung zu erhalten wussten, dass sie das wahre Luthertum verkündeten. Als aber dem Kurfürsten endlich die Augen ausgingen, trat an die Stelle der bisherigen Gunst die empfindlichste Rache...Peucer wurde zunächst nach dem Schlosse Rochlitz gebracht und schmachtete, mit der Folter bedroht, dort im Kerker. Als Kaiser Maximilian II. im Jahre 1575 den Kurfürsten in Dresden besuchte, bat er um Loslassung des Gefangenen, den er zu seinem Leibarzt machen wolle. Kurfürst August erwiderte: »Ich selbst kann seiner Hilfe nicht entbehren.« Und auf des Kaisers Frage, warum er ihn dann gefangen halte, antwortete der Kurfürst: »Weil ich nur solche Diener gebrauchen will, die in der Religion das glauben und bekennen, was ich glaube und bekenne.« Maximilian entgegnete: »Das maße ich mir nicht an und will, noch darf ich solches mir vornehmen, da ich keine Macht über die Gewissen habe und niemand zum Glauben zwingen darf.« So antwortete der katholische Kaiser einem protestantischen Fürsten und war in diesem Stück protestantischer gesinnt als dieser...Peucer blieb in der Gefangenschaft. Seine Gattin durfte er seit seiner Verhaftung nicht mehr sehen. Sie starb unterdessen. Er wurde immer härter behandelt. Alle Mittel zum Schreiben wurden ihm entzogen, alle Bücher weggenommen, selbst die Bibel ward ihm nicht vergönnt. Ein Jahr nach dem andern blieb er in seinem dumpfen, schmutzigen Kerker. Die Kosten der Haft drohten sein Vermögen aufzuzehren, die Sorge um seine verwaisten Kinder untergrub seine Gesundheit. Später wurde er nach Zeitz und von da in die Pleißenburg zu Leipzig überführt. Von Krankheit niedergedrückt, schmachtete er nach dem Genuss des Sakramentes. Aber wie durfte man solches einem Manne reichen, der »gelästert« hatte! Die Theologen, die sich dieserhalb zu ihm ins Gefängnis verfügten, suchten ihm einen schimpflichen Widerruf seiner Lehre zu entlocken, und als er widerstand, erhielt er die eines spanischen Inquisitors würdige Antwort, man werde schon Mittel finden, und wenn es glühende Zangen sein sollten...Man drohte ihm für den Fall seines Todes mit einem unehrlichen Begräbnis. Aber er genas. Wieder vergingen fünf Jahre...Besonders war es die Kurfürstin Anna, die Peucern aus den verschiedensten Gründen hasste. Solange sie lebe, hatte sie geschworen, solle er nicht frei werden...Nun wurde sie krank und reiste auf den Rat der Ärzte mit ihrem Gemahl ins Schwalbacher Bad. Als die Herrschaften durch Leipzig kamen, ward Peucer vom Schlosshauptmann um seine ärztliche Meinung befragt. Er widerriet den Gebrauch des Bades: „... die, so den

Herrschaften dieses geraten haben, schicken beide in den Tod« Sie reisten dennoch, kehrten aber beide schwer erkrankt zurück. In der Nacht auf den 1. Oktober 1585 träumte Peucern, dass der ganze Hof in einem prachtvollen Leichenbegängnis an ihm vorüberziehe, und dass er selber dazu läute. Auf einmal riss der Strick und Peucer erwachte mit den Worten des Psalmisten: »Der Strick ist zerrissen, und wir sind frei.« – In derselben Nacht aber war die Kurfürstin Anna gestorben. Bald darauf verheiratete sich der Kurfürst August, der Achtzigjährige, mit der dreizehnjährigen Prinzessin von Anhalt, der Tochter des Fürsten Joachim Ernst, der ein Gegner der übertriebenen Orthodoxie war. Und auf sein Verwenden und noch mehr auf das der kindlich jungen Frau hin befahl der Kurfürst, Peucern seiner zwölfjährigen Kerkerhaft zu entlassen... Aber am ersten Sonntag danach – es war der 11. Februar 1586 – während Peucer in langen Haaren, wie sie ihm in seiner Gefangenschaft gewachsen waren, in der Kirche zu Zerbst den Gottesdienst hielt und unter vielen Tränen für seine Befreiung dankte, musste der kranke Kurfürst August von Sachsen aus dieser Zeitlichkeit abscheiden. [Hagenbach, Der evangelische Protestantismus.]

D er junge Buchanus. Dr. med. Caspar Peucer, der Schwiegersohn Melanchthons, erzählt in seinem »Commentarius« (Wittenberg 1560): Ich könnte zahllose Beispiele beibringen, doch sei es an einem genug, wovon ich selber einiges beobachtet habe. In Quedlinburg lebt ein berühmter Arzt und Philosoph, Caspar Buchanus. Selbiger hat einen Sohn, der sich bis in sein zehntes Jahr vollkommen wohl befand. Hiernach aber befielen ihn heftiges Kopfweh und Ekel vor den Speisen, er brach grüne Galle und gab am fünften Tage mit dem Urin mehr als hundert

Steine von Bohnen- und Muskatnussgröße von sich. Beim Beginn eines Anfalls versicherte der Knabe, an seiner einen Seite stehe ein altes Weib, an der andern ein junges Frauenzimmer, die ihn mit lebendigen Schlangen bewürfen, wodurch sich seine Schmerzen steigerten. Als der Vater den Trug des Satans durchschaute, hörte er mit den Arzneien auf und gab die Sache Gott anheim. Bald danach gingen dem Knaben durch den Stuhlgang Steine in der Größe von Hühnereiern ab, die aussahen, als wären sie von Mühlsteinen abgeschlagen worden. Der Vater brachte nun seinen Sohn nach Erfurt, wo er immerfort noch mehr Steine von sich gab. Außerdem aber kamen auch an anderen Stellen seines Körpers unter starken Schmerzen noch viel größere Steine durch die Haut hervor, die sowohl der Vater wie auch andere Leute untersuchten. Später fand man auch in des Knaben Bettes eine Menge Steine, ohne dass man hätte feststellen können, wo sie durch die Haut gebrochen. Nach fünf Jahren erst hörten diese Zufälle völlig auf.

Ein zweibeiniger Wolf. Der Psychiater Dr. Rudolf Leubuscher (1822–1861), der in den fünfziger Jahren des vorigen Jahrhunderts Oberarzt des Arbeitshauses zu Berlin war, welches zugleich als – Irrenanstalt diente, erzählt in seinem Buche »Der Wahnsinn in den letzten vier Jahrhunderten« nach den Akten: Im Jahre 1598 war nahe bei Route-Halliére ein fünfzehnjähriger Knabe von Wölfen zerrissen worden. Der Vater und drei andere Männer brachten seine Überreste auf einem Karren an die Pforte des Augustinerklosters und führten gebunden einen gewissen Jacques Roulet mit. Sie sagten aus, sie hätten den Leichnam des Knaben unter den Klauen von drei Wölfen gefunden. Roulet hätte sich als Wolf auf ein benachbartes Feld geflüchtet, denn als sie die Spur von zwei Wölfen verloren und den dritten verfolgten, hätten sie Roulet auf dem Felde gefunden, mit verwildertem Gesicht, langen Haaren und mit blutigen, mit langen Nägeln bewaffneten Händen. Er gab zu, dass er mit seinem Bruder und einem Vetter den größten Teil des Knaben verzehrt hätte. Als Roulet losgebunden war, sah man, dass die Nägel an seinen Fingern weit über das Fleisch hinausragten. Sein Bauch war auffallend groß und sehr gespannt. Am Abend leerte er im Gefängnis einen großen Eimer Wasser. Im Verhör gestand er, dass er mit seinem Bruder Jean und mit seinem Vetter Julien betteln gehe, und dass sie sich in Wölfe verwandeln könnten. Dazu müssten sie sich mit einer Salbe einreiben. Er habe den Knaben Cornier zuerst angefallen. Er erkannte die Kleider, die der Knabe angehabt, gab die Stelle an, wo sie ihn zerrissen hätten, und erkannte den Vater des Knaben als denjenigen an, der auf dessen Geschrei zu seiner Hilfe herbeigeeilt sei. Er gestand, schon mehrere Kinder getötet zu haben. Die genaueren Antworten, die er den Richtern gab, sind die folgenden: »Ich heiße Jacques Roulet, bin fünfunddreißig Jahre alt, bin arm und bin ein Bettler.« – »Wessen bist du angeklagt?« – »Ein Räuber zu sein und die göttlichen Gebote übertreten zu haben. Meine Eltern haben mir eine Salbe gegeben, ich weiß nicht, woraus sie bestand.« – »Bist du durch die Einreibung zum Wolf geworden?« – »Nein, doch habe ich das Kind Cornier getötet und gefressen, ich war Wolf, als ich es fraß.« – »Warst du als Wolf verkleidet?« – »Ich war so gekleidet wie jetzt, aber mein Gesicht und meine Hände waren blutig, weil ich von dem Fleische des Kindes gefressen hatte.« – »Waren deine Hände und Füße in Wolfsklauen verwandelt?« – »Ja.« – »War dein Kopf in einen Wolfskopf verwandelt und dein Mund größer geworden?« – »Ich weiß es nicht. Ich habe meine Zähne gebraucht, ich habe auch andere Kinder verzehrt, ich bin auch beim [Hexen-] Sabbat gewesen«…

Alexander Seton. Johann Wolfgang Dienheim, beider Rechte und der Medizin Doktor und Professor an der Universität zu Freiburg im Breisgau, erzählt in seinem 1610 erschienenen Werke De universalia medicina: Anno 1603, als ich mitten im Sommer aus Rom nach Deutschland zurückkehrte, gesellte sich unterwegs ein schon ziemlich betagter, verständiger und ungemein bescheidener Mann zu mir. Er war klein von Wuchs, aber wohlgenährt, von blühender Gesichtsfarbe und heiterem Temperament Sein kastanienbrauner Bart war nach der französischen Mode gestutzt und sein Gewand von schwarzer geblümter Seide. Er hatte nur einen Bedienten bei sich, der dank seinem roten Haar und Bart aus Tausenden herauszufinden gewesen wäre. Des Mannes Namen war, sofern er mir den richtigen genannt hat, Alexander Seton. In Zürich, wo ihm der Pfarrer Eghlin einen Brief an Doktor Zwinger in Basel mitgab, mieteten wir ein Schiff und machten die Reise nach Basel zu Wasser. Als wir nun im Goldenen Storch zu Basel abgestiegen waren, hob mein Reisegenoss an: »Ihr werdet Euch erinnern, wie Ihr unterwegs die Alchymie und die Alchymisten weidlich durchgehechelt und verunglimpft habt und wie ich Euch versprochen habe, darauf nicht mit philosophischen Syllogismen, sondern mit Tatsachen zu antworten. Nun soll die Sonne nicht untergehen, bis ich mein Wort eingelöst habe. Ich warte nur noch auf jemand, den ich außer Euch zum Zeugen der Vorführung machen will, damit die Widersacher desto weniger an der Wahrheit zweifeln können.« – Danach ward ein Mann von Stand herbeigerufen, den ich nur von Ansehen kannte, und der nicht weit vom Goldenen Storch wohnte. Hiernach erfuhr ich, dass es Doktor Jakob Zwinger war, zu dessen Geschlecht so viele berühmte Naturforscher zählen. Doktor Zwinger brachte ein paar Tafeln Blei mit. Von einem Goldschmied holten wir einen Schmelztiegel und kauften in der Nachbarschaft gewöhnlichen Schwefel ein. Alexander Seton rührte selber von dem allen nichts an, er hieß Feuer anmachen, Blei und Schwefel schichtenweise einlegen, den Blasebalg ziehen und die Masse durch Umrühren mischen. Unterdessen scherzte er mit uns. Nach einer Viertelstunde sprach er: »Nun werft dieses Brieflein in das flüssige Blei, aber fein in die Mitte und nicht etwa daneben ins Feuer.« In dem Papier war ein schweres, fettiges Pulver. Es hatte etwas Zitronengelbes in sich, aber man hätte Luchsaugen haben müssen, dessen auf einer Messerspitze wahrzunehmen. Wir taten nach seinem Geheiß, obwohl wir ungläubiger waren als selbst Thomas. Nachdem die Masse noch eine Viertelstunde lang gekocht hatte und mit einem glühenden Eisen umgerührt worden war, musste der Goldschmied den Tiegel ausschütten. Aber da hatten wir kein Blei mehr, sondern das reinste Gold, das nach der Prüfung des Goldschmiedes das ungarische und arabische an Feinheit übertraf. Es wog ebenso viel wie vorher das Blei gewogen hatte. Da standen wir nun, sahen einander an und glaubten unsern Augen kaum. Alexander Seton aber lachte uns aus und höhnte: »Nun geht mir mit euren Schulfuchsereien und vernünftelt nach Belieben. Hier seht ihr die Wahrheit der Tat, und die geht über alles, selbst über eure Syllogismen.« – Dann ließ er ein Stück Gold abschneiden und gab es Zwinger zum Andenken. Auch ich erhielt ein fast vier Dukaten schweres Stück, das ich heute noch besitze.

Was rümpft Ihr nun die Nase darüber, Ihr Missgünstigen? Hier lebe ich noch und bin leibhaftiger Zeuge dessen, was ich sah. Auch Zwinger lebt noch und wird sich nicht weigern, die Wahrheit durch sein Zeugnis zu bekräftigen, wenn er darum befragt wird. Auch Seton und sein Diener leben noch, dieser jetzt in England, jener in Deutschland.

Wohl könnte ich auch sagen, wo er zu Hause ist, wenn ich nicht besorgen müsste, dass dem großen Manne, dem Heiligen, dem Halbgott, Schaden daraus erwüchse.

Fernsehen einer Besessenen. In seiner »Daemonomania, überaus schreckliche Historie von einem zwölfjährigen Jungfräulein zu Lewenberg in Schlesien, welche der Schandteufel 1605 leibhaftig besessen«, erzählt der »Magister Tobias Seilerus, der christlichen Kirchen und Schulen der Kaiserlichen Stadt Lewenberg in seinem Vaterland Pastor und Inspector«, dass er, als es am schlimmsten geworden, fast täglich zu der Kranken gerufen worden sei. Dann habe sie jedes Mal, sobald er sein Pfarrhaus verlassen, den Ihrigen fein bevorstehendes Erscheinen vorausgesagt. Und einmal, als sie in der Kirche gewesen, habe sie plötzlich »Diebe!« geschrien und einen raschendiebischen Fischhändler bezeichnet, der soeben einen Beutel mit Geld an sich gebracht hatte. Ihr Dämon aber habe hinzugefügt, dass, er selber jenem den Diebstahl eingegeben hätte. – Das Büchlein erschien mit Approbation der theologischen Fakultät zu Wittenberg 1605 bei Zacharias Schurer und wurde mit Vorrede von Valentin Alberti neu herausgegeben zu Halle 1674.

John Donne. Der englische Dichter und Kanzelredner John Donne, geboren 1573, gestorben 1631, war mit Georg Moores Tochter Anne verheiratet. Sein Biograph Isaak Walton erzählt: Um diese Zeit, da Mr. Donne und sein Weib in Sir Robert Drewrys Hause in London lebten, wurde der Lord Hay in einer ruhmreichen Gesandtschaft an den französischen König abgeordnet, und Sir Robert entschloss sich rasch, ihn dorthin zu begleiten und bei der

Audienz zugegen zu sein. Ebenso plötzlich entschloss sich Sir Robert, Mr. Donne um seine Begleitung zu bitten. Dieser teilte den Wunsch seiner Frau mit, die gerade ein Kindlein erwartete, auch in ungutem Gesundheitszustande sich befand, so dass sie erklärte, nicht in seine Abwesenheit einwilligen zu können. Sie sagte, ihrer Seele ahne Unheil für die Zeit seines Fernseins und bat ihn, sie jetzt nicht zu verlassen. Infolgedessen ließ Mr. Donne jeden Gedanken an diese Reise fallen und entschloss sich, zu Hause zu bleiben.

Aber Sir Robert redete ihm immer drängender zu, und Mr. Donne fühlte sich ihm verpflichtet, nachdem er so viel liebevolle Freundlichkeit von ihm genossen hatte. Er sprach dies seiner Frau aus, die daraufhin eine schwache Zustimmung zu der Reise gab, deren Dauer auf zwei Monate festgesetzt wurde. Wenige Tage nach diesem Entschluss verließen der Gesandte, Sir Robert und Mr. Donne London, und zwölf Tage später trafen sie wohlbehalten in Paris ein. Zwei Tage nach ihrer Ankunft blieb Mr. Donne allein in dem Zimmer zurück, in welchem er mit Sir Robert und einigen andern Freunden soeben zu Mittag gespeist hatte. Als Sir Robert nach einer halben Stunde zurückkehrte, fand er ihn, wie er ihn verlassen, allein, aber in solcher Aufregung und von so verändertem Aussehen, dass er erstaunt fragte, was ihm denn in der kurzen Zeit begegnet sei. Mr. Donne war zuerst unfähig, zu antworten. Nach einiger Zeit aber sagte er: »Ich habe eine furchtbare Erscheinung gehabt, als Sie fort waren. Ich habe meine geliebte Frau zweimal mit herabhängenden Haaren und einem toten Kindlein in den Armen an mir vorbeigehen sehen.« – »Fürwahr,« antwortete Sir Robert, »Sie haben in meiner Abwesenheit geschlafen und einen schweren Traum gehabt, den ich Sie zu vergessen bitte, denn jetzt sind Sie wach!« – Worauf Mr. Donne antwortete: »Ich weiß so gewiss wie ich lebe, dass ich nicht geschlafen habe, seit Sie fortgingen, und ebenso sicher weiß ich, dass sie, als sie mir zum zweiten Mal erschien, stillstand, mir ins Gesicht blickte und dann verschwand.« – Nacht und Schlaf hatten Mr. Donnes Eindruck bis zum nächsten Tage nicht verringert; mit immer festerer Zuversicht sprach er von der Erscheinung, so dass sich sein Glaube an ihre Wirklichkeit auch auf Sir Robert übertrug. Mit Recht sagt man jedoch, Wunsch und Zweifel seien ruhelos. Das zeigte sich auch bei Sir Robert: er sandte unverzüglich einen Diener nach Drewry-Houfe mit dem Auftrag, ihm schleunigst Bescheid zu bringen, ob Mrs. Donne noch am Leben sei und wie sie sich befinde. Nach zwölf Tagen kehrte der Bote mit der Nachricht zurück, dass er Mrs. Donne traurig und bettlägerig angetroffen, und dass sie nach langen und heftigen Schmerzen von einem toten Kinde entbunden worden sei. Eine genaue Nachprüfung ergab, dass ihre Niederkunft an demselben Tage und in derselben Stunde erfolgt war, in der Mr. Donne in seinem Zimmer zu Paris die Erscheinung an sich vorüber hatte gehen sehen.

Ein Messias. Görres erzählt in seiner »Christlichen Mystik«: Als zu Anfang des siebzehnten Jahrhunderts Sabbathay Zewy sich für den Sohn Davids und den längst erwarteten Messias ausgab, da verkündete ihn Nathan von Gaza, der hellsehend geworden war, vergangene Dinge aussagend, von denen er auf natürlichem Wege nichts wissen konnte, und weissagte von der Zukunft. Bald standen in Samaria, Adrianopel, Thessalonich, Konstantinopel und an vielen andern Orten Propheten und Prophetinnen auf; Männer, Weiber, Jünglinge und Mädchen, ja selbst Kinder wurden vom prophetischen Geist ergriffen. Sie sanken plötzlich wie epileptisch zu Boden, bekamen heftige Konvulsionen und verkündeten in diesem Zustand sowohl in hebräischer wie in aramäischer Sprache, von denen sie zwar kein Wort verstanden, wunderbare und außerordentliche, sowohl längst vergangene wie auch künftige Dinge. Jede solche Prophezeiung schloss mit den Worten: »Sabbathay Zewy ist der wahre Messias aus dem Hause Davids, dem Krone und Reich gegeben ist!« Auch sein Widersacher Pechina, dem er vorausgesagt, seine (Pechinas) eigene Töchter würden für ihn (Sabbathay) zeugen, musste solches erleben. Denn eines Tages in sein Haus zurückkehrend, fand er seine beiden Töchter festlich geschmückt, und sie redeten in den beiden Sprachen, die sie nie gesprochen, noch verstanden hatten, von dem neuen Messias. – Auch Moses Servil, ein hochgeachteter, verständiger Mann, der sein geschworener Feind gewesen, fand auf einmal sich getrieben, die Leute zur Buße zu ermahnen, weil die Erlösung Israels durch Sabbathay bevorstehe, und ihm wurde die Gabe, jedem Menschen die begangenen Sünden von der Stirn abzulesen... Grausam aber fand all diese Begeisterung sich zuletzt betrogen, als der neue Messias zum – Islam übertrat.

Der Stumme. Der französische Staatsmann und Schriftsteller Theodor Agrippa d'Aubigné, geboren 1552 in der Saintonge, Protestant, gestorben 1630 als Verbannter zu Genf, erzählt in der Geschichte seines durch Teilnahme an den konfessionellen [1572 Pariser Bluthochzeit, 1598 Edikt von Nantes] und politischen [1589 Ermordung Heinrichs III., 1610 Ermordung Heinrichs IV.] Bürgerkriegen Frankreichs sehr bewegten Lebens, die er kurz vor dem Tode für seine Kinder niedergeschrieben hat und die deutsch 1798 von Schiller, zuletzt 1911 von Otto Fischer herausgegeben worden ist: Schon lange machte ich mich durch meine Voraussagungen allen denen lästig, welche die Geschäfte führten, und keine Versammlung wurde gehalten der ich nicht schriftlich kundtat, was die lange Erfahrung mich gelehrt. Allein im allgemeinen und noch mehr im Einzelnen hatte ich ein Gemälde von allem, was danach eingetroffen ist, in den Händen des Gaspard Baronius, des Neffen des Kardinals, gesehen, welcher Gaspard vor Gottes Stuhl berufen worden war. Dieser war durch die Gunst seines Oheims und dank seinen eigenen großen Gaben dazu gelangt, der Kongregation der Propaganda-Fidei anzugehören und ward als einer der drei auserwählt, welche dieser Rat alljährlich an die drei Enden von Europa aussendet, [um Bericht zu erstatten über den gesamten Zustand der Christenheit. [Congregatio cardinalium de propaganda fide, die »Kardinalskongregation zur Verbreitung des Glaubens« in Rom ist an Stelle der unter Benutzung der Staatsgewalt arbeitenden Inquisition als eine rein kirchliche Einrichtung – »der rechte Arm des Heiligen Stuhles« – 1572 ins Leben gerufen, 1621 bestätigt und 1848 erweitert worden.] Bei seiner Abreise nach Spanien geriet er [Gaspard Baronius], wohlversehen mit Gold und authentischen Depeschen, zu Briancon in die Hände Herrn von Lesdigniéres, der ihn einem Ortsbeschluss gemäß sofort nach Paris überführen ließ und hier einer Versammlung im Hause des Herrn von Bouillon vorstellte. Da diese Gesellschaft mich und Herrn von Feugre bestellt hatte, Herrn Gaspard zu verhören, so legte er vor uns die Berichte über die gesamte Christenheit auf den Tisch, nach Provinzen abgeteilt, indem er uns von jeder zwei Hefte vorwies: auf dem einen stand Artes pacis – Künste des Friedens –, auf dem andern Artes belli – Künste des Krieges –. Nachdem wir beide verlangt hatten, in die Angelegenheiten der zunächst bedrohten Provinz einen Einblick zu erhalten, so zeigte uns dieser Mensch zuvörderst Raethorum commentarios – Berichte über Graubünden – indem die Verfolgung [der Protestanten] hier ihren Anfang nehmen sollte, nachdem die Fahne des Kreuzzuges erhoben wäre. Hierher hatte ich meine Wissenschaft zu Weissagungen und wichtigen Warnungsreden gewonnen, nicht weil ich »den Stummen« bei mir unterhielt, woraus man mir einen Vorwurf machte. Dies Ding ist freilich auch wunderbar genug, so dass ich bei dieser Gelegenheit euch von »dem Stummen« Kenntnis geben will.

Es war ein Mensch – wenn man ihn einen Menschen heißen darf, denn die Gelehrtesten haben ihn für einen verkörperten Teufel erklärt – welcher neunzehn bis zwanzig Jahre alt schien, taub und stumm, mit fürchterlichen Augen und wachsfahlem Gesicht, er hatte sich durch die Gebärden und die Bewegungen der Finger ein Alphabet erfunden, mit dessen Hilfe er sich ausgezeichnet zu verständigen wusste. Er hat vier oder fünf Jahre in Poitou gelebt, von allen angestaunt, weil er alles erriet, was man ihm vortrug, und was verlorenging, wieder auffinden machte. Man führte ihm manchmal bis zu dreißig Personen zu, welchen er ihre ganze Abstammung erzählte, das Handwerk ihrer Väter, Großväter und Urahnen, wie oft jeder vermählt wieviel Kinder er hätte, und endlich jedes Geldstück, Stück für Stück, das ein jeder im Beutel trug. Aber dieses alles war noch nichts gegen die zukünftigen Dinge und die geheimsten Gedanken, die er enthüllte und über die er einen jeden erröten und erbleichen machte. Und es mögen die Herren Theologen wissen, deren Tadel ich hier zu fürchten habe, dass es die angesehensten Pfarrherren des Landes waren, welche mir diesen Wundermenschen zur Kenntnis brachten. Nachdem er – der Stumme – zu mir ins Haus gekommen war, verbot ich meinen Kindern und Bedienten ausdrücklich, den Stummen über die Zukunft zu befragen, aber wie es heißt: nitimur in vetitum – nach dem Verbotenen trachten wir – so fragten sie ihn über nichts als dies. Ich müsste eine Geschichte für sich schreiben, um euch zu erzählen, wie dieser Mensch anzeigte, was ein jeder der Großen Frankreichs tat und was er redete zu der Stunde, da man ihn befragte. Man trug Sorge, bei Hofe in Erfahrung zu bringen, während eines ganzen Monats, welche Spaziergänge der König gemacht, mit wem er den Tag über gesprochen, mitsamt der Stunde, und stellte man dies mit den Antworten des Stummen zusammen, der hundert Meilen entfernt lebte, so hatten sie niemals betrogen. Die Mädchen im Hause fragten ihn, wie lange der König noch lebe, und wie er umkäme; er bezeichnete ihnen dreieinhalb Jahre, den Wagen, die Stadt, die Straße und drei Dolchstiche ins Herz. Er bezeichnete ihnen alles, was heute König Ludwig [XIII.] unternimmt, wie die Kämpfe zur See, um La Rochelle, dieser Stadt Belagerung [durch Richelieu 1627/28], ihre Entblößung, ihren Fall und den der Partei [der Protestanten] und noch mehr Dinge, welche ihr in den vertrauten Briefen lesen könnt, die ich werde drucken lassen. Ihr wisst auch von mehreren, die im Hause ausgewachsen sind, dass dies alles wahr ist.

Meine Feinde sagten, um meine Voraussagungen wertlos zu machen, ich hätte sie von dem Stummen gehört, und vereitelten so meine heilsamen Ratschläge. Die Wahrheit aber ist, dass ich gewissenhaft mich hütete, dieses Werkzeug niemals nach irgendetwas Zukünftigem zu fragen; allein meine Übung in den Geschäften und meine lange Erfahrung ließen mich aussprechen, was man später zu spüren bekam. Aus der obenerwähnten Belagerung von La Rochelle ist (nicht von d'Aubigné) das Folgende überliefert worden: Ludwig dem Dreizehnten träumte, einer feiner Soldaten wolle ihn ermorden. Im Traum sah er den Mann so genau, dass er ihn am folgenden Tage bei einer Truppenbesichtigung wiedererkannte. Vom König ob seiner bösen Absicht zur Rede gestellt, fiel der Soldat, der sich bewusst war, gegen niemand das geringste geäußert oder auch nur angedeutet zu haben, auf die Knie und bekannte.

M alum domesticum. Die folgende Geschichte, in Dänemark unter dem Namen »Köge Huskors« heute noch allgemein bekannt, von Görres in seiner »Christlichen Mystik« mitgeteilt, hat sich im siebzehnten Jahrhundert im dänischen Seeland zugetragen. Die Frau des Hauses, in dem die Sache sich begeben, hat den Bericht darüber niedergeschrieben und von den verschiedensten glaubwürdigen Zeugen, auch vom Bürgermeister und Pfarrer bestätigen lassen. Brunsmand, der Rektor der Schule von Herlufsholm, hat ihn, aus den gerichtlichen Akten des Ortes Köge unweit Kopenhagen ergänzt, 1674, als noch eine Tochter des Hauses lebte, in dänischer Sprache veröffentlicht. Einundzwanzig Jahre später erschien in Leipzig eine neue Ausgabe in lateinischer Sprache unter dem Titel Energumeni Coagienses, sive admirabilis historia de horrenda Cacodaemonis tentatione.

Frau Anna Bartskjär berichtet: Der Dämon, malum domesticum [Hausübel] genannt, ließ sich zum ersten Mal verspüren, als ich mit meinem Mann einst zu Bett gegangen. Wir vernahmen da unter unsern Häuptern einen Ton wie das Glucksen einer Henne, die ihre Jungen lockt. Wir untersuchten Bett, Kissen und Strohsack aufs Genaueste, fanden aber nichts. Die folgende Nacht tat mein jüngstes Kind einen furchtbaren Schrei, und da die Magd deswegen ein Licht anzündete, um nach ihm zu sehen, erbleichte sie selber und sagte, der Dämon habe sie angefallen; sie erkrankte auch von da an, so dass wir ein halbes Jahr eine andere Magd nehmen mussten. Nun kam meine achtjährige Tochter weinend zum Vater gelaufen: sie wage nicht im Kindszimmer zu schlafen, denn mit einbrechender Dunkelheit komme immer ein starker Mann in seidenem Gewand, mit Schnurrbart und furchtbaren Augen...

Bald darauf musste mein Mann Hans Bartskjär nach Deutschland reisen und zwei Wochen nach seiner Abfahrt kam ein großer Schrecken über unser Haus. Wir hatten einen jungen Menschen bei uns, mit Namen Jakob, welcher meines Mannes Mutterbruders Sohn war. Der fing an, vom Geiste der Versuchung verängstigt zu werden. Denn am Abend zu Bett gehend, hub er zu klagen und zu weinen an und sagte, er könne nicht in seinem Zimmer schlafen, des Dämons und der Gespenster wegen. Wir machten ihm also in dem unsern sein Bett; als er sich aber hineinlegte, begann er aufs Neue zu wehklagen, und als wir hinzuliefen, zitterte sein ganzes Bett; und seine Augenlider waren so weit auseinandergerissen, dass sie von niemandem geschlossen werden konnten, sein Mund aber war so fest geschlossen, dass er von niemandem geöffnet werden konnte. Nachdem er aber endlich wieder zu sich gekommen und zu reden angefangen, fragten wir ihn, wie es um ihn stehe. Er erwiderte: »Gott weiß es, mir ist es unbekannt.« Zuletzt kam jedoch der Schlaf über ihn... Am anderen Abend, als er während des Nachtessens am Tische stand, sagte ich zu ihm: »Nimm dir zu essen, Jakob! Dann leg dich zu Bette und empfiehl dich dem Schutze Gottes, damit du nicht wieder dich aufführst, wie die verflossene Nacht.« Während ich dies sagte, wurden die Türen des Zimmers und der Küche von selber aufgerissen und zwar so stark, dass sie an die Wände anschlugen; der Jüngling aber wurde aus dem Zimmer auf den Hausflur gerissen, wo er, zwei Ellen hoch in die Luft erhoben, schwebend hing, ohne dass jemand zugegen war, der ihn stützte oder in der Höhe erhielt. Die Arme waren dabei in die Höhe gereckt, die Augen ausgerissen, der Mund zusammengezogen, das Kinn zuckte auf und nieder, wie wenn es von ihm abgetrennt werden sollte. Wir suchten mit allen unsern Kräften, ihn bei den Händen und Füßen fassend, den Schwebenden niederzuziehen. Aber die Glieder hingen so unbeweglich, dass wir nicht einmal sie zu rücken oder vom Ort zu bringen vermochten. Wir riefen daher alle, in dem Hausflur kniend, zu Gott, dass er seines Erbarmens eingedenk sein wolle. Nun wurde Jakob gelöst und wieder auf den Boden gestellt. Aber sein Mund war noch geschlossen, dass er nicht reden konnte, bis wir ihn mit einem silbernen Löffel erbrachen. Dann seufzte er auf und auch die Zunge wurde ihm gelöst; und als wir ihn fragten, wie es um ihn stehe, sagte er: »Ich hoffe, dass mit Gottes Hilfe mir nun besser werde, denn als ihr auf den Knien zu Gott gerufen, ist er davongegangen und hat vom Brunnen zum Holzhaufen sich begeben.« Als ich fragte: »Wer ist fortgegangen?« antwortete er: »Der Satan.« Als ich weiterfragte, ob er sich denn dem Satan verschrieben, brach er in Tränen aus und sagte: »Du tust mir, Mutter, eine große Unbill an, dass du mich eines solchen Verbrechens fähig hältst! Dazu haben meine Eltern mich nicht erzogen.« Während er so redete, wurde auf dem Hausflur ein großes Getöse vernommen und eine ungeheure Stimme ließ sich vernehmen, die jedoch niemand verstand. Der Jüngling aber sagte, es sei die Stimme des Satans, der mit ihm rede. In diesem Augenblicke leuchtete ein großes Feuer auf dem Hausflur auf, das da und dort umfuhr. Der Jüngling sagte, Satan habe aus seinem Rachen das Feuer hervorgespien. Wir führten ihn nun ins Zimmer und lasen ihm aus Gottes Wort bis zwei Uhr nach Mitternacht, wo der Schlaf ihn alsdann befiel, der bis zur elften Stunde am anderen Morgen anhielt. Er wurde jedoch bald wieder angefochten und die Schrecken in unserem Hause mehrten sich mit jedem Tage...

Endlich kam mein seliger Mann wieder nach Hause zurück und ihm wurde, was sich begeben, angezeigt. Er ließ in der Stadt und den benachbarten Kirchen Gebete für uns abhalten. Er ordnete die drei nacheinander folgenden Sonntage für das ganze Haus einen Bußtag an, an dem keiner, weder Mensch noch Vieh, etwas essen oder trinken dürfe. Am ersten dieser Tage war es, als ob der Satan die Fenster einstoßen wolle, und der Knabe wehklagte, er wolle ihn durch das geöffnete Fenster wegführen, auch kündete er auf elf Uhr des Abends die Rückkehr des Bösen an, der sich auch einstellte und bis Ostern bei ihm blieb. Kein Ort in unserm Hause war unterdessen von Gespenstern frei; einigen der Hausgenossen erschien er in der Gestalt des Herrn Johannes Knuse von Karslund oder des Herrn Mathias von Herfölge, anderen in der eines Hundes oder eines Schweines. Gesicht und Hände einiger schwollen also auf, dass sie nicht mehr erkennbar waren. Unsere Kinder schrien bei seiner Erscheinung auf und wehklagten. Eines, erst zweijährig, raufte sich das Haar und wies mit dem Finger nach der Stelle, »Dort! Dort ist er!« rufend. Ein weißes Hündchen lag in unserer Stube. Es wurde mit dem Kopfe aufgehoben und gegen den Boden geschlagen, ohne dass jemand sichtbar war. Es verbarg sich dann unter der Bank und wurde nun am Kopfe darunter hervorgezogen und mit dem hinteren Teil widerstrebend auf dem Boden fortgeschleift. Am andern Morgen war es rasend, wollte alle beißen und wir waren genötigt, es totzuschlagen.

Als endlich die Zeit herangekommen, wo der geplagte junge Mensch befreit werden sollte, erhob er sich im Bette und kämpfte mit dem Satan, Gottes Wort zum Kampf gebrauchend. Er sagte viele Gebete her, die die Nachbarn mit anhörten, die wir herbeigerufen; zuletzt erhub er die Hände zum Himmel und rief aus: »Nun sei Gott gelobt, der vom Satan mich befreit!« Dann reichte er, nach der andern Seite gewendet, seine Hand jemandem, den wir nicht sahen, und sagte: »Sei mir gegrüßt, du Engel, der zur Rechten Gottes steht, verlass mich nun nimmer, ich mag zu Lande oder zu Wasser reisen!« Dann verhüllte er sich in seine Decke, dass wir nichts als seinen Scheitel sahen und wir hörten ihn wie einen ganz kleinen Knaben mit scharfer Stimme singen: »Gott sei Ehre in der Höhe und Friede auf Erden den Menschen, die gutes Willens sind.« – Nun stand er auf und war vollkommen wieder heil; vorher hatte er ohne unsere Hilfe nichts zu tun vermocht, so verkrümmt und kontrakt war er und nicht sich aufzurichten. Fortan fühlte er nichts mehr von all dieser Beschwer und wir waren fröhlich und dankten alle Gott.

Aber Gott in seinen unergründlichen Ratschlüssen suchte uns noch härter heim. Mein Mann fing nun an, Tag und Nacht versucht zu werden, härter als es sich jemand einbilden kann, und zwar von elf Uhr morgens und abends bis zwei Uhr nach Mittag und nach Mitternacht. Es begann, als ich vom Sonntags-Gottesdienst, wegen der Krankheit eines Knaben, zu Hause geblieben; wo uns alle ein solcher Schrecken befiel, dass wir insgesamt auf Bänke und Stühle oder auf die Erde stürzten. Wir kamen indessen wieder zu uns und nachdem wir gebetet, verschwand das Übel wieder. Die Mägde und die Kinder sahen indessen wieder Erscheinungen; und mein Mann, der schon zuvor drei Wochen lang traurig gewesen, wurde, als er es erfuhr, nur umso niedergeschlagener. Als ich ihn einst bei Gott beschwur, damit er wenigstens sage, wie ihm sei, brach er zusammen und als er wieder zu sich gekommen, sprach er: »Gott, der immer gnädig und barmherzig ist denen, die ihn anrufen, möge auch meiner und der Unsern eingedenk sein und uns Hilfe bringen! So hart werde ich vom Satan Tag und Nacht bedrängt, dass Himmel und Erde mit ihrem Gewicht auf mir zu lasten scheinen. Nicht lange wirst du mich noch ferner als Gatten besitzen und meine Kinder werden bald Waisen werden« Von da an wurde er härter und härter bedrängt. Es lag nach seiner Aussage auf ihm täglich, zu jenen Stunden, wie ein Sack Frucht. Und bisweilen brachen an seiner Seite Geschwulste, groß wie Hühnereier, hervor. Ich ließ wieder Gebete in den Kirchen abhalten, fuhr auch im Wagen zu Herrn Johannes in die Pfarrei Norderup hinaus, um seinen Beistand zu erbitten. Als ich aber auf der Heimkehr in einen Wald kam, wurde der Wagen so schwer, dass die Pferde ihn kaum bewegen konnten; die Bäume trachten um uns, etwas, hoch wie ein Turm, hob' sich vor uns und eine furchtbare Stimme ließ sich hören, die wir jedoch nicht verstehen konnten... Das dauerte nun so fort, bis es endete, wo der ganze Handel angefangen: im Kopfkissen meines Mannes, in das sich der Geist geworfen und aus dessen unterer Seite er bei der Entfernung ein Stück aus dem Überzeug herausgeschlagen, so dass die Federn im ganzen Zimmer umherflogen. Mein Mann war nun befreit.

Als wir für diese Befreiung Gott in den Kirchen dankten, erkrankte unser neunjähriger Sohn. Wir konnten aber feine Krankheit nicht ergründen; er sagte, es laufe wie etwas Lebendiges in seinem Leibe um, da und dort an ihm nagend. Wir wandten Bäder und andere Mittel an, aber es wurde immer schlimmer. Ein Chirurg, den wir befragten, wusste gleichfalls keine Auskunft und wies uns an eine Frau, die, des Heilens kundig, damals unsere Stadt besuchte. Sie sagte, der Knabe sei besessen und es könne nichts helfen denn Gebet. Als unterdessen der Knabe in seinem weidengeflochtenen Bette lag, wurde dies mit ihm zwei Ellen hoch in die Luft gehoben und bewegte sich dahin und dorthin. Als ich deswegen meinen Mann herbeirief, war der Knabe indessen aus dem Bette gezogen worden und stand auf dem Kopfe, die Füße nach oben gekehrt und die Hände ausgestreckt, so dass wir ihn kaum wieder zu Bett bringen konnten. Es lief fortdauernd in ihm um, sein Leib schwoll manchmal furchtbar auf, die Zunge wurde aus dem Munde hervorgetrieben und dann wieder wie ein Tuch zusammengewickelt, während das Blut durch die Lippen drang. Die Glieder wurden ihm so ineinander gezogen, dass vier starke Männer nicht hinreichten, sie voneinander zu ziehen. Es grunzte in ihm wie ein Schwein, gurrte wie ein Hahn und heulte einem Hunde gleich. Bisweilen führte es den Knaben auf die Gebälke unseres Zimmers oder auf einen Holzhaufen und ließ ihn dort zurück, dass er nicht wusste, wo hinaus und bitterlich weinte. Es warf ihn auch über die Mauer hinüber in den Torweg unseres Nachbars Meier…

Als ich selbst eines Sonntags in der Abendpredigt mich befand, misshandelte es meine zu Hause gebliebene Mutter, indem der Geist in meiner Gestalt ihr die Schuhe von den Füßen zog und sie damit schlug. Sie empfing mich daher, als ich heimkehrte, weinend und mit bittern Vorwürfen. Obgleich Frauen am anderen Tag ihr das Gegenteil beteuerten, ließ sie sich doch kaum bedeuten, bis der Geist, aus dem Munde des Knaben redend, es meinem Manne erzählte, hinzusetzend: »Hätte der Große es gestattet, ich würde sie so behandelt haben, dass die ganze Stadt um sie Tränen vergossen hätte.« Als wir am Abend den sechsundvierzigsten Psalm beteten, wieherte er wie ein Ross dazu; das Angesicht meines Mannes bespie er also, dass es ihm in den Bart rann. Auf meine Brust setzte er bloße Messer; als ich aber sagte, er möge im Namen Jesu zustoßen, fielen die Messer auf die Erde. Meinem Manne sagte er: »Sei nicht allzu eilig; du wirst mich nicht von hier verjagen, bis die ihren verdienten Lohn empfangen, die mich hierher gebracht«…

Mein Mann, nachdem er so vieles an sich und den Seinen erduldet, wurde nun von allem Elend erlöst; er selber ging zum anderen Leben über und ließ mich allein im

Kampf mit dem wütigen Feind zurück. Das Unwesen dauerte noch zwei Jahre fort. Magister Glostrup hielt Gebete für uns in der Kirche, kam auch öfter in unser Haus und redete mit dem Satan und schalt ihn hart...

Endlich aber erlaubte Gott dem Satan nicht weiter, seine Verfolgungen fortzusetzen; er musste ablassen und unser Haus wurde von Gespenstern so frei, wie es zuvor gewesen. Dieses habe ich zum Gedächtnis des Geschehenen aufgeschrieben und es enthält, so wahr Gott mir helfe! die reine Wahrheit. Dieses ist auch dem Magister Glostrup, damals unser Pastor, jetzt Bischof von Opsloe, bekannt, dann dem Pastor von Duebrodere, Bartolo Joannis, dem von Jeose Peter Mann, dem Pfarrer Jakob in Nordrup, Caspar in Roeschild, Lorenz in Liemarch, Nicolaus in Vallensby, deren mehrere noch leben, andere schon gestorben. Magister Nikolaus hatte den Knaben ein halbes Jahr im Hause, der hiernach, nachdem die Urheberin unseres Unglücks ihre Schuld gebüßt, genas und bis zum Jahre 1620 noch lebte, wo das große Sterben ihn hinraffte.«

Soweit der Bericht nach der Niederschrift der Frau Anna Bartskjär. Görres fügt hinzu: »Man könnte sich bei Lesung dieses Berichtes vorstellen, die sämtlichen Glieder dieser würdigen Familie seien nacheinander toll geworden; aber es würde nicht wohl angehen, an solcher Influenza auch sämtliche genannten Pfarrer teilnehmen zu lassen. Der Zensor des Buches, Jan Berharod, der, nachdem er es gelesen, glaubt, es werde dazu beitragen, die Lehre der Schrift über die Dämonen zu erhärten, müsste ebenfalls der Ansteckung nicht entgangen sein. Dann die beiden Bürgermeister der Stadt, Vater und Sohn, und der Senator Pomeyer, die dem Herausgeber Brunsmand offiziell und vor Gott erklären, dass kein Grund vorhanden, bei dem, was im Bericht der Frau enthalten, einen Betrug zu vermuten; dass sie von ihren Vorgängern die Wahrheit der Sache bestätigt erhalten und dass es auch, also in ihren Akten, sich befinde, die sie ihm zur Disposition übergeben; auch sie würden als am gleichen Übel leidend gedacht werden müssen.«

Der Hausherr Hans Bartskjär hatte hinsichtlich der Urheber des Unwesens Verdacht gefasst und dieser hatte auf Johanna Thermana gehaftet, mit der er früher in Handelsverhältnissen gestanden, die er aber abgebrochen, als sie von der, wegen Zauberei hingerichteten, Christan Casperin der Teilnahme beschuldigt worden. Ihr Verdruss hatte sich vermehrt, als er ihr ein Haus vorweggekauft, auf das sie geboten hatte. Er hatte deswegen einen Advokaten angenommen und durch ihn beim Stadtrat den Prozess betreiben lassen. Die Untersuchung wurde eingeleitet und geführt: am 8. Juni 1612 wurden sechzehn Schuldrichter auf dem Tinget von Köge ernannt, die in den Akten namentlich angeführt worden. Ihnen wurde eingeschärft, dass sie den Gesetzen gemäß nur solches Urteil sprechen sollten, das sie vor Gott und den Menschen vertreten könnten. Vom 8. Juni bis zum 3. August dauerte der Prozess, an welchem Tage die Schuldrichter, die Hand auf die Heilige Schrift gelegt, erklärten: »Wie wir wünschen, Gott und sein heiliges Wort möge uns zum Guten und zum Heil gedeihen, so haben wir in dieser Sache nicht anders befinden mögen, denn dass Johanna Thermana die Ursache der Misshandlung des Dieners beim Kaufmann Johannes, der als besessen angegeben wird, gewesen; und wir können nichts anderes sehen und erkennen, denn dass sie in Wahrheit teuflischer Zauberkunst schuldig sei.« – Sie bekannte und wurde am 11. September hingerichtet. Man sieht, die Schuldrichter hatten nach ihrem Gewissen geurteilt und man muss glauben, dass sie die Tatsachen, die zugrunde lagen, alle zuvor verifiziert.

Jakob Böhme. Aus Abrahams von Franckenberg im Herbst 1651 niedergeschriebenem »Bericht von dem Leben und Abschied des in Gott selig ruhenden Jacob Böhmenes«, gedruckt zu Amsterdam 1682: Zu beschreiben den gottseligen Lebenslauf dieses von Gott hochbegnadeten Zeugens und deutschen Wundermannes Jakob Böhmens möchte wohl ein klugsinnig und ansehnlicher Zierredner vonnöten sein: weil sich aber bis auf jetzt noch keiner, auch von seinen eigenen Landsleuten, unterfangen, will ich nur als ein Benachbarter vor meine wenige Person, soviel mir aus mündlicher Zusammensprache des selig Verstorbenen von 1623 und 1624 bis annoch im Gedächtnis verblieben, kürzlich und einfältig, jedoch gründlich und wahrhaftig anmelden.

Nämlich: Es ist der selige Mann Jacob Böhme im 1575. Jahr nach Christi unseres Herrn Geburt zu Alt-Seidenburg, einem gewesenen Marktflecken ungefähr anderthalb Meilen von Görlitz in Ober-Laußnitz gelegen, von seinem Vater Jacob und seiner Mutter Ursula, beiden armen und geringen Bauersleuten guter deutscher Art, aus christlichem und unbeflecktem Ehebett gezeugt, auf diese Welt geboren worden. Nachdem er nun etwas erwachsen, hat er neben andern Dorfknaben des Viehes auf dem Felde hüten und also seinen Eltern mit billigem Gehorsam zur Hand gehen müssen.

Bei welchem seinem Hirtenstande ihm dies begegnet, dass er einstmals um die Mittagsstunde sich von den andern Knaben abgesondert und auf den davon nicht weit abgelegenen Berg, die Landeskrone genannt, allein für sich selbst gestiegen, allda zuoberst, welchen Ort er mir selber gezeigt und dies erzählt, wo es mit großen roten Steinen fast einem Türgerüst gleich verwachsen und beschlossen, einen offenen Eingang gefunden: in welchen er aus Einfalt gegangen und da drinnen eine große Bütte mit Gelde angetroffen, worüber ihm ein Grauen angekommen, darum er auch nicht davon genommen, sondern also ledig und eilfertig wieder herausgegangen. Ob er nun wohl manchmal mit andern Hütejungen zum Öfteren wieder hinaufgestiegen, hat er doch solchen Eingang nie mehr offen gesehen. (Welches eine Vorbedeutung auf seinen geistlichen Eingang in die verborgene Schatzkammer der göttlichen und natürlichen Weisheit und Geheimnisse wohl sein könne.) Es ist aber selbiger Schatz nach etlichen Jahren, wie er berichtet, von einem fremden Künstler gehoben und hinweggeführt worden, worüber solcher Schatzgräber, weil der Fluch dabei gewesen, eines schändlichen Todes verdorben.

Und ist auch über solchem, des Jacob Böhmens Eingange in den hohlen Berg nicht groß zu verwundern: sintemal (wie in des Heinrich Kornmans Büchlein, der Venus-Berg genannt, item in des viel- und weitgereisten und erfahrenen Leonhardi Thurnheißers Schriften, sowohl beim Hammelmanno in der Holsteinischen Chronika, Theophrasto Paracelso, Agricola, Mathesio, Aldrovando, Theobaldo Kirchero, Zeillero und andern enthalten) dergleichen Wunderörter hin und wieder angetroffen worden. Maßen denn auf dem Riesengebirge, nahe bei den Hirschbergischen warmen Bronnen in Schlesien/sonderlich auf der AVENTROT Burg, unter dem Stein mit sieben Ecken/ und andern vielen Orten zu finden. Ja, es ist der fromme und gelehrte, wiewohl wenigen bekannte Mann Johan Beer von der Schweidnitz im Jahr 1570 durch göttliche Vergünstigung so weit gekommen, dass er zu etlichen Zeiten in den Zotten und andere daselbst herumgelegene Berge (jedoch nicht ohne göttliche Furcht) gehen und die Wunder und Schätze der Erden da drinnen sehen und nach Notdurft gebrauchen mögen. Wie in dem vor wenigen

Jahren zu Amsterdam gedruckten Büchlein vom Gewinn und Verlust geistlicher und leiblicher Güter: sowohl in der merkwürdigen Relation von den drei verbannten Geistern im Zottenberge (mit welchen ehrengemeldter Johan Beer persönlich Sprache gehalten) umständlich zu vernehmen. Nun wenden wir uns wiederum zu unserm Jacob: Dessen Eltern, dieweil sie vermerket, dass sich bei diesem ihrem Sohne gar eine feine, gute und geistsame Natur angelassen, haben sie ihn zur Schulen gehalten, da er neben täglichem Gebet, auch gewöhnlicher Tisch- und Hauszucht nach Notdurft Lesen und etwas Schreiben gelernt, bis er von ihnen auf das Schuhmacher-Handwerk getan, da drinnen er auch redlich und ehrlich ausgelernt, darauf gewandert und endlich im Jahr 1594 zugleich Meister und Bräutigam geworden, mit der tugendsamen Jungfrauen Catharina, des ehrbaren Hansen Kunschmans, Bürgers und Fleischhauers in Görlitz eheleiblichen Tochter. Mit welcher er 30 Jahr bis an sein seliges Ende in stiller und friedlicher Ehe gelebt und durch Gottes Segen 4 Söhne gezeugt, davon einer ein Goldschmied, der andere ein Schuhmacher, die anderen andere Handwerker worden.

Demnach um wohlgedachter unser Jacob Böhme von Jugend auf in aller Demut und Einfalt der Gottesfurcht ergeben gewesen und sonderlich den Predigten sehr gerne beigewohnet, ist er endlich durch den köstlichen Verheißungsspruch unseres Heilandes Luc. 11, v. 13.: Der Vater im Himmel will oder wird den Heiligen Geist geben, denen, die ihn darum bitten, in sich selber erwecket, wie auch zugleich durch den Streit und das manchfaltige Schulgezänke von der Religion (darein er sich nicht schicken und richten können) erreget und beweget worden, dass er, um die Wahrheit zu erkennen, jedoch in Einfalt des Geistes inbrünstig und unaufhörlich gebetet, gesucht und angeklopfet, bis er, damals bei seinem Meister auf der Wanderschaft, durch den Zug des Vaters in dem Sohne, dem Geiste nach in den Heiligen Sabbat und herzlichen Ruhetag der Seelen versetzet und also seiner Bitte gezweiget werden, all wo er (seiner eigenen Bekenntnis nach) mit göttlichem Lichte umfangen, durch sieben Tage lang in höchster göttlicher Beschaulichkeit und freudenreich gestanden.

In welcher recht apokalyptischen (aber aus großer Blind- und Bosheit jetzt verworfenen) Schulen des Geistes Gottes die heiligen Patriarchen, Könige, Propheten, Apostel und Männer Gottes jederzeit gestudiret und dannenhero das Geheimnis des Reichs und Gerichts Gottes und Christi nachmahlen (wie auch Christus die ewige Weisheit des Vaters selber) durch allerhand Gleichnisse und Figuren, hohe und tiefe Sprüche und Reden, wie auch mit Wunder- und Taten der Welt, eröffnet und mit Darstreck- und Aufopferung ihres eigenen Leibes und Lebens ganz ernstlich und beständig angekündigt haben.

Und kann wohl sein, dass auch von außen durch magisch-astralische Wirkung der gestirnten Geister zu diesem heiligen Liebe-Feuer gleichsam ein verborgener Glimmer und Zünder mit an- und eingelegt worden: Denn wie mir der selige Mann selber erzählet, hat es sich einmal bei seinen Lehrjahren zugetragen, dass ein fremder, zwar schlecht bekleideter, doch feiner und ehrbarer Mann für den Laden kommen, welcher ein Paar Schuh für sich zu Kauf begehret. Weil aber weder Meister noch Meisterin zu Hause, hat er, Jacob Böhme, als ein Lehrjunge, selbige zu verkaufen, sich nicht erkühnen wollen, bis der Mann mit Ernst darauf gedrungen: Und als er ihm die Schuh (der Meinung, Käufern abzuschrecken) ziemlich hoch und über rechte Billigkeit geboten, hat ihm der Mann dasselbe Geld alsbald und ohne einige Widerrede dafür gegeben, die Schuh genommen, fortgegangen und, als er ein wenig von dem Laden abgekommen, stillegestanden und mit lauter und ernster Stimme gerufen: »Jacob, komme heraus!« Worüber er in sich selbst erschrocken, dass ihn dieser unbekannte Mann mit eigenem Taufnamen genannt und sich doch erholet, aufgestanden, zu ihm auf die Gasse gegangen. Da ihn aber der Mann, eines ernst-freundlichen Ansehens, mit lichtfunkelnden Augen, bei der rechten Hand gefasst, ihm strack und stark in die Augen gesehen und gesprochen: »Jacob, du bist klein, aber du wirst groß und ein gar anderer Mensch und Mann werden, dass sich die Welt über dir verwundern wird! Darum so sei fromm, fürchte Gott und ehre sein Wort, insonderheit lies gerne in Heiliger Schrift, da drinnen du Trost und Unterweisung hast, denn du wirst viel Not und Armut mit Verfolgung leiden müssen. Aber sei getrost und bleib beständig, denn du bist Gott lieb und er ist dir genädig.« Worauf der Mann ihm die Hand gedrückt, wiederum stark in die Augen gesehen und also seinen Weg für sich gegangen. Er, der Jacob, aber nicht wenig darüber bestürzt worden und solche Weissagung und Ermahnung mit der Gestalt des Mannes immer im Gemüte behalten und nicht vergessen können, auch forthin in allem seinem Tun ernsthafter und aufmerksamer worden…

Unterdessen und nachdem er sich als ein getreuer Arbeiter seiner eigenen Hand im Schweiß seines Angesichts genähret, wird er mit des 16. Saeculi Anfang, nämlich 1600 als im 25. Jahre seines Alters zum andern Mal vom göttlichen Lichte ergriffen und mit seinem gestirnten Seelen-Geiste durch einen göhligen Anblick eines zinnernen Gefäßes (als des lieblichen Jovialischen Scheins) zu dem innersten Grunde oder Centro der geheimen Natur eingeführt. Da er als in etwas zweifelhaft, um solche vermeinte Phantasie aus dem Gemüte zu schlagen, zu Görlitz vor dem Neißethore (all wo er an der Brücken seine Wohnung gehabt) ins Grüne gegangen und doch nichts desto weniger solcher empfangenen Blicke je länger je mehr und klarer empfunden, also dass er vermittelst der abgebildeten Signaturen oder Figuren Lineamenten und Farben allen Geschöpfen gleichsam in das Herze und die innerste Natur hineinsehen können (wie auch in seinem Büchlein De Signatura Rerum dieser ihm eingedruckte Grund genugsam verkläret und enthalten), wodurch er mit großen Freuden überschüttet, stille geschwiegen, Gott gelobet, seiner Hausgeschäfte und Kinderzucht wahrgenommen und mit jedermann fried- und freundlich umgegangen und von solchem seinem empfangenen Lichte und inneren Wandel mit Gott und der Natur wenig oder nichts gegen jemanden gedacht. Aber nach dem im Verborgenen wirkenden heiligen Rat und Willen Gottes wird er nach zehn Jahren, nämlich 1610, durch Überschattung des Heiligen Geistes zum dritten Mal von Gott berühret und mit neuem Licht und Recht begnadet und bekräftiget. Damit er nun solche große Gnade, so ihm geschehen, nicht aus dem Gedächtnis ließe, noch auch seinem so heiligen und trostreichen Lehrmeister widerstrebte, schrieb er (doch nur für sich selbst) bei geringen Mitteln und mit gar keinen Büchern als nur der Heiligen Schrift versehen: Im Jahr 1612 sein erstes Buch »Morgenröte im Aufgange« (nachmals von Dr. Balthasar Waltern AURORA genannt) welches, ob er es wohl niemandem (als endlich auf große Bitte hin einem Wohlbekannten vom Adel, der es von ungefähr bei ihm gefunden) zum Überlesen anvertrauet, auch nicht gewollt, dass es an das offene Tageslicht kommen, viel weniger gedruckt werden sollte. Hat doch Der vom Adel aus großer Begierde zu solchem verborgenen Grunde dasselbe alsbald zerteilet und neben eigener Hand durch unterschiedliche Copisten bei Tag und Nacht ganz eilfertig abgeschrieben: worauf es Einem und dem Andern bekannt worden, bis es endlich auch dem Oberpfarrer zu Görlitz Gregorio Richtern kund worden, der es dem gemeinen oder verkehrten Schulbrauche nach ohne genügsame Prüfung und Erkanntnis also bald mit öffentlicher Lästerung von dem Predigerstuhle zum Höchsten verdammet und solches auch mit persönlichen Schmäh- und Bannisirungen des unschuldigen Authoris so oft und lange wiederholet und getrieben, bis letztlich der Rat zu Görlitz selber nachgefragt, Jacob Böhmen als ihren Bürger für sich gefordert, das Buch auf dem Rat-Hause verwahret und den Authorem sich an seinem Leisten begnügen, das Bücherschreiben aber unterwegen zu lassen verwarnet…

Hierauf hat der heilige geduldige Mann einen völligen Sabbath ganzer 7 Jahr lang aus Gehorsam zu seiner Obrigkeit gehalten und innerhalb solcher Zeit nichts geschrieben. Als er aber durch weitere, nämlich der vierten, Bewegung des in ihm göttlich gelegten Grundes mit überschwänglichen Gnaden gestärkt und erwecket, wie auch durch etlicher Gottesfürchtigen und naturverständiger Leute Suchen und Anhalten, solch hochteures Pfund oder Pfand nicht zu vergraben, sondern Gotte und seiner Gemeine zu Ehren und Nutzen wohl anzulegen, inständig ermahnet worden, greift er im Namen Gottes wieder zu der Feder, fährt fort mit Schreiben und fertigt bei guter Mussweile und Ruhe (weil er sein Handwerk zu treiben keinen Verlag gehabt) folgende herrliche und bis ans Ende der Welt dauernde hochrühmliche Schriften:…Wohl ehrengedachter Dr. Balthasar Walter (welcher nachmals zu Paris gestorben und des Teutonici Schriften bei vornehmen Leuten daselbst und anderswo bekannt gemacht und hinterlassen) hat unterschiedlich und zum Öfteren beteuert, dass er auf seinen vielen und weiten Reisen, insonderheit als er ganzer 6 Jahr lang in Arabia, Sirien und Ägypten gewesen und nach der wahren verborgenen Weisheit (welche man sonst Kabbalam, Magiam, Chymiam oder auch in ihrem rechten Verstande Theosophiam nennt) mit großem, emsigem Fleiße geforscht, selbige auch hin und wieder zwar stückweise und vermischt, nirgends aber so vollkommen hoch und tief rein gegründet als bei diesem einfältigen Manne und verworfenem Eckstein (nicht ohne großen Anstoß und Ärgernis der dialectischen Schulgelehrten und metaphysischen Kirchenlichter) gesunden…

Ferner so ist auch alsonderlich zu merken, dass unser seliger Teutonicus diejenigen lateinischen Terminos und Kunstwörter, so er (sonderlich in seinen letzten Schriften) gebraucht, nicht von sich selber oder einigem Lesen fremder Bücher: sondern aus gepflogener so schrift- als mündlicher Kundschaft mit gelehrten Leuten, sonderlich Medicis, Chymicis und Philosophis erlernet, und wie ich von ihm zum Öfteren gehöret, gar sehnlich gewünscht, dass er doch zum wenigsten die lateinische Sprache (worüber sich Maximilianus I. auch beklagte) gelernt hätte. Sintemal er die vielen der ihm für den Augen schwebenden Wundersachen in seiner deutschen Muttersprache vollkommen auszusprechen nicht fügliche Wörter genug finden könnte, musste also der Natursprache nach, was er von anderen hörte, wegen mehrerer Erklärung mit zu Hilfe nehmen. Wie ihm denn das griechische Wörtlein IDEA von mir sonderlich angenehm und, wie er's nannte, gleichsam eine besonders schöne himmlische reine Jungfrau und geistlich-leiblich erhöhte Göttin war.

Bei welchem ich ihm auch dies Zeugnis geben muss, dass er, ob zwar langsamer, jedoch deutlich und leslicher Hand, im Schreiben nicht leicht ein Wörtlein geändert oder ausgestrichen: sondern wie es ihm von dem Geiste Gottes in den Sinn gegeben, also reinlich und unkopiert aufgeschrieben. Welches noch wohl manchem Hochgelehrten mangeln dürfte. Soviel ist an dem rechten Doctore und Dictatore, nämlich deren Geiste und Trost göttlicher

Weisheit gelegen, davon aber heute selbstgewachsene Klüglinge wenig oder auch wohl gar nichts hören, glauben oder wissen wollen, und derentwegen auch mit recht gründlichem Erkenntnis der geheimen Weisheit und verborgenen Wahrheit nicht unbillig verschonet bleiben.

Dieses ist auch merkwürdig zu erinnern, welches er mündlich erzählt, dass auf eine Zeit ein Fremdling von kleiner Statur, doch spitzigen Ansehens und witzigen Verstandes zu ihm für die Türe kommen mit freundlichem Gruß, höflichen Glückwünschen und bittlichem Ersuchen: weil er vernommen, dass er, Jacob Böhme, mit einem besonderen Gesicht begabet, dergleichen insgemein nicht zu finden und aber ein jeglicher dasjenige Gute, so er empfangen, billig seinem Nächsten auch gönnen und mitteilen sollte: ob er, Jacob Böhme, so wohl tun und ihm solchen besonderen Geist auch geben oder (wie dem Simoni Mago um Geld) hinterlassen wollte. Worauf ihm Jacob Böhme mit gebührendem Gegendank eingehalten, dass er sich hoher und großer Gaben und Künste ganz unwürdig schätzte, auch dergleichen, als sich der Fremde etwa einbildete, bei sich gar nicht befindet, sondern nur schlecht und recht in dem allgemeinen Vertrauen und Glauben zu GOTT und der brüderlichen Liebe zu seinem Nächsten lebte und wandelte; im Übrigen aber von keinem Singular oder, wie es der Fremde meinte, familiar Geiste nicht wüsste noch etwas hielte. Wollte er aber ja einen Geist haben, so sollte er (wie Jacob Böhme auch getan) ernste Buße tun und den Vatter im Himmel um seinen Heiligen Geist der Gnaden inbrünstig anrufen, so würde er ihn ihm geben und ihn dadurch in alle Wahrheit leiten. Welches aber dieser betörte Mensch nicht annehmen, sondern kurzum, ja fast mit falsch magischer Beschwörung des Johann Böhmens vermeintlichen familar-Geistes aus ihm erzwingen wollen. Bis Jacob Böhme im Geist ergrimmet, ihn bei der rechten Hand gefasst, stark angesehen und gehalten, willens ihm den Fluch in seine verkehrte Seele zu wünschen. Worüber dieser Banner und Zitterer erschrocken, um Verzeihung gebeten, dass also Jacob Böhme von seinem Eifer nachgelassen, ihn von solcher Simoney und Teufelei gar ernstlich abgemahnt und ohne weiteres Halten also ab- und hinziehen lassen.

Seine große Sanftmut, Geduld und Demut, wie nicht weniger die durchdringende Gabe, des Menschen Geist zu erforschen und seine Verborgenheit zu offenbaren, erhellet nebst bis jetzt erwähntem auch aus folgender Geschichte.

Es ist der selige Mann Jacob Böhme nebens Herrn David von Schweinitz und Anderen bei einem Edelmann gewesen. Als nun der Herr David von Schweinitz von da abgereist, hat er den Edelmann gebeten, wann er den Jacob Böhmen von sich lassen würde, sollte er ihn zu ihm auf sein Gut Seifersdorf schicken, welches dieser auch getan. Es hat aber ein Medicus, der dem seligen Böhmen sehr Feind gewesen, dem Jungen, der ihn führen hat sollen, einen Ortsthaler mit dem Beding gegeben, dass er denselben, Jacob Böhmen, in eine Pfütze werfen sollte, welches selbiger auch redlich getan. Denn als er nahe bei Seifersdorff bei einer großen Pfütze kommen, hat er den guten Mann hinein geworfen, welcher sich demnach nicht allein übel besudelt, sondern weil er mit dem Kopfe auf einen spitzigen Stein getroffen, ihm ein Loch geschlagen, dass er sehr geblutet. Als dieses der Junge gesehen, ist er sehr erschrocken, hat angefangen zu weinen, ist auf den Edelhof gelaufen und hat berichtet, was vorgegangen. Als nun Herr David von Schweinitz dieses erfahren, hat er den seligen Böhmen in die Schäferei führen, auch allda verbinden und reinigen lassen, ihm auch ein anderer Kleid zum Anziehen geschickt. Nachdem er nun ausgehen können und in die Hofstube kommen, hat er allen Anwesenden die Hand geboten und weil des Herrn David von Schweinitz Kinder daselbst in der Ordnung gestanden und er zu einer unter den Töchtern kommen, gesagt: »Diese ist der frömmste Mensch unter allen, so hier in dieser Stuben versammelt sind!« Hat auch seine Hand auf ihr Haupt gelegt und einen besonderen Segen gesprochen. Es soll diese Tochter mehrbesagten Herrn David von Schweinitz eigener Bekenntnis nach auch das frömmste unter seinen Kindern gewesen sein. Weilen nun damals der Herr David von Schweinitz einen Schwager samt seiner Frau und Kindern bei sich gehabt, welcher dem nunmehr seligen Böhmen sehr Feind gewesen, ihn agiert, einen Propheten gescholten und von ihm begehret, dass er ihm etwas prophezeien sollte, hat er sich sehr entschuldiget, dass er kein Prophet, sondern ein einfältiger Mann wäre, sich auch niemals für einen Propheten ausgegeben und gar sehr gebeten, dass er seiner verschonen wolle. Der Edelmann aber mit agieren immer fortgefahren und unterschiedlich angehalten, dass er ihm etwas prophezeien sollte. Und ob gleich der Herr David von Schweinitz seinem Schwager eingeredet und gebeten, dass er doch diesen Mann wolle zufriedenlassen, hat es doch nichts helfen wollen. Als nun der gute Böhm so oft von ihm gereizt worden, hat er angefangen: »Weil Ihr's ja so haben wollt und ich für Euch keine Ruhe haben kann, so werde ich Euch sagen müssen, was Ihr nicht gerne hören wollet.« Der Edelmann erblassend versetzte: Er sollte nur sagen, was er wollte. Darauf hat er angefangen und erzählet, was für ein gottlos ärgerlich und leichtfertiges Leben hin und wieder bis dahin er geführt, wie es ihm dabei ergangen und wie es ihm ferner ergehen werde, welches denn auch alles wahrhaftig erfolgt ist. Dessen hat sich nun der Edelmann heftig geschämt, sich über die Maßen erbittert und erzürnet und auf den lieben Böhm losschlagen wollen, welches aber Herr David von Schweinitz unterbunden, und, damit er demselben Ruhe verschaffte, hat er ihn nebens 6 Speisen zum Pfarrer P. T. geschickt und bitten lassen, dass er ihn bei sich behalten wolle. So dann auch geschehen und er über Nacht all dort geblieben und des folgenden Morgens wieder nach Görlitz gebracht worden. Vor etlichen Jahren aber hat einer, von Görlitz gebürtig, etwas ausführlicher gemeldet von demselben Edelmann, als sollte derselbe damals in solchem ihm selbst erweckten Grimm und Zorn nicht lange bei Herrn David von Schweinitz verblieben, sondern ganz entrüstet ausgestanden sein, sich zu Pferde gesetzt haben und nach Hause reiten wollen. Sei aber vom Pferde gestürzt, den Hals gebrochen und tot gefunden, wie ihm denn von Böhmen (dass nämlich sein Ende nahe vorhanden wäre) solches auf sein eigen Begehren angekündigt.

Seine, Jacob Böhmens, äußere Leibesgestalt war verfallen und von schlechtem Ansehen, kleiner Statur, niedriger Stirne, erhabener Schläfe, etwas gekrümmter Nasen, grau und fast himmelblau glitzernden Augen (ansonsten wie die Fenster am Tempel Salomonis), kurz dünnen Bartes, klein lautender Stimme (doch holdseeliger Rede), züchtig in Gebärden, bescheiden in Worten, demütig im Wandel, geduldig im Leiden, sanftmütig von Herzen. Seinen über alle Natur von Gott hoch erleuchteten Geist und ganz reine wohlverständliche hochdeutsche Redensweise hat man aus diesen seinen unverfälschten Schriften in göttlichem Lichte zu prüfen und zu erkennen.

Folget nun sein seliger Abschied aus dieser Welt, welcher sonsten anderwärts mit allen Umständen weitläufiger beschrieben, achten aber dieses Orts genug zu sein, nur das Nötigste daraus zu erzählen.

Als er im Jahre 1624 etliche Wochen über bei uns in Schlesien war und neben andern erbaulichen Gesprächen von dem hochseeligen Erkenntnis Gottes und seines Sohnes, sonderlich aus dem Lichte der geheimen und offenbaren Natur zugleich die drei Tafeln von göttlicher Offenbarung (an Johann Sigmund von Schweinich und mich, Abraham von Frankenberg gerichtet) verfertigte, ist er nach meinem Abreisen mit einem hitzigen Fieber überfallen, wegen zu vielen Wassertrinkens zerschwollen und endlich seinem Begehren nach also krank nach Görlitz in sein Haus geführt worden. All wo er nach zuvor getaner rein evangelischer Glaubens-Bekenntnis und würdigem Gebrauch des Gnaden-Pfandes folgenden 27. November Sonntags verschieden, da er zuvor seinen Sohn Tobiam rief und fragte: ob er auch die schöne Musik hörte? Als er sagte Nein, sprach er, man sollte die Tür öffnen, dass man den Gesang besser hören könne. Danach fragte er, wie hoch es an der Uhr? Als man antwortet, es habe 2 geschlagen, sprach er: »Das ist noch nicht meine Zeit, nach drei Stunden ist meine Zeit.« Unterdessen redete er diese Worte einmal: »O du starker GOTT Zebaoth, rette mich nach deinem Willen! O du gekreuzigter Herr Jesu Christ, erbarme dich mein und nimm mich in dein Reich!« Als es aber kaum um 5 Uhr des Morgens, nahm er Abschied von seinem Weibe und Sohne, segnete sie und sprach darauf: »Nun fahre ich hin ins Paradies!« Heißet sich seinen Sohn umwenden, er seufzet tief und entschlief, fuhr also mit Fried gar sanfte und stille von dieser Welt.

Pfarrer Süssenbach. Der Pfarrer Christoph Süssenbach zu Pitschen, einem schlesischen Städtchen unweit der polnischen Grenze, das seit der Reformation dem evangelischen Bekenntnis die Treue gehalten, hatte sich, während seiner ganzen langen Amtsführung, als einen freudigen Glaubensprediger und barmherzigen Freund der Armen erwiesen. Nachdem er nun am 9. Juni 1631 morgens um sechs Uhr in der Pfarrkirche im Wochengottesdienst den zweiten Psalm ausgelegt hatte, verkündigte er der Gemeinde, dass er desselbigen Tages noch heimfahren werde. Er ermahnte sie aber zum Ausharren im Glauben an den Herrn Jesum Christum und zur brüderlichen Liebe untereinander, nahm Abschied von allen Gliedern der Gemeinde, der Geistlichkeit und dem Rate und ging dann ins Pfarrhaus zurück. Die Gemeinde begleitete ihn in Scharen, viele weinten. Süssenbach fühlte, dass seine Kräfte rasch abnahmen. Er legte sich nieder und rüstete sich, wie er selbst sagte, auf den Herrn Jesum. Als dann der Rat und die Geistlichen einer benachbarten Stadt ihn besuchten und nach seinem Befinden fragten, gab er daraus keinen Bescheid, sondern ermahnte sie nur, wie er vorhin in der Kirche getan. – Da er nun von allen, jedem die Hand gebend, Abschied genommen hatte, hörten die Anwesenden einen wunderbar lieblichen Gesang eine volle Viertelstunde lang durch die Stadt tönen. Man wusste aber nicht, woher die Stimmen kamen. Gleichzeitig hörten dieselbe himmlische Musik die Arbeiter auf dem Felde und die Hirten bei ihren Herden, sowohl um Pitschen wie beim Filialdorf. Etliche meinten, es käme vom Turm, andere, die Schar der Sänger stände auf der Stadtmauer.

Und es kam sie alle ein großes Staunen an. Da rief der sterbende Pfarrer seine Hausfrau und sprach: »Siehst du nun, dass die Gottseligkeit die Verheißung des Lebens hat? Hörst du, was die himmlische Musik singt? Auch dir wird der Himmel lieblich singen, wenn du beharrest im Glauben und in der Liebe des Sohn Gottes.« Und als er dieses gesagt hatte, wandte er sich nach der Wand um und entschlief so sanft, dass es keiner merkte. [Nach Köllings Presbyteriologie des Kirchenkreises Kreuzburg.]

Anna Fleischerin Andreas Möller [auch Moller oder Müller genannt] 1598–1660, der gelehrte Konrektor der Stadtschule und nachherige vielgesuchte Arzt zu Freiberg, der nebenbei Naturforscher und ein überaus fleißiger Geschichtsschreiber war und in nicht weniger als sieben Sprachen Verse machte, erzählt in seinem 1653 erschienenen Theatrum Freibergense Chronicum, einer der besten deutschen Stadtchroniken: Anno 1620 den 11. Oktober ist verstorben Anna, Stephan Fleischers, Bändners zu Freiberg, Ehefrau, und den 14. Oktober zu S. Petri mit einer Leichenpredigt begraben worden. Von dieser Frau wäre viel zu schreiben, denn sich sehr wunderliche Sachen mit ihr zugetragen, indem sie große, übernatürliche Krankheit ausgestanden, dabei unterschiedliche Offenbarungen gehabt und viel hervorgesagt, so hiernach in der Tat geschehen und nicht allein diese Stadt, sondern auch ganz Deutschland leider betroffen. [Der Dreißigjährige Krieg begann zwei Jahre vor ihrem Tode; in ihm hatte auch Freiberg – und der Chronist persönlich – viel zu leiden.]

Sie ist mit einer Epilepsie und gräulichen Convulsionibus (welche ärger sind als immer möglich zu beschreiben und einem natürlichen Menschen auszustehen) vier Wochen lang befallen, zu derselben Zeit bildete sie ihr ein, sie müsste einen schönen Garten sehen, darinnen Bäume, darauf Kinder mit weißen Hemden (die sie Engel nannte) zu sehen; es wäre auch da drinnen ein hoher Berg mit Grase bewachsen, denselben musste sie mit großer Mühe besteigen, wenn die schweren Paroxismi, werfen und auffahren, angingen...

In mittelst haben sich Wunderdinge mit ihr zugetragen. Vormittage um neun Uhr, als der Mann den Lehrjungen allein bei ihr in der Stube gelassen und derselbe entschlaffen, ist sie aus der zugeschlossenen Stube verloren, und darauf mit großen Schmerzen gesucht und als der Mann vor Angst ihm wollen ein Leid tun, oben auf der Rinnen zwischen ihrem und des Nachbars Hause gefunden worden, also dass sie die Beine hinab in den Garten gehangen und das bekannte Gesätzlein gesungen hat: »Tod, Sünde, Teufel, Leben und Gnad etc.« Sie ist auch sonst des Morgens um 3 Uhr vorm Fenster aufs einem Steine, auch zu Mittage auf dem Ofen gefunden worden und haben ihre convulsiones, werfen und aufsteigen, mit Gewalt überhandgenommen, wie denn allzeit, wenn ihre Krankheit wiederkommt und auch diesmal nicht ohne Tränen und Mitleiden anzusehen ist, da sie mit dem Kopf bald auf, bald nieder schlägt, bald wie ein Wurm sich wunderlich krümmet, der Leib denn wie eine Baucke [= Buckel oder Schlagbeule] aufläufst und wenn es am Heftigsten wird, fährt sie an, in die Luft zu steigen, da man sie nicht wohl angreifen, denn nur mit großer Mühe und Tüchern fassen darf.

Sobald [in einem Familienzwist] die Widersacher die Versöhnung bei ihr gesucht, ist sie im Beisein der beiden Diaconen Caspar Dachselus und Tobias Walpurger, die es auch beide jetzt wo vor uns ausgesagt, urplötzlich im Bette mit dem ganzen Leibe, Haupt und Füssen bei dritthalb Ellen hoch aufgehoben worden, dass sie nirgends angerührt und frei geschwebt, dass es das Ansehen gehabt, als wollte sie zum Fenster hinausfahren. Darauf sie gedachter Tobias Walpurger umfangen und mit den Anwesenden zu Gott geschrien und gebetet, und sie also wiedergebracht.

Osanna. Aus des Diakonus Magister J. S. Güth 1676 zu Gotha erschienener Chronik der Stadt Meiningen: Anno 1621 hat sich dieser denkwürdige Fall zu St. Albrechts zugetragen, welcher von dem damaligen Pfarrer des Ortes,

Magister Johann Büchnern, im Druck hinterlassen und von nötig erachtet worden, all hier mit anzubringen. Nämlich an einem Dienstag den 16. Juli ist Osanna, des Baltin Alberts, Schultheißen zu St. Albrechts Tochter, damals im sechzehnten Jahre ihres Alters, aufs der Wiesen, da sie mit ihren Eltern und Geschwistern Heu gemacht, unversehens krank und ihr im Leibe sehr übel worden, also dass sie von der Wiesen schwerlich heimgehen können. Da sie nun daheim sich zu Bett gelegt, ist sie bald am dritten Tag hiernach, aus Zulassung und Verhängnis Gottes, von etlichen Hexen und Zauberinnen solchergestalt angefochten worden, dass ihr zu Mitternacht zwei Weiber, so ihr wohlbekannt, vor dem Bett erschienen, ihr einen Apfel zu essen geben wollen, der voller Würmer und Maden gewesen, und da sie sich gewehrt, auch ihre Schwester, so bei ihr im Bette gelegen, um Hilfe angerufen, sind sie bald wieder vor ihren Augen vergangen, sie aber ist darauf je länger je kränker geworden. – Kurz hiernach in der Schnitt-Ernte, da ihre Eltern und Geschwister samt, notwendiger Arbeit halber, hinaus aufs Feld gegangen, da hat sie ein großes Prasseln und Platzen gehört, nicht anders, als wenn das ganze Haus brennt und die Kammer voller Reutter wäre. Dann ist sie bei den Beinen genommen, zum Bett hinausgeworfen, nieder gedruckt und ihr ein Trank, sogar übel wie etwa gebrannt Horn gestunken, neben anderen Sachen eingegossen worden, welches aber doch durch Hilfe Gottes vermittelst gebrauchter Arznei wieder von ihr kommen. – Bald nach diesem sind die Unholden und bösen Weiber abermals kommen, welche sie nicht alle gekannt, weil sie nicht eigentlich weiß, ob dieselben vermummet oder sonst geblendet Werk gewesen; die haben sie aus dem Bett, bald an einen andern Ort, bald in die Höhe, bald nieder zur Erde geworfen, sie gezerrt und geschlagen, dass man's hat klitschen hören (wiewohl diejenigen, so dabei gewesen, nichts gesehen) sie gewunden und gedreht, wie man einen Braten am Spieß wendet, sie hin und wieder gerissen und gezockt, wie die Weiber das Garn zu zocken pflegen, und wie sie diejenige Weiber, so sie jetzt erzählter maßen geplagt, hat namhaft machen wollen, hat eine aus ihnen sie über das Angesicht und den Mund herab gestrichen, davon sie also bald verstummet und in acht Wochen nicht reden können, auch also bald sie übers Angesicht hinaus gestrichen, davon sie ist blind geworden und in zehn Wochen nicht hat sehen können und solches hat gewehrt bis auf den Christ-Abend abgesetzten, damals zu Ende laufenden 1621. Jahres, da sie wiederum angefangen zu lallen, aber doch kein recht deutlich und verständlich Wort auszureden vermögt. Als sie aber aufs den andern Christ-Feiertag von dem Herrn Decano und Ampts-Schultheißen zu Suhla besuchet und ihr zugesprochen worden, sie sollte aus dem 51ten Psalm beten: Herr tue meine Lippen auf, dass mein Mund deinen Ruhm verkündige etc., ist ihr die Sprache ziemlich wieder kommen und da sie wenig Tage danach von dem Herrn Keller in Meiningen besuchet worden und da er nur zur Stuben hineingegangen und zu ihr gesprochen, ist sie also bald auch wieder sehend worden. Ob sie nun gleich hiernach vielmals aufs Begehren die Weiber, so sie ganz unmenschlicher Weise gemartert und geplagt, hat offenbaren und mit Namen nennen wollen, so ist ihr jedoch der Kopf allweg herumgedreht worden, dass sie also bald verstummet und nicht ein einziges Wort hat reden können, bis so lang ihr die rechte Hand durch viel Personen mit Gewalt zum Mund hat gebracht werden müssen, und sie im Namen der heil. Dreifaltigkeit mit dem heiligen Kreuze gesegnet. – Solche große, fast unglaubliche und unaussprechliche Marter und Qual, deren sich wohl ein Stein, geschweige ein Mensch erbarmen mögen, hat von abgesetzter Zeit gewehrt alle Tage, bis so lange der bösen Weiber neun nach Urteil und Recht sind justifiziert worden den 28. Februar 1622. Nachfolgends hat sichs in etwa damit, aber doch nicht gar gelindert, denn sie noch immer des Tags und auch des Nachts, wenn das angezündete und brennende Licht oft unversehens verloschen (auch einmal, worüber sich sonderlich zu verwundern, das Licht mit dem Leuchter aus der Stuben hinaus ist kommen, dass noch bis aus den heutigen Tag niemand weiß, wohin) zu unterschiedlichen Mahlen aus dem Bett herausgeworfen, oder mit den Häuptern ingrimmiglich an die Wand geschmissen, auch des Abends oft ein oder zwei Stunden ist gewunden und gedreht worden, dass allweg vier starke Personen an ihr zu halten gehabt, da sie vornehmlich noch eine gesehen, N. N., welche sie grausam gebissen, geschmissen und geschlagen, ihr die Nägel von den Fingern heruntergerissen und dieselben neben anderen Sachen ihr eingegeben, die aber ganz wieder von ihr kommen; und damit hat es nun auch gewartet, bis angedeutetes Weib aus der Flucht herbei geholt und neben einer anderen auch zu Meiningen verbrannt worden den 18. November 1624, denn da hat zu eben derselben Stunden zwischen 10 und 11 Uhren im Mittage, als das Supplicium vollzogen worden, das vielfältige Plagen nachgelassen, ungesehen, dass sie denselben Morgen noch 10 malen aus dem Bette geworfen, sich die Hexen auch bei Teufelhöhlen versprochen, nicht ehe nachzulassen und wenn sie gleich auf den Scheiterhaufen fässen, bis sie sie umgebracht hätten. Welche Bedräuung auszurichten der liebe Gott keineswegs verstattet. Allein es hat sie, Osanna, wegen ausgestandener Marter bisher noch nicht gehen und stehen, noch weiter kommen können, als man sie von Bett gehoben und getragen, gleichschon sich aber unter wehrender aller erzielter Marter und Beschwerung sich gar geduldig erzeiget, die Bibel zum Öftern mal durchlesen, etliche unterschiedene Psalmen und Kapitel und unter diesen sonderlich das 8. an die Römer von Wort zu Wort auswendig gelernt und selbige, wie sonst, also auch, wenn sie angedeuteter Massen gequält worden, sich dadurch zu trösten und zu stärken, mit eifriger Andacht widerholet und gebet, mittlerweile auch dabei des Nähens und Strickens, dessen sie sonst nicht unterrichtet gewest, sich beflissen, da sie unter anderem auch einen neuen Umhang zum Tauffstein verfertiget und in die Kirchen zu Albrechts verehret. – Am nächsterschienenen 25. Aprilis, als Dienstag nach Misericordias Domini [1626] hat sichs begeben, dass sie zu Gevatter gebeten worden, da sie denn nach der Kirchen, so sie fast in fünf Jahren nicht gesehen, ein sehnliches Verlangen getragen und das Kindlein, so es möglich wäre, in eigener Person aus der Taufe zu heben, inständig begehret, der ungezweifelten Hoffnung und gläubigen Zuversicht, es würde ihr Traum, so sie bisher zu unterschiedlichen Malen gehabt, (wie sie nämlich Gevatter würde und in die Kirchen sich müsste tragen lassen, heraus aber wieder gehen könnte) wahr und aus göttlicher gnädiger Verleihung würde erfüllet werden. In Maßen denn auch geschehen: denn da ließen sie ihre Eltern auf einem Karten bis zur Kirchen führen, dann wurde sie von ihrem Vater, dem Schultheißen, in die Kirchen hineingetragen, vor dem Altar auf einen Stuhl gesetzt und ihr das Kindlein auf den Arm gegeben; nach verrichtetem Gebet wurde sie auf ihrem Stuhl sitzend von ihren Eltern ferner vor den Taufstein getragen und als ihr die Amme das Kind wiederum in die Arme gab und man nun zum Taufstein schreiten wollte, ehe denn noch ein Wort geredet wurde, da stand sie von ihrem Stuhl vor dem Taufstein auf und verrichtete das Ihre stehend, ging auch aus der Kirchen, (als sie zuvor nach vollbrachter Taufe vor dem Taufstein wieder auf ihre Knie gefallen und den barmherzigen gütigen

Gott für seine geleistete Hilfe Lob und Dank gesagt) wieder heim und trug das Kind selbst in ihres Gevattern Haus, gab dann auf Befragung zur Antwort, es hätte sie gedacht, als knackten ihr alle Glieder im Leibe und käme sie ein Leichtlein an, gleich als wenn sich die Gelenke ohne einige Schmerzen von selbst wieder einrichteten und wäre demnach aus einem starken Glauben vor Freuden aufgefahren und hätte also ihre Stärke und Leibeskräfte ziemlicher maßen wieder bekommen.

Christina Ponitowßken, auch Poniatovia und Poniatowigsch, die sechzehnjährige Tochter eines böhmischen Pfarrers, hatte seit Ende 1627 zahlreiche Visionen und Offenbarungen, von deren Bedeutung nicht nur sie selber, sondern auch andere überzeugt waren, so dass schon 1629 in Stettin erscheinen konnte: »Göttliches Wunderbuch, da drinnen aufgezeichnet und geschrieben stehen himmlische Offenbarungen und Berichte einer gottfürchtigen Jungfrau aus Böhmen vom Zustand der Christlichen Kirchen, deren Erlösung und schrecklichen Untergang ihrer Feinde.« Unterm 25. Januar 1628 wird darin erzählt: Am Tag Pauli Bekehrung hatte ich abermals ein Gesicht. Es kam zu mir der Herr selbst, bot mir die Hand und sprach: »Die Kraft meiner Gegenwart sei mit dir! Ich will, dass du einen Brief schreibest mit den Worten, welche du hören wirst. Wann du aber den wirst geschrieben haben, so leg ihn zusammen, versiegle ihn mit drei Siegeln und trag ihn selbst hin nach Gitschin und übergib ihn dem rasenden Hund, dem von Wallenstein; wirst ihn aber nicht zu Hause finden, so übergib ihn seinem Weibe, ihr selbst und ich will verschaffen, dass er dem Bluthunde in seine eigenen Hände zukommen wird. Denn so wahr ich lebe, spricht der Herr, meine Seele hat keinen Gefallen am Tode des Gottlosen, sondern das ist mein Wille, dass sich der Ruchlose bekehre und lebe. Darum vermahne ich diesen gottlosen Mann selbst und stelle ihm die Größe seiner Sünden vor Augen und seine Tyrannei, damit er doch in sich gehen, sich entsetzen und erkennen wolle, dass ich, der Herr, alle seine Werke gesehen habe und dass ich vergelten will einem jeden nach seinen Werken, wieder umkehren, feine Sünde für mich bereuen und sich also von dem Blut, welches er überflüssig vergossen, reinigen, so will ich die Gnadentür noch für ihn öffnen und seine Schuld von ihm nehmen, wie groß sie auch sei. Wird er sich aber nicht bedenken, sondern meine Warnung für Schimpf und Scherz halten und sich hinfort nicht bekehren, siehe, so will auch ich mein Herz wider ihn verkehren wie Eisen und Stahl und mein Schwert wider ihn wetzen und meinen Bogen spannen und zu seinem Herzen zielen: Ich will mir auch tödlichen Geschoß zurichten und damit in sein Herz schießen bis ich ihn umbrächte und ausgerottet habe. Dieses aber sollst du wissen, dass, wo er nicht auf gewisse Zeit, die ich ihm noch bestimmt, sich bekehret, er schon wie ein Kalb zum ewigen Schlachten übergeben sei. Mein Aug soll sich nicht mehr erbarmen, es soll sich, sag ich, nicht erbarmen, ihn auch nicht mehr anschauen. Du aber tu also, wie ich dir befehle: Künftigen Freitag fahre hin gen Gitschin mit denen Personen, so ich dazu erkoren, welche du zu Zeugen haben wirst. Fürchte dich aber vor dem Tyrannen nicht, noch vor anderen, die dir zu schaden begehren möchten. Denn siehe: ich bin bei dir, will auch meine Engel zum Schutz und Wache mit dir schicken, dieselben welche du oft siehst und sie kennest, ja auch der anderen eine große Menge, die du noch nie gesehen: mit denen will ich dich wie mit einer feurigen Mauer umgeben und du wirst sie auch mit deinen leiblichen Augen sehen. Wenn du aber hinkommst, sorge nicht, was du reden sollst, denn ich werde bei dir und in dir sein.

Am Samstage aber wirst du den Brief erst übergeben und ein wenig daselbst verharren. Denn ich will dir erscheinen und die Herzen derer, so dich sehen werden, bewegen und erschrecken.« Als Christina daraufhin nach Gitschin kam, war Wallenstein nicht anwesend, doch wurde sie von der Fürstin empfangen und konnte ihr den Brief übergeben, nach dessen Lektüre Wallenstein scherzte, er sei doch wohl vornehmer als sein Kaiser Ferdinand, denn dieser erhalte Briefe höchstens aus Rom, Konstantinopel und Madrid, er aber sogar aus dem Himmel. – In der Tat aber wurde Wallenstein wenige Jahre danach, 1634 zu Eger, ermordet, wie ein Kalb geschlachtet. – Noch 1657 nahm der große Pädagoge Comenius die Prophezeiungen der »Ponatowska« in sein Buch Lux in tenebris auf.

Die besessene Nonne. Dr. Pichard, der Leibarzt des Herzogs Karls IV. von Lothringen, erzählt als Augenzeuge von einer besessenen Nonne zu Nancy: Der Bischof von Toul hatte den Staatsrat und Doktor der Theologie Viardin und einen Kapuziner als Exorzisten für sie bestellt. Zu den Exorzismen fanden sich außerdem ein der Weihbischof von Straßburg, der Bischof von Verdun, der Herzog von Lothringen und zwei eigens geladene Doktoren von der Sorbonne zu Paris. Diese beschworen die Besessene auf Hebräisch, Griechisch und Lateinisch und sie, die sonst nur ein wenig Latein kümmerlich genug zu lesen vermochte, antwortete in jeder dieser drei Sprachen ganz ohne Fehler. Als der eine Doktor von der Sorbonne stärker in sie drang, meinte ihr Dämon: »Ist's denn nicht genug, dass ich dir zeige, ich verstehe alles, was du sagst!« Und als jener gar im Griechischen einen Fehler machte, schrie der Dämon: »Falsch! Falsch!« Als aber Dr. Pichard halb auf Hebräisch, halb auf Griechisch von dem Geiste verlangte, er solle die kranken Augen der Besessenen heilen, erhielt er zur Antwort: »Wir Teufel sind wahrlich daran nicht schuld, sondern ihr Haupt ist voll von bösen Säften und das kommt von der Beschaffenheit ihrer Natur her.«

Die Ursulinerinnen von Loudun [im Departement Bienne] Nach Histoire des Diables do Loudun. Amsterdam 1716.

Die Zufälle der Nonnen begannen mit hysterischen Erscheinungen, Krämpfen und dergleichen. Bald trat die eigentliche Besessenheit hervor, die sich schnell über das ganze Kloster verbreitete. Die Hauptperson, die Priorin Johanna, hatten vier Dämonen in Besitz genommen, der erste lustiger Art, genusssüchtig, Possen reißend, ein zweiter der Vertreter der Wollust, ein dritter des Zornes und des Mordes, der vierte des Hochmuts. Ihre Dämonen gaben ihr bisweilen größere Schönheit als sie von Natur hatte, liebliche Gebärden und strahlende Augen. Man leitete die Besessenheit von Zauberei ab und die Dämonen erklärten den Pater Grandier, einen imponierenden, geistvollen, aber auch sinnlichen Mann, für den Urheber der Bezauberung. Tatsache war, dass die Besessenen ihn immer vor sich sahen, wie er ihnen Unrechtes zumutete. Die Stadt geriet in Aufregung und Parteistreit für und wider Grandier. Ludwigs XIII. großer Kanzler, der Kardinal Richelieu ordnete eine Untersuchung an, und Grandier ward verhaftet. Er fand viele Teilnehmer und die Nonnen selber beteuerten in lichten Augenblicken seine Unschuld. Aber der königliche Kommissar Laubardemont war ihm feindlich gesinnt und bald wendete sich auch der Fanatismus des Volkes gegen ihn. Man beschloss, er selber solle als Priester die Besessenen in der Kirche feierlich exorzisieren. Als nun Grandier in pontificalibus den Besessenen öffentlich gegenübertrat, begann unter ihnen ein so furchtbares Toben, Wüten und Brüllen gegen ihn, dass alle Anwesenden von Grausen ergriffen wurden. Nur Grandier bewahrte die unerschütterliche Ruhe. – Auch auf der Folter konnte er zu keinem Geständnis gebracht werden. Gleichwohl wurde er verbrannt. Die Besessenheit der Nonnen aber wurde dadurch nicht behoben. Sie wirkte ansteckend. Pater Surin, ein sanftmütiger und frommer Priester, verlor am 17. Januar 1635 mitten im Exorzisieren plötzlich die Sprache. »Es war von einem Teufel, der auf dem Gesicht der Priorin saß und durch ihren Mund redete, deutlich zu sehen, wie er plötzlich verschwand und den Pater angriff, der die Farbe wechselte und durch Zusammenschnürung der Brust am Sprechen verhindert wurde.« Der gute Pater Surin verfiel mit der Zeit völlig in Besessenheit, die ihn erst nach zwanzig Jahren, kurz vor seinem Tode, wieder freigab. Ein Brief von ihm an den Jesuitenpater d'Attichi zu Rennes schildert seinen Zustand: »Ich kann nicht erklären, was in mir während dieser Anfälle vorgeht, wie der böse Geist sich mit dem meinigen vereinigt, ohne mir weder das Bewusstsein noch die Freiheit meiner Seele nehmen zu können und wie er doch ein anderes Wesen aus mir macht. Es ist, als ob ich zwei Seelen hätte; die eine ist ihres Körpers und ihrer Organe entkleidet und schaut, zurückgezogen, der anderen, eingedrungenen ruhig zu. Die beiden Geister bekämpfen sich im Körper wie auf einem Schlachtfelde und die Seele ist zerspalten. Ein Teil ist dem Teufel unterworfen, der andere folgt den Eingebungen und Gedanken, die von Gott kommen. Wenn ich durch Gottes Hilfe Ruhe und Frieden empfinde, so bricht bisweilen die größte Wut und das größte Ungestüm aus. Ich fühle den Zustand der Verdammnis und fürchte ihn und in der fremden Seele, die doch mein zu sein scheint, herrscht trostlose Verzweiflung Die andere Seele dagegen ist voller Zutrauen, spottet solcher Empfindungen und verwünscht in ihrer Freiheit den, der sie verursacht. Der Schrei, den mein Mund ausstößt, kommt von beiden Seelen und ich kann kaum unterscheiden, ob es die Freudigkeit der einen oder die Wut der anderen ist, die ihn hervorruft. Das Zittern, von dem ich ergriffen werde, wenn mir das Sakrament aufgelegt wird, rührt zu gleicher Zeit von dem Schrecken her, den ich über seine Nähe empfinde und von einer herzinnigen, demütigen Ehrfurcht. Wenn ich mit der einen Seele das Zeichen des Kreuzes über meinen Mund machen will, so stößt die andere mich mit großer Schnelligkeit zurück, ich muss den Finger mit den Zähnen fassen und vor Wut hineinbeißen. Nie ist mir das Beten so leicht gefallen wie jetzt bei diesen Erschütterungen. Während mein Körper auf der Erde rollt und die Diener der Kirche von mir wie von einem Teufel sprechen und mich mit Verwünschungen überhäufen, empfinde ich eine unaussprechliche Freude darüber, dass ich ein Teufel geworden bin, nicht aus Empörung gegen Gott, sondern wegen der Strafe, zu der meine Sünde geführt hat. – Welch ein Jammer, das Spielzeug des Teufels zu sein und schon auf Erden von Gottes Gerechtigkeit für seine Sünden gezüchtigt zu werden! So bin ich jetzt wie alle Tage.«

Massenhalluzination und Fernrohr. Professor Friedrich Wilhelm Hagen [1814–1889] gibt in seinem 1837 erschienenen Buche »Die Sinnestäuschungen in Bezug auf Physiologie, Heilkunde und Rechtspflege« das Folgende nach dem Bericht über das Schicksal der Besatzung des gescheiterten holländischen Schiffes »Ter Schelling«, die sich mittels zweier, einander rasch verlierender Flöße zu retten versucht hatte. [Eingehend erzählt ist derselbe Fall in des reformierten Predigers zu Amsterdam Balthasar

Bekker 1691 erschienenem, sehr umfangreichern Werke De betoverde Wereld (Die bezauberte Welt) welches tapfere, den Aberglauben und besonders die Hexenprozesse bekämpfende Buch ungeheures Aufsehen machte und bald in alle Kultursprachen übersetzt wurde.]

Endlich waren wir dem ersehnten Lande so nahe gekommen, dass wir dem äußeren Ansehen nach verschiedene Fischerfahrzeuge am Strande liegen und die Fischer ihre Netze ausbreiten sahen, um sie zu trocknen. Als wir näher kamen, entdeckten wir viele Menschen am Strande und aus noch geringerer Entfernung erkannten wir sie für Holländer, die wir für unsere Unglücksgefährten hielten, ja wir erkannten sie so genau, dass wir sie ohne Fernrohr an ihren Kleidern unterscheiden konnten. Der Schiffer betrachtete sie durch das Fernglas und hielt sie, ohne Zweifel zu hegen, ebenfalls für unsere Leute, welche mit dem andern Floß in See gegangen waren. Und ebendasselbe behaupteten der Steuermann und der Wundarzt, nachdem auch sie durch den Tubus nähere Beobachtungen angestellt hatten, ohne dass auch nur einer von uns zweiunddreißig im Geringsten gezweifelt hätte. – Was nun die Fahrzeuge, Netze, Fischer und Holländer betrifft, die wir alle so deutlich gesehen hatten, so sahen wir, als wir endlich ganz an Land kamen, nicht das allergeringste mehr von ihnen. Alles war gänzlich verschwunden. Wir gingen alsbald ins Gehölz, aber wir entdeckten keinerlei Fußspuren, auch keinen gebahnten noch überhaupt einen Weg, weder Häuser noch Menschen. Wir durchsuchten alles und riefen überlaut, wir fanden aber nichts und erhielten keine Antwort. Deswegen wurde uns immer mehr gewiss, dass unsere Augen insgesamt völlig müssten verblendet gewesen sein.

I'm Kristall. Johann Rist, geboren 1607 zu Ottensen, gestorben 1667 als Pfarrer und behaglich-vielschreibender Schriftsteller zu Wedel bei Hamburg – die evangelischen Kirchenlieder »O Ewigkeit, du Donnerwort«, »Werde munter, mein Gemüte,« sind von ihm, aber auch die zu jener Zeit durch ganz Deutschland in allen Kreisen vielgesungenen, sehr weltlichen Schäferlieder »Daphnis wollte Blumen brechen«, »Daphnis ging vor wenig Tagen«, die der älter werdende gern verleugnet hätte – war 1633 Hauslehrer, »Hofmeister« bei Heinrich Sager zu Heide in Norder-Ditmarschen. Görres erzählt in seiner «Christlichen Mystik«: Die Schwester seines Zöglings hatte eine Liebschaft angefangen, die aber ihre Eltern nicht genehmigen wollten. In der Verzweiflung ihres Herzens wendete sie sich an ein altes Weib, dass es ihr die Zukunft deute. Während einer zufälligen Abwesenheit der Ihrigen lässt sie das Weib kommen, über dessen Vorbereitungen im einsamen Zimmer aber wandelt sie ein Grausen an, so dass sie hinausgeht, den Hauslehrer Rist zu bitten, er möge ihr bei der Sache Gesellschaft leisten.

Der lässt sich endlich überreden und geht mit hinunter. Er findet das Weib noch bei den Vorbereitungen: es breitet ein blauseiden Tüchlein, mit Drachen und Schlangen bestickt, über den Tisch, setzt eine grüne, gläserne Schale darauf, legt ein goldfarbseiden Tüchlein hinein und darauf eine ziemlich große Kristallkugel, die es mit einem weißen Tüchlein zudeckt. Jetzt fängt die Alte an, allerlei zu murmeln und sich wunderlich zu gebärden, hebt, als sie geendet, die Kugel mit großem Respekt aus der Schale und hält sie am Fenster dem jungen Mädchen und dem Hauslehrer vor. Die sehen anfangs nichts, bald aber tritt im Kristall die Braut im prächtigen Brautschmuck hervor, jedoch bleich, betrübt und jämmerlich anzuschauen. Nun aber findet, zu noch größerem Schrecken, auch der Bräutigam sich ein (im Kristall). Der, sonst ein gar freundlicher Mensch, jetzt aber verstörten und entsetzlichen Angesichtes, langt unter seinem Reisemantel zwei Pistolen hervor. Die in der Linken setzt er auf sein eigenes Herz, die in der Rechten der Braut vor die Stirn. Er drückt los und – ein dumpfer Knall lässt sich vernehmen. Die Kristallseher sind zuerst ganz starr vor Schrecken, auch die Alte ist betroffen. Dann machen sie sich davon. Aber der Schrecken lässt sie lange nicht los. – Indessen bleiben die Eltern bei ihrem Widerstande, sie lösen das Verhältnis, sie nötigen die Tochter, einem vornehmen fürstlichen Bediensteten die Hand zu reichen. Die Hochzeit wird ausgerüstet, der Tag anberaumt. Der Bruder der Braut mit seinem Hofmeister Rist, beide derzeit auf der Schule von Rostock, werden eingeladen, aber Rist hat keine Lust und lässt den Zögling allein hinziehen. Die betrübte Braut wird zur bestimmten Stunde in einer sechsspännigen Hofkutsche abgeholt, die Begleitung schließt sich zu Pferde an. Aber der desparate erste Liebhaber hat feinen Stand bei einem wohlgelegenen Haufe vor dem Tor genommen und wie der Wagen dort vorüberfährt, stürzt er hervor, gibt Feuer auf die Braut, fehlt jedoch und schießt einer Dame neben ihr den festlichen Kopfputz herunter. Er merkt an dem Geschrei, dass er fehlgeschossen, stürzt ins Haus und in der allgemeinen Verwirrung gelingt es ihm, zu entkommen. Nach einiger Unterbrechung wird die festliche Fahrt fortgesetzt, und die Hochzeit geht vor sich. – Bald aber entartet der Gatte zu einem grimmigen Haustyrannen, der die Gattin täglich aufs Härteste misshandelt, sodass sie zuletzt, dem Kummer erliegend, kaum dreißig Jahre alt, an gebrochenem Herzen stirbt. – Der verzweifelte Liebhaber hat sich selber nun freilich nicht erschossen, vielmehr später eine gute

Heirat getan und lebte, als Rist die Sache niederschrieb [in »J. Ristens Alleredelste Zeitverkürzung«] noch im besten Wohlstand.

George Fox. Der Gründer der auf Verinnerlichung der Religion eingestellten, besonders in Amerika heute noch blühenden, Sekte der Quäker, George Fox, 1624 in der englischen Grafschaft Leicester als Sohn eines presbyterianischen Webers geboren, erzählt in seiner 1694, wenige Jahre nach seinem Tode, zu London erschienenen Autobiographie: »Einst ging ich mit mehreren Freunden. Da erhob ich mein Angesicht und sah drei Kirchtürme. Die gaben meinem Leben eine neue Richtung. Ich fragte, welcher Ort das sei und erhielt die Antwort: Lichfield. Sofort kam das Wort des Herrn über mich, ich solle dorthin gehen. Als wir an das Haus gelangten, auf das wir gerade zuhielten, bat ich meine Freunde, einzutreten, sagte aber nicht, wohin ich gehen müsste. Sobald sie fort waren, schritt ich weiter, immer geradeaus über Hecken und Gräben, bis ich eine [englische] Meile vor Lichfield war. Dort hüteten Hirten auf einem großen Felde ihre Herden. Da befahl mir der Herr, meine Schuhe auszuziehen. Ich zögerte, denn es war Winter. Aber des Herrn Wortes brannte in mir wie Feuer. So zog ich denn meine Schuhe aus und ließ sie bei den Hirten und die armen Hirten staunten und zitterten. Danach ging ich noch eine Meile weit und sobald ich in der Stadt war, kam des Herrn Wort wieder über mich und befahl mir: Rufe: »Wehe der blutigen Stadt Lichfield!« So ging ich die Straßen auf und nieder und rief mit lauter Stimme: »Wehe der blutigen Stadt Lichfield!« Da gerade Markttag war, ging ich auch auf den Marktplatz, wandelte hin und her, stand still und rief von neuem: »Wehe der blutigen Stadt Lichfield!« Und keiner legte Hand an mich. Da ich also rufend durch die Straßen ging, schien mir als flösse ein Rinnsal Blutes hindurch und der Marktplatz war wie ein blutiger Pfuhl. So ging ich die Straßen auf und nieder und rief mit lauter Stimme: »Wehe der blutigen Stadt Lichfield!« – Als ich des Herrn Befehl ausgerichtet hatte und mich wieder frei fühlte, verließ ich die Stadt in Frieden. Ich kam wieder zu den Hirten, gab ihnen etwas Geld und ließ mir meine Schuhe zurückgeben. Aber das Feuer des Herrn brannte so in meinen Füßen und in meinem Leibe, dass ich kein Verlangen trug, die Schuhe wieder anzuziehen. Ich war unschlüssig, ob ich es tun sollte oder nicht, bis der Herr es mich tun hieß. Dann wusch ich mir die Füße und zog die Schuhe wieder an. Danach fiel ich in ein tiefes Sinnen, warum ich wohl gegen jene Stadt war ausgesendet worden und sie die blutige hatte heißen müssen. Denn obschon die Stadt eine Zeitlang für Cromwell eingetreten war und später für den König [Karl I., enthauptet 1649] und infolgedessen in ihr viel Blut vergossen worden war, so war es doch schließlich in ihr nicht ärger zugegangen als an vielen andern Orten. Aber später erfuhr ich, dass zu des Kaisers Diokletian Zeiten tausend Christen in Lichfield den Märtyrertod hatten erleiden müssen. Darum musste ich ohne Schuhe durch das Rinnsal ihres Blutes in den Straßen und durch die Lachen ihres Blutes auf dem Marktplatz waten, damit ich das Andenken an das Blut jener Märtyrer wieder erwecke, das vor mehr als tausend Jahren vergossen worden war. So wirkte das Blut auf meinen Geist und ich gehorchte der Stimme des Herrn.«

D er gekaufte Wind. Aus: »Des Herrn Martiniere Neue Reise in die Nordischen Landschaften 1647. Hamburg 1675«: Etliche Tage nacheinander segelten wir gar glücklich fort, bis wir unter den Nord-Gretel kamen, allda uns plötzlich eine große Meeresstille ergriff, nicht weit von dem Lande. Und weil wir Nachricht hatten, dass die Leute, so in dieser Gegend desselben Nordkreises wohnten, wie auch die, so an den Finnländischen Küsten sich aufhalten, meistenteils Zauberer sein, so ließen wir unsere Rachen fertig machen und etliche von unsern Schiffleuten gierigen damit an das Land in das nächstgelegene Dorf, so sie antreffen kamen, einen für uns aufzusuchen. Sie fragten nach den besten Schwarzkünstler an dem Ort, so Wind verkauft und wie sie zu einem gewiesen wurden, sagten sie ihm, wohin ihr Absehen gerichtet, und begehrten, dass er ihnen wollte Wind machen, der sie bis nach Mouemans Koigmore führte. Dieser sagte, er könnte nicht und dass seine Gewalt sich nicht weiter als bis an das Vorgebirge Rouvella erstreckte, welcher Ort ziemlich weit und nicht ferne von Nord-Capo lieget. Sie befunden für gut, ihn mit ins Schiff zu nehmen und sich deswegen allda mit demselben zu vergleichen; dadurch machten sie ihm einen Mut, setzten ihn neben drei seiner Gesellen aus ein kleines Fischer-Kahn, so sie allda antrafen und brachten ihn mit in das Schiff, woselbst wir mit ihm eins wurden, für ein Pfund Tabak und zehn Silberkronen. Dafür machte er an der Ecken unseres vorderen Mastsegels ein Stück Leinewand, ungefähr eines Fußes lang und vier Finger breit, darin er drei Knoten knüpfte und sagte, das würde es tun. Darauf traten sie in ihr Schiff und fuhren wieder zu Lande. – Sie waren nicht so bald aus unserm Schiff kommen, da löste unser Schiffer den ersten Knoten in dem Tuche auf – und wir bekamen den schönsten West-Süd-West Wind von der Welt, welcher uns und unser Compagnie-Schiff dreißig Meilen bis Maelstroom brachte, ehe wir den andern Knoten auflösen durften... Als nun der Wind sich wendete und gegen Norden lief, öffnete unser Schiffer den anderen Knoten und bekam eben wieder so guten Wind bis an das

Gebirge Rouxilla, woselbst sich unser Compass veränderte und die Nadel wendete sich zurück sechs Punkte, woraus wir mutmaßten, dass in diesem Gebirge Magnetsteine vorhanden wären... Wir brachten zwei ganze Tage und Nächte in diesem verworrenen Zustand zu. Nach der Zeit, als wir eine gute Weite von dem Gebirge weggegangen, kehrte die Kompassnadel wieder nach ihrem Mittelpunkte, nicht weit von dem Capo, aber der Wind begann nachzulassen, weswegen der Schiffer den dritten Knoten, welcher der letzte war, den er hatte, auflöste. Wie der letzte Knote aufgelöst war, da entstand kurz hiernach so ein grausamer und gewaltiger Nord-Nord-Westen Wind, dass wir meinten, der ganze Himmel würde uns aufs den Kopf herab fallen und Gott aus gerechter Rache uns wegen der begangenen Sünde, da wir diesen Zauberern Gehör gegeben, ganz und gar vertilgen. Und weil wir unsere Segel nicht gebrauchen konnten, mussten wir uns der Gnade der Wellen überlassen, welche uns mit so einer heftigen Bewegung erschütterten, dass wir anders nicht gedachten, als wir würden in Trümmern und Stücken zerbrechen und alle ersaufen...

Von den Zauberkünsten der Lappen. Aus »Joannis Schefferi von Straßburg: Lappland/ Das ist Neue wahrhaftige Beschreibung von Lappland und dessen Einwohnern... Frankfurt am Main und Leipzig. Im Jahr 1675.«: ... Damit ich aber auch einiges altes Zeugnis beibringe, so hat, allbereit zu seiner Zeit, Damianus a Goes gesagt: »Sie sind solche großen Zauberer, dass sie unter vielen andern wunderbaren Sachen, so ich übergehe, ein Schiff mitten in seinem Lauf aufhalten können«... Sodann auch Joan. Tornxust: »Die Teufel sind bei ihnen ein Teil von der Erbschafft, daher kommet es, dass eine familie die andere an Zauberkünsten übertrifft. Worauf zugleich erhellet, dass ganze familien ihre eigenen gewissen Teufel haben, so von denen, welche andere familien besitzen, unterschieden und selben zum Öfteren zuwider und feind sind«... Ihr abergläubischer Götzendienst gebrauchet auch ein Instrument (sie nennen es kannus) so die Gestalt einer Trommel hat... Sie gebrauchen diese Trommel zu der Jagd, den Opfern und weit abgelegene Sachen zu erfahren: Das erste: damit sie erfahren mögen, was an anderen Orten, ob sie gleich weit abgelegen, fortlaufe. Das andere; damit sie von glücklichem oder unglücklichem Ausgange der fortgenommenen Geschäfte, wie auch der Krankheit, so sie darin geraten gewiss werden... Die Trommel überziehen sie mit einem Fell, darauf sie mit Farbe, aus Erlen Rinde gemacht, vielerlei Bilder malen: Mitten über die Trommel ziehen sie etliche Zwerchstriche, auf welche sie ihre Götter stellen, so sie für anderen ehren, als den Thoro, so ein Fürste der anderen ist, nebst seinen Dienern, wie auch den Storjunkare mit seinen Aufwärtern. Und diese malen sie in dem obersten Felde. Hiernach wird noch ein Strich gemacht, von dem ersten gleich weit abgelegen, doch nur bis auf die halbe Trommel. Hier befinden sich des Herrn Christi und seiner Apostel Bilder. Was ansonsten über diese Striche gemalt, soll die Vögel, die Sterne, den Mond bedeuten. Unter diesen Linien recht mittig auf der Trommel wird die Sonne gebildet... Es ist erschrecklich, dass vielen unter ihnen die Hexerei gleichsam angeboren wird. Falls der Teufel selbe, wenn sie noch jung und er merkt, dass sie zu seinem Vorhaben dienlich sein möchten, mit einer Krankheit beleget, darin er ihnen vielerlei Gesichte und Bildnisse vorstellt, daraus sie nach Beschaffenheit ihres Alters, was zu dieser Kunst gehörig, erlernen. Bisweilen werden sie zum andern mal krank, da ihnen noch viel mehr Gesichter für kommen, aus welchen sie auch mehr als zum ersten Mal fassen. Geschieht es, dass sie zum dritten Mal angegriffen werden, so dann mit solcher

Heftigkeit daher gehet, dass sie sich auch des Lebens vermögen, alsdann erscheinen ihnen alle teuflische Vorbildungen, daraus sie so viel, als zur Vollkommenheit der zauberischen Wissenschaft nötig, völlig begriffen. Diese sind dermaßen gelehrt, dass sie von weit abgelegenen Sachen ohne ihre Trommel Bericht erteilten und hat sie der Teufel sogar ein, dass sie gedachte Dinge auch wider ihren Willen beschauen. Also kam neulich ein Lappe, der an noch im Leben, zu mir, gab mir seine Trommel, über welche ich ihn zum Öfteren gestraft und sagte ganz traurig, ob er gleich selbe hinweg täte, auch keine andere Verfertigen möchte, würden ihm doch nach wie vor alle abgelegene Dinge völlig vorkommen. Führte mich auch selbst zum Exempel an und erzählte mir alles, was mir auf der Reise nach Lappland begegnet, wahrhaftig und mit eigentlichen Umständen. Klagte daneben, er wüsste nicht, was er mit seinen Augen anfangen sollte, sintemal ihm solches alles wider seinen Willen vorkäme…
Sie können auf alle begehrten Sachen, ob sie gleich etliche hundert Meilen davon geschehen, innerhalb 24 Stunden antworten…Welches auch Claus Petri bestätigt: Zu mehrerer Bekräftigung bringen sie zu einem Zeugnis, dass sie die Botschaft wohlverrichtet, ein Messer, Schuh, Ring oder etwas anders, so deme, der sie gebunden, wohl besandt, mit sich…Ein Deutscher Kaufmannsdiener mit Namen Johann Delling, so damals zu Bergen sich aufgehalten, zu deme ist ein Norwegischer Finnlappe nebst einem, so Jacob Smaossmend geheißen, gekommen, da dann wohlgedachter Johann Delling diesen Finnlappen gebeten, er möchte ihm doch, was sein Herr anitzo in Deutschland mache, anzeigen. Der Finnlappe, nachdem er solches zu tun versprochen, hat als ein Trunkener zu schreien angefangen, ist unversehens in die Höhe gesprungen und nachdem er etliche mal in einem Kreis herum gelaufen, auf die Erde gefallen, allda wie ein Toter gelegen, hiernach, als wann er wieder lebendig wor-

den, aufgestanden und ihnen, was sein Herr täte, angezeigt. Und hat man nachmals erfahren, dass es alles dergestalt, wie der Lappe erzählet, daher gegangen wäre. Es ist dieses ein merkwürdiges Exempel und kann dann hier desto weniger in Zweifel gezogen werden... Es war unter den Lappen ein alter Mann von 80 Jahren, so da bekannte, er hätte in seiner Kindheit diese Kunst von seinem Vatter gelernt und habe dadurch, um ein Paar Handschuh willen, zu Wege gebracht, dass im Jahr MDCLXX ein Kiemischer Bauer in einem Wasserfall ersoffen. Dieser wird zwar deshalb zum Tode verurteilt und gefesselt aus Lappland nach dem nächsten Städtlein in Bothnien geführt, allein als sie mit ihm unterwegen, brachte er durch seine Kunst zu Wege, dass er im Augenblick tot bliebe, da er doch frisch und gesund auf dem Schlitten war, so er für hier gesagt, dass ehe er in die Hände des Büttels kommen wollte solches geschehen würde. ...
Es hat sich vor wenig Jahren zugetragen, dass einer, so noch am Leben, in Helieland, sich auf die Norwegischen Berge, den Bären daselbst nachzustellen, gemacht und ungefähr zu einer Höhle unter einem Felsen geraten. In dieser Höhlen oder Loche traf selber ein grob geschnitztes Bilde an, so eines Finnen sein Götze war, bei welchem desselben Finnen Ganeska oder Zaubertasche lag. Als er solche öffnete, befand er sie voll von blauen kriechenden Fliegen, sodass Finnen Gan oder Geister waren, die ihm in seinen Zauberkünsten aufwarteten, von denen er täglich etliche ausschickte. Ein Finne kann nicht ruhig leben, wo er nicht täglich einen Gan, das ist eine Fliege oder Teufel, ausschickt. Findet er keinen Menschen, dem er Schaden zufüge und seinen Gan über den Hals schicke, so er ohne Ursache nicht zu tun pfleget, so lässt er solchen über den Wind aus, dass derselbe nach Belieben über Menschen, Viehe, wilde Tiere, auch sonst etwas wüte. Bisweilen schicket er den Gan auf das nächste Gebirge und lässt ihn da die Felsen voneinander

spalten...Wie Petrus Claudi ausdrücklich saget: Die Finnlappen können Wind machen welchen sie wollen. Welcher auch merklich hinzu tut, dass sie insonderheit die Winde in ihrer Gewalt haben, die damals geweht, als ein jeglicher von ihnen geboren worden, dieser zwar einen solchen, jener einen anderen, als wann von der Beschaffenheit ihrer Geburt, diese teuflische Kunst ihre Wirkung bekäme...Die Finnen, saget er, pflegen auch denen Kaufleuten, so an ihre Seeufer durch widrigen Wind getrieben und nicht fortkommen können, den Wind zu Kaufe anzubieten...Und finden sich noch zu dieser Zeit davon Exempel. Weil aber solche hierbei zu bringen gar zu weitläufig fallen dürfte, stehen wir all hier still, und nachdem wir wohl alles oder doch das fürnembste, was zu der Lappen Zauberei und dergleichen gehörig, besehen, gehen wir weiter zu anderen Sachen.

Ein Brief des Spinoza. Der Philosoph Baruch Spinoza wurde, einer aus Portugal in Holland eingewanderten jüdischen Familie entstammend, 1632 zu Amsterdam geboren. Er wollte Rabbiner werden, entfremdete sich aber den jüdischen Lehren, wurde aus der jüdischen Gemeinde ausgeschlossen, erwarb seinen Lebensunterhalt als Optiker und starb, nachdem er einen Ruf als Professor nach Heidelberg abgelehnt hatte, 1677 im Haag an der Schwindsucht. Sein resignierender Pantheismus hat auf die deutsche Geistesbildung hauptsächlich in der Zeit nach Kant großen Einfluss gehabt. – Am 20. Juli 1664 schrieb Spinoza aus Voorburg (beim Haag) an seinen Freund Peter Balling einen Brief in holländischer Sprache, aus dessen lateinischer Übersetzung, wie sie das 1876 erschienene Buch »Der Briefwechsel des Spinoza im Urtexte«, herausgegeben von Hugo Ginsberg, enthält, die folgende Stelle hier verdeutscht wird: Was nun die Vorzeichen betrifft, die du erwähnst, nämlich dass du, als dein Kind noch ganz gesund und bei Kräften war, solche Seufzer gehört hättest, wie es sie ausstieß, als es bald danach erkrankte und starb, so möchte ich annehmen, dass dies keine wirklichen Seufzer gewesen sind, sondern dass sie in Vorstellungen deiner Seele ihren Ursprung gehabt haben. Denn du sagst, dass du sie, nachdem du dich aufgerichtet hattest, um deutlicher hören zu können, nicht so klar vernahmst wie vorher und nachher während des Schlafens. In der Tat beweist dies, dass jene Seufzer nur Schöpfungen deiner seelischen Einbildungskraft gewesen sind, die frei und unbehindert gerade diese Seufzer sich wirksamer und lebhafter vorstellen konnte, als nachdem du dich aufgerichtet hattest, um dein sinnliches Gehör auf eine bestimmte Richtung einzustellen.

Was ich hier sage, kann ich durch einen Vorfall, der mir gegen Ende des Winters zu Rhenoburg [bei Leiden] begegnete, beweisen und zugleich erklären. Als ich eines Morgens, nachdem es schon hell geworden war, aus sehr tiefem Schlaf erwachte, bewegten sich die Gesichte meiner Seele, die mir während des Schlafens gekommen waren, so lebhaft und deutlich vor meinen leiblichen Augen, wie wenn sie Wirklichkeit wären, besonders die Erscheinung eines schäbigen schwarzen Brasilianers, den ich nie gesehen hatte. Dieses Phantom zerfloss fast ganz, sobald ich mich durch etwas anderes in Anspruch nahm, etwa indem ich meine Augen auf ein Buch oder sonst wohin richtete. Aber sobald ich sie dann hiervon wieder ablenkte, ohne ihnen ein neues bestimmtes Ziel zu geben, war die gleiche Erscheinung desselben Äthiopiers [es handelte sich also wohl um die Erscheinung eines brasilianischen Negersklaven] mit derselben Deutlichkeit und Lebendigkeit wieder da, bis sie dann ganz allmählich dahinschwand. So, behaupte ich, bot sich deinem Gehör dar, was mir vor die Augen trat: aus dem inneren Sinn. Aber weil die Fälle doch ganz verschieden sind, bin ich wohl geneigt, den deinen, nicht aber den meinen für ein Vorzeichen zu halten. Aus dem Folgenden werden wir einige Klarheit gewinnen. Die Wirkungen der Vorstellungskraft sind zurückzuführen auf die Verfassung entweder des Körpers oder des Geistes. Das beweise ich, um alle Weitläufigkeit zu vermeiden, lediglich durch die Erfahrung: aus der Erfahrung wissen wir, dass Fieber und andere körperliche Störungen Delirien hervorrufen und dass die Vorstellungen starkblütiger Menschen um Krieg, Aufruhr, Mord, Gewalttat oder dergleichen sich bewegen. Andererseits sehen wir, dass die Vorstellungen von der Beschaffenheit der Seele abhängig sind, da ja doch das Gehirn immer Spuren aufnimmt und verfolgt und dass es die von ihm bewirkten Vorstellungen, Begriffe, Worte, Handlungen durchaus der Empfindung verkettet. Denn wirklich verstehen können wir doch fast nur da, wo unsere Vorstellungskraft an eine Empfindung anknüpfen kann. Da sich dieses so verhält, sage ich, dass alle Wirkungen der Einbildung, die aus körperlichen Ursachen hervorgehen, niemals Vorzeichen, Vordeutungen künftiger Dinge sein können, weil ihre Ursachen keine künftigen Dinge in sich schließen. Aber die Wirkungen der Einbildung, die aus der Beschaffenheit des Geistes stammen, können Vorzeichen, Vordeutungen künftiger Dinge sein, weil der Geist etwas, was vernunftgemäß ist, möglicherweise, wenn auch ungenau, voraussehen kann. Wodurch man dann dieses so fest und so lebendig sich einbilden kann, wie wenn es gegenwärtig und wirklich wäre. Um bei deinem Beispiel zu bleiben: der Vater liebt sein Kind so tief, dass er und das Kind gleichsam ein und dasselbe sind. Und weil (wie ich dies bei einer andern Gelegenheit dargestellt habe) von der Wesenheit des Kindes notwendigerweise im Denken des Vaters eine Idee der Liebe auch hinsichtlich der weiteren Entwicklung sich bilden muss und der Vater wegen der Einheit, die er mit dem Kinde bildet, gleichsam ein Teil des Kindes ist, nimmt notwendigerweise die Seele des Vaters an der ideellen Wesenheit des Kindes, an ihrer Veranlagung und an dem, was daraus folgt, teil, wie ich dieses schon an anderer Stelle weitläufig dargelegt habe. Ferner: wegen solcher Teilnahme kann der Vater zuweilen etwas von dem, was dem Kinde bevorsteht, so lebhaft sich vorstellen, wie wenn es schon eingetreten und gegenwärtig wäre…

Eine Esskünstlerin. Aus »Die Zauberkraft des Auges und das Besprechen«. Ein Kapitel aus der Geschichte des Aberglaubens, von Dr. S. Seligmann, Augenarzt in Hamburg. Verlag von L. Friederichsen & Co., Hamburg 1922: Der Graf von Gennes, Kommandant eines königlichen Schiffsgeschwaders, der im Jahre 1696 das Fort Gorée (Senegambien) genommen hatte, ließ auf zweien seiner Schiffe die Neger verladen, die er in den Magazinen der Engländer fand, um sie nach den französischen Inseln zu bringen. Auf einem dieser Schiffe befanden sich einige Negerinnen, die in den teuflischen Künsten sehr erfahren waren. Da diese die Reise nicht mitmachen wollten, verlangsamten sie den Lauf des Schiffes so sehr, dass die Strecke, die man gewöhnlich in zweimal vierundzwanzig Stunden machte, jetzt sieben Wochen lang dauerte… Das Wasser und die Lebensmittel fingen an auszugehen, viele von den Negern starben, andere musste man ins Meer werfen. Einige, die im Sterben lagen, beklagten sich über eine bestimmte Negerin, die sie beschuldigten ihren Tod zu verursachen, weil sie ihnen gedroht hätte, ihr Herz zu essen und sie nun starke Schmerzen hätten und dahinsiechten. Der Kapitän ließ einige dieser Neger öffnen und man fand in der Tat das Herz und die Leber so trocken und so leer wie einen Ballon, wenngleich sie sonst in ihrem natürlichen Zustand zu sein schienen. Nach einigem Überlegen ließ der Kapitän die beschuldigte Negerin festnehmen, an ein Geschütz binden und durchpeitschen, um von ihr ein Geständnis zu erhalten. Da es schien, als ob sie die Schläge gar nicht verspürte, glaubte der Schiffsarzt, dass der Profess sie nicht stark genug schlüge, nahm selbst ein Tauende und versetzte ihr damit ein paar kräftige Hiebe. Die Negerin bemühte sich noch mehr als vorher, jeden Schmerzenslaut zu unterdrücken und sagte zu dem Arzt, da er sie ohne Grund und ohne das Recht dazu zu haben, misshandelte, würde sie sich rächen und sein Herz verzehren. Nach zwei Tagen starb der Arzt unter großen Schmerzen. Man ließ ihn öffnen und fand die edlen Organe trocken wie Pergament... Der Kapitän fasste den Entschluss, sie milde zu behandeln und um ihm eine Probe ihrer Kunst zu zeigen, fragte sie ihn, ob er Früchte hätte. Er antwortete, er hätte Wassermelonen »Zeigt sie mir,« sagte sie, »und seid sicher, ich werde sie in vierundzwanzig Stunden, ohne sie zu berühren oder mich ihnen zu nähern, gegessen haben.« Er zeigte sie ihr und verschloss sie dann in einem Kasten, dessen Schlüssel er in die Tasche steckte. Am anderen Tage fragte ihn die Negerin nach seinen Melonen; er öffnete den Kasten und wunderte sich sehr, als er alle unversehrt erblickte. Aber die Freude war nicht von langer Dauer, denn bei näherem Zusehen entdeckte er zu seiner großen Überraschung, dass die Früchte leer waren und nur aus der Schale bestanden, die hohl war wie eine Ballonhülle und trocken wie Pergament ...

D er böse Blick. Madame d'Aulnoy, die 1679 Spanien bereiste und darüber ein Buch schrieb, dessen deutsche Übersetzung 1782 in Nordhausen erschienen ist, ließ sich von einer jungen spanischen Frau erzählen: »Mit Ihrer

Erlaubnis! Sie müssen wissen, dass es in diesem Lande Leute gibt, die ein solches Gift in den Augen haben, dass sie, wenn sie jemand, vorzüglich ein kleines Kind, starr ansehen, verursachen, dass er an der Auszehrung stirbt. Ich habe einen Mann gesehen, der ein also süchtiges Auge hatte; da er nun die Leute krank machte, wenn er sie mit diesem Auge ansah, so zwang man ihn, es mit einem Pflaster zu bedecken, denn das andere war unschädlich. Wenn er manchmal bei guten Freunden war, brachte man ihm wohl einige Hühner, worauf er sagte: sucht euch eines aus, das ihr wollet totgesehen haben. Zeigte man nun auf eines, dann blickte er dieses starr an. Und dann sah man es ein paar Mal im Kreise umhertaumeln und nach kurzer Zeit tot niederfallen.«

Mutterliebe. Dem englischen Theologen Richard Baxter (gestorben am 8. Dezember 1691), von dessen Schriften manche nicht nur in seinem Vaterlande heute noch gelesen werden, wurde unterm 6. Juli von seinem Amtsbruder Thomas Tilson die folgende Begebenheit brieflich mitgeteilt. Er nahm den Bericht noch in ein Buch auf, dessen deutsche Übersetzung schon im gleichen Jahr unter dem Titel »Die Gewissheit der Geister« in Nürnberg erschienen ist: ... Maria, die Gattin des John Goffe von Rochester, erkrankt an einem langwierigen Übel und wird deswegen nach Westmulling, neun Meilen von ihrem Wohnort, gebracht, wo sie am 4. Juni 1691 stirbt. Am Tage vor ihrem Tode wandelt sie ein großes Verlangen an, ihre beiden Kinder zu sehen, die sie unter der Pflege einer Amme zu Hause zurückgelassen; und sie bittet ihren Gatten, ein Pferd zu mieten, sie müsstte nach Rochester reiten und bei ihren Kindern sterben. Man macht ihr begreiflich: sie sei nicht in dem Zustande, das Bett zu verlassen und zu Pferd zu sitzen; sie aber besteht darauf, wenigstens den Versuch zu machen.

Kann ich nicht sitzen, so lege ich mich der Länge nach aufs Ross, sagte sie, denn ich muss meine Lieblinge sehen. Ein Geistlicher war um zehn Uhr abends noch bei ihr, dem sie ihre Willigkeit zu sterben und die Hoffnung, die sie auf Gottes Barmherzigkeit hatte, erklärte. Aber, sagte sie, mein Jammer ist groß: dass ich meine Kinder nicht mehr sehen kann. Zwischen ein und zwei Uhr am nächsten Morgen kam sie außer sich. Eine Witwe Turner, welche die Nacht bei ihr gewacht, sagte: ihre Augen seien offen und starr gewesen, der Mund aber geschlossen; die Frau brachte ihre Hände an ihren Mund und die Nasenlöcher und fühlte keinen Atem, sie glaubte, die Kranke liege in einer Ohnmacht und war ungewiss, ob sie tot sei oder lebendig. Als sie später am Morgen wieder zu sich kam, erzählte sie ihrer Mutter, sie sei zu Hause bei ihren Kindern gewesen. Das ist unmöglich, erwiderte die Mutter, du bist alle die Zeit nicht aus diesem Bette gekommen. Wohl, sagte darauf die andere, aber ich war vergangene Nacht bei ihnen, als ich im Schlafe lag. – Übereinstimmend mit dieser ihrer Rede sagte und beteuerte nun die Amme in Rochester, die Witwe Alexander und sie war willig, es mit einem Eide vor der Obrigkeit zu bekräftigen und das Sakrament darauf zu nehmen: dass sie am Morgen etwas vor zwei Uhr die Gestalt der Maria Goffe aus dem Nebenzimmer, in dem bei offener Türe das eine Kind allein schlief, kommen gesehen und dass sie etwa eine Viertelstunde an der Seite des Bettes gestanden, in dem sie mit dem jüngeren Kinde lag. Ihre Augen bewegten sich und ihre Lippen schienen zu sprechen; aber sie sagte nichts. Die Amme setzte hinzu: sie sei vollkommen wach gewesen und weil es einer der längsten Tage im Jahre war, habe es hell zu werden angefangen. Sie setzte sich in ihrem Bette auf, blickte unverwandt die Erscheinung an und hörte die Glocke auf der Brücke zwei schlagen. Nach einer kleinen Weile sagte sie: »Im Namen des Vaters, des Sohnes und des heiligen Geistes, was bist du?« – Auf diese Worte entfernte sich die Gestalt und ging von dannen; sie warf sich schnell in ihre Kleider und folgte, konnte aber nicht ausfinden, was aus ihr geworden war. – Nun und nicht früher wandelte sie ein Grauen an und sie ging aus dem Hause, das am Wasser lag und wandelte einige Stunden auf dem Kai herum, nur von Zeit zu Zeit nach den Kindern sehend. Um fünf Uhr morgens klopfte sie an einem Nachbarhause an; aber erst eine Stunde später ließ man sie bei wiederholtem Klopfen ein und sie erzählte den Leuten nun, was sich begeben. Die wollten sie bereden, sie habe geträumt. Sie aber erwiderte: wenn ich sie in meinem ganzen Leben je gesehen, dann sah ich sie diese Nacht. Eine von denen, die bei ihrer Rede zugegen gewesen, Marie, die Gattin des J. Sweet, erhielt am Morgen Botschaft von Mulling herüber: die Goffe liege im Sterben und wolle sie sprechen; sie ging daher am gleichen Tage hinüber und fand sie in den letzten Zügen. Die Mutter der Kranken erzählte ihr nun unter anderem: wie sehr ihre Tochter nach den Kindern sich gesehnt und nun sage, sie habe sie gesehen. Das brachte der Frau Sweet die Worte der Amme wieder ins Gedächtnis, denn bis dahin hatte sie nichts davon erwähnt, sondern es als einen Irrwahn der Frau lieber verschwiegen. Thomas Tilson, der Pfarrer von Aylesworth bei Maidstone, dem der Verlauf dieses Ereignisses bekannt gemacht, erhielt die ausführliche Nachricht darüber am Begräbnistage von John Carpenter, dem Vater der Verstorbenen. Am 2. Juli verhandelte er die Sache umständlich mit der Amme und den beiden Nachbarn, zu denen sie am Morgen gegangen. Am folgenden Tage hörte er durch die Mutter es bestätigen, dann durch den Geistlichen, der am Abend bei ihr gewesen und durch die Wärterin, die die Nacht über bei ihr gewacht; alle waren einstimmig in der Erzählung der Geschichte und das Zeugnis des einen bestätigte die Aussage der anderen. Alle waren verständige, ruhige Leute, denen es nicht zu Sinne kam, der Welt etwas aufzubinden oder mit Lügen umzugehen; auch war gar nicht abzusehen, was sie dazu bewogen haben sollte; die ganze Erzählung ist also eine reine, wohlbewährte und darum vollkommen glaubwürdige Tatsache.

Spuk. Aus No. 66 der Berliner Ordinari- und Postzeitungen 1665: Dresden, vom 21. Aprilis. Es hat eine Zeithero die Schildwacht auf der Festung fast alle Nacht Anfechtung von Gespenstern und Geistern gehabt, also, dass es bald wie ein gewappneter Mann mit einem großen hauenden Schwert, bald wie ein Klumpen Feuer für ihnen her geratzt, bald in anderer Gestalt sich sehen lassen: ist aber bisher von denen Soldaten nichts geachtet worden, weil es sie fast gewohnt. Vergangenen Mittwoch aber, zumal von 12 bis 1 Uhr, haben sich die Gespenster häufig herfür getan, an dem anderen Orte, vor dem Pirnaischen Tore, wo man nach der Elb hinuntergehet, da an der Festung in Stein gehauen, wie ein Churfürst dem anderen die Chur, durch Überreichung eines Schwertes, übergebet: an selbigem Orte hat die Schildwacht einen, etliche wollen mehr, durch Wasser und Platz setzen sehen. In Meinung, dass es rechte Personen wären, hat er selbige angeschrien und gerufen: wo er sich nicht würde von dannen machen, müsste er Feuer geben: Und ehe es der Soldat sich versieht, stehet ein erschrecklicher Mann vor ihm, welches Augen als Feuerflammen gebrannt, darauf der Soldat von einer Batterei zur anderen Runde kaum für Angst rufen können, also dass er starr und stumm worden. Hierauf haben die anderen Wachen gesehen, dass wie etliche Regimenter zu Ross auf der Festung marschieren, deswegen sie sehr erschrocken worden und vor Angst kaum bleiben können. Die andere Wacht auf der Salomonis Bastei hat gesehen, als wenn alle Häuser selbiger

Gegend in der Stadt über einen Haufen fielen. – Dass dieses beschriebener Maaßen gesehen worden, ist gewiss und haben die, so es gesehen, solches mit Eide aussagen müssen.

Der korrekte Dämon. Der schon erwähnte berühmte englische Theologe Richard Baxter, gestorben 1691, erzählt nach einem ihm von Lord Landerdale beglaubigten Bericht: Bei Dunse, einem südschottischen Küstenstädtchen, lebte um 1650 eine Besessene, eine arme unwissende Kreatur. Einst begab sich der Geistliche Mr. Werms in Begleitung eines Ritters namens Forbes zu ihr, die Besessene aber gab ihm auf keine Frage Antwort. – Da wandte er sich an seinen Begleiter: »Nondum audivimus spiritum loquentem.« [Wir haben noch nie einen Geist reden gehört.] Und alsbald sprach eine Stimme aus dem armen Weibe: »Audis loquentem! Audjs loquentem!« [Du hörst einen reden! Du hörst einen reden!] Der betroffene Geistliche ergriff seinen Hut, wandte sich zum Gehen und seufzte: »Misereatur Deus peccatoris!« [Gott wolle sich des armen Sünders erbarmen.] Aber sogleich verbesserte ihn jene Stimme »Dic peccatricis! Dic peccatricis!« [Sag Sünderin! Sag Sünderin.]

Meister Johann Dietz, des Großen Kurfürsten Feldscher und Königlicher Hofbarbier, zu Halle an der Saale 1665 geboren, 1738 gestorben, erzählt in seiner amüsanten und kulturgeschichtlich wertvollen, zum ersten Mal von Dr. Ernst Consentius 1915 herausgegebenen Autobiographie: I. Aus seiner Kindheit: Was dieselbe Nacht für ein Ungeheuer und Poltern im Hause gewesen, ist nicht zu beschreiben. Es hat kein Mensch im Haus mehr bleiben wollen, bis der selige Vater einen Schatzgräber kommen lassen, welcher die Wünschelrute im ganzen Haus hat umhergeführt, aber allemal, wann sie in'n Garten kommen unter einem Apfelbaum mit Gewalt niedergeschlagen. Da denn unter selbigem Baum in der Nacht zwischen elf und zwölf Uhr sie angefangen zu graben. Was geschieht? Ein gräulich Gespenst, in des Vergrabers Gestalt, stellet sich gleich da hin, sieht zu und lehnet sich auf das Gegatter. Darüber die alle, mit samt meinem seligen Vater, erschrocken und stillschweigend über Hals und Kopf, mit samt dem Schatzgräber davongelaufen und sich in der Stube verriegelt, nicht wissend, was nun anzufangen …

II. Im Begriff, 1686 als Feldscher in den Türkenkrieg zu ziehen: Deswegen reiste ich nach Berlin mit dem Pferd gegen Abend und kehrte des Nachts bei meiner Muhme Schwester ein, welche auf der Dorothee-Stadt in einem Brauhaus, wie sie da haben, alleine mit einer Magd wohnte. Sie ließ mir was zu essen machen und machte mir ein Bett in der Stube, zwischen dem Ofen und der Stubentür. Sie schlief auch mit der Magd in der großen Stube. – Als ich mich gegen elf Uhr zu Bette gelegt und sie auch eingeschlafen waren, hörte ich ein grausam Tornieren im Haus, welches meine Furcht vermehrte, weil im Stall, da ich das Pferd abgesattelt und gefüttert, es bei dem Heu-langen gegrauset, alle Haar ihm zu Berge gestanden, und das Pferd übelgetan, gebrauste und weder fressen noch saufen wollen. Das Gepolter im Haus währte ziemlich lange, bis endlich etwas zur Treppen herunterkam, über das Haus, im Hof zu plumpen [pumpen] anfing. Ich wusste, dass sonst kein Mensch im Hause war. Deswegen die Furcht und Angst sich mehrte. Aus dem Hof kam es rein in die Küche. Und war, als wie es einheizte; maßen ich das Geraschel im Ofen hörte. Ich schwitzte vor Angst und wusste nicht, was ich machen sollte. Die Lichter waren inzwischen ausgegangen. – Ich rief und schrie, sie zu wecken. Aber nichts.

Endlich kam es aus der Küche, ging die Stubentüre vorbei und nach der Haustür, welche ausging und wieder stark zugeschlagen wurde. Ich hörte, dass es an der Stubentür rappelte, als könnte es den Drücker nicht finden. Sogleich machte es die Stubentür auf, so stark, dass die Tür an mein Bett prallte. – Hier war nicht länger zu liegen möglich. Und hatte ich vorher gebetet, was ich wusste, so tat ich Flüche, welche ich sonst nicht getan. Damit sprang ich aus dem Bett und schlug die Tür mit Gewalt wieder zu. Ging bei die Frau Muhme, kriegte sie beim Arm und weckte sie endlich auf, welche sagte: »Was ist denn, was ist denn?« – »Ach, Frau Muhme, ich weiß nicht, ob der Teufel oder seine Großmutter im Hause ist. Ich kann nicht bleiben!« – Und wem sollte nicht angst sein, wenn zu Mitternacht, ohne Licht, das Gespenst so die Türe aufprallte und über ihm schnaubet, wie ein Ochse, wenn es auch gleich der beherzteste Mensch von der Welt wäre. – Allein die Frau Muhme selig musste schon die Sache wissen, weil sie sagte: »Je, Herr Vetter, sei er doch » stille, es wird ihm nichts tun.« – Ich sagte: »Ei, das ist mir ungelegen, ich könnte den Tod von'n Schrecken haben.« – Die Magd schlief immer fort. Ich kriegte sie bei einem Bein, zog so lange, bis sie aufgewacht und zwei Licht angezündet hatte. Unter währendem Anzünden des Lichtes fuhr ein schwarzer Nebel in der Stube hin und her. Weiter haben wir nichts gesehen.

Ich habe hiernach der Sache nachgedacht, dass es omina und Vorspiel meines ungarischen bevorstehenden Feldzuges gewesen. Und hätte mich vor selbigem warnen lassen sollen.

Rosamunde Juliane von Asseburg.

Am 8. Oktober 1691 schrieb, von Ebsdorf aus, die Herzogin, nachmalige Kurfürstin Sophie von Hannover [aus dem Hause Braunschweig-Lüneburg, Tochter des böhmischen »Winterkönigs«, Kurfürsten Friedrichs V. von der Pfalz, Gemahlin Ernst Augusts von Hannover, Mutter König Georgs I. von England, Schwiegermutter König Friedrichs I. von Preußen] an ihre Freundin Frau von Harling in Hannover, die einstige Erzieherin der Prinzessin Liselotte von der Pfalz: Mein Sohn hat durch seine Krankheit versäumt, die drei Schwestern von meiner Bothmarin [ihre ehemalige Hofdame Frau Sophie Ehrengard von Bothmer] zu sehen, von welchen der Mittlere, so Rosamunde heißet, unser Herr Christus erscheinet und sie ihn gesehen, so lange sie gedenken kann. Hiernachmals aber, wie sie zehn Jahre alt war, kam er zu ihr und legte seine Hand auf ihren Kopf, dass ihr bange ward und es hiernach ihrer Mutter erzählte, welche ihr sagte, wenn es wiederum sollte geschehen, sollte sie sagen: »Was befehlet Ihr Eurer Magd ?« Welches sie getan. Und seither kommt er oft zu ihr und diktiert ihr, was sie schreiben soll, welches sie auch tut und schreibt einen Haufen schöne Sachen, welche man admirieren muss. Dieses alles achte ich nicht, weil es eine Einbildung sein kann und weil sie die Schrift und geistlichen Bücher immer liest, den Stil davon kann angenommen haben. Aber Dr. Schott hat ihr drei Fragen auf Englisch verpitschiert und in einen Zettel getan, da hat sie, ohne die Zettel aufzumachen, ganz pertinent (wie, als sie sagt, Christus ihr diktiert hat) darauf geantwortet: Ich habe die Zettel verpitschiert gesehen und die Antwort auf Deutsch dabei. Dieses, bekenne ich, ist mir wunderlich vorgekommen. Sie und ihre jüngste Schwester sehen der Bothmarin gleich; die älteste ist von den Blattern verdorben; alle, eine wie die andere, gleich lustig und admirieren die zwei, welche nichts sehen, die Rosamunde und sagen, sie haben gleiche Freude in Christus. Gehen sonst mit den Lutherischen zum Nachtmahl, dabei dann immer die Rosamunde Christus sieht und immer sonderliche Freude hat. Sonst prophezeit sie, dass Christus tausend Jahre werde auf Erden regieren, so wie Jurieu es glaubt. [Pierre Jurieu, Geistlicher und Professor an der Akademie zu Sedan, bekämpfte nach Aufhebung des Edikts von Nantes von Holland aus den Absolutismus Ludwigs XIV.: »Das Volk macht die Könige.« Er war zugleich starrer Dogmatiker und Mystiker.] Der Superintendent von Lüneburg, Petersen und seine Frau, seien auch der Meinung, bei dem die drei Schwestern im Hause wohnen und waren mit ihr hier. Den guten einfältigen Mann will man darum absetzen, welches mich jammert. [Er wurde in der Tat wegen seiner Schrift: Species facti von dem adligen Fräulein von der Asseburg (1691), worin er deren Visionen für göttlichen Ursprungs erklärte, im folgenden Jahr seines Amtes entsetzt.] Was die Rosamunde sonst prophezeit, wäre zu lang zu beschreiben. Sie hat ihrer zwei Schwestern Tod zuvor gewusst und die Bothmarin in weißen Kleidern gesehen und Lorbeeren Zweigen in die Hände und auf den Kopf, die ihr gesagt hat, Gott hatte ihr erlaubt, sich ihr zu zeigen, sie stünde neben Christus, wie sie erzählet. Ansonsten ist sie und ihre jüngste Schwester recht artig von Ansehen und noch ganz jung. Stellten sich recht fein, lustig und modest, ich mag wohl sagen, wie die Gräfin von Greifenstein: »Genug hiervon!« Dieses alles wollen Sie doch dem geheimen Rat Busch [von dem Bussche zu Hannover], Herrn Molanus [Abt Gerhard von Loccum] und Herrn Leibnitz [dem großen Philosophen, der als Hofrat, Bibliothekar usw. in Hannover lebte] erzählen. – Übrigens hatte die Herzogin kurz schon am 5. Oktober an Leibnitz unmittelbar über die Somnambule geschrieben. Der Philosoph machte am 12. den Abt, bei dem er eine Schwäche für hübsche junge Mädchen voraussetzt, brieflich auf das Phänomen aufmerksam. Molanus (der später von der fixen Idee befallen wurde, ein Gerstenkorn zu sein und deshalb sein Haus nicht mehr zu verlassen wagte, aus Furcht, von einem Huhn aufgefressen zu werden), empfahl »die junge Prophetin sobald wie möglich zum Pyrmonter Brunnen zu bringen, um ihre Eingeweide zu bespülen, in denen sich ohne Frage entsetzliche Sperrungen finden werden.« Am 13. Oktober antwortet Leibnitz der Herzogin in einem langen französischen Briefe, aus dem hier zwei Stellen wiedergegeben werden:... Gleichwohl bewundere ich die Natur des Menschengeistes, von der wir noch nicht alle Hilfsquellen kennen. Wenn man solchen Personen begegnet, soll man, weit entfernt, sie zu schelten und ändern zu wollen, sie nach Möglichkeit in dieser schönen Geistesverfassung erhalten, wie man eine Seltenheit oder ein Kabinettstück behütet... Diese so glühende Liebe zu ihrem Heiland, die durch Predigten und Lesen gesteigert ward, verhilft ihr schließlich zu der Gnade, sein Bild oder seine Erscheinung zu schauen. Denn warum soll ich es nicht Gnade nennen? Es tut ihr das ja nur wohl, sie ist heiter dadurch, sie erhält die allerschönsten Gefühle; ihre Frömmigkeit empfängt dadurch jeden Augenblick neue Belebung. Wir besitzen ziemlich authentische Berichte vom Martertode der heiligen Felicitas. Man sieht, dass sie ähnliche Erscheinungen stärkten. Das waren doch Gnadengeschenke und vielleicht gab es bei vielen Heiligen keinerlei andere. Man muss sich nicht einbilden, dass jede Gnade Gottes wundertätig zu sein brauche. Sobald er die natürlichen Eigenschaften unseres Geistes und der uns umgebenden Dinge benutzt, um Licht unserem Verstande zu spenden oder Wärme zur Wohltat unseres Herzens, so halte ich das für Gnade...

Träume. Aus: Sammlung von Natur- und Medizin- wie auch hierzu gehörigen Kunst- und Literatur-geschichten etc. Ans Licht gestellt von einigen Breßlauischen Medicis 1718.

…Ein solch Exempel entsinnen wir uns an einem Orte gelesen zu haben von dem berühmten französischen Mareschal de Fabert, der zwar ein braver Soldat, aber auch ein großer Liebhaber von Büchern war. Als selbigem einst des Camerarii Schriften angerührt worden, solche aber in Frankreich nicht zu bekommen waren, so schrieb er an einen guten Freund in Frankfurt und ließ sie von dannen bringen. Des Tages, als dieselben ankamen, war er willens, sein gewöhnliches Abend-Divertissement bei dem neuen Gaste Camerario zu suchen; allein er erinnerte sich, dass er bereits ein Buch angefangen, so er noch nicht depechiret, gönnte dann hier dem Camerario die erste Nachtruhe. Er war aber kaum selbst eingeschlafen, so stellte ihm die Phantasie dieses Buch dergestalt vor, dass er da drinnen läse und zwar an einem gewissen Orte; da aber jemand einen roten seidenen Faden zum N.B. hineingelegt, woselbst gewisse Worte stunden, die von einem Schatze Nachricht gaben: Bei anbrechendem Morgen eilte er in sein Cabinet, fand sein Buch wie Abends vorher versiegelt, mit größerer Bestürzung aber, nachdem er das Couvert erbrochen, an spezifiziertem Orte den Faden und die Worte, die er niemals vorher gesehen hatte. Welcher Gestalt auch einst dem ehemaligen Medico bei uns in Breßlau, D. Christoph. Rhumbaum, als er über der Cur eines gewissen Affekts bekümmert war, im Traum ein Buch vorkommen, in welchem er die Methode umständlich gelesen, auch nach solcher hiernach den Patienten glücklich restituirt: nach einigen Jahren aber erst dieses Buch in Druck kommen, worin auf eben dem Blatte und Seite gedachte Methode befindlich gewesen…

… Doch dass zuweilen auch ein Traum wahrscheinlich von einer göttlichen Offenbarung oder Warnung herrühre, solches scheinet aus denen erweislich zu sein, die das bevorstehende Unglück deutlich und ohne Vorbedacht darstellen. Von welcher Gattung nun die folgende Historie, so uns von einem Herrn von Adel hochgeneigt zugeschrieben werden, überlassen wir eines jeden Entscheidung. Nämlich: Es arbeitete Hanns Lohr, Windmüller zu Seiffersdorff im Olauischen Weichbilde, d. 14. April im Hofe ein gewisses kurzes, doch starkes eichenes Klotz ins Gevierte, legte bei dessen Verfertigung sich auf den Rücken darauf und sagte zu denen Beistehenden: Er wolle die Herrschaft um solches, zu einem Sarge vor ihn, ansprechen, weil es ihm hierzu ganz gerecht wäre. Folgende Nacht träumte ihm, der Turm schmeiße den Mühlstein, mit Zerschmetterung des großen Mühlsteins, außerhalb der Mühle. Die nächste Nacht hierauf entstehet wirklich um Mitternacht ein Donner-wetter, mit so einem Orcan, der die Flügel selbiger Mühle, wider den sonst gewöhnlichen und ordentlichen Umgang, verkehrt herumdrehet, mit so großem Ungestüm, dass er darüber erwacht, seinen beiden Söhnen zuschreiet: »Ihr Kinder! heraus zu der Mühlen! mein Traum wird wahr werden« – Schickt den ältesten zur anderen Mühle und er bleibt mit dem jüngsten bei dieser, der oben zur Hemme läuft, die Mühle aber zu hemmen nicht vermögende ist, mittlerer Zeit er, der Vater, von außen die Türen aus den Flügeln zu nehmen sich bemühen da ihn dann der Flügel dieser Mühle, von der ihm ob gedachter Weise geträumt, ergreift und ihn dergestalt im Circul auf der anderen Seite auf die Erde schlägt, dass er in einer halben Stunde Todes verblichen.

Eine Vision Karls XI. Der französische Schriftsteller Prosper Merimée, geboren 1803, gestorben 1870, erzählt: Man macht sich über Visionen und andere übernatürliche

Dinge gerne lustig, aber manche sind doch so zuverlässig beglaubigt, dass man, wollte man sie leugnen, folgerichtigerweise geschichtlichen Zeugnissen überhaupt den Glauben versagen müsste.

Ein Protokoll in aller Form, von vier glaubwürdigen Zeugen unterschrieben, gewährleistet die Wahrheit dessen, was ich hier erzähle. Ich will noch erwähnen, dass die Prophezeiung, die in diesem Protokoll sieht, bekannt war, lange bevor sie durch inzwischen eingetretene Ereignisse erfüllt worden ist.

Karl XI. [geboren 1655, gestorben 1697], der Vater des berühmten Karl XII. [geboren 1682, gestorben 1709], war einer der despotischsten, aber auch einer der weisesten Herrscher, die Schweden gehabt hat. Er beschränkte die ungeheuerlichen Vorrechte des Adels, vernichtete die Gewalt des Senates und erließ aus eigener Machtvollkommenheit Gesetze. Mit einem Wort: er brach die Verfassung des Landes, das bis dahin oligarchisch gewesen war und zwang die Stände, ihn als absolute Autorität anzuerkennen. Im Übrigen war er aufgeklärt, tapfer, der lutherischen Kirche zugetan, dabei ein unbeugsamer Charakter, ein kühler Kopf und ganz ohne Phantasie.

Nun hatte er vor kurzem seine Gemahlin verloren. Obgleich seine Härte ihren Tod beschleunigt haben sollte, schien ihr Verlust ihn doch schwerer getroffen zu haben, als man von einem so trockenen Gemüte hätte erwarten sollen: er wurde noch schweigsamer, noch düsterer und gab sich mit einer Ausschließlichkeit den Staatsgeschäften hin, die den Wunsch verriet, peinliche Gedanken fernzuhalten.

Eines Herbstabends spät saß er in Schlafrock und Pantoffeln am Kamin seines Kabinetts im Schloss zu Stockholm. Bei ihm waren sein Kammerherr, Graf Brahe, den er mit seiner besonderen Gunst beehrte und sein Arzt Baumgarten, der gern den Freigeist spielte und verlangte, man solle an allem zweifeln, nur nicht an der Arzneiwissenschaft. Diesen Abend hatte Karl ihn irgendeiner Unpässlichkeit wegen rufen lassen.

Seiner Gewohnheit entgegen verlängerte der König die abendliche Sitzung, indem er das »Gute Nacht« unausgesprochen ließ, welches bedeutete, dass man sich zurückzuziehen habe. Den Kopf vornüber geneigt, die Augen auf die Glut gerichtet, verharrte er in Schweigen; die Gesellschaft langweilte ihn anscheinend, gleichwohl mochte er sich scheuen, allein zu bleiben, vielleicht ohne selber den Grund davon zu wissen. Graf Brahe empfand, dass der König heute keinen Wert auf seine Unterhaltung legte und hatte schon mehrmals geäußert, die Majestät bedürfe gewiss der Ruhe. Aber immer hatte der König ihn durch eine Handbewegung gehalten. Der Arzt hatte von der Schädlichkeit des Nachtwachens für die Gesundheit gesprochen. – »Bleibt, ich habe noch kein Verlangen nach Schlaf«, hatte Karl zerstreut erwidert. Darauf brachte man alle möglichen Dinge aufs Tapet, aber bei jedem geriet die Unterhaltung schon beim zweiten oder dritten Satz ins Stocken. – Graf Brahe, in der Annahme, die Missstimmung des Königs habe ihren Grund in der Trauer um die verlorene Gemahlin, betrachtete lange das Bildnis der Königin und sagte dann mit einem Seufzer: »Das ist ganz ihr, zugleich so majestätischer und so sanfter Ausdruck.« – »Bah, das Porträt ist geschmeichelt, die Königin war hässlich«, erwiderte Karl, der, so oft man den Namen der Toten nannte, einen Vorwurf zu hören meinte. Dann ärgerte er sich über seine Härte, stand auf und machte einen Gang durchs Zimmer, um der Gemütsbewegung Herr zu werden, deren er sich schämte…Vor dem Fenster, das auf den Hof hinausging, blieb er stehen. Die Nacht war düster, der Mond stand im ersten Viertel. Das neue Schloss, zu dem Karl XI. den Grundstein gelegt hatte, war noch nicht vollendet. Das alte, an der Spitze des Ritterholms und mit dem Blick auf den Mälarsee, ist ein großer Bau von hufeisenförmigem Grundriss. Das Kabinett des Königs lag am äußersten Ende des einen Flügels und ihm gerade gegenüber, jenseits des Hofes, lag am Ende des andern Flügels der große Saal, darin die Stände sich versammelten, so oft der Träger der Krone ihnen eine Eröffnung zu machen hatte.

Plötzlich leuchteten die Fenster dieses Saales in einem hellen Glanze auf. Der König wunderte sich. Anfangs glaubte er, der Schein rühre vielleicht von der Laterne eines Dieners her, der sich etwa drüben zu schaffen mache. Aber was sollte ein Diener um diese Stunde dort zu tun haben, in dem Saal, der lange nicht geöffnet worden war. Und dann war der Glanz auch viel zu hell, um aus einer Laterne zu stammen. Eher hätte man eine Feuersbrunst vermuten können, aber man sah keinen Rauch und nicht eine zersprungene Scheibe, auch war nichts zu hören. Nein, alles ließ auf eine regelrechte große, feierliche Erleuchtung schließen... Der König blickte eine Zeitlang schweigend hinüber. Als dann Graf Brahe einen Schellenzug ergreifen wollte, um einen Pagen herbeizurufen, der sich nach dieser sonderbaren Helligkeit erkundigen sollte, hielt der König ihn zurück: »Ich will selber in den Saal gehen«, sagte er, und erblasste. Und auf seinem Antlitz schien eine Art religiöser Schrecken sich abzumalen... Aber festen Schrittes ging er hinaus und Brahe und Baumgarten folgten, jeder einen Leuchter mit brennender Kerze in der Hand...

Der Diener, der die Schlüssel in Verwahrung hatte, war schon zu Bett gegangen. Baumgarten weckte ihn und befahl ihm, im Namen des Königs, sofort die Türen des Ständesaales zu öffnen. Die Überraschung des Schlaftrunkenen war groß. Er kleidete sich in aller Eile an, ergriff seinen Schlüsselbund und folgte dem König. Zuerst öffnete er die Tür einer Galerie, die eine Art Vorgemach des Saales war.

Der König trat hinein; aber wie groß war sein Erstaunen, als er sah, dass die Wände mit schwarzem Tuch überzogen waren. »Wer hat befohlen, diese Wände schwarz auszuschlagen?«, fragte er in zornigem Tone. , »Sire, niemand, soviel ich weiß,« antwortete der Diener ganz verblüfft, »das letzte Mal, als ich die Galerie ausfegen ließ, war sie in Eichenholz getäfelt, wie sie es immer gewesen ist. Und ganz gewiss stammen diese Stoffe nicht aus den Vorräten Eurer Majestät.« – Der König, raschen Schrittes vorgehend, war schon über zwei Drittel der Galerie hinaus. Graf Brahe und der Diener folgten ihm unmittelbar, der Arzt war ein wenig zurückgeblieben, er schwankte zwischen der Furcht, alleingelassen zu werden und der anderen, sich auf ein Abenteuer einzulassen, das sich in so seltsamer Weise ankündigte. – »Gehen Sie nicht weiter, Sire!«, sagte der Diener. »Bei meiner Seele, dahinter steckt Hexerei! Wie es heißt, geht die Königin, Eurer Majestät gnädige Gemahlin, seit ihrem Tode in dieser Galerie um. Gott schütze Eure Majestät!« – »Halten Sie ein, Sire!«, warnte Graf Brahe, »Hören Sie nicht diesen sonderbaren Ton, der aus dem Ständesaal herüberdringt? Wer kann wissen, welchen Gefahren sich Eure Majestät aussetzen!« – »Sire,« riet Baumgarten, als auch er die Saaltür erreichte, vor der ihm ein Windstoß die Kerze ausblies, , »gestatten Sie mir wenigstens, eine Abteilung der Schlosswache herbeizuholen!« »Lasst uns hineingehen,« sagte der König mit fester Stimme und zum Diener: „Öffne! Schnell!« Und er stieß mit dem Fuß gegen die Tür, dass es krachte. Fast wie ein Schuss widerhallte es vom Gewölbe... Der Diener zitterte dermaßen, dass sein Schlüssel immerfort gegen das Schloss stieß, ohne dass er ihn hineinzustecken vermochte. »Ein alter Soldat, der zittert,« sagte Karl achselzuckend, »rasch, Graf Brahe, öffnet uns diese Tür!« – »Sire,« erwiderte der Graf, einen Schritt zurücktretend, »möge Eure Majestät mir befehlen, gegen die Mündung einer dänischen oder deutschen Kanone zu marschieren, ich werde ohne zu schwanken gehorchen. Aber hier... Eure Majestät werden nicht wollen, dass ich der Hölle trotze!«

Da entriss der König dem Diener den Schlüssel. »Ich sehe,« sagte er verächtlich, »dass dieses meine Sache allein ist.« Und ehe ihn jemand hindern konnte, hatte er die schwere Eichentür geöffnet und war er mit einem »Gott helfe mir!« eingetreten. Seine drei Gefährten, deren Neugier noch stärker war als ihre Furcht und die sich schämen mochten, ihren König allein zu lassen, traten fast zugleich mit ihm ein. Der große Saal war durch eine unendliche Menge von Kerzen erleuchtet. Eine schwarze Verkleidung verdeckte die figurenreichen alten Tapeten. Davor standen, wie sonst, die Reihen deutscher, dänischer und moskowitischer Fahnen, die Siegeszeichen der Armee Gustav Adolfs, zwischen ihnen schwedische Banner, mit Trauerflor umhüllt. Eine große Versammlung saß auf den Bänken; die vier Stände: Adel, Geistlichkeit, Bürger und Bauern hatten ihre Plätze inne. Alle waren schwarz gekleidet und die Menge der menschlichen Gesichter auf dem dunklen Hintergrunde verwirrte die Augen so, dass kein einzelnes zu erkennen war. Auf dem erhöhten Throne, von dem aus der König die Versammlung anzureden pflegte, saß ein Toter, mit allen Zeichen der Königswürde angetan. Zu seiner Rechten stand ein Knabe, eine Krone aus dem Haupte, ein Zepter in der Hand. Zur Linken stützte sich ein alter Mann, oder war's ein Phantom?, auf den Thron, in den Prunkmantel eingehüllt, den einst die Regenten trugen, ehe Wasa Schweden zum Königreich erhoben hatte. Dem Thron gegenüber saßen eine Anzahl schwarzgewandte Männer von strenger Haltung, wie Richter, vor einem Tisch, auf dem große, schwere, in Pergament gebundene Bücher lagen. Zwischen dem Thron und der ersten Sitzreihe stand ein schwarzverhängter Block, auf dem ein Beil glänzte. Keiner in dieser geisterhaften Versammlung schien die Anwesenheit Karls XI. und seiner Begleiter zu bemerken.

Zuerst hatten die Eintretenden nur ein verworrenes Gemurmel vernommen, von dem das Ohr kein einzelnes Wort zu verstehen vermochte. Jetzt erhob sich der älteste der Richter und klopfte mit der Hand dreimal auf den vor ihm liegenden Folioband. Sofort entstand eine lautlose Stille. Und nun traten drei reichgekleidete Männer von vornehmem Gesichtsschnitt, die Hände auf dem Rücken gebunden, durch eine der Türen herein, die sich in der Wand am anderen Ende des Saales befanden. Erhobenen Hauptes und ruhigen Blickes schritten sie heran. Hinter ihnen hielt ein robuster Mann in engem Wams das Ende des Strickes, mit dem ihre Hände zusammengebunden waren. Der vorderste der Gefangenen, der der meistbelastete zu sein schien, machte mitten im Saale Halt, vor dem Block, den er mit kühler Verachtung flüchtig ansah. Im selben Augenblick befiel den Toten ein Zittern und er begann aus einer frischen, sich öffnenden Wunde zu bluten. Stolz kniete der vornehme Gefangene vor dem Block nieder und berührte ihn mit der Stirn. Das Beil blitzte durch die Luft. Ein Blutstrom schoss über den Fußboden und vermischte sich mit dem Blut des Toten, der auf dem Throne saß, und floss weiter und benetzte die Füße Karls XI. Der war bis jetzt vor Erstaunen stumm geblieben, nun aber löste sich seine Zunge. Er tat einige Schritte gegen den Thron hin, wandte sich an den bemäntelten alten Mann, der neben dem thronenden Leichnam stand und sprach laut die bekannte Beschwörungsformel aus: »Wenn du von Gott bist, rede! Wenn du dem Anderen angehörst, lasse uns in Frieden!« – Langsam und feierlichen Tones antwortete das Phantom: »König Karl, dieses Blut wird nicht unter deiner Regierung fließen, sondern (hier wurde die Stimme weniger deutlich) fünf Regierungen später. Wehe! Wehe! Wehe dem Blute Wasas!« Jetzt begannen die Gestalten der Versammlung unklarer zu werden, sie glichen zerfließenden Schatten und schwanden bald gänzlich. Die vielen Kerzen erloschen und die des kleinen königlichen Gefolges ließen die figurenreichen alten Stofftapeten erkennen, die sich in einem leichten Windzuge bewegten. Noch war ein leises sich entfernendes Gemurmel vernehmbar, das aber rasch in der tiefen nächtlichen Stille unterging. Auch der Block und der Blutstrom waren verschwunden. Aber am linken Pantoffel des Königs befand sich ein großer blutroter Flecken.

Die Dauer der Vision schätzten der König und seine Begleiter einstimmig auf etwa zwanzig Minuten. In sein Kabinett zurückgekehrt, ließ Karl XI. sofort einen Bericht über diese rätselhafte Begebenheit aussetzen, den er selber unterschrieb und auch seine drei Begleiter unterschreiben ließ. Gegen den königlichen Willen wurde der Inhalt dieses Schriftstückes, das dem Reichsarchiv einverleibt wurde, noch zu Karls Lebzeiten gerüchtweise bekannt. Bemerkenswert sind die Schlussworte: »Wenn das, was ich hier erzählt habe, nicht die genaueste Wahrheit ist, entsage ich jeder Hoffnung auf ein besseres Leben, das ich etwa verdient haben könnte durch einige gute Handlungen und vor allem durch meine Bemühungen um das Wohl meines Volkes, wie auch durch den Eifer, mit dem ich die Religion meines Vorfahren aufrechterhalten habe.«

Wenn man sich nun der Ermordung Gustavs III. [1792] und der Hinrichtung seines Mörders Anckarström erinnert, wird man mehr als eine Beziehung finden. Der gekrönte Knabe ist Gustav IV., der beim Tode seines Vaters vierzehn Jahre alt war. Der alte Mann ist sein Oheim, der Herzog von Südermanland, der für ihn die Regentschaft führte und später, 1809, nachdem Gustav IV. des Thrones für verlustig erklärt worden war, als Karl XIII. König wurde.

[Über die Glaubwürdigkeit dieses angeblichen Erlebnisses Karls XI. ist viel hin- und her gestritten worden, Ernst Moritz Arndt z.B. ist dafür eingetreten. Eine offizielle Veröffentlichung des angeblichen Protokolles scheint nie erfolgt zu sein. Von den vielen Darstellungen ist die obige zweifellos die beste.]

Der Graf von Coétquen. Der Herzog von Saint-Simon, der Chronist des Hofes Ludwigs XIV., erzählt in seinen Memoiren: Ich hatte, 1691 als Sechzehnjähriger in die Armee eingetreten, eine enge Freundschaft mit dem Grafen Coétquen geschlossen, der bei derselben Kompagnie stand. Er verfügte über ein außerordentliches Wissen, von dem er angenehmen Gebrauch machte und hatte viel Geist und Sanftmut, was den Verkehr mit ihm sehr erfreulich gestaltete. Dabei war er ziemlich menschenscheu und recht träge; von seiner Mutter, der Tochter eines Kaufmanns von Saint-Malo, her, war er außerordentlich reich, – sein Vater lebte nicht mehr. An jenem Abend von Marienbourg [1692 nach der Einnahme Namurs, des festesten Platzes der Niederlande, durch Ludwig XIV. befand sich das Regiment, in dem Saint-Simon diente, auf dem Rückmarsch nach Paris] sollte er mehreren von uns ein Abendessen geben. Ich begab mich zeitig in sein Zelt, fand ihn dort auf seinem Bett liegen, jagte ihn im Scherz herunter und legte mich an seine Stelle. Mehrere von uns und einige Offiziere waren dabei zugegen. Coétquen ergriff zum Spaß sein Gewehr, das er entladen glaubte und legte auf mich an. Wie groß war aber die Überraschung, als man den Schuss krachen hörte. Zum Glück, für mich, lag ich in diesem Augenblick ganz flach ausgestreckt. Drei Kugeln fuhren drei Zoll über meinem Kopfe vorbei und da das Gewehr ein wenig hoch angelegt war, gingen die nämlichen Kugeln dicht über den

Köpfen unserer beiden Gouverneure hinweg, die hinter dem Zelte auf und ab gingen. Coétquen fiel infolge des Unheils, das er seiner Meinung nach angerichtet hatte, in Ohnmacht; wir hatten alle Mühe, ihn wieder zu sich zu bringen und er konnte sich mehrere Tage lang nicht von seinem Schrecken erholen. Ich erzähle dies als eine Mahnung, dass man nie mit den Waffen Scherz treiben darf.

Der arme Kerl überlebte diesen Vorfall nicht lange. Er trat bald in das Regiment des Königs und als er im folgenden Frühjahr im Begriffe war, seinen Truppenteil aufzusuchen, erzählte er mir, er habe sich von einer Wahrsagerin, die ihr Geschäft heimlich in Paris betreibe, die Zukunft voraussagen lassen und diese habe ihm verkündet, er würde ertrinken und zwar bald. Ich schalt ihn wegen einer so gefährlichen und närrischen Neugier aus und beruhigte mich mit der Unwissenheit dieser Art Leute sowie mit der Erwägung, das wirklich traurige und düstere Gesicht meines Freundes, der abschreckend hässlich war, habe ihr diese Voraussage eingegeben.

Wenige Tage darauf reiste er ab, fand in Amiens einen Mann, der dasselbe Metier trieb und erhielt von ihm die nämliche Prophezeiung. Als er dann mit dem Regiment des Königs auf dem Marsch war, um zur Armee zu stoßen, wollte er sein Pferd in der Schelde tränken und ertrank dort im Angesichte des ganzen Regiments, ohne dass man ihm hätte Hilfe bringen können. [Deutsch von Hanns Floerke.]

L ysius. Heinrich Lysius, 1670 zu Flensburg als Sohn eines Pfarrers geboren, hatte als junger Theologe, von der herrschenden Orthodoxie abgestoßen, sich an Spener und Francke, die Väter des Pietismus, angeschlossen. 1694 hatte er seinen Vater verloren, 1695 in Familienangelegenheiten eine Reise nach Dänemark unternommen. – Hier setzt seine unten folgende eigene Erzählung ein, wie sie G. E. Horst in seiner 1830 erschienenen »Deuteroskopie« nach der im Besitz der Universität zu Königsberg befindlichen Handschrift mitteilt. 1702 folgte Lysius einem durch Spener veranlassten Rufe als außerordentlicher Professor der Theologie nach Königsberg, wo er zugleich den Ausbau und die Leitung einer nach privaten Anfängen neugegründeten höheren Schule übernahm, die seit der Krönung Friedrichs I. zum König in Preußen Collegium Fridericianum hieß. An dieser noch heute blühenden Anstalt hat Lysius fast drei Jahrzehnte hindurch gearbeitet. Er gliederte ihr eine Kirche an, in der er allsonntäglich predigte, wurde ordentlicher Professor, Konsistorialrat, Hofprediger an der Schlosskirche, Inspektor der Kirchen und Schulen des litauischen Distrikts, war zweimal Rektor der Universität, zehnmal Dekan seiner Fakultät und konnte, als er 1731 starb, auf eine reiche Lebensarbeit zurückblicken, deren Wirkung noch heute fortdauert.

Lysius erzählt: »Als ich 1695 in Kopenhagen war und nächtlicherweile einmal in meinem Bette lag, ward es plötzlich ganz hell im Zimmer und an der geschlossenen Seite des Pavillons [Betthimmels] zog es wie eines Menschen Schatten vorüber, wobei mir auf das nachdrücklichste, gleichsam als ob es laut und vernehmlich geredet worden, innerlich imprimiert wurde: »Umbra matris tuae« [Der Schatten deiner Mutter] Mit den letzten Briefen aber hatte ich doch vernommen, dass Mutter und Geschwister auch noch gesund und vergnügt lebten. Ich stand also sogleich vom Bette auf und untersuchte, woher doch solches Licht und ein solcher Schatten gekommen sein möchte, da denn die Stube ganz finster war und ich so wenig in der selbigen Nacht als des nächstfolgenden Morgens Gelegenheit dazu finden oder es sonst erraten konnte. Als ich aber sofort am

Vormittage darauf meinen Onkel besuchte, kam er mir mit einer traurigen Miene entgegen und sagte, er habe soeben Briefe, dass meine Mutter gefährlich krank darniederläge. Worauf ich also bald erwiderte, wäre sie krank, so wäre sie nun auch unfehlbar tot, wobei ich erzählte, was mir den vorhergehenden Abend begegnet war. Er verwunderte sich darüber, versicherte aber doch, dass er nur so viel wüsste, dass sie krank wäre und dass man mich nach Hause verlangte. – Aber schon mit der nächsten Post schrieb mir meine Schwester, dass die Mutter verstorben und ich ersah aus deren Schreiben, dass dieselbe eben desselben Abends, woran ich das Gesicht oder die Erscheinung gehabt hätte, in die Ewigkeit hinübergegangen war. Als ich nach Flensburg kam, fand ich meine selige Mutter tot und begraben, meine Schwester aber betrübt und niedergeschlagen und mit meines Vaters Schwester und meiner Großmutter in einem Hause. Von meiner Mutter wurde mir noch besonders mitgeteilt, dass, wie sie nebst ihren Angehörigen aus der Pfarrwohnung in dieses mittlerweile neu erkaufte Haus eingezogen sei, sie sich rund umgesehen und gesagt habe: »Hier lasset uns alle uns niederlegen und sterben.« Welches nachmals auch pünktlich erfüllet worden an allen denen, die damals gegenwärtig waren. Denn mein jüngster Bruder und meine jüngste Schwester befanden sich in dem Augenblick in der Schule, und diese beiden blieben, nebst mir, allein am Leben.

Als ich im Jahre 1696 gegen Ende des Winters einst zu Tisch kam, sagte meine dritte Schwester: Eine gewisse, uns allen wohlbekannte ehrbare Frau, die in unserem Hause oft ein und aus ging, habe ihr mit großer Teilnahme soeben mündlich eröffnet, sie wäre gewohnt und hätte die Gabe, künftige Dinge in Gesichtern deutlich zum Voraus zu sehen und hätte also kraft dieses ihr beiwohnenden Vermögens im Geiste gesehen, dass in kurzer Zeit sieben Leichen aus unserm Hause würden herausgetragen werden. Und wenn solche würden herausgetragen worden sein, so würde einige Zeit darauf eine Braut ins Haus hereinkommen. Ich erwiderte, wir wären der Mehrzahl nach noch junge, gesunde, muntere und starke Leute; und wenn also gleich unsere Großmutter und Tante etwa sterben sollten, so würden alsdann doch immer noch fünf Leichen fehlen. Am wenigsten aber sei zu vermuten, dass eine Braut ins Haus kommen sollte, vielmehr, setzte ich scherzend hinzu, könne man eher voraussagen, dass eine Braut aus dem Hause herausgeholt werden würde, indem meine älteste Schwester in der Tat schon einem begüterten Kaufmann in unserer Stadt versprochen war. Ich untersagte demnach einmal für allemal solche Reden. Meine Schwester aber blieb dabei und freute sich allezeit recht herzlich, dass sie bald von den Banden der Eitelkeit gelöst und eine Mitbürgerin des Himmels werden würde, ungeachtet, dass sie vor allen anderen eine gesunde und starke Person war. Auf mein nachdrückliches Zureden ward aber der obigen Prophezeiung in unserem Hause nicht mehr Erwähnung getan.

Nach etlichen Wochen legte sich die Großmutter und wurde, um besserer Pflege willen, in die Wohnstube gebettet. Einst will ich nun des Abends nach der Mahlzeit aus der Wohnstube hinaus und auf mein Studierzimmer gehen, da sehe ich eine in Parade liegende Leiche, auf die Art, wie dort zu Lande die Leichen mit weißen und schwarzen Tüchern bekleidet zu werden pflegen, ganz dichte vor der Stubentür aufgebahrt, so dass die Laken vom Fußende des Sarges bis hart vor die Tür hinreichten und ich selbige nur mit genauer Not öffnen und kaum hinaustreten kann. Das Kopfende des Sarges erstreckte sich bis an die Treppe, die ich hinaufzusteigen hatte und die Laken noch weiter. Ich alterierte mich inzwischen gar nicht, sondern rief nur nach meiner älteren Schwester und sah unterdessen den

Sarg mit unverwandten Augen an. Als die Schwester herbeikam, fragte ich sie, ob auch sie die Leiche da sähe? Sie erschrak, ging eiligst zurück mit veränderter Gesichtsfarbe, antwortete mir auch nicht, ob sie etwas gesehen hätte oder nicht. Ich aber blieb in der halboffenen Stubentür so lange stehen, bis die Erscheinung immer dunkler wurde und allmählich verschwand. – Meiner Großmutter Krankheit schien beinahe gar nichts zu bedeuten zu haben und doch starb sie wenige Tage hiernach ganz unvermutet. Am Tage ihrer Beerdigung wurde, N.B. in meiner Abwesenheit und ohne mein Vorwissen, ihre Leiche auf eben der Stelle und genau auf ebensolche Art bekleidet, aufgebahrt, wie mir im Gesicht gezeigt worden, so dass im ganzen Vorderhause kein unbequemerer Platz hätte gefunden werden können, indem der Sarg den Eingang zu zwei unentbehrlichen Zimmern beschwerlich machte.

Die älteste Schwester konnte wegen einer ihr inzwischen zugestoßenen Schwachheit nicht mit zu Grabe folgen und als wir Übrigen nach der Einsenkung des Sarges und angehörter Leichenpredigt aus der Kirche zurückkamen, beklagten sich auch schon die zwei anderen Schwestern und den Tag darauf auch der Bruder. Aller vier Krankheit, ein Fleckfieber, nahm mit jedem Tage zu. Die jüngste Schwester war, nach der Großmutter, die erste, die Todes verblich. Der Bruder, ein junger, wackerer Mensch von siebenzehn Jahren, verschied als der zweite. Am folgenden Tag gab die andere Schwester sanft und selig den Geist auf. Die älteste Schwester lag immer ruhig und freudig auf ihrem Siechbett. Am letzten Tag ihres Lebens ließ sie mich eilends zu sich rufen, reichte mir die Hand und dankte mir. Darauf stimmte sie mit ziemlich heller Stimme das Lied an: »Triumph, Triumph! Er kommt mit Pracht, mein Heiland und Erlöser« und sang so lange, bis man nichts deutlich mehr vernehmen konnte als die letzten

Silben der Worte Triumph! Viktoria! Hallelujah!, womit sie selig verschied.

Da hatte ich denn nun auf einmal vier Leichen im Hause, die aus Mangel an anständigen Trägern an zwei Tagen nacheinander zur Erde bestattet wurden, unter großer Bestürzung aller Einwohner der Stadt. – Inzwischen starb auch unsere bisherige treue Dienstmagd, so klagte und legte sich auch meines Vaters Schwester und in drei Tagen war auch sie entseelt und gab also die siebente Leiche ab.

Welches ein Exempel und Beweis sein kann, dass in der Welt Gaben sind, die wir nicht wissen und Dinge geschehen, so uns schwer zu glauben sind.« Lysius , »tat bald, mehr in Todes- als in Freiersgedanken, die Anwerbung um eine Jungfrau« und führte sie am 22. Oktober desselben Jahres heim.

Der Professor der Evangelischen Theologie Tholuck (Halle) erzählt in »Die Propheten und ihre Weissagungen« nach der obenerwähnten autobiographischen Handschrift das Folgende von der Urgroßmutter des Lysius: Einst steht sie gegen Abend vor ihrer Haustür zu Flensburg und schaut die lange Gasse hinauf. Da sieht sie einen Leichenzug aus dem Posthause herauskommen, der dann an ihr vorüber nach der nahen Kirche geht. Sie erkennt viele der voranschreitenden Schulknaben, besonders von denen der ersten Klasse, die brennende Wachskerzen mit schwarzen Flören und aus Blech gemalte Wappen tragen. Sie erkennt ihren Sohn, den Probst und neben ihm den Mann ihrer Enkelin, den jungen Pfarrer an St. Marien, Lysius, den Vater des späteren Professors, die der Ordnung gemäß unmittelbar hinter den Schulknaben gehen. Ihnen folgt »ein schön geputzter Engel auf einem weißen Pferde und ein grässlicher Teufel auf einem schwarzen Pferde« die vor der Leiche her in die Kirche hineinreiten. Den Beschluss macht ein stattliches Trauergefolge. –

Da nun in dem Posthause niemand wohnt, dem nach Recht und Sitte eine derartige Bestattung zustände, ist nicht abzusehen, wie dieses Gesicht sich erfüllen könnte, von dem sie gleichwohl alsbald den beiden Geistlichen erzählt. – Aber schon nach einigen Tagen bringen zwei Holsteiner von Adel, unweit der Stadt, ein Pistolenduell zum Austrag und der eine wird tödlich verwundet ins Posthaus gebracht, wo er nach wenigen Stunden stirbt. Und er wird genauso begraben wie sie's vorausgesehen, nur dass der vermeintliche Engel und der vermeintliche Teufel zwei Kavaliere sind, von denen der eine in einem schönen bunten Harnisch, das sogenannte Trauerpferd von schwarzer Farbe, reitet.

J acques Aymar. Professor Joh. Gottfr. Zeidler in Halle erzählt in seinem «Pantomysterion oder das Neue vom Jahre in der Wünschelruthe, als einem allgemeinen Werkzeuge menschlicher verborgener Wissenschaft. Samt Widerlegung des dabei gehegten Aberglaubens» (Halle 1700), welches Buch ihm sein, als hervorragender Förderer der deutschen Kultur berühmter, Freund, der hallenser Professor der Philosophie und Jurisprudenz Christian Thomasius bevorwortet hat: Historie von der Entdeckung des Mordes zu Lyon, aus dem Bericht des Herrn Intendanten, des königlichen Herrn Prokurators, des Herrn Abtes de la Garde, des Herrn Panthot, Dekans der medizinischen Fakultät zu Lyon und des Herrn Advokaten Aubert. Den 5. Juli 1692 wurde ein Weinhändler nebst seiner Frau im Keller ermordet und ihr Geld geraubt. Man hatte durchaus keinen Argwohn auf den Täter. Ein Nachbar des Ermordeten ließ einen Bauer mit Namen Jacques Aymar aus der Dauphine nach Lyon kommen. Dieser stand seit Jahren in dem Rufe, dass er mittels der Wünschelrute gestohlene Sachen entdecken und Diebe und Mörder auffinden könne. Der Weg, den er dabei zu machen hatte, wurde ihm durch seine Wünschelrute gezeigt, die aus jeder Art von Holz sein konnte und in seinen Händen auch auf Wasser, Metalle, Malsteine der Acker und viele andere verborgene Dinge anschlug.

Jacques Aymar kam nach Lyon. Er versprach dem königlichen Prokurator, die Schuldigen auf dem Fuße zu verfolgen, aber er müsse zuerst in den Keller und da anfangen, wo der Mord geschehen war. Der königliche Prokurator führte ihn dahin. Man gab ihm eine Wünschelrute von dem ersten Holze, das man fand. Er durchlief den Keller und die Rute bewegte sich durchaus nicht, außer an der Stelle, wo der Wirt ermordet worden war. Hier kam Aymar in Bewegung, sein Puls schlug wie in einem heftigen Fieber, die Rute, die er in der Hand hielt, schlug stark an. Danach, entweder durch die Rute oder durch innerliche Empfindung geführt, ging er in das Zelt, wo der Diebstahl geschehen war. Von da an verfolgte er in den Straßen die Spur der Meuchelmörder, er kam in den Hof des Erzbischofs, ging zur Stadt hinaus über die Brücke, welche über die Rhone führt und hielt sich immer zur rechten Hand. Drei Personen, die ihn begleiteten, bezeugten, dass er öfters drei Schuldige verspüre, bisweilen aber sei es ihm, als wären es nur zwei. Allein er erfuhr ihre Zahl besser, als er in ein Gartenhaus kam. Denn hier bestand er darauf, die Mörder hätten um einen Tisch gesessen, auf den seine Rute anschlug und hätten aus der Flasche, so in der Stube stand, Wein getrunken, auf welche die Rute gleichfalls anschlug. Man wollte von dem Gärtner wissen, ob nicht etwa er oder jemand von seinen Leuten mit den Mördern geredet hätten, aber man konnte nichts von ihm erfahren. Man ließ die Leute hereinkommen. Die Rute schlug auf keinen von ihnen.

Endlich kamen zwei Kinder von neun oder zehn Jahren. Die Rute schlug auf sie an. Man fragte sie aus und sie bekannten, dass sich am Sonntag früh drei Männer, die sie auch beschrieben, in das Haus geschlichen und aus der Flasche, so der Rutengänger angezeigt, Wein getrunken hätten.

Diese Entdeckung nun bewirkte, dass man dem Aymar zu glauben anfing. Dennoch hielt man für ratsam, seine eigentümliche Kraft noch näher zu prüfen, bevor man ihn weiter nachspüren ließ. Weil man nämlich die Axt gefunden hatte, mit der der Mord verübt worden war, so nahm man diese nebst vielen andern Äxten von gleicher Größe und trug sie in den Garten des Herrn von Mongivrol. Hier wurden sie vergraben, ohne dass es der Bauer sah. Man ließ ihn dann über alle Äxte gehen und die Rute schlug nur allein auf diejenige, mit der der Totschlag geschehen war. Der königliche Intendant verband ihm die Augen. Nachdem man die Äxte in das Gras versteckt hatte, führte man ihn an diesen Ort. Die Rute schlug allzeit auf diese Axt allein und bewegte sich nicht über den anderen.

Nach dieser Probe gab man ihm einige Häscher und Stadtknechte zu, mit welchen er den Mördern nachsetzen sollte. Man kam an das Ufer der Rhone, wo eine halbe Meile von der Brücke abwärts Fußstapfen im Flusssand anzeigten, dass hier Menschen zu Schiffe gegangen waren. Man folgte ihnen auf dem Wasser und Aymar ließ das Schiff auf der Spur sich halten und unter der gewölbten Brücke bei Bienne hindurchfahren, wo man sonst niemals durchschiffte. Hieraus schloss man, dass sie keinen Schiffer bei sich hatten, weil sie den guten Weg auf dem Fluss so weit verfehlt hatten. Während der Reise ließ Aymar an allen Ufern anfahren, wo die Mörder gelandet hatten; er ging geradeswegs auf ihren Fußstapfen fort und erkannte, zu großer Verwunderung der Wirte, die Betten, worin sie gelegen, die Tische, woran sie gesessen und die Kannen und Gläser, welche sie berührt hatten.

Man kam in das Lager zu Samblon. Aymar verspürte eine Bewegung, er war überzeugt, dass die Mörder da wären. Er getraute sich aber nicht, die Rute schlagen zu lassen, um sich zu vergewissern, weil er sich vor Misshandlungen durch die Soldaten fürchtete. Aus solcher Furcht kehrte er nach Lyon zurück. Mit Schutzbriefen schickte man ihn von neuem hin, aber die Mörder waren vor seiner Wiederkehr weitergereist. Er verfolgte sie bis nach Beaucaire. Auf dem Wege durchsuchte er die Herbergen und bemerkte Betten, Tische, Flaschen und Gläser, welcher sie sich bedient hatten. In Beaucaire erkannte er durch seine Rute, dass sich die Mörder dort getrennt hatten. Er hielt aber mit der Verfolgung desjenigen an, dessen Fußstapfen die Rute am meisten bewegten. Auf einmal stand er vor der Tür eines Gefängnisses still und sagte mit Bestimmtheit, dass der Mörder da drinnen sei. Man öffnete ihm und zeigte ihm zwölf bis fünfzehn Gefangene. Auf einen schlug die Rute an. Er hieß Bossu und war erst vor acht Tagen wegen eines geringen Diebstahls eingesetzt worden. Anfangs leugnete Bossu alles. Als man ihn aber auf den Weg führte, auf dem er von Lyon nach Beaucaire gefahren war und man ihn in allen Häusern wiedererkannte, wo er sich aufgehalten hatte, da bekannte er, dass er mit den Mördern gegessen und getrunken habe, namentlich an allen den Orten, wo es die Rute angezeigt hatte; ferner dass er bei dem Morde zugegen gewesen und dass von den zwei Mitschuldigen der eine den Mann, der andere die Frau gemordet habe.

Zwei Tage nachher wurde Aymar auf weitere Erkundigung ausgeschickt. Seine Rute führte ihn wieder nach Beaucaire, an die Tür eben desselben Gefängnisses. Er behauptete, dass noch einer von den Mördern darinnen wäre und niemand konnte ihm seinen Irrtum benehmen als der Kerkermeister. Dieser sagte, ein Mensch von dem Ansehen, wie man einen der Mörder beschrieb, sei kurz zuvor in das Gefängnis gekommen und habe sich nach dem Schicksal des Bossu erkundigt. Aymar verfolgte diesen Mörder und glaubte Spuren von ihm bis an die spanische Grenze zu finden. Diese setzte seinen Nachforschungen ein Ende.

Die Generalin von Neidschütz. Kurfürst Johann Georg III. von Sachsen, »der sächsische Mars«, hatte für Kaiser und Reich tapfer gegen Türken und Franzosen gekämpft, als er, vierundvierzigjährig, im Kriege gegen Ludwig XIV. von der Pest ergriffen, zu Tübingen starb. Aber er hatte auch das Bier seiner guten Stadt Torgau zu schätzen gewusst und die schönen Töchter seines Volkes »fast heftig« geliebt, also dass ihn der Vater des Pietismus, J. Ph. Spener, den er als Hofprediger nach Dresden berufen, des Öfteren auf der Kanzel hart hatte strafen müssen. Er hinterließ zwei Söhne, Johann Georg und Friedrich August, die ihm nacheinander in der Kurwürde folgten, aber er hinterließ auch ein bildschönes, sechzehnjähriges Mädchen, Magdalena Sybilla von Neidschütz, das an seinem Hofe lebte und von vielen für seine Tochter gehalten wurde. Hatte er sich doch als Kurprinz »ziemlich verliebet« in Fräulein Ursula Margarethe, des Kammerpräsidenten von Haugwitz Tochter und wenn man selbige auch alsbald mit Herrn Rudolf von Neidschütz einem »Edelmann von gar schlechten Qualitäten« vermählt hatte, der bald zum Generalwachtmeister und Obristen der Leibgarde aufgestiegen war, so ließ sich doch nicht leugnen, dass die junge Frau, bevor sie 1675 der kleinen Magdalena Sybilla das Leben schenkte, sich seit Jahr und Tag ihrem Gemahl sehr fern, dem Herrn Kurfürsten aber umso näher gehalten hatte. Magdalena Sybilla, »die junge Neidschinne«, war schon als Zwölfjährige mit ihrer Mutter, »der alten Neidschinne«, an den Dresdner Hof gekommen, wo sie von aller Welt verhätschelt und – soweit dies nicht schon von der Mutter besorgt war – gründlich verdorben wurde. Als Dreizehnjährige liebelte sie mit dem Oberhofmeister von Harthausen kaum weniger gern als mit dem Kammerjunker von Vitzthum, besser als beide aber gefiel ihr der Prinz Friedrich August, doch gab sie seinem Bruder, dem Kurprinzen Johann Georg, der »ein gar feuriger junger Herr« war, bald mit Entschiedenheit vor allen den Vorzug. Der wurde nun zwar von seinem besorgten Herrn Vater zunächst auf Reisen, dann in den Krieg geschickt, aber sobald er 1691, nach des Vaters Tode, als Dreiundzwanzigjähriger, Kurfürst wurde, erklärte er das sechzehnjährige Fräulein öffentlich zu seiner »Favoritin« und beschenkte es überreich mit Gütern und Gärten, Häusern und Weinbergen. Er ernannte Magdalenen Sybillens offiziellen Vater zum Generalleutnant und ermöglichte ihrer herrsch- und habsüchtigen Mutter, in Verbindung mit dem Kammerpräsidenten von Hoym und dem Hofrat von Beichling, das schamloseste Raub- und Erpressungssystem einzurichten. Durch alles dies wurden Mutter und Tochter dem Hofe wie dem Volke gründlich verhasst und schon begann man von Liebestränken und anderen Hexenkünsten zu munkeln, durch die der junge Kurfürst seines freien Willens beraubt worden sei. Niemand aber trat energischer gegen die junge Neitschinne auf als ihr ehemaliger Liebhaber, der jetzt zwanzigjährige Prinz Friedrich August. Hart setzte er seinem Bruder, dem Kurfürsten, zu. Er scheute sich nicht, ihm über seine eigenen und anderer Erfolge bei der Leichtfertigen reinsten Wein einzuschenken. Der Kurfürst entbrannte darüber in gewaltigem Zorn. Er schalt die Geliebte Canaille, wollte nichts mehr von ihr wissen und äußerte, als man auf dem Taschenberge die Leiche eines neugeborenen Kindes fand, wegwerfend, was doch niemand weniger glauben konnte als er selber, »das wird wohl von dem Fräulein sein«. Ja, er willigte ein, dem Vorschlag seiner Mutter und des Kurfürsten Friedrichs III. von Brandenburg gemäß, die verwitwete Markgräfin Eleonore Erdmuthe Louise von Brandenburg-Ansbach aus dem Hause Sachsen-Eisenach zu ehelichen, von der der Baron Pöllnitz versichert, dass sie zu jener Zeit schon mehr ehrwürdig als schön gewesen sei. Die Hochzeit wurde am 17. April 1692 in Leipzig gehalten, der Sitte der Zeit entgegen, der Bedeutung dieser Ehe gemäß, in aller Stille. Magdalena Sybilla aber sollte durch einen jährlichen Gnadensold von viertausend Talern abgefunden werden. Sie dachte nicht daran, sich abfinden zu lassen. Schon am 19. April war der Kurfürst so völlig wieder in den Banden der jetzt Siebzehnjährigen, dass er seine Frau verließ und mit jener nach Torgau übersiedelte. Lauter bezichtigte man nun die junge, besonders aber die alte Neitschinne der Zauberei. Hatte doch der Kurfürst selber seinem Kammerdiener vertraulich geklagt, er könne nicht bei seiner Gemahlin bleiben, ihre Gegenwart verursache ihm Angstschweiß und Brechreiz, auch komme es ihm vor, als ob man ihn bei den Haaren aus dem ehelichen Schlafgemach ziehen wolle. Und hatte er doch zu der Geliebten selber, die »in ihren florierenden Angelegenheiten« persönlich sich wenig um die Mutter bekümmerte, geäußert: »Bill'gen, es wäre mit unser inclination nicht so weit kommen, wenn nicht deine Mutter es getan, die ist capable, einem alles zu überreden.« In der Tat hatte die alte Neitschinne, wie sich später herausstellte, Zimmer und Ehebett heimlich mit allerlei Kräuterwerk durchräuchert. Die Kurfürstin musste den Hof verlassen. Der Kurfürst beantragte beim Kaiser Leopold I. die Scheidung von seiner Gemahlin und die Erhebung des Fräuleins Magdalena Sybilla von Neidschütz in den Reichsfürstenstand. Er erreichte freilich einstweilen nur, dass sie zur Gräfin von

Rochlitz ernannt wurde. Daraufhin gab er ihr im Februar 1693 ein schriftliches Eheversprechen, das er ein Jahr, in die Zeit unmittelbar vor seiner Hochzeit, zurückdatierte: »Von Gottes Gnaden ich Churfürst zu Sachsen, Jülich-Eleve und Berg, auch Engern und Westphalen, habe durch diese eigenhändige Schrift Jedermänniglich wie auch der wohl edel geborenen Fräulein Magdalenen Sybillen von Neitschütz, zu besserer Beruhigung ihres Gewissens, dieweil keine formale copulation geschehen... ferner auch will ich mir ausgenommen haben, frei zu sein, noch eine Frau zu nehmen und zwar von gleichem Gebiete mit mir, welches den Namen von churfürstlichen Gnaden führen und ihre durch Gottes Gnade von mir zeugende Kinder die rechtmäßige Erben dieser Chur und Lande sein sollen, denn indem keineswegs in der hehl. Schrift zwei Weiber zu haben verboten, sondern Exempla anzuführen wären, worin es selber von unserer Kirchen zugelassen... «

Inzwischen hatten die Franzosen die Pfalz verwüstet und das Heidelberger Schloss zerstört. Der Kurfürst, dem Kaiser die Treue haltend, zog mit zwölftausend Mann gegen sie zu Felde. Magdalena Sybilla begleitete ihn und beschenkte ihn im Juli 1693, zu Frankfurt am Main, mit einem Töchterchen. Während er dergestalt als Liebhaber und Vater in Anspruch genommen war, erntete der Dauphin billige Kriegslorbeeren. Militärische Rangstreitigkeiten veranlassten den Kurfürsten, persönlich nach Dresden zurückzukehren, indessen seine Truppen auf dem Kriegsschauplatz blieben. Die Verhandlungen in Wien gingen weiter. Magdalena Sybilla versprach, katholisch zu werden und auch ihren Kurfürsten der allein seligmachenden Kirche zuzuführen, wenn der Kaiser sie in den Fürstenstand erhebe. Die Entscheidung zu beschleunigen, drohte der Kurfürst mit dem Abruf seiner Truppen, die ohnehin zu schlecht verpflegt würden. Da, Ende März 1694, erkrankte

Magdalena Sybilla an den Kindspocken. Am 4. April starb sie. Baron Pöllnitz erzählt: »Der Kurfürst geriet in solche Verzweiflung, dass ihn niemand besänftigen konnte. Man konnte ihn nicht einmal von dem erblassten Körper wegreißen. Er umfasste sie und sagte ihr noch allerlei bewegliche Dinge. Er wünschte sich den Tod, um aus einem Leben zu kommen, das ihm nach dem Hintritt seiner Neidschinne unerträglich war. Jedermann glaubte, das ganz entsetzliche Klagen des Kurfürsten habe keine natürliche Ursache und weil die Gerichte in Sachsen nicht einig sind mit dem Parlament zu Paris, wo man keine Zaubereien glaubt, so zweifelten sie gar nicht, die Fräulein Neitzschin müsse Zauberkünste angewendet haben, damit sie geliebt würde.« Magdalena Sybilla Gräfin von Rochlitz wurde unter dem Geläut aller Glocken in der kurfürstlichen Gruft der evangelischen Hof- und Sophienkirche zu Dresden beigesetzt.

Unmittelbar nach ihrer Bestattung, an der er im reich vergoldeten Staatswagen teilgenommen, erkrankte der Kurfürst und wurde zu Moritzburg bettlägerig. »Nun ließ es sich«, erzählt Büsching, «mit demselben so glücklich an, dass an einem Morgen die meisten Medici und hohen Bedienten von Moritzburg zurückkamen und alles mit der guten Zeitung, dass der Churfürst außer Gefahr sei, erfüllten. Um den Mittag kam die unangenehme Botschaft, der Churfürst sei von einem plötzlichen Zufall ergriffen worden und liege in den letzten Zügen, wie er denn den Abend nicht erlebet. Jedermann, sonderlich die Medici, konnten nach dem Zustand, worin sie den Churfürsten verlassen, nicht begreifen, wie es zugehe und die bei der Wiederkunft etwas vermerket, wollten lieber ihre Gedanken vor sich behalten. Soviel ist unter der Hand kund worden, dass einer der ältesten Gesellen der Schlossapotheke und welcher die letzten Arzneien vor den Chursürsten zugerichtet, von dem an, da das Gerücht von des Churfürsten letztem Übelbefinden erschollen, sehr unruhig gewesen, auch des folgenden Tags an seinen Beichtvater geschickt mit teuerster Bitte, er wolle zu ihm kommen, weil er ihm etwas Wichtiges, seine Seele betreffend, zu sagen habe und als derselbe außenblieben, in der Nacht sich verloren, auch erst zwei Tage hiernach in der Elbe tot wiedergefunden worden« Es lag auf der Hand, dass alles dies nicht mit rechten Dingen zugegangen sein konnte. Die alte Neidschinne war eine Hexe. Sie hatte beide Kurfürsten, Vater und Sohn, durch Zauberei getötet. Ein Armband aus Haaren des Letztverblichenen war, allen Warnungen zum Trotz, auf ihr Betreiben der Gräfin von Rochlitz mit in den Sarg gegeben worden. Das hatte sympathetisch gewirkt, würde möglicherweise noch weiter wirken. Man wusste doch, weshalb der König von England (Wilhelm III.) ein solches Armband nachträglich aus dem Sarge der Königin (Maria) wieder hatte herausholen lassen...

Der neue Kurfürst, Friedrich August I. [»der Starke«, als König von Polen August II.] ordnete die Öffnung des Sarges an. In dem Protokoll über »Der Gräfin von Rochlitz Leichenbesichtigung, so geschehen d. 30. Aprilis 1694, vormittags um 10 Uhr« heißt es: »... An der linken Hand und zwar an dem kleinen Finger, steckte ein kleines, schwarz geätztes Galanterie Ringlein, inwendig mit diesen Buchstaben Mon amour est tout pour vous. Auf der rechten Seiten, justement am Kine, fanden sich ein wenig braune, sehr kurze Haare in ein Papier gewickelt und etwas darunter ein mittelmäßiger gelber Schwam. Am linken Arme war ein schwarzes, mit Atlas überzogenes Haarband sehr fest umgestriffen und hinter dessen Ellenbogen Sr. Churf. Durchl. Portrait, an den 4 Enden mit größeren Diamanten besetzt...Weil denn nun überall, nachdem von denen Barbieren mit angewandtem Fleiß und Besichtigung weder an dem Munde, so aller Möglichkeit nach wieder aufgebrochen worden, noch sonst nicht mehr als zwei Kissen, unter die Arme zu legen, gefunden, haben die sämtlichen Anwesenden sothane Besichtigung hiermit beschlossen, ob gedachte Stücke bis auf weiteren Bescheid in des Bettmeisters Verwahrung gegeben...«

Nun wurde der Generalin von Neidschütz der Prozess gemacht. Die Untersuchungsakten füllen acht Bände. Die vier hauptsächlichen Anklagepunkte waren, sie habe 1) den Kurfürsten Johann Georg III. auf magische Weise umgebracht, 2) die Liebe des Kurfürsten Johann Georgs IV. fasziniert, 3) ihm ihre junge Tochter aus Habsucht verkuppelt, 4) zu seiner tödlichen Erkrankung beigetragen, indem sie ihrer Tochter das Haarband mit in den Sarg gegeben. Eine Menge Menschen wurden in diesen Prozess verwickelt. Aus dem langatmigen »Urteil«, das die »Churfürstlichen Schöppen zu Leipzig, der Ordinarius Senior und andere Doctores der Juristen Fakultät in der Universität Leipzig« verfassten, sei das Folgende hier wörtlich wiedergegeben;

„... Wird jetztgedachte Inquisitin Ursula Margarethe von Neidschütz beschuldiget, dass sie eine Hexe sei, auch sich der Zauberei befleißigt und dadurch sowohl weiland Churfürst Johann George den Dritten glorwürdigsten Andenkens ertötet, als Churfürst Johann George den Vierten lobenswürdigsten Gedächtnisses dahin, dass sie ihre, der Inquisitin, Tochter, die Gräfin von Rochlitz, ganz ungemein lieben, dagegen einen immerwährenden und unversöhnlichen Hass gegen Dero Frau Gemahlin tragen müssen, gebracht... Dennoch aber und dieweil im Übrigen und so viel die Zauberei, womit Inquisitin inculpiret wird, anlanget, es allerdings an dem, dass sie teils selbst bekannt, teils durch der Zeugenaussage überführet, wie sie nicht allein viel abergläubische Dinge vorgenommen und sich öfters wahrsagen, Träume deuten und Planeten lesen saßen, Item ihre Tochter ein gewisses Pulver gehabt, so von solcher Kraft, dass wenn man es einem auf den Kopf streute, derselbe nicht böse auf ihn sein könnte, welches Pulver denn aus einer Mußcaten, so die Gräfin dreimal verschlucket gehabt und durch sich gehen lassen ... Auch hierauf sich begeben, dass nicht allzu lang hiernach Churfürst Johann George der Dritte, Churf. Durchl., verstorben und als von diesem Todesfall geredet worden, jedoch von der eigentlichen Beschaffenheit noch keine rechte Gewissheit vorhanden gewesen, die Krappin, wie die wider dieselbe abgehörte Zeugin, vornehmlich aber Frau Anna Margaretha von Draudorff, ausgesagt, zu ihr, der Draudorff, kommen, ganz Desparat und verzweifelt getan, auch gesagt: sie gebe mir doch einen guten Rat, ersteche ich mich oder ersaufe ich mich, ich kann nicht zu Gnaden kommen, ich bin des Teufels mit Leib und Seele, ich bin diejenige so den Churfürsten hat töten lassen, die General Nitzschin hat mich dazu überredet, damit der Churprinz zur Regierung kommen möchte und hätte sie es durch eine Hexe, mehrbemeldete Burmeisterin thn lassen, sie hätte ihn in Feuer getötet und geschmaucht, er aber in seinem Leibe gebrannt wie ein Licht. [Sogenannter Bildzauber, die Burmeisterin hatte eine den Kurfürsten darstellende Wachsfigur, in die sie Haare des Kurfürsten eingeknetet hatte, unter Beschwörungen über einem Feuer langsam verbrannt.] Er wäre vier oder sechs Wochen mit Feuer so geängstigt worden, dass er nämlich vergehen müssen und würde des Churfürsten Herzen im Leibe ganz verzehret und welk sehn, es wäre auch das Blut alle aus dem Leibe gehext und sich gleichwohl nach des Churfürsten Leib Medici Herrn Dr. Franckens, so Se. Churf. Durchl. nach Dero hochfel. absterben seciret, von solcher section erstatteten Bericht, also wirklich erwiesen ...«

In dem langwierigen Prozess spielte, besonders der Burmeisterin gegenüber, die Tortur eine große Rolle. So heißt es von der Burmeisterin in den Akten: »Und hat man observiert, dass dieselbe die ganze Tortur über am Leibe kalt gewesen und wie sonst solche Personen pflegen, nicht einen Tropfen geschwitzt hat, welches die Scharfrichter selbst sehr gewundert.« Über den endlichen Ausgang des Prozesses, der selbstverständlich eine europäische Sensation war, wird berichtet: »… an der Gestalt, wie der Prozess geführt wurde, war genugsam abzunehmen, dass er bloß aus eine Zeitversplitterung abgesehen, wie denn nach vielen Jahren er zuletzt dahin ausgeschlagen, dass die Generalin von Neidschütz nach harter Gefängnis und großem Elend auf ein entlegenes Dorf verbannt worden, woselbst sie ihr Leben beschlossen.

Fast hundert Jahre später, 1787, veröffentlichte der fuldaische Domherr und Regierungspräsident Freiherr Siegmund von Bibra im »Journal von und für Deutschland« den vom 10. Juni 1694 datierten Brief eines »churfürstlich-sächsischen Rates zu Dresden«, woraus eine wesentliche Stelle hier wiedergegeben wird: »… In dieser Begebenheit aber hat sich Johann Georg IV. mit der jungen Neidschinne oder Gräfin Rochlitz wider des höchstgedachten Herrn Vattern Willen, ziemlich verliebet, doch dürfte er beim Leben des Herrn Vattern nicht viel merken lassen. Hat also die Neidschinne nebens ihrer Mutter dahin gedacht, wie er möchte aus dem Wege geräumt werden, damit sie emporsteigen und zu höheren Dignitäten kommen möchten, weil aber der Herr Churfürst Johann Georg III. einer guten gesunden Complexion, so schien kein Mittel ihnen als Zauberei besser, welche sie denn auch dergestalt anfingen. Sie haben von des Herrn Churfürsten Johann Georg III. sein Haar bekommen, selbige in Wachs und anderen zauberische Ingredientien und characteren geknetet und daraus ein Männlein, eine Handlang formiert und solches an einem Spieß bei einem magischen Feuer gebraten, welche Zauberei neben andern magischen Signen vermischet, dass dem Herrn Churfürsten succesive alles Fleisch von den Knochen gefallen und das Eingeweide eingetrocknet... Bei diesen erschrecklichen Actibus haben sie dann und wann die Schmerzen lindern und mindern können, auch wiederum vermehren und solches mit Vermehrung und Zurückziehung des magischen Feuers, welches sie nach Gefallen viel oder wenig angelegt. Indessen haben sie Johann Georg IV. eine übernatürliche Liebe auch durch Zauberei beigebracht, welche vermittels eines Kessels, so unaufhörlich über einem Feuer in einem Gewölbe gehangen und von vielen aus Hahnenhertzen und andern magicis characteribus gesotten, welche dann dergestalt praepariret, dass sie auch des Herrn Werk und Thun nach Proportion des Siedens daraus abnehmen können, denn sobald der Kessel mit darin enthaltenen zauberischen Materien aufgestiegen, so ist es nicht nach ihrem Willen gewesen, wenn aber derselbe seine Materia senken und einkochen lassen, so hat er kommen und ihr beiwohnen müssen, welches denn die Ursache, dass sie ein stetes Feuer darunter erhalten. Dahero, wann er bei der Durchlauchtigen Gemahlin gewesen, so ist er dergestalt von einem magischen Feuer angefeuert worden, dass ihm Angst und Bange worden. Sobald er aber zur Neidschinne kommen, hat sie das Feuer proportionaliter nach Belieben subtrahiret und also hat er Ruhe und Linderung bekommen. Ferner haben sie eine Pastete, so mit des Herrn Churfürsten und der Neidschinne Blut, welches sie bei der Schröpfung aufgefangen, vermischet gegossen, zugerichtet, welche nebst eingemischten zauberischen Mitteln von beiden ganz verzehret worden und diese Wirkung gehabt, dass, wenn eine Person von diesen Beiden stürbe, die andere notwendig gleich bald folgen müsste, damit bei etwa ehestem Absterben des Herrn Churfürsten mit etwa auskommender Schandtat executio an ihr nicht könnte verübet werden; wie denn auch noch leider erfolget, denn sobald die Erzhexe angefangen, in der Churfürstlichen Gruft zu faulen, hat sich der Churfürst darauf gelegt und nach einigen Tagen den frühzeitigen Tod kosten müssen.

Sonsten hat man von zauberischen Haarbändern und vielen wunderlichen magischen Charakteren und andern verteufelten Sachen, so bis dato ganz unbekannt, nach beider Tod sowohl im Sache als Kleidern und beiderlei Leibern gefunden, so in ganz genauer Verwahrung insgeheim gehalten worden. Ja, diesem hochlöblichen Churfürsten Friderico Augusto wäre nicht weniger dieses Elend betroffen, wenn nicht die göttliche Providenz sich ins Mittel geschlagen, zumal die alte Bestia, die Neidschinne, auch dessen Leben in einem Kessel, denen vorigen an etlichen Stücken gleich, bereits eingekocht, in welchen sie vieler Hand Tieren, auch Menschenleben, allerhand Schinderknochen und anderen verfluchten Zeug ebenfalls gesotten und nach dessen Auffindung das Feuer aus einige Wochen, damit es unvermerkt geschehen möchte, verlegt, welches, sobald das pabulum consumiret und ausgelöscht, auch des jetzigen Churfürsten Tod, welchen doch Gott gnädig verhüten wolle, nahe sein solle ...«

Der Hufschmied von Salon. Der Herzog von Saint-Simon erzählt in seinen Memoiren: Um diese Zeit langte in Versailles ein Hufschmied an, der geradeswegs aus der kleinen Stadt Salon in der Provence kam. Er wandte sich an Brissac, den Major der Gardes du Corps und verlangte zum Könige geführt zu werden, mit dem er unter vier Augen sprechen wollte. Er ließ sich durch die grobe Abweisung, die er von ihm erfuhr, durchaus nicht abschrecken und setzte es durch, dass der König von seinem Verlangen unterrichtet wurde. Dieser ließ ihm jedoch sagen, dass er nicht so mit jedermann zu sprechen pflege. Der Hufschmied ließ nicht locker und erklärte, wenn er den König sehe, wolle er ihm Dinge sagen, die so geheim und so sehr nur dem Könige allein bekannt seien, dass dieser daraus erkennen würde, dass er berufen sei, mit ihm zu sprechen und ihm wichtige Dinge zu eröffnen. Unterdessen bitte er wenigstens an einen seiner Staatsminister gewiesen zu werden.

Daraufhin ließ ihm der König sagen, er möge Barbezieux [Staatssekretär des Krieges] aufsuchen, dem er Befehl gegeben habe, ihn anzuhören. Es überraschte nicht wenig, dass dieser Hufschmied, der gerade angekommen war und nie weder seine Heimatstadt, noch sein Handwerk, einen Augenblick verlassen hatte, von Barbezieux nichts wissen wollte und sogleich antwortete, er habe verlangt, an einen Staatsminister gewiesen zu werden. Barbezieux sei das aber nicht und er würde nur mit einem Minister sprechen. Daraufhin bezeichnete der König Pomponne [Minister und Oberintendant der Posten, im gleichen Jahr, einundachtzigjährig, gestorben] und der Hufschmied ging, ohne Schwierigkeit zu machen oder etwas zu erwidern, zu ihm. Was man von seiner Geschichte erfuhr, ist sehr wenig. Man höre: Als dieser Mann eines Tages, zu später Stunde, in die Stadt zurückkehrte, sah er sich bei einem Baume, ganz in der Nähe von Salon, von einem starken Lichtschein umflutet. Eine schöne, blonde und ungemein strahlende, weibliche Gestalt in weißer, königlicher Kleidung rief ihn bei seinem Namen, sagte zu ihm, er solle wohl aufmerken und sprach mehr als eine halbe Stunde mit ihm. Sie sagte ihm, sie sei die Königin und die Gemahlin des Königs gewesen, befahl ihm, denselben aufzusuchen und ihm all' das zu sagen, was sie ihm mitgeteilt habe; Gott werde ihm auf seiner ganzen Reise beistehen und der König werde an einem Geheimnis, dass er ihm sagen werde und das der König allein auf der ganzen Welt wisse und wissen könne, sehen, dass alles, was er ihm zu eröffnen hätte, wahr wäre. Wenn es ihm zu Anfang nicht gelinge, mit dem Könige zu reden, so solle er um eine Unterredung mit einem seiner Staatsminister bitten, unter keinen Umständen dürfe er aber anderen, wer sie auch seien, irgendetwas mitteilen und gewisse Dinge müsse er ausschließlich dem Könige vorbehalten. Er solle sich alsbald aufmachen und das, was ihm befohlen sei, beherzt und sorgsam ausführen, er könne aber darauf rechnen, mit dem Tode bestraft zu werden, wenn er es versäume, sich seines Auftrags zu entledigen.

Der Hufschmied versprach alles und alsbald verschwand die Königin und er fand sich im Dunkeln in der Nähe seines Baumes. Er legte sich am Fuße desselben nieder, nicht wissend, ob er träume oder wache und ging dann später heim, überzeugt, dass das Ganze Einbildung sei. Und es kam ihm so närrisch vor, dass er sich hütete, irgendetwas davon verlauten zu lassen.

Als er zwei Tage darauf an derselben Stelle vorüberging, hatte er dieselbe Erscheinung noch einmal und es wurde dieselbe Rede an ihn gehalten. Überdies erhielt er Vorwürfe wegen seines Zweifels und wurde wiederholt bedroht und zum Schlusse ward ihm befohlen, dem Intendanten der Provinz zu erzählen, was er gesehen und dass er den Befehl erhalten habe, nach Versailles zu gehen; dieser würde ihm dann ohne Zweifel die Mittel zur Reise geben.

Diesmal war der Hufschmied überzeugt. Aber zwischen der Furcht, die ihm die Drohungen eingeflößt hatten und der Schwierigkeit der Ausführung hin und her schwankend, wusste er nicht, wozu er sich entschließen sollte, bewahrte aber immer Stillschweigen über das, was ihm begegnet war.

In dieser ängstlichen Unschlüssigkeit verharrte er acht Tage und war endlich so gut wie entschlossen, die Reise nicht zu machen, als er, abermals an dem nämlichen Orte vorüberkommend, noch einmal dasselbe hörte und dazu so schreckliche Drohungen, dass er nun an nichts weiter dachte, als sich auf den Weg zu machen. Zwei Tage darauf erschien er in Aix vor dem Intendanten der Provinz, der ihn ohne Zögern ermahnte, die Reise fortzusetzen und ihm das nötige Geld gab, damit er sie im Postwagen zurücklegen könne.

Mehr hat man nie erfahren. Er sprach dreimal mit Herrn von Pomponne und war jedes Mal länger als zwei Stunden bei ihm. Herr von Pomponne erstattete dem König unter vier Augen Bericht und dieser wollte, dass Pomponne über diese Sache ausführlicher vor dem Staatsrat spreche, an dem der Dauphin [Kronprinz Ludwig, genannt Monseigneur, Sohn Ludwigs XIV. und Maria-Theresias, geb. 1661, gest. 1711] nicht teilnehme und der nur aus den Ministern bestehe. Dies waren damals außer ihm der Herzog von Beauvillier, Pontchartrin und Torey. Diese Sitzung dauerte lange, vielleicht sprach man nachher auch noch von anderen Dingen. Was sich nachher begab, war, dass der König mit dem Hufschmied sprechen wollte. Er sah ihn in seinen Kabinetten und ließ ihn die kleine Treppe herauskommen, die von dort zum Marmorhof führt und die er zu benutzen pflegte, wenn er sich auf die Jagd begab oder spazieren gehen wollte. Einige Tage darauf sprach er noch einmal mit ihm und gab Acht, dass niemand in ihrer Nähe sei. Als der König am Tage nach dem ersten Mal, da der Hufschmied bei ihm war, dieselbe Treppe hinunterstieg, um auf die Jagd zu gehen, sprach der Herzog von Duras, den der König so hochschätzte, dass er sich die Freiheit nehmen konnte, zu ihm zu sagen, was ihm beliebte, verächtlich von dem Hufschmied und wandte auf ihn das üble Sprichwort an: Er ist verrückt oder der König ist kein Edelmann (Il est fou, ou le Roi n'est pas noble).

Bei diesem Wort blieb der König stehen, drehte sich nach dem Marschall von Duras um, was er fast nie tat, wenn er im Gehen begriffen war und sagte zu ihm: »Wenn dem so ist, dann bin ich kein Edelmann; denn ich habe lange mit ihm gesprochen; er hat sehr verständig zu mir geredet und ich versichere Ihnen, dass er sehr weit davon entfernt ist, verrückt zu sein.« Diese letzten Worte wurden mit einem nachdrücklichen Ernst gesprochen, der die Anwesenden sehr überraschte, welche, unter tiefem Schweigen, Augen und Ohren weit aufsperrten.

Nach der zweiten Unterredung gestand der König, dass dieser Mann ihm etwas gesagt habe, was ihm vor mehr als zwanzig Jahren begegnet war und worum er allein wusste, da er niemals zu jemand davon gesprochen und er fügte hinzu, es sei dies ein Gespenst, das er im Forste von Saint-Germain gesehen und von dem er, wie er bestimmt wisse, niemals gesprochen habe. Er sprach sich noch mehrmals sehr günstig über diesen Hufschmied aus, der auf seinen Befehl in jeder Beziehung freigehalten und auf Kosten des Königs wieder heimgesandt wurde. Auch ließ ihm der König seine Ausgaben ersetzen und überdies eine hübsche Summe Geldes geben, dem Intendanten der Provence aber ließ er schreiben, er möge ihm seine besondere Fürsorge angedeihen lassen und darauf sehen, dass es ihm für den Rest seines Lebens an nichts fehle, er solle ihn aber in seinem Stande und bei seinem Handwerk belassen.

Was am meisten bemerkt wurde, war, dass keiner von den damaligen Ministern je über diese Sache hat sprechen wollen. Ihre vertrautesten Freunde haben mehrmals versucht, sie dazu zu bewegen, aber kein Wort aus ihnen herausbringen können. Alle haben sie mit denselben Worten auf eine falsche Spur gebracht, haben die Sache ins Scherzhafte gewandt, sind aber nie aus diesen Grenzen herausgetreten. Heimgekehrt ließ der Hufschmied nicht die geringste Veränderung gegen früher erkennen, sprach weder von Paris noch vom Hofe, antwortete denen, die ihn ausfragten, mit zwei Worten und zeigte, dass er sich nicht gerne ausfragen lasse. Er nahm sein Handwerk wieder auf und hat seitdem weitergelebt, wie er es gewohnt war. Das ist's, was die ersten Vertreter der Provinz über ihn berichtet haben und was mir der Erzbischof von Arles gesagt hat, der jedes Jahr einige Zeit in Salon zubrachte, das der Landsitz der Erzbischöfe von Arles sowie auch der Geburtsort und die Grabstätte des berühmten Nostradamus ist. [Deutsch von Hanns Floerke.]

In der Beilage zu Mercurii Relation, München 1697, No. 18, wird berichtet: »Paris, den 19. April. Der Schmid, von welchem vormals geschrieben und welcher gesagt hat, dass ihm viele Offenbarungen von unseren lieben Frauen geschehen, so er dem König hinterbringen sollte, kam vor einigen Tagen zu Versailles an und diskurrierte lange Zeit mit dem Marquis von Barbesieux. Nach der Hand hatte er auch die Ehre, seine königliche Majestät zu sehen und mit derselben über die Affäre, länger als eine Stunde, zu sprechen. Man will versichern, dass der König über dasjenige, was ihm der Schmid gesagt, sehr vergnügt gewesen sei und dass solches seine Majestät an etwas erinnert habe, wovon Sie allein und sonst niemand Kundschaft gehabt habe und dass diese Umstände viel Glauben verursacht an dem, was er ferner offenbart habe. Er ist nach seinem Land wieder zurückgeschickt und mit so viel Geld versehen worden, dass er seine Reise gemächlich tun kann.«

D ie Hand von St. Denis. Die »Ordentliche Wöchentliche Postzeitungen«, München 1697, No. 18, berichten: »Paris, den 19. Aprilis. In hiesiger Stadt redet man jetzt von nichts als von einer Hand, welche man sagt zu St. Denis erschienen zu sein, welcher man Papier und Tinten gegeben und welche geschrieben habe. Man sagt auch, dass dem Könige die Schrift gezeigt worden sei und seine Majestät selbige erkannt habe.«

Die Schwester Rose. Der Herzog von Saint-Simon erzählt in seinen Memoiren: »Der Kardinal von Noailles, seit kurzem erst aus Rom nach Paris zurückgekehrt, wies aus seiner Diözese Fräulein Rose, eine berühmte Betschwester, aus, die an Ekstasen und Visionen litt, ein sehr ungewöhnliches Benehmen an den Tag legte, die Gewissen ihrer Gewissensräte beriet und ein wahres Rätsel war. Sie war eine alte Gaskognerin oder vielmehr aus der Languedoc, deren Dialekt sie in aller seiner Breite sprach. Ihrer Gestalt nach war sie eckig, hölzern, sehr mager, hatte ein außerordentlich hässliches, gelbes Gesicht, sehr lebhafte Augen und einen leidenschaftlichen Gesichtsausdruck, den sie jedoch zu mildern wusste. Voll Eifer, Beredsamkeit und Wissen, hatte sie etwas Prophetisches an sich, das Eindruck machte. Sie schlief wenig und auf hartem Lager, aß fast nichts, war recht schlecht gekleidet, arm und ließ sich nur unter dem Schleier des Mysteriums sehen. Diese Kreatur ist stets ein Rätsel gewesen; denn es ist Tatsache, dass sie selbstlos war, dass sie große und überraschende Bekehrungen erzielt hat, die Stich gehalten haben, dass sie sehr ungewöhnliche Dinge gesagt hat, von denen die einen sich auf die Gegenwart bezogen, aber sehr verborgen waren, die andern in der Zukunft lagen und eingetroffen sind, dass sie ohne Medikamente überraschende Heilungen bewirkt und dass sie auf ihrer Seite sehr verständige, sehr vorsichtige, sehr gelehrte, sehr fromme, ja erhabene, Geister gehabt hat, die von dieser ihrer Anhängerschaft nichts haben, noch gewinnen konnten und sie ihr dennoch ihr Leben lang bewährten. Zu ihnen gehörte Duguet [Priester und Philosoph, 1649–1733], der so berühmt ist durch seine Werke, durch seinen umfassenden Geist und sein außerordentliches Wissen, dass man ihn als universell bezeichnen kann durch die lautere Demut und Frömmigkeit seines Lebens und den Zauber und die Gediegenheit seiner Gespräche. Nachdem Fräulein Rose lange Zeit in ihrer Heimat gelebt hatte, wo sie die Armen pflegte und wo ihre Frömmigkeit ihr eifrige Anhänger verschafft hatte, kam sie, ich weiß nicht bei welcher Gelegenheit, nach Paris. Eine besondere Lehre hatte sie nicht, nur stand sie ganz auf jansenistischer Seite.«

[Die Prophetin und Wundertäterin Catharine d'Almayrac, genannt die Schwester Rose von Sainte-Croix, 1651 als Bauerntochter zu Lagnac in der Rouergue geboren und 1668 dort mit einem Bauern verheiratet, hatte Anhänger in allen, auch den höchsten Kreisen. Gleichwohl in Frankreich überall ausgewiesen, ging sie endlich in die Schweiz wo sie 1723 starb.]

Glückseliges Martyrium. In dem 1880 zu Paris erschienenen Buche Deux héroines de la foi von Claperéde und Goty erzählt eine unter Ludwig XIV. verfolgte Hugenottin namens Blanche Gamond: Nun schlossen sie alle Türen zu und ich erblickte sechs Frauen, deren jede eine Rute aus Weidengerten trug, die etwa eine Elle lang und so dick war, wie die Hand sie noch fest umfassen konnte. Man befahl mir, mich zu entkleiden. Ich tat es. Dann hieß es: »Ihr habt noch euer Hemd an. Auch das müsst ihr ausziehen!« Und sie waren so ungeduldig, dass sie selber es mir abrissen. So war ich nun nackt bis zum Gürtel. Jetzt nahmen sie einen Strick und banden mich an einen Pfosten in der Kirche fest und zogen den Strick so stramm wie sie nur konnten und fragten: »Tut's weh? Tut's weh?« Dann ließen sie ihre Wut an mir aus und schlugen und riefen: »Nun bete zu deinem Gott!« – Aber in diesem Augenblick erfuhr ich den höchsten Trost, den ich je in meinem Leben erfahren habe, indem ich gewürdigt wurde, um Christi Namens willen gegeißelt, aber auch mit seiner Gnade gekrönt zu werden. Ich kann unmöglich mit Worten ausdrücken, welch ein Freuden- und Friedensgefühl mich durchdrang. Um das zu verstehen, müsste man die gleiche Prüfung durchgemacht haben. Ich schwelgte geradezu in Glückseligkeit, denn wo viel Trübsal ist, da ist auch die Gnade überreich. Umsonst schrien die Frauen: »Wir müssen unsere Schläge verdoppeln, sie fühlt sie ja gar nicht, denn sie schreit weder, noch weint sie!« – Wie sollte ich auch geweint haben, da ich vor innerem Glück zu vergehen meinte.

Lycanthropie. Dr. med. Leubuscher erzählt in seiner Schrift »Werwölfe und Tierverwandlungen« [Berlin 1850]: Über die Wölfe in Kurland findet sich in den Breslauer Sammlungen »Curieuse und nutzbare Anmerkungen von Natur- und Kunstgeschichten, gesammelt von Kanold 1728« eine Abhandlung von Rhanaeus »Von den berüchtigten Werwölfen und übrigen Zauberwesen in Kurland«. Er meint, »sie hätten gewiss nicht bloß aus Hörensagen, sondern aus untrüglicher Erfahrung zu viel Exempel, dass wir von unserer Meinung nicht abgehen können: dass der Satan (so wir gar nicht leugnen wollen, dass einer sei und in den Kindern des Unglaubens seine Werke der Finsternis habe) auf dreierlei Art die Lycanthropos in seinem Netze halte; 1) dass sie selbst als Wölfe wirklich etwas verrichten, als ein Schaf holen, das Vieh verletzen usw., nicht in einen Wolf verwandelt (so kein Litteratus in Kurland glaubt), sondern in ihrem menschlichen Körper und Gliedern, doch aber in solcher Phantasie und Verblendung, nach welcher sie sich für Wölfe ansehen und von anderen durch ebenmäßige Verblendung als solche angesehen werden: Auch dergestalt unter natürlichen, ebenfalls in den Sinnen unrichtigen Wölfen laufen; 2) dass sie in tiefem Schlaf und Traum das Vieh zu beschädigen sich bedünken lassen, indessen aber nicht von ihrer Schlafstelle kommen, sondern ihr Meister dasjenige statt ihrer verrichtet, was ihre Phantasie ihnen vorstellt und zueignet; 3) dass der leidige Satan natürliche Wölfe etwas zu verrichten antreibt und indes denen schlafenden und an ihrem Ort unbeweglich liegenden, sowohl im Traum als bei ihrem Erwachen, einbildet, von ihnen selbst verrichtet zu sein.«

Unter den mitgeteilten Zaubergeschichten sind drei von Werwölfen. Ein Herr kommt gerade dazu, wie ein Wolf ein Schaf aus seiner Herde anfällt und schießt auf ihn, worauf sich der Wolf ins Gebüsch zurückzieht. Als der Herr von seiner Reise zurückkehrt, findet er das ganze Gebiet voll von der Sage, dass er einen Wirt, Wepster Mickel, am gemeldeten Tage und Tageszeit erschossen, welches des Kerls eignes Weib, namens Lebba, ausgebracht, auch beständig bejaht und zwar mit dieser Erzählung: Da ihr Kerl den Roggen besät gehabt, habe er mit deren Weibe konsultiert, wo sie doch nun Fleisch hernehmen möchten, einen guten Tag zu haben. Das Weib habe ihm geraten, er solle sich ja nicht an der Herrschaft Herde machen, weil dieselbe mit bösen Hunden versehen. Solcher Warnung ungeachtet habe sich doch ihr Mickel an der Herrschaft Vieh gemacht, sei aber also empfangen, dass er bald wieder nach Hause gelumpt und im Zorn, dass es ihm misslungen, sein eigen Pferd angefallen und demselben die Gurgel ganz durchgebissen. – In der zweiten Erzählung (1684) hört einer, als er auf einen Haufen Wölfe schießen will, um ihn auseinander zu jagen, eine Stimme aus dem Haufen: »Gevatter, Gevatter, schießt nicht, es wird nicht gut werden.« »In der dritten Geschichte wird mitgeteilt: Es wurde ein Lycantrop verhaftet und als nichts Erhebliches gegen ihn aufgebracht werden konnte, so bestellte der Richter einen von seinen Bauern zu ihm ins Gefängnis, um sich von ihm im Vertrauen den Dienst zu erbitten, einem andern Bauern, der ihn heftig beleidigt, eine Kuh zu zerreißen, was doch, ohne Verdacht zu erregen, am besten in seiner Gestalt als Wolf geschehen könne. Nach anfänglicher langer Weigerung versprach es der Gefangene auf die folgende Nacht und als er den Tag darauf wieder ins Gefängnis kam, gab ihm der Gefangene die Versicherung, dass es geschehen sei. Die Kuh wurde wirklich im Stalle zerrissen befunden, an deren Gefangenen aber hatten die Wächter bemerkt, dass er die Nacht in tiefem Schlafe gelegen und nur eine Zeitlang mit Haupt, Händen und Füßen einige Bewegungen gemacht habe.

Eine andere, vielfach zitierte Erzählung, die zuerst in Nierembergius De mirabilibus Europae lib. II. Cap. XLII vorzukommen scheint, handelt von einem Priester, der sich im Walde einem Feuer nähert. Da kommt ein Wolf, spricht ihn freundlich an, er solle sich nicht fürchten und antwortet auf die Frage, wer er sei: »Wir sind aus dem Geschlechte der Ossyrer (litauische Familie) und infolge einer Beschwörung muss zu einer bestimmten Zeit ein Mann und eine Frau die menschliche Gestalt ablegen und Wolfsgestalt annehmen. Erst nach sieben Jahren dürfen wir, wenn wir so lange am Leben bleiben, in unsere Heimat zurückkehren und unsere frühere Gestalt wieder annehmen. Er erbat sich dann, dass der Priester seine kranke Frau tröste und mit dem Labsal des Abendmahls erquicke. Der Priester entschloss sich endlich dazu, nachdem er vorher gesehen, wie der Wolf, um jeden Zweifel zu entfernen, den Fuß wie eine Hand gebrauchte und der Wölfin das Fell vom Kopf bis zum Nabel zurückschlug, wobei die Gestalt eines alten Weibes zum Vorschein kam.

Duncan Campbell. Dr. William Bond erzählt in seinem Buche »Duncan Campbells Lebens- und Wundergeschichte« 1720: Unter dieser vornehmen Gesellschaft, die zu Duncan Campbell hinströmte, um bei ihm die Zukunft zu erfragen, besann sich auch des Doct. Med. W.lw.d's Frau Eheliebste und Jungfer Tochter. Es war wohl schwerlich eine schönere Person auf Erden anzutreffen, als diese Jungfer war. Sie leuchtete unter den funkelnden Sternen, welche zugleich mit ihr da waren, wie die hellstrahlende Venus. Man hätte meinen sollen, das Bildnis der Fortuna hätte ihrem Antlitz eingeprägt und in einem so schönen Buche nichts Unglückseliges zu lesen sein müssen. Daher war es auch die einhellige Übereinstimmung aller Anwesenden, dass seine Vorhersagungen vor allen anderen mit dieser blühenden Schönheit ihren Anfang nehmen sollten. Damit nun die Mutter von seiner Geschicklichkeit überzeugt werden möchte, so fragte sie ihn schriftlich, ob er dieses junge Frauenzimmer auch kenne, wie sie heiße und wer sie sei. Nachdem sie durch seine sofortige Anzeige des Namens und Standes zweier Personen, so er sein Lebtage nicht gesehen hatte, überzeugt war, dass die Beschreibung, die das allgemeine Gerücht von seiner Fähigkeit gemacht, nicht falsch sei, setzte sie ihr Fragen weiter fort und erkundigte sich wegen ihres zukünftigen Glückes oder Unglückes. Er sah sie darauf von neuem eine Zeitlang sehr aufmerksam an und sein Gesicht schien während solcher Zeit, da er sie betrachtete, von Verstörungen und Bestürzung beherrscht zu sein. Wir bildeten uns alle ein, dass der junge Mann von dem, was er sah, sich selbst im Herzen einigermaßen gerührt fühle und also, anstatt der schönen Person ihr künftiges Schicksal zu sagen, vielmehr sein eigenes in ihren Augen erblicke, nämlich das Verhängnis, ewig ein Sklave so vieler mächtigen und unwiderstehlichen Liebreizungen zu werden. Endlich, nach einem langen Streit mit sich selbst, den wir in unseren Gedanken den Regungen der Liebe und Leidenschaften zuschrieben, tat er einen tiefen Seufzer, der uns solches noch mehr bestärkte, ergriff die Feder und schrieb der Frau W.lw.d aufs Papier, dass er bäte, entschuldigt zu sein und dass seine Feder in dieser Sache so stumm und schweigend bleiben möchte wie seine Zunge. Aus dieser Antwort schloss ich und wir alle, dass wir uns in unserer vorigen Mutmaßung keineswegs betrogen hätten. Daher wir nur ernstlicher auf ihn drangen, seine aufrichtige und wahre Meinung in Hinsicht der Zufälle zu entdecken, worauf das künftige Glück ihres Lebens beruhen werde. Er bezeigte aber vielen, anhaltenden und starken, Widerwillen, dieses zu tun und ich habe ihn nachher niemals wieder in ebensolcher Angst gesehen. Endlich schrieb er mit deutlichen Worten, dass seine Zurückhaltung und Unwilligkeit, solches zu sagen, daher rührten, weil er wünschte, dass ihr Glück besser sein möchte, als es ihm seine Vorhersehung zu erkennen gäbe und dass er von neuem bäte, mit dieser allgemeinen Antwort sich zufrieden zu geben. Sintemal es einen so sonderbaren Fall beträfe, indem er dem Frauenzimmer, um das er befragt würde, vielmehr selber alles erdenkliche Gute wünschen möchte. Die Jungfer, welche dafür hielte, dass, wenn sie einen oder den andern Unstern, der ihr bevorstände, nebst der Zeit, wann ungefähr solcher ihr begegnen würde, vorher wüsste, sie vielleicht vermögend sein dürfte, durch zeitige Klugheit und Vorsicht solches Übel von sich abzuwenden, lag ihm nun selbst mit vielen Bitten an, das unglückliche Geheimnis zu offenbaren. Nach langer Bemühung, solches von sich abzulehnen und ebenso vielen inständigen Bitten, sowohl der Mutter wie der Tochter, um die Entdeckung seiner Vorherwissenschaft in dieser Sache, willigte er endlich mit großem Widerstreben ein und indem er das Papier mit einigen Tränen benetzte, die ihm aus den Augen fielen, gab er ihr die klägliche Schrift, die folgende Worte enthielte: »Ich wollte wünschen, dass mich das Los nicht getroffen hätte, dieser Schönen, die jedermann, der sie nur ansieht, bewundern muss, leider unverhohlen herauszusagen, dass sie nicht gar lange mehr die Besitzerin dieses liebenswürdigen Antlitzes, das ihr so viele Anbeter zuwege bringt, sein wird. Die Kinderpocken werden es nur allzu bald zu ihrem Raub machen und diese großen Vorzüge und Annehmlichkeiten alle auf einmal hinwegnehmen. Ich zweifele keineswegs, dass die Schönheiten ihres Gemütes den äußerlichen Vortrefflichkeiten ihres Leibes nichts nachgeben und vielleicht möchte sie durch deren Gewalt allein die unumschränkte Beherrscherin der menschlichen Herzen bleiben, wenn nicht die gefährlichen Kinderpocken nur allzu gewiss drohten, noch weitere Feindseligkeiten an ihr auszuüben und nicht bloß das holdselige Angesicht, sondern die ganze Gestalt dieses unvergleichlichen Engelsbildes zu zerstören. Ach, es fehlt mir an Worten, meine Betrübnis und Teilnahme auszudrücken und ich würde es nimmermehr gesagt haben, wenn man mir nicht das schmerzliche Geheimnis gleichsam aus meinem Herzen herausgepresst hätte. Diese schöne Person, deren Anmut einen wünschen lässt, dass sie unsterblich sein möchte, wird uns dank der Grausamkeit der verderblichen Kinderpocken einen nur allzu frühen Beweis ihrer Sterblichkeit geben. Indem ich euch zu trösten mich vergeblich bemühe, kann ich selber der Gewalt der Natur nicht widerstehen, die mich zum Mitleiden und zu Tränen beweget und ich gebe euch nur darum eine so bestimmte

Antwort auf eure unablässigen Fragen und Bitten, weil ich nach dem, was ich vor mir sehe, nicht anders kann, und ihr selber mich dazu gezwungen habt.« – Die Mutter, welche das Papier hinnahm, war so klug, dass sie die Tochter nichts sehen ließ, was darauf stunde. Allein die Natur wollte sich nicht Gewalt antun lassen, sondern verriete sich durch die Perlen, die ihr aus den Augen fielen. Als die Tochter dieses gewahr wurde, drang sie heftig darauf, ihr die Schrift zu zeigen und fing über der Betrachtung des harten Schicksals, das sie betreffen sollte, ob sie schon noch nicht wusste, worin solches eigentlich bestünde, ein wenig zu weinen an und man hat wohl niemals etwas Schöneres in Tränen gesehen. Inzwischen erhielte ich so viel von der Mutter, dass sie mich die Schrift sehen ließe. Endlich gab man der Tochter zu einiger Beruhigung ihres Gemütes überhaupt nur so viel zu erkennen, dass ihr ein Unfall zustoßen sollte, der ihre Schönheit einigermaßen vermindern würde. Sie besaß Großmut genug, diesen Bescheid mit Verachtung anzuhören. »Ach, wenn es sonst nichts ist«, rief sie aus, »als dieses, so bin ich da wider gewappnet. Ich bin nicht eitel auf das, was das Alter ohnedies in kurzem verderben wird, sofern nicht Sorgen und Kümmernisse dies schon vor der Zeit tun wollen.« Hierauf trocknete sie ihre Tränen wieder ab. – Und wenn es wahr ist, was Monsieur La Bruyére [französischer Moralist und Lebenskünstler, 1645–1696] sagt, dass das letzte, woran ein schönes junges Frauenzimmer bei seinem Tode gedenkt, seine Schönheit ist, so stellte sie uns hiermit gewiss ein unvergleichliches Muster weiblicher Philosophie vor die Augen. – Daferne nun ein Unglück, das einem bevorsteht, durch das Vorherwissen vermieden oder künstlich abgewendet werden könnte, so hatte sie die schönste Gelegenheit, diese Vorhersehung zunichte zu machen und dieses würde dem Vorherseher gewiss zu größerer Befriedigung gereicht haben, als sie durch den Erfolg bekräftiget zu sehen. – Es wurde hier der Mutter ausdrücklich gesagt, dass die verhängnisvolle Krankheit in den Kinderpocken bestehen werde. Der Vater war ein hocherfahrener und berühmter Medikus. Krankheiten der Art werden insbesondere durch gute Sorgfalt viel eher verhütet, als durch Kunst behoben, aber doch durch Kunst wohl leichter überwunden, wenn dem Arzt beizeiten Warnung konnte gegeben werden, den Leib wider die Gefahr des Giftes vorzubereiten, als wenn die Krankheit den Körper schon unversehens ergriffen hat. – Aber weder das Vorherwissen und die Vorsichtigkeit der Mutter, noch auch die Erfahrenheit und Klugheit eines so großen Medici wollten zureichen, den herannahenden Unstern, der in dem Buche des Schicksals vorgeschrieben war, abzuwenden. Die Sonne hatte ihren jährlichen Lauf kaum einige Male vollendet, als jene berühmte Schönheit gezwungen wurde, sich deren unvermeidlichen Streich des Todes zu unterwerfen. Nachdem die ansteckende, heftige Pockenkrankheit vorher alle ihre Schönheit verwüstet, wurde die Jungfer zuletzt von ihr in eine grässliche Todeslarve verwandelt. Der schmerzliche Hintritt dieser geliebten Tochter ging der Mutter dergestalt zu Herzen, dass sie ihr gar bald darauf selbst in die Gruft nachfolgte.

Die Wünschelrute als Richter in Grenzstreitigkeiten. Der wirkliche oder sagenhafte Erfolg Aymars [Seite 202] erregte in der wissenschaftlichen Welt ungeheures Aufsehen, welches auch dann noch unvermindert fortwirkte, als seine Kunst in Paris, wohin er übergesiedelt, verschiedentlichst versagte. Übrigens ist die Entdeckung des Lyoner Mörders wohl der eklatanteste, nicht aber der einzige Fall, in dem die Wünschelrute nach den literarischen Zeugnissen jener Zeit zur Auffindung von Verbrechern verwandt wurde. Ungleich ausgedehnter aber finden wir ihren Gebrauch zu einem verwandten Zwecke, der kaum weniger wunderbar anmutet und bei uns Heutigen in gleicher Weise auf eine gesunde Skepsis stößt: zur Feststellung streitiger Grenzen. Die authentische Darstellung eines solchen Falles ist in dem »Tractatus de jure liminum« [Nürnberg und Frankfurt 1737] des Rechtsgelehrten Joh. Jodocus Beck enthalten. Irgendwo im damaligen Königreich Polen lagen zwei Nachbarn miteinander im Grenzstreit. Durch Verfügung vom 11. August 1703 genehmigte der König von Polen in seiner Eigenschaft als oberster Gerichtsherr die Verwendung der Wünschelrute zur Schlichtung dieses Streites und beauftragte den Rutengänger Christian Vogel mit der Feststellung der streitigen Grenze. Die Parteien begaben sich mit dem Gericht ins Gelände. Aus einem »birkenen Reis« schneidet Vogel sich eine Rute zurecht und geht mit ihr »durch beider strittiger Parteien Gehölze quer durch«. Die Rute schlägt aus. Vogel erklärt, auf der rechten »Rainung« zu sein. Er verfolgt die Grenze und bei einer Tanne »schlug die Rute noch schärfer als vorher und gab der Rutengänger vor, es müsste bei jetzt gedachter Tanne ein Rainstein stehen«. Es wird nachgegraben: in der Tat findet sich genau an der angegebenen Stelle ein großer Kieselstein im Boden, mit dem spitzen Ende nach unten, wie solches bei Grenzsteinen üblich und auch die beiden »Zeugen« fehlen nicht: untergelegte Steine, welche den Grenzstein als solchen zu charakterisieren bestimmt sind. Der Rutengänger geht weiter: noch mehrere solcher Grenzsteine werden gefunden. »Wobei zu merken war, dass alle ob gedachte, von dem Rutengänger, angezeigte Steine sehr verwachsen waren, tief in der Erde stecken und allem Anschein nach wohl vor langer Zeit und mit Fleiß mochten sein gesetzt worden.« Diese Feststellungen entschieden den Prozess. Joh. Jodocus Beck selber aber ist der Ansicht, »dass die Wünschelrute als ein sicheres und richtiges Mittel, die strittigen Grenzen und Markungen zu erweisen, daher nicht anzunehmen sei, weil in denen Rechten nichts zum Beweis emittiert wird, dessen Ursache nicht klar und offenbar und sich nicht begreifen lässt; die Operation mit der Wünschelrute hingegen an noch gar vielen Zweifel unterworfen, was aber zweifelhaft, als wie die strittigen Grenzen und Markungen, durch das, was ebenfalls an noch zweifelhaft, dergleichen die Wünschelrute ist, keineswegs erwiesen werden kann«...Interessant ist, dass nach Beck von einer Beeidigung der Rutengänger im Gegensatz zu den Feldmessern Abstand genommen werden konnte »maßen zwischen beiden ein großer Unterscheid ist«. Denn des Feldmessers Gutachten ist, wie jedes Urteil, subjektiv; »hier aber redet die Sache selber.« [Aus Georg Rothe, Die Wünschelrute. Jena 1910.]

V on den Kamisarden. Kamisarden hießen nach ihrer Tracht die waldenserisch-hugenottischen Sevennenbauern, die zu Anfang des achtzehnten Jahrhunderts ihren kalvinistischen Glauben gegen die Truppen Ludwigs des Vierzehnten fanatisch verteidigten. Aus Misson, Théatre sacré des Cevennes. London 1707: ...Es ist nötig, den Leser darauf hinzuweisen, dass alle Zeugen, die in dieser Abhandlung vorgeführt werden, auserlesene Leute sind, deren Glaubwürdigkeit auf außergewöhnliche Weise erprobt ist. Es sind gerichtliche Aussagen, welche zu London mit allen gehörigen Formalien von sechsundzwanzig Personen, die alles, was sie erzählen, selbst gesehen und gehört haben, gemacht worden sind. Unter diesen sind zwölf, die ihre Aussagen am 6. März und am 1. April 1707 vor dem Herrn John Edisbury und vor dem Herrn Richard Holford beschworen haben. Es haben sich aber auch die anderen freiwillig zum Eide erboten und nichts, als ich weiß nicht welche Nachlässigkeit, ist schuld daran, dass er ihnen noch nicht abgenommen ist. Das wird jedoch nachgeholt werden. Über Tatsachen aber, deren Wahrheit gebührend bezeugt ist, hinwegzusehen, hat niemand das Recht...

1. Jean Cavalier erzählt: Mein Vetter Jean Cavalier [geboren 1679 als Bauernsohn in der Languedoc, einige Jahre Hauptanführer der Kamisarden, gestorben 1740 als englischer General und Gouverneur der Insel Jersey] hat im August 1703 eine Versammlung in die Ziegeleien von Cannes bei Sevignan berufen. Zwischen fünf- und sechshundert der Unseren erschienen, Männer und Frauen. Da wurde plötzlich Bruder Clary vom Geiste ergriffen. Unter heftigen Zuckungen verkündigte er, dass unter den Anwesenden zwei, vom Feinde bestochen, die Absicht hätten, uns zu verraten. Mein Vetter ließ sofort die ganze Versammlung umzingeln, damit niemand entfliehe, worauf Clary, noch immer in Zuckungen, zwei Männer als Verräter bezeichnete, die auch alsbald ihr Vorhaben bekannten. Auf den Knien baten sie Gott und die Brüder um Vergebung und beschworen, nur durch die äußerste Armut verführt worden zu sein. – Unterdessen dauerte die Inspiration bei Clary fort. Mit lauter Stimme verkündete er, er wisse wohl, dass viele das soeben Geschehene für eine Komödie und vorher abgekartete Sache hielten. »O ihr Kleingläubigen,« rief der Geist durch seinen Mund, »zweifelt ihr noch immer an meiner Macht, nachdem doch so viele Wunder für euch durch mich geschehen sind? Nun, so will ich denn, dass man unverzüglich ein großes Feuer anzünde und du, mein Sohn Clary, wirst dich hinaufstellen, ohne auch nur den geringsten Schaden zu erleiden.« – Nach diesen Worten erhob sich ein allgemeines Gemurmel. Man schalt das eigene Misstrauen und einige beteten: »O Herr! Erspare uns das Feuerzeichen! Haben wir doch schon gese-

hen, dass du in den Herzen liest.« – Aber da Clary auf der Probe bestand und seine Zuckungen zunahmen, musste mein Vetter befehlen, dass man Holz herbeihole und einen Scheiterhaufen anzünde. Von den Ziegelöfen hatte man in wenigen Minuten eine Menge Fichtenreiser und alte Weinstöcke sowie eine Art Dorngesträuch, die wir Argealas nennen, zusammengetragen. Das ganze Holz wurde nun in einer kleinen Vertiefung des Fußbodens inmitten der Versammlung aufgetürmt, so dass es die Anwesenden rings im Kreise umstellen konnten. Clary in seiner weißen Bluse bestieg unverzüglich den Holzstoß Die Hände über dem Kopf verschlungen, setzte er seine Predigt fort. – Manche warfen sich auf die Knie und baten unter Tränen, man solle doch davon ablassen, während Clarys Weib in ein verzweifeltes Wehklagen ausbrach. – Nun konnten ihn alle mitten in den Flammen stehen sehen, die ihn vollständig einschlossen, ihn ganz umzingelten und hoch über seinem Haupte zusammenschlugen. Indessen waren diejenigen, welche das Holz zusammengetragen hatten, bestrebt, die nach außen abfallenden Brände auf den Scheiterhaufen zurückzuschieben. Denn Clary wollte nicht eher aus jener Hölle herausschreiten, bis dass nur noch ein Kohlen- und Aschenhaufen übriggeblieben sei. Der Geist verließ ihn auch nicht einen Augenblick bei dieser Probe, die meines Erachtens immerhin eine gute Viertelstunde dauerte, während welcher wir Clary stets mit einer durch Brustkrämpfe und Schluchzen erstickten Stimme reden hörten... Mein Vetter forderte alsdann die Versammlung auf, ein Dankgebet zu sprechen. Die zwei Verräter wurden begnadigt. Alles dieses habe ich mit meinen eigenen Augen gesehen und mit meinen eigenen Ohren gehört.

2. Isabeau Charras erzählt: Obschon viele darüber gelacht haben, dass man in verschiedenen Gegenden Psalmen in der Luft habe singen hören, so will ich doch nicht

unterlassen zu erklären, dass ich solches mit meinen eigenen Ohren oft gehört habe. Ich habe diesen himmlischen Gesang mehr als zwanzig Male am hellen Tage und an solchen Orten vernommen, die von menschlichen Wohnungen weit entfernt waren, wo sich auch weder Gehölze noch Felsklüfte befanden und wo, mit einem Wort, unmöglich jemand versteckt sein konnte. Überdies waren die himmlischen Stimmen so lieblich, dass unsere Bauern sicherlich nicht imstande gewesen wären, solchen Wohllaut hervorzubringen. Dazu kommt noch ein Umstand, der die Sache unbedingt zu einem Wunder macht. Nicht alle nämlich, die gerade anwesend waren, konnten den Gesang hören, während doch, die ihn hörten, ganz entzückt davon waren…

3. Claude Arnassan erzählt: In meines Vaters Hause zu Mortel war ein Hirt, namens Pierre Bernaud, ein elender, einfältiger Mensch. Dieser bat mich mehrmals, ihn doch mit zu einer Versammlung zu nehmen. Ich wagte es aber nicht, aus Furcht, er könne uns in seiner Einfalt und Unbedachtsamkeit verraten. Endlich nahm ich ihn doch einmal in der Nacht mit. Als nun Pierre da war, sah ich, dass er niederkniete und an zwei Stunden auf den Knien blieb. Dann ergriff ihn der Geist, dass er wie tot zusammenfiel und sein ganzer Leib in heftige Konvulsionen geriet. Er zerschlug sich fortwährend und wurde so nass von Schweiß, dass seine Haare wie in Wasser getaucht erschienen. Endlich öffnete ihm sein großer Meister den Mund und das erste, was er redete, war, dass er um seiner Sünden willen so wäre gequält worden. Dann wurden seine Bewegungen gemäßigter und die Worte, die er vorbrachte, waren nachdrückliche Ermahnungen zur Besserung des Lebens und zwar alles in rein französischer Sprache, ein Umstand, der bei diesem armen Menschen höchst merkwürdig ist. Überhaupt waren seine Reden sehr eindringlich und beweglich und die Schriftstellen führte er so geschickt an, als ob er

die ganze Bibel auswendig könnte. Dabei weiß ich gewiss, dass er nicht nur wegen seiner Unwissenheit, sondern erst recht wegen seiner geistigen Beschränktheit auch bei langwierigstem Fleiße nicht imstande gewesen wäre, eine Vorstellung der Dinge in sein Gehirn zu fassen, wie er sie bei seinen Reden an den Tag legte...

4. Jean Cavalier erzählt: Nach dem Treffen von Saverne besetzten wir das Schloss Rouviére, eine halbe Meile von Sauve, wo unsere Abteilung ein wenig ruhen sollte. In der Gesellschaft befand sich auch ein gewisser Mazorin, ein besonderer Vertrauter meines Vetters Jean Cavalier. Als wir nun zu Tische saßen, Mazorin meinem Vetter zur Rechten, ich zur Linken, ward ich mit starken Zuckungen vom Geist ergriffen und stieß die Worte aus: »Ich sage dir, mein Kind, einer von denen, die zu Tische sitzen und seine Hand mit meinem Diener in einer Schüssel hat, ist willens, ihn mit Gift umzubringen.« Sogleich ließ mein Vetter die Türen mit Posten besetzen und aß nicht mehr. Kurz darauf wurde Bruder Ravanel, der nachher ein Märtyrer geworden ist, unter sehr gewaltsamen Konvulsionen plötzlich inspiriert und verkündete, dass der Verräter dem Feinde versprochen habe, den Anführer mit Gift umzubringen und, wenn dies nicht gelinge, den Brunnen zu vergiften. Mein Vetter ließ sogleich den Brunnen bewachen und den Eimer hineinwerfen. – Zu gleicher Zeit meldete jemand, dass Bruder Duplan, Brigadier in unserm Volk, der sich in einem anderen Zimmer befand, soeben eine Eingebung desselben Inhaltes gehabt habe. – Nun fing man an, alle zu visitieren. – Da kam Duplan, dessen Inspirationen immer dringender wurden und erklärte auf das bestimmteste, dass das Gift in Mazorins Schnupftabaksdose und unter dem Aufschlag am Ärmel seines Nockes wäre. So wurde er völlig überführt. – Ich bin dabei gewesen und meine Augen sind Zeugen dieser Begebenheiten...

5. Elie Marion erklärt: Unsere Inspirationen sind es gewesen, die uns veranlasst haben, unsere Blutsfreunde und was uns das Liebste auf der Welt war, zu verlassen, damit wir Jesu Christo nachfolgten und den Satan mit seinem Anhange bekriegten. Sie sind es gewesen, die uns den Eifer um Gott und die reine Lehre, den Abscheu wider alle Gottlosigkeit und Abgötterei, den Geist der Eintracht und Liebe, die Verachtung der Eitelkeiten dieser Welt ins Herz gaben, so dass unsere Krieger die Götzentempel mit ihren goldenen und silbernen Schätzen lieber zu Pulver verbrannten, als sich mit solchem zu bereichern. Es ist allein durch die göttlichen Eingebungen geschehen, dass wir unsern heiligen Krieg angefangen haben, um Gewissensfreiheit zu erlangen. Sie allein sind es, die unsere Kriegshäupter und Offiziere auserwählt und sie geführt haben. Sie sind unsere Disziplin und Kriegszucht gewesen. Sie haben uns gelehrt, das erste Feuer unserer Feinde kniend auszuhalten und sie dann unter Psalmengesang anzugreifen, damit ihrer Seele ein Schrecken eingejagt werde. Wenn es geschah, dass unsere Brüder in der Schlacht oder als Märtyrer ihr Blut vergossen, so haben wir sie nicht beklagt. Unsere Inspirationen gestatteten uns nicht zu weinen, außer über unsere Sünden und die Verwüstung Jerusalems. Sie haben uns tüchtig gemacht, einer Armee von mehr als zwanzigtausend Mann auserlesener Truppen, Schranken zu setzen, sie haben viele von den Anbetern des Tieres in die wahre Kirche gezogen, sie haben Lehrer und Propheten unter uns erweckt, die mit dem Reichtum ihrer Worte unsere Seelen kräftig gespeist haben. Sie haben die Traurigkeit aus unsern Herzen vertrieben, sowohl mitten in den allergrößten Kriegsgefahren wie auch in den Höhlen und Wüsteneien der Erde, wo Kälte und Hunger uns mit dem Untergange bedrohten. Durch unsere göttlichen Eingebungen haben wir viele unserer gefangenen Brüder

befreit, Verräter erkannt, Hinterhalte gemieden und unsere Verfolger bis zur Vernichtung geschlagen. Wenn wir dank den Eingebungen mit dem Schwerte in der Faust im Felde über unsere Feinde siegten, so haben unsere Märtyrer dank ihnen auf Nabensteinen und Blutgerüsten noch viel herrlicher triumphiert. Die erhabenen Trostworte und jubelnden Freudengesänge dieser in großer Zahl seligen Märtyrer, auch wenn ihnen schon vom Rade die Knochen gebrochen oder vom Feuer das Fleisch gebraten war, sind ohne Zweifel gewaltige Zeugnisse gewesen dafür, dass ihre Inspirationen vom Ursprung aller vollkommenen Gaben, von Gott und seinem allmächtigen Geiste stammten...

R̲obin Oig. Aus der Chronik von Canongate [Schottland]: Robin Oig hatte soeben mit einem ersten »Huh! Huh!« die zurückbleibenden Tiere seiner Herde angetrieben, als er hinter sich rufen hörte: »Halt, Robin! wart' ein bisschen! hier ist Jannet von Tomahourich, die alte Jannet, deines Vaters Schwester!« – »Hol' der Henker die alte hochländische Hexe,« sagte ein Bauer von Stirling, »sie behext uns nur das Vieh.« – »Das lässt sie wohl bleiben!« sagte ein anderer, »Robin Oig ist nicht der Mann, der eines seiner Tiere gehen lässt, ohne ihm den Sankt Mungos-Knoten in den Schweif zu binden und der hält die schlimmste Hexe fern, die je über Dimayet geritten.« – Indessen schien die Alte, die solche Besorgnis erregt hatte, nur an den Treiber zu denken, ohne sich im Geringsten um das Vieh zu bekümmern, wogegen Robin seinerseits sie nicht sonderlich gerne wiederzusehen schien. »Was für ein altmütterlicher Einfall«, sagte er, »hat euch so früh am Morgen vom Kamin weg- und hierhergetrieben, Muhme? Ich sagte euch doch gestern gute Nacht und bekam euren Glückwunsch auf den Weg!« – »Und ließest mir mehr Geld zurück, als ich unnütze alte Frau verbrauchen kann bis du wieder kommst, Vogel meines Herzens,« erwiderte die Sibylle, »aber wenig würde mich das Essen, das mich nährt und das Feuer, das mich wärmt oder selbst Gottes Sonne noch erfreuen, wenn meines Vaters Enkel etwas zustieße, Robin! Also lass mich das Deasil um dich gehen, damit du wohlbehalten in das ferne Land gelangest und ebenso wohlbehalten wieder nach Hause zurückkehrest.« – Halb verlegen, halb belustigt blieb Robin Oig stehen, indem er den andern zuzwinkerte, dass er es bloß der Alten zu Gefallen tue. Inzwischen zog diese mit unsicheren Schritten den Zauberkreis um ihn, von dem einige sagen, dass er noch aus der Druidenzeit stamme und der darin besteht, dass die Person, die das Deasil macht, um die Person, die der Gegenstand ihrer geheimnisvoll-feierlichen Fürsorge ist, dreimal im Kreise herumgeht und zwar in der Richtung des Sonnenlaufes. – Plötzlich aber blieb die Alte stehen und schrie mit Entsetzen: »Enkel meines Vaters, du hast Blut auf deiner Hand!« – »Still, um Gotteswillen! Muhme,« rief Robin Oig, »ihr macht euch mit diesem Taishataragh (Sehergabe) mehr Unruhe, als ihr in langer Zeit wieder stillen könnt.« – Jedoch die alte Jannet erwiderte nur mit einem grässlichen Blick: »Du hast Blut auf deiner Hand und zwar englisches Blut. Das Blut eines Gälen ist voller und roter... lass sehen... lass...« Und bevor Robin Oig es zu verhindern mochte, – was auch nur mit Gewalt hätte geschehen können, so schnell und entschieden waren ihre Bewegungen – hatte sie den Dolch, der in den Falten seines Plaids steckte, hervorgezogen, hielt ihn in die Höhe und rief, obgleich der Stahl blank und hell in der Sonne funkelte: »Blut! Blut! Wieder Sachsenblut! Robin Oig M'Combich, geh heut' nicht nach England, geh heut' nicht nach England!« – «Pah,« erwiderte Robin Oig, »das ist nicht mehr möglich, da könnt' ich ebenso gut ganz aus dem Lande gehen. Schämt euch, Muhme, gebt mir den Dolch! Ihr könnt nicht den Unterschied zwischen dem Blut eines schwarzen und eines weißen Ochsen erkennen und wollt sächsisch und gälisch Blut unterscheiden! Alle Menschen haben ihr Blut von Adam, Muhme! Gebt mir meinen Stenedhu und lasst mich gehen. Ich könnte schon halbwegs Stirling sein! Gebt mir meinen Dolch und lasst mich!« – »Ich gebe ihn dir nicht!«, sagte die Alte in festem Ton, »und ich lasse auch dein Plaid nicht los, bis du mir versprichst, diese unselige Waffe heut nicht bei dir zu tragen!« – Die Weiber umher redeten ihm ebenfalls zu und meinten, es fielen doch nur wenige Worte der alten Jannet in den Sand. Und da die Bauern vom Unterland mit finstern Mienen dem Auftritt zusahen, beschloss Robin Oig ihm durch Nachgeben ein Ende zu machen. »Nun denn!«, sagte er und reichte die Scheide des Dolches, den die alte Frau noch in der Hand hielt, Hugo Morrison hin, »seid Ihr's so zufrieden, Muhme?« – »Nun, ich muss wohl,« erwiderte sie verdrießlich, »vorausgesetzt, dass dein Vertreter unklug genug ist, auch das Messer zu nehmen.« – Hugo Morrison war wirklich unklug genug, auch das Messer zu nehmen, und Robin Oig wusste sich noch am selben Tag die Waffe wieder zu verschaffen. – Am späten Abend erstach er damit seinen Freund, den anderen Viehhändler, einen Engländer oder Sachsen, in einer Wirtsstube, die voll von Menschen war.

Vision. Richard erzählt in seiner Théorie des Songes aus den Mémoires d'un homme de qualité:

Ich betrachtete (in Madrid) aufmerksam eine Tapete, welche einige alte Könige von Kastilien dar-stellte. Sie, die sonst so viele zittern machten, existieren gewissermaßen nur noch auf einer Tapete, ich bin gewissermaßen größer als sie, weil ich noch lebe, aber wie sehr werde ich erst vergessen werden! Während ich so dachte, überraschte mich der Schlaf; ich glaubte die Personen der Tapete sich von dieser loslösen und auf mein Bett zukommen zu sehen; sie öffneten die Umhänge und zeigten mir in der Mitte des Zimmers einen Toten, liegend auf schwarzem Tuche, die Krone auf dem Haupt und den Zepter in der Hand; ich erschaute in ihm den großen Ludwig XIV. »Er ist tot,« sagte eines der Gespenster, »er wird vergessen werden wie wir.« Acht Tage darauf erhielt man zu Madrid die Nachricht vom Tode dieses Königs von Frankreich.

Landgraf Fritz. Am 27. April 1719 schrieb Liselotte von der Pfalz, Herzogin von Orleans, aus Paris an ihre Stiefschwester, die Raugräfin Luise zu Heidelberg: ...Die Prinzess von Tarent, meine Tante, hat mir verzählt, dass im Haag denselben Tag und Stund, dass ihr Onkel, Landgraf Fritz, umkommen, als sie im Vorholz mit meiner Tante spazierte, der Frau Abtissin, so damals noch bei ihrer Frau Mutter, der Königin von Böhmen (Elisabeth von England, Gemahlin des »Winterkönigs«) war; sie hatten einander unter dem Arm; auf einmal ließ die Prinzess von Tarent einen Schrei und sagte, jemand drücke ihr den Arm abscheulich. Man besah den Arm, da sah man vier Finger und einen Daumen markiert, ganz blau, blau. Sie schrieb gleich auf, was geschehen war und sagte dabei: »Mein Onkel Landgraf Fritz, muss tot sein, denn er hat mir versprochen, mir gar gewiss adieu zu sagen.« – Man schrieb es auf; es fand sich hiernach, dass er selbigen Tag umkommen wäre.

Apfelstadt. Johann Friedrich von Meyer, zu Frankfurt am Main 1772 geboren, 1849 gestorben, als Jurist, Philologe und Theologe hervorragend, infolge seiner philosophischen Überarbeitung der Lutherschen Bibelübersetzung »der Bibel-Meyer« genannt, erzählt in der »Vierten Sammlung« seiner »Blätter für höhere Wahrheit«: Der berühmte Johann August Ernesti [gestorben 1781 als Professor der Philosophie und der Theologie zu Leipzig], von Mit- und Nachwelt als Urheber theologischer Aufklärung geehrt, berichtet in seiner Lebensbeschreibung Ernst Augusts von Apfelstadt (Opusculorum oratoriorum novum volumen, Leipzig 1791) die folgende Begebenheit: Der junge Apfelstadt war sechzehn Jahr alt, als plötzlich sein Vater an einem hitzigen Fieber starb. Die Hinterlassenen gerieten dadurch in Gefahr, ihr ganzes Vermögen zu verlieren. Der Vater hatte eine Einnehmerstelle zu Erfurt und blieb jetzt eine beträchtliche Summe Geldes, die sich nirgends vorfand, nebst der Rechnung darüber, zur kurfürstlichen Kammer schuldig. Sie überstieg bei weitem seinen gesamten Nachlass. Dieser sollte nun nächstens für die Kammer versilbert werden. Matt von Betrübnis, in der äußersten Not legt sich der Jüngling abends zu Bette. Da erscheint ihm im Traum die Gestalt seines Vaters, der ihn in das Sitzungszimmer der Hofkammer führt und ihm hinter dem Sessel des damaligen kurfürstlichen Statthalters Beineburg einen kleinen Kasten zeigt, in welchen er das Geld nebst den Rechnungen gelegt habe. Der Jüngling erwacht schnell von seinem sehr klaren Traum; er konnte die Sache vor Freude kaum glauben; weil aber die Not so dringend war, so wollte er nichts unversucht lassen und fasste den Entschluss, auf die Hofkammer zu gehen und sich von der Wahrheit oder Falschheit des Gesichts zu überzeugen. Er kommt in das Zimmer, das er vorher wachend nie gesehen hatte und erstaunt sogleich über die innere Einrichtung, die völlig der im Traume gesehenen glich. Die Anwesenden wundern sich, was der junge Mensch wolle, er aber geht geradeswegs auf die Stelle zu, die ihm im Traum war angezeigt worden, findet die Kiste und siehe da: das Geld liegt vollständig mit den Rechnungen darin. Indes die gegenwärtigen Personen starr vor Verwunderung stehen, eilt er mit der Nachricht nach Haus zu seiner Mutter und beide ergießen sich in Lob gegen Gott, für diesen augenscheinlichen Beweis seiner Erbarmung Diese Geschichte war ihm ein Unterpfand der göttlichen Vorsicht, die ihn durch sein ganzes Leben mit wunderbarer Güte leitete und wurde ihm ein starker Antrieb zur ernsten Frömmigkeit.

Donna Pedegache. Ein Pater Lebrun erzählt im Mercure de France von 1725 das Folgende, was ihm ein Graf Ericeyra in Lissabon beglaubigt hatte: In Lissabon wohnt eine Frau, die wahre Luchsaugen hat. Sie hat ein so durchdringendes Sehvermögen, dass sie in die Erde hinabsehen kann, wie bedeutend auch die Tiefe sei. Was ihr besondere Ehre macht und zugleich die Wahrheit dieser Tatsache bestätigt, ist Folgendes. Da der König von Portugal Wasser nötig hatte zu einem neuen Gebäude und da man vergeblich danach gegraben hatte, so entdeckte diese Frau mehrere Quellen in seiner Gegenwart durch bloßes Schauen. Der König gab ihr eine Pension und die Dekoration des Christusordens für den, welcher sie heiraten würde. Es ist schade, dass sie die Heilkunde nicht versteht. Denn was noch auffallender ist, sie sieht auch in den menschlichen Körper hinein.

Der deutsche Naturforscher Lorenz Oken, geboren 1779 als Bauernsohn in der Nähe von Offenburg in Baden, gestorben 1851 als Universitätsprofessor zu Zürich, schreibt über diese Frau: Als Kind von drei Jahren entdeckte sich diese Eigenschaft an ihr. In diesem Alter, als ihre Magd den Tisch deckte, sagte sie, dass diese ein Kind im Leib habe, zu einer Zeit, da noch niemand von dieser Schwangerschaft wusste. Als dies bekannt wurde, erprobten die Damen von Lissabon die Gabe der Kleinen dadurch, dass sie sie ihre Schoßhündchen besehen ließen und sie gab nicht nur an, mit wieviel Jungen diese trächtig waren, sondern auch deren Farbe... Donna Pedegache machte einst in Gesellschaft einiger Freunde eine Reise durch ein Gebirge. Plötzlich ließ sie halten und erklärte, dass an dieser Stelle etliche dreißig Fuß tief ein schönes Denkmal des Altertums verborgen liege. Es sei ein Becken von beträchtlicher Größe, mit den schönsten Arbeiten verziert. Das wurde bei Hofe bekannt, man ließ nachgraben und das schöne Denkmal des Altertums wurde wirklich gefunden.

Aus einem 1738 erschienenen französischen Buche führt Oken an: Ich lernte Donna Pedegache, die schöne Wunderfrau, selber kennen und was ich von ihr erzähle, wird man kaum glauben: dass sie im menschlichen Körper die Verstopfungen sieht, welche die edleren Teile angreifen. Sie unterscheidet den Magen, das Herz und andere Eingeweide, sie erkennt Abszesse und entdeckt die Ursachen der Krankheiten in den Säften. Im siebenten Monat sieht sie, ob eine Frau mit einem Knaben oder einem Mädchen schwanger ist... Anfänglich wollten die Ärzte in Lissabon nichts davon glauben, allein sie wurden von der Wahrheit überzeugt, so oft ein Patient nach dem Tode geöffnet wurde.

Graverol. Die Vossische Zeitung erzählt in Nr. 36 des Jahres 1729: Paris, den 11. Mart. Ein gewisser Gelehrter zu Nimes in Languedoc Namens Graverol befand sich des Nachmittags um 2 Uhr in seinem Cabinet, als der Diener einen Fremden bei ihm anmeldete, welcher sich auch hiernach einstellte, seine Anrede mit dem schönsten Latein tat und sich mit ihm über einige, auch den alten Philosophis selbst schwer gewesene, Sachen unterredete, auch hiernach Griechisch und in Orientalischer Sprache zu reden anfinge. Msr. Graverol war sehr erfreuet, einen so gelehrten Mann bei sich zu sehen und führte ihn mit sich durch die Stadt vor das Tor. Unter Wegens sah man den Herrn Graverol immer mit den Händen fechten, als wenn er mit einem sehr eifrig disputierte, da man doch niemanden neben ihm erblickte, weswegen viel neubegieriges Volk herzuliefe, das solches mit der größten Verwunderung ansah. Als nun beide vor das Tor in eine Allee kamen, fingen sie auch an von verborgenen Wissenschaften, der Magie und anderen dergleichen Dingen, zu reden, da dann der Fremde solche Sachen hervor brachte, dass endlich Mrs. Graverol zu ihm sagte: Gemach, mein Herr, das Christentum lässt uns nicht so weit gehen, sondern wir müssen in denen von ihm vorgeschriebenen Grenzen bleiben. Kaum hatte er diese Worte ausgeredet, als er schon den Fremden nicht mehr neben sich erblickte, weswegen er vor Schrecken einen lauten Schrei tat; worauf einige Männer, die unweit davon an denen Bäumen arbeiteten, herzuliefen. Diese fragte er, wo dann der Fremde hingekommen sei, mit dem er nur erst geredet habe? Und darauf zur Antwort bekam: Sie hätten wohl gesehen, dass er immer mit sich selbst geredet, wüssten aber nicht, dass jemand dabei gewesen wäre; hierauf erschrak er noch mehr und konnte sich nichts anderes einbilden, als es müsste dieser gelehrte Fremde ein böser Geist gewesen sein. Dem sei nun wie ihm wolle, so hat doch diese Begebenheit in der ganzen Stadt Nimes zu allerhand Diskursen Anlass gegeben.

Im Zimmer des Erbprinzen. Die Markgräfin von Bayreuth, Lieblingsschwester Friedrichs des Großen, erzählt in ihren Denkwürdigkeiten aus der Zeit, da ihr Mann noch

Erbprinz war: Da ich nichts von allem, was mir begegnete, verschweige und diese Memoiren gerne mit allerlei kleinen Anekdoten verwebe, so will ich deren eine erzählen, die auf viele Leute einen großen Eindruck machte, nur auf mich nicht, denn mein vieles Studieren und Nachdenken hat mich dahin gebracht, manches Vorurteil zu überwinden und ich tue mir sogar etwas darauf zugut, ein wenig Philosophin zu sein.

Die Zimmer des Erbprinzen bestanden in zwei großen und einem daran stoßenden Kabinett; sie hatten nur zwei Türen; die eine führte in mein Schlafzimmer, die andere auf einen Vorplatz, wo sich zwei Schildwachen befanden und ein Bedienter, der die Nacht vom 7. zum 8. November daselbst schlief. Diese drei Leute hörten in dem großen Zimmer lange Zeit Gehen, darauf vernahmen sie Gewinsel und endlich ein furchtbares Klagegetön. Mehrere Male gingen sie hinein, ohne etwas zu entdecken, sobald sie das Zimmer aber verlassen hatten, ging der Lärm wieder an. Sechs Schildwachen, die sich in dieser Nacht ablösten, machten alle dieselbe Aussage. Auf den Bericht, welchen man Herrn von Reißenstein davon machte, wurde die Sache streng untersucht, ohne dass man das geringste entdeckte. Mir machte man daraus ein Geheimnis. Einige Leute versicherten, es sei die weiße Frau, die meinen Tod anzeige, andere fürchteten, es möchte dem Erbprinzen ein Unglück begegnen. Diese letzte Furcht wurde jedoch bald behoben, denn er kam den 11. November mit dem Markgrafen nach Bayreuth zurück. Kaum waren sie angelangt, so kam ein Kurier mit der traurigen Nachricht von dem Tode meines Schwagers, des Prinzen Wilhelm und sehr sonderbarerweise war er in derselben Stunde gestorben, als im Schlosse der Lärm vernommen worden war. Er war mit seinem Oheim, dem Prinzen von Kulmbach, von Wien abgereist, um sich zu seinem Regimente nach Cremona zu begeben; gleich nach seiner Ankunft bekam er die Kinderblattern, die ihn in sieben Tagen hinwegrafften. Es war für die Familie ein Glück, denn er hatte einen so beschränkten Kopf, dass er bei längerem Leben der ganzen Familie hätte schaden können.

Der Markgraf empfing diese Nachricht mit großer Standhaftigkeit; er vergoss keine Träne; der Erbprinz hingegen war untröstlich...

Phaenomenon Pneumatologicum" lautet die Überschrift des folgenden Berichtes in dem Buche, »Geistliche Fama« (Philadelphia 1736): Es befindet sich all hier in Trebur (Hessen) ein Knab von 4 Jahren, bei welchem sich die sterbenden Menschen ohne Unterschied des Alters und Geschlechtes kurz vor ihrem Tode pflegen anzumelden und ihn, wenn sie ihn schlafend treffen, aufzuwecken. Der Knabe ist geboren Anno 1730, den 24. Dec. in der Christ-Nacht zwischen 12 und 1 Uhr, wie das Kirchenprotokoll besaget. Der Vater aber sagt, es hätte der Nachtwächter eben die 12 Uhr angeblasen, welches denn hier manchmal geschieht, ehe noch die Glocke geschlagen, zu geschweigen, dass die Uhren auf den Dörfern manchmal etwas unrichtig gehen. Sein Vater ist ein Sattler, Namens Johannes Roth. Das Kind hat diese Passion von sich merken lassen, seitdem es den Gebrauch der Vernunft und der Zungen hat. Wie der Vater sagt, so empfindet es vorher gemeiniglich einige Übelung und Kopfschmerzen, dass es sich auch mit dem Gesichte auf den Tisch leget und wenn es die Vision hat, gerät es in große Furcht und Schrecken, daher es auch jetzt, sobald es Nacht wird, nicht gern allein ist. Wenn es durch dergleichen Geister vom Schlaf aufgeweckt wird, so läuft es nach der Eltern Bett zu oder weckt seinen älteren Bruder auf, oder legt sich auf das Angesicht:

und wenn die Eltern fragen, was ihm sei? so antwortet es, es sei ein Christ-Kindchen bei ihm gewesen; und ob es gleich die, so sich auf solche Art bei ihm melden, nicht allemal nennen kann (weil es noch keine Kenntnis von vielen Leuten all hier hat), so sind ihm doch die kenntlich, mit denen es einigen Umgang gehabt; wie sich solches kürzlich an etlichen, so aus seiner Freundschaft gestorben, geäußert hat. Im vorigen 1734. Jahre starb den 28. Sept. Morgens zwischen 5 und 6 Uhr Nicolaus Heinrich Schmauß, ein Schneider, der eben zum besten nicht gelebt und sich gern als ein Lustigmacher brauchen lassen. Dieser war dem Knaben in der vorhergehenden Nacht an das Bett kommen; worüber das Kind in einen außerordentlichen Schrecken geriet. Als die Eltern fragten, was ihm wäre? rief es in voller Angst: »Der Schmauß! Der Schmauß!« und als sie weiter fragten, was denn der Schmauß wollte? sagte der Knab: er wäre als ein Geiß-Bock in garstiger Gestalt dagewesen, und hätte es schlagen wollen. Den 15. Oct. besagten Jahres fiel ein Schiffer von hier, namens Christian Daum, den Schalbaum (wie es die Schiffer nennen) in den Händen habend, aus dem Schiff in den Rhein und ertrank: dieser war dem Knaben 2 Tage vorher vorgekommen und er hat seinen Eltern mit Schrecken gesagt: es stünde ein großer Bube (der Mann war von kleiner Statur) mit einem Stecken in der Kammer. Es sind also die erscheinenden Genii von unterschiedener Gattung: indem ihm einige weiß und lieblich, manches Mal mit Band geziert, erscheinen, die es Christ-Kinderchen nennet; bisweilen in einer garstigen Gestalt. Es ist auch zu merken, dass der Knab, je mehr er an Alter zunimmt, desto weniger von denen erschienenen Geniis sagt; und nicht eher, als wenn die Eltern es fragen, erzählet, was es gesehen. Sonst sieht der Knab gesund und wohl aus und scheint einer gesunden Complexion zu sein.

Die Heilkraft der französischen Könige. Frantz Funck-Brentano erzählt in seinem Buche Le Roi, Paris 1916: Es steht fest, dass die Könige von Frankreich wunderbare Heilungen bewirkten. Und zwar keineswegs nur Männer wie Robert der Fromme und Ludwig der Heilige, sondern auch so leidenschaftliche Gegner des Papsttums wie Philipp der Schöne. Nogaret sprach es einmal in Gegenwart von Bonifacius VIII. aus: »Durch die Hand des Königs, meines Herrn, hat Gott sichtbare Wunder getan.« Und Guiart, der Dichtersoldat, sang:

> *Ohn' ein Pflaster auszulegen,*
> *heilt er nur durch die Berührung,*
> *was kein fremder König kann.*

Der Mönch Ive von Saint-Denis hat eine Schilderung der letzten Augenblicke Philipps des Schönen [gestorben 1314] hinterlassen, in dessen Todesstunde er anwesend war: Der sterbende Fürst ließ seinen ältesten Sohn kommen. Ganz im geheimen, in Anwesenheit nur seines Beichtvaters, zeigte er ihm, wie er die Kranken berühren müsse und lehrte ihn die heiligen Worte, die er selber bei solcher Berührung auszusprechen gepflegt hatte. Auch sagte er ihm, dass er nur mit großer Ehrfurcht, in Reinheit und Heiligkeit die Kranken so berühren dürfe – »rein an Gewissen und Händen«.

Claude de Seyssel, Erzbischof von Turin, legte Wert darauf festzustellen, dass Gott dem Könige von Frankreich die Gabe des Heilens nicht wegen seiner Person, sondern nur wegen seines Amtes verliehen habe, eine Vergünstigung, die niemals einer anderen irdischen Würde, nicht einmal der päpstlichen, gewährt worden sei.

Was den Ursprung dieser Gabe betrifft, so ist er nach dem allgemeinen Glauben, wie man aus den Schriften der Schüler des Thomas von Aquino entnehmen kann, mit der Salbung aus »la sainte ampoule«, dem heiligen Salbgefäß zu Reims, verknüpft gewesen, dessen Öl, das niemals abnahm, einst für die Taufe Chlodwigs durch eine Taube vom Himmel herabgebracht sein soll, ein Glaube, der bis zur Revolution lebendig geblieben ist.

Ludwig XIV. und Ludwig XV. haben noch Heilungen von Skrofeln und Ausschlag bewirkt, von denen wir zahlreiche amtliche Berichte besitzen: »Man sieht den König diese Wunder«, so lesen wir in dem Bericht der Gesandtschaft Chigi in Paris vom Jahre 1664, »nicht nur in seinem Reiche, sondern auch in fremden Staaten verrichten. Als der König Johann II., der Gute, nach der unglücklichen Schlacht bei Maupertuis [1356] so lange als Gefangener in England bleiben musste und als Franz I., nach seinem vergeblichen Sturm auf Pavia [1524] in spanische Gefangenschaft geraten, in Madrid zurückgehalten wurde, beeilten sich daher auch die Engländer und die Spanier, eine so gute Gelegenheit zu benutzen. Und in der Tat heilten diese beiden Könige auch in der Fremde viele Kranke.«

Der Bolognese Locatelli einerseits und andererseits ein Deutscher, der Doktor Nemeitz, schildern die Zeremonie, der sie im Louvre beigewohnt haben. Die mit Skrofeln und Ausschlag behafteten Kranken waren in zwei langen Reihen aufgestellt. Ludwig XIV. legte einem jeden die Hand aufs Haupt und sagte: »Gott heile dich.« Dann umarmte er ihn. Es waren da manchmal an die achthundert solcher Unglücklichen, die an derartigen Krankheiten litten. Während der ganzen Zeremonie rührten die Schweizer [königliche Leibgarde] die Trommel. Die Zeitgenossen haben umständliche Schilderungen der Krönung Ludwigs XV. in Reims hinterlassen. Zuletzt kam wie gewöhnlich die

»Cérémonie des écrouelles« [feierliche Heilung der mit Skrofulose Behafteten]. Der junge König stand im dreizehnten Lebensjahr. Kranke aus allen Teilen Frankreichs waren gekommen oder hatten sich hinbringen lassen. Am 29. Oktober [1725] betrat Ludwig XV., nachdem er in der Kirche Saint-Rémy die Messe gehört, den großen Park der Abtei. Auf beiden Seiten der langen Alleen, unter den jahrhundertealten Ulmen, deren gelbgewordene Blätter den Boden mit einem raschelnden Teppich bedeckten, waren die Kranken, Skrofulöse und Paralytiker, in Reihen aufgestellt, an Zahl 2000 oder mehr. Der junge Fürst erschien in seinem Mantel aus Goldbrokat, auf dem das Halsband vom Heiligen Geist blitzte. Zwei Kammerherren in weißen Atlaswämsern und weißen Samtmäntelchen mit Silberbändern, in weißen Atlasbaretten mit weißen Federn, schritten vor ihm her, die goldenen Zeremonienstäbe schulternd. Die Schleppe des königlichen Mantels trugen der erste Edelmann der Kammer und der Hauptmann der Leibgarde. La sainte ampoule, das heilige Salbgefäß, hatte soeben das königliche Kind geweiht, das nun vor jedem Kranken stehenblieb und, indem es ihm den Handrücken an die Wange legte, zu ihm sprach: »Le roi te touche, Dieu te guérisse.« [Der König berührt dich, Gott möge dich heilen.] Der Großalmosenier, der folgte, überreichte jedem eine kleine Silbermünze, während die Schweizer laut die Trommel rührten.

Zur Krönung Ludwigs XV., schreibt der Marquis d'Argenson, kam ein Bürger von Avesnes, der an einem schrecklichen Ausschlag litt, nach Reims, um sich vom König berühren zu lassen. Er genas vollständig. Ich hörte davon und ließ ein aktenmäßig genaues Protokoll über seinen vorigen und jetzigen Zustand aufnehmen und aufs Beste beglaubigen. Dann schickte ich solchen Beweis dieses Wunders an Monsieur de la Vrilliére, den Staatssekretär der Provinz. Ich rechnete auf ein Lob meines Eifers, erhielt aber nur einen trockenen Brief, dass niemand an der Wundergabe des Königs zweifle. Aber ich wusste doch, dass alles dem König vorgelesen worden war, der, noch völlig Kind, gern vernahm, dass er solche Wunder vollbracht habe.

Wie oben erwähnt, war es erforderlich, dass der König sich im Zustand der Gnade befand, wenn er »berührte«. Nun geschah es im Jahre 1738, dass Ludwig XV. nicht zur österlichen Kommunion gehen konnte, weil ihm sein Beichtvater die Absolution verweigert hatte. Da sich nun schon zahlreiche Kranke in Versailles versammelt hatten, musste man sich eines Vorwandes bedienen, um sie wieder heimzuschicken. Man erklärte, der König sei leidend...

Von den Jansenisten Cornelis Jansen der Jüngere, »Jansenius«, der 1638 als Bischof von Zypern starb, nachdem er vorher Professor der Theologie an der Universität zu Löwen gewesen war, hatte die letzten zweiundzwanzig Jahre seines Lebens an einem Werke über den heiligen Augustinus gearbeitet, welches 1640 erschien und alsbald von der Inquisition verboten und vom Papste verdammt wurde, weil es die reine, von den Entstellungen der Jesuiten gesäuberte Augustinische Lehre zu enthalten behauptete. Die Anhänger dieser gereinigten Lehre nannten sich Jansenisten. In immer neuen Bullen verlangte das Papsttum ihre Unterwerfung, am schärfsten in der »Constitutio Unigenitus« genannten von 1713. Ein Teil der katholischen Geistlichen Frankreichs appellierte gegen diese Bulle an ein allgemeines Konzil. Zu diesen »Appellanten« gehörte auch der Diakonus Franz von Paris, der nach seinem Tode von den extremen Jansenisten zu ihrem Volks- und Wunderheiligen ausgerufen und dessen Grab der Schauplatz seltsamer Andachten und Wunderheilungen wurde. Der große englische Philosoph David Hume (1711–1776), dessen Philosophie das Zeitalter der Aufklärung in England zusammenfassend abschließt, schreibt: »Viele dieser Wunder wurden sogleich auf der Stelle vor Richtern von unzweifelhafter Ehrlichkeit bewiesen, von glaubwürdigen und ausgezeichneten Zeugen in einem gelehrten Zeitalter und auf dem erhabensten Schauplatze, der sich gegenwärtig in der Welt befindet, attestiert. Aber das ist keineswegs alles. Ein Bericht darüber wurde veröffentlicht und überallhin verbreitet. Und die Jesuiten mit all ihrer Gelehrsamkeit und im Bunde mit der bürgerlichen Obrigkeit und anderen Gegnern der Ansichten, zu deren Gunsten diese Wunder gewirkt sein sollten, waren niemals im Stande, weder die Wunder zu widerlegen noch zu erklären.« – Mit diesem »Bericht« meint Hume das Buch des französischen Parlamentsrates Carré de Montgéron »La verité des miracles« [1737], eines vordem ungläubigen Weltmannes, welches das gesamte Tatsachenmaterial nebst allen Zeugnissen in aktenmäßiger Darstellung enthält. Der Verfasser war von der Macht der Wahrheit feiner Sache so überzeugt, dass er sein Buch Ludwig dem Fünfzehnten persönlich überreichte, in der Hoffnung, ihn für die Jansenisten umzustimmen, ein Irrtum, den er in der Bastille zu büßen hatte. Sein Buch enthält unter anderem die folgenden acht Wunder: Don Alfonso de Palacios war 1725 auf dem linken Auge erblindet, 1731 stellten sich auf dem rechten dieselben Entzündungen und Schmerzen ein, so dass er auch dieses zu verlieren befürchten musste. Am 25. Juni ließ er sich zum Grabe des Diakonus Franz von Paris bringen, um dort eine neuntägige Andacht abzuhalten. Anfänglich verschlimmert sich sein Zustand dort so, dass Dr. Gendron, der bedeutendste Augenarzt Frankreichs, keine Hoffnung mehr gibt. Nach Wiederaufnahme und Vollendung der

Andacht wird Don Alfonso in den ersten Julitagen völlig geheilt, was ihm Dr. Gendron nach wiederholter Untersuchung schriftlich bestätigt.

Marguérite Thibault litt seit fünf Jahren an der Wassersucht, seit drei Jahren war sie durch einen Schlaganfall linksseitig gelähmt, außerdem hatte sie eine Furunkulose. Die Ärzte hielten ihren Zustand für hoffnungslos. Am 19. Juni ließ sie sich zum Grabe tragen, wo sie in einer Viertelstunde völlig geheilt wurde. Der berühmte Arzt Dr. de Silva, von Amts wegen mit ihrer Untersuchung betraut, erklärt, sie sei so gesund, dass sie unmöglich so kurz vorher so schwer krank gewesen sein könne. Das Buch enthält sechsundzwanzig Zeugnisse, die teils ihre frühere Krankheit, teils ihre wiedererlangte Gesundheit bestätigen.

Philippe Sergent, seit zwanzig Monaten erblindet und gelähmt, wird am 10. Juli auf dem Grabe völlig gesund. Unter seinen Zeugnissen ist eines vom General-Prokurator.

Pierre Gautier, auf beiden Augen erblindet, hatte sich daheim in der Languedoc im Gebet an den Heiligen gewendet. Nach drei neuntägigen Andachten erhielt er am 22. April den Gebrauch des rechten Auges zurück, nach einer weiteren am 10. Mai auch den des linken. Der Bischof von Montpellier untersucht die Sache und erstattet selber dem König Bericht. Wundärzte, Apotheker und Priester bescheinigen seine Heilung.

Mademoiselle Coirin war seit zwölf Jahren mit Brustkrebs behaftet. Die Brust war völlig zerstört, jeder Arzt erklärte ihr Leiden für unheilbar. Nach einem Besuch am Grabe wurde sie völlig geheilt, ja die zerstörte Brust stellte sich mit frischer, narbenloser Haut von neuem wieder her. Als dieses Wunder geleugnet wurde, gab Mademoiselle Coirin eine formelle Erklärung vor dem Notar ab. Sie war die Tochter eines Hofbeamten und zwei Brüder von ihr gehörten zum königlichen Hofe. Dr. Gaulard, Leibarzt des Königs, erklärte, dass die Wiederherstellung einer völlig zerstörten Brustwarze eine eigentliche Neuschöpfung bedeute, indem die Warze nicht nur eine Fortsetzung der Brustgefäße, sondern ein besonderes Organ sei. Dr. Souchay, Leibarzt des Prinzen Conti, hatte den Krebs für unheilbar erklärt. Als er die Brust nach der Heilung untersucht hatte, ging er aus freien Stücken zum Notar und gab die Erklärung zu Protokoll, dass die Heilung eine vollkommene sei und dass jede Brust ihre Warze von natürlicher Form und Beschaffenheit habe. Auch das Zeugnis des Chefarztes vom Hospital zu Nauterre, Dr. Segnier und dasjenige des Leibarztes der Herzogin von Berry, Dr. Dechiére, bestätigten Heilung und Wiederherstellung.

Hume hält trotz der Glaubwürdigkeit aller Zeugen die absolute Unmöglichkeit der behaupteten Wunder für ihre beste Widerlegung und Voltaire meint, das Grab des Parisius sei auch das Grab des jansenistischen Ansehens geworden.

Im Hamburgischen Correspondenten von 1731, Nr. 143, wird erzählt: »Paris, den 31. August. Der Herzog von Chatillon berichtet in einem lebhaftig geschriebenen und all hier gedruckten Briefe der Prinzessin von Auvergne, dass ein Jüngling von 16 Jahren, der lebenslang an einem Arm und an einem Bein lahm gewesen, auf dem Grabe des Abts Paris [»Parisius«, der Diakonus an St. Medardus, Franz von Paris] gesund worden. Die Mademoiselle Charlorois und die verwitwete Herzogin von Bouillon begaben sich, während der Krankheit der Prinzessin von Clermont, zu diesem Wunder-Grabe. Des folgenden Tages Nachmittags um 5 Uhr ward dasselbe gleichfalls von der blinden Prinzessin von Conti besuchet. Und zwar mit drei sechsspännigen Carossen. Vor der Prinzessin Carosse ritten 1 Schweizer, 2 Edelleute und zwei Pagen her. Ihre vornehmsten Bedienten samt den Damen saßen auf den übrigen. Bei der Ankunft ließ sie sich in die St. Medardi Kirche führen;

und nachdem sie ihr Gebet getan, ging sie auf den Kirchhof, kniete bei dem Grabe nieder und legte die Hände auf dasselbe. Zu ihrer linken Seite kniete ihr Almosen-Pfleger, welcher die Davidischen 7 Buß-Psalmen las, auf welche die Prinzessin antwortete. Diese Andacht dauerte ungefähr drei viertheil Stunden; in Gegenwart sehr vielen Volkes, welches Glück zur Genesung wünschte.«

In der Vossischen Zeitung (Berlin) 1731, Nr. 117, heißt es: »Rom, den 1. Sept. Mittwochmorgen ward all hier, öffentlich durch den Henker verbrannt, das Leben des Französischen Jansenistischen Abts Paris, weil derselbe der Constitution entgegen gewesen und man dennoch demselben Wunderwerke zuschreibet.«

In den Wöchentlichen Relationen (Halle) 1732, Nr. 9, wird erzählt: »Frankreich. Gegen den Ausgang des verwichenen Monats Jan. hat man zu Paris viele Personen in die Bastille gebracht, welche vorgegeben haben, dass sie auf dem Grabe des Abts Paris Convulsionen bekommen hätten; worauf 24 Medici u. Chirurgi sich auf den Kirchhof des heil. Medardi begeben haben, um die Ursache solcher Convulsionen zu untersuchen; da sie denn den Betrug davon entdeckt haben. Darauf ist allda eine königl. Verordnung publiciret worden und Kraft derselben die Tür des Kirchhofs zugeschlossen worden. Fallen demnach alle vorgegebene Wunder-Werke des Abts Paris weg.«

In der Vossischen Zeitung (Berlin) 1732, Nr. 47, steht »Paris, den 7. April. Die Verschließung des Kirchhoffs zu S. Medard hat einen lustigen Kopf bewogen, an dessen Türe folgende Worte anzuschlagen: Von des Königs wegen wird Gott dem Herrn verboten, an diesem Ort Wunder zu tun.«

In der Vossischen Zeitung (Berlin) 1738, Nr. 3, wird berichtet: »Paris, vom 24. December [1737.] Weil die gefährliche Sekte der Convulsionaires jetzt gleichsam wieder ein neues Leben bekommt und sich mehr als sonst auszubreiten scheinet; so hat der General-Leutnant der Policey, Herr Herault, königl. Befehl erhalten, alle diejenigen, welche sich dem Grabe des Abts Paris in der Meinung, Convulsiones zu haben, nähern, in Haft bringen zu lassen.«

Karl Heinrich von Gleichen, geboren 1733 in der Nähe von Bayreuth, gestorben 1807 zu Regensburg, erzählt in seinen »Denkwürdigkeiten« von seinem Aufenthalt in Paris 1758: ... Der Marquis de Nesle führte mich zu den Konvulsionären im Hause eines alten Parlamentsrates im Inselviertel. Diese Leute feierten ihre Mysterien in großer Verborgenheit, weniger wegen der Strenge der Polizei, als weil man geschickt genug gewesen war, sie zum Gegenstande des Spottes werden zu lassen, weise genug, sie nicht mehr zu verfolgen, sondern mit Geringschätzung zu behandeln. In einem schönen, mit karmesinrotem Damast ausmöblierten Zimmer traf ich den alten Rat, seinen Neffen, einen Parlamentsadvokaten, eine alte Verwandte und eine dem Marquis bekannte Spitzenwäscherin, welche gekreuzigt werden sollte. Da man doch nicht mehr wagte, Kreuze im Hause zu haben, so hatte man statt eines solchen ein großes Brett auf dem Fußboden angebracht. Man ließ zuerst vier große Nägel untersuchen und nachdem man die – sagen wir: – »Patientin« auf das Brett gelegt hatte, trieb der Advokat ihr die Nägel mit starken Hammerschlägen durch Hände und Füße. Während man Gebete anstimmte, jammerte sie ganz leise und ließ ein schwaches Wimmern hören, wobei sie die Stimme eines kleinen Kindes nachahmte, die sie beibehielt, solange sie auf dem Brett befestigt war. Plötzlich fing sie an zu rufen: »Papa Elias, wo bist du nur? Du sagst ich sei ein böses kleines Mädchen; du hast Recht, mein kleiner Papa, aber ich werde verständiger werden. Sage mir nur, was ich tun muss, ich unterwerfe mich allem.« – Nach Verlauf einiger Minuten streckte sie die Zunge heraus. »Sie will, dass man sie ihr löse«, sagte der Advokat. Er nahm ein Rasiermesser, legte ein Tuch unter die Zunge des Mädchens und brachte drei kreuzweise Schnitte an, die stark bluteten. Nach dem ersten hatte die Patientin die Zunge zurückgezogen und nur deren Spitze noch sehen lassen. Der Advokat sagte: »Nur vorwärts! Sein Sie nicht kindisch.« »Ach nein,« erwiderte sie, »es geschah nur, weil Sie mir zu wohl tun", und präsentierte die Zunge mit möglichster Grazie. Nachdem die drei Kreuzschnitte ausgeführt worden waren, begann sie mit ihrer Kleinkinderstimme in einem Zuge zu prophezeien und der Rat nahm alle die Torheiten, die sie von sich gab, zu Protokoll. Man zeigte uns mehrere Bände voll solcher Weissagungen, die dunkler waren als die des Nostradamus. Nachdem sie eine gute halbe Stunde prophezeit hatte, brach sie auf einmal ab und verlangte »erquickt« zu werden. Diese sanfte Erquickung bestand darin, dass man ihr die Arme mit starken Nadeln durchstach und sie mit großen Holzscheiten ebenso barbarischer wie – da sie kaum Beschwerden davon zu haben schien –wunderbarerweise auf Kopf und Brust schlug. Man hätte denken sollen, die Schläge müssten sie umbringen, aber sie bat, sie doch noch stärker zu schlagen und fing dann von neuem an, aufs schönste zu prophezeien. Die ganze Zeremonie dauerte eine gute Stunde. Als man die Nägel wieder herausgezogen hatte, blutete nur noch der eine Fuß, die anderen Wunden schienen im Begriff, sich zu schließen. Sie zog ihre Strümpfe und Schuhe wieder an und ohne von uns Fremden das Geringste anzunehmen, verabschiedete sie sich und wir sahen sie so leichten Schrittes über das Pflaster der Straße eilen, wie wenn sie nur ein Fußbad genommen hätte…

Johann Schwertfeger. Aus dem Bericht des Pfarrers Kern zu Hornhausen an die Preußische Regierung zu Halberstadt (1733): Johann Schwertfeger war nach einer langwierigen schmerzhaften Krankheit dem Tode nahe. Er ließ mich rufen, nahm das heilige Abendmahl und sah mit Heiterkeit dem Tode entgegen. Bald fiel er in eine Ohnmacht, die eine Stunde währte. Er erwachte ohne etwas zu sagen. Nach einer zweiten Ohnmacht, die etwas länger gewährt, erzählte er eine Vision, die er gehabt habe. Eine Stimme rief ihm, er müsse wieder zurück und sein Leben untersuchen. Dann solle er vor dem Richterstuhle Gottes erscheinen. Die ersten Worte bei seinem Erwachen waren die: Ich muss wieder fort, aber das wird ein schwerer Stand sein. Ich werde zwar wiederkommen, aber nicht sobald wie zuvor. Nach zwei Tagen fiel er in eine dritte Ohnmacht, die vier Stunden dauerte. Seine Frau und Kinder hielten ihn für tot, legten ihn auf Stroh und waren im Begriff, ihm das Totenhemd anzuziehen. Da schlug er seine Augen auf und sagte: »Schickt nach dem Prediger, denn ich will ihm offenbaren, was ich erfahren habe.« Sobald ich in die Stube trat, richtete er sich von selbst auf, als hätte ihm nie etwas gefehlt, umarmte mich fest und sprach mit starker Stimme: »Ach, was habe ich für einen Kampf ausgestanden!« Der Kranke übersah sein ganzes Leben und alle Fehler, die er darin begangen hatte, selbst die ihm ganz aus dem Gedächtnis entschwundenen. Alles war ihm so gegenwärtig, als sei es erst jetzt geschehen. Er schloss seine Erzählung damit, dass er herrliche Töne vernommen und einen unaussprechlichen Lichtglanz gesehen habe: »Aus solcher Freude bin ich nun wieder in das Tal des Jammers zurückgekommen, in dem mich alles anekelt.« –Merkwürdig war es, dass ihn die Krankheit verlassen hatte. Denn er war nach der letzten Ohnmacht stark, frisch und gesund und von allen Schmerzen befreit, da er doch vorher kein Glied rühren konnte. Die Augen, die vorher trieften, trübe und tief im Kopfe lagen, waren so helle und klar, als wären sie mit frischem Wasser ausgewaschen worden. Sein Antlitz war, wie das eines Jünglings, in seiner Blüte. »Nun«, sagte er, »lebe ich noch zwei Tage und wünschte, dass jedermann zu mir kommen möchte, mich anzuhören, damit er sich zu Gott bekehre.« Das muss ich gestehen, dass sein Verstand nach der letzten Ohnmacht ungemein zugenommen. Denn er sprach nicht mehr wie ein gemeiner Mann und wie zuvor, sondern es war alles kräftig, nachdrucksvoll und durchdringend, als ob er die Redekunst in der kurzen Zeit seiner Ohnmacht erlernet. Denn, anstatt ich anfangs sein Lehrer und Tröster war, so wandte sich nun das Blatt um und ich war gegen ihn wie ein Kind und hörte seine Reden mit Verwunderung an. – Wie nun die zwei Tage, die er noch leben sollte, herum waren, sagte er: »Nun leget mich auf die Streu. Ich will sterben. Die Zeit ist da.« Sobald sie ihn angriffen, tat er die Augen zu und schlief ein. Weil aber die Frau ein Geräusch machte, sich wehmütig anstellte und ihm in die Ohren rief, ihn auch nicht niederlegen wollte, sondern mit Schütteln und Bewegen anhielt, so erwachte er wieder und rief: »Ihr grausamen Menschen, warum wollt ihr mir die Ruhe nicht gönnen, die mir Gott gönnt? Nun muss ich noch einen Tag hier zubringen.« Dies geschah. Doch konnte man nichts mehr von ihm vernehmen, weil er beständig schlummerte. Nur einmal sprach er noch. Als man ihn nämlich gefragt, ob er bei Tage oder bei Nacht sterben würde, antwortete er: »Bei Nacht.« Und so geschah es auch, im achtunddreißigsten Jahre seines Lebens.

Grumbkom König Friedrich Wilhelm I. von Preußen [1740 gestorben], der Vater Friedrichs des Großen, stand mit dem König August II. von Polen [Kurfürst Friedrich August I. von Sachsen] in so freundschaftlichen Verhältnissen, dass sie einander, wenn's möglich war, wenigstens einmal des Jahres sahen. Dies geschah auch noch kurz vor dem Tode des letzteren, der sich damals leidlich wohl zu befinden schien, nur hatte er eine ziemlich bedenkliche Entzündung an einer Zehe. Die Ärzte hatten ihn daher für jedem Übermaß in starken Getränken sehr gewarnt und der König von Preußen, welcher dies wusste, befahl seinem Feldmarschall von Grumbkow, der den König von Polen bis an die Grenze begleiten und dort in einem preußischen Schloss noch standesgemäß bewirten sollte, dass er bei dem Abschiedsschmaus ja alles sorgfältig vermeiden möchte, wodurch die von den Ärzten empfohlene Mäßigung außer Acht gelassen werden könnte. Als aber König August noch gleichsam zu guter Letzt einige Bouteillen Champagner verlangte, gab Grumbkow, der diesen Wein selbst liebte, nach und genoss dessen auch seinerseits so viel, dass er sich, indem er über den Schlosshof in sein Quartier ging, an einer Wagendeichsel eine Rippe zerbrach. Er musste sich daher in einem Tragsessel zum König August bringen lassen, als dieser seine Reise des anderen Morgens sehr frühe fortsetzen und ihm noch einige Aufträge an den König Friedrich Wilhelm mitgeben wollte. Hierbei war der König von Polen nur mit einem vorn geöffneten Hemd und einem kurzen polnischen Pelz bekleidet gewesen…

In eben diesem Aufzug, aber mit geschlossenen Augen erschien er einige Tage später, am 1. Februar 1733, früh ungefähr um drei Uhr, vor dem Feldmarschall von Grumbkow und sagte zu ihm: »Mon cher Grumbkow!

Je viens de mourir ce moment a Varsovie!« Grumbkow, dem die Schmerzen des Rippenbruchs noch wenig Schlaf erstatteten, hatte unmittelbar zuvor durch seine dünnen Bettvorhänge hindurch beim Schein seiner Nachtlampe bemerkt, dass sich die Tür seines Vorzimmers, worin sein Kammerdiener schlief, öffnete, dass eine lange menschliche Gestalt hereinkam, in feierlich langsamen Schritten um sein Bett herumging und dann rasch die Bettvorhänge öffnete. Nun stand die Gestalt des Königs August geradeso wie er sie wenige Tage zuvor leibhaftig gesehen, vor dem Erstaunten und schritt dann, nach obigen Worten, wieder zur selben Tür hinaus.

Grumbkow klingelte und fragte den zur nämlichen Tür hereineilenden Kammerdiener: ob er den nicht auch gesehen habe, der soeben herein-und hinausgegangen sei? – Der Kammerdiener hatte nichts gesehen.

Da schrieb Grumbkow sogleich den ganzen Vorgang an seinen Freund, den im Hoflager Friedrich Wilhelms befindlichen Kaiserlich-Königlichen Gesandten und Feldmarschall Grafen von Seckendorf und bat ihn, die Sache dem Könige bei der Parade mit guter Art zu hinterbringen.

Bei dem Gesandten von Seckendorf befand sich, als ihm das Grumbkowsche Billett zukam, sein Sekretär und er sagte zu diesem, indem er ihm das Billett zum Lesen darbot: »Sollte man nicht denken, die Schmerzen hätten den alten Grumbkow zum Visionär gemacht? Ich muss aber den Inhalt dieses Billetts noch heute dem König hinterbringen«

Nach vierzig Stunden langte durch die von Warschau nach Berlin von drei zu drei Stunden unterlegten polnischen Ulanen und preußischen Husaren die Nachricht in Berlin an, dass der König von Polen in der nämlichen Stunde, in der Grumbkow die Erscheinung gesehen hatte, zu Warschau gestorben war...

So erzählt den Fall in seiner 1808 erschienenen »Theorie der Geisterkunde« der achtundsechzigjährige Heinrich Jung-Stilling, der, einst Schneidergeselle, dann Hauslehrer, dann Handlungsdiener, dann als Straßburger Student mit Goethe befreundet, dann Augenarzt in Elberfeld, dann Professor der Ökonomie und Kameralwissenschaften zu Marburg, seinen Lebensabend »ohne irdische Verpflichtung« unter dem Protektorat des Kurfürsten Karl Friedrich von Baden in Karlsruhe der frommen Erforschung des Übersinnlichen widmete. Die wesentlich andersgeartete Markgräfin Wilhelmine von Bayreuth, die Lieblingsschwester Friedrichs des Großen, stellt den Fall in ihren Denkwürdigkeiten folgendermaßen dar: Der König [ihr Vater, Friedrich Wilhelm I. von Preußen] ward in dieser Zeit durch den Tod des Königs von Polen sehr betrübt. Er starb unmittelbar nach seiner Ankunft in Warschau. Grumbkow hatte ihn wenige Tage vorher in Frauenstadt gesehen, wo er ihn im Namen des Königs, meines Vaters, bewillkommnet hatte. Der König von Polen nahm sehr zärtlich Abschied von ihm und sagte: „Ich werde Sie nicht mehr wiedersehen!« Mochte Grumbkow von diesen Worten besonders gerührt worden sein oder der Zufall sein Spiel treiben, genug, er kam an demselben Tage, an dem der König starb; zu meinem Vater und sagte: »O weh! Ihre Majestät, der arme Patron, ist tot! Diese Nacht kam er in mein Zimmer, öffnete meine Bettvorhänge und sah mich starr an. Ich war hell wach, wie ich jetzt bin; ich wollte aufspringen, aber die Erscheinung verschwand.« – Nachher fand sich's, dass der König in derselben Stunde gestorben war, in welcher Grumbkow die Erscheinung gehabt hatte...

Die Gräfin Steenbock. Horst erzählt in seiner »Deuteroskopie« auf Grund von Akten im schwedischen Reichsarchiv: Als die Königin Ulrike Eleonore von Schweden [1688 geboren, Tochter Karls XI., Schwester Karls XII.] am 24. November 1741 auf dem Schlosse Drottningholm [11 km von Stockholm] gestorben war, wurde ihre Leiche in einem offenen Sarge auf einem reichbekränzten Katafalk, in einem schwarz ausgeschlagenen, von vielen Wachskerzen erleuchteten, Zimmer aufgebahrt und eine Abteilung der königlichen Leibgarde hielt im Vorzimmer die Trauerwache. Am Nachmittag des 25. November fuhr der Wagen der ersten Palastdame der Verstorbenen, Gräfin Steenbock, vor und der wachthabende Offizier ging ihr entgegen und geleitete sie vom Wagen bis an die Tür des Trauergemaches, die er hinter ihr zumachte. Dass die Gräfin auf diesem Wege kein Wort gesprochen hatte, erklärte sich der Offizier aus ihrem großen Schmerze. Als sie nach einer Stunde das Trauergemach noch nicht verlassen hatte, öffnete er behutsam die Tür, um zu sehen, ob ihr etwa ein Unfall zugestoßen wäre. Aber in äußerster Bestürzung trat er sofort zurück und nun erblickten alle, an die Tür herantretend, die verstorbene Königin Ulrike Eleonore, wie sie aufrecht in ihrem Sarge stand und ihre Palastdame und geliebte Freundin innig umarmte. Die Erscheinung schien zu schweben und löste sich bald in einen Nebel auf. Als dieser sich verzogen hatte, lag der Leichnam der Königin wie vorher auf dem Paradebett, allein die Gräfin Steenbock war nirgends zu finden. Da eilten einige von der Wache hinab, um nach dem Wagen zu sehen, aber auch der war verschwunden und doch hatte keiner ihn abfahren gehört. Nun sendete man schleunigst einen Kurier mit der Meldung dieser absonderlichen

Begebenheit nach Stockholm. Dort stellte sich heraus, dass die Gräfin Steenbock die Hauptstadt nicht verlassen hatte, dass sie aber zu eben der Stunde gestorben war, als die Wache sie in den Armen der toten Königin erblickt hatte. Über den Vorfall wurde sofort ein außerordentliches Protokoll aufgenommen.

Tötende Augen. Der französische Forschungsreisende Francois Levaillant erzählt in seiner, 1755 auf Französisch, 1799 auf Deutsch, erschienenen »Zweiten Reise im Innern Afrikas«, er habe einst das Folgende beobachtet: Auf einem Baum sitzt ein Buntspecht und schreit und windet sich wie in Krämpfen. In seiner Nähe liegt auf einem Zweig eine große Schlange, regungslos, mit vorgestrecktem Kopf, die den Vogel mit funkelnden Augen anstarrt. Der hat anscheinend die Fähigkeit verloren davonzufliegen. Ein Begleiter Levaillants geht eine Flinte holen. Als er zurückkommt, ist der Buntspecht tot; ein Schuss tötet die Schlange. Levaillant untersucht den Vogel aufs Genaueste: keine Spur irgendeiner Verletzung. Die Entfernung zwischen den beiden Tieren hatte 3 ½ Fuß betragen. Ein andermal macht er dieselbe Erfahrung mit einer Maus und einer Schlange. Eingeborene versichern ihm, dass dies durchaus alltäglich sei.

Eine verwandte Wirkung des Schlangenblickes will Levaillant an sich selber, auf Ceylon, erfahren haben: Er jagt in einem Sumpfe. Da ergreift ihn plötzlich ein Zittern, wie es ihm ganz fremd war. Zugleich fühlt er sich gegen seinen Willen zu einer Stelle hingezogen, die aufzusuchen nicht in seiner Absicht lag. Als er hinkommt, findet er, nur zehn Fuß von sich entfernt, eine große Schlange, die ihn unverwandt anstarrt. Er hat noch so viel Kraft und Willen, auf sie zu schießen und der Knall löst den Bann.

[Nach Seligmann, Zauberkraft des Auges. Hamburg 1922. Gekürzt.]

Der Fischzug. Aus dem Leben des Missionars der Brüdergemeinde David Zeisberger (1720–1808), der siebenundzwanzig Jahre unter den Indianern Nordamerikas gelebt und wie so mancher Missionar, ohne den Ehrgeiz, für einen Sprachforscher zu gelten, sich die größten Verdienste um die Sprachwissenschaft erworben hat, indem er durch Grammatiken, Wörterbücher und Übersetzungen, die lediglich den Zwecken der Mission dienen sollten, die Sprachen aussterbender Völker festgehalten hat, erzählt sein Biograph Heine: Der ehrwürdige Bischof Spangenberg (1704–1792) von der Brüdergemeinde, war nach Amerika gekommen, um die dortigen Missionsstationen unter den Indianern zu besuchen und sah sich genötigt, nach Onondago am See Ornida zu reisen, wo der Sitz des großen Rates der sechs verbündeten Indianernationen war. Ihn begleitete Zeisberger und ein anderer Missionar namens Schebosch. Die drei Monate dauernde Reise durch den Urwald, war mit den größten Beschwerden verbunden. Einst waren die Wanderer ganz ohne Lebensmittel und legten sich erschöpft am Ufer eines kleinen Baches nieder, wehmütig einander anblickend und den Tod des Verschmachtens erwartend. Da richtete sich Spangenberg plötzlich auf und sagte freundlich zu dem jungen Zeisberger: »Mein David, mach geschwind dein Fischergerät zurecht und fang uns ein Gericht Fische.« Der Jüngling, der mit dem Leben in der Wildnis schon ebenso vertraut war wie ein Indianer, antwortete: »Wie gern wollte ich es tun, aber in dem seichten Wasser sind, zumal in der jetzigen Jahreszeit, keine Fische.« Spangenberg erwiderte: »Wenn ich nun doch sage, gehe hin fischen, so tue es diesmal im

Gehorsam.« Da ging Zeisberger mit Schebosch an die von Spangenberg bezeichnete Stelle, indem er zu jenem sagte: »Der liebe Bruder versteht nichts vom Fischen, doch das gehört auch nicht zu seinem Handwerk.« Aber wie erstaunten sie, als sie beim ersten Zuge eine Menge großer Fische in ihrem Netze sahen. Da sprach Spangenberg lächelnd: »Habe ich es dir nicht gesagt? Wir haben einen guten himmlischen Vater.« Auf Zeisberger aber machte dieses Erlebnis, das er als ein Wunder ansah, einen solchen Eindruck, dass er hinfort im Vertrauen auf den allmächtigen Gott alles wagte.

Weihe. Friedrich August Weihe, geboren 1721 als Pfarrerssohn zu Hordorf bei Halberstadt, gestorben 1771 als Pfarrer zu Gohfeld bei Oeynhausen, der, ob seiner Frömmigkeit und seelsorgerischen Treue, heute noch im Ravensbergischen unvergessen ist, hatte als Feldprediger im Fürst Dietrichschen [von Anhalt] Regiment den zweiten Schlesischen Krieg mitgemacht. In seine Garnison Bielefeld zurückgekehrt, hoffte Weihe, der mit der Tochter des geistlichen Inspektors Schiele zu Heimatsleben verlobt war, bald heiraten zu können, als ihm der Tod seine Braut entriss. In seiner 1786 erschienenen Lebensgeschichte wird davon erzählt: Die beiden Verlobten hegten die reinste und zärtlichste Liebe zueinander; aber wenn sie miteinander im Garten wandelten, dann weinte sie. »Was fehlt Ihnen, meine Liebe?« – »Ach, ich weiß, dass ich Sie nicht kriege!« — Er bat sie, ihr und sein Herz mit solchen Vorstellungen nicht zu beunruhigen. Und den Menschen nach stand nichts ihrer Verheiratung im Wege. Die Eltern billigten dieselbe vollkommen. Nur der Tod konnte die Liebenden trennen. Und er tat es. Nach ihrer Verlobung war Weihe noch nicht lange wieder in Bielefeld, als ihm ein merkwürdiger Traum den Verlust seiner Geliebten bekannt machte. Er sah sie erblasst im Totenkleide zu sich ins Zimmer treten. »Lieber Gott, sind Sie tot?« – Sie machte ein bejahendes Zeichen. – »Woran sind Sie gestorben?« – Sie ergriff seine Hand und legte sie an den Hals. – »Daran sind Sie gestorben?!« – Und zugleich tat er einen lauten Schrei, woran er selbst und sein Wirt erwachte; und letzterer kam ganz erschrocken in sein Zimmer, um zu fragen, was ihm begegnet sei. – Nach wenig Tagen kam ein Brief von dem Vater, zwar rot gesiegelt, um ihn nicht zu erschrecken, aber Weihe war schon genug von seinem traurigen Inhalt unterrichtet, konnte ihn erst am folgenden Tage erbrechen und fand, seine Geliebte sei an einem Halsschaden gestorben und ihr Vater selber habe ihr die Grabpredigt gehalten über Joh. 3,29: »Wer die Braut hat, der ist der Bräutigam.«

Aus Weihes Knabenjahren erzählt seine Lebensgeschichte das Folgende: Eine seiner Schwestern, mit einem Herrn von Schäffer verheiratet, starb im Wochenbett. Sie hatte es vorhergesagt, wurde aber glücklich entbunden. Weihe, damals noch ein Knabe, eilte gleich voll Freude hin: »Seht, Schwester, nun seid Ihr ja doch nicht gestorben!« – »Warte«, sagte sie, » bis übermorgen Mittag um zwölf Uhr.« – Der Tag kam und er saß mit seinen Eltern schon am Tische, als schnell ein Bedienter mit der Nachricht kam, sie möchten doch, wenn sie sie noch einmal sehen wollten, gleich kommen. Alles lief hin und sie lag im Sterben.

Musik in der Luft.

Der fürstlich metternichsche Regierungssekretär von Schott erzählt: Es war ein sehr kalter Wintertag Anno 1748, als man nach zwölf Uhr mittags einen großen Lärm in der Luft hörte, welcher anfänglich einer entfernten Kanonade glich. Nach einigen Minuten hörte man in der Luft eine vollständige türkische Musik, welche so deutlich war, dass alle Einwohner von Solothurn auf das offene Feld eilten, um von dieser merkwürdigen Begebenheit Ohrenzeuge zu sein. Den Trommel- und Pfeifenton konnte man vorzüglich, sehr gut, unterscheiden. Diese Musik war marschähnlich mit Abwechslungen von Allegro und Andante. Der Beschluss war, dass man weit entfernte Trommelschläge hörte, die sich nach und nach immer mehr verloren. Einige der Zuhörer wollten sogar die vollkommen stimmende Sekunde der Blasinstrumente gehört haben …

Vom Prossener Mann. Nach und aus »Umständliche Nachricht von dem sogenannten Prossner Manne, Christian Herrings, eines Elb-Fischers und Innwohners zu Prossen bei Königstein, seit etliche, zwanzig Jahren bekannt gewordene, Voraussagungen betreffend, benebst einer Historisch-Theologischen Abhandlung der Casual-Frage: Ob es noch heut zu Tage neue Offenbarungen von wichtigen Revolutionen in der Kirche, im Staat und von besonderen Schicksalen einzelner Personen gebe und was von selbigen zu halten sei? Auf Veranlassen des dieser halben längst begierig gewesenen Publici entworfen und zusamt Johannis Charliers, sonst Gerson genannt, Tractat: Von der Prüfung derer Geister, all hier ins Deutsche übersetzt und mit Anmerkungen erläutert, dem Druck überlassen von M. Johann Gabriel Süssen, Pfarrern zu Königstein und der Societät Christl. Liebe und der Wissenschaften zu Dresden Mitglied. Dresden und Leipzig 1772.«

Es handelt sich um die Visionen und seltsamen Prophezeiungen des 1710 geborenen Christian Heering, wie sie dessen Pfarrer, der »Magister« Johann Gabriel Süß, im Wesentlichen schon 1759 niedergeschrieben hatte. Süß charakterisiert den Propheten: »Von weltlicher oder politischer Erkenntnis hat der Fischer Heering gar wenig erlangen können, indem ihm seine Berufs- und Lebensumstände, da er seine Zeit von Jugend auf Tag und Nacht mehren Teils auf dem Wasser zugebracht, auch sonst noch jetzt keine Gesellschaft liebt, niemals zugelassen, noch ihn auch sonst seine Neigung dahin angetrieben, weder Zeitungen, noch Geschichtsbücher zu lesen oder Umgang mit belesenen und kultivierten Personen zu haben, von welchen er etwa von alten und neuen Staatssachen etwas hören oder lernen möge; sondern in Betracht einer politischen Einsicht kann man von dem Fischer Heering wenig oder nichts, jedoch sonst mit Wahrheit dieses sagen, dass er ein so genannter, guter, einfältiger Mann sei... So ist auch der Fischer am allerwenigsten ein Sonderling oder einer falsch eingebildeten, vorzüglichen Heiligkeit, eines schwärmerischen enthusiastischen Unwesens, noch irgend einem andern sektirischen Wesen zugetan, sondern hält sich in seiner evangelischen Bekenntnis zur Lauterkeit in unserer Religion und unter göttlichen Beistande in der Tätigkeit des Glaubens zu denen Schranken, in welchen ein Christ suchen muss, sein Gewissen allenthalben zu bewahren, wobei er sich jedoch unausgesetzt als einen armen Sünder vor Gott demütig bekennt.«

Im Jahre 1744, während des zweiten Schlesischen Krieges, als Friedrich der Große nicht eben glücklich in Böhmen und Schlesien operierte, ohne dass es den Anschein hatte, als sollte Sachsen in Mitleidenschaft gezogen werden, ward dem Prossener Manne »vom Herrn gezeigt, dass ein Held mit seinem feindlichen Heere würde nach Sachsen kommen und das Schwerdt bis an das Heft ins Blut tauchen und dieser Held würde hiernach zu Dresden wie in einem offenen Garten einziehen, aber bald darauf wieder zum Obern Thor hinaus ziehen«. – In der Tat: Am 15. Dezember schlug der alte Dessauer mit 32000

Preußen 31000 Sachsen und Österreicher bei Kesselsdorf und am 18. Dezember zogen die Preußen, Friedrich II. im achtspännigen Wagen, als Sieger in Dresden ein, wo Weihnachten der Frieden geschlossen ward.

Im zeitigen Frühjahr 1756 sah der Prossener Mann den Ausbruch des Siebenjährigen Krieges und das geheime Bündnis zwischen Maria Theresia und Ludwig XV. voraus. Süß schreibt: »Der Herr habe ihn [den Fischer] sehen lassen, dass nächstens ein großes Ungewitter entstehen würde, durch welches unser Sächsisches Vaterland mit Krieg überzogen werde und solches unsere hiesige Elbgegend zuerst betreffen würde. Hierbei würde es hart zugehen... Es würde sich Süd-Ost und Süd-West miteinander gegen Nord-West verbünden... – In der Tat: Am 1. Mai wurde zu Versailles in aller Heimlichkeit der »Unions-Freundschafts-Defensiv-Traktat« zwischen Maria Theresia und Ludwig XV. unterschrieben und Ende August überschritt Friedrich II. die sächsische Grenze, am 9. September ließ er vier preußische Bataillone in Dresden einrücken, wo er im Schlossarchiv trotz dem beinahe körperlichen Widerstande der Königin [von Polen, Kurfürstin von Sachsen, Maria Josepha, der Habsburgerin] die geheimen Bündnisakten beschlagnahmen ließ, um seinen Einfall in Sachsen vor dem überraschten Europa zu rechtfertigen. England versagte ihm die erwartete Hilfe, wollte nicht einmal Truppen zum Schutze Hannovers stellen, indessen Kaunitz Frankreich zu immer größeren Leistungen vermochte.

Gegen Ende Oktober des folgenden Jahres ging der Prossener Mann »nach seinem gewöhnlichen Trieb, wie sonst, ohne das geringste Veranlassen« zu seinem Pfarrer Süß und meldete ihm eine neue Vision, »wobei er ebenfalls wie sonst, ängstlich wünschte, dass er solches Hohen Orts möchte eröffnen können: Man möchte Gott ernstlich anrufen, dass das vorsehende Unternehmen möchte können abgewendet werden, indem es in der Schärfe nicht gut hinaus gehen würde. Es zögen nämlich zwei Heere in unserem Lande wider einander, ein großes und ein kleines, von welchen er gesehen, dass das letztere gesiegt hätte und das große ganz wäre zerstreuet worden«. – In der Tat: am 5. November schlug Friedrich II. mit 22 000 Mann bei Roßbach 43 000 Mann, Franzosen und Reichsarmee.

Pfeffel. D.A.L. Richter erzählt in seinen »Betrachtungen über den animalischen Magnetismus« (Leipzig 1817): Der bekannte Dichter Gottlieb Konrad Pfeffel [geboren 1736, gestorben 1809, am bekanntesten von ihm ist heute wohl noch sein Gedicht »Die Tabakspfeife« (»Gott grüß Euch, Alter, schmeckt das Pfeifchen?«)] ging vor seiner Erblindung einmal mit einem französischen Geistlichen in einer Allee plaudernd auf und ab. Bei jedem Gange – es war am hellen Tage – wich der Geistliche einem gewissen Baume der Allee geflissentlich aus. Als die anderen ihn hierüber befragten, erklärte er, dass er dort jedes Mal eine weiße Gestalt erblicke, die er scheue. Von den anderen sah keiner etwas. Sie ließen aber unter dem Baume nachgraben und fanden ein menschliches Skelett.

Pfeffels Schwiegersohn, Professor Ehrmann in Straßburg, erzählt im zehnten Bande von Eschenmayers »Archiv für den tierischen Magnetismus: Seit 1760 hielt Pfeffel sich einen Privatsekretär namens Sigmund Billing, der nachher Pfarrer in Kolmar geworden ist. Wenn Pfeffel an dessen Arm durch seinen Garten bei Kolmar ging, verspürte er, dass Billing an einer gewissen Stelle des Gartens jedes Mal von einem Zittern befallen wurde. Befragt, gestand jener, dass ihn solches stets in der Nähe begrabener Menschengebeine überkomme. Nun gingen sie einmal in der Nacht an die Stelle. Da sah Billing eine weibliche Gestalt, ein wenig über der Erde schwebend und die rechte Hand auf dem Herzen. Pfeffel machte auf der Stelle verschiedene Bewegungen. »Jetzt«, sagte Billing, »steht das Bild Ihnen zur Rechten...jetzt vor...jetzt hinter Ihnen... jetzt sieht es über Ihre Schulter.« Als Pfeffel einen Stab quer durch die Gestalt schlug, verglich Billing das mit dem Durchstreichen eines solchen durch eine Flamme, die sich nach scheinbarer Trennung wieder vereinigt. – In Gegenwart mehrerer Personen ließ Pfeffel nachgraben und man fand unter einer Schicht ungelöschten Kalkes ein Menschengerippe, das man dann in die Lauche versenkte.

Von Goethes Jugendfreund Franz Lerse, der in den siebziger Jahren des achtzehnten Jahrhunderts als Lehrer an des blinden Pfeffel Militärschule zu Kolmar wirkte, ist überliefert worden, dass er ‚durch Willen und Blick, Eidechsen und andere Tiere zu bannen vermocht habe, so dass sie sich von ihm fangen ließen...

Goethes Großvater.

Goethe erzählt von seinem Großvater mütterlicherseits, dem Stadtschultheißen Textor zu Frankfurt: Was jedoch die Ehrfurcht, die wir für diesen würdigen Greis empfanden, bis zum höchsten steigerte, war die Überzeugung, dass derselbe die Gabe der Weissagung besitze, besonders in Dingen, die ihn selbst und sein Schicksal betrafen. Zwar ließ er sich gegen niemand als gegen die Großmutter entschieden und umständlich heraus; aber wir alle wussten doch, dass er durch bedeutende Träume von dem, was sich ereignen sollte, unterrichtet wurde. So versicherte er z.B. seiner Gattin zur Zeit, als er noch unter die jüngeren Ratsherren gehörte, dass er bei der nächsten Vakanz auf der Schöffenbank zu der erledigten Stelle gelangen würde. Und als wirklich bald darauf einer der Schöffen, vom Schlage gerührt, starb, verordnete er an dem Tage der Wahl und Kugelung, dass zu Hause, im Stillen, alles, zum Empfang der Gäste und Gratulanten, solle eingerichtet werden und die entscheidende goldene Kugel ward wirklich für ihn gezogen. Den einfachen Traum, der ihn hiervon belehrt, vertraute er seiner Gattin folgendermaßen: Er habe sich in voller gewöhnlicher Ratsversammlung gesehen, wo alles nach hergebrachter Weise vorgegangen. Auf einmal habe sich der nun verstorbene Schöffe von seinem Sitz erhoben, sei herabgestiegen und habe ihm auf eine verbindliche Weise das Kompliment gemacht, er möge den verlassenen Platz einnehmen und sei darauf zur Tür hinausgegangen.

Etwas Ähnliches begegnete, als der Schultheiß mit Tode abging. Man zaudert in solchem Falle nicht lange mit Besetzung dieser Stelle, weil man immer zu fürchten hat, der Kaiser werde sein altes Recht, einen Schultheißen zu bestellen, irgendeinmal wieder hervorrufen. Dreimal ward um Mitternacht eine außerordentliche Sitzung auf den anderen Morgen durch den Gerichtsboten angesagt. Weil diesem nun das Licht in der Laterne verlöschen wollte, so erbat er sich ein Stümpfchen, um seinen Weg weiter fortsetzen zu können. »Gebt ihm ein ganzes,« sagte der Großvater zu den Frauen, »er hat ja die Mühe um meinetwillen.« Dieser Äußerung entsprach auch der Erfolg: er wurde wirklich Schultheiß, wobei der Umstand noch besonders merkwürdig war, dass, obgleich sein Repräsentant bei der Kugelung an der dritten und letzten Stelle zu ziehen hatte, die zwei silbernen Kugeln zuerst herauskamen und also die goldene, für ihn, auf dem Grunde des Beutels liegen blieb.

Völlig prosaisch, einfach und ohne Spur von Phantastischem oder Wundersamem waren auch die übrigen der uns bekannt gewordenen Träume. Ferner erinnere ich mich, dass ich als Knabe unter seinen Büchern und Schreibkalendern gestört und darin, unter anderem auf Gärtnerei bezüglichen, Anmerkungen aufgezeichnet gefunden: »Heute Nacht kam N.N. zu mir und sagte...« Name und Offenbarung waren, in Ziffern geschrieben. Oder es stand auf gleiche Weise: »Heute Nacht sah ich ...« das übrige war wieder in Ziffern, bis auf die Verbindungs- und anderen Worte, aus denen sich nichts abnehmen ließ. – Bemerkenswert bleibt es hierbei, dass Personen, welche sonst keine Spur von Ahnungsvermögen zeigten, in seiner Sphäre für den Augenblick die Fähigkeiten erlangten, dass sie von gewissen gleichzeitigen, obwohl in der Entfernung vorgehenden Krankheits- und Todesereignissen, durch sinnliche Wahrzeichen eine Vorempfindung hatten. Aber auf keines seiner Kinder und Enkel hat eine solche Gabe fortgeerbt; vielmehr waren sie meistenteils rüstige Personen, lebensfroh und nur aufs Wirkliche gestellt.

G oethes Großmutter. Bettina Brentano schreibt an Goethe: Deine Großmutter kam einst nach Mitternacht in die Schlafstube der Töchter und blieb da bis am Morgen, weil ihr etwas begegnet war, was sie vor Angst sich nicht zu sagen getraute. Am anderen Morgen erzählte sie, dass etwas im Zimmer geraschelt habe wie Papier; in der Meinung, das Fenster sei offen und der Wind jage die Papiere von des Vaters Schreibpult im anstoßenden Studierzimmer umher, sei sie aufgestanden, aber die Fenster seien geschlossen gewesen. Da sie wieder im Bett lag, rauschte es immer näher und näher heran mit ängstlichem Zusammenknistern von Papier, endlich seufzte es tief auf und noch einmal dicht an ihrem Angesicht, dass es sie kalt anwehte; darauf ist sie vor Angst zu den Kindern gelaufen; kurz hiernach ließ sich ein Fremder melden. Da dieser nun auf die Hausfrau zuging und ein ganz zerknittertes Papier ihr darreichte, wandelte sie eine Ohnmacht an. Ein Freund von ihr, der in jener Nacht seinen herannahenden Tod gespürt, hatte nach Papier verlangt, um der Freundin in einer wichtigen Angelegenheit zu schreiben, aber noch ehe er fertig war, hatte er, vom Todeskrampf ergriffen, das Papier gepackt, zerknittert und damit auf der Bettdecke hin und her gefahren, endlich zweimal tief aufgeseufzt und dann war er verschieden…

Diese Traumgabe schien auf die eine Schwester fortgeerbt zu haben, denn gleich nach Deines Großvaters Tod, da man in Verlegenheit war, das Testament zu finden, träumte ihr, es sei zwischen zwei Brettchen im Pult des Vaters zu finden, die durch ein geheimes Schloss verbunden waren; man untersuchte das Pult und fand alles richtig. – Deine Mutter aber hatte das Talent nicht, sie meinte, es komme von ihrer heiteren, sorglosen Stimmung und ihrer großen Zuversicht zu allem Guten, gerade dies mag wohl ihre prophetische Gabe gewesen sein, denn sie sagte selbst, dass sie in dieser Beziehung sich nie getäuscht hätte.

Die Vision an der Gairanbrücke. Görres erzählt in seiner »Christlichen Mystik«: Ein Pächter von Glenary, in Schottland, geht mit seinem Sohn eines frühen Sommermorgens in Geschäften nach Glenshiray und beide treten um Mittag den Heimweg an. Wie sie zur Gairanbrücke kommen und gegen Inverneß sich wenden, sind sie erstaunt, eine große Zahl Bewaffneter gegen sich heranziehen zu sehen. Die vordersten haben eben Kilinalien erreicht, sie ziehen eng geschlossen in bester Ordnung zur Seite, von vielen Weibern und Kindern begleitet. Die Sonne scheint hell, so dass der Glanz der Waffen bisweilen die Augen blendet. Und wie die beiden von Zeit zu Zeit stehenbleiben, zählen sie sechzehn Fähnlein. Der Vater hatte in den Hochlanden gedient. Er erzählt dem verwunderten, immer aufs Neue fragenden Sohne, welche Bewandtnis es mit solchen Heereszügen habe, weinend: das Kriegsvolk komme von Irland, habe in Kyntyre gelandet und ziehe nun nach England hinunter. Es möge seiner Schätzung nach leicht zahlreicher sein, als die Heere auf beiden Seiten in der Schlacht bei Culloden. Bei der Wendung des Weges kommen sie nun dem Vordertreffen so nahe, dass sie den Führer des Heeres, der ihm zu Pferde voranzieht, in seiner Kleidung und allen seinen Zügen erkennen. Da rät der Vater dem Sohne, ein wenig abseits zu gehen, damit er nicht etwa ergriffen und mitgeschleppt werde. Dieser, Folge leistend, klettert über einen Steindamm, der in einiger Entfernung dem Wege zur Seite sich hinzieht und geht nun, von ihm gedeckt, weiter vor. Als sie so weit gekommen, dass er in Sicherheit zu sein glaubt, geht er zum Vater, der unterdessen, in Gedanken dahinschreitend, wenig auf den Heereszug geachtet hat. Zu ihrer Verwunderung ist jetzt alles verschwunden. Ein Reiter, dem sie nun begegnen und der mitten durch den Soldatenhaufen geritten sein muss, hat nichts bemerkt, klagt aber über die Hitze des Tages und die drückende Luft, die ihm den Atem versetze und auch sein Ross so geschwächt habe, dass er es führen müsse.

Warnende Angst. Jung-Stilling erzählt in seiner Theorie der Geisterkunde: Der Kaufmann, bei dem ich von 1763 bis 1770 in Dienst war und den ich in meiner Lebensgeschichte Spanier genannt habe, hatte einst, als er seine Handlung anfing, eine Reise nach Holland gemacht, um sich Kunden für seine Eisenfabrik zu suchen. In Rotterdam, mit seinen Geschäften fertig, war er eines Morgens zum Middelburger Marktschiff gegangen, das dort vor Anker lag, hatte einen Platz für sich bestellt und bezahlt und gebeten, man möchte einen Matrosen in seinen Gasthof schicken, wenn das Schiff abgehen sollte. Als dieser Matrose nun nach elf Uhr in sein Zimmer gekommen war, hatte den Kaufmann eine ganz unerklärliche Angst befallen mit der Überzeugung, dass er nicht nach Middelburg reisen dürfe. Alle Gegenvorstellungen hatten nichts geholfen: er hatte dem Matrosen sagen müssen, er könne nicht mitfahren und das Fahrgeld verloren geben müssen. Als der Matrose gegangen, hatte der Kaufmann vernünftig überlegt, was wohl die Ursache dieser sonderbaren Gemütsbewegung gewesen sein möchte. Im Grunde war er missmutig gewesen, dass er nun diesen wichtigen Teil seiner Reise versäumen würde, indem er das nächste Middelburger Marktschiff nicht abwarten konnte. – Als er dann abends mit einem Freunde zusammengesessen, war ein großer Lärm auf der Gasse entstanden. Man hatte sich erkundigt und alsbald erfahren, dass der Blitz in das Middelburger Marktschiff geschlagen, dass es untergegangen und dass kein Mensch gerettet worden sei.

S wedenborg Emanuel Swedenborg, 1688 als Sohn des gelehrten Bischofs Jasper Svedburg auf dem Hofe Sveden in Dalarne (Schweden) geboren, studierte in Upsala und, 1710 durch die Pest von dort vertrieben, im Auslande Naturwissenschaften, schrieb bedeutende mineralogische und physikalische Werke, wurde Mitglied des schwedischen Bergwerkkollegiums und vieler gelehrten Gesellschaften und in Anerkennung seiner Verdienste um Vaterland und Wissenschaft geadelt. Der negative Ausgang einer Jugendliebe führte zu Ehelosigkeit und Steigerung einer erotisch-mystischen Gemütsverfassung. Infolge einer Vision legte Swedenborg 1745 seine Ämter nieder, stellte seine naturwissenschaftlichen Arbeiten ein und widmete sich ganz dem Verkehr mit der Geisterwelt. Er starb 1772 zu London.

Swedenborg selber erzählt: Ich war [1745] in London und saß abends spät im gewohnten Gasthofe, wo ich mein eigenes Zimmer hatte, um allein zu sein. Gegen Schluss der Mahlzeit bemerkte ich, dass ein Nebel sich vor meinen Augen ausbreitete und bald sah ich den Fußboden mit hässlichen kriechenden Tieren, Schlangen, Eidechsen, Kröten und anderen bedeckt. Ich erschrak hierüber umso mehr, als es beinahe finster wurde. Doch verschwand die Finsternis wieder und ich sah einen Mann, von strahlendem Lichte umflossen, in einer Ecke der Stube sitzen, der rief mir mit lauter Stimme zu: »Iss nicht so viel!« Bei diesem Rufe verschwand das Gesicht und als ich zu mir gekommen war, ging ich schnell nach Hause, ohne mit jemandem darüber zu sprechen. Ich dachte über diese Begebenheit viel nach, konnte mir jedoch die Erscheinung nicht erklären. In der folgenden Nacht zeigte sich dieselbe glänzende Gestalt aufs Neue und sprach: »Ich bin Gott, der Herr, Schöpfer und Erlöser. Ich habe dich auserwählt, den Menschen den inneren geistlichen Sinn der Heiligen Schrift zu erklären und ich will dir eingeben, was du schreiben sollst.« – Der Mann war in Purpur gekleidet und die Erscheinung dauerte etwa eine halbe Stunde. In dieser Nacht wurde mein inneres Auge geöffnet, so dass ich die Geister im Himmel und in der Hölle sehen konnte, unter denen ich frühere Bekannte erblickte. Von diesem Zeitpunkt an trennte ich mich von allen weltlichen Beschäftigungen, um mich ausschließlich den geistlichen Betrachtungen hinzugeben, wie es mir befohlen worden war. Später wurde mir das Auge meines Geistes noch oft erschlossen, so dass ich mitten am

Tage sehen konnte, was in jener Welt vor sich ging, und mit den Geistern wie mit Menschen zu sprechen vermochte.

Immanuel Kant erzählt: Ich weiß nicht, ob jemand an mir eine Spur von einer zum Wunderbaren geneigten Gemütsart oder von einer Schwäche, die leicht zum Glauben bewogen wird, sollte jemals haben wahrnehmen können. Soviel ist gewiss, dass ungeachtet aller Geschichten von Erscheinungen und Handlungen des Geisterreichs, davon mir eine große Menge der wahrscheinlichsten bekannt ist, ich doch jederzeit der Regel der gesunden Vernunft am gemäßigten zu sein erachtet habe, sich auf die verneinende Seite zu lenken; nicht als ob ich vermeinet, die Unmöglichkeit davon eingesehen zu haben (denn wie wenig ist uns doch von der Natur eines Geistes bekannt?), sondern weil sie insgesamt nicht genugsam bewiesen sind; übrigens auch, was die Unbegreiflichkeit dieser Art Erscheinungen, ins gleichen ihre Unnützlichkeit anlangt, der Schwierigkeiten so viele sind, dagegen aber des entdeckten Betruges und auch der Leichtigkeit, betrogen zu werden, so mancherlei, dass ich, der ich mir überhaupt nicht gerne Ungelegenheit mache, nicht für ratsam hielt, mir deswegen auf Kirchhöfen oder in einer Finsternis bange werden zu lassen. Dieses ist die Stellung, in welcher sich mein Gemüt von langer Zeit her befand, bis die Geschichte des Herrn Swedenborg mir bekannt gemacht wurde.

Gegen das Ende des Jahres 1761 wurde Herr Swedenborg zu einer Fürstin gerufen, deren großer Verstand und Einsicht es beinahe unmöglich machen sollte, in dergleichen Fällen hintergangen zu werden. Die Veranlassung dazu, gab das allgemeine Gerücht von den vorgegebenen Visionen dieses Mannes. Nach einigen Tagen, die mehr darauf abzielten, sich mit seinen Einbildungen zu belustigen, als wirkliche Nachrichten aus der andern Welt zu vernehmen, verabschiedete ihn die Fürstin, indem sie ihm vorher einen geheimen Auftrag tat, der in seine Geistergemeinschaft einschlug. Nach einigen Tagen erschien Herr Swedenborg mit der Antwort, welche von der Art war, dass solche die Fürstin, ihrem eigenen Geständnisse nach, in das größte Erstaunen versetzte, indem sie solche wahr befand und ihm gleichwohl solche von keinem lebendigen Menschen konnte erteilt sein. Diese Erzählung ist aus dem Berichte eines Gesandten an dem dortigen Hofe, der damals zugegen war, an einen anderen fremden Gesandten in Kopenhagen gezogen worden, stimmt auch genau mit dem, was die besondere Nachfrage darüber hat erkundigen können, zusammen.

Diese Nachricht hatte ich durch einen dänischen Offizier, der mein Freund und ehemaliger Zuhörer war, welcher an der Tafel des österreichischen Gesandten Dietrichstein in Kopenhagen den Brief, den dieser Herr zu derselben Zeit von dem Baron Lützow, mecklenburgischem Gesandten in Stockholm, bekam, selbst nebst anderen Gästen gelesen hatte, wo gedachter von Lützow ihm meldet, dass er in Gesellschaft des holländischen Gesandten bei der Königin von Schweden der sonderbaren Geschichte selbst beigewohnt habe. Die Glaubwürdigkeit einer solchen Nachricht machte mich stutzig. Denn, man kann es schwerlich annehmen, dass ein Gesandter an einen andern Gesandten eine Nachricht zum öffentlichen Gebrauch überschreiben sollte, welche von der Königin des Hofes, wo er sich befindet, etwas melden sollte, welches unwahr wäre und wobei er doch, nebst einer ansehnlichen Gesellschaft, zugegen wollte gewesen sein. Um nun das Vorurteil von Erscheinungen und Gesichten nicht durch ein neues Vorurteil blindlings zu verwerfen, fand ich es vernünftig, mich nach dieser Geschichte näher zu erkundigen. Ich schrieb an gedachten Offizier nach Kopenhagen und gab ihm allerlei Erkundigungen auf.

Er antwortete, dass er nochmals desfalls den Grafen von Dietrichstein gesprochen hätte, dass die Sache sich wirklich so verhielte, dass der Professor Schlegel ihm bezeuget habe, es wäre gar nicht daran zu zweifeln. Er riet mir, weil er damals zur Armee unter dem General St. Germain abging, an den von Swedenborg selbst zu schreiben, um nähere Umstände davon zu erfahren. Ich schrieb demnach an diesen seltsamen Mann und der Brief wurde ihm von einem englischen Kaufmanne in Stockholm eingehändigt. Man berichtete bisher, der Herr von Swedenborg habe den Brief geneigt aufgenommen und versprochen, ihn zu beantworten. Allein diese Antwort blieb aus. Mittlerweile machte ich die Bekanntschaft mit einem feinen Manne, einem Engländer, der sich verwichenen Sommer hier aushielt, welchem ich, kraft der Freundschaft, die wir zusammen aufgerichtet hatten, auftrug, bei seiner Reise nach Stockholm genauere Kundschaft wegen der Wundergabe des Herrn von Swedenborg einzuziehen. Laut seinem ersten Berichte verhielt es sich mit der schon erwähnten Historie nach der Aussage der angesehensten selben Abend dem Gouverneur davon Nachricht. Sonntags des Morgens ward Swedenborg zum Gouverneur gerufen. Dieser befragte ihn um die Sache. Swedenborg beschrieb den Brand genau, wie er angefangen, wie er aufgehört hätte und die Zeit, seiner Dauer. Desselben Tages lief die Nachricht durch die ganze Stadt, wo es nun, weil der Gouverneur darauf geachtet hatte, eine noch stärkere Bewegung verursachte, da viele wegen ihrer Freunde oder wegen ihrer Güter in Besorgnis waren. Am Montage, abends, kam eine Estafette, die von der Kaufmannschaft in Stockholm, während des Brandes, abgeschickt war, in Gothenburg an. In den Briefen ward der Brand ganz auf die erzählte Art beschrieben. Dienstags, morgens, kam ein königlicher Kurier an den Gouverneur mit dem Berichte von dem Brande, vom Verluste, den er Verursacht und den Häusern, die er betroffen, an, nicht im mindesten von der Nachricht unterschieden, die Swedenborg zur selbigen Zeit gegeben hatte, denn der Brand war um acht Uhr gelöscht worden.

Was kann man wider die Glaubwürdigkeit dieser Begebenheit anführen? Der Freund, der mir dieses schreibt, hat alles, das nicht allein in Stockholm, sondern vor ungefähr zwei Monaten in Gothenburg selbst untersucht, wo er die ansehnlichsten Häuser sehr wohl kennt und wo er sich von einer ganzen Stadt, in der seit der kurzen Zeit von 1756 doch die meisten Augenzeugen noch leben, hat vollständig belehren können.

Swedenborgs Biograph Musäus erzählt: Einst, während Swedenborgs Aufenthalt in London, bekam er den Besuch eines jungen Magisters aus Finnland, des späteren, wegen seiner ausgezeichneten Gelehrsamkeit bekannten Professors Porthan zu Abo. Dieser, obgleich weit entfernt ein Swedenborgianer zu sein, hatte, teils aus Neugierde, den wunderbaren Mann zu sehen, teils aus dankbarer Achtung getrieben, sich in Swedenborgs Vorzimmer eingestellt, wo er von seinem Bedienten ersucht wurde, zu warten, weil sein Herr einen andern Besuch bei sich habe. Porthan hatte zufällig seinen Platz nahe bei der Tür, die zu dem inneren Zimmer führte, eingenommen und von diesem aus hörte er, dass eine lebhafte Konversation geführt wurde, die, während man auf und ab ging, dann und wann abgebrochen und von ihm weniger zusammenhängend aufgefasst wurde. Er vernahm jedoch deutlich, dass das Gespräch in lateinischer Sprache geführt wurde und die römischen Antiquitäten betraf, einen Gegenstand, der das größte Interesse für ihn hatte. Als er eine Zeitlang zugehört hatte, wurde ihm gar wunderlich zumut, denn er hörte die ganze Zeit hindurch nur eine einzige Stimme, von längeren oder kürzeren

Pausen unterbrochen, wobei die Stimme von irgendjemandem eine Antwort bekommen zu haben schien, in der sie immerfort Veranlassung zu neuen Fragen fand. Er nahm indessen als gewiss an, dass derjenige, den er hörte, Swedenborg war, der auch höchst zufrieden mit seinem Gaste schien. Wer übrigens dieser wäre, konnte Porthan zwar nicht erforschen, aber doch deutlich erkennen, dass das Gespräch sich um Personen und Verhältnisse in Rom während des Zeitalters des Augustus drehte sowie auch, dass darunter vieles vorkam, das Swedenborg neu war.

Bald darauf wurde die Tür geöffnet und Swedenborg, den er aus Porträts kannte, trat mit einer höchst zufriedenen Miene heraus. Mit einem freundlichen Nicken begrüßte er Porthan, war aber doch hauptsächlich mit einem unsichtbaren Gaste beschäftigt, den er unter den verbindlichsten Artigkeiten bis an die äußere Tür begleitete, wo er von ihm Abschied nahm, sich ausbittend, bald einen neuen Besuch von ihm zu erhalten. Unmittelbar darauf wandte sich der Geisterseher an Porthan und redete ihn mit einem herzlichen Händedruck folgendermaßen an: »Herzlich willkommen, Herr Magister! Entschuldigen Sie, dass ich Sie habe warten lassen. Sie sehen aber, dass ich Besuch hatte.« – Erstaunt und verlegen stammelte der arme Porthan hervor: »Ja, es kam mir vor, als ob ich es vernähme.« – »Und würden Sie wohl raten, von wem?« – »Unmöglich.« – »Denken Sie einmal, mein Herr, von Virgilius selbst. Und wissen Sie, er ist ein ungemein angenehmer Mann. Ich habe stets eine gute Meinung von ihm gehabt und er verdient es; er ist ebenso anspruchslos wie geistreich und dabei höchst interessant und unterhaltend.« – »So habe ich ihn mir auch vorgestellt«, fiel der Magister ein. – »Richtig und er ist sich auch vollkommen gleichgeblieben. Es mag Ihnen vielleicht bekannt sein, dass ich mich in meiner früheren Jugend mit römischer Literatur vielfach beschäftigte und auch einige Carmina verfasste, die in Skara gedruckt wurden.« – »Ich weiß es und alle Kenner schätzen sie hoch.« – »Das freut mich; dem sei aber wie ihm wolle; dies machte die liebste Beschäftigung meiner Jugend aus. Allein viele Jahre anderer Studien, Beschäftigungen und Gedanken liegen zwischen jener Zeit und der jetzigen. Virgils unerwarteter Besuch hat meine Jugenderinnerungen zurückgerufen; ich fand ihn artig und mitteilsam und befragte ihn daher über viele Dinge, worüber niemand besser als er Bescheid geben kann. Er hat mir versprochen, dass er bald wiederkommen werde.«

Jung-Stilling erzählt: In den siebziger Jahren des verflossenen (achtzehnten) Jahrhunderts war in Elberfeld ein Kaufmann, mit dem ich die sieben Jahre meines dortigen Aufenthaltes in vertrauter Freundschaft lebte. Dieser nun schon verklärte Freund verreiste in Handlungsgeschäften nach Amsterdam, wo sich damals Swedenborg aufhielt. Da er nun vieles von diesem sonderbaren Mann gehört und gelesen hatte, nahm er sich vor, ihn näher kennenzulernen. Er ging also hin und fand einen sehr ehrwürdig aussehenden Greis, der ihn höflich empfing. Nun begann folgendes Gespräch: Der Kaufmann: »Bei dieser Gelegenheit konnte ich mir die Ehre nicht versagen, Ihnen, Herr Bergrat, meine Aufwartung zu machen. Sie sind mir durch Ihre Schriften ein sehr merkwürdiger Mann geworden.« – Swedenborg: »Darf ich fragen, woher Sie sind?« – Der Kaufmann: »Ich bin von Elberfeld aus dem Herzogtum Berg. Ihre Schriften enthalten so viel Schönes und Erbauliches, dass sie tiefen Eindruck auf mich gemacht haben, aber die Quelle, woraus Sie schöpfen, ist so außerordentlich, so fremd und ungewöhnlich, dass Sie es dem aufrichtigen Freund der Wahrheit wohl nicht verübeln werden, wenn er unwiderlegbare Beweise fordert, dass Sie wirklichen Umgang mit der Geisterwelt haben. Dürfte ich es wohl wagen, Ihnen einen solchen Beweis aufzutragen?« – Swedenborg: »Warum nicht? Von Herzen gern.« – Der Kaufmann: »Ich hatte ehemals einen Freund, der in Duisburg die Theologie studierte, er bekam aber die Schwindsucht, an der er auch dort starb. Diesen Freund besuchte ich kurz vor seinem Ende. Wir hatten ein wichtiges Gespräch miteinander. Könnten Sie wohl von ihm erfahren, wovon wir gesprochen haben?« – Swedenborg: »Wir wollen sehen. Kommen Sie in einigen Tagen wieder. Ich will sehen, ob ich Ihren Freund finden kann. Wie hieß er?« Der Kaufmann nannte den Namen und ging dann fort. Als er wiederkam, trat ihm Swedenborg lächelnd entgegen und sagte: »Ich habe Ihren Freund gesprochen. Die Materie Ihres Diskurses ist die Wiederbringung aller Dinge gewesen.« – Nun fügte Swedenborg genau hinzu, was bei dem damaligen Gespräch der verstorbene Freund und was der Kaufmann behauptet habe. Dieser erblasste. Der Beweis erschien unüberwindlich. Er fragte ferner: »Wie geht es meinem Freunde? Ist er selig?« – Swedenborg antwortete: »Nein, er ist noch nicht selig, er ist noch im Hades und quält sich noch immer mit der Idee von der Wiederbringung aller Dinge.« – »Mein Gott,« sagte der Kaufmann, »auch noch jenseits?« – »Jawohl,« versetzte Swedenborg, »die Lieblingsneigungen und -meinungen gehen mit hinüber und es hält schwer, davon loszukommen. Darum sollte man sich ihrer hier schon entledigen.« .

Vollkommen überzeugt, verließ mein Freund den merkwürdigen Mann.

Vorgesicht. Görres erzählt in seiner »Christlichen Mystik«: Archibald Macdonald auf der Insel Skye, ein berufener Seher, war im Flecken Knockon eingekehrt und meldete nun vor dem Abendessen seinen Gastfreunden, wie er eine seltsame Sache gesehen, dergleichen ihm zeitlebens nicht vorgekommen. Er habe nämlich einen Mann in einer hässlichen hohen Mütze erblickt, der in einem fort den Kopf geschüttelt. Das Seltsamste aber sei dessen kleine Harfe mit nur vier Saiten gewesen, auf der oben zwei Hirschgeweihe gesessen. Alle, die von diesem wunderlichen Gesicht hörten, lachten über Archibald: er müsse nicht bei Troste sein oder geträumt haben. Er aber blieb dabei und meinte, nach der Erfüllung werde es an ihm sein zu lachen. – Archibald Macdonald kehrte in seine Heimat zurück. Drei oder vier Tage später aber kam ein Mann zu jenem Hause, bei dem alles, Mütze und Harfe, Saiten und Geweihe, mit dem Vorgesicht Archibalds übereinstimmte. Es war ein armer Mann, der ums Brot Musik und den Narren machte und den man noch nie in diesen Gegenden gesehen hatte. Er schüttelte auch, wenn er auf der Harfe spielte, immerfort den Kopf, denn an seiner Mütze saßen zwei Schellen. Er hatte sich zur Zeit des Vorgesichtes auf der Insel Barray befunden, die von diesem Teile von Skye mehr als zwanzig Meilen entfernt ist.

K atharina II. von Russland (1762 – 1796, ihr Mädchenname war Sophie Prinzessin von Anhalt-Zerbst) erzählt in ihren Denkwürdigkeiten: Ich bediente mich zur Anpflanzung meines Gartens zuerst des Gärtners von Oranienbaum, namens Lamberti. Er war schon im Dienste der Kaiserin [Elisabeth], als sie noch Prinzessin war, auf dem Gute Zarskoje Selo gewesen und von dort nach Oranienbaum versetzt worden. Er gab sich mit Prophezeien ab, wovon unter anderem, was er der Kaiserin vorausgesagt, sich erfüllt hat nämlich, dass sie den Thron besteigen werde. Auch mir hat er, so oft ich es hören wollte, gesagt und wiederholt, dass ich souveräne Kaiserin von Russland werden, dass ich Söhne, Enkel und Großenkel haben und im hohen Alter von mehr als achtzig Jahren sterben würde. Ja noch mehr: er nannte sogar das Jahr meiner Thronbesteigung sechs Jahre bevor dieses Ereignis eintrat.

Der Berlinische Daniel. Aus Briefen des Marquis d'Argens an Friedrich den Großen. [Der Marquis, ein langer Infanteriekapitän a. D., geboren 1704 zu Aix in der Provence, war im Gefolge der Herzoginwitwe von Württemberg 1742 an den preußischen Hof gekommen. Aus Gefälligkeit gegen die Herzoginwitwe hatte ihn der König als Kammerherrn in seinen Dienst genommen, doch trat er ihm erst nach einigen Jahren freundschaftlich näher. Später ernannte er ihn zum Direktor der Berliner Akademie der Wissenschaften. 1769 kehrte der Marquis nach Frankreich zurück, wo er 1771 starb.]

Berlin, den 24. Oktober 1759. Sire! Hier tritt eine wichtige Person auf, gegen welche Daniel, Jeremias, Hosea und alle großen und kleinen Propheten nichts sind. Dieser Mensch galt vor anderthalb Jahren für einen Narren, weil er im Jahr achtundfünfzig vorhersagte, dass Sie im Jahr neunundfünfzig große Widerwärtigkeiten würden erfahren müssen. Seit vierzehn Tagen ist er bei allen denen gewesen, welchen er jene Vorhersagungen mitgeteilt hatte und hat ihnen sehr ernsthaft gesagt: Meine Herren, ich galt bei Ihnen für einen Narren, weil ich Ihnen die Wahrheit verkündigte. Der Erfolg hat alle meine Weissagungen gerechtfertigt. Halten Sie mich nun noch für einen Narren, wenn es Ihnen gefällig ist. Aber ich versichere Sie, dass der König in kurzem über alle seine Feinde siegen und bis zum Ende des Krieges stets Glück haben wird.« Da die Reden dieses sonderbaren Menschen das Gespräch der ganzen Stadt ausmachen, so war ich neugierig, mich genauer von der Sache zu unterrichten. Herr Gottkowski und andere Leute von Einsicht, die diesen Menschen kennen, sagen: er habe ihnen wirklich im Jahre achtundfünfzig gesagt, die Preußen würden neunundfünfzig große Widerwärtigkeiten auszustehen haben; und er habe immer hinzugesetzt, was er noch jetzt behaupte, dass im Jahre sechzig die Preußen glücklicher und ruhmvoller sein würden, als sie je gewesen wären. Was mich betrifft, so bin ich ohne Prophet zu sein und ohne die Ehre zu haben, meinem Geiste diesen Schwung geben zu können, völlig überzeugt, dass Sie allen Schaden wieder gutmachen werden, welchen etwa Fehler verursacht haben, woran Sie schlechterdings nicht schuld sind und die Sie menschlicher Weise weder vorhersehen noch vermeiden konnten...

Berlin, den 24. Jänner 1760. Sire!... Mein Prophet, über den Sie sich lustig machen, sagt noch immer für dieses Jahr die größten Wunderdinge vorher. Ob er ein falscher Prophet ist, weiß ich nicht; das aber weiß ich, dass es ihm nicht an Verstand fehlt. Ew. Majestät können dies aus ein paar Antworten beurteilen, die er vor wenig Tagen einem Theologen und einem Prinzen gab. Der Theologe ist ein gewisser Herr Süßmilch, Prediger und strenger Lutheraner. »Sie verstehen«, sagte er zu meinem Propheten, »weder Griechisch noch Latein; wie können Sie nach einer deutschen Übersetzung der griechischen Bibel über das urteilen, was darin enthalten ist?« – »Mein Herr,« versetzte der Berlinische Daniel, »liefert denn die deutsche Übersetzung nicht den Sinn der Schrift? Wenn das ist, wie wagen Sie es dann, dieselbe den Christen zu empfehlen, als enthalte sie das reine Wort Gottes? Entweder müssen Sie also eingestehen, dass ich den wahren Sinn der Bibel aus einer Übersetzung abnehmen kann, die von allen Synoden gebilligt ist; oder Sie müssen einräumen, dass alle lutherische Prediger diejenigen betrügen, deren Hirten sie sich nennen.« – Herr

Süßmilch schwieg und tat sehr wohl daran; denn etwas Gründliches konnte er ihm nicht entgegensetzen. – Ich komme jetzt zu der Antwort, die der Prophet dem Prinzen gab. Es war der Markgraf von Schwedt [1788 ausgestorbener Zweig der Hohenzollern]. Der fragte den Menschen: ob er sich wirklich mit Vorhersagungen abgebe? »Ich war glücklich genug,« antwortete er, »einige Wahrheiten vorherzusagen.« – »Geht,« sagte der Markgraf, »Ihr seid ein Narr!« – »Meine Frau«, erwiderte der Prophet, »sagt mir das alle Tage; aber ich achte nicht auf das, was sie mir sagt, weil ich den Umfang ihres Geistes kenne.« – Ich weiß nicht, ob Daniel, Jeremias, Habakuk und alle, große und kleine, Propheten feiner geantwortet hätten. Ew. Majestät werden vielleicht sagen, dass mein Prophet einige Stockschläge verdient hätte. Dagegen habe ich nichts einzuwenden, außer dass man Schläge verdienen kann, weil man zwar witzig, aber beleidigend geantwortet hat. Sie werden vielleicht glauben, Sire, dass ich schon halb bekehrt bin und nächstens an die alten Propheten glauben werde, weil ich schon an die neuen glaube. Doch ich freue mich sehr, Ew. Majestät sagen zu können, dass ich immer ein treuer und echter Anhänger Epikurs bin. Dennoch kann ich dem Augenschein meinen Glauben nicht versagen; und hier haben Sie ein Faktum, das ich aus dem Munde eines lutherischen Predigers habe, der ein Mann von Kopf und ein Mitglied unserer Akademie ist. Einen Monat vor der Schlacht bei Küstrin kommt mein Prophet zu diesem Prediger und sagt ihm: »Mein Herr, ich komme, Ihnen zu sagen, dass der König in dreißig Tagen eine blutige Schlacht über die Russen gewinnen wird; an fünfzehntausend Mann werden bleiben und lange Zeit auf dem Schlachtfelde liegen, um den Vögeln zur Beute zu dienen.« Genau an dem Tage [25. August 1758], den dieser Mensch vorhergesagt hatte, ward die Schlacht [bei Küstrin-Zorndorf gegen die Russen] geliefert. Ich weiß zwar wohl, dass das Ungefähr die Vorhersagung dieses Menschen wahr gemacht hat; aber man muss doch gestehen, es war ein sonderbares Ungefähr. Wäre ich überzeugt, dass der Zufall mir auch so günstig sein wollte, so würde ich mich auch damit abgeben, ein Prophet zu sein. Das würde Voltairen [der seit 1754, mit Friedrich dem Großen verfeindet, in der französischen Schweiz hauste] ganz toll machen und er würde es nicht mehr wagen, sich über Leute, die ihrer Seele einen höheren Schwung geben, lustig zu machen... [Aus: Friedrichs des Zweiten, Königs von Preußen, Hinterlassene Werke. Aus dem Französischen übersetzt. Dreizehnter Band. Berlin 1789.]

Nachricht des Herrn Francesco Soave, öffentlichen Lehrers der Logik und Metaphysik zu Mailand, von einem Nachtwandeler. [Aus E. J. Jagemanns – Vaters der Schauspielerin und Geliebten des Herzogs Karl August – Magazin der Italienischen Literatur und Künste. Fünfter Band. Weimar 1781.]

Vor einigen Jahren machte hier ein Nachtwandeler aus dem Predigerorden, dessen Geschichte sein Ordensbruder Domenico Pino beschrieben hat, großes Aufsehen. Jetzt haben wir hier einen Anderen, der jenem wenig oder gar nichts nachgibt.

Dieser ist ein Jüngling von 22 Jahren, der in einer der vornehmsten Apotheken hiesiger Stadt als Apothekerpursch dient. Er war im vergangenen Jahr an einem hitzigen Fieber, wozu sich noch andere Übel gesellten, gefährlich krank. Er wurde durch den Gebrauch von China-China wieder hergestellt, außer, dass ihm eine Schlafsucht überblieb, wodurch er oft einschläft und nach einigen Konvulsionen schlafend (mit geschlossenen Augen) herumwandelt.

Ich hörte sein seltsames Betragen mit Verwunderung; und voll Begierde, von der Wahrheit überzeugt zu werden, begab ich mich den 20. Junius 1780 gegen Abend in die Apotheke. Der Jüngling war auswärtiger Geschäfte halber nicht zu Haus und kehrte erst eine Stunde nach Anbruch der Nacht zurück. Indessen unterhielt ich mich mit seinem Herrn und mit dem Arzt, der ihm in seiner vorigen Krankheit beigestanden hatte und nun auch alle Mühe anwand, ihn von dieser zu befreien. Sobald er zurückkam, unterbrachen wir unser Gespräch von seinem traurigen Zustand, von welchem er nicht ohne große Betrübnis hören kann und sprachen von ganz andern Gegenständen. Anfänglich beschäftigte er sich mit verschiedenen Dingen, die zur Apotheke gehörten. Darauf gesellte er sich zu uns und hörte unserem Gespräch zu, bis er auf der Bank, wo er saß, zu gähnen anfing und nach und nach ganz einschlief.

Ungefähr 12 Minuten war sein Schlaf ganz ruhig. Wir schüttelten einige Mal an ihm und er gab kein Merkmal einiger Empfindung von sich. Darauf bekam er Konvulsionen. Er hatte die Arme vor der Brust ineinander geschlungen. Diese und sein ganzer Leib zogen sich zusammen und in dieser Stellung blieb er ungefähr 3 Minuten. Darauf streckte er beide Arme aus und nachdem er sie wieder eingezogen hatte, fing er an, um sich her zu tasten und da er nun wusste, wo er war, stand er auf und ging zur Tafel der Apotheke.

Hier war eine große Leuchte angezündet und unter derselben stand ein Leuchter mit einer ausgelöschten Kerze. Er nahm den Leuchter und ging damit ins Laboratorium, die Kerze mit einem daselbst gefundenen Schwefelhölzgen bei dem Ofen anzuzünden …

Als er in den Laden zurückkam, stellte sich die Frau des Apothekers, als wäre sie eine Magd, die von außen käme, eine Unze Aqua matricalis mit dem Saft von Zitronenkernen vermischt, zu holen. Sie klopfte am Tische der

Apotheke und da er sich zu ihr wandte, brachte sie ihr Verlangen vor und fragte zugleich, wie viel es kostete. »Fünf Soldi«, antwortete er und fragte sie, ob sie ein Gefäß dazu mitgebracht hätte. »Nein,« sagte sie – »„also noch einen Soldo fürs Fläschgen«, setzte er hinzu. Darauf nahm er ein leeres Fläschgen, legte es auf die Waagschale und da er wusste, wie viel es wog, legte er anstatt desselben ein gleich schweres Gewicht mit einer Unze auf die Schale und goss eine Unze aqua matricalis in das Fläschgen. Darauf holte er einen Mörser von Erze, dessen Kälte ihn anfänglich etwas stutzig machte, ihn aber nicht ganz verwirrte. [Innerhalb der seitenlangen hier weggelassenen Ausführungen heißt es einmal: »Es traf ihn aber vor der Kellertüre ein Zug frischer Luft, die aus einem tiefen Keller kam und so viel über ihn vermochte, dass er ganz außer Sinnen kam, das Kästgen fallen ließ, rückwärts fiel und von seinem Herrn, der ihm zur Seite stand, aufgefangen wurde. Ein jeder empfindlicher Eindruck von Kälte oder frischer Luft unterbricht nicht nur augenblicklich den Zusammenhang seiner Ideen, sondern macht ihn auch so sinnlos, dass er zur Erde fällt.«] Er warf eine kleine Handvoll Zitronenkern hinein, stieß sie, goss die Unze aqua matricalis unter die zerstoßenen Kern, mischte alles wohl durcheinander, saugte es durch ein Papier in ein Becken, goss diesen Saft ins Fläschgen und nachdem er es mit einem Papiernen Stöpsel zugestopft hatte, gab er es dem verstellten Mädgen. Sie hatte die 6 Soldi in Händen, zu bezahlen, aber auf mein Anratens warf sie, ohne die Münze zu nennen, eine ganze Lira auf den Tisch, damit er das übrige herausgäbe. Er sah sie an und sagte: »Zwanzig Soldi« (so viel beträgt eine Lira) und warf; sie durch einen Ritz in den Tischkasten. »Es ist ein halber Scudo«, sagte die Magd. „Zwanzig Soldi sind es«, antwortete er. »Nein, mein Herr, ein halber Scudo ist es«, erwiderte die Magd. Endlich wurde er zornig, öffnete den Tischkasten, nahm die Lira heraus und warf sie mit Verachtung auf den Tisch, und sagte: »Da hat sie ihren halben Scudo und mir gebe sie anderes Geld!« Sie hub das Geld von der Erde auf, wohin es gefallen war und sprach: »Sie haben recht; ich habe mich geirrt; geben Sie mir auf diese Lira heraus.« Er steckte diese Münze aufs Neue in den Tischkasten und nahm 3 Fünfsoldistücke für sie heraus. »Ich möchte gern 15 einzelne Soldi,« sprach sie, »denn ich brauche sie.« Er nahm daher die 3 Fünfsoldistücke zurück und gab ihr 15 einzelne. »Das sind 25 Soldistücken«, sagte das Frauenzimmer. »Fünfzehn und fünf machen zwanzig«, sprach der Wandeler. »Ich danke Ihnen also für das Fläschgen, das Sie mir schenken«, sprach sie scherzend. »Eh, das hätte ich bald vergessen«, erwiderte er: »Ich kriege einen Soldo zurück: her damit«; und da er dieses sagte, nahm er ihr lächelnd einen Soldo aus der Hand. Darauf ging er ins Laboratorium, wusch daselbst den Mörser und das Becken sauber aus und setzte jedes an seinen Ort.

Indessen schrieb der gegenwärtige Arzt ein Rezept, worin er einen halben Denar Mercurius sublimatus corrosivus, ein Dragma Sal tartari, 4 Dragme Vitriolöl, mit 6 Unzen Cicorienwasser vermischt etc. vorschrieb. Er hatte schon mehrmals den Versuch gemacht, dem Schlafwandler unschickliche Rezepte vorzulegen, um zu sehen, ob er den Fehler gewahr würde; und er hatte sie jederzeit wahrgenommen, auch das letzte Mal ein von ihm unterschriebenes Rezept, ohne es weiter zu lesen, verworfen. Damit ihm solches nicht auch dieses Mal widerführe, so unterschrieb er den Namen eines anderen, sehr ansehnlichen Arztes. Ich nahm das Geschäft auf mich, ihm das Rezept einzuhändigen und klopfte am Zahltische der Apotheke. Er kam sogleich, nahm mir das Rezept ab und las es (mit geschlossenen Augen) zweimal, mit Zeichen der Verwunderung, halblaut vor sich hin und sprach: »Auch dieses ist sonderbar.« Darauf las er es zum dritten Mal mit großer Aufmerksamkeit, wandte sich zu mir und sprach: »Sie müssen wiederkommen: jezzt kann ich Sie nicht abfertigen.« – »Es ist mir aber sehr viel daran gelegen, dass ich jetzt abgefertigt werde«, antwortete ich. »Ich kann es ohne meinen Herrn nicht tun.« – »Er ist zu Hause.« – »Nein, er ist ausgegangen.« – »Ich habe ihn zurückkommen gesehen, seien Sie so gut und rufen Sie ihn.« – Er ging ins Laboratorium und rief ihn. Dieser war ihm schon dahin zuvorgekommen und fragte: »Was gibt's?« – »Da hat mir jemand ein Rezept gebracht, das ich nicht verstehe, das muss was seltsames sein.« – »Was ist es denn?« – »Sie werden es sehen, es liegt da im Laden.« – Gehet hin und holet es!« – Er ging in den Laden und da sein Herr, der ihm nachfolgte, sah, dass er das Rezept in Händen hatte, befahl er, es ihm vorzulesen und er las es (mit geschlossenen Augen). »Welche Schwierigkeit findet Ihr hierin?« – »Scheint Ihnen das eine Kleinigkeit, ein halber Denar Mercurius corrosivus?« – »Gut, aber durch das Sal tartari wird er gemildert.« – »Was vermag ein Dragma gegen einen halben Denar? Hierzu kommen nun noch die 4 Dragme Vitriolöl. Dieses absorbiert das Sal und das Sublimatum bleibt mit seiner ganzen Stärke.« – »Was ist also zu tun?« – »Ich würde das Rezept zurückschicken.« – »Aber der Arzt wird böse darüber werden« – »Das ist besser, als dass der Kranke sterbe, doch können Sie tun, was Ihnen beliebt.« Da er dieses gesagt hatte, ging er ins Laboratorium und zog Wasser aus dem Born, ohne dass man erraten konnte, zu was er es gebrauchen wollte. Sein Herr folgte ihm und versuchte, das Gespräch von dem Rezept weiter fortzusetzen; er aber war jetzt mit ganz anderen Gedanken beschäftigt und hörte die Stimme seines Herrn nicht mehr...Was ich erzählt habe, davon bin ich Augenzeuge gewesen; und viele andere Personen haben ähnliche und noch wunderbarere Handlungen von ihm gesehen; denn auch bei Tage überfällt ihn oft der Schlaf, worauf sogleich die Konvulsionen und das Herumwandeln erfolget. Auch ist hier keine Gefahr des Betrugs, weder von Seiten des Jünglings, noch von Seiten des Apothekers zu befürchten. Dieser ist von allgemein bekannter Ehrlichkeit und hat von dieser Krankheit seines Ladendieners nichts als Ungemach und vielleicht auch Schaden (weil hierdurch die Kunden abgeschreckt werden können) zu erwarten; und was den Jüngling betrifft, so lassen es seine Frömmigkeit, seine Betrübnis und Tränen über seine Krankheit und die Gefahr, dass ihn sein Herr verabschieden könnte, seine Begierde, davon befreit zu werden, seine Schlafsucht und Konvulsionen und seine harten Fälle zur Erde, wodurch er oft beschädiget wird, nicht zu, ihn einiger Verstellung zu beschuldigen.

Eine räsonierte Abhandlung über alle diese Erscheinungen behalte ich mir für ein andermal vor.

Vertauschte Rollen in einem Wahrtraum. Aus »British Mercury«, Jahrgang 1788.

Adam Rogers, dem Gastwirte zu Portlaw bei Waterford in Irland, einem angesehenen, besonnenen und glaubwürdigen Manne, träumte, er sähe zwei Männer auf dem Rasen eines Hügels, unweit seines Dorfes. Der eine war klein und schwächlich, der andere groß und stark. Da sah er, dass der Kleine den Großen ermordete und – erwachte. Der Traum blieb ihm lebhaft gegenwärtig und er teilte ihn seiner Frau und einigen Bekannten mit. Einige Zeit danach ritt er mit dem Prediger des Ortes, Herrn Browne, auf die Jagd. Plötzlich hielt er an: auf einem Hügel vor sich erblickte er den Rasenfleck des Traumes, der ihm nun wieder so lebendig wurde, dass er nicht umhin konnte, ihn seinem Jagdgefährten zu erzählen. Am folgenden Vormittag aber, gegen zehn Uhr, sah er mit großer Bestürzung zwei fremde Männer in seinem Gasthaus einkehren, die bis ins Einzelne genau den im Traume gesehenen glichen, was er sofort seiner Frau sagte. Diese aber, wie auch er selber, fürchtete nun, dem Traum entgegen, durchaus für das Leben des kleineren Mannes. Als die Fremden einige Erfrischungen zu sich genommen hatten und sich anschickten, ihren Weg fortzusetzen, riet Rogers unter allerlei Vorwänden dem Kleinen ernstlich, bis morgen bei ihm zu bleiben, dann wolle er gerne ein Stück Weges begleiten; die eigentliche Veranlassung zu diesem Vorschlag aber sagte er ihm nicht. Seine Besorgnis wuchs und mit ihr seine Bemühung, die beiden zu trennen, als er bemerkte, dass der kleine Hickey viel Geld bei sich führte, während das Aussehen des großen Caulfield ihm immer bösartiger vorkommen wollte. Aber seine Versuche hatten keinen Erfolg: Caulfield überredete seinen Gefährten, die Reise mit ihm fortzusetzen, da ihm doch so viel daran liege, ihn gesund und wohlbehalten bei seiner Familie ankommen zu sehen. Rogers Frau ward sehr niedergeschlagen und machte später ihrem Manne Vorwürfe, dass er die beiden nicht mit Gewalt getrennt hätte. Eine Stunde, nachdem jene Portlaw verlassen, ermordete Caulfield seinen Reisegefährten auf dem Rasen des Hügels, den Rogers im Traum und dann auf der Jagd gesehen hatte. Wie man später aus seinem Geständnis erfuhr, hatte er dem kleinen Hickey zuerst mit einem Feldstein in den Nacken geschlagen, dann zahlreiche Messerstiche versetzt und endlich ihm mit einem tiefen Schnitt das Haupt fast vom Rumpfe getrennt. Dann hatte er ihn gründlich ausgeraubt und seine Reise allein fortgesetzt. – Der noch warme Leichnam des Ermordeten ward kurz darauf von einigen Tagelöhnern gefunden, die von ihrer Feldarbeit zum Mittagessen nach Hause gingen. Rasch war die Untat auch in Portlaw bekannt. Rogers und seine Frau begaben sich alsbald zur Mordstätte, erkannten den Leichnam sofort und äußerten ihren dringenden Verdacht in Hinsicht des Täters, worauf dieser schon am folgenden Tage in Waterford ergriffen ward.

Rogers bewies nicht allein, dass Hickey Caulfields Reisegefährte gewesen sei, sondern er erkannte auch die neuen Schuhe, die der Große trug, als die des Ermordeten, während Caulfield bei ihm die Schuhe angehabt habe, die man an des toten Hickey Füßen fand. Er beschrieb Caulfields Kleidung ganz genau und ließ sich durch dessen spitzfindige Frage, ob es nicht auffallend sei, dass ein Gastwirt sich die bei ihm Einkehrenden so genau auf ihren Anzug ansehe, nicht aus der Fassung bringen: dafür habe er seine guten Gründe gehabt, die er aber für sich behalten wolle. Erst als das Gericht und der Angeklagte auf eine nähere Erklärung drangen, erzählte er seinen Traum, ließ den Prediger Browne zur Bestätigung herbeiholen und fügte hinzu: seine Frau habe ihm die ernstlichsten Vorwürfe gemacht, dass er die beiden miteinander habe weiterziehen lassen, da er doch gewusst, dass ihr Weg sie unmittelbar zu dem von ihm im Traume und dann auf der Jagd erblickten Rasenfleck hinführen werde. Auch anderer Zeugenaussagen belasteten den Caulfield, so dass das Gericht ihn endlich des Mordes schuldig erklären musste. Wobei merkwürdig ist, dass der Oberrichter ein Namensvetter des Verurteilten war – jener Sir George Caulfield, der im Jahre 1780 sein Amt niederlegte.

Als das Urteil gefällt war, gestand der Mörder die Untat ein. Es kam heraus, dass Hickey sich zwanzig Jahre lang in Westindien aufgehalten, seiner schwachen Gesundheit wegen aber, mit dem dort erworbenen Vermögen, sich in seinem Geburtsort, in Irland niederzulassen gewünscht hatte. Durch widrige Winde gehemmt und verschlagen, hatte er in Minehead seinen Landsmann Caulfield kennengelernt, einen armen Matrosen, dessen völlige Mittellosigkeit ihm zu Herzen ging. Er unterstützte ihn mit dem Nötigsten und man beschloss, die weitere Reise zusammen zu machen. Bald waren sie in Waterford gelandet, wo der Kleine dem Großen einige Kleidung kaufte. Dann wohnten sie dort auf dem Rathause einem Verhör bei über einen Schuhmacher, der seine Frau umgebracht hatte. Aber Caulfields Mordgedanken hatten schon zu sehr Besitz von ihm genommen, als dass solches ihm hätte zur Warnung dienen können: am anderen Tage erschlug er seinen Wohltäter, nicht eben weit von dessen ersehntem Heimatsdorfe.

Vision. Johann Heinrich Samuel Forney, zu Berlin geboren 1711, gestorben 1797, Geheimer Rat und Direktor der philosophischen Klasse der Akademie, erzählt: Eine witzige und verständige Jungfer, die nicht schreckhaft und bei deren Erziehung nichts Abergläubisches mit untergelaufen war, stand bei einer vornehmen Dame in Diensten, um deren Kinder zu erziehen oder, wie man in Deutschland zu sagen pflegt: als französische Mademoiselle. Eines Tages ging ihre gnädige Frau, die jung und bei vollkommener Gesundheit war, aus, um der Einladung zu einem Abendessen zu folgen. Gegen Mitternacht kommt sie ganz lustig nach Hause und unterhält sich, während man sie auskleidet, mit ihrer Mademoiselle, die ihr hierauf eine gute Nacht wünscht. Sie, die Jungfer, geht dann die Treppe hinauf, um sich in ihr Zimmer zu begeben, welches im zweiten Stockwerke lag. Indem sie hinausgeht, begegnet ihr die gnädige Frau, nicht wie sie sie soeben verlassen hatte, schon ausgekleidet, sondern völlig angezogen, so wie sie nach Hause gekommen war. Diese Gestalt, was es nun auch gewesen sein mag, geht neben ihr vorüber und im nächsten Augenblick bemeistert sich die Furcht der Jungfer dergestalt, dass sie kaum vermögend ist, ihr Zimmer zu erreichen, wo sie sich gleich niedersetzt und ohnmächtig werden will. Gleich nachher kommt die Kammerjungfer, welche die Dame ausgekleidet hatte, in dasselbe Zimmer und als sie die Mademoiselle blass und zitternd findet, so fragt sie, was ihr sei? Allein kaum hatte die Mademoiselle gesagt: »Ich sah ...« als die Kammerjungfer anfing: »Ich sah auch...« Es war ihr nämlich ebendasselbe begegnet und die Erscheinung hatte sie in keine geringe Bestürzung und Gemütsbewegung gesetzt. Nach einiger Überlegung beschließen die beiden Jungfern, den Herrn vom Hause auf ein paar Worte zu sich bitten zu lassen. Er kommt alsbald. Sie erzählen ihm, was sie gesehen und in welchen Schrecken sie dadurch versetzt worden seien. Ohne über die Wirklichkeit der Ursache ihres Schreckens einen Ausspruch zu tun, ermahnt er sie als ein vernünftiger Mann, sich zu beruhigen und ja nichts davon zu sagen, weil seine Gemahlin sich eine solche Erzählung zu Gemüte ziehen könnte. Sie versprechen es ihm und er geht weg. Das Wichtigste aber ist dieses: die Dame hatte sich niedergelegt und stand nie wieder auf. In eben der selbigen Nacht noch wurde sie krank und nach acht Tagen starb sie, ohne von der Erscheinung etwas erfahren zu haben.

Diese Begebenheit ist mir von der Mademoiselle mehr als einmal erzählt worden. Auch hat der Gemahl der Verstorbenen und die Kammerjungfer mir deren Aussage bestätigt.

Des jungen Goethe Scheiben von Sesenheim. Goethe erzählt: In solchem Drang und Verwirrung konnte ich doch nicht unterlassen, Friederiken noch einmal zu sehen. Es waren peinliche Tage, deren Erinnerung mir nicht geblieben ist. Als ich ihr die Hand noch vom Pferde reichte, standen ihr die Tränen in den Augen und mir war sehr übel zumute. Nun ritt ich auf dem Fußpfade gegen Drusenheim und da überfiel mich eine der sonderbarsten Ahnungen. Ich sah nämlich, nicht mit den Augen des Leibes, sondern des Geistes, mich selbst denselben Weg zu Pferde wieder entgegenkommen und zwar in einem Kleide, wie ich es nie getragen, es war hechtgrau mit etwas Gold. Sobald ich mich aus diesem Traum aufschüttelte, war die Gestalt ganz hinweg. Sonderbar ist es jedoch, dass ich nach acht Jahren in dem Kleide, das mir geträumt hatte und das ich nicht aus Wahl, sondern aus Zufall gerade trug, mich auf demselben Wege fand, um Friederiken noch einmal zu besuchen. Es mag sich übrigens mit diesen Dingen wie es will verhalten, das wunderliche Trugbild gab mir in jenen Augenblicken des Scheidens einige Beruhigung. Der Schmerz, das herrliche Elsass mit allem, was ich darin erworben, auf immer zu verlassen, war gemildert und ich fand mich, dem Taumel des Lebewohls endlich entstehen, auf einer friedlichen und erheiternden Reise so ziemlich wieder.

Ernst Moritz Arndt, geboren 1769, erzählt aus seinen Knabenjahren auf der zu jener Zeit noch schwedischen Insel Rügen, wo sein Vater, ehemals Leibeigener des Grafen Malte Putbus, Verwalter der Schoritzer Güter, später der Güter Grabitz und Breesen war: 1. Dieser Besitz und ein großer Teil der Güter auf der angrenzenden Halbinsel Zudar, waren weiland Lehen des rügenschen adeligen Geschlechtes derer von Kahlden. Ein sehr reicher Herr von Kahlden hatte das schöne Haus auf dem Rittersitze Schoritz, um die Mitte des achtzehnten Jahrhunderts gebaut, seinen schönen Besitz aber um die Zeit des Siebenjährigen Krieges an einen General Grafen von Löwen verkauft, den schwedischen Statthalter von Pommern und Rügen und dafür andere große Güter in Pommern erworben. Er war aber durch Krieg und unverständige Wirtschaft zuletzt in schlechte Umstände geraten und musste nun hier in Schoritz, wo er den schönen Hof und Garten und mehrere Parke gebaut und angelegt hatte, eine Rolle spielen, welche der Volksglaube gewöhnlich solchen beilegt, die durch schwere und gräuliche Unfälle gegangen sind. Mir hat er die ersten kalten und heißen Gespensterschauer durch den Leib jagen müssen: denn er machte in einem grauen Schlafrocke, mit einer weißen Schlafmütze auf dem Kopf und ein paar Pistolen unter dem Arm, abendlich häufig die Runde aus seinem Hofe, indem er zwischen den beiden Scheunen über den Damm, der auf das Haus hinführte, langsam in den Keller marschierte und von da herausschreitend durch das Gartentor ging, wo er die Bienenstöcke musterte und dann verschwand.

2. Mein Vater lag todkrank danieder. Die Gesichter der Mutter und der Base, zwei, drei Ärzte, die gingen und kamen, deren einer sogar bei Nacht aus Stralsund übers Meer geholt wurde, erschreckten mein Herz mit Bangen und dunklen Ahnungen. Ich griff fleißig zu meinem einzigen Trostgeber, den ich hatte, las mir fromme Lieder aus dem Gesangbuche und das Sonntagsevangelium mit lauter Stimme vor und betete und wünschte recht fromm. Endlich aber, in der großen Not meines Herzens, fing ich an zu fragen, ob ich dem lieben Gott für das Leben meines Vaters nicht irgendein Opfer bieten könne. Ich durchmusterte unser Haus, meine Geschwister der Reihe nach, wobei ich aber fand, dass ich kein Recht an ihrem Leben habe. Zuletzt kam ich an mich selbst, fühlte aber, dass ich noch nicht sterben wolle. Da blieb mir dann nichts als mein Taubenboden, welchen ich in brünstigem Gebet unter vielen Tränen Gott darbot. – Es war nach dem Abend dieses Gebetes Morgen geworden und zwar ein fröhlicher Morgen; die Base kam

ganz früh zu uns Kindern in die Schlafstube und brachte die frohe Botschaft: die Krankheit des Vaters habe sich in der Nacht gebrochen und er sei außer Gefahr. Wir schlüpften geschwind aus den Betten, kleideten uns an und jedes ging an seine kleinen Geschäfte, ich, meine Tauben füttern. Und als ich die Tür meines Taubenbodens öffne, was erblicke ich? Ein weites Schlachtfeld, nichts als Leichen. Der Marder hatte sich durch das Strohdach des Hauses und durch ein morsches Brett gefressen, meine Schönheiten lagen in langer blutiger Reihe nebeneinander, zum Teil zerrupft und angefressen. Eine einzige, braune, sie, die Großmutter, um welche sich wieder ein neues Geschlecht ansiedeln sollte, saß über dem ganzen Jammer noch lebendig auf der Stange. Auf mich machte diese Begebenheit einen unbeschreiblichen Eindruck; ich habe sie aber wohl beinahe zwanzig Jahr bei mir behalten und sie erst später, bei traulichen Herzensergießungen oder Gesprächen über göttliches Wirken und Walten, wohl einzelnen Freunden erzählt.

Goethe. Goethes Altersfreund J.P. Eckermann berichtet bei der Schilderung eines gemeinsamen Aufenthaltes in Jena im Oktober 1827: Ich erzählte Goethen einen merkwürdigen Traum aus meinen Knabenjahren, der am anderen Morgen buchstäblich in Erfüllung ging. Ich hatte, sagte ich, mir drei junge Hänflinge erzogen, woran ich mit ganzer Seele hing und die ich über alles liebte. Sie flogen frei in meiner Kammer umher und flogen mir entgegen und auf meine Hand sowie ich in die Tür hereintrat. Ich hatte eines Mittags das Unglück, dass bei meinem Hereintreten in die Kammer einer dieser Vögel über mich hinweg und zum Hause hinausflog, ich wusste nicht wohin. Ich suchte ihn den ganzen Nachmittag auf allen Dächern und war untröstlich, als es Abend ward und ich von ihm keine

Spur gefunden hatte. Mit betrübten, herzlichen Gedanken an ihn schlief ich ein und hatte gegen Morgen folgenden Traum. Ich sah mich nämlich, wie ich an unseren Nachbarhäusern umher ging und meinen verlorenen Vogel suchte. Auf einmal hörte ich den Ton seiner Stimme und sehe ihn, hinter dem Gärtchen unserer Hütte, auf dem Dache eines Nachbarhauses sitzen; ich sehe, wie ich ihn locke und wie er näher zu mir herabkommt, wie er futterbegierig die Flügel gegen mich bewegt, aber doch sich nicht entschließen kann, auf meine Hand herabzufliegen. Ich sehe darauf, wie ich schnell durch unser Gärtchen in meine Kammer laufe und die Tasse mit gequollenem Rübsamen herbeihole; ich sehe, wie ich ihm sein beliebtes Futter entgegenreiche, wie er herab auf meine Hand kommt und ich ihn voller Freude zu den beiden anderen zurück in meine Kammer trage.

Mit diesem Traum wache ich auf. Und da es bereits vollkommen Tag war, so werfe ich mich schnell in meine Kleider und habe nichts Eiligeres zu tun, als durch unser Gärtchen zu laufen, nach dem Hause hin, wo ich den Vogel gesehen. Wie groß aber war mein Erstaunen, als der Vogel wirklich da war! Es geschah nun buchstäblich alles, wie ich es im Traume gesehen. Ich locke ihn, er kommt näher; aber er zögert auf meine Hand zu fliegen. Ich laufe zurück und hole das Futter und er fliegt auf meine Hand und ich bringe ihn wieder zu den anderen. »Dieses, Ihr Knaben-Ereignis«, sagte Goethe, »ist allerdings höchst merkwürdig. Aber dergleichen liegt sehr wohl in der Natur, wenn wir dazu auch noch nicht den rechten Schlüssel haben. Wir wandeln alle in Geheimnissen. Wir sind von einer Atmosphäre umgeben, von der wir noch gar nicht wissen, was sich alles in ihr regt und wie es mit unserm Geiste in Verbindung steht. Soviel ist wohl gewiss, dass in besonderen Zuständen die Fühlfäden unserer Seele über ihre körperlichen Grenzen hinausreichen können und ihr ein Vorgefühl, ja auch ein wirklicher Blick in die nächste Zukunft gestattet ist.«

Etwas Ähnliches, erwiderte ich, habe ich erst neulich erlebt, wo ich von einem Spaziergange auf der Erfurter Chaussee zurückkam und ich etwa zehn Minuten vor Weimar den geistigen Eindruck hatte, wie an der Ecke des Theaters mir eine Person begegnete, die ich seit Jahr und Tag nicht gesehen und an die ich sehr lange ebenso wenig gedacht. Es beunruhigte mich zu denken, dass sie mir begegnen könnte und mein Erstaunen war daher nicht gering, als sie mir, so wie ich um die Ecke biegen wollte, wirklich an der selbigen Stelle so entgegen trat, wie ich es vor etwa zehn Minuten im Geiste gesehen hatte.

»Das ist gleichfalls sehr merkwürdig und mehr als Zufall«, erwiderte Goethe. »Wie gesagt, wir tappen alle in Geheimnissen und Wundern. Auch kann eine Seele auf die andere durch bloße, stille Gegenwart entschieden einwirken, wovon ich mehrere Beispiele erzählen könnte. Es ist mir sehr oft passiert, dass, wenn ich mit einem guten Bekannten ging und lebhaft an etwas dachte, dieser über das, was ich im Sinne hatte, sogleich an zu reden fing. So habe ich einen Mann gekannt, der, ohne ein Wort zu sagen, durch bloße Geistesgewalt eine im heiteren Gespräch begriffene Gesellschaft plötzlich stille zu machen imstande war. Ja, er konnte auch eine Verstimmung hineinbringen, so dass es allen unheimlich wurde.

Wir haben alle etwas von elektrischen und magnetischen Kräften in uns und üben, wie der Magnet selber, eine anziehende und abstoßende Gewalt aus, je nachdem wir mit etwas Gleichem oder Ungleichem in Berührung kommen Es ist möglich, ja sogar wahrscheinlich, dass wenn ein junges Mädchen in einem dunklen Zimmer sich, ohne es zu wissen, mit einem Manne befände, der die Absicht hätte sie zu ermorden, sie von seiner, ihr unbewussten, Gegenwart ein unheimliches Gefühl hätte und dass eine Angst über sie käme, die sie zum Zimmer hinaus und zu ihren Hausgenossen triebe.«

Ich kenne eine Opernszene, entgegnete ich, worin zwei Liebende, die lange Zeit durch große Entfernung getrennt waren, sich ohne es zu wissen in einem dunkeln Zimmer zusammen befinden. Sie sind aber nicht lange beisammen, so fängt die magnetische Kraft an zu wirken, eins ahnt des andern Nähe, sie werden unwillkürlich zueinander hingezogen und es dauert nicht lange, so liegt das junge Mädchen in den Armen des Jünglings.

»Unter Liebenden«, versetzte Goethe, »ist diese magnetische Kraft besonders stark und wirkt sogar sehr in die Ferne. Ich habe in meinen Jünglingsjahren Fälle genug erlebt, wo an einsamen Spaziergängen ein mächtiges Verlangen nach einem geliebten Mädchen mich überfiel und ich so lange an sie dachte, bis sie mir wirklich entgegen kam. Es wurde mir in meinem Stübchen unruhig,« sagte sie, »ich konnte mir nicht helfen, ich musste hierher.«

So erinnere ich mich eines Falles aus den ersten Jahren meines Hierseins, wo ich sehr bald wieder in leidenschaftliche Zustände geraten war. Ich hatte eine größere Reise gemacht und war schon seit einigen Tagen zurückgekehrt, aber durch Hofverhältnisse, die mich spät bis in die Nacht hielten, immer behindert gewesen, die Geliebte zu besuchen. Auch hatte unsere Neigung bereits die Aufmerksamkeit der Leute auf sich gezogen und ich trug daher Scheu am offenen Tage hinzugehen, um das Gerede nicht zu vergrößern. Am vierten oder fünften Abend aber konnte ich es nicht länger aushalten und ich war auf dem Wege zu ihr und stand vor ihrem Hause, ehe ich es dachte« Ich ging leise die Treppe hinauf und war im Begriff in ihr Zimmer zu treten, als ich an verschiedenen Stimmen hörte, dass sie nicht allein war. Ich ging unbemerkt wieder hinab und war schnell wieder in den dunklen Straßen, die damals noch keine Beleuchtung hatten. Unmutig und leidenschaftlich durchstreifte ich die Stadt in allen Richtungen, wohl eine Stunde lang und immer einmal wieder vor ihrem Hause vorbei, voll sehnsüchtiger Gedanken an die Geliebte. Ich war endlich auf dem Punkt, wieder in mein einsames Zimmer zurückzukehren, als ich noch einmal an ihrem Hause vorbeiging und bemerkte, dass sie kein Licht mehr hatte. Sie wird ausgegangen sein! sagte ich zu mir selber; aber wohin in dieser Dunkelheit der Nacht? und wo soll ich ihr begegnen? Ich ging abermals durch mehrere Straßen; es begegneten mir viele Menschen und ich war oft getäuscht, indem ich ihre Gestalt und ihre Größe zu sehen glaubte, aber bei näherem Hinzukommen immer fand, dass sie es nicht war. Ich glaubte schon damals fest an eine gegenseitige Einwirkung und dass ich durch ein mächtiges Verlangen sie herbeiziehen könne. Auch glaubte ich mich unsichtbar von höheren Wesen umgeben, die ich anflehte, ihre Schritte zu mir oder die meinigen zu ihr zu lenken. Aber was bist du für ein Tor! sagte ich dann wieder zu mir selber. Noch einmal es versuchen und noch einmal zu ihr gehen wolltest du nicht und jetzt verlangst du Zeichen und Wunder!

Indessen war ich an der Esplanade hinunter gegangen und bis an das kleine Haus gekommen, das in späteren Jahren Schiller bewohnte, als es mich anwandelte umzukehren und zurück nach dem Palais und von dort eine kleine Straße rechts zu gehen. Ich hatte kaum hundert Schritte in dieser Richtung getan, als ich eine weibliche Gestalt mir entgegenkommen sah, die der ersehnten vollkommen gleich war. Die Straße war nur von dem schwachen Licht ein wenig dämmerig, das hin und wieder durch ein Fenster drang und da mich diesen Abend eine scheinbare Ähnlichkeit schon oft getäuscht hatte, so fühlte ich nicht den Mut, sie aufs Ungewisse anzureden. Wir gingen dicht aneinander vorbei, so dass unsere Arme sich berührten; ich stand still und blickte mich um, sie auch. »Sie sind es?« sagte sie. Und ich erkannte ihre liebe Stimme. »Endlich!« sagte ich und war beglückt bis zu Tränen. Unsere Hände ergriffen sich. »Nun!« sagte ich, »meine Hoffnung hat mich nicht betrogen. Mit dem größten Verlangen habe ich Sie gesucht, mein Gefühl sagte mir, dass ich Sie sicher finden würde und nun bin ich glücklich und danke Gott, dass es wahr geworden.« »Aber Sie Böser!« sagte sie, »warum sind Sie nicht gekommen? Ich erfuhr heute zufällig, dass Sie schon seit drei Tagen zurück und habe den ganzen Nachmittag geweint, weil ich dachte, Sie hätten mich vergessen. Dann, vor einer Stunde, ergriff mich ein Verlangen und eine Unruhe nach Ihnen, ich kann es nicht sagen. Es waren ein paar Freundinnen bei mir, deren Besuch mir eine Ewigkeit dauerte. Endlich, als sie fort waren, griff ich unwillkürlich nach meinem Hut und Mäntelchen, es trieb mich in die Luft zu gehen, in die Dunkelheit hinaus, ich wusste nicht wohin. Dabei lagen Sie mir immer im Sinn und es war mir nicht anders als müssten Sie mir begegnen.« Indem sie so aus treuem Herzen sprach, hielten wir unsere Hände noch immer gefasst und drückten uns und gaben uns zu verstehen, dass die Abwesenheit unsere Liebe nicht erkaltet. Ich begleitete sie bis vor die Tür, bis in ihr Haus. Sie ging auf der finstern Treppe mir voran, wobei sie meine Hand hielt und mich ihr gewissermaßen nachzog. Mein Glück war unbeschreiblich, sowohl über das endliche Wiedersehn, als auch darüber, dass mein Glaube mich nicht betrogen und meine Gefühle von einer unsichtbaren Einwirkung mich nicht getäuscht hatte.«

Goethe war in der liebevollsten Stimmung; ich hätte ihm noch stundenlang zuhören mögen. Allein er schien nach und nach müde zu werden und so gingen wir denn in unserem Alkoven sehr bald zu Bette.

Schiller. Caroline von Wolzogen, geb. von Lengefeld, erzählt in ihrem Buche »Schillers Leben« (Stuttgart 1845) vom Aufenthalt des jugendlichen Räuberdichters auf dem Gute Bauerbach:

Ein halbes Jahr lebte Schiller so, größtenteils mit sich und der Natur, unbekannt und unerkannt von Seiten des Geistes, in den rauen Umgebungen. Ein einziger Freund in Meiningen, Reinwald, der in der Folge sein Schwager wurde, kannte die Lage des geheimnisvollen Fremdlings; dieser, als Bibliothekar, versorgte ihn mit Büchern und besuchte ihn auch zuweilen. Mit dem Verwalter des Gutes spielte er Schach und machte oft Spaziergänge mit ihm. Auf einer dieser Wanderungen durch die Wälder hatte er eine sonderbare Ahnung, die ihm immer merkwürdig blieb. Auf dem unwegsamen Pfade durch den Tannenwald, zwischen wildem Gestein, ergriff ihn das Gefühl, dass hier ein Toter begraben liege. Nach wenigen Momenten fing der ihm folgende Verwalter die Erzählung von einer Mordtat an, die auf diesem Platze vor Jahren an einem reisenden Fuhrmann verübt worden, dessen Leichnam hier eingescharrt sei.

Goethe und das Erdbeben von Messina. Goethes Altersfreund I.P. Eckermann erzählt unterm 13. November 1823: Vor einigen Tagen, als ich nachmittags bei schönem Wetter die Straße nach Erfurt hinausging, gesellte sich ein bejahrter Mann zu mir, den ich seinem Äußern nach für einen wohlhabenden Bürger hielt. Wir hatten nicht lange geredet, als das Gespräch auf Goethe kam. Ich fragte ihn, ob er Goethe persönlich kenne. »Ob ich ihn kenne!« antwortete er mit einigem Behagen, »ich bin gegen zwanzig Jahre sein Kammerdiener gewesen!« Und nun ergoss er sich in Lobsprüche über seinen früheren Herrn. Ich ersuchte ihn, mir etwas aus Goethes Jugendzeit zu erzählen, worein er mit Freuden willigte. – »Als ich bei ihn kam,« sagte er, »mochte er etwa 27 Jahre alt sein; er war sehr mager, behende und zierlich, ich hätte ihn leicht tragen können.« – Ich fragte ihn, ob Goethe in jener ersten Zeit seines Hierseins auch sehr lustig gewesen? Allerdings, antwortete er, sei er mit den Fröhlichen fröhlich gewesen, jedoch nie über die Grenze; in solchen Fällen sei er gewöhnlich ernst geworden. Immer gearbeitet und geforscht und seinen Sinn auf Kunst und Wissenschaft gerichtet, das sei im Allgemeinen seines Herrn fortwährende Richtung gewesen. Abends habe ihn der Herzog häufig besucht und da hätten sie oft bis tief in die Nacht hinein über gelehrte Gegenstände gesprochen, so dass ihm oft Zeit und Weile lang geworden und er oft gedacht habe, ob denn der Herzog noch nicht gehen wolle. »Und die Naturforschung«, fügte er hinzu, »war schon damals seine Sache. – Einst klingelte er mitten in der Nacht und als ich zu ihm in die Kammer trete, hat er sein eisernes Rollbett, vom untersten Ende der Kammer herauf, bis ans Fenster gerollt und liegt und beobachtet den Himmel. »Hast du nichts am Himmel gesehen?« fragte er mich und als ich dies verneinte: »So laufe einmal nach der Wache und frage den Posten, ob der nichts gesehen.« Ich lief hin, der Posten hatte aber nichts gesehen, welches ich meinem Herrn meldete, der noch ebenso lag und den Himmel unverwandt beobachtete. »Höre,« sagte er dann zu mir, »wir sind in einem bedeutenden Moment, entweder wir haben in diesem Augenblick ein Erdbeben oder wir bekommen eins.« Und nun musste ich mich zu ihm aufs Bett setzen und er demonstrierte mir, aus welchen Merkmalen er das abnehme.« – Ich fragte den guten Alten, was es für Wetter gewesen. »Es war sehr wolkig,« sagte er, »und dabei regte sich kein Lüftchen, es war sehr still und schwül.« – Ich fragte ihn, ob er denn Goethen jenen Ausspruch sogleich aufs Wort geglaubt habe. – »Ja,« sagte er, »ich glaubte ihm aufs Wort, denn was er vorhersagte, war immer richtig.« – »Am nächsten Tage«, fuhr er fort, »erzählte mein Herr seine Beobachtungen bei Hofe, wobei eine Dame ihrer Nachbarin ins Ohr flüsterte: »Höre, Goethe schwärmt!« Der Herzog aber und die übrigen Männer glaubten an Goethe und es wies sich auch bald aus, dass er recht gesehen; denn nach einigen Wochen kam die Nachricht, dass in der selbigen Nacht ein Teil von Messina durch ein Erdbeben zerstört worden.« [1783.]

Goethes Vorausahnung der französischen Revolution. »Kaum war ich«, schreibt Goethe 1789 in seinen »Annalen«,« »in das weimarische Leben und die dortigen Verhältnisse, bezüglich auf Geschäfte, Studien und literarische Arbeiten [nach dem langen Aufenthalt in Italien] wieder eingerichtet, als sich die Französische Revolution entwickelte und die Aufmerksamkeit aller Welt auf sich zog. Schon im Jahre 1785 hatte die Halsbandgeschichte einen unaussprechlichen Eindruck auf mich gemacht. In dem unsittlichen Stadt-, Hof- und Staatsabgrunde, der sich hier eröffnete, erschienen mir die gräulichsten Folgen gespensterhaft, deren Erscheinung ich geraume Zeit nicht loswerden konnte; wobei ich mich so seltsam benahm, dass Freunde, unter denen ich mich eben auf dem Lande aushielt, als die erste Nachricht hiervon zu uns gelangte, mir nur spät, als die Revolution längst ausgebrochen war, gestanden, dass ich ihnen damals wie wahnsinnig vorgekommen sei.« [Die Halsbandgeschichte, ein Skandal am französischen Königshofe, der das erschütterte Ansehen des Königtums noch mehr untergrub. Die Gräfin Lamotte-Valois hatte dem verschwenderischen und lasterhaften Kardinal Prinzen Rohan, der bei Marie Antoinette in Ungnade gefallen war, vorgespiegelt, dass er die Gunst und mehr der Königin gewinnen würde, wenn er ihr, der Königin, ein Halsband schenke, welches ihr die Juweliere Böhmer und Bakurge zum Kauf angeboten hätten, das ihr aber zu teuer gewesen wäre. Briefe, angeblich von der Königin, in Wirklichkeit von der Gräfin geschrieben und sein Vertrauter, der berüchtigte Abenteurer Cagliostro, bestärkten den Kardinal in dieser Hoffnung und ein nächtliches Stelldichein im Versailler Part, wobei als vermeintliche Königin eine Dirne ihm mit dem leidenschaftlich geflüsterten Wort »Sie wissen, was das bedeutet!« eine Rose überreichte, brachte ihn um die letzte Besonnenheit: er kaufte das Halsband für eine Million sechshunderttausend Livres und übergab es der Gräfin Lamotte-Valois, damit sie es der Königin zustelle. Die Betrügerin aber brach die Brillanten heraus und verkaufte sie nach England. Als die Juweliere die erste Teilzahlung nicht pünktlich erhielten, zeigten sie die ganze Sache der Königin an. Der König, Ludwig XVI., ließ den Kardinal Rohan, die Gräfin Lamotte-Valois und Cagliostro gefangen setzen. Das Parlament verurteilte im folgenden Jahr die Gräfin und als Helfershelfer ihren nach England geflüchteten Gatten zum Staubbesen, dazu sie zur Brandmarkung auf beiden Schultern und zu lebenslänglicher Einkerkerung, ihn zu den Galeeren auf Lebenszeit. Der Kardinal und Cagliostro blieben straflos. Der Prozess über die Entschädigung der Juweliere zog sich noch viele Jahre hin. Die ganze Sache war ein europäischer Skandal ohnegleichen und beschleunigte mit ihren Enthüllungen und Schmähschriften den Sturz der Monarchie.]

Gaßner [Johann Josef Gaßner, geboren 1727 im Vorarlberg, studierte Theologie zu Innsbruck und Prag und wurde 1758 Pfarrer zu Klösterle am Fuße des Arlberges. Hier begann er solche Krankheiten, die er für eine unmittelbare Wirkung des Teufels hielt, durch Exorzismen und Segnungen zu heilen. Denn die gleiche Krankheit konnte, nach seiner Meinung, in dem einen Fall »natürlich«, in dem andern Fall „unnatürlich« [d. h. vom Teufel hervorgerufen] sein. Um festzustellen, ob es sich um eine natürliche Krankheit (die zu behandeln Sache der Ärzte sei) oder um eine unnatürliche Krankheit (die in Jesu Namen zu beseitigen seine Aufgabe sei) handele, pflegte er im Namen Jesu und in lateinischer, also dem Kranken unverständlicher Sprache, dem mutmaßlichen teuflischen Erreger der Krankheit eine Reihe von Befehlen zu erteilen, durch die er die Symptome der Erkrankung willkürlich hervorzurufen, zu steigern und verschwinden zu machen versuchte. Gelang dies, so sah er darin zugleich den Beweis des teuflischen Ursprungs der Krankheit und der ausreichenden Glaubenskraft des Kranken, den er alsdann anwies, wie er neue Versuche des Teufels durch Anrufung des Namens Jesu selber unwirksam machen und also gesund bleiben könne. Gelang es nicht, so fehlte es entweder an der mithelfenden Glaubenskraft des Kranken oder die Krankheit war »natürlich«, nicht vom Teufel verursacht, also ausschließlich vom Arzt zu bekämpfen. Große Erfolge verschafften dem Teufelsbanner und Krankenheiler großen Zulauf. Das zuständige Ordinariat zu Chur untersuchte die Sache und erklärte sich grundsätzlich einverstanden. Anton Ignaz Graf von Fugger, Bischof von Regensburg und Propst von Ellwangen, ernannte den Exorzisten zu seinem Hofkaplan und geistlichen Rat, mit dem Sitz zunächst in Ellwangen, wo der Zulauf ungeheuer wurde: allein im Dezember 1774 kamen 2700 Patienten. 1775 siedelte Gaßner nach Regensburg über, wohin nun die Kranken strömten. Obwohl er nie von einem Geheilten das geringste annahm, weder Geld noch irgendwelche Geschenke und Tausende ihm die wiedererlangte Gesundheit verdankten, erregte Gaßners Tätigkeit doch sowohl bei der weltlichen Obrigkeit wie auch bei den »aufgeklärten« Gebildeten seiner Zeit und in klerikalen Kreisen manche »Bedenken«. Schließlich befahl Kaiser Joseph II. dem Bischof, Gaßner, weitere Exorzismen zu verbieten. Der Bischof bat den Papst um Entscheidung und Pius VI. sprach sich, obwohl er den Exorzismus grundsätzlich nicht verwarf, tadelnd dagegen aus, dass Gaßner ihn mit solcher Ostentation betreibe. Gehorsam stellte Gaßner seine Tätigkeit ein. Der Bischof gab ihm die Pfarrei Bendorf, wo er 1779 ganz verschollen starb, nachdem die Art und die Erfolge seiner Krankenbehandlung eine ganze Literatur für und wider hervorgerufen hatte, die noch ein halbes Jahrhundert hindurch immer wieder neue Blüten trieb.]

Am 13. Mai 1775 schrieb Bourgeois, der Hofmeister des Grafen zu Donsdorf, an seinen Bruder in Luxemburg: ... Der Exorzist hält sich seit November in Ellwangen, einer schönen, acht Meilen von hier entlegenen Stadt auf. Von der Zeit an befinden sich täglich elfhundert bis zwölfhundert Fremde aus Schwaben, Franken, Bayern, Pfalz, Elsass usw., von jedem Stand und Alter, einige aus Krankheit, einige aus Vorwitz, daselbst. Wir sind am Montag in der Osterwoche mit einem Postzug von vier Wägen dahin abgereist ... Wir hielten uns vier Tage in Ellwangen auf, während welcher Zeit ich daselbst erstaunliche, unglaubliche Dinge sah, welche den menschlichen Verstand und die allersubtilste Weltweisheit zuschanden machen. Es würde zu weit führen, alles zu erzählen, aber so viel kann ich als der nächste Augenzeuge sagen: dass auf den Befehl dieses Priesters, in dem Namen Jesu, fast alle Gattungen von Krankheiten nicht nur plötzlich mit allen Symptomen verschwanden, sondern auf seinen Befehl auch ebenso schnell wieder zurückkehrten. Will er, dass die Gicht nur einen Finger befalle, so erhebt sich derselbe, krümmt, verzieht und steift sich wie Holz, wovon ich mich durchs Gesicht und die Berührung überzeugt habe. Was mich am meisten in Erstaunen setzte, ist, dass sich die Kraft seines Befehls auch auf die Zirkulation des Blutes erstreckt. Denn wie er befahl, dass der Puls, was ich bei einem jungen Mädchen sah, heftig, voll und geschwinder im rechten Arm gehen, im linken hingegen verschwinden soll, so geschah es sogleich nach dem Zeugnis der gegenwärtigen Ärzte, die ich darum befragte. Zuletzt lehrt er sie, sobald sie Mut und Glauben erlangt haben, sich selbst gesund machen, wovon ich mehrere Proben sah. Die Ärzte, die von den verschiedensten Orten hier zusammenkommen, sind hinsichtlich der Wirklichkeit dieser Erscheinungen einig, gestehen aber, dass solche die Schranken der natürlichen Ordnung übersteigen ...

Derselbe an denselben am 14. Juni 1775: ... Die Türen an beiden Seiten sind von Soldaten besetzt, um die andrängende Volksmenge zurückzuhalten und Unordnungen zu verhüten. Der Zutritt ist allen honetten Personen frei gestattet. Den Kranken wird der Tag bestimmt, an dem sie drankommen können. Sie halten sich im Vorzimmer auf, von wo sie ein Hoffurier mit lauter Stimme aufruft. Da Herr Gaßner sich zum Gesetz gemacht, niemand, wer es auch sei, ohne besonderen Befehl seines Bischofs den Vorang vor einem anderen zu geben, so sind viele genötigt, zwei bis drei Wochen zu warten, bis die Reihe sie trifft. Wenn die kranke Person in den Raum, worin sich der Exorzist befindet, eingeführt ist, so sieht man weder täuschende Verstellung noch prahlerisches Großtun in seinem Benehmen; alles ist einfach und gleichförmig. Er sitzt, über den Kleidern eine Stole und ein Kreuz am Halse tragend, auf einem kleinen Sessel, an seiner Seite steht ein Tisch mit einem Kruzifix, für hohe Standespersonen sind weitere Sessel vorhanden. Ein Aktuarius muss die Vorgänge protokollieren. Die dem Priester vorgestellte kranke Person kniet nieder, er fragt sie nach der Art und den Umständen ihrer Krankheit. Hat er genug gehört, so spricht er einige Worte, ihr Vertrauen zu erwecken und ermahnt sie, ihm innerlich beizustimmen, dass alles geschehe, was er befehle. Ist alles so vorbereitet, so spricht er: »Wenn in dieser Krankheit etwas Unnatürliches [d. h. vom Teufel Herrührendes] ist, so befehle ich im Namen Jesu, dass es sich sogleich wieder zeigen soll.« Oder er beschwört den Satan in Kraft des Allerheiligsten Namens Jesu, die nämlichen Übel, womit diese Person sonst behaftet ist, auf der Stelle hervorzubringen. Zuweilen erscheint das Übel sogleich nach dem gegebenen Befehl und alsdann lässt er alles nacheinander kommen, gleichsam stufenweise und nach Maßgabe der Stärke, in welcher der Patient sein Übel früher hatte. Dieses Verfahren nennt der Priester den Exorcismum probativum, um zu erfahren, ob die Krankheit unnatürlich [d. h. vom Teufel] oder natürlich sei… Denn er behauptet, dass viele Krankheiten bloß natürlich und daher auch nur durch die natürlichen Mittel der Ärzte zu bekämpfen seien… Aber ich müsste ein ganzes Buch schreiben, wenn ich dir alles erzählen wollte, was ich von Augenzeugen erfuhr. Ich gebe also nur das, was ich selber sah und von diesem nur das Merkwürdigste.

Ich mache den Anfang mit zwei jungen Mädchen aus verschiedenen Orten, welche beide mit besonderen krampfartigen Zufällen behaftet waren. Beide wurden gleich, den anderen Tag nach meiner Ankunft, exorziert, die eine vor- die andere nachmittags. Die erste lag zu Füßen des Herrn

Gaßner, der nach den üblichen Vorfragen mit einer gemäßigten Stimme sagte: „Agitetur brachium sinistrum!« Und alsbald war der Schmerz auf dem Antlitz des Mädchens zu lesen, ihr Atem wurde schwer und unregelmäßig, der linke Arm und die Finger begannen sich zu verdrehen, steif zu werden und verblieben in diesem Zustande, bis er befahl: „Cesset ista agitatio!« Da schwand alle Erschütterung und Steifheit und der Arm kam in seine gewöhnliche Lage. Alsdann befahl er auf Lateinisch, dass sie vom kalten Fieber befallen werden sollte. Es geschah: die Hände wurden eiskalt, sie zitterte, die Zähne klapperten. Nun befahl er, das hitzige Fieber solle kommen; es kam ebenfalls, nach dem Zeugnis dreier Ärzte, die ihr in beiden Zuständen den Puls fühlten... Nach diesem befahl er, sie solle zornig werden und gegen ihn einen Widerwillen fassen. Alsbald war das Wutfeuer in ihren Augen, sie knirschte mit den Zähnen und krallte die Finger. Weiter befahl er – immer auf Lateinisch – dass der Puls am rechten Arm schwach und kaum fühlbar, am linken dagegen stark und geschwind gehen sollte. Die Ärzte untersuchten den Puls rechts und links und befanden die Sache also. Der Garnisonarzt von Würzburg kam auch noch hinzu und bestätigte das gleiche. Zuletzt befahl er, dass sie einer Sterbenden ähnlich werden solle. Nun fiel sie einigen Personen in die Arme, alle Glieder streckten sich und wurden steif. Da die Augen und der Mund geschlossen waren, so befahl Herr Gaßner, um das Bild des Todes vollkommen zu machen, auf Lateinisch: »Die Augen und der Mund sollen sich öffnen und die Nase soll lang und spitzig werden!« Und es geschah. Das Mädchen blieb kurze Zeit in diesem Zustande und kam dann auf ein Wort des Herrn Gaßner sofort wieder zu sich. »

Nachmittags erschien das andere Mädchen, das von Heidelberg war... Als alles vorüber war, erkundigte ich mich bei einem Professor der Medizin von Heidelberg, der anwesend war, ob er die Person kenne. Er antwortete, er kenne sie wohl, er habe sie lange in der Behandlung gehabt, ohne sie heilen zu können. »So ist denn in diesem allem kein Betrug noch Verstellung?« versetzte ich, worauf er mit großem Ernst erwiderte: »Ganz und gar nicht!« ...

Aus dem Gutachten von vier Professoren der Universität Ingolstadt, verfasst von ihrer einem, dem Procancellarius und Lehrer der Gottesgelehrtheit Stattler.

Nachdem wir so viele und von Personen von höchstem Ansehen abgestattete Zeugnisse von den Gaßnerischen Operationen gelesen hatten, entschlossen wir uns, selbst den Augenschein davon zu nehmen. Den 27. August 1775 reisten dann wir vier akademische Professoren nach Regensburg, aus einer jeden Fakultät hatte sich einer beigesellt: aus der juridischen Herr Professor Prugger, aus der medizinischen Herr Professor Levelin, aus der philosophischen Herr Professor Gabler, Männer, deren jeder in seinem Fache von der ersten Größe ist und billig die Zierde unserer Akademie genannt zu werden verdient. Der vierte war ich, Lehrer der Gottesgelehrtheit. Es gesellten sich uns noch bei der Herr Bürgermeister unsrer Stadt Herr von Spizl mit seinem Herrn Bruder aus dem Orden des H. Bernhards in Fürstenfeldbruck. – Fünfmal waren wir gegenwärtig, da der Herr Gaßner die Patienten vornahm ... Wir waren durch zwölf ganze Stunden genaue und aufmerksame Beobachter.

Auf alles gaben wir Acht; keine Gattung der Prüfung unterließen wir; ein jeder prüfte nach seiner Wissenschaft und Einsicht. Vorzüglich gaben wir auf die Gleichförmigkeit der Reden, Gebärden, Bewegungen Acht. Ich habe aber jederzeit beobachtet, dass alles auf einen Zweck, den der Exorzist sich vorgestellt hat, abziele, nämlich die Infestationen des Satans, die Kraft des H. Namens Jesu und die Notwendigkeit des Zutrauens auf diesen Namen zu entdecken. Wir konnten im Gegenteil nicht den Schatten eines Marktschreiers, eines Taschenspielers oder eines Betrügers an ihm gewahr werden. Davon war der Mann so weit entfernt, dass wir von keiner Sache mehr als von der Rechtschaffenheit und Frömmigkeit dieses Priesters überzeugt wurden. Wir können mit Grund der Wahrheit sagen, dass er keines Betruges fähig sei und dass er alles, war er unternimmt und wirkt, allein in der Kraft des H. Namens Jesu zu unternehmen und zu wirken pflege. – Wären wir übrigens von diesem auch nicht so augenscheinlich überzeugt gewesen, so hätten wir doch alle eine physikalische Gewissheit gehabt, dass der Herr Gassener weder zur Elektrizität noch zum Magnet eine Zuflucht genommen habe. Ebenso vergewissert waren wir auch, dass weder dieser noch jene eine dergleichen Wirkungen hervorbringen könne. Die Sympathie nur im Munde zu nennen würden wir uns als Philosophen wahrhaftig schämen. Sowohl die elektrischen als auch die magnetischen und mit einem Wort: alle natürlich-wirkenden Ursachen, wenn sie ganz verschiedene Wirkungen hervorbringen sollen, haben eine andere Applikation, eine andere Zubereitung, eine andere Lage des Subjekts und einen anderen Zeitraum nötig, damit die erwünschten Effekte folgen können. Ferner, wenn durch eine natürliche Ursache in dem menschlichen Körper, besonders durch heftige Erschütterung des Nervensystems, ein starker Schmerz erweckt wird, so lässt dieser nicht in einem Augenblicke vollkommen nach, sondern es bleibt, wenn schon der Ursprung des Übels gehoben, immer ein Schmerzen oder doch eine Mattigkeit oder gewisse Alteration zurück. Alles verliert sich erst stufenweise.

Bei den Gaßnerischen Wirkungen trug sich just das Gegenteil zu… Wir nahmen uns die Freiheit und forderten, er solle diese oder jene von uns selbst bestimmten Wirkungen in dem Patienten hervorbringen, – und zu unserem Erstaunen erfolgten sie. Nachdem die Energumenen [Besessenen] hiernach gefragt wurden, ob sie wissen, was mit ihnen vorgegangen sei, sagten sie, sie wissen selbst nicht, ob und warum sie dieses oder jenes getan haben. Sie konnten auch die Ursache nicht wissen, weil die von uns gewünschten Befehle in lateinischer Sprache erteilt wurden. Durch das, was wir selbst mit Augen gesehen und sorgfältig beobachtet haben, sind wir physikalisch evident überzeugt worden, dass weder eine physische Kraft, noch die Phantasie darauf einen Einfluss haben könne, sondern dass die ganz ungewöhnlichen und außerordentlichen Wirkungen vom bösen Geiste entsprungen, was ich andern Orts noch weitläufiger beweisen werde...

Seckendorff. Der Freiherr Karl Sigmund von Seckendorff (geboren 1744 zu Erlangen, gestorben 1785 zu Ansbach, als preußischer Gesandter an den fürstlichen Höfen des fränkischen Kreises), der, vordem Offizier in österreichischen und sardinischen Diensten, von 1774 bis 1784 als herzoglicher Kammerherr in Weimar lebte – »Seckendorff, der schlanke mit den langen, feinen Gliedern« kennzeichnet Goethe sein Äußeres – hatte einst einen Traum, den er nicht ohne Ergriffenheit erzählen konnte: Ihm erschien ein Mann, der ihn fragte, ob er seine vergangenen oder seine zukünftigen Schicksale zu sehen wünsche. Seckendorff erwiderte, die Zukunft wolle er Gott überlassen, wenn er aber sein ganzes vergangenes Leben noch einmal an sich vorüberziehen sehen könnte, so würde ihm das angenehm sein. Jener hielt ihm einen Spiegel vor, worin er selbst solche Vorgänge seines früheren Lebens mit aller Deutlichkeit erblickte, die er völlig vergessen hatte. So sah er sich als Kind von drei Jahren mit allen Nebensächlichkeiten seiner Umgebung, er sah jede Schulszene mit seinen Erziehern, jede kleine Verdrießlichkeit seiner Jugend, er sah sich in Italien mit einer Dame, die er gewiss geheiratet hätte, wenn ihn sein Schicksal nicht nach Deutschland zurückgeführt hätte. Und die Lebhaftigkeit, mit der der Abschied von der Geliebten sein Gefühl im Traum ergriff, war so stark, dass er erwachte....Kaum war er wieder eingeschlafen, als auch der Mann mit dem Spiegel wieder erschien und ihn fragte, ob er wohl alle Menschen, die er je im Leben gut gekannt hätte, noch einmal wiedersehen möchte. Seckendorff erwiderte, dass ihm dies sehr angenehm sein würde und alsbald sah er im Spiegel alle seine Bekannten an sich vorüberziehen, lebende und tote. Von den Lebenden winkten ihm alle, die glücklich waren, freundlich zu, während die unglücklichen die Augen mit der Hand zuhaltend schnell vorübereilten. (Unter diesen war mancher, von dessen Unglück Seckendorff noch nichts wusste. Die Erkundigungen aber, die er auf den Traum hin einzog, bestätigten in jedem einzelnen Falle ein trauriges Schicksal.) Die Verstorbenen waren ganz einförmig gekleidet. Die meisten blieben einen Augenblick stehen und winkten ihm zu. Einige aber schwankten, die Hand vor den Augen, blitzschnell vorüber, so dass er sie kaum erkennen konnte. Und dieser letzte Eindruck blieb ihm so fürchterlich, dass er nie ohne Tränen davon sprechen konnte. (Nach dem Magazin für Erfahrungsseelenkunde V.)

D r. James Price. Im September 1782 schrieb, der später durch sein Buch »Ansichten vom Niederrhein« und durch seine Anteilnahme an der Französischen Revolution berühmt gewordene, Professor der Naturwissenschaften am Karolinum zu Kassel, Georg Forster, an seinen Vater, Reinhold Forster, Professor der Naturwissenschaften an der Universität zu Halle: »Lichtenberg

[Professor in Göttingen] schreibt mir mit der letzten Post, dass ein Dr. Price eine Verwandlung des Quecksilbers in Gold bewirkt hat, in Guilford, vor einer großen Anzahl kompetenter Richter, dass er [Lichtenberg] nicht mehr an der Tatsache zweifelt. Ein Gran rötliches Pulver verwandelt zwanzig Gran Quecksilber in Gold, welches die spezifische Schwere von 20:1 hat, mithin einen besseren Gehalt hat als Gold. Ich weiß nicht, was ich von der Geschichte denken soll.« Soweit Georg Forster. In Folgendem werden die Tatsachen nach »An account of some experiments on Mercury, Silver and Gold, made ad Guilford in Mai 1782 in the Laboratory of James Price, M.D., F..R.S. Oxford 1782«, deutsche Ausgabe Dessau 1783, stark gekürzt erzählt.

Dr. James Price, Mitglied der Königlichen Gesellschaft der Wissenschaften, war Arzt zu Guilford und ein sehr reicher, noch junger Mann, als er 1781 in langwieriger und gesundheitsschädlicher Arbeit ein Pulver erfunden hatte, mittels dessen sich unedle Metalle auf chemischem Wege in edle verwandeln ließen. Er hat im Frühjahr 1782 in zehn Sitzungen, vor glaubwürdigsten, zum Teil sachkundigsten Zeugen den Beweis der Wahrheit erbracht, indem er erhitztes Quecksilber in vollwertiges reines Gold verwandelt hat. – Diese Tatsache ist so gut beglaubigt wie irgendein anderes geschichtliches Ereignis, an dessen Wirklichkeit zu zweifeln niemand einfällt. Selbstverständlich wurde aber, was davon gerüchtweise in weitere Kreise drang, entstellt und übertrieben. Dadurch sah Dr. Price sich zur Herausgabe der obengenannten Schrift veranlasst, in der er auch die Zeugen namentlich aufführt. Obwohl Dr. Price sein Pulver bei jenen zehn Versuchen restlos aufgebraucht und, wissenschaftlich von dem Ergebnis der Möglichkeit befriedigt, als reicher Mann durchaus nicht die Absicht hatte, sich der sehr umständlichen, langwierigen und gesundheitsschädlichen Herstellung seines Pulvers aufs Neue zu unterziehen, legte er seine Schrift und das gewonnene Gold der Royal Society in London, deren Mitglied er war, vor, die ein anderes Mitglied, den berühmten Chemiker Kirwan, mit der Prüfung der Sache beauftragte. Dr. Price hatte ausgesprochen, dass er das Pulver nicht mehr besitze und es von neuem herzustellen nicht willens sei; er erwarte lediglich eine Untersuchung der Goldproben und eine Vernehmung der Zeugen. Kirwan aber verlangte: entweder Wiederholung der Versuche in seiner Gegenwart oder Bekanntgabe der Zusammensetzung des Pulvers. – Dr. Price begab sich nach London. Man drang in ihn, sein Verfahren offen darzulegen. Schließlich versprach er, aus Furcht für einen Schwindler gehalten zu werden, sein Pulver nochmals herzustellen und nach Verlauf von sechs Wochen seine Versuche in London zu wiederholen. Aber wie angestrengt er auch arbeitete, die Zusammensetzung des Pulvers wollte ihm nicht wieder gelingen. Die sechs Wochen waren längst vergangen, allenthalben hieß es, er habe betrogen. Die Gentlemen von Guilford ächteten ihn gesellschaftlich. Da nahm er sich das Leben.

Der deutsche Geologe Karl Christof Schmieder (1778–1850) schreibt: »Unter seinem Nachlass hat man kein Tagebuch gefunden. Dieser Umstand dürfte unbedeutend erscheinen und ist's doch nicht. Welcher Chemiker ohne Tagebuch arbeitet, dem widerfährt es leicht, dass er Umstände vergisst oder übersieht, deren Nichtbeachtung die Wiederholung eines Versuchs unmöglich macht. Einmal war es ihm gelungen, aber er wusste nicht mehr recht wie. Gedrängt, das Verlorene wieder aufzusuchen, geriet er in ein Labyrinth von Fehlgriffen und in einem solchen Falle kann der Verdruss einen Hitzkopf wohl zum Lebensüberdruss führen.

Die Prophezeiungen des Herrn Cazotte. Der französische Schriftsteller Jean Francois de Laharpe [gestorben 1803] erzählt: Es dünkt mich als sei es gestern gewesen und doch war es zu Anfang des Jahres 1788. Ich war zu Tisch bei einem meiner Kollegen von der Akademie, einem sehr vornehmen und geistreichen Manne. Die Gesellschaft war zahlreich und aus den verschiedensten Ständen ausgewählt: Hofleute, Richter, Gelehrte. Man hatte sich an einer, wie gewöhnlich reichbesetzten, Tafel wohl sein lassen. Beim Nachtisch erhöhte der Malvasier die Fröhlichkeit und vermehrte jene Art Freiheit, die sich nicht immer in strengen Grenzen hält. Man war zu jener Zeit in der großen Welt auf dem Punkt angelangt, wo alles zu sagen erlaubt ist, wenn es Lachen zu machen bezweckt. Chamfort hatte uns aus seinen gotteslästerlichen und unzüchtigen Erzählungen vorgelesen und die vornehmen Damen hatten zugehört, ohne auch nur zum Fächer zu greifen. Nun ward die Unterhaltung ernsthafter. Man sprach mit Bewunderung von der Revolution des Geistes, die Voltaire bewirkt habe und war darin einig, dass sie der vorzüglichste Grund seines Ruhmes sei. Er habe seinem Jahrhundert den Ton gegeben und so geschrieben, dass man ihn in den Vorzimmern wie in den Salons lese. Einer der Gäste erzählte lachend, dass sein Friseur ihm beim Pudern gesagt habe: »Gehen Sie, mein Herr, wenn ich auch nur ein armer Geselle bin, so hab' ich doch nicht mehr Religion als irgendein anderer.« Man folgerte, dass die Revolution unverzüglich sich vollenden würde und dass Aberglaube und Fanatismus durchaus der Philosophie Platz machen müssten. Man berechnete die Wahrscheinlichkeit des Zeitpunktes und wer von der Gesellschaft wohl das Glück haben würde, die volle Herrschaft der Vernunft noch zu erleben. Die Älteren bedauerten, dass sie sich dessen nicht schmeicheln dürften, die Jüngeren freuten sich der Wahrscheinlichkeit ihrer Aussichten. Und man beglückwünschte insonderheit die Akademie, dass sie das große Werk vorbereitet habe und der Hauptort, der Mittelpunkt, die Triebfeder der Freiheit, zu denken, gewesen sei.

Ein einziger hatte sich an dieser ganzen fröhlichen Unterhaltung nicht beteiligt, ja sogar gelegentlich ganz sacht einigen Spott in unsere so schöne Begeisterung geträufelt. Das war Herr Cazotte, ein liebenswürdiger und origineller Mann, der aber unglücklicherweise von der Wahnidee höherer Erleuchtung besessen war. Jetzt ergriff er das Wort und sagte in ernsthaftestem Tone: »Meine Herren, freuen Sie sich: Sie alle werden Zeugen jener großen und erhabenen Revolution sein, die Sie so sehr wünschen. Sie wissen ja, dass ich mich ein wenig auf das Prophezeien verstehe. Ich wiederhole Ihnen: Sie alle werden es erleben.« – »Dazu bedarf es keiner prophetischen Gabe«, antwortete man ihm. – »Das ist wahr,« erwiderte er, »aber vielleicht doch für das, was ich Ihnen noch zu sagen habe. Wissen Sie, was aus dieser Revolution, in der die Vernunft über die geoffenbarte Religion triumphiert, entstehen wird, was sie für Sie alle, soviel Ihrer hier sind, bedeuten wird, was ihre unmittelbaren Folgen, ihre unleugbaren Wirkungen sein werden?« – »Lasst uns sehen!« rief Condorcet mit sich einfältig stellendem Gesichtsausdruck, »einem Philosophen ist es nicht leid, einen Propheten anzutreffen.« – »Sie, Herr Condorcet,« fuhr Cazotte fort, »Sie werden auf dem Fußboden eines unterirdischen Gefängnisses ausgestreckt Ihren Geist aufgeben. Sie werden an dem Gift sterben, das Sie verschluckt haben werden, um dem Henker zu entgehen, an dem Gift, das immer bei sich zu tragen diese kommenden glücklichen Zeiten Sie zwingen werden«

Darob anfangs großes Erstaunen. Aber dann erinnerte man sich, dass »der gute Cazotte, bisweilen wachend träume und brach in ein lautes Gelächter aus... »Herr Cazotte,« sagte einer der Gäste, »das Märchen, das Sie uns da auftischen, ist nicht ganz so lustig wie Ihr »Verliebter Teufel«. (Solches war ein artiger kleiner Roman, den Herr Cazotte geschrieben hatte.) Welcher Teufel hat Ihnen denn das von dem Gefängnis, dem Gift und dem Henker eingeflüstert? Was hat denn dies alles mit der Philosophie und mit der Herrschaft der Vernunft zu tun?« – »Das ist es gerade, was ich Ihnen sagte,« versetzte Cazotte, »im Namen der Philosophie, im Namen der Menschheit, im Namen der Freiheit wird es geschehen, dass Sie ein solches Ende nehmen. Und ganz zweifellos wird alsdann die Vernunft herrschen, denn sie wird sogar Tempel haben, ja es wird zu der selbigen Zeit in ganz Frankreich keine anderen Tempel mehr geben als solche der Vernunft.« – »Wahrlich,« sagte Chamfort mit einem höhnischen Lächeln, »Sie werden keiner von den Priestern dieser Tempel sein!« – Cazotte erwiderte: »Das hoffe ich. Aber Sie, Herr Chamfort, der Sie einer davon sein werden und auch sehr würdig sind, einer zu werden, Sie werden sich durch zweiundzwanzig Schnitte mit dem Rasiermesser die Adern öffnen, gleichwohl aber erst einige Monate danach sterben.« Man sieht sich an und lacht wieder... »Sie, Herr d'Azir,« fährt Cazotte fort, »Sie werden sich die Adern nicht selbst öffnen, aber Sie werden sie sich in einem Anfall von Podagra sechsmal an einem Tag öffnen lassen, um Ihrer Sache desto gewisser zu sein; und in der Nacht werden Sie sterben. Sie, Herr Nicolai, werden auf dem Schafott sterben. Sie, Herr Bailly, auf dem Schafott; Sie, Herr von Malesherbes, auf dem Schafott!«

»Gott sei Dank!«, ruft Herr Roucher, »es scheint, Herr Cazotte hat es ausschließlich auf die Akademie abgesehen, ich, dem Himmel sei's gedankt! ich...« »Sie?« fällt ihm Cazotte ins Wort, »Sie werden auf dem Schafott sterben.« – «Ha, dies ist ein Glück,« ruft jemand, »er hat geschworen, alles auszurotten!« – »Nein, ich bin es nicht, der geschworen hat«, erwidert Cazotte. – »So werden wir denn von den Türken und Tartaren unterjocht werden und dennoch…« – »Nichts weniger als das,« unterbricht Cazotte, »ich hab es Ihnen ja schon gesagt, Sie werden alsdann ausschließlich unter der Herrschaft der Philosophie, der Vernunft, stehen. Die, welche Sie so behandeln, werden lauter Philosophen sein, werden genau dieselben Redensarten im Munde führen, die Sie hier vor einer Stunde ausgekramt haben, werden wie Sie Verse von Diderot und aus der »Pucelle« anführen.« Man raunt sich zu: »Sie sehen ja, dass er den Verstand verloren hat« (denn er blieb bei seinen Aussprüchen höchst ernsthaft)… »Sehen Sie nicht, dass er spaßt und wir wissen doch, dass er in seine Scherze immer gern etwas Wundersames einmischt…« »Gewiss,« meint Chamfort, »aber ich muss gestehen: sein Wundersames ist nicht lustig, ist mir zu galgenmäßig…«

»Und wann soll denn dieses alles geschehen?«, fragt jemand. Cazotte erwidert: »Es werden keine sechs Jahre vergehen, bis alles, was ich Ihnen sage, erfüllt ist!«

»Das sind ja grausliche Wunder!«, diesmal war ich es, der das Wort ergriff, »und von mir sagen Sie nichts?« – »An Ihnen«, antwortete Cazotte, »wird sich ein Wunder begeben, das mindestens ebenso außerordentlich sein wird: Sie werden alsdann ein Christ sein.« – »Nun bin ich beruhigt,« warf Chamfort ein, »kommen wir erst um, wenn Laharpe ein Christ ist, so sind wir unsterblich!«

»Wir vom weiblichen Geschlecht,« sagte da die Herzogin von Grammont, »wir sind glücklich, dass wir bei Revolutionen für nichts erachtet werden. Wenn ich sage »für nichts«, so heißt das nicht so viel, als ob wir uns nicht ein wenig einmischten, aber ich nehme an, dass man sich deswegen doch nicht an uns und unserem Geschlecht vergreifen wird.« – Cazotte erwiderte: »Ihr Geschlecht, meine Damen, wird Ihnen diesmal nicht zum Schutz gereichen und Sie mögen noch so sehr sich in nichts einzumischen wünschen, man wird Sie genau so behandeln wie die Männer.« – »Aber«, entrüstete sich die Herzogin, »was sagen Sie da, Herr Cazotte? Sie predigen uns ja den Untergang der Welt!« – »Das weiß ich nicht,« antwortete Cazotte, »was ich aber weiß, ist, dass Sie, Frau Herzogin, werden zum Schafott geführt werden, Sie und viele andere Damen mit Ihnen, und zwar auf dem Schinderkarren und mit auf dem Rücken zusammengebundenen Händen.« – Die Herzogin: »Ja, diesem Fall hoffe ich doch, dass ich wenigstens eine schwarz ausgeschlagene Kutsche haben werde!« – Cazotte: »Nein, Madame, noch vornehmere Damen als Sie werden wie Sie auf dem Schinderkarren gefahren werden, die Hände auf dem Rücken zusammengebunden.« – Die Herzogin: »Noch vornehmere Damen? Wie? Die Prinzessinnen von Geblüt?« – Cazotte: »Noch vornehmere!« Jetzt bemächtigte sich der ganzen Gesellschaft eine starke Bewegung und der Herr des Hauses nahm eine finstere Miene an. Man begann einzusehen, dass der Scherz zu weit getrieben werde... Die Herzogin von Grammont, um das Gewölk zu zerstreuen, ließ Cazottes letzte Antwort unbeachtet und sagte nur: »Sie werden sehen, dass er mir nicht einmal den Trost eines Beichtvaters lassen wird.« – »Nein, Madame,« bestätigte Cazotte, »man wird Ihnen keinen geben, weder Ihnen noch sonst jemandem. Der einzige Hingerichtete, dem man aus Gnade einen Beichtvater gewähren wird...« Er stockte... »Nun wohlan!«, forschte die Herzogin, »wer wird denn der glückliche Sterbliche sein, dem man solchen Vorzug vergönnt?« – Cazotte: »Es wird der einzige Vorzug sein, den er noch behält,... der König von Frankreich...«

Da stand der Hausherr auf und alle Gäste mit ihm. Er trat zu Herrn Cazotte und sagte in beweglichem Tone: »Mein lieber Herr Cazotte, dieser klägliche Scherz hat nun lange genug gedauert! Sie treiben ihn zu weit und bis auf einen Grad, wo Sie die Gesellschaft, in der Sie sich befinden und sich selber in Gefahr bringen« Cazotte antwortete nichts und schickte sich an zu gehen; da trat die Herzogin von Grammont, die noch immer verhüten wollte, dass man die Sache alle ernst nähme, in dem Wunsche, die Fröhlichkeit wiederherzustellen, an ihn heran und sagte: »Nun, mein Herr Prophet, Sie haben uns allen gewahrsagt, aber von Ihrem eigenen Schicksal sagen Sie nichts?« – Cazotte schwieg und schlug die Augen nieder. Dann sagte er: »Haben Sie, Madame, im Josephus die Geschichte der Belagerung Jerusalems gelesen?« »Freilich,« erwiderte die Herzogin, »wer hätte die nicht gelesen. Aber bitte nehmen Sie an, ich kennte sie nicht.« – »Wohlan, Madame,« sprach Cazotte, »während dieser Belagerung ging ein Mensch sieben Tage nacheinander angesichts der Belagerer und der Belagerten aus den Wällen um die Stadt und schrie unaufhörlich: »Wehe, Jerusalem! Wehe Jerusalem!« Am siebenten Tage aber schrie er: »Wehe, Jerusalem! Wehe auch mir! Und in demselben Augenblicke zerschmetterte ihn ein ungeheurer Stein, den eine der feindlichen Wurfmaschinen geschleudert hatte.« – Nach diesen Worten verbeugte sich Herr Cazotte und ging fort.

Soweit Laharpe. Für und wider die Wirklichkeit seiner Erzählung, die anscheinend erst nach seinem Tode in seinen Oeuvres choisies et posthumes (1806) veröffentlicht wurde, ist ein Jahrhundert hindurch immer wieder gestritten worden. Angaben, die die Wirklichkeit zu bestätigen scheinen, finden sich in Jung-Stillings Geisterkunde, in William Burts Observations on the curiosities of nature, in den Memoiren der Gräfin Stephanie Felicitas de Genlis, die einst Erzieherin der Kinder des Herzogs von Orleans war und in den Memoiren der Baronin Oberkirch, die deren Sohn 1852 herausgab. Da von Cazotte feststeht, dass er hellseherisch veranlagt war, darf vielleicht angenommen werden, dass Laharpe seine Erzählung nicht gänzlich erfunden hat. Über die einzelnen Personen sei noch das Folgende ausgesagt: Jean Francois de Laharpe (auch: de la Harpe), geboren 1739, gestorben 1803, hat sich besonders durch sein Trauerspiel Warwick und durch sein Schauspiel Melanie einen Namen gemacht. Er war zuerst ein Freund, später ein Gegner der Revolution. Jacques Cazotte wurde 1720 zu Dijon geboren, von den Jesuiten erzogen. Er soll in einer einzigen Nacht den Text für Rameaus Oper Les sabots (Die Holzschuhe) geschrieben haben. Berühmt war seine (von Laharpe als »artiger kleiner Roman« erwähnte Erzählung Le diable amoureux (Der verliebte Teufel. Sehr sorgfältige, reizvoll ausgestattete und preiswerte deutsche Ausgabe von Dr. H. Birven im »Verlag der Magischen Blätter«, Leipzig, 1921, die auch Cazottes Bildnis und als Anhang die oben mitgeteilten Prophezeiungen enthält.) Ausgesprochener Gegner der Revolution, wurde Cazotte 1792 verhaftet und von den Septembermördern mit dem Tode bedroht, durch den Mut seiner Tochter befreit, nach drei Tagen aber, wie er hellseherisch vorausgesagt haben soll, von neuem verhaftet und guillotiniert. – Gastgeber der Gesellschaft soll ein Herzog von Choiseul gewesen sein. – Was die übrigen Gäste betrifft, so war der Marquis Marie Jean de Condorcet, geboren 1743, ein berühmter Mathematiker. Von der Bergpartei als Girondist verklagt, endete er 1794 im Gefängnis durch Gift. – Der Schriftsteller Sebastien Chamfort, geboren 1741, hatte sich durch sein Trauerspiel Mustapha et Zéangir einen Namen gemacht. Er war ein berühmter Causeur (Plauderer), das zu jener Zeit »geflügelte« Wort: »Il faut, que le coeur se brise ou se bronze« (Das Herz muss brechen oder hart werden) stammt von ihm. Er stand bei Ludwig XVI. und Marie Antoinette in Gunst, dann war er, mit Mirabeau befreundet, zunächst der Revolution nicht abgeneigt, bis ihn die Gräuel der Schreckensherrschaft abstießen. Er endete nach misslungenem Selbstmordversuch durch falsche ärztliche Behandlung. – Jean Bailly, geboren 1736, war Astronom, er wurde 1793 hingerichtet. – d'Azir war Arzt, Nicolai Jurist, Chretien Guillaume de Lamoignon de Malherbes, geboren 1721, Staatsmann, war unter Ludwig XVI. zweimal Minister gewesen und der Willkür des Absolutismus abhold. Er wurde 1794 guillotiniert, im gleichen Jahr wie der Schriftsteller Jean Antoine Roucher, geboren 1745, der sich am Tage vorher noch malen ließ. – Von den, in Laharpes Erzählung als geistige Väter der Revolution, erwähnten Schriftstellern ist zu sagen, dass Francois Marie Arouet, genannt Voltaire, geboren 1694, als aufklärender Philosoph und Geschichtsschreiber, radikaler Bekämpfer des positiven Christentums, Kritiker und Dichter, den denkbar größten Einfluss auf seine Zeitgenossen, nicht nur in Frankreich gewonnen hat. Bekannt ist seine Freundschaft und seine Feindschaft mit Friedrich dem Großen. Sein frivol-komisches Epos La pucelle d'Orléans (Die Jungfrau von Orleans) entstand 1739, erschien aber erst 1755. Voltaire starb 1778. – Denis Diderot, geboren 1713, ursprünglich katholischer Geistlicher, dann aufklärender Philosoph und Dichter. Ihm entstammt der in jahrzehntelanger Arbeit ausgeführte Plan, den gesamten Wissensstoff der Zeit, im Sinne der Aufklärung behandelt, in einer großen Encyclopédie zu sammeln und zu verbreiten. Zu denen, die hieran mitarbeiteten, gehörte auch Voltaire. Diderots Roman Le neveu de Rameau wurde von Goethe ins Deutsche übersetzt. Diderot starb 1784, also wie Voltaire, vor dem Ausbruch der großen Revolution.

M irakel. August Reißmann erzählt in seinem Buche »Joseph Haydn. Sein Leben und seine Werke« (Berlin 1879): Als Haydn [1792 in London] an einem Konzertabend im Orchester erschien und sich an das Pianoforte setzte, verließen die Zuhörer im Parterre ihre Sitze und drängten sich gegen das Orchester, in der Absicht, den berühmten Meister in der Nähe zu sehen. Kaum waren die Sitze des Parterres dadurch leer geworden, als der Kronleuchter herunterstürzte. Nach dem ersten Schrecken erkannten die Betreffenden, welcher großen Gefahr sie entgangen waren und riefen in freudigem Erstaunen: »Mirakel! Mirakel!« Haydn aber dankte Gott, der es geschehen ließ, dass er als Ursache dienen musste, wenigstens dreißig Menschen das Leben zu retten. Die Sinfonie, die eben gespielt werden sollte, erhielt daraufhin den Namen Mirakelsinfonie.

H aydns Tagebuch erzählt unterm 25. April 1792 aus London: Den 26. März im Konzert bei Mr. Bartholemon war ein englischer Prediger, der, als er mein Andante hörte, in tiefste Melancholie versank, weil ihm des Nachts zuvor von so einem Andante geträumt hatte, das ihm seinen Tod ankündigte. Er verließ augenblicklich die Gesellschaft, ging zu Bette und heute erfuhr ich durch Herrn Barthelemon, dass dieser evangelische Geistliche gestorben sei.

J ohann Kaspar Lavater, in Zürich 1741 als Sohn eines Arztes geboren, wurde in seiner Vaterstadt Pfarrer, war in jüngeren Jahren mit Goethe befreundet, erlangte europäische Berühmtheit durch sein 1775–78 erschienenes

Werk »Physiognomische Fragmente zur Beförderung der Menschenkenntnis und Menschenliebe«, darin er aus der Physiognomie den Charakter zu bestimmen lehrt, versuchte sich, mit Erfolg, auch als geistlicher Dichter, wurde 1799 in Zürich auf der Straße, als er Bedrohten beistand, durch einen französischen Soldaten angeschossen und starb nach langen Qualen 1801 infolge dieser Verwundung. Sein »Tochtermann« und Biograph Geßner erzählt:
I. Mehrmals sagte mir der selige Lavater lange vor seiner Verwundung, dass er oft mit Zuversicht geahnt habe, dass er auf irgendeine gewalttätige Weise sterben werde. Ganz bestimmt sagte er mir, ich gewartet oft, dass nach mir werde geschossen werden; er dachte sich zwar dies immer, als werde es ihm auf der Kanzel begegnen. Er legte übrigens dieser Ahnung keinen Wert bei, was mir daraus am meisten klar ist, dass er nach seiner wirklich erhaltenen Schusswunde auch nie mit einem Worte dieser Ahnung gedachte. Nichts nahm er aus dieser Ahnung, zuweilen wenigstens, für ziemlich sicher, als im allgemeinen das: dass er gewalttätig sterben werde und höchstwahrscheinlich um der Freimütigkeit willen werde sterben müssen, mit der er von allem sprach, was seine Überzeugung war.
II. Einst ward ihm ein Fremder gemeldet, er trat in sein Zimmer und Lavaters erster Gedanke bei seinem Anblicke war: »Der ist ein Mörder.« Er unterdrückte diesen Gedanken als böse und vorschnell urteilend, unterhielt sich mit seiner gewohnten Leutseligkeit mit dem Manne, die Feinheit seines Verstandes, die Gewandtheit im Umgang, die er an ihm bemerkte, die vielen Kenntnisse, die er an ihm wahrnahm, flößten ihm Achtung ein...Tags darauf ward er mit ihm wohin zur Tafel gebeten und gar bald hiernach ward es so bekannt, dass dieser Verstellte einer der schwedischen Königsmörder war, dass man wirklich ihn so schnell wie möglich von hier entfernte. [Gustav III. von Schweden, der

sich um die Erweiterung der königlichen Gewalt bemühte, war 1792 das Opfer einer Verschwörung geworden.]

III. Lavater selber erzählt aus seiner Jugend: Den 19. Christmonat 1755 war das allbekannte Erdbeben, wir saßen im Kollegium in unseren Bänken, nachmittags zwischen 2 und 3 Uhr. Unser Professor Hirzel erklärte uns eben die majestätische Stelle aus Virgilis Aeneide: »Unvermeidlichen Tod hält alles den Männern vor Augen« Da: Eine gelbe Farbe schien sich über die runden Fensterscheiben zu verbreiten, alle Fenster klirrten, das Zimmer wankte, noch war ich gleichsam unempfindlich, bis einer schrie: »Ein Erdbeben!« Dies Wort, nicht die Sache oder vielmehr die Sache durch dies Wort, goss Todesblässe über mich aus; wir liefen weg und jeder heim. Wo wir hinkamen, war Stillstehen der Leute auf den Straßen, Zusammentreten, Erzählen, Händeringen, Wehklagen. Sobald ich nach Hause kam, war meine Mutter so herzlich froh! Wir mussten uns gleich hinsetzen, ein Gebet zu verrichten. –

Der Student, der neben mir im Kollegio gesessen hatte, der auf dies Erdbeben hin ein ganz anderer Mensch geworden zu sein schien, die allgemeine Rührung, die dies Erdbeben verbreitete und der Eindruck, den es auf meinen bald darauf verstorbenen Bruder machte, das alles zusammen wirkte mächtig auf mein Herz. Ich wurde wirklich fromm und fing mich in allem zu bessern an. Dass es aber nicht immer fortdauerte, wird jeder meiner Freunde, der dies lesen wird, ohne mein Erinnern nun schon von selbst vermuten.

Ich erwähnte des starken Eindrucks, den das Erdbeben auf meinen Bruder und durch denselben auf mich machte. Der Einschnitt nämlich, den es in mein Herz machte, war umso tiefer, da dieser mein ältester Bruder Conrad eben um diese Zeit an der Schwindsucht todkrank lag. Vorher hat' ich ihn bald jede Nacht um Verlängerung seines Lebens beten gehört, seit diesem Erdbeben resignierte er ganz; er ergab sich kindlich an Gott, wünschte keinen Tag länger zu leben, seufzte herzrührend nach seiner Auflösung. Achtzehn Tag nach dem Erdbeben starb er, an einem Sonntagabend zwischen 8 und 9 Uhr. Auch die Umstände seines Todes hatten für mich viel auffallendes und auf mein Herz wirksames. Noch ließ er sich das XVII. Kapitel im Johannes-Evangelium vorlesen. – Er faltete seine Hände, betete herzlich, fragte dann nach der Uhr und forderte Lichter, vermutlich weil seine Augen anfingen dunkel zu werden; noch drückte er fest die Hand seiner Eltern, richtete sich dann selbst auf in seinem Bette, blickte starr, die Hände aufwärts faltend, gen Himmel, und rief: »Ich sehe den Himmel offen und Jesum zur Rechten Gottes stehend! – Vater! in deine Hände befehl' ich meinen Geist!« Dann sank er nieder und starb. Wir zerflossen alle in Tränen. Auf eben der Stelle erblickt' ich den toten Bruder, auf welcher ich war geboren worden. Wie himmlisch gesinnt war ich in diesen Momenten! Man ging zum Nachtessen. Alles Irdische kam mir ekelhaft vor; Essen schien mir Sünde, ein Verbrechen, dass mich mein Vater die Zeitung lesen ließ. Tod und Himmel waren meine einzigen Gedanken. Bange schlief ich endlich ein und – erwachte mit frohen Empfindungen, nun der älteste Sohn des Hauses und der Haupterbe des von meinem Bruder gesammelten Naturalien- und Medaillenkabinetts zu sein...

Denselben Sonntag hat' ich wieder die aufrichtigsten, ernstlichsten, feierlichsten Empfindungen, die tiefste, innigste, wahrste Weltverachtung. Aber auch mit einmal eine unbeschreibliche Furcht, da ich erst furchtlos in das Zimmer trat, wo mein Bruder noch nicht im Sarge, sondern noch auf seinem Sterbebette lag, und ich's wie einen weißenglanzlosen Schein, wie ein blasses Phantom vor meinen Augen schweben zu sehen mir einbildete...

Von diesem Moment an hat' ich eine so tödliche Furcht vor Erscheinungen, Gespenstern, Phantomen, dass ich mich nicht getraute, weder bei Tage noch bei Nacht, einen einzigen Moment in einem verschlossenen Zimmer allein zu sein...

O des unbeschreiblich empfindlichen, schreckbaren, verwundbaren Nervensystems, das die Natur formte, um das Wesen darzustellen, das Johann Kaspar Lavater heißt! – Jahrelang dauerte diese tödliche Marter; nach und nach aber, wie eigentlich weiß ich nicht mehr, verlor sie sich wieder – und verlor sich so ganz, dass ich mich nun nie glücklicher, froher und freier fühle, als in den Augenblicken und Stunden, wo ich ganz allein bin...

Mathematik im Traum. Der Theologieprofessor Schwarz zu Heidelberg (gestorben 1837) erzählt aus der Zeit, da er als achtzehnjähriger Student in seiner Vaterstadt Gießen die Vorlesungen des Mathematikprofessors Böhm (gestorben 1790) besuchte, dass er oft im Traum die schwierigsten mathematischen Aufgaben gelöst habe. Ja, einmal habe er, aus einem solchen Traum erwacht, sich an den Tisch gesetzt und einen besonders schwierigen Lehrsatz der Dioptrik hingezeichnet und bewiesen. Dann habe er sich wieder niedergelegt und sei von neuem eingeschlafen. Am anderen Morgen die nächtliche Arbeit betrachtend, habe er den dabei mit Leichtigkeit geführten Beweis nur nach neuem, mühevollen Nachdenken zu begreifen vermocht.

Somnambules Fernsehen. Der französische Arzt Chastenet de Puysegur berichtet in seinem, zuerst 1786, erschienenen Buch »Mémoires pour servir á l'histoire et l'établissement du magnétisme animal« von einem jungen Mädchen, das auf dem Schloss eines Marquis B., seines Oheims, somnambul geworden sei. Um deshalb einen Arzt zu befragen, sei der Marquis nach Nantes gereist. Die Somnambule habe ihn im Geist auf der ganzen Reife begleitet, gesehen, wie er mit dem Arzt namens Boissiére verhandelt, dann mit diesem zusammen die Rückreise angetreten habe. Wie die beiden gekleidet gewesen, was sie von ihr gesprochen, ihr Eintreffen an den verschiedenen Orten des Pferdewechsels, ein Anhalten auf der Straße aus einem besonderen Anlass, einen Streit ihres Oheims mit einem groben, großen Menschen in grauem Rock, ihr Aussteigen in einiger Entfernung vom Schloss – das alles habe sie aufs Genaueste und Richtigste angegeben. Zuerst habe man ihr einzureden versucht, der Oheim sei noch in Nantes geblieben und Boissiére allein in ihr Zimmer eintreten lassen, aber sie habe mit der größten Sicherheit behauptet, dass auch ihr Oheim zurück sei.

Marie Antoinette. Professor Osiander-Göttingen in seinem Lehrbuch der Entwicklungskrankheiten [1821]: Mehrere Jahre vor der großen französischen Revolution, ging die Königin Marie Antoinette eines Tages mit vier Hofdamen im Park von Trianon spazieren. Da begegnete ihnen ein Unbekannter, bei dessen Anblick die Königin von einem plötzlichen Grausen befallen wurde. Sie könne, sagte sie zu ihren Hofdamen, die fürchterlichen Empfindungen nicht beschreiben, die jener in ihr wachgerufen habe. Nachforschungen ergaben, dass es der Brauer Antoine Joseph Santerre gewesen war. – Dieser selbe Santerre hat dann 1793 die Königsmörder befehligt.

Der sterbende Dauphin. Seit dem 3. Juli war das Söhnchen Ludwigs XVI. zuerst in der Wohnung des entmenschten Schusters Simon, dann in der Einsamkeit einer dunklen und schmutzigen Zelle, ohne die leiseste Andeutung von Pflege, körperlich und seelisch auf jede teuflische Weise misshandelt worden. Erst unterseinen neuen, gutmütigen Hütern Gomin und Lasue entsprach die Lebenshaltung des stumpfgewordenen Neunjährigen, dessen einzige Schuld seine Abstammung war, annähernd derjenigen, die in zivilisierten Staaten gefangenen Verbrechern ermöglicht wird. Heinrich von Sybel erzählt in seiner »Geschichte der Revolutionszeit von 1789 bis 1795«: ... Mit lebhafter Entrüstung bewirkte der neue Arzt, Dr. Pelletan, wenigstens die Umbettung des Kindes in ein Zimmer, dessen Fenster ohne Bretterverschläge waren und dem Sonnenlichte freien Zutritt ließen. Ludwig ließ es sich gefallen wie alles andere, fand sich ein wenig erquickt, sagte aber, als Gomin dennoch eine dicke Träne auf seiner Wange bemerkte: »Ich bin immer allein, meine Mutter ist ja in dem anderen Turm geblieben.« Er wusste nicht, dass sie seit fast zwei Jahren im Grabe ruhte. Die Liebe zur Mutter war der letzte Funke seines einschlummernden Bewusstseins. Am 8. Juni 1795 steigerten sich alle Symptome der Auslösung. Der Knabe lag unbeweglich in seinem Bette; als Gomin ihn fragte, ob er leide, antwortete er bejahend, aber die Musik dort oben sei so schön und plötzlich rief er laut auf: »Ich höre die Stimme meiner Mutter!« Ob wohl die Schwester die Musik auch gehört habe, fragte er dann. Es folgte wieder eine lange Stille. Noch ein froher Ausruf... »ich will dir sagen«, wandte er sich an Lasue, der sich stützend und lauschend über ihn beugte. Aber Lasue vernahm nichts mehr; der Knabe hatte ausgeatmet, das Opfer war vollendet...

Vorgesicht. Dr. Johann Friedrich von Meyer, zu Frankfurt am Main 1772 geboren, 1849 gestorben, berichtet in seinen »Blättern für höhere Wahrheit«, Erste Sammlung 1818, mit dem Hinzufügen, dass der Erzähler die vorkommenden Personen selber gekannt habe: »Abbe G., ein Engländer von Geburt, ein rechtschaffener, aufgeklärter und von jedem, der ihn kannte, geschätzter Mann, hielt sich in den siebziger und achtziger Jahren des vorigen Jahrhunderts beständig zu Rom auf, wo seine Gefälligkeit und Dienstfertigkeit von allen, diese Stadt besuchenden, Engländern von Stande in Anspruch genommen wurde. Ein noch junges Ehepaar aus England, von angesehener Familie, kam nach Rom und Abbe G. war, wenn sie die römischen Kunstschätze besuchten, oftmals ihr Begleiter. Ungefähr sechs Wochen nachdem er ihre Bekanntschaft gemacht hatte, wurde der Ehemann krank und starb. Seine Gemahlin, durch den unerwarteten Verlust aufs heftigste erschüttert und von dem Gedanken, ohne teilnehmende Verwandte und Freunde in einem fremden Land allein zu stehen, peinlich ergriffen, fiel auch in eine schwere Krankheit, von welcher sie erst nach mehreren Monaten allmählich genas. Während ihres leidenden Zustandes besuchte Abbe G. selbige fleißig und trug durch seine Dienstleistungen und Tröstungen viel zu ihrer Herstellung bei. Seitdem sie auf der Besserung war, traf er zuweilen einen jungen Engländer bei ihr an, mit welchem schon zuvor sie und ihr Gemahl in Rom bekannt geworden waren und der es sich nun ebenfalls angelegen sein ließ, sie zu zerstreuen und aufzumuntern. Eines Tages, da ihre Gesundheit schon so weit wieder zugenommen hatte, dass sie ausfuhr und Roms Villen besuchte, trafen beide bei ihr zusammen und auf ihre Einladung willigten sie ein, bei ihr zu speisen. Man aß der Kühle und Bequemlichkeit halber im Vorzimmer. Bei Tafel war von den Kunstwerken Roms, von den Spazierfahrten, die sie gemacht hatte und ähnlichen Dingen die Rede. Der Abbe freute sich insgeheim über die Teilnahme und Heiterkeit, welche er an der Witwe bemerkte, als er plötzlich die finstere, melancholische Miene des Jünglings wahrnahm. In demselben Augenblick wurde die Witwe ins Nebenzimmer gerufen und der Abbe benutzte ihre Abwesenheit, um dem jungen Mann wegen seiner schwermütigen Stimmung Vorwürfe zu machen. Dieser erwiderte: »Unfehlbar würden Sie nicht minder traurig und niedergeschlagen sein als ich, wenn Sie wüssten, was dieser liebenswürdigen jungen Frau bevorsteht; in zehn Tagen gibt sie in jener Ecke dieses Zimmers ihren Geist auf.« Abbe G. konnte kaum anders vermuten, als dass sein Gesellschafter von einer Art Wahnsinn befallen worden sei, zumal da die Witwe noch wenige Augenblicke vorher versichert hatte, dass sie mit ihrem Befinden zufrieden zu sein Ursache habe und da in dem Zimmer, worin gespeist wurde, kein Bett stand, es auch zum Schlafgemach nicht wohl geeignet war. Er begnügte sich daher, den jungen Mann zu ersuchen, seinen Kummer zu verheimlichen, weil selbiger auf die noch reizbare Kranke einen nachteiligen Eindruck machen und sie zur Traurigkeit umstimmen könnte. Jener versprach's und hielt Wort. Gleich nach Tische aber entfernte er sich und Abbe G. eilte, ihn zu begleiten, immer in der Meinung, dass er irre geworden sei und ärztlicher Hilfe bedürfe. Unterwegs wurde er eines anderen belehrt, indem der junge Mann ihn versicherte, dass er die wenig beneidenswerte Gabe besitze, gewisse zukünftige, besonders unangenehme Vorfälle vorherzusehen und dass das, was er in Betreff der Witwe vorhergesagt, unfehlbar eintreffen werde. Seit der Zeit besuchte Abbe G. selbige täglich. In den ersten Tagen fiel keine Veränderung vor; am vierten aber erfuhr er von ihr, dass sie sich unbehaglich gefühlt und deswegen auf ihre gewohnte Spazierfahrt Verzicht getan habe. Den fünften Tag traf er einen Arzt und den sechsten einen zweiten bei ihr an. Beide erklärten, dass sie zwar einen Nachlass der Kräfte an ihr bemerkten, dass die Krankheit aber noch keinen bestimmten Charakter angenommen habe und sie darum derselben zu begegnen keine Anstalt treffen könnten. Am siebenten Tag erschrak Abbe G. nicht wenig, als er in eben dem Vorzimmer, worin er mit der Kranken gespeist hatte, sie im Bette liegend antraf. Als er ihr seine Verwunderung darüber bezeigte, erwiderte sie, dass die Ärzte die Luft in ihrem Schlafzimmer zu dumpf und eingeschlossen gefunden und ihr geraten hätten, ihr Bett im Vorzimmer aufschlagen zu lassen. Indessen bemerkte der Abbe noch eine bedenkliche Abnahme der Kräfte an ihr und kaum mehr zweifelnd, dass jene Vorhersagung eintreffen werde, hielt er es für Pflicht, sie an ihre Verhältnisse und Familienangelegenheiten zu erinnern und ihr zu verstehen zu geben, dass bei der Ungewissheit des Zeitpunkts unserer Abforderung aus dieser Welt es wohlgetan sei, Verfügungen zu machen, um allen Misshelligkeiten vorzubeugen. Die Kranke versprach ihm, falls ihr Zustand sich verschlimmern sollte, darauf bedacht zu sein. Am neunten Tage machte sie unaufgefordert den Abbe mit ihren Verhältnissen näher bekannt und bat ihn, einiges, ihren letzten Willen betreffend, niederzuschreiben. Am zehnten, nachdem sie zu dem vorigen Aussatz etwas hinzugefügt hatte, klagte sie gegen Abend über Müdigkeit und verschob das noch Übrige auf den folgenden Tag. Der Abbe entfernte sich. Etliche Stunden später, als er zu Haus eben im Begriff war sich auszukleiden, brachte man ihm die Nachricht, dass die Kranke im Sterben sei. Er eilte zu ihr, nahte sich ihrem Bette, fand sie schwer und tief atmend und indem er seinen Arm unter das Kissen streckte, um durch Erhebung ihres Kopfes ihr das Atmen zu erleichtern, gab sie den Geist auf. In dem Augenblicke sieht er auf der anderen Seite des Bettes den jungen Mann stehen, der wenige Minuten vor ihm bei der Kranken angelangt war und ihr einen gleichen Dienst zu leisten versucht hatte.«

Oberlin. Von Johann Friedrich Oberlin, 1740–1826, dem großen Menschenfreunde, erzählt sein Biograph Friedrich Wilhelm Bodemann 1855 [Dem jungen Pfarrer Oberlin zu Waldbach im Steintal (Elsass), führte, nachdem mehrere Versuche seiner Mutter, ihn glücklich zu verheiraten, gescheitert waren, seine Schwester Sophie den Haushalt.]: Ungefähr ein Jahr war in solcher Weise verstrichen, als eine weitläufige Verwandte der Familie, das Fräulein Magdalene Salome Witter, auf einige Wochen zum Besuch ihrer Freundin Sophie ins Steintal kam, um, dem Rate ihres Arztes gemäß, nach einer überstandenen Krankheit sich an der frischen Bergluft zu stärken. Ihr Vater, ein sehr geachteter Professor an der Universität zu Straßburg, war frühzeitig gestorben und bald darauf auch ihre Mutter. Sie war als eine verlassene Waise dann bei ihrer Großmutter und nach deren Tode bei einer vornehmen Tante erzogen. Tief erfüllt von« dem Geiste und der Liebe ihres Heilandes, verband sie mit einer hohen Bildung des Verstandes eine noch höhere des Herzens. Infolge ihrer Erziehung hatte sie jedoch ein gewisses vornehmes Wesen angenommen, das sich namentlich in ihrer Kleidung sowie in ihrem äußeren Benehmen unangenehm bemerkbar machte und unserem durchweg schlichten und geraden Landpfarrer schlechterdings zuwider war, wie er denn überhaupt gegen diese Verwandte von vornherein eine gewisse natürliche Abneigung fühlte. Aber auch die Abneigung des Fräuleins Witter gegen ihren jungen Vetter war keineswegs minder groß, als die seinige gegen sie. Bei dieser gegenseitigen Abneigung sowie bei dem feurigen Temperamente Oberlins fehlte es daher nicht an fast täglichen lebhaften Reibungen und Meinungsverschiedenheiten zwischen beiden. Nichts konnte deshalb beiden wohl ferner liegen als der Gedanke an eine demnächst eheliche Verbindung, zumal Magdalene etliche Male bereits über Tisch geäußert hatte, einen Prediger möchte sie niemals heiraten. Und das war ihr wohl umso eher zu glauben, als sie schon mehrfach die Hand sehr annehmbarer Bewerber und namentlich die eines jungen, vortrefflichen Arztes, ausgeschlagen hatte. Als daher die gute Mutter Oberlin, welche während Magdalenens Aufenthaltes auf einige Tage zum Besuch ins Steintal gekommen war, eines Tages ihrem Sohne zuredete: »Mein lieber Fritz, das geht so nicht an, du musst dich verheiraten. Nimm dir doch die Jungfer Witter!« hätte fast nicht viel gefehlt, dass er unwillig geworden. Er erklärte der Mutter unverhohlen seine Abneigung gegen das Mädchen. Die Mutter schwieg jetzt natürlich über die Sache und reiste bald wieder nach Straßburg zurück. – Inzwischen rückt das Ende des Aufenthaltes seiner Verwandten im Steintale heran. Nur einige Tage noch gedenkt sie zu bleiben. Da ist unserem Oberlin, als hörte er auf einmal eine Stimme in seinem Innern, die ihm zuruft: »Nimm dir doch die Jungfer Witter!« Unwillig springt er auf von seinem Studiertisch und spricht halblaut vor sich hin: »Nein, es ist unmöglich, wir taugen nicht zusammen.« Aber wie die Stimme des Rufenden, wo sie Widerstand findet, dreifach und zehnfach widerhallt und das Echo zwischen jähen Felsen am lautesten schallt, so wiederholt auch die Stimme in dem Innern des Widerstrebenden in verstärktem Maße die Worte der Mutter: »Nimm dir doch die Jungfer Witter!« Da wird er voll Unruhe, reitet aus, kommt wieder nach Haus, steigt dann noch zu Fuße auf das Gebirge hinauf und wieder hinab, aber die Stimme in seinem Innern geht auch mit ihm aus und kommt wieder mit ihm nach Haus. Er legt sich zur Ruhe, aber der Schlaf flieht ihn. Nach einer durchwachten Nacht versucht er dann sein gewöhnliches, oft erprobtes Heilmittel gegen alle innere Unruhe: er wirft sich auf seine Knie und fleht inbrünstig zu Gott, er möge ihn doch von diesem törichten Gedanken und von dieser unerträglichen Unruhe des Herzens befreien. Doch es schien, als wäre der Himmel heute ehern und als hätte Gott eine Mauer darumgezogen, dass kein Gebet, zu ihm dringe. Der Geängstigte kommt auch jetzt zu keiner Ruhe, bis er das Gebet umkehrt und bittet: »Mein lieber Herr, ist denn diese Stimme vielleicht von dir und diese Verbindung vielleicht dein guter und gnädiger Wille, nun so schenke mir doch Unterwürfigkeit in deinen Willen!« Jetzt wird sein Herz auf einmal ruhig, ja getrost und sehr freudig, und er kann – denn es ist Sonntag, der 5. Juni und er hat in Schönberg deutsch zu predigen – gefasst an sein Tagewerk gehen. Die Schwester Sophie und Magdalena begleiten ihn zur Kirche. Nach ihrer Rückkehr erwarten sie ihn im Pfarrgarten, in einer Laube von Nussbaumgesträuch, zum Frühstück. Oberlin aber ringt abermals aus seiner Studierstube im Gebete mit Gott und fleht zu ihm: »Ist es denn dein heiliger Wille, dass ich um Magdalene werbe, so gib mir dies auch daran zu erkennen, dass die Jungfer sogleich und ohne Rückhalt Ja sagt.« Jetzt geht auch er zur Laube in den Garten, tritt zu Magdalenen hin und sagt: »Liebe Jungfer Witter, ich habe Sie schon mehrere Male erröten gemacht, neulich sogar in der Kirche zu Waldbach, da ich gegen den vornehmen Kleiderstaat predigte. Jetzt will ich Sie aber noch mehr erröten machen, denn ich frage Sie, wollen Sie mir diesen noch wüsten Garten Gottes hier, das Steintal, als meine treue Gehilfin anbauen helfen, mich nie durch Verwendung Ihrer hohen Anverwandten von meiner armen Gemeinde an ein etwas einträglicheres Amt verlocken, wollen Sie mit einem Worte dem armen Pfarrer im Steintale Ihre Hand reichen, so sagen Sie ohne Rückhalt Ja und schlagen Sie ein hier in meine Hand.« Hier erhebt sich die Jungfrau von ihrem Sitze, hält, um ihr Erröten zu verbergen, die eine Hand vor ihr Gesicht, die andere reicht sie ihm dar und – der Bund ist geschlossen für Zeit und Ewigkeit und ist für beide Teile, ja für viele Tausend eine Quelle des Heils und der seligsten Freude geworden. Schon am 6. Juli 1768 war die Vermählung…

… Am 17. Januar 1783 gefiel es Gott, Oberlins teure Lebensgefährtin plötzlich in die ewigen Hütten des Friedens zu nehmen…Wenngleich körperlich von seiner teuren Vollendeten geschieden, blieb sie ihm gleichwohl auch in diesem armen Tränentale stets nahe. Nach seinen eigentümlichen Ansichten von der unsichtbaren, jenseitigen Welt, hatte er die feste Überzeugung, im innigsten Verkehr mit ihr zu stehen. Ja, neun Jahre lang erschien sie ihm fast täglich, sowohl in Träumen als auch im wachenden Zustande, beriet sich mit ihm über seine wichtigen Unternehmungen, warnte ihn, einem Schutzengel gleich, vor allerlei Unglück, sagte ihm manches, was kommen werde, voraus und gab ihm über die Dinge des Jenseits Aufschlüsse. Er sprach hiervon allerdings oft und gerne, aber auf eine so ruhige, einfache und, fast möchte man sagen, nüchterne Weise, dass auch Ungläubige nicht leicht zu widersprechen wagten. Und wenn sie es getan hätten, so würde er ihnen mit der größten Ruhe und mit lächelndem Munde geantwortet haben: »Ich muss doch besser wissen, was ich in vollstem Bewusstsein und mit eigenen Augen und Ohren gesehen und gehört habe. Ich glaube euch als ehrlichen Leuten auf euer Wort, dass euch derart noch nichts vorgekommen ist, aber glaubet nun auch mir, was ich als ein ehrlicher Mann bezeuge.« Und wenn Freunde ihn etwa fragten, wie er doch die Unterredungen mit seiner Frau von den gewöhnlichen Träumen unterscheide, so pflegte er zu antworten: »Wie unterscheidet ihr bei Farben die eine von der anderen?« Wir überlassen die Erklärung der Sache füglich den christlichen Seelenkundigen, nur so viel leuchtet wohl jedermann ein, dass, sagen wollen, eine Sache sei nicht, weil man sie nicht begreifen kann oder weil man anders sieht, hört, fühlt als andere, eine Lächerlichkeit und Ungereimtheit sein würde.

Der Unterleutnant. Regierungsassessor Wesermann zu Düsseldorf an den Professor Dr. med. Nasse zu Bonn, Herausgeber der »Zeitschrift für Psychische Ärzte« (1821): Der hiesige Oberkalkulator Kerris, der während der französischen Revolution Gerichtsschreiber an der Lütticher Grenze war, hat mir einen Fall schriftlich mitgeteilt, der also lautet: In einem kleinen Flecken unweit der Maas machten etwa dreißig Offiziere von einem Grenadier und einem Jägerregiment gemeinschaftliche Tafel bei dem Schulzen des Ortes. Einer von diesen Offizieren, ein Unterleutnant der Jäger, wurde mit zwanzig Mann vier oder einige Stunden weit wegdetachiert und des folgenden Tages zurückerwartet. Als er an diesem und dem darauffolgenden Tage nicht eintraf, befürchtete man, dass ihm ein Unglück zugestoßen sei. Besonders war sein Hauptmann, der den jungen Mann liebte, darüber in großer Unruhe. Am besagten zweiten Tage, mittags gegen zwei Uhr, als die Offiziere an ihrem gewöhnlichen Tische zum Mittagsmahl versammelt waren und sich über eine auf eine besondere Art zugerichtete Gans belustigten, äußerte der Hauptmann seine Verlegenheit über das Ausbleiben des Unterleutnants. In dem nämlichen Augenblicke klopfte es an die Türe des Speisezimmers, welche sich auf den Ruf »Herein!« sogleich öffnete.

Der Hauptmann stand von seinem Sitze auf, um den nach seiner Meinung eintretenden Unterleutnant zu bewillkommnen. Mehrere von der Gesellschaft erblickten eine Gestalt in Uniform und sonst auch der des Unterleutnants ganz ähnlich. Sowie aber die Türe sich geöffnet, drückte dieselbe sich auch gleich wieder zu und die Gestalt war auf einmal wieder verschwunden. – Gegen vier Uhr des folgenden Nachmittags kam ein Mann des Detachements zurück mit der Nachricht, dass der Unterleutnant um zwei Uhr des vorigen Nachmittags nebst ein paar Mann seines Kommandos durch einen Hinterhalt von den damaligen sogenannten Patrioten erschossen und die Übrigen teils gefangen, teils zersprengt worden seien.

Willkürliche Doppelgängerei. Jung-Stilling erzählt in seiner Theorie der Geisterkunde: »Eine Frau in Philadelphia hatte von ihrem nach Europa verreisten Ehemann, einem Schiffskapitän, keine Nachricht mehr erhalten und war in großer Not um ihn. Sie begab sich zu einem, in der Nähe der Stadt, einsam wohnenden Manne, der im Rufe wundersamer Fähigkeiten stand. Dieser, nachdem sie ihm ihren Jammer geklagt, forderte sie auf, ein wenig zu warten und ging ins Nebenzimmer. Als er sehr lange ausblieb, hob die Frau den Vorhang von dem Guckfenster an der Tür und sah den Mann wie einen Toten auf dem Sofa liegen. Bald darauf trat er zu ihr herein und berichtete: ihr Mann sei augenblicklich in London in Lloyds Kaffeehause, werde aber nächstens heimkehren, auch gab er die Gründe an, weswegen jener so lange nicht geschrieben. In der Tat traf der Kapitän nicht lange danach ein. Er bestätigte ihr die Angaben des Mannes. Alsdann von seiner Frau zu diesem hingeführt, bestätigte er ferner, ihn an jenem Tage und an jenem Orte gesehen und von ihm den Kummer seiner

Frau vernommen, auch ihm die Ursache seiner verzögerten Heimreise und seines langen Schweigens angegeben zu haben.«

Die Blinden sehen. Professor Dr. Duttenhoser erzählt in seinem Buche »Die acht Sinne des Menschen« (Nördlingen 1858): Nach den Abhandlungen der Wissenschaftlichen Gesellschaft von Manchester, Band l, lebte in der Gegend dieser Stadt ein Blinder, der es zu einem Amte brachte, wozu ein Blinder am allerwenigsten zu taugen scheint. Er hatte sein Gesicht in frühester Kindheit verloren und keinen Begriff vom Lichte. Nichtsdestoweniger trieb er in seinen jüngeren Jahren das Gewerbe eines Fuhrmanns und ließ sich bei Nacht als Wegweiser auch auf den ungeahntesten Wegen gebrauchen. Endlich wurde er Aufseher über den Straßenbau in einer unwegsamen, gebirgigen Gegend. Mr. Lewis, der die Nachrichten über ihn mitteilt, sah ihn oft ganz allein mit Hilfe eines langen Stabes die Straßen durchwandeln, jähe Berge hinabsteigen oder Täler durchstreifen. Er besaß so viel Geschicklichkeit, dass die meisten Straßen durch den Park von Derbyshire nach seinem Plane verbessert wurden und er übernahm die Ausführung einer Straße von Wisloco nach Concleve, welche die Fahrt über das Gebirge unnötig machen sollte. – Sloane erzählt im Gentleman-Magazin von 1757 von einer Kranken, welche infolge einer Erkältung Gesicht, Gehör und Sprache verlor, dass ihr Gefühl so empfindlich geworden sei, dass sie mittels der Finger nicht bloß die Hauptfarben, sondern auch die gemischten und feineren Nuancen unterscheiden konnte. Man wollte sie einmal in ein Zimmer führen, worin, wie man ihr versicherte, lauter Bekannte sein sollten. Kaum war sie jedoch unter die Tür gekommen, so trat sie unwillig zurück, weil sich auch Fremde darunter befänden und man sie habe hintergehen wollen. Sie pflegte viel zu nähen und ihre Näherei war ungemein sauber und regelmäßig. Zuweilen schrieb sie auch und die Schrift war ebenso ordentlich wie richtig, die Zeilen gerade und die Buchstaben in gleicher Entfernung voneinander. Am merkwürdigsten aber ist, dass sie es jedes Mal entdeckte, wenn sie einen Buchstaben ausgelassen hatte und ihn dann über das Wort, wohin er gehörte, setzte. Da diese Verrichtungen zu außerordentlich für eine Blinde schienen, glaubte man, sie habe das Gesicht nicht ganz verloren und stellte sie auf die mannigfachsten Proben, welche jedoch ihre gänzliche Blindheit außer Zweifel setzten.

Die außerordentlichste Blinde war vielleicht das Fräulein Paradies in Wien. (Siehe Wagners Beiträge zur Philosophischen Anthropologie.) Seit dem zweiten oder dritten Jahr war sie am Schwarzen Star so völlig erblindet, dass sie das stärkste Licht nicht mehr sah und wenn man sie nicht warnte, mit der Hand durch eine brennende Kerze fuhr. Nichtsdestoweniger wurde sie eine ausgezeichnete Klavierspielerin. Sie strickte gut und verfertigte Spitzen. Sie spielte alle Kartenspiele und schob gern Kegel. Der Tanz gehörte zu ihren liebsten Vergnügungen und sie tanzte Walzer, Menuett und Anglaise. Das Theater liebte sie leidenschaftlich und trat auf Liebhaberbühnen mit Erfolg auf. Zu Hause ging sie wie eine Sehende umher, zuweilen geschah es, dass sie an Tische und Sessel stieß, wenn diese aus ihrer Ordnung gerückt waren, aber höchst selten an einen Menschen. Beim Eintritt in ein fremdes Zimmer, worin sie nie gewesen, wusste sie gleich, ob es groß oder klein wäre; war sie bis in die Mitte desselben gekommen, so konnte sie auch seine Form bestimmen. Wurde sie an einem Gebäude oder Garten vorbeigeführt, so entging nichts ihrer Aufmerksamkeit. Das Sonderbarste aber war, dass sie es erkannte, ob ein Garten mit Planken oder mit

Staketen umgeben war. Sie machte große Unterschiede zwischen den verschiedenen Gegenden, zog den Augarten dem Prater und beiden Dombach vor. An diesem Orte rühmte sie nicht bloß die bessere Luft, sondern auch die Abwechslung von Wasserfällen, Grasplätzen und Hügeln. Am merkwürdigsten jedoch ist, dass sie Gesichtshalluzinationen hatte. Wie sie einmal in einer Sommernacht mit zwei Freundinnen über Land fuhr, so dünkte ihr, als hüpfe ein kleines, dickes Männchen neben dem Wagen her und gucke, die Zähne gegen sie blöckend, herein, worüber sie ein Schauder befiel.

Somnambuler Mordversuch. Der französische Arzt Fodéré teilt in seinem 1813 zu Paris erschienenen Werke Traité de médecine légale et d´hygiéne publique den folgenden Fall mit, den ihm der beteiligte Prior selber erzählt hat: Dom. Duhaguet stammte aus einer sehr guten Familie in der Gascogne und hatte mit Auszeichnung gedient; er war zwanzig Jahre Infanteriehauptmann gewesen und Ritter des Ordens Saint-Louis. Er war ein Mann von milden Sitten und angenehmer Unterhaltungsgabe. »Wir hatten«, sagte er mir, »in X., wo ich Prior war, ehe ich nach Pierre-Châtel kam, einen Laienbruder von melancholischem Gemüt, der allgemein als somnambul bekannt war. In seinen Anfällen verließ er manchmal seine Zelle. Meist fand er sie allein wieder, zuweilen aber verirrte er sich, so dass man ihn dahin zurückführen musste. Man hatte allerlei Mittel angewendet, die Anfälle waren seltener geworden, man kümmerte sich nicht weiter darum. – Eines Abends nun hatte ich mich nicht zur gewohnten Zeit zu Bett gelegt, sondern arbeitete an meinem Pult. Da hörte ich plötzlich, wie meine Tür, die ich fast nie abschloss, geöffnet wurde und gleich darauf trat der Laienbruder in tief somnambulem Zustande ein. Die Augen waren weit geöffnet, aber starr; er hatte nur den Mantel um, der ihm als Bettdecke dienen musste und ein großes Messer in der Hand. Er ging unmittelbar auf mein Bett los, dessen Platz er so gut wissen konnte und schien sich tastend zu überzeugen, dass ich darin sei. Hierauf führte er drei Stöße mit solcher Kraft, dass die Schneide die Decken durchbohrte und tief in die als Matratze dienende Strohmatte eindrang. – Als er beim Eintreten an mir vorübergegangen war, hatten sich alle Züge seines Gesichtes in äußerster Spannung befunden und seine Stirn war gerunzelt gewesen; als er den dreimaligen Stoß geführt hatte und sich umdrehte, gewahrte ich, dass sein Gesicht geglättet war und einen Ausdruck der Befriedigung zeigte. – Der Schein der beiden Lampen auf meinem Pult schien keinen Eindruck auf seine Augen zu machen. Er ging, wie er gekommen, die Tür behutsam öffnend und wieder schließend und ich überzeugte mich, dass er stracks und ruhig in seine Zelle zurückkehrte…

Am folgenden Morgen ließ ich ihn zu mir kommen und fragte ihn, wovon er die letzte Nacht geträumt habe. Diese Frage machte ihn ganz bestürzt. »Mein Vater,« sagte er, »ich habe einen so eigentümlichen Traum gehabt, dass es mir wirklich schwer wird, ihn Ihnen zu entdecken. Es war vielleicht ein Werk des Teufels, und…« – »Ich befehle dir, zu reden! Ein Traum ist immer unwillkürlich. Rede jetzt aufrichtig!« – «Mein Vater, kaum war ich eingeschlafen, da träumte mir, Sie hätten meine Mutter getötet und ihr blutiger Schatten sei mir erschienen, Rache zu fordern. Bei dem Anblick wurde ich von solcher Wut ergriffen, dass ich wie ein Rasender nach ihrer Zelle rannte, sie dort antraf und mit einem Messer durchbohrte. Darauf erwachte ich, in Schweiß gebadet und mit Abscheu vor meiner Tat und dann dankte ich Gott, dass ich ein so furchtbares Verbrechen nicht begangen hatte.« – »Es ist ganz anders zugegangen, als du denkst«, sagte ich ernst. Und nun erzählte ich ihm den Vorgang und zeigte ihm die Spuren der Messerstiche. Bei ihrem Anblick warf er sich mir zu Füßen, stöhnend über das Unglück, das hätte geschehen können und flehte mich an, ihm alle möglichen Kirchenstrafen aufzuerlegen. Davon sah ich nun freilich ab, ihn für etwas zu bestrafen, was ohne Zutun seines Willens geschehen war, aber ich befreite ihn von den nächtlichen religiösen Pflichten und ordnete an, dass seine Zellentür nach dem Abendessen von außen abgeschlossen und erst kurz vor der Frühmesse wieder aufgeschlossen wurde.

Phantasmen. Aus »Beispiel einer Erscheinung mehrerer Phantasmen, nebst einigen erläuternden Anmerkungen [von Friedrich Nicolai] vorgelesen in der K. Akademie der Wissenschaften zu Berlin, d. 28. Hornung 1799.« [Gedruckt in »Neue Berlinische Monatsschrift«, herausgegeben von Biester. Erster Band: Jänner bis Junius 1799. Berlin und Stettin bei Friedrich Nicolai.] Vorausgeschickt sei noch: Friedrich Nicolai, 1733 zu Berlin geboren, ein guter, stets hilfsbereiter Mensch, tüchtiger und erfolgreicher Buchhändler, fleißiger und vielseitiger Schriftsteller, gab, hochangesehen bei den Gebildeten und den Gelehrten, aber von den großen Genien seiner Zeit immer entschiedener bekämpft oder doch abgelehnt, von 1765 bis 1806 in 250 Bänden ein auf allen Gebieten des kulturellen Lebens Maßgeblichkeit beanspruchendes kritisches Organ der »Aufklärung«, die »Allgemeine Deutsche Bibliothek« heraus. Seit 1798 war er Mitglied der Berliner Akademie der Wissenschaften. Er starb, nachdem er seine Frau und seine acht Kinder begraben, 1811, zwanzig Jahre später als es für seinen Nachruhm vorteilhaft gewesen wäre. – Dr. med. Johann Gottlieb Gleditsch, Forstwissenschaftler, Direktor des Botanischen

Gartens zu Berlin. Geboren 1714, gestorben 1788. – Moses Mendelssohn, geboren 1729 zu Dessau, gestorben 1786 zu Berlin. Aus ärmlichen Verhältnissen stammend, kränklich und körperlich missgestaltet, war Moses Mendelssohn, ein edler Mensch von feinster Geistigkeit, seit 1750 Hauslehrer, seit 1754 Kaufmann, mit Lessing und Nicolai befreundet, ein »Philosoph« im wörtlichen Sinne (Freund der Weisheit), aber ohne eigenes System oder epochemachende eigene Funde. – Pierre Louis Moreau de Maupertuis, geboren 1698 in der Bretagne, Philosoph, kurze Zeit auch Offizier, hauptsächlich aber Mathematiker, war wegen einer nach Lappland unternommenen wissenschaftlichen Reise, auf der er die Abplattung der Erde an den Polen nachgewiesen hatte, in Frankreich ein berühmter Gelehrter von europäischem Ruf, als Friedrich der Große ihn »den Mann, welcher die Gestalt der Erde gezeigt hat, der Berliner Akademie der Wissenschaften die Form zu geben«, bat, »die allein er zu geben imstande sei«. Seit 1740 in Berlin, seit 1745 mit Eleonore von Borcke, »aus dem pommerschen Geschlecht, das so alt ist wie der Teufel«, vermählt, seit 1746 Präsident der Akademie, wurde Maupertuis von Voltaire gehässig in einen wissenschaftlichen Streit verflochten, der feine Stellung untergrub. Im Begriff, aus einem längeren Urlaub gleichwohl nach Berlin zurückzukehren, starb er 1759 zu Basel. – Nicolai erzählt: »...In den beiden ersten Monaten des Jahres 1791 ward ich noch durch verschiedene, mir höchst unangenehme Vorfälle sehr gekränkt. Mit denselben war am 24. Februar ein äußerst heftiger Verdruss verknüpft. Vormittags um 10 Uhr befand sich meine Frau bei mir, um mich zu trösten und noch eine Person. Ich war in allzu heftiger Gemütsbewegung über eine Reihe von Vorfällen, die mein ganzes moralisches Gefühl empört hatten und woraus ich keinen vernünftigen Ausgang sah. Plötzlich stand, ungefähr zehn Schritte entfernt, eine Gestalt vor mir, die Gestalt eines Verstorbenen. Ich wies darauf, fragte meine Frau, ob sie die Gestalt nicht sähe. Sie sah natürlich nichts, nahm mich äußerst erschrocken in ihre Arme, suchte mich zu besänftigen und schickte nach dem Arzte. Die Gestalt blieb wohl eine halbe Viertelstunde. Ich kam endlich etwas zur Ruhe und, da ich äußerst erschöpft war, fiel ich nach einiger Zeit eine halbe Stunde lang in einen unruhigen Schlummer... Nachmittags nach vier Uhr erschien die Gestalt wieder, die ich vormittags gesehen hatte. Ich war allein, da es geschah; und da mir dieses, wie leicht zu begreifen ist, sehr unangenehm war, ging ich zu meiner Frau, der ich es erzählte. Aber auch hier erschien die Gestalt. Zuweilen war sie da, zuweilen war sie weg, immer stehend. Ungefähr nach sechs Uhr erschienen auch verschiedene einzelne wandelnde Gestalten, welche mit der stehenden Figur nichts gemein hatten...

Da mich, nachdem das erste Entsetzen vorüber war, diese Erscheinungen nicht sonderlich erschütterten, so beobachtete ich sie sehr genau und dachte sehr oft nach über meine eigenen vorherigen Gedanken, um irgendein Gesetz der Assoziation zu finden;...aber im Ganzen war kein Zusammenhang zu entdecken.

Die Gestalt des Verstorbenen erschien nicht mehr nach dem ersten erschütternden Tage, hingegen kamen sehr deutlich viele andere Gestalten zum Vorschein: zuweilen Bekannte, aber meistens Unbekannte. Unter den Bekannten waren Lebende und Verstorbene, mehren Teils erstere; nur bemerkte ich, dass Personen, mit denen ich täglich umging, mir nicht als Phantasmen erschienen, es waren jederzeit Entfernte. Auch versuchte ich, nachdem diese Erscheinungen einige Wochen gedauert hatten und ich mich dabei ganz ruhig befand, Phantasmen von mir bekannten Personen selbst hervorzubringen, welche ich mir deshalb sehr lebhaft vorstellte; aber vergeblich...

Meist sah ich menschliche Gestalten beiderlei Geschlechts: sie gingen gewöhnlich durcheinander, als hätten sie nichts unter sich zu verkehren, so wie etwa auf einem Markte, wo sich alles nur fortdrängt, zuweilen schienen sie Geschäfte miteinander zu haben. Einige Mal sah ich unter ihnen auch Personen zu Pferde, desgleichen Hunde und Vögel ... Nach etwa vier Wochen fing ich auch an reden zu hören. Zuweilen sprachen die Phantasmen unter sich, mehren Teils aber ward ich angeredet. Diese Reden waren meist kurz und hatten nie etwas Unangenehmes; mehrmals erschienen mir verständige und von mir verehrte Freunde und Freundinnen, deren Reden mich über Gegenstände meines Kummers, der natürlich noch nicht ganz verschwunden sein konnte, trösteten. Diese Reden hörte ich noch mehr, wann ich allein war; indes auch zuweilen mitten in Gesellschaft, mitten unter derm Reden wirklicher Personen: oft nur in einzelnen Phrasen, zuweilen auch zusammenhängend ...

... Mein verewigter Freund Moses Mendelssohn hatte sich im Jahr 1772 durch zu starke Anstrengungen des Geistes eine Krankheit zugezogen, welche auch voll sonderbarer psychologischer Erscheinungen war. Über zwei Jahre lang durfte er gar nichts tun, gar nichts lesen, über gar nichts nachdenken, keine lauten Töne hören. Wenn jemand im geringsten lebhaft mit ihm redete oder er selbst nur ein wenig lebhaft ward, so fiel er abends in eine höchst beschwerliche Art von Katalepsie [Starrkrampf], worin er alles sah und hörte, was um ihn vorging, ohne ein Glied bewegen zu können. Hatte er dann am Tage lebhafte Reden gehört, so rief ihm während des Anfalls eine Stentorstimme die einzelnen, mit einem hohen Akzente ausgesprochenen oder sonst laut geredeten Worte und Silben wieder einzeln zu, so dass ihm auf eine sehr unangenehme Art die Ohren davon gellten ...

Ebenso selten ist der Fall, dass jemand menschliche Gestalten zu sehen glaubt; doch sind Beispiele davon vorhanden. So erblickte ein, durch viele Verdienste um die Botanik, verehrungswertes Mitglied dieser Akademie [Gleditsch], wider dessen Wahrheitsliebe und Glaubwürdigkeit niemand etwas einwenden kann, einst in eben dem Saale, wo wir jetzt versammelt sind, das Phantom des gewesenen Präsidenten Maupertuis.

Ein mir wohlbekannter glaubwürdiger Mann, der zwar kein Gelehrter, aber gesetzt und von Vorurteilen frei ist, war nach einem starken Nervenfieber zwar in der Besserung, aber noch ziemlich schwach. Er lag nachts im Bette, sich vollkommen bewusst, dass er wach war. Es schien die Türe aufzugehen und die Gestalt einer Weibsperson hereinzutreten, welche bis zum Bette kam; er sah sie eine Weile an, da ihm aber der Anblick unangenehm ward, kehrte er sich um und weckte seine neben ihm liegende Frau auf. Nun war die Gestalt weg.

Aber ein Beispiel, dass jemand, so wie ich, beinahe zwei Monate lang fast beständig dergleichen Blendwerke vor Augen hatte und sogar zu hören glaubte, ist mir weiter nicht bekannt, als dass mir von den Erscheinungen, welche zwei junge Frauenzimmer sehr oft sahen, manches glaubwürdig erzählt worden ist…

Soweit Nicolai. Im zweiten Bande des Museums des Wundervollen (Leipzig 1805) wird erzählt: Kurz nach dem Tode des Präsidenten von Maupertuis hatte der Naturforscher Gleditsch einige Anordnungen in dem Kabinett der Naturgeschichte zu machen, worüber er Aufseher war. Er musste durch den Sitzungssaal der Akademie der Wissenschaften gehen, ehe er in dies Kabinett kommen konnte. Es war donnerstags vor der Sitzung und als er in den Sitzungssaal trat, erblickte er den Herrn von Maupertuis in der ersten Ecke links aufrecht und unbeweglich stehen und sah, dass er die Augen stier auf ihn gerichtet hatte. Es war gegen drei Uhr nachmittags. Gleditsch aber war ein zu vernünftiger Naturforscher, als dass er hätte glauben sollen, Maupertuis, der zu Basel bei den Bernoullis gestorben war, sei wirklich in Berlin. Er sah diese Erscheinung für weiter nichts als eine Unordnung in seinem eigenen Gehirn an...